Jack Roland

Il priore

oscuro

E-sordisco
I Edizione novembre 2023
©2023 Astro edizioni Srls, Roma
www.astroedizioni.it
info@astroedizioni.it

ISBN: **9798867597412**

Direzione editoriale:
Francesca Costantino

Progetto grafico:
Idra Editing Srl

Redazione:
Francesca Noto

Illustrazione cover:
Francesco Saverio Ferrara

Tutti i diritti sono
riservati, incluso
il diritto di riproduzione,
integrale e/o parziale
in qualsiasi forma.

A due donne molto speciali:

*mia madre Paola,
che in vita sua ha letto più libri di quanti ce ne fossero
nella biblioteca di Alessandria e, nonostante ciò,
continua a leggere quello che scrivo...*

e

*Isabela,
che ha vissuto tante vite come un gatto e che risorge dopo ogni
sconfitta,
che ha accettato le mie cicatrici, svelando le sue,
che mi spinge a proseguire anche quando tutto sembra senza
senso.*

Questa storia parla anche di voi.

*Non è morto ciò che può attendere in eterno,
e col volgere di strani eoni anche la morte può morire.*

H. P. Lovecraft

Il mondo in numeri

LE QUATTRO STAGIONI
PRIMOSOLE: Primavera
ARDOTEMPO: Estate
SOLDIRAME: Autunno
TEMPOGELO: Inverno

I DODICI MESI
NOVELLO: Gennaio
PURIFICO: Febbraio
BELLICO: Marzo
FIORITO: Aprile
ABBONDO: Maggio
PUGNACEO: Giugno
IMPERIO: Luglio
FERREO: Agosto
VENDEMMIO: Settembre
INVICTO: Ottobre
VENAZIO: Novembre
TENEBRO: Dicembre

I QUATTRO PUNTI CARDINALI
INTRAMONTE: Nord
AUSTRO: Sud
OCCASO: Ovest
SOLIVANTE: Est

I DODICI PRIORI
(dei Dodici Elementi)
DAGAR: Priore di Luce e Padrone del Giorno. Mese di culto: Abbondo (Maggio). Runa: Dagaz.
TUONETAR: Prioressa di Etere, Custode del Vuoto, Signora degli Spiriti. Mese di culto: Invicto (Ottobre). Runa: Naudiz.
BEIRA: Prioressa del Ghiaccio e Regina delle Nevi. Mese di culto: Novello (Gennaio). Runa: Isaz.
NYX: Prioressa della Tenebra e Regina della Notte. Mese di culto: Tenebro (Dicembre). Runa: Perþo.
AHTI: Priore di Acqua e Sovrano dei Mari. Mese di culto: Imperio (Luglio). Runa: Laguz.
LAUMA: Prioressa di Legno e Guardiana delle foreste. Mese di culto: Venazio (Novembre). Runa: Jeraz.
UKKO: Priore del Fulmine e Guardiano dei Cieli. Mese di culto: Pugnaceo (Giugno). Runa: Þurisaz.
AKKA: Prioressa della Terra e Regina delle Rocce. Mese di culto: Vendemmio (Settembre). Runa: Berkanan.
THERMES: Priore del Fuoco e Signore dei Vulcani.

Mese di culto: Bellico (Marzo). Runa: Tiwaz.
ILMATAR: Prioressa dell'Aria e Spirito dei Venti. Mese di culto: Purifico (Febbraio). Runa: Hagalaz.
ILMARIS: Priore del Metallo e Padre del Progresso. Mese di culto: Ferreo (Agosto). Runa: Oþalan.
SUONETAR: Priore del Sangue e Scintilla della Vita. Mese di culto: Fiorito (Aprile). Runa: Fehu. Passato alla storia come BONIFACIO I, Santo Priore.

IL TREDICESIMO

WÈN: la Strega dai molti nomi. Conosciuta anche come Vortigern, nome di cui fu proibita la scrittura. Creò il Tredicesimo Elemento, la Stregoneria, che turbò l'equilibrio del mondo generando aberrazioni.

*"Su di me è ricaduto l'onere di raccontare questa storia,
poiché coloro che vi presero parte, o son passati oltre la soglia,
o han gettato via la penna in favore della spada.
Chiunque abbia scritto che la prima ferisce più della seconda
era uno sciocco o un bugiardo."*

Goffredo di Lannrote
Rivelazioni e Confessioni

Cattivo inizio
(Fine peggiore)

(† Anno 0 †

Il campo di battaglia era disseminato di cadaveri, e non tutti erano umani. Avvolto nel mantello scuro, il vecchio camminava da solo, fendendo la nebbia con la luce di una lanterna.
Ovunque, a perdita d'occhio, il groviglio di morte tappezzava il terreno fangoso, in un mare di detriti metallici che rilucevano come gioielli al chiarore della luna. I raggi argentei si posavano sulla distesa di spade, elmi, corazze, frecce disseminate per miglia e miglia attorno a Lagonero.
La carneficina era stata così violenta che persino le chiome degli alberi erano guarnite di corpi e parti di corpi. Le due armate si erano scontrate per giorni in quell'infida palude che, alla fine, aveva inghiottito le schiere nemiche: l'Ordine Bianco era stato sconfitto.
Le teste degli strigoi che non giacevano nel carnaio erano infilzate su delle picche ed esposte in riva al lago; macabro trofeo di una vittoria pagata a carissimo

prezzo.

«Non fate prigionieri», aveva ordinato il vecchio, ma numerosi adepti dell'Ordine erano riusciti a fuggire, sgusciando via nella notte per rintanarsi all'ombra di boschi e grotte segrete.

"La guerra non è ancora finita", pensò, "e forse non finirà mai".

Il vecchio scivolò sulla melma oleosa, ma evitò la caduta, aggrappandosi al fusto di un cannone affondato nel pantano. Si sedette sulla canna di bronzo crepato dal calore e prese un profondo respiro. Era stanco, nella mente e nel corpo, logorato da quel conflitto che andava avanti da secoli e che si era portato via la maggior parte della sua vita.

Nemmeno l'idea della morte gli dava più alcun sollievo; l'unica cosa che lo animava era la prospettiva di accendere un rogo, l'ultimo.

«Brucia, strega, brucia...», sibilò, triste, ricordando i cori degli uomini che si erano lanciati in battaglia cantando.

Forse uno di loro adesso giaceva a faccia in giù sotto il suo piede.

Sapeva che lei non si sarebbe arresa, ma doveva incontrarla. Voleva guardarla negli occhi, per scovare almeno una minima traccia di paura in quelle iridi ardenti.

Il vecchio si alzò e riprese il cammino, avanzando tra legioni di corvi riuniti per il nero banchetto. Cercando di non badare ai sinistri scricchiolii che scandivano ogni

suo passo, si fece largo nell'ecatombe, evitando di affondare nelle acque fosche, imputridite dal numero di cadaveri.
Qua e là affioravano mani tese al cielo in un'ultima disperata invocazione, spoglie esangui di uomini, donne e giovani imberbi. Tutti avevano incontrato una fine orribile, avvinghiati nell'ultimo abbraccio con creature che forse, un tempo, erano state umane. Il lezzo della decomposizione era reso a malapena sopportabile dall'aroma pungente della miscela incendiaria che il vecchio aveva fatto spargere ovunque. Le acque erano state a tal punto avvelenate che le rive del lago si erano riempite di pesci morti.
Una mossa scellerata, ma necessaria. Un tranello per giocare d'astuzia contro un nemico che si nutriva di inganni dall'alba dei tempi.
Quando un fitto stormo di uccelli neri si levò in volo, il vecchio capì di non essere solo. Puntò la lanterna avanti a sé.
«Mostrati», sussurrò, sondando la tenebra che lo assediava da ogni lato.
La bruma livida, che aleggiava sulla palude come un cattivo presagio, sembrò raggrumarsi dinnanzi ai suoi occhi. Il vortice di fumosi vapori si condensò in un pallido manto, modellando il profilo di una figura incappucciata. Nella tenebra, il vecchio vide scintillare due occhi ardenti come brace.
La strega dai molti nomi aveva risposto al suo invito.

«Bèroul...». Il sussurro scivolò fuori dalla nebbia e il vecchio fu scosso da un brivido dietro il collo, sentendo pronunciare il suo nome dal diavolo in persona.

«Sei venuto», constatò la strega, facendosi avanti alla luce della lanterna. Sotto al cappuccio, Bèroul intravide i lineamenti affilati, la pelle liscia e senza tempo, come alabastro, più pallida e fredda della luna.

«Sono un uomo di parola», rispose a denti stretti, imponendosi di restare fermo.

«Virtù non comune, per un Inquisitore», commentò la strega, con una punta di disgusto nella voce.

«Un bravo Inquisitore cerca sempre la verità», si difese il vecchio, con voce sottile.

«La verità?». Un sorriso ferale increspò le labbra della strega. «La verità non esiste, ognuno vive la propria menzogna personale».

«Io sono stato onesto. Sono venuto, come mi hai chiesto. Da solo», tenne duro il vecchio, drizzando il collo.

«Io no», fece la strega, con un'alzata di spalle. «Ho portato degli amici».

Dall'oscurità emersero sette figure, avvolte in mantelli che sembravano brandelli di nebbia. Disposte a semicerchio, si strinsero attorno alla strega, puntando sul vecchio i loro occhi, brillanti come fuochi nella notte.

«Chi diceva che il diavolo è ingannatore?», lo canzonò la strega «Ah, già. Tu».

Bèroul lanciò un'occhiata a destra e a sinistra, cogliendo una vaga visione delle sagome senza volto che incombevano su di lui. Rimase fermo, sopprimendo l'istinto di reagire, di cedere alla paura, forzando i muscoli del volto in un'espressione altera.
«Tieni a bada i tuoi strigoi, o bruceremo tutti qui», minacciò, avvicinando la lanterna al suolo, dove la miscela oleosa galleggiava sull'acqua stagnante. Le ombre attorno a lui esitarono. Le braci negli occhi della strega sfrigolarono, come ravvivate da un attizzatoio.
«Fuoco Sacro», spiegò Bèroul, con aria trionfante. «È nell'acqua, ovunque, fino al lago».
Seguì un istante di silenzio, in cui l'inquisitore fu convinto di essere stato più astuto del diavolo, ma l'illusione fu presto rotta da una risata. La strega si abbandonò a uno sghignazzo roco, che sembrava celare un ringhio tanto abissale da non poter essere udito.
«Bravo!», si congratulò, come una dama che assiste alla farsa di un giullare. Poi applaudì per sette volte e, quando abbassò le mani, i suoi strigoi erano svaniti nella foschia che li aveva partoriti.
Il vecchio si lasciò sfuggire un sospiro di sollievo, cercando di non far trapelare la paura che gli trasudava dalla fronte. La strega gli voltò le spalle e i suoi piedi nudi presero a sciabordare nell'acqua bassa. Voltando il capo intorno a sé, esaminò quella sfumatura bluastra che galleggiava sulla superficie dell'acquitrino, poi si chinò per intingervi un dito.

«Odio questa roba. Non ne sento l'odore», disse.
«Per questo lo chiamano sacro», si compiacque Bèroul.
«*PeR qUestO lo cHiaManO SaCro!*», lo scimmiottò la strega, dondolando la testa con una smorfia sul volto e facendo una voce da idiota. «Davvero eri pronto ad arrostire il tuo esercito per fermarmi?», aggiunse, tornando seria.
«Brucerei il mondo intero, se fosse necessario», risolse il vecchio, enfatizzando il tono duro. La strega gli rise in faccia un'altra volta.
«Ma allora ti funzionano ancora, quelle piccole palle rinsecchite! Come sei violento, sembri quasi uno di noi...».
«Non sono affatto come voi».
«No, sei solo un patetico mezzosangue che ha vissuto troppo a lungo», concordò la strega, avvicinandosi con passi misurati, le gambe nude che spuntavano dallo spacco nella cappa. «Ma io potrei farti diventare lo strigon più potente mai esistito: giovane, immortale», offrì, togliendosi il cappuccio e lasciando ricadere sulle tempie rasate la chioma di capelli azzurri.
Non esisteva tintura capace di nascondere il suo albinismo; l'uso perverso della stregoneria aveva afflitto il suo corpo in modo innaturale.
«Potrai avere tutto quello che vuoi», lo tentò, slacciando il fermaglio e facendo cadere il mantello a terra. Sotto, non indossava nulla.
La pallida nudità era esposta al lucore della luna, i

capezzoli turgidi puntati come aculei verso Bèroul, l'inguine completamente glabro, una doppia voglia ben visibile sul fianco destro. Il simbolo del diavolo.
La visione del suo corpo nudo era qualcosa di laido, attraente e spaventoso allo stesso tempo. I fianchi e i seni sprigionavano un ammaliante potere carnale, ma le ossa sporgenti e il fitto intrico di simboli arcani incisi nella pelle evocavano una sensazione di morte. Un sentore di veleno nel cuore di un frutto maturo.
«Devi solo darmi un bacio», lo invitò la strega, piegando la testa di lato con fare seducente, le labbra schiuse in un sospiro ferale.
Con le dita affilate tentò di afferrare la nuca del vecchio, ma la lunga canna di una pistola si frappose fra lui e il patto infernale.
Bèroul balzò indietro, puntando l'arma sulla strega.
«Cos'è questa buffonata?», sogghignò lei. «Pallottola d'argento? Ti svelo un segreto, Bèroul...». Si portò una mano a lato della bocca, sussurrando in maniera leziosa: «Non funziona».
«Non c'è bisogno di sprecare argento con te», la provocò l'inquisitore, abbassando il cane sullo scodellino della polvere. «Basta del buon ferro. Ferro delle stelle».
La strega esitò.
«Guarda, guarda, guarda...», mormorò, nascondendo l'irritazione in un sorriso lascivo. «Ti sei preparato. Sei diventato così... duro».

In modo osceno, fece scivolare la mano sulla canna della pistola, ma, a contatto con la sua pelle, il metallo iniziò a sfrigolare, sprigionando un fumo maleodorante. La strega ritirò la mano, lasciandosi sfuggire un ringhio tremendo, come di un leone pronto a uccidere. Si guardò il palmo, incredula; le rune incise sulla canna della pistola l'avevano ustionata, lasciandole impressa sulla pelle una scritta nera e bruciante.
Bèroul fece un altro passo indietro, tenendola sotto tiro.
«E va bene, tienitela!», gridò lei, infuriata, puntando gli occhi sull'arma. «Compensa quello che ti manca tra le gambe».
«Fa' silenzio, Vortigern!», replicò il vecchio, per nulla intimorito dal pronunciare il nome che non poteva essere scritto. «Non sono venuto qui per trattare con te».
«Oh, ti prego...», sbuffò la strega. «Se devi usare uno dei miei nomi, allora chiamami Wèn. Come faceva tuo padre».
Bèroul non colse la provocazione.
«Non ho mai conosciuto mio padre», le ricordò, «ma se l'avessi incontrato, la sua testa sarebbe su una picca, di fianco a quella degli altri tuoi adepti».
«Oh, ma smettila! Nemmeno tu credi a quello che dici», lo sbeffeggiò lei. «Parlando di teste...», aggiunse, dandogli le spalle, «so perché sei venuto qui».
La strega immerse il braccio nella tenebra. Una catena

d'oro si materializzò nella sua mano. La strattonò con forza. Gli anelli tintinnarono, proiettando in aria quattro sfere scure e madide che precipitarono come palle di cannone nel fango. Abbassando gli occhi, il vecchio si rese conto che ai suoi piedi giacevano quattro teste annerite dalla pece, e non teste qualsiasi. Brandelli di carne morta ancora penzolavano dal taglio irregolare che le aveva staccate dal collo, i capelli erano come paglia, le bocche spalancate in un ultimo e silenzioso grido di terrore. Un occhio fuoriuscito da un'orbita pendeva in modo sinistro su una guancia barbuta, ancora attaccato al nervo, come un macabro frutto che tarda a cadere dal suo albero. Incatenate l'una all'altra da anelli infilzati nel naso, nelle labbra, nella lingua, nell'orecchio, giacevano le spoglie martoriate dei quattro re dell'Espero, con le corone deformate e incrostate di sangue inchiodate al cranio.
La strega si avvicinò, spingendo Bèroul ad arretrare ancora.
Senza dire nulla, allargò le gambe e liberò la vescica, lasciando gocciolare un rivolo giallo sui macabri resti dei sovrani.
«Ci piscio sui tuoi re!», esultò, con aria divertita. «Il Tardo, il Finocchio, il Bastardo, il Santo», elencò, scrollando le ultime gocce d'urina sulla tonsura di re Gismondo d'Hispalea.
«Sovrani così indegni non si sono mai visti», affermò.
Questa volta, il vecchio non poté obiettare.

Il suo sguardo disgustato rimbalzò da una testa all'altra. I lineamenti erano anneriti dalla pece e deformati dalla sofferenza, ma Bèroul riconobbe i volti di quei fratelli che, dopo la morte del padre, si erano contesi il regno dando inizio a una spietata guerra di successione. L'Inquisitore aveva condotto sfibranti trattative per stabilire una tregua, costringendoli a siglare una fragile alleanza volta ad affrontare l'Ordine Bianco.

Ora, a distanza di poche settimane, i resti di quei sovrani alteri e capricciosi giacevano come un mucchio di escrementi ai suoi piedi, avvinti l'uno all'altro da una catena d'oro. Bèroul si vergognò di provare un senso di sollievo di fronte a quell'atto di ironica e crudele giustizia.

«Non sarebbe stato più semplice avere me come regina?», domandò la strega, allargando le braccia in un gesto trionfale.

Bèroul strinse i denti, facendosi avanti con la pistola spianata. «Arrenditi», ringhiò, cercando di credere alle sue stesse parole. «Arrenditi e paga per i tuoi crimini. Giuro sul mio onore che riceverai un giusto processo».

La strega lo fissò negli occhi per un istante, con la mano sul fianco per ostentare la sua prorompente nudità. Poi scosse la testa.

«Patetico», disse, iniziando a camminargli attorno, lenta come un lupo che si prepara a sbranare il malaugurato viandante. «Tu non hai onore. Quale onore può avere un uomo che tortura le persone di mestiere?».

«Voi non siete persone», replicò l'inquisitore, muovendosi con lei in una lenta danza, tenendola sempre sotto la minaccia della pistola. «Hai perso, i tuoi adepti si sono dispersi. È finita».
«Invece è solo l'inizio», minacciò la strega, con le iridi incandescenti come lava. «I miei adepti sono ovunque, pronti a fare a pezzi il tuo mondo, a insinuarsi nelle città, nelle case, nelle piccole e stupide vite che ti sforzi tanto di proteggere». La strega si fece avanti. «Non avete le forze per combatterci tutti, siamo un'epidemia. I bambini verranno divorati nelle culle, le madri si rintaneranno nella tenebra e perderanno gli occhi, per diventare schiave della mia volontà», ragliò, sbavando. «Ho perso una battaglia, solo per vincere la guerra!», rivelò, incombendo su Bèroul.
Per un attimo, il vecchio ebbe l'impressione di vedere denti aguzzi come spine tra le sue labbra e viscidi tentacoli spuntare dal suo inguine.
«Non fare un altro passo!», intimò, urlando, il dito tremante posato sul grilletto.
«Non puoi uccidermi, Bèroul, non puoi farmi nulla con i tuoi rimedi da alchimista da quattro soldi!», lo insultò la strega, dandogli le spalle. «Anche se distruggi il mio corpo, io sarò comunque qui, libera di rinascere, più forte di prima».
«Forse io non posso ucciderti, ma c'è qualcuno che può farlo».
La strega si voltò di scatto, guardandolo di sottecchi.

«Povero vecchio inutile. Non sai a che gioco stai giocando. Pensi di poter muovere le persone come pedine su una scacchiera, ma non hai nulla da offrire. Io invece...». Fece scorrere la lingua sulle labbra. «...posso realizzare qualunque desiderio».
«Non sono io a muovere le persone», confutò Bèroul, cercando di apparire sicuro. «È il destino a farlo».
«Io sono il destino!», ringhiò lei, mentre nelle sue iridi si agitava un mare di fuoco senza pace, in cui corpi oscuri e disumani si contorcevano tra gli spasmi involontari.
In quel momento, qualcosa scivolò nella bruma.
Bèroul si guardò intorno e scoprì di essere di nuovo circondato.
Spoglie dei loro manti di nebbia, le sembianze da incubo dei sette strigoi gli si strinsero attorno, fissandolo attraverso occhi accesi da un lucore animalesco. Bèroul osservò i loro corpi esangui, segnati dai tormenti della stregoneria, rivestiti da armature sanguigne e bianchi sudari, gli artigli ornati da gioielli, le teste cinte da elmi e corone affilate.
Erano i re e le regine dell'inferno.
«Non vi avvicinate!», minacciò, stringendo più forte la pistola. «Un altro passo e sparo!».
Ma la morsa attorno a lui si chiudeva sempre di più.
«Spara, inquisitore, avanti», lo incoraggiò la strega, esponendo il petto. «Io non ho nulla da perdere e tu nulla da guadagnare».
Bèroul prese un profondo respiro, cercando di cacciare

via i dubbi, le paure, i ripensamenti. Doveva andare fino in fondo, questa volta.
«Una cosa da guadagnare c'è, invece», rispose, puntandole l'arma alla testa. «Il tempo.»
Il vecchio premette il grilletto.
Una scintilla si sprigionò dalla pietra focaia, accendendo lo scodellino ricolmo di polvere nera. In una fiammata fumante, la palla sfrecciò fuori dalla canna e si conficcò nell'occhio della strega, che restò immobile per un istante prima di stramazzare al suolo, lo spregevole ghigno ancora stampato sul volto. Il vecchio abbassò l'arma, espirando un fiato pregno di soddisfazione. Il tempo sembrava essersi fermato.
Nella nebbia, i sette incubi indugiarono, come scoraggiati dall'incombere dell'alba, ma Bèroul sapeva che non gli restava ancora molto da vivere.
La pelle della strega prese ad avvizzire come un fiore bruciato. Piaghe marcescenti si aprirono ovunque nelle sue carni, riempiendosi all'istante di vermi.
Allora, in un mostruoso latrato d'ira, gli strigoi scattarono all'attacco, piombando sul vecchio da ogni lato. Non si sarebbe fatto toccare.
Chiuse gli occhi, lasciando cadere la lanterna nell'acquitrino oleoso.
Il Fuoco Sacro divampò sull'acqua, innalzando un muro di fiamme tutt'attorno. I sette strigoi ne vennero inghiottiti. Le loro orride carcasse brucianti presero ad agitarsi in una danza mortale, mentre dalle loro gole

corrotte s'innalzava un grido inumano, fatto di mille voci rubate alle loro vittime. Come sommerso da un'ondata, l'intero campo di battaglia fu consumato da una fiamma che si espanse per leghe, lambendo le acque del Lagonero.
"Ciò che è morto non resterà morto", pensò Bèroul, soffocato dal calore bruciante. "Ciò che è già morto non può morire", sussurrò, prima di essere divorato dal fuoco.

Prima Parte

TEMPOGELO

Tra moglie e marito
(...non mettere il dito)

† Anno 7 d.C. †

Quando raggiunse la casa nel bosco, era quasi buio.
Non si vedevano luci dall'esterno e l'aspetto malconcio del porticato faceva pensare che nessuno dimorasse in quel luogo da decenni. Lasciandosi sfuggire un sospiro di frustrazione, il cavaliere senza nome smontò di sella.
Aveva viaggiato per mesi, attraversato lande cadute in mano ai Predoni e terre desolate dove si incontravano cose ben peggiori. Tutto per nulla.
Forse l'avevano male informato, o forse l'avevano spedito lassù apposta, al confine estremo dell'Espero, sperando che facesse una brutta fine.
Aveva percorso oltre cento leghe, affrontando pericoli di ogni tipo e, se fosse riuscito a tornare, avrebbe dovuto considerarsi un uomo dannatamente fortunato.
Lo era, nonostante tutto.
La mappa di cicatrici che aveva sul corpo glielo ricordava di continuo.
I tagli scuri che gli solcavano entrambi gli occhi, come

antichi simboli tribali, ogni tanto ancora dolevano e pulsavano al risveglio, dopo sette lunghi anni dal giorno in cui era stato ferito.

Nonostante gli avessero reso nemico ogni specchio, quegli sfregi erano la prova lampante della sua buona sorte, un ricordo della battaglia di Lagonero, nota ai più come il Mattatoio di Acquifiamma.

Conducendo il corsiero grigio per le briglie, il cavaliere senza nome sfilò tra gli alberi secolari, cercando di fare meno rumore possibile. Non era facile, con tutta quella ferraglia addosso, ma, se la casa era davvero vuota come sembrava, voleva esserne sicuro; cercare qualsiasi indizio o traccia che lo conducesse a lei.

Nessuno viveva più nel Sorgenterra, da quando l'Ordine Bianco era calato dai Monti Impervi, mettendo a ferro e fuoco ogni cosa.

Tutto era finito in cenere, tranne quella casupola di legno macilento con il tetto ricoperto di pietra e, forse, non era un caso. La desolazione del luogo, immerso nella foresta, lo rendeva ideale come nascondiglio. Nessuno avrebbe avuto mai il coraggio o la follia di andare a cercarla lassù.

Nessuno tranne lui: suo marito.

Il cavaliere senza nome sollevò lo sguardo oltre le fronde dei larici, mentre la luna spuntava sopra la frastagliata muraglia bianca delle montagne, facendo rilucere le vette come zanne d'avorio. Con l'avanzare del Tempogelo, le giornate si facevano sempre più brevi

e, in quel luogo, il suolo rigido era già imbiancato dalla prima neve. Insinuandosi fischiante tra le fronde aghiformi, una brezza algida accese il bosco di sussurri, trasportando un suono che fece brontolare il cavallo: un canto.
All'inizio, il cavaliere si stropicciò le orecchie, convinto di essere stato ingannato dalla voce della notte. Poi, avanzando piano verso la casa, la nenia divenne tanto nitida da distinguere le parole e riconoscere la voce di colei che le recitava:

«*I lupi cantano stanotte,*
il gatto è nascosto nella botte,
non russar più, non dormir più.

Artiglio affilato come lama
nel buio si cela e carne brama,
quaranta denti e più, orecchie all'insù.

Non son scudo le tue coperte,
corri, strilla, urla più forte,
scappa e sveglia la città!

Fatto di incubi ma è vero,
non ti manda al cimitero,
perché ti mangia tutto inte...»

Il canto si interruppe bruscamente e il cavaliere senza

nome si appiattì contro un albero, guardingo.
Subito abbassò lo sguardo ai suoi stivali, dove gli speroni erano avvolti nella stoffa, per evitare ogni rumore. Aveva preso tutte le precauzioni possibili, ma lei doveva averlo fiutato. In effetti, dopo quel lungo viaggio, non avrebbe saputo dire se puzzasse più lui o il cavallo.
«Maledizione», bisbigliò a mezze labbra.
Ormai era troppo tardi per nascondersi.
Con un gesto rapido, si liberò della cappa logora e afferrò la spada dalla sella. Il rubino sanguigno sul pomolo rilucette di un bagliore spettrale, mentre il cavaliere la affibbiava alla cintura.
Quell'arma era tutto ciò che restava della sua nobiltà.
Dopo essersi assicurato di avere con sé armi di riserva, si avviò verso la casa, lasciandosi alle spalle il corsiero scalpitante. Avanzò svelto, nella speranza di varcare la soglia senza essere visto, ma non riuscì a percorrere nemmeno dieci passi.
Si fermò di scatto, con la pelle accapponata sul collo, come un levriero che ha fiutato il lupo. In quella situazione, il confine tra predatore e preda era davvero sottile.
Illuminata di sbieco dai raggi lunari che filtravano tra le cime acuminate degli alberi, la chioma rossa di sua moglie fiammeggiò alla sua sinistra.
«Mi hai trovata», constatò la donna, avvicinandosi di qualche passo.

Il cavaliere senza nome raddrizzò la schiena, mentre il suo respiro corto si condensava in nubi di vapore.
«Nerys», sussurrò, pronunciando il suo nome.
Impiegò un istante, prima di decidersi a guardarla, perché erano passati molti anni. Indossava un lungo vestito di lana grezza che le arrivava fino ai piedi scalzi. L'aveva colta di sorpresa, ma non abbastanza.
Era più morbida di come la ricordava. I muscoli, un tempo guizzanti, dovevano aver perso tono. La sua pelle non era invecchiata di un giorno, tuttavia gli occhi chiari erano cerchiati da ombre scure che potevano significare solo due cose: preoccupazione o sortilegi.
Sovente, le due cose camminano a braccetto.
«Credevo che fossi morto», disse Nerys, di fronte all'attonito silenzio del cavaliere.
«Quasi», rispose lui, con la voce roca, sollevando due dita per indicare gli sfregi sugli occhi.
«Sono contenta tu non lo sia».
«Bugiarda».
Nerys si fermò, lo sguardo basso, perso nella tenebra, la mente che fluttuava in pensieri insondabili.
«Cosa hai fatto, in questi anni?», chiese poi, come riscuotendosi da un torpore.
«Non lo so. Dormito, forse» confessò il cavaliere senza nome. «Ma poi ho dovuto ricominciare a dare la caccia alla tua gente».
«La mia gente?».
«Lupi travestiti da agnelli».

«È questo che sono per te?», domandò lei, ricominciando ad avvicinarsi. «Un lupo?».
«Molto peggio», rispose lui, facendo presa sulla spada.
Nerys si fermò di scatto, puntando i suoi occhi celesti sul cavaliere.
«Non sono un mostro», si difese. «Tu mi conosci».
«Sei cambiata».
«No. Sono sempre io».
«Vero. Questa cosa è sempre stata dentro di te».
«Sei tu a essere cambiato».
«Non ricordo più l'uomo che ero. Non ricordo nemmeno il mio nome».
«Però ricordi questo posto; la casa in cui sono cresciuta, dove tutto è iniziato».
«Inutile nascondersi qui».
«Sapevo che mi avresti trovata», confidò lei.
«Altri arriveranno. Sanno dove sei, sono stati loro a dirmelo», confessò il cavaliere a denti stretti.
«Loro?»
«Strigoi», annuì lui. «Quelli che sono riuscito a catturare vivi».
«Sei diventato un Inquisitore, adesso?», lo provocò Nerys, con una nota di indignazione nella voce. «Un cane da caccia al servizio del Priorato?».
«Bèroul è morto», ricordò lui, con mestizia. «Sono rimasto solo io», constatò in un sospiro. «A quanto pare, siamo entrambi destinati a succedere ai nostri maestri: io all'Inquisitore, tu alla strega».

«Wèn non è la mia maestra».
«Lo so», annuì il cavaliere, sputando per terra. «È tua madre».
«No, non lo è, dal momento che non mi ha partorito».
«Avete lo stesso sangue», insistette lui.
«Ma io non voglio prendere il suo posto», affermò Nerys, spazientita.
C'era qualcosa di fragile, nella sua voce, un filo sottile che sembrava sul punto di recidersi, ma il cavaliere sapeva che, oltre quel velo delicato, palpitava una forza atavica, del tutto fuori controllo.
«Non importa quello che vuoi tu», ribatté. «Ora che la strega è scomparsa, i suoi adepti cercheranno una nuova guida».
«Sei qui per uccidermi?».
Il cavaliere senza nome non seppe rispondere.
Abbassò lo sguardo, privo della forza necessaria per affrontare quegli occhi grandi e lucidi che lo fissavano dalla tenebra.
Quegli occhi che aveva amato.
«Ethan», lo richiamò lei, scandendo il suo nome.
Il cavaliere trasalì, come destatosi da un sonno profondo.
Era così che si chiamava un tempo, ma ora non più. Quel nome non aveva alcun significato, per lui.
«Vieni», Nerys si voltò. «Ti faccio vedere una cosa.» invitò, dirigendosi verso il lato della casa.
Il cavaliere restò immobile, osservandola di sottecchi,

con diffidenza.
«Non ti mordo», scherzò lei, in un sogghigno.
Lui la seguì, tenendosi a distanza, con la mano sinistra sull'elsa della spada, pronto a scattare. Camminando a piedi nudi sul terreno gelato, Nerys lo condusse a una finestrella nella parete di legno, riparata soltanto da una spessa tenda di pelle.
«Shhh», si raccomandò, portandosi un dito alle labbra.
Poi, con un gesto delicato, scostò il tendaggio e invitò il cavaliere a guardare dentro.
Se Nerys avesse voluto attaccarlo o usare uno dei suoi malefici, l'avrebbe già fatto da un pezzo, e lui sarebbe morto annegato nel suo stesso sangue. Titubante, il cavaliere inclinò il corpo, sbirciando nella casa.
Una solitaria candela, appoggiata su un grezzo bancale di legno, emanava un fioco bagliore, illuminando un letto pieno di pellicce. Tra quelle calde coperte, appena smosse da un respiro lieve e regolare, due bambini dormivano accoccolati l'uno all'altro. Avevano capelli rosso fuoco come quelli della madre. Al cavaliere si fermò il fiato in gola.
Restò immobile a fissare i loro profili arrotondati, le guance paffute, i nasi piccoli.
«Quanto hanno?», domandò, in una specie di rantolo, le parole incastrate nel petto.
«Sette anni», rispose Nerys, con un sorriso tenero.
«Gemelli dell'Anno Zero», si adombrò lui, spostando gli occhi su di lei. «Come Wèn e sua sorella».

«Cosa vuoi dire?». Il sorriso svanì dal volto di Nerys.
«Niente». Il cavaliere scosse il capo, senza riuscire a trovare parole ragionevoli per spiegare quello che aveva in mente.
«Sono miei?», chiese, dopo un attimo di esitazione.
«Ha importanza?», replicò Nerys, con tono duro.
«Sono ancora tuo marito», sancì lui, offeso.
«Ah sì, certo, quello stupido rito per il Priorato; non abbiamo mai vissuto come marito e moglie», lo rimbeccò lei, lasciando ricadere la tenda sulla finestra.
«Nemmeno io l'avrei fatto, se avessi saputo...». Il cavaliere si interruppe, senza concludere la frase.
«Cosa? Quello che sono?»
Lui annuì.
«Allora perché vuoi sapere se sono tuoi? Dopo che mi avrai bruciata, vuoi portarmeli via?».
«Non sarei io a farlo, ma i tuoi adepti».
«Io non ho nessun adepto».
«Non ancora».
«Guardali», impose Nerys, scostando di nuovo la tenda dalla finestra. «Se fossero tuoi, li proteggeresti?».
Il cavaliere deglutì a fatica. Il volto rigido e inespressivo celava una tempesta di emozioni che gli fece avvampare la pelle, arrossando le cicatrici che gli incorniciavano gli occhi.
«No», ammise infine. «Non posso proteggerli dalla loro natura».
La delusione che luccicava nello sguardo di Nerys

esplose come rabbia nelle sue mani, e l'istinto materno, come la lupa che protegge i suoi piccoli, si sprigionò violento e rapido. Il cavaliere nemmeno lo vide arrivare. Il coltello doveva trovarsi appoggiato sotto la finestra, dentro casa. Con uno scatto improvviso, Nerys lo impugnò e glielo conficcò nel petto.
Di riflesso, lui riuscì a scostarsi quel tanto che bastava per farle mancare il cuore. La brigantina che indossava attutì il colpo, ma la punta penetrò di almeno un'unghia, subito sotto la clavicola. Il cavaliere grugnì, più per lo spavento che per il dolore, risucchiando l'aria dalla bocca socchiusa.
Nerys fuggì rapida verso il retro della casa, mentre lui, stringendo i denti, si sfilava la lama di dosso. Con un gesto di stizza, lanciò l'arma nel bosco e sfoderò la spada.
Appena voltato l'angolo della casupola di legno, dovette schivare un'accetta che Nerys gli lanciò contro. Sentì il metallo sibilare a un soffio dalla sua testa e recidergli una ciocca di capelli, subito sotto l'orecchio. Nerys era davvero fuori allenamento; un tempo non l'avrebbe mancato.
Il cavaliere attaccò, sollevando la spada sopra la testa.
"Che sto facendo?", si chiese, mentre la lama fendeva l'aria.
Aveva avuto mesi di viaggio per prepararsi a quel momento, ma nessuno può essere mai pronto per una cosa del genere.

Stava cercando di uccidere sua moglie.

Provò ad assecondare quella sensazione di cieca furia che l'aveva invaso quando lei lo aveva accoltellato, per zittire tutte le domande e i rimorsi che gli affollavano la mente, ma i primi fendenti andarono a vuoto.

Con rapidità, eseguì un roverso e poi un montante, ma Nerys evitò entrambi, balzando all'indietro. Dando uno strattone, la donna divelse lo spacco della sua veste, così da avere le gambe libere. Il cavaliere la attaccò ancora. Colpì dall'alto, come un rapace, ma la sua spada finì conficcata nel ceppo per tagliare la legna, penetrando in profondità nel legno di larice. Prima che riuscisse a sfilarla, Nerys gli rifilò un calcio allo stomaco, poi un secondo alla gamba, finendo con un terzo dritto sotto al mento, che gli fece scricchiolare i denti e lo mandò a rotolare nella neve. La ferita al petto bruciò come l'inferno. Il cavaliere aveva bisogno di riprendere fiato, ma un movimento alle sue spalle lo spinse a voltarsi in fretta. Si scansò appena in tempo, evitando i denti appuntiti di un forcone che si piantò nel terreno, a un palmo dalla sua faccia. Nerys tentò di infilzarlo di nuovo, ma lui sferrò una pedata all'asta di legno, spezzandola in due. Poi, estrasse un pugnale dalla cinta e trapassò il piede nudo di Nerys, che cacciò un urlo. Il cavaliere caracollò via, andando a recuperare la spada. Appoggiò lo stivale sul ceppo per fare leva, ma la lama era incastrata. Alle sue spalle, Nerys si era già sfilata il pugnale dal piede. Zoppicò solo per un paio di

passi verso di lui, prima che la ferita si rimarginasse del tutto.
Le sue doti erano diventate sbalorditive.
Lasciandosi sfuggire un ululato di terrore dalle labbra, il cavaliere liberò la spada, facendo un grande sforzo. Per un soffio, intercettò la lama con cui sua moglie cercava di infilzarlo. Tre colpi in rapida sequenza lo costrinsero a parare con l'elsa della spada e persino con il bracciale.
Nerys digrignò i denti, spingendo il viso verso di lui. L'azzurro delle sue iridi sembrò accendersi come ghiaccio vivo, mentre la punta del coltello si avvicinava pericolosamente al volto del marito. Facendo ricorso a tutte le sue forze, il cavaliere spinse con entrambe le mani sulla lama della spada, colpendo il pugnale con l'elsa e scagliandolo via, nel buio.
Nerys balzò indietro e si lasciò sfuggire un ghigno divertito, prima di sferrargli un calcio all'inguine. Lui si accasciò in ginocchio, con una mano tra le gambe. La braghetta di camoscio sui pantaloni da cavallo lo aveva protetto, ma faceva comunque un male cane. Si alzò in piedi, dolorante, facendo roteare la spada. I due levrieri scolpiti sulla guardia a croce parvero ringhiare, famelici, mentre la lama costringeva Nerys ad arretrare.
La punta della spada fendette il tessuto grezzo del suo vestito, aprendo un piccolo taglio sulla coscia sinistra. Nerys si lasciò sfuggire un singulto, abbassando lo sguardo sulla ferita. Questa volta non si stava rimarginando.

L'acciaio di quella spada non mentiva.
«Cacciatrice di Sangue», recitò Nerys, col fiatone. Ancora ricordava il suo nome. «Ho sempre odiato quella spada...», ringhiò poi, saltando.
Con entrambe le mani, afferrò la grondaia del tetto, issandosi per colpire il cavaliere con un calcio, ma il legno era tanto macilento che la canalina andò in pezzi tra le sue mani.
Nerys si ritrovò schiena a terra e dovette strisciare via, carponi, mentre la lama del suo avversario calava a destra e a manca. Lei riuscì a schivare ogni colpo, raggiungendo la punta del forcone. Il cavaliere intercettò i denti con la spada, ma lei gli afferrò il braccio e, facendo leva con il corpo, lo buttò a terra. Prima che potesse abbattere il forcone, lui la colpì alla bocca con il pomo della spada, spaccandole un labbro.
«Basta!», urlò lei, accasciandosi al suolo e sputando sangue.
Nerys iniziò a piangere, con la schiena scossa da profondi singhiozzi e il respiro spezzato in strazianti sospiri. Il cavaliere senza nome si issò sulle braccia, ansimante. Senza dire nulla né cedere alla compassione, sollevò la spada, mettendosi in posizione da combattimento.
Di fronte a quel silenzio, il pianto commovente di Nerys si interruppe di colpo. Lei sollevò il viso, con gli occhi luccicanti velati dalla cortina di capelli. Un sogghigno divertito le increspava le labbra arrossate dal

sangue.
«Sei diventato più furbo», constatò, sorpresa.
«Basta con i giochetti», rispose lui a tono, avanzando di un passo e costringendola a sgusciare via.
Nerys si alzò, si produsse in una finta, poi si voltò sui talloni, correndo verso la casa.
Con un solo balzo impossibile saltò sul tetto, aggrappandosi con le unghie delle mani e dei piedi alle tegole di pietra. Una volta raggiunto il culmine degli spioventi, mostrò gli occhi accesi da fiamme bluastre.
«Va bene, basta giochetti», berciò, sollevando entrambe le braccia, coi palmi al cielo. «Adesso facciamo sul serio!», soggiunse, minacciosa, mentre la sua figura oscura si stagliava contro il lucore della luna.
Le tegole sul tetto iniziarono a vibrare, poi, come sollevate da un'ondata di invisibile energia, levitarono, fluttuando in aria.
A Nerys bastò far scattare la punta del dito.
Una tegola di granito schizzò verso il cavaliere, rapida come un proietto di catapulta. Lui riuscì a schivarla, abbassandosi e iniziando a correre verso la casa, a testa bassa. Parò una seconda lastra con la spada, ma la terza lo prese sulla spalla, facendolo barcollare. Una quarta tegola gli sfiorò la testa, aprendo un piccolo taglio sulla tempia. La quinta gli aprì uno squarcio sulla coscia, colpendolo di taglio. Il cavaliere cadde in ginocchio, addossandosi alla parete della casa, in cerca di riparo.
Tutt'attorno a lui, le tegole cadevano come grandine,

frantumandosi al suolo e spargendo schegge di granito ovunque.
Alcune lo ferirono al volto; una si conficcò nella sua guancia, insanguinandogli la barba. Era in trappola.
Afferrando il frantume di pietra tra l'indice e il pollice, il cavaliere se lo estrasse dal viso, lasciandosi sfuggire un gemito. Doveva spostarsi, uscire allo scoperto, prima di rimetterci un occhio o, peggio, il collo. Prese fiato, si fece coraggio e balzò fuori, iniziando a correre verso il bosco da cui era venuto, con il braccio sinistro a protezione della testa.
«Non puoi scappare adesso!», gridò Nerys, rovesciandogli addosso un nugolo di tegole che lo colpirono alla schiena, al gomito, al polpaccio. «Vigliacco!».
Il cavaliere crollò a terra, grondante sangue, ma si rialzò, strisciando carponi sotto le fronde degli alberi, al riparo, mentre le ultime lastre di granito si infrangevano sui tronchi di larice con uno schiocco secco.
Il corsiero grigio gli andò incontro, visibilmente agitato. Lui afferrò i finimenti, come un naufrago che si aggrappa a una corda lanciatagli da una barca. Esausto, raggiunse le bisacce sulla sella e, dopo aver conficcato la spada a terra, sfilò dalla sacca di tela una lunga pistola a ruota.
«Devi finire quello che hai iniziato!», gridò Nerys, mentre il cavaliere armeggiava con la fiaschetta di polvere nera. Dal borsello, estrasse la pallottola incisa

che gli aveva donato Bèroul.
«Saprai quando usarla», gli aveva detto.
Per un battito di ciglia, il volto del vecchio lampeggiò dietro ai suoi occhi, infondendogli coraggio. Il cavaliere ficcò la pallottola nella canna con lo stoppino, armò la ruota, girando in fretta la chiave nell'ingranaggio, ma, quando il cane fu armato e pronto a fare fuoco, Nerys era già svanita.
Tenendo l'arma puntata davanti a sé, il cavaliere setacciò la casa con lo sguardo: il tetto era deserto, fatta eccezione per il vestito di lana grezza di Nerys, che giaceva abbandonato sulla superficie sconnessa dello spiovente, come se il suo corpo si fosse vaporizzato al suo interno.
«Maledizione», bisbigliò il cavaliere.
Si spostò, nascondendosi dietro un fusto d'albero.
Con occhi vigili e colmi di terrore, scandagliò il terreno attorno alla casa, ma non colse alcun movimento.
Poi, due figure pallide emersero dalla soglia.
«Mamma?», chiamò una bambina dai lunghi riccioli rossi.
Lui abbassò la pistola, esitante.
Qualcosa lo colpì dritto alle reni, mandandolo al suolo.
«Non dovevi venire a cercarmi, marito», sibilò Nerys, balzandogli di peso sulla schiena e bloccandogli le braccia a terra. Come artigli di un felino, le sue unghie crebbero a dismisura, penetrando nelle carni del cavaliere, sempre più a fondo, mentre lui provava a

divincolarsi. Scalciò, inarcando la schiena per levarsela di dosso, o colpirla con la nuca, ma lei gli afferrò la coda di capelli, tenendogli la testa all'indietro.
Accompagnate da un orribile gorgoglio, decine di denti affilati sbucarono dalle gengive di Nerys, riempiendole la bocca come una disordinata selva di spine d'avorio. Il suo morso affondò nel collo del cavaliere, penetrando nella sua carotide e recidendogli le arterie.
Lui rantolò, agitando inutilmente il braccio sinistro nel tentativo di afferrare la spada che aveva piantato a terra, ma la sua Cacciatrice di Sangue era fuori portata, e innaturali artigli lo tenevano inchiodato al suolo. La lotta disperata si esaurì pian piano, mentre Nerys dilaniava le sue carni, ingerendo il suo sangue e spogliandolo gradualmente delle forze vitali. Quando l'uomo smise di muoversi, lei allentò la presa della mandibola, staccandosi dal collo, mentre fiotti scarlatti continuavano a fluire dallo squarcio.
I denti iniziarono a caderle subito, e Nerys li spinse fuori con la lingua, sputandoli tra filamenti di sangue e saliva. Anche gli artigli si spezzarono, restando infilzati nelle braccia del cavaliere.
Ogni sortilegio aveva il suo prezzo.
«Perdonami», mormorò, lasciando cadere la testa di lui a terra, inerte.
Forse era inevitabile che dovesse finire così.
«Mamma?», chiamò ancora la bambina, con voce stridula.

Nerys scattò in piedi, completamente nuda, il corpo ancora cosparso di venature livide.
«Va tutto bene, bambini, tornate in casa!», li rassicurò, con la voce distorta per il dolore, mentre i denti aguzzi le cadevano tra le labbra.
«Cosa succede? Chi c'è?», piagnucolò il figlio.
«Solo animali. Tornate in casa, subito!», indurì il tono Nerys, cercando di parlare in modo naturale.
Si infilò due dita in bocca, sfilando le ultime zanne acuminate che ancora indugiavano sulle gengive infiammate. Il dolore era meno intenso, ma aveva sangue dappertutto. Non poteva farsi vedere dai bambini, non conciata così.
Quando la figlia, in silenzio, prese per mano il gemello e lo condusse in casa, Nerys afferrò il mantello del cavaliere e se lo avvolse intorno alle spalle. Doveva lavarsi, poi avrebbe pensato al cadavere e al cavallo.
Legò le briglie al ramo di un albero, per assicurarsi che l'animale non fuggisse. Doveva essere abituato all'odore del sangue, perché non sembrava molto turbato. Nerys gli cantò una piccola filastrocca all'orecchio, accarezzandogli il muso grigio e, in un istante, il corsiero si abbassò sugli arti anteriori, si sdraiò a terra e si addormentò.
Stringendosi addosso la cappa nera, Nerys uscì dall'ombra dei larici, sfilando di fianco alla sua casa per andare al fiume.
Avvertì lo spostamento d'aria solo un istante prima che

la fiammata illuminasse il bosco con un lampo, ma non fu abbastanza rapida.

La deflagrazione risuonò come un tonfo di tamburo e una forza violenta la proiettò in avanti, mandandola con la faccia nel fango indurito dal gelo.

Da dentro la casa, i bambini iniziarono a strillare.

Ci volle un istante perché il bruciore si diffondesse dalla ferita sulla schiena, inondandole il corpo con un'orrenda sensazione di spossatezza e nausea. Nerys si issò sulle braccia, abbassando lo sguardo per cogliere il foro d'uscita che aveva all'altezza dello stomaco, lì dove la pallottola l'aveva trapassata da parte a parte. Gemette, osservando incredula il sangue colare dalla ferita. Avvertì il familiare formicolio del suo corpo che cercava di rigenerarsi, ma la guarigione era lenta, come se qualcosa la ostacolasse.

"Ferro delle stelle", pensò.

Respirò a fondo, nel tentativo di riprendersi dal trauma, ma un calcio le travolse la spalla, mandandola a terra, supina, con gli occhi rivolti al cielo scuro, dove la luna di cristallo riluceva di un chiarore sinistro.

Il cavaliere senza nome torreggiò su di lei nei suoi abiti scuri e inzuppati di sangue. Le cicatrici sugli occhi lo rendevano simile a un mostro emerso da un incubo. Teneva una mano premuta sul collo squarciato.

«Non è possibile», boccheggiò Nerys. «Io ti ho ucciso».

Lui rispose puntandole la spada al petto.

La donna volse gli occhi azzurri verso la lama premuta contro il suo sterno, poi, il suo sguardo fu catturato da qualcosa che scivolò attraverso il cielo oscuro: una lacrima di cristallo che precipitò nel mare nero della notte, sbriciolandosi in un'invisibile polvere.
«L'ultimo desiderio...». Nerys sussultò, rilassando le labbra in un vago sorriso. «Ethan.» gli occhi si spostarono sul viso del cavaliere «Non far loro del male. Non fare del male ai miei figli. I bambini no. I bambini no», implorò.
Il cavaliere si limitò a fissarla con tristezza, sovrapponendo entrambe le mani sul pomolo dell'arma. «Promettimelo!», invocò Nerys, ma la lama penetrò nel suo corpo, spaccando lo sterno con un agghiacciante scricchiolio e lacerandole il cuore.
«Mi dispiace», sussurrò lui.
Una lacrima gli rigò la guancia, mentre la sua mano lavorava sull'elsa della spada per squarciarle il petto.
L'azzurro bagliore negli occhi di Nerys si spense, mentre il suo cuore, ormai snudato, smetteva di battere.
Da dentro la casa nel bosco, il pianto dei bambini si era trasformato in un fioco gemito, ovattato dalle coperte sotto cui dovevano essersi nascosti.
Il cavaliere sfoderò la spada con un colpo deciso e, senza esitare, la abbatté sul corpo esanime di Nerys, mozzandole la testa di netto.
Non disse una parola.
Non un grido, un singhiozzo, un ringhio di

frustrazione.

Il rimpianto nel suo petto era stato inghiottito da un nero nulla, un abisso di buio dove ogni emozione era soffocata dalle tenebre.

Il cavaliere pulì la spada dal sangue, usando il mantello che lei ancora indossava. Poi, a passo spedito, si diresse verso l'uscio, aprendo la porta con un calcio; doveva finire il lavoro.

Quando uscì dalla casa nel bosco, era quasi l'alba.

Dagar

L'aurora lo sorprese nel fiume, nudo, immerso nei flutti gelidi fino alla vita. Il sangue gocciolava copioso dalla sua testa, arrossando la superficie limpida, tuttavia, lo squarcio sul collo mostrava carni esangui e pallide.
Passando lentamente un coltello affilato sulla nuca, si stava rasando i capelli, osservando il suo riflesso cangiante nello specchio d'acqua.
Aveva un aspetto orribile, più del solito.
Per ricucire lo squarcio sulla tempia, doveva radere la cute attorno alla ferita e tanto valeva togliere tutto. Il modo in cui lei gli aveva afferrato i capelli, prima di affondare i denti nel suo collo, lo aveva fatto sentire vulnerabile come non mai. Con un senso di orrore e fastidio, aveva reciso la coda dalla nuca, gettandola nella corrente.
Era ricoperto di tagli, ognuno dei quali poteva infettarsi e ucciderlo lentamente. Non era sicuro che sarebbe riuscito a cauterizzare col fuoco lo squarcio sul collo senza morirne.
In teoria, avrebbe dovuto già essere un cadavere da ore.
Aveva davvero bisogno che un cerusico lo rattoppasse, ma non c'era anima viva per leghe, figurarsi un

guaritore.
Anche se, forse, gli sarebbe bastato un barbiere. O un becchino.
Riposto il coltello su un sasso, fuori dal torrente, si passò una mano sulla testa, sincerandosi di aver rasato tutto con cura, poi, piegò le ginocchia e si immerse nel fiume.
L'acqua era tanto fredda da far male, ma il cavaliere era già tutto un dolore e vi si abbandonò, lasciando galleggiare testa e braccia sul filo della superficie appena smossa dalla corrente.
Non aveva idea di come avesse superato la notte.
Come aveva potuto rialzarsi, trovate la forza per camminare, dopo tutto il sangue che aveva perso?
Forse era morto e quello era tutto uno scherzo della sua mente.
Se si fosse lasciato trasportare dai flutti gelidi, si disse, quel fiume lo avrebbe portato nell'aldilà.
In quel momento, il sole si levò oltre il profilo affilato della foresta e la vallata fu inondata da una luce dorata che lo accecò, costringendolo a chiudere gli occhi.
L'acqua intorno a lui parve scaldarsi all'istante, in modo tanto repentino da iniziare a ribollire, come se fosse infiammata da un fuoco sommerso. Il fiume si riempì di sussurri, voci che scivolavano sull'acqua, frusciando nelle sue orecchie.
Sconcertato, il cavaliere si alzò in piedi, proteggendosi il volto con la mano, abbacinato da quelle lame di luce

che sembravano conficcarsi nelle sue pupille. Le gocce d'acqua che, scivolando sul suo corpo, precipitavano nel fiume rallentarono la loro corsa e si fermarono a mezz'aria. Ogni cosa intorno a lui parve congelarsi in un dipinto senza sostanza, tutto tranne quel sole accecante che faceva capolino sopra i larici.

Il mondo divenne privo di suoni, fatta eccezione per un fischio persistente che gli penetrò nelle orecchie, ampliandosi come un'eco e divenendo sempre più assordante.

«Sono morto?», si chiese, alzando la voce per sovrastare il fischio, ma dalle sue labbra non uscì alcun suono.

Tappandosi le orecchie con le mani, serrò le palpebre, incapace di sopportare oltre il bagliore e lo stridio.

«Sì», sibilò una voce in risposta.

Tutto piombò nel silenzio.

«E no», si smentì poi.

Quando il cavaliere riaprì gli occhi, si trovò sospeso in un mare di luce.

Un'immensa figura si stagliava nel suo campo visivo, distendendo titaniche ali fatte di null'altro che pura brillantezza. Erano così smisurate e lucenti da non riuscire a vedere altro. Il corpo tagliente da cui si dipartivano era la fonte stessa dell'incredibile fulgore: caldo e abbagliante come il sole, adornato da lunghi artigli scintillanti che s'irradiavano come raggi, simili a flagelli di luce. In quel soverchiante flusso d'oro, un'ombra bianca prese corpo dalla testa del mostro

luminescente, oscillando come una fiamma.
Gli occhi abbacinati del cavaliere distinsero la sagoma di un uomo, che camminava verso di lui sospeso nel nulla.
L'uomo fatto di luce gli arrivò di fronte e distese un braccio, toccandogli lo squarcio sul collo con un dito.
Allora, ogni cosa esplose in una bianca vampata.
Il sole si levò oltre le creste. L'acqua del fiume riprese a scorrere, fumante, e il mondo a destarsi, scuotendosi di dosso il freddo della notte in un concerto di sussurri e cinguettii.
La ferita era rimarginata. Impressa sulla pelle, come una sutura a fuoco, c'era una runa a forma di farfalla squadrata: il simbolo di Dagar.
Sospeso sul filo dell'acqua, a gambe incrociate e con le mani appoggiate sulle ginocchia, c'era un uomo con gli occhi chiusi, completamente nudo e glabro. Dal suo cranio liscio si dipanava un fitto reticolo di segni che lo ricopriva fino alla punta dei piedi, rilucendo come fosse inciso in oro puro. Erano simboli oscuri, che il cavaliere non riuscì a interpretare, sebbene nel suo cuore sapesse di averne già visti di molto simili.
Restò immobile, senza parole, incapace di discernere la verità dall'illusione, la vita dalla morte.
«Il mio nome è Dagar», esordì l'uomo, senza aprire gli occhi, con voce calda e confortante, un vago sorriso ad arcuargli le labbra. «Priore di Luce e Portatore del Giorno».

Prima che il cavaliere potesse formulare una domanda, o anche solo un pensiero, la voce dell'entità intercettò i suoi pensieri.

«Tu vivi», sancì, «anche se così non dovrebbe essere, per le logiche del mondo mortale».

«Perché?», osò chiedere lui, abbandonandosi a quella sensazione di debole estasi.

«Lo sai», rispose il Priore. «Devi solo ricordare».

«Ricordare cosa?».

«Il giorno in cui hai esalato l'ultimo respiro», replicò Dagar, in modo enigmatico, sempre con gli occhi chiusi.

Ogni parola evaporò dalle labbra del cavaliere come acqua, mentre i dubbi si impossessavano della sua mente.

«Sei entrato nel circolo di morte di tua spontanea volontà», continuò il Priore.

«Sono parole senza senso».

«Capirai», si limitò ad affermare Dagar, sollevando le mani dalle ginocchia. «Il sacrificio che stanotte hai posto sul nostro altare è grande, e verrà ricompensato. Lungo la via del sangue, ogni goccia verrà ripagata. Ogni oncia impura che ricondurrai al vuoto meriterà un pegno, un passo più vicino al compimento del tuo incarico».

«Incarico?».

Il Priore spalancò le palpebre, abbagliando il cavaliere con la forza di due soli e costringendolo a ripararsi il viso con le mani.

«Ed ecco il mio dono per te», annunciò, sollevando con lentezza la mano destra.

Con indice e pollice, afferrò la sfera di luce pura che brillava nella sua orbita e la cavò, come fosse una pietra incastonata in un gioiello.

Non appena il bulbo luminoso fu estratto dal volto del Priore, il bagliore si affievolì. Con delicatezza, Dagar lasciò cadere il suo occhio sinistro tra le mani tremanti del cavaliere.

«Così che il giorno splenda anche la notte, e che le altre stelle siano per te luminose come il sole», recitò, prima di svanire nel nulla, portandosi via lo splendente chiarore.

Il sole del mattino irradiava tiepidi raggi sul mondo ancora gelido per la morsa della notte, e il cavaliere cominciò a tremare per il freddo.

Nel palmo della mano stringeva una sfera d'oro.

Uscì dall'acqua e si buttò addosso la camicia incrostata di sangue.

Schiuse il pugno per studiare quell'occhio dorato che aveva tra le mani. Attorno a un reticolo finemente inciso si intersecavano lamine circolari, che scivolavano una sull'altra. Titubante, cominciò a far scattare l'ingranaggio, al cui centro si muoveva una lancetta rotante. Sorrise, osservando i circoli incrociarsi e le fiamme incise alle estremità roteare, come fosse un orologio.

Aveva già visto un oggetto simile a quello, una volta, molto più grande e macchinoso. Bèroul gliel'aveva mostrato, diceva che i Mori l'avevano portato da terre e tempi lontani: un astrolabio.

Mal comune
(...mezzo gaudio)

I

Acque placide scorrevano sotto i pilastri del ponte.
La superficie liscia del fiume rifletteva le sagome circolari delle torri, incappucciate di neve.
Il suono aspro di una piva echeggiava in lontananza, mentre il cigolio di carri e carretti sulla pavimentazione di ciottoli faceva vibrare la pietra. Il ponte del diavolo era l'unico ad attraversare il corso dell'Acquacinta nel raggio di almeno dieci leghe, e questo rendeva Grifonia la città perfetta per ospitare le trattative di pace, nel bene e nel male.
«Bella pensata, organizzarlo nel bel mezzo del Tempogelo», si lamentò Valka, montando in sella alla sua giumenta.
«Dove va tutta quella gente?», domandò Kaisa, issandosi sulla groppa del suo purosangue.
Lo sguardo le scivolò lungo la fiumana brulicante e colorita che ricopriva l'intera lunghezza del ponte.
«La festa del solstizio attira gente da ogni dove, contadini, mercanti... spie e sicari», spiegò Valka, in

tono amaro. «Sarà impossibile riconoscerli, in quel disastro».
«Perché? Qualcuno ti vuole morta?», domandò Kaisa con sarcasmo, indossando il mantello di lupo e sistemando la treccia bionda sulla schiena.
«Chiunque», dichiarò di rimando Valka, rifilando alla sua favorita un'occhiata tagliente. «Forza, andiamo. *Mennän!*», ordinò poi al suo seguito, alzando la voce e fischiando tra i denti.
I cento Predoni della scorta galopparono di gran carriera verso la città e Kaisa accelerò per stare in testa alla colonna.
Sentendo il frastuono dei cavalli lanciati in corsa e vedendo i nivei vessilli svettare sulla schiera che avanzava, i viandanti accalcati sul ponte caddero in preda al panico. Per anni, i Predoni avevano terrorizzato le genti della Bassa dei Tre Rivi, bruciando, uccidendo e razziando.
Lo stendardo con la luna e la lupa era divenuto simbolo di morte e rovina, così come il nome di colei che rappresentava: Valka la Sanguinaria.
La gente cominciò a correre, strillando, travolgendo i carri e i banchetti dei venditori ambulanti. Nella ressa, un uomo si buttò o venne spinto nel fiume, sbracciandosi nell'acqua gelata.
Valka rise, compiaciuta del terrore che era ancora capace di suscitare.
Dalle torri di Grifonia, i nuovi arrivati furono accolti

dal brillante squillo di trombe d'argento. Questo creò sbigottimento e confusione nel popolino accalcato sul ponte. Dalla sponda settentrionale del rivo, un folto gruppo di cavalieri in armatura cavalcò incontro ai Predoni, battendo il vessillo azzurro e nero con il grifone dorato, simbolo della città.
«Bell'accoglienza», osservò Kaisa, guardando i magnifici destrieri, avvolti in sontuose gualdrappe color fiordaliso.
«Molti nemici, molto onore», commentò Valka, sollevando la mano per fermare il suo seguito e coprendosi la testa col cappuccio.
Quando i due schieramenti a cavallo si incontrarono nella piana innevata, a circa un miglio dal ponte, il panico si esaurì a poco a poco. La gente si affacciò ai parapetti di pietra per osservare la scena. Qualcuno ebbe la compassione di gettare una fune al disgraziato che era finito in acqua, prima che morisse assiderato.
Dall'ordinata fila di cavalieri in armatura emerse un uomo dall'aspetto gracile, in groppa a un vivace ronzino che sembrava volerlo sbalzare di sella a ogni passo. L'aureola di capelli che gli ricadeva sulle tempie rasate e il pendaglio del sole che oscillava sul saio nero non lasciavano alcun dubbio: era un ministro del Priorato.
«Un campanaro», commentò Valka, a bassa voce. «Mi hanno mandato un campanaro».
Kaisa si limitò a sogghignare, cercando di assumere la posa più regale possibile. Il sacerdote arrestò il cavallino

al suo cospetto, faticando a tenerlo fermo.
«Vi porgo i miei più umili omaggi, regina Valka!», disse il prete, salutando Kaisa con un inchino che quasi lo fece cadere di sella.
Lo stratagemma aveva funzionato, era bastato scambiarsi cavallo e mantello.
"E poi dicono che l'abito non fa il re", pensò Valka, mentre il prete si spendeva in vuoti cerimoniali di fronte alla sua favorita.
«In nome del Santo Priore, Bonifacio I, è per me un grande onore accogliere Vostra Eccellenza...»
«Basta coi convenevoli», lo interruppe Kaisa, in tono gelido.
Il deluso sbigottimento che Valka lesse sul viso del prete la fece sorridere. L'aveva istruita bene.
"Quanto amo questa ragazza", si disse in silenzio.
«Il mio popolo non mi chiama regina, ma Madre», aggiunse Kaisa, citando una frase che Valka aveva già usato in passato.
«Perdonatemi, altezza», si scusò il prete.
«Tu chi sei?», lo interrogò poi, con ostentata fierezza.
«Ehm, io sono... il mio nome è Godfrey, volevo dire Goffredo!», balbettò il prete. «Goffredo di Lannrote, vicario del Santo Priore».
«Hai paura di me, Godfrey Goffredo?», lo sbeffeggiò Kaisa.
«Il vostro nome incute una certa reverenza e timore, regin... madre... sua maestà Valka», ammise il prete.

«La Sanguinaria».
«Come?».
«La Sanguinaria», ripeté Kaisa. «Non è così che mi chiama la vostra gente?».
Le guance del povero Goffredo avvamparono.
«Non badate alle dicerie del popolino, maestà», bofonchiò, nascondendo la testa tra le spalle come una testuggine.
Valka si chiese per quale motivo il Concilio le avesse mandato incontro quella specie di omuncolo strisciante. Per un istante si sentì offesa, ma poi capì che era solo una tattica: sottovalutare il nemico era il primo passo verso la rovina. Lo aveva imparato a sue spese, anni addietro, al Mattatoio di Acquifiamma, quando il suo esercito di pietra era letteralmente affondato nel pantano attorno a Lagonero.
«Come entriamo in città?», domandò Kaisa, con impazienza. «Ci vorranno ore, per sgomberare il ponte».
«Non passerete da lì, altezza, no», rispose Goffredo, tutto compiaciuto. «Entrerete a Grifonia attraverso un ingresso secondario, direttamente dal fiume. Una barca vi sta aspettando al molo», concluse, distendendo un braccio verso il rivo.
"La partita a scacchi è già iniziata e i neri si sono portati avanti", pensò Valka, voltando lo sguardo verso il battello a remi ormeggiato sul fiume; uno scafo lungo e stretto, ornato da fregi e florilegi smaltati d'oro. Al di là dello sfarzo nelle decorazioni, era una solo una

barchetta che non avrebbe potuto ospitare più di venti persone, equipaggio in livrea compreso.
Volevano isolarla dal suo branco.
La cosa puzzava di trappola e Valka fu costretta a intervenire.
«La nostra Madre non può viaggiare su quella bagnarola», disse, in tono fermo ma cortese, lanciando un'occhiata a Kaisa. «Non si muove senza la sua scorta».
Il prete allora spostò lo sguardo su di lei, sondando l'ombra sotto il cappuccio, in cerca dei suoi occhi.
«Mi rincresce che il battello personale del Prefetto di Grifonia non sia all'altezza delle vostre aspettative», replicò, con un tono fermo che la lasciò di stucco, «ma la città non intende ospitare Predoni armati, non in così gran numero. Sua Eccellenza potrà portare con sé alcuni uomini fidati», spiegò. «E la sua dama di compagnia, ovviamente», aggiunse, guardando Valka con intenzione, prima di spostare di nuovo gli occhi su quella che credeva fosse la Madre dei Predoni.
Kaisa restò in silenzio, ma il fugace sguardo che lanciò a Valka fu un chiaro segnale di aiuto; quelle erano decisioni che non poteva prendere di testa sua.
«Aspettate qui», disse al prete, voltando il cavallo.
Valka restò un istante a fissare Goffredo con aria dura, poi le andò dietro.
«Salgo io sulla barca», suggerì Kaisa, spingendo il cavallo al trotto. «Tu puoi entrare in città in incognito,

dal ponte».
«Sei così ansiosa di morire ammazzata al posto mio?», la provocò Valka. «No, restiamo insieme», concluse, spingendo la giumenta al galoppo. Quando le due donne furono attorniate dai cento Predoni, smise di fingere.
«Reko!», chiamò. «*Tule tänne!*».
Il suo capo razziatore le si avvicinò al trotto, sporgendosi dalla sella per ascoltarla meglio.
«*Tilauksistasi, äiti*».
Come lei, anche Reko era stato rapito dai Predoni da bambino e cresciuto dal branco. Valka preferiva parlare in lingua occasica con lui, cosicché in pochi comprendessero le loro parole.
«Quanto tempo ci vuole perché l'intera armata arrivi qui?», domandò.
«Con la neve? Almeno tre giorni di marcia», rispose Reko. «Facendo tutti i preparativi, può essere qui in una settimana».
La maggioranza del suo esercito era a piedi. Prima che lei prendesse il potere, i Predoni nemmeno possedevano cavalli.
«Manda qualcuno a metterli in allerta», ordinò. «Che siano pronti a muoversi».
«Sì, Madre», assentì Reko, senza obiettare.
«Dammi sei figli e cinque figlie, i più abili che conosci», aggiunse Valka. «Verranno con me, il resto di voi può accamparsi qui. Non allontanatevi troppo dal ponte».

«Sarà fatto».
«Reko, se mi succede qualcosa, qualsiasi cosa, prendi il comando e, quando arriverà l'armata, radete al suolo questa dannata città!».
Il suo capo razziatore rispose con un cenno del capo, spronò il corsiero e chiamò a rapporto i suoi aiutanti.
Valka si voltò verso Kaisa, intenta a sistemarsi il diadema d'argento sulla testa; questa cosa di essere agghindata da regina le stava piacendo fin troppo.
«Pronta a entrare nella tana dei lupi?», le chiese.
«Siamo noi i lupi», rispose la ragazza, con una smorfia accattivante.
"Questi sono lupi neri, bambina", pensò Valka, celando i suoi pensieri dietro a un mesto sorriso. "E si mangiano tra loro".

II

Il battello scivolò oltre l'isolotto al centro del fiume, cosparso di detriti e relitti di piccole imbarcazioni da pesca. In origine, il ponte aveva ben ventidue campate, erette su alcune secche che, di tanto in tanto, venivano sommerse dalle piene. Durante la guerra, però, gli abitanti della città avevano fatto crollare due arcate per impedire attacchi esterni, stratagemma che li aveva tenuti al sicuro per un po'. Da alcuni anni, una struttura in legno aveva riempito la falla, ma era già pericolante.
A centinaia si erano affollati sul ponte per osservare

l'arrivo di Valka la Sanguinaria, urlando improperi, fischiando o, addirittura, tirando sassi verso la barca.
Kaisa restava impassibile a prora, ritta, con il mento alto e lo sguardo fiero, sfoggiando il sontuoso mantello di lupo. Esporsi così era un rischio inutile, ma la ragazza aveva talmente fede in Valka e nel suo potere da sentirsi intoccabile. Il lato positivo era che, ora, chiunque in città avrebbe ricordato la Sanguinaria come una donna esile con una lunga treccia bionda. Qualsiasi attentato alla sua vita avrebbe avuto come bersaglio Kaisa. Valka non era contenta di rischiare così la pelle della sua favorita; tuttavia, era stata lei a offrirsi volontaria e una regina non può rifiutare il sacrificio di un suddito. Se l'avesse protetta in modo eccessivo, Kaisa avrebbe cominciato a sentirsi troppo importante e, col tempo, avrebbe potuto tentare di prendere il suo posto. Valka aveva già compiuto trentacinque anni, non aveva eredi e, quando aveva ucciso la vecchia Madre, prendendone il posto, aveva più o meno la stessa età della sua favorita.
Doveva cominciare a guardarsi le spalle.
«Benvenuta a Grifonia, Eccellenza», esclamò Goffredo, con un immotivato entusiasmo, quando la barca raggiunse l'altra sponda dell'Acquacinta.
Scortato da alcuni cavalieri in armatura e cotta d'arme con i colori della città, il prete stava in piedi sotto l'arcata di una postierla nelle mura, abbastanza grande da permettere il passaggio di due destrieri affiancati.

Kaisa saltò giù dalla prua del battello e Valka fu subito dietro di lei. La afferrò per il braccio e quasi la spinse attraverso la porta nella cinta muraria, per celarla alla vista. Le due si ritrovarono alla base di un torrione circolare, percorso da una lunga scala a chiocciola.
Goffredo non le lasciò sole nemmeno per un istante.
«Grazie a questo passaggio, vi condurremo direttamente al palazzo, maestà», spiegò, guardando Kaisa. «Immagino che vorrete riposarvi, dopo...».
«No», intervenne Valka, piantandogli addosso quei suoi occhi grigi, freddi come pugnali. «La Madre dei Predoni incontrerà il Concilio. Subito.»

III

Attraverso bui camminamenti nelle mura e freddi corridoi, Valka e Kaisa furono scortate all'interno della fortezza.
La luce del cielo bigio filtrava da piccole feritoie, oltre le quali si poteva osservare la città brulicare di venditori ambulanti, insegne e candele.
Per la festa del solstizio, erano state appese ovunque delle ghirlande fatte con rami di pino, stelle a dodici braccia decorate col biancospino, simbolo di immortalità e rinnovamento. Era incredibile come, in soli sette anni, il nuovo culto avesse attecchito tra la popolazione, facendo leva su tradizioni antiche. La forza con cui il Priorato aveva spazzato via tutte le altre

religioni era da ricondursi soprattutto alla mistica figura di Bonifacio I. Valka era molto ansiosa di incontrarlo.
Scortata da dieci Predoni, preceduta dal prete Goffredo e da un manipolo di cavalieri di Grifonia, la Sanguinaria entrò nella sala in cui si riuniva l'assemblea dei nobili di Espero, attirando ogni sguardo su di sé e facendo calare un inquietante silenzio. Valka dovette sforzarsi per restare un passo indietro, lasciando che fosse Kaisa ad avanzare in testa al gruppo, gli stivali che rintoccavano sulla pavimentazione di marmo scuro.
Imponenti candelabri diffondevano un caldo fulgore sopra la sua testa, compensando i variopinti riflessi che si diffondevano nella stanza attraverso le vetrate istoriate, magnifiche a vedersi, ma piuttosto fosche.
Alti seggi di legno erano stati disposti lungo le pareti, a entrambi i lati della stanza, per ospitare tutti i membri del Concilio. Sopra ogni scranno era stato appeso il vessillo della casata che rappresentava, in un tripudio di colori e simboli araldici. Sulla sinistra erano schierati tutti i nobili appartenenti al Patto Nero: una sfilza di felini, rapaci, cavalli e fiori su campi bipartiti di nero, per indicare la loro affiliazione al Priorato.
Sulla destra, sovrastati da grandi insegne variopinte, erano ospitati sovrani ed emissari che non avevano sottoposto la propria autorità a quella del Santo Priore, né avevano accettato di convertirsi al nuovo credo.
Era una stanza piena di nemici divisi da guerre, diatribe e massacri che avevano martoriato l'Espero per anni.

Ora, però, un male comune aveva permesso a tutti loro di riunirsi pacificamente.

Una donna, per questo ancora più odiata: Valka la Sanguinaria, colei che aveva osato allearsi con l'Ordine Bianco.

Da quando Wèn era scomparsa, lei era diventata il nemico pubblico numero uno di tutto l'Espero.

I cavalieri in armatura arrestarono il passo, sbattendo i talloni sul pavimento e allineandosi nel mezzo della sala. La scorta di Predoni fu costretta a fermarsi e, con loro, anche Valka.

Kaisa le lanciò uno sguardo nervoso, ma la recita doveva andare avanti, perciò la favorita proseguì da sola, avvicinandosi al trono su cui sedeva il Santo Priore. All'estremità della sala, un rosone istoriato proiettava un inquietante riflesso sanguigno su un trono di metallo brunito. Lo schienale aguzzo era finemente inciso, sormontato da una testiera rotonda, percorsa da raggi concentrici. I braccioli erano forgiati a foggia di due dragoni, l'uno ringhiante, l'altro coronato di fiori. Quasi rannicchiata sul grandioso seggio, una figura attendeva in silenzio, immobile come una statua, avvolta in una tonaca nera, con il volto adombrato dal cappuccio e i piedi nudi. Bonifacio I mosse appena la testa, quando Goffredo annunciò a gran voce:

«Oggi, ventesimo giorno di Tenebro dell'anno Settimo dopo la Conversione, entra nel Concilio di Espero sua Maestà Valka, Madre dei Predoni, Signora dei Cinque

Picchi e del Tavoliere dei Profumi, Conquistatrice di...»
«Silenzio!». Una voce roca e imperiosa echeggiò nella sala, zittendo il prete e arrestando l'incedere sicuro di Kaisa. La ragazza titubò, puntando gli occhi azzurri sul trono.
Un dito accusatore si levò verso di lei da sotto la tonaca scura, mentre il Priore si alzava con gesti lenti.
«Quella non è Valka», affermò da sotto il cappuccio, provocando un gran tramestio nella sala.
Kaisa si paralizzò, e con lei tutti i Predoni, mentre i membri del Concilio bisbigliavano tra loro, concitati.
Con passo misurato, Bonifacio scese dal podio, dirigendosi spedito verso di lei. Senza arrestare il suo incedere, abbassò il cappuccio, svelando un capo glabro e ornato da tatuaggi vermigli. Il volto, antico seppur privo di rughe, era incorniciato da un fitto labirinto di simboli che, dalle tempie, scendevano giù per il collo. Solo in quel momento, osservando i suoi arti in movimento, Valka notò che quei segni arcani lo ricoprivano fino alle dita delle mani e dei piedi.
Il Priore guardò Kaisa per un istante, senza nemmeno fermarsi. La scartò, passando oltre e dirigendosi verso il manipolo di Predoni.
Valka si costrinse a tenere alto lo sguardo, mentre Bonifacio avanzava verso di lei, sicuro come una freccia scagliata, gli occhi neri e lucenti fissi nei suoi, le labbra sottili arcuate in un sorriso enigmatico. L'aveva scoperta.

"Ma come diavolo ha fatto?", si chiese, impressionata.
I cavalieri e il prete si fecero da parte. Valka allargò le braccia, ordinando alla sua scorta di farsi indietro.
«Eccola qui», esclamò il Santo Priore, quando le fu di fronte. «Questa è Valka. Possibile che nessuno l'abbia riconosciuta?», chiese, in tono beffardo.
Nella sala esplose un acceso chiacchiericcio colmo di stupore ed eccitazione. Goffredo nascose la faccia tra le mani, soverchiato dall'imbarazzo per l'errore commesso.
"Fine della farsa", si disse Valka, abbassando il cappuccio e svelando la chioma castana, acconciata in un reticolo di trecce che, dalle tempie, risalivano fino alla nuca, fondendosi in un'unica grande coda tenuta ferma da anelli d'argento.
«Benvenuta», le disse il Priore, con sincero entusiasmo. «Ero molto ansioso di incontrarti».
«Anch'io... Suonetar», sussurrò Valka, chiamandolo con il suo antico nome.

IV

«Nessuno mi chiama più così da molto tempo, ormai».
«Certo, Bo-ni-fa-cio», scandì Valka. «Ne sei davvero convinto?».
«Di cosa?».
«Di fare del bene».
«Bene e male sono concetti molto soggettivi».

Valka rispose con un'alzata di spalle, svuotando il calice.
Come un amico che fa gli onori di casa, il Santo Priore lo riempì di nuovo fino all'orlo.
«Grazie», disse lei, azzannando un altro boccone di anatra.
Non si poteva certo dire che Bonifacio I vivesse nello sfarzo, ma il cibo era buono. I due avevano lasciato la sala del Concilio e si erano ritirati in una cella della fortezza, piuttosto spoglia e umile, arredata con un tavolo, quattro sedie e un letto. Di fianco al camino acceso, c'era una piccola finestra di vetro piombato che affacciava sulla città. Come un gatto, il Priore se n'era stato lì accovacciato a contemplare i lumi della sera inondare le strade, mentre alcuni servitori imbandivano la tavola.
Poi, dopo aver fatto sloggiare coppieri e guardie, si era seduto di fronte a Valka e l'aveva guardata mangiare, senza toccare cibo. All'inizio, lei si era fatta intimidire dalla situazione, ma il brontolio allo stomaco e l'odore invitante della carne avevano avuto la meglio.
«E così, Wèn ti ha parlato di me», le disse, dopo un lungo silenzio.
Valka si lasciò sfuggire un sorriso.
«Ti diverte?», reagì lui, curioso, fissandola con quegli occhi bruni in cui scintillava un riflesso sanguigno.
«Sei il primo che la chiama per nome senza dire strega, demonio, diavolo, o peggio...».

«Nessuno la conosce come la conosco io. L'ho amata come una figlia».
«Come genitori, credo abbiate fatto abbastanza schifo», gli confidò lei. «Vi chiamava porci, tu e gli altri Priori».
Lui rise di gusto, come se si parlasse dello scherzo di una bambina.
«Ritengo che avesse i suoi motivi. Cos'altro ti ha raccontato?».
Valka si strinse nelle spalle, prendendo un sorso di vino.
«Mi ha rivelato il tuo vero nome, e anche degli altri, tutti piuttosto ridicoli, a dire la verità», rispose con arroganza. «Suonetar, Priore del Sangue e... Scintilla della Vita, così ha detto che ti chiami, e ha detto che il suo potere l'ha avuto da te».
«Avuto non è la parola giusta. Rubato, forse», precisò Bonifacio.
«Se Wèn è riuscita a rubare il potere di un dio, allora tanto di cappello».
«Non sono un dio. Nessuno di noi lo è».
«Allora cosa sei?».
«Soltanto un uomo», confidò lui. «Soprattutto, da quando Wèn mi ha spogliato del mio manto priorale, del mio elemento».
«Mi pare che, come uomo, te la passi molto bene». Valka gli lanciò una lunga occhiata, afferrando una coscia di anatra e ricominciando a mangiare, vorace.
«È stata una grande lezione di umiltà», concesse lui.

«Ho potuto conoscere a fondo l'umanità e ho atteso secoli, prima di rivelarmi. Ma la situazione era andata troppo oltre. Wèn andava fermata e la gente non poteva continuare ad adorare falsi idoli. Doveva conoscere la verità».

«Non sei il primo a dire di conoscere i segreti dell'unica vera fede», lo provocò Valka. «Mettiti in fila.»

Il Priore ignorò la sua insolenza, si alzò e si avvicinò alla finestra, con le mani congiunte dietro la schiena.

«C'è una cosa che Wèn ha sempre voluto più di tutto», disse. «Essere una di noi. Ha creato il suo elemento, corrompendo l'equilibrio del cosmo con la stregoneria, ma ciò non l'ha resa un Priore, soltanto una fattucchiera, una strega, come dite voi».

«Una ribelle, dico io», commentò Valka.

«È questo che vedi in lei?».

«Voi siete i guardiani, voi avete il potere. Wèn voleva solo giocare secondo le sue regole».

«Capisco», si limitò a commentare Suonetar. «E tu pensi di essere come lei?».

«Sono cresciuta in un mondo dominato dagli uomini; prima promessa in sposa da mio padre quand'ero solo una bambina», raccontò lei, «poi rapita dai Predoni e offerta in sacrificio a una specie di idolo di pietra. Ma sono sopravvissuta, e oggi gli uomini tremano davanti a me. Tutte le terre dell'occaso sono sotto il mio dominio».

«Per quanto ancora?», la prese in contropiede il Priore.

«Dopo Acquifiamma, il tuo regno ha cominciato a svanire, le città che hai conquistato si stanno ribellando, mentre il Patto Nero ha acquisito forza e nuovi alleati. Quanto pensi ci vorrà, prima che ti saltino tutti addosso come cani rabbiosi?», la incalzò, guardandola con occhi accesi. I tatuaggi sulla sua testa si infiammarono dei riflessi rosseggianti del fuoco.
«Sono venuta qui per questo», mormorò Valka.
«Ah», si limitò a commentare il Santo Priore, dandole le spalle e volgendosi nuovamente alla finestra.
Quello era il momento. Un'occasione così non le sarebbe più capitata.
Valka ingollò il boccone, lasciò cadere il cibo sul piatto e afferrò il coltello che un servo aveva lasciato sul vassoio. Era piccolo, ma sarebbe bastato.
Si alzò di scatto e si tuffò contro la schiena del Priore, protendendo la lama in avanti. Lui non emise nemmeno un singulto, quando il metallo gli penetrò nelle reni. Valka estrasse il coltello e lo colpì ancora, ancora e ancora, ma lui restò fermo, senza muovere un solo muscolo, con gli occhi sempre fissi alle luci che danzavano oltre il vetro piombato.
Quando iniziò a ridere, Valka si fermò, smettendo di colpire quelle carni che parevamo già morte; le sembrava di infilzare la carcassa di un cervo irrigidita dal gelo.
Il Priore si voltò con lentezza verso di lei, snudando i denti in un sorriso disarmante. Valka gli piantò il

coltello nel petto e poi si allontanò, atterrita. Raggiunse la porta, ma era sbarrata; allora ci si appiattì contro, guardandosi attorno come un animale in trappola, in cerca di una via d'uscita.
«È per questo che sei venuta qui? Per uccidermi? È così che pensavi di risolvere la questione?».
Con un gesto solenne, Bonifacio slacciò la fibbia di oro rosso che teneva chiusa la sua tonaca nera, svelando il corpo nudo e fibroso, interamente ricoperto da quell'intrico di tatuaggi rossi, che sembravano agitarsi come serpenti sulla sua pelle lucida. Il colore divenne sempre più rovente, riscaldandosi al punto da cominciare a pulsare di un bagliore infuocato, che avvolse tutto il suo corpo. Le ferite inflitte da Valka si rimarginarono in un battito di ciglia e il coltello scivolò a terra, sferragliando. I tatuaggi tornarono del loro colore, spegnendosi sotto la pelle come braci morenti.
Il Priore raccolse il coltello da terra e si sedette al tavolo, nudo, iniziando a pelare una mela con la lama intrisa del suo stesso sangue.
Valka restò schiacciata contro la porta, senza sapere cosa fare.
Poteva provare a saltare dalla finestra, ma dubitava che sarebbe sopravvissuta alla caduta.
«Vieni qui», la invitò lui. «Siedi con me, Valka. O dovrei dire... Véibhinn».
Lei sbiancò.
Nessuno la chiamava così da tanti anni, da quando i

Predoni le avevano dato un nuovo nome.
«Valka ti si addice di più, se posso permettermi», proseguì lui. «Véibhinn ha un suono troppo dolce; evidentemente, la tua famiglia non aveva idea di quanto fossi forte».
«Non parlare della mia famiglia», ringhiò lei.
«Perché?». Il Priore fece spallucce, continuando il suo lento lavoro sulla buccia di mela. «Oh, sì, certo, un'intera casata distrutta nell'incendio e tu rapita dai Predoni. Così è iniziato il terribile viaggio che ti ha portato da Wèn. Tutto quel dolore, tutta quella rabbia...».
«Cosa vuoi dire?».
«Se ti dicessi che tuo fratello è ancora vivo?».
Valka strinse i denti, come colta da una fitta di dolore.
«Balle».
«Ah, davvero?». Il Priore le rifilò un sorrisetto amaro. «Il diavolo ti ha mentito, non io; è quello che sa fare meglio. Ti ha mentito su tutto, altrimenti non saresti qui a cercare di ammazzarmi con un coltello da frutta».
Valka non seppe cosa rispondere. Detta in quel modo, la situazione suonava davvero ridicola, eppure, sul momento, le era sembrata una buona idea.
«Perché credi che Wèn ti abbia scelta?», insistette Bonifacio.
Valka lasciò vagare la mente nel passato, tra sofferenze, sangue e incubi. Pensò al modo in cui lei l'aveva trovata, alle promesse che le aveva fatto, al sottile gioco

di dolore e vendetta attraverso cui l'aveva condotta a ricevere il marchio del diavolo.
«Non lo so», confessò infine, in un sospiro frustrato.
«Siedi», ripeté il Priore, porgendole una fetta di mela.
Valka esitò per un istante, poi si avvicinò e prese posto di fronte a lui, che non smetteva di fissarla. Più per disagio che per un gesto di volontà, afferrò la fetta di mela sporca di sangue, ma non osò avvicinarla alla bocca.
«Non devi avere paura», riprese lui. «Se il Priorato non avesse bisogno di te, ti assicuro che saresti già morta da un pezzo».
«Incoraggiante».
«Dovrebbe esserlo; se ti dicessi che Wèn ti ha scelta proprio perché ha paura di te?».
Valka si morse il labbro, confusa.
«Tieni vicini i tuoi amici e ancora più vicini i tuoi nemici, scrisse qualcuno a un principe», proseguì il Priore. «Devo ammettere che lei è sempre stata molto brava a neutralizzare i suoi nemici, o a legarli a sé. Lo dico per esperienza».
«Non ha più importanza», si difese Valka. «Ormai è morta».
«Come tutto il resto, anche questa è una menzogna. Proprio come me, lei non può essere uccisa, non finché avrà il controllo sul mio elemento; è il sangue, capisci? L'essenza della vita».
«Ma che stai dicendo?».

«Sono sicuro che Wèn stia meglio di te e di me. Tornerà, molto presto», commentò Bonifacio, masticando una fetta di mela. «Per questo ti sto offrendo una seconda possibilità».
«Cosa vuoi?».
«Solo che tu conosca la verità e che poi scelga: restare fedele a Wèn o seguire il destino per cui sei nata».
«Non credo nel destino».
«Brava, e guarda le tue scelte dove ti hanno portata».
Valka strinse i denti, cercando di non lasciarsi offendere dalle parole pungenti del Priore. Aveva una gran voglia di accoltellarlo di nuovo, ma sapeva che sarebbe stato inutile.
«Qualsiasi decisione prenderai, sarai libera di andare».
«Sì, certo», sbuffò lei, ironica.
«Lo giuro», replicò lui, abbassando gli occhi sulla fetta di mela che lei stringeva ancora tra le dita.
Valka contemplò le tracce rosse sulla polpa. Era sangue di un Priore, sostanza divina, secondo il dogma.
Qualsiasi giuramento fatto in quel modo non avrebbe potuto essere rotto.
«Sei disposta a restare? Ad ascoltare quello che ho da dirti?».
Valka non rispose. Puntò le sue iridi grigie sul Priore, portò la fetta di mela alle labbra e, senza distogliere lo sguardo, diede un morso.
«Affare fatto».

In terra di ciechi
(Beato chi ha un occhio)

I

Raschiavano senza posa contro le pareti del suo cranio, come branchi di ratti in fuga dal fuoco. Unghie sporche di terra e sangue, come quelle usate per costruire la nave dei morti, scavavano nella sua mente. Le poteva sentire da sveglia, quando bisbigliava parole senza senso, oscillando davanti al focolare in balia delle sue visioni. Le voci erano divenute urla e, nel corso dei mesi, un coro. Infine, una legione urlante di anime in pena.
«*Lei è tornata!*», gridavano.
La sacerdotessa, un tempo amata e temuta, non c'era più.
Era solo una veggente, circondata da uno stormo di corvi gracchianti che ricopriva di guano ogni angolo della sua tetra dimora. Ogni tanto tornavano da intramonte con le piume ricoperte da un sottile strato di sale, o dall'austro con fini granelli di sabbia incastrati nel becco.
«*Strigoi, strigoi!*», gracchiavano in coro, e non v'era luogo

in tutta la Terra in cui i suoi messaggeri non avessero veduto creature oscure.
Ma a nessuno interessava. Negli ultimi anni, solo i disperati avevano osato chiedere il suo consulto: uomini senza speranza e donne in disgrazia. Rischiavano la vita, pur di trovarla, pagavano ciò che lei chiedeva, ansiosi di sapere cosa il futuro avesse in serbo per loro, incapaci di accettare lo scontato esito delle loro vite sull'orlo del nulla.
Era un mondo popolato da ciechi, in cui il suo unico occhio era più prezioso dell'argento, ma la veggente non aveva più profezie da rivelare.
Si augurava che l'umanità intera incontrasse la morte più rapida e gloriosa cui potesse ambire, ponendo fine a ogni cosa. Voleva dormire, dormire, dormire soltanto, per sempre, senza più incubi, senza più unghie a grattare contro il suo teschio.
In quella notte di Tempogelo, le fiamme del focolare lambivano il legno secco come sensuali danzatrici coperte di veli scarlatti. Le braci pulsavano come stelle, esaltate dalle correnti sussurranti che filtravano dagli spifferi nelle travi. La bianca morsa del gelo si stringeva attorno al suo rifugio, stritolando le assi, piegando lo scafo di quella nave che, un tempo, aveva solcato i mari. La veggente non sapeva per quanto ancora avrebbe potuto vivere lì, sul lago gelato, dentro una barca rovesciata, mentre le profondità dell'Acqualungone mormoravano sotto la spessa crosta

di ghiaccio. Presto, la chiglia avrebbe ceduto e i vortici di neve, i venti algidi, le bestie della notte l'avrebbero ghermita nel sonno. Non appena il suo fuoco si fosse spento, tutti i suoi corvi l'avrebbero abbandonata, fatta eccezione per Huginn, forse. Era indifesa, debole, inerte. Una vecchia bambola di terracotta sul punto di frantumarsi in mille pezzi.
Gloria e forza appartenevano al passato, ora c'erano solo morte e cupo grigiore, ovunque, persino nei suoi capelli. Da poco aveva passato le quattro decadi di vita, ma la sua chioma era già brizzolata e irsuta come il pelo di un mulo. Le sue mani, avvizzite dal freddo, ricordavano quelle di una vecchia. Non erano più le dita forti di quella donna che sapeva ballare la danza dell'acciaio meglio di qualsiasi uomo. Non aveva più senso ricordare, rimpiangere il passato, ma nemmeno andare avanti.
Tutti quelli che aveva amato erano scomparsi nel nulla. Bèroul era morto.
Molte volte, in quei sette anni, la veggente aveva pensato di farla finita, di avventurarsi nella notte, sola, e attendere che il freddo la cullasse nel sonno della morte. Oppure di rompere il ghiaccio e gettarsi nei flutti oscuri del lago, sprofondando come un sasso negli abissi gelidi.
Non poteva. Doveva attendere, anche se non sapeva bene cosa.
Da mesi provava quella sensazione, come un pizzicore

intermittente che la costringeva a grattarsi il collo, uno stridore tagliente che le faceva digrignare i denti, impedendole di dormire. Lo sentiva, a volte persino poteva vederlo, come un'ombra che avanzava nella bruma del suo dormiveglia. Qualcuno stava venendo per lei. Un uomo. Camminava sulle acque ghiacciate del lago con passo deciso, appesantito dall'acciaio. Da giorni lo attendeva, e quella notte, ne era certa, lui sarebbe arrivato.

Avanzava solo e fiero, i suoi occhi grigi si posavano sul luogo spettrale in cui la veggente dimorava, al confine tra due mondi, in bilico sulla sottile striscia bianca che separava acqua e aria, ghiaccio e terra, pace e guerra, vita e morte.

Nessuno veniva a disturbarla da molto tempo, come se fosse un antico drago addormentato nel suo antro. La veggente aveva visto i dodici draghi del grande albero e, forse, da quel giorno, era diventata come loro.

Persino i Fomori la temevano ed evitavano di camminare sul lago ghiacciato, per paura che la crosta cedesse sotto i loro piedi. I Norreni, pure, preferivano starle alla larga, perché il viaggio era pericoloso e in molti credevano fosse solo una pazza, o peggio, una strega.

I pochi che riuscivano a raggiungere la barca rovesciata non avevano più nulla da perdere, avevano già abbracciato il lato oscuro del mondo e camminavano mano nella mano con la morte. Quell'uomo solitario

più di tutti. Quell'uomo aveva preso cento e più vite, aveva ucciso, tradito, condannato, massacrato. Quell'uomo conosceva la furia della battaglia più di quanto un uomo avrebbe dovuto, ma, nonostante ciò, aveva ancora molta voglia di uccidere. Quell'uomo aveva visto più orrori di quanti se ne potessero immaginare, eppure aveva ancora paura. Quell'uomo aveva visto il mondo cambiare, bruciare, annegare in un mare di sangue e, lo stesso, conservava il senso della bellezza.
Quell'uomo non era buono, eppure era l'unico rimasto al mondo ad avere uno scopo, un destino che i Dodici favorivano.
«Vieni, Priore Oscuro», sussurrò la veggente, spalancando l'occhio buono. Tutti i corvi presero a gracchiare, spiccando il volo come una nera nuvola e sciamando verso l'austro. Presto l'avrebbero condotto da lei.

II

Gli stivali di pelle consunta scricchiolavano a ogni passo sullo spesso strato di ghiaccio, disegnando una scia nella neve. Nel cielo nero della sera, i corvi erano poco più che ombre, simili a scuri fantasmi contro la volta nuvolosa. Avvisavano della loro presenza cantando un lamento senza posa, dolente e minaccioso come lo stridere di una lama nel fodero. Il frullare d'ali

si perdeva nella vastità del lago, circondato da una cupa foresta di conifere imbiancate, indicando la via sicura verso la barca rovesciata. L'uomo inclinò la testa per udire meglio il confuso gracchiare.
Quasi senza guardare dove metteva i piedi, si lasciò guidare dallo stormo, fino a quando una scintilla nel buio colpì la sua vista. Passo dopo passo, cominciò a vedere i contorni ricurvi della nave: il rostro di coda e la prora decorata erano completamente sommersi nel lago, intrappolati nel ghiaccio come i piedi di un gigante mitologico. Una porzione della chiglia sfondata era stata coperta con un telo di lana, oltre il quale si intravedeva la danza ondeggiante del fuoco acceso.
La veggente attendeva, con la vista fusa a quella dello stormo. Sentì i passi dell'uomo subito oltre il tendaggio.
«Scaldati», lo invitò.
L'elsa di una spada fece capolino da sotto la tenda.
«Quella non ti servirà, qui», lo rassicurò lei, in tono accogliente.
L'uomo si paralizzò sulla soglia. Ci vollero alcuni istanti, prima che il suo respiro rallentasse e lui si decidesse a rinfoderare la lama. Poi venne avanti, portandosi dietro un'aria gelida e vortici di cristalli nevosi.
«Ora capisco perché ti chiamano Signora dei Corvi», esordì, togliendosi il cappuccio. «Senza di loro, non ti avrei trovata. Il mio cavallo è morto, due giorni fa».
«Mi dispiace».
La veggente schiuse la palpebra, lasciando vagare

l'occhio destro sulle fattezze del suo ospite. I capelli erano cortissimi e scarmigliati, gli occhi segnati da profonde cicatrici che gli solcavano il viso come lacrime nere. Una barba incolta, fulva ma spruzzata di bianco, nascondeva in parte le piaghe delle intemperie. Era un uomo nel mezzo della sua vita, alto e slanciato, vestito di abiti neri e logori, ma di bella fattura, così come lo erano le sue armi. La veggente conosceva quella spada, il gioiello sul pomolo e il profilo di due levrieri all'estremità dell'elsa.
Il volto di colui che la portava ricordava i lineamenti di un giovane a cui aveva insegnato tutto ciò che sapeva, prima della guerra, ma non poteva essere lui. I suoi occhi erano diversi, e non solo per le cicatrici.
Le iridi mostravano un grigio innaturale, fumoso, una pallida luminescenza che somigliava a un'alba velata da una fitta nebbia. Quell'uomo portava sulle spalle una gelida aura di morte, era scavato e pallido come lo spettro del cavaliere che un tempo conosceva. Forse era proprio uno spettro.
Dal momento che i vivi avevano smesso di farle visita, avrebbe fatto meglio ad aiutare i defunti.
«Siedi», lo invitò ancora, uomo o spirito che fosse. «Come mi hai trovata?».
L'ospite non si sedette, ma sfilò un guanto e scostò il pastrano con un gesto lento, mettendo in mostra le armi che portava ai fianchi. Dalla scarsella alla cintura, estrasse una sfera che riluceva come fosse forgiata in

oro puro. La contemplò per un istante, stretta tra l'indice e il pollice.
Poi, in modo repentino, la lanciò nel fuoco.
La veggente scattò indietro, per evitare la vampa di scintille che si sollevò dal braciere. Prima che lei potesse pronunciare alcun lamento o parola, la sfera sfrigolò tra le fiamme, schiudendosi come un fiore dai petali dorati.
Quando le lamine concentriche scivolarono una sull'altra, ruotando, una luce rovente proiettò sul soffitto un vasto cielo di stelle pulsanti.
Sopra le loro teste, la tolda arcuata fu tramutata in una volta baluginante, dove le costellazioni si intersecavano a lunghe fasce di iscrizioni luminescenti. Un'ogiva aurea, come uno strano proiettile, si muoveva lungo il groviglio di astri, tracciando un percorso, una via da seguire verso un sole fiammeggiante.
A bocca aperta, la veggente lasciò vagare l'occhio in quell'immensità di luce, finché l'uomo non reclamò a sé l'oggetto prodigioso, sottraendolo al fuoco con la mano ancora protetta dal guanto.
Come una testuggine che ritira gli arti nel guscio, le lamine d'oro si richiusero, compattandosi nella superficie intarsiata della sfera.
«Che cos'è?», domandò la veggente, meravigliata.
«Non lo sai?», le chiese lui, di rimando, porgendole l'oggetto.
Lei lo afferrò tra le dita. Il metallo era tiepido e non conservava alcuna traccia del calore a cui era stato

sottoposto. Non aveva mai visto niente del genere in vita sua.

Tornò con lo sguardo al suo ospite, e non riuscì più a trattenersi.

«Ethan, sei davvero tu?», chiese, con una nota di ansia nella voce.

L'uomo non disse nulla, si limitò ad annuire. Poi slacciò la fibbia del mantello irrigidito dal gelo e si sedette vicino al fuoco.

«È bello rivederti, Averil», mormorò, cercando di non cadere con lo sguardo nell'orbita vuota che deturpava il volto della donna.

«Ti credevo morto», rispose lei, senza smettere di studiare la sfera dorata.

«È per questo che sono qui», le confidò lui. «Tu hai visto i Dodici Priori».

«Sì», ammise Averil, atona. «Li ho visti. E da allora le loro voci si affollano nella mia mente».

«Ne ho visto uno anch'io», continuò il cavaliere, puntando l'indice sulla sfera d'oro. «Quello è il suo occhio».

Averil ripose delicatamente l'astrolabio d'oro di fianco a sé.

«Cosa ti ha detto?».

«Di ricordare ciò che ho dimenticato».

Averil afferrò un bicchiere di corno e prese un profondo respiro.

«Il tuo passato e il tuo futuro sono intrecciati in un

unico arazzo», spiegò, versando della birra. «Alcuni fili sono del colore del sangue e compongono un disegno, altri si perdono nello sfondo».
La veggente sbriciolò una manciata di spezie e le lasciò cadere nel corno.
«Se un filo rosso è stato reciso, non può essere ricucito. Se il disegno è stato interrotto, il tuo destino è morto con lui. Questo significa che, qualsiasi cosa tu sia, non è per te che stai vivendo, ma per qualcun altro; un filo in un arazzo altrui».
«Non mi servono altri indovinelli», borbottò lui.
«Va bene», concesse Averil, indispettita. «Bevi», disse, passandogli il corno.
La birra gorgogliò nella gola del cavaliere.
Subito fu colpito dal sapore amaro, muschiato, che gli fece pizzicare la punta della lingua e le guance. Una radice o un fungo, non avrebbe saputo dirlo. Qualsiasi cosa fosse, lo stava avvelenando.
«Funzionerà?», chiese, rumoreggiando con la bocca, mentre il viso si contraeva in una smorfia di disgusto.
«Chi può dirlo?», replicò Averil, con un vago sorriso.
La veggente lo fissò senza dire nulla, poi si alzò, ergendosi nel suo nero mantello fatto di piume corvine, lucido come il mare di notte.
Quando schiuse le falde della cappa, un fumo nero si sollevò dal focolare, spargendosi nella barca rovesciata e inghiottendo ogni luce.
Il cavaliere stramazzò al suolo, precipitando in un

sonno profondo.

Tuonetar

Il tempo divenne creta liquida, plasmabile con il tocco delle mani, in perenne movimento come se fosse sospinto dalla rotazione del tornio. Bastò un tocco perché si spezzasse in migliaia di piccoli frammenti, minuscoli cristalli che fluirono come acqua tra le sue dita.
Le schegge traslucide divennero fiocchi di cenere che fluttuavano nel vuoto. Il tempo perse ogni importanza e trascorsero ore, forse giorni. Mesi, anni, secoli.
Un fiume di nuvole scorreva nel cielo nero. Poteva sentirne il rumore, come quello di una quieta cascata. Il cavaliere si trovò a camminare nudo, con l'aria fredda che gli artigliava la pelle. Tutt'attorno, solo tenebre.
Provò ad aprire gli occhi, ma non vi riuscì. Era cieco.
Avanzò a tentoni. Sotto i suoi piedi, poteva sentire una distesa di corpi, in qualsiasi direzione andasse. Nudi, si agitavano in quel silente mare di morte come naufraghi. Pallidi volti immersi nel fango gemevano sotto i suoi passi, simili a pesci arenati sulla spiaggia.
Si fermò, quando credette di riconoscere una voce.
«Nonno?», chiamò.
«Ethan, figlio di Gordon, discendente degli Ederyon»,

sussurrò la voce nel vento. «Benvenuto nel vuoto».
Allora la bocca del morto si schiuse di colpo, emettendo un urlo pregno di terrore. Il suolo si frantumò. Centinaia di mani emersero dalle profondità, afferrando il cavaliere per le caviglie e trascinandolo nella città sommersa.
Andò a fondo, accolto da tentacoli di fumo nero che lo avvolsero come sudari. Sentì sul volto il calore di stelle che pulsavano e lo stridore di fulmini che saettavano attorno a lui. La caduta terminò in un duro letto, freddo come una bara. Solo in quel momento si accorse di poter respirare, o, forse, di non averne bisogno.
Le spire di tenebra attorno a lui cominciarono a strisciare, sibilanti. Il buio si condensò in qualcosa, un'unica, terribile forma che incombeva su di lui, respirando. La titanica serpe scattò, afferrandolo, come una murena che stringe la morsa sulla preda. Il cavaliere si sentì sollevare, sospinto in alto da una colonna di fumo, che si solidificò in una torre di pietra.
Là, sulla sommità diroccata, qualcosa di umido strisciò nei suoi occhi, facendolo contorcere tra gli spasmi. Gridò, ma infine il dolore si spense e il cavaliere poté schiudere le palpebre, per ricominciare a vedere.
Si trovò al cospetto di una creatura fatta di nebbia, chiusa in un silente torpore. Altera come una regina, aveva la testa incoronata di spine, il corpo scheletrico fasciato da strascichi di caligine. Una chioma densa come inchiostro le incorniciava il volto, lungo e

spigoloso, dove rilucevano occhi simili ad abissi, pieni di un fluido che galleggiava attorno alle pupille bianche. La pelle cinerea era ricoperta da un fitto labirinto di rune e simboli, che strisciavano lungo tutto il suo corpo, come legioni di neri serpenti.

«Inginocchiati a Tuonetar, Prioressa di Etere, Custode del Vuoto, Signora degli Spiriti», ordinò la grigia regina, e il cavaliere obbedì, schiacciato dalla forza di un'onda marina.

«Ricordi come sei giunto qui?», chiese Tuonetar, con voce sibilante.

Il cavaliere raddrizzò la schiena, restando in ginocchio, incapace di formulare una risposta.

«Nessuno sa come si arrivi negli incubi», disse poi.

La Prioressa si avvicinò, muovendosi sinuosa come uno squalo, e il suo indice si posò sul petto del cavaliere.

Il solo tocco bastò a scaraventarlo a terra con violenza. Iniziò a urlare, sopraffatto dal dolore, sconvolto dall'orrore. Attraverso due fessure, vide il pettorale della sua armatura spaccato come un guscio di noce. Sotto di esso, le sue carni erano esposte. Faceva fatica a respirare. Tossì un grumo di sangue nella visiera di metallo del suo elmo. Agitò la mano, tastando il terreno.

Non riusciva a trovare la spada di suo padre. Provò a sollevarsi. Tutt'attorno, il carnaio di Acquifiamma era un caos di urla e cadaveri sparsi nella palude. Le armi da fuoco crepitavano, le lame intonavano un tintinnante

canto di morte, mentre uomini, donne e aberrazioni si battevano in un groviglio di carne e acciaio, innaffiato da scrosci di sangue.
L'ultima cosa che vide fu una furia vestita di cuoio e ferro; una di quelle donne che combattevano con i Predoni. Strisciava verso di lui, come una vipera pronta a ingoiare un topo. Era ricoperta di sangue e fango. Sul volto dipinto col carbone brillavano due occhi spietati.
Il cavaliere provò ad arretrare, ma non riusciva a muoversi.
La donna salì a cavalcioni su di lui, schiacciandogli il torace squarciato e sollevando due pugnali insanguinati.
Con un sorriso sul volto, gli conficcò le lame negli occhi, facendo penetrare le punte nelle fessure dell'elmo.
I suoi bulbi oculari esplosero come acini d'uva. Il cavaliere urlò, annegato dalla melma rossastra.
Una mano pallida si poggiò sulla sua fronte e il dolore svanì. Il vuoto lo avvolse.
Si trovò di nuovo al cospetto della tetra regina, che nella mano destra stringeva il cuore del cavaliere. Era immobile. Un pezzo di carne annerita.
«Sono morto», constatò, incredulo.
«Così è stato. Così era scritto. Ora il tuo spirito è nella mia mano».
«Cos'è questo posto? L'inferno?».
«Non esiste un luogo del genere. Esiste solo il mio regno, dove chi è trapassato nuota nel buio e sogna»,

spiegò la Prioressa. «Ma tu puoi scegliere: la tua vita è finita, eppure il tuo compito è appena iniziato. Il tuo sangue ti offre una nuova occasione».
Tuonetar sollevò l'altra mano e schiuse lentamente il palmo, mostrando una melagrana rigonfia, di un rosso tanto acceso da rilucere con una propria brillantezza.
«Mangia il tuo cuore e ottieni il tuo spirito. Sogna e abbraccia l'Etere, oltre la soglia dell'ultimo respiro, senza occhi, per sempre», spiegò, sollevando appena la mano destra.
«Mangia la melagrana e ottieni la vita», continuò, muovendo le orbite oscure verso quel frutto rigonfio e pulsante che teneva nella sinistra. «Torna a vedere, a camminare nel mondo per portare a termine il tuo incarico. Un giorno, forse molto lontano, dovrai tornare a me e servirmi per l'eternità».
Stringendo le dita attorno al frutto, Tuonetar spaccò la crosta, rivelando all'interno una polpa fremente, dove chicchi sanguigni sembravano contrarsi e pulsare come cellule di un muscolo fatto di carne.
«Solo a te spetta la scelta».
Il cavaliere non ebbe esitazioni, allungò la mano verso il frutto rosso, ma bastò un'occhiata della regina perché un tentacolo di tenebra gli afferrasse il polso, avvinghiandogli le braccia.
«Ho detto mangia, non tocca», lo ammonì Tuonetar, avvicinando la melagrana alla sua bocca.
Con la lingua sporta in fuori, come un morto di sete

che trova una pozzanghera, sfiorò il tessuto palpitante, che sembrò ritrarsi a contatto con la sua saliva. La regina emise un lungo sospiro e il suo fiato echeggiò nel vuoto, sollevando un turbine di nebbia che prese a vorticare in ogni direzione. Tuonetar premette la mano sul volto del cavaliere, spremendo il frutto contro le sue labbra. I chicchi esplosero tra i suoi denti, schizzando sangue caldo nella sua bocca e inondandogli la gola, fino a farlo soffocare. Incapace di respirare, crollò a terra, scosso da tosse e conati.
Torreggiando su di lui, la Prioressa schiuse la mandibola in modo eccezionale e, come un serpente che deglutisce un grande uovo, fece sparire tra le sue fauci il cuore morto del cavaliere, ingoiandolo tutto intero.
«La scelta è compiuta», sancì. «Ti faccio dono della vista e della vita; che il vuoto ti protegga da tutto ciò che può dissolvere le tue spoglie mortali. Dimentica il tuo nome, perché ora appartiene a un morto. Ma tu morte mieti e, come ogni mietitore, Tristo sarà il tuo nome».
La voce di Tuonetar divenne poco più che un fruscio.
«Vai e uccidi, Priore Oscuro», concluse, svanendo nel buio, mentre il cavaliere si sentiva sollevare dal fumoso vortice.
Respirò a pieni polmoni, annaspando fuori dall'Etere.
Strappato dal fosco delirio, rientrò nel suo corpo rattoppato.
Nel punto in cui i suoi occhi erano stati infilzati, si incrociavano due cicatrici, tra il sopracciglio e lo

zigomo, delineando una sorte di croce sghemba: era la runa di Tuonetar.

Passarono i giorni e il sogno svanì, sepolto dalla convinzione di aver solo delirato, in preda a febbre e dolore che non sembrava voler passare.

Il cavaliere non poteva immaginare che l'incubo fosse più reale della vita stessa. Con il passare di anni oscuri, si dimenticò di ogni cosa, persino della sua stessa morte.

Occhio per occhio
(...dente per dente)

I

Averil lo osservò a lungo, in silenzio, rigirandosi tra le mani la sfera d'oro. Nelle spire di fumo, aveva guardato l'incubo del cavaliere prendere forma. Non v'erano parole che lui potesse trovare per raccontarlo con la stessa vividezza. Ancora intontito dalle erbe, aveva lo sguardo perso nel vuoto, gli occhi grigi ancor più torbidi e innaturali.
«So cos'hai visto», affermò la veggente.
«Io no», replicò lui, secco.
«Parlami, Ethan. Dimmi cosa c'è nella tua mente».
«Ethan è morto», ribatté il cavaliere. «Non usare più quel nome», ammonì, esalando un sospiro pensoso.
«Quale nome vuoi che usi?».
«Come ogni mietitore, Tristo sarà il tuo nome», recitò lui, a mezze labbra.
Fuori dalla barca, un corvo gracchiò, lugubre. La veggente rabbrividì e restò in silenzio, chiusa in foschi pensieri.
«Priore Oscuro», incalzò il cavaliere. «Cosa significa?».

Averil esitò, prima di rispondere con voce tenue: «Che ora sei uno di loro».
«E quindi? Cosa sono? Una specie di dio?».
«No», tagliò corto Averil. «Non hai la facoltà di plasmare alcun elemento, ma sei al servizio dei Priori e puoi incanalare i loro poteri, come una specie di... conduttore».
Lui annuì lentamente, con gli occhi persi nel fuoco.
«Cosa vogliono da me?», domandò poi.
«La cosa che sai fare meglio...».
«Uccidere». Fu il cavaliere a completare la frase, con una punta di amarezza nella voce. Averil esitò, lasciando vagare lo sguardo nel buio. Poi, allungò il braccio verso il pagliericcio in cui dormiva, afferrando un pesante involto che v'era nascosto sotto. Con gesti misurati, disfece il tessuto, svelando un'inconfondibile forma rettangolare.
Quando la rilegatura in pelle consunta fu snudata, il cavaliere si zittì, in balia dello stupore e del terrore, perché quello era l'Ennen Vanhaan, il Caos Arcano, il libro dei tempi che furono, scritto dall'eremita pazzo Iagus ap Rodlant, usando il sangue stesso dei Priori.
«Credevo fosse andato perduto», disse, afferrando il libro con mani esitanti.
«L'ho sempre avuto io», lo rassicurò Averil. «Bèroul mi ha incaricato di tenerlo al sicuro, prima della guerra».
Il cavaliere aprì le pagine ingiallite, sfiorando con le dita le lettere istoriate.

«Il Priorato lo vorrà indietro», fece notare. «È un testo sacro».

«Se lo rivogliono, io sono qui», replicò Averil, ferma. «Suonetar ce l'ha affidato, lui ci ha coinvolto in tutto questo e ora mi appartiene. Se lo rivuole, dovrà chiederlo a me».

«Ora si fa chiamare Bonifacio I. Le cose sono molto cambiate, dopo la Conversione».

«Ho sentito», sospirò la veggente. «I miei corvi mi hanno parlato di città, persone, mesi e stagioni che cambiano nome. Nobili che sgomitano per entrare nel Patto Nero. In soli sette anni, l'Espero ha cambiato volto».

«Niente convince la gente più dei miracoli».

«Sono solo giochi di prestigio», lamentò la veggente, sputando nel fuoco. «Tu sei un miracolo».

«Direi più un fenomeno da fiera. Un mostro».

«È questo che credi?», domandò Averil, incredula. «Vieni, Huginn», ordinò poi, puntando l'indice verso il libro.

Da una fessura nella chiglia della barca, un corvo grosso come un falco e nero come il carbone planò sopra il volume, gracchiando.

Il cavaliere si ritirò, riparandosi il volto con le mani, ma il rapace restò sospeso in volo sopra il libro. In un grande frullare d'ali, le pagine presero a voltarsi, sollevate dallo spostamento d'aria.

Ogni rumore fu spazzato via da una folata di vento.

Quando l'uomo riaprì gli occhi, il corvo era svanito e il grande tomo era aperto sulle sue gambe, riportando un titolo istoriato in caratteri antichi.
«*Tenebris... Tempora...*», lesse in un fruscio. «È lingua Imperia, non la capisco».
«Provaci», lo incoraggiò Averil, lasciando al cavaliere il tempo di far scorrere gli occhi lungo tutta la pagina.
«Tempi Oscuri richiedono un...», tradusse lui, «...Priore Oscuro».
«Va' avanti», lo incoraggiò Averil.
«Ciò che è già morto non può morire», proseguì il cavaliere, senza staccare gli occhi dalla pagina.
«Capisci, adesso?».
Il cavaliere annuì, senza dire nulla.
«So che non hai mai avuto fede negli dèi», proseguì la veggente. «Ma ora sono loro ad avere fede in te».
«Tanto da rendermi immortale».
«Non sei immortale», lo contraddisse lei. «Tuonetar ti ha fatto dono del suo elemento, il vuoto. Ora sei etereo, ma nato dalla carne. Esistono ancora molti modi per distruggerti».
«Ah, che fregatura», scherzò lui, abbozzando un mesto sorriso. Subito distolse lo sguardo dalle macabre miniature di corpi smembrati e bruciati.
Averil si lasciò sfuggire un colpo di tosse nervosa, prima di proseguire:
«I Priori possono guarire molte ferite, altre no, ma tutte lasciano un segno».

«Lo so», le confidò lui, laconico, grattandosi lo sfregio sull'occhio. Poi, quasi infastidito, chiuse il volume con un tonfo.
«Perché io?», domandò infine.
«Questo ancora non lo so».
«Ce ne sono stati altri, prima di me?».
«Se è scritto sull'Ennen Vanhaan, o è già accaduto», rispose la veggente, riprendendosi il tomo, «oppure deve ancora succedere».
«Un altro indovinello».
«Non sono io a fare le regole», rimbeccò lei, infastidita. «Non ho chiesto visioni e voci nella mia testa, eppure eccomi qui. Quindi, smettila di fare il bambino e accetta le cose come stanno!».
«Smetterai mai di fare la maestrina?», chiese lui, strappandole un mezzo sorriso.
«Mai», replicò Averil, rimirando la sfera dorata. «I Priori ti hanno dato una strada da seguire, una missione. Nessuno ha mai visto il proprio destino così chiaramente; ritieniti fortunato».
«Mi basta essere vivo. Qualsiasi cosa io sia».
«Un vicario dei Priori».
«Un sicario, vorrai dire. I Dodici restano puliti, mentre io faccio il lavoro sporco».
«Se vuoi vederla così...», concesse lei. «Ma i Priori sono guardiani dell'equilibrio, non intervengono nelle vite dei mortali e non si immischiano negli affari terreni. Possono spingere altri a farlo al posto loro. Tu, in

questo caso».
«Se vogliono che ammazzi per loro, io lo farò», asserì il cavaliere. «Ma chi o cosa dovrei uccidere?».
Averil gli lanciò la sfera d'oro, e lui la afferrò al volo.
«Come hai avuto questo?».
Lui abbassò lo sguardo, cupo, assente.
«Meglio che tu non lo sappia».
«Ti ho visto con lei», sospirò Averil, sentendosi d'improvviso molto stanca. «Ma speravo fosse solo un sogno».
«Un incubo», la corresse lui. «Un incubo molto reale».
«Ethan...».
«Non usare più quel nome». La mano gli tremò, e la nascose sotto il mantello.
«Anche io volevo bene a Nerys», assicurò Averil. «Eravamo molto legate, come sorelle».
«Mi hanno riportato indietro dalla morte solo per ucciderla?», commentò lui, lottando contro la propria coscienza. «È questo che mi stai dicendo?».
«Hai fatto quello che io e Bèroul avremmo dovuto fare tanti anni fa, quando era solo una bambina», confidò la veggente.
Un'ombra nera si stagliò contro lo scafo della barca rovesciata. La sua orbita vuota parve ancora più buia.
«Nerys era la discendente della strega. Non avevi scelta».
«Forse no», borbottò il cavaliere, una smorfia di rimorso sul viso. «Dagar, il Priore, ha parlato di sangue

impuro».

«Quello che vogliono da te è quello che hanno sempre voluto: distruggere l'Ordine Bianco», spiegò Averil. «Uccidere chi lo controlla».

«La strega è morta, Bèroul l'ha uccisa».

«No», rivelò lei, dandogli le spalle. «Wèn è tornata, le voci me l'hanno detto. I corvi l'hanno cantato. Bèroul ha distrutto il suo corpo, ma la strega possiede il potere del Priore di Sangue. Questo significa che può rigenerarsi, può sconfiggere la morte».

«Come si uccide qualcosa che non può morire?».

«Non lo so», confessò Averil, nascondendo il tomo sotto il pagliericcio. «Ma tu e lei non siete così diversi, ora. E se c'è qualcuno che può scoprire come ucciderla, sei tu».

«Incoraggiante», commentò il cavaliere, con cupo sarcasmo.

La veggente prese a frugare tra il materiale affastellato qua e là.

«Non è un caso, se l'occhio di Dagar ti ha portato qui da me», affermò, prendendo una pesante sacca di cuoio liso e aprendola vicino al fuoco.

Con un gesto misurato e lento, sollevò due pugnali lunghi un cubito, inguainati in foderi avviluppati da un'imbragatura di cuoio. Quando sfoderò una lama, l'acciaio scintillò alla luce del fuoco, brillante nonostante le macchie di ruggine. Il cavaliere conosceva quelle armi. Nel volto scavato di Averil, rivide i fieri tratti della Sacerdotessa guerriera che, un tempo, gli aveva insegnato a danzare con l'acciaio.

«Per arrivare alla strega, dobbiamo prima eliminare i suoi adepti», suggerì la veggente, facendo roteare il pugnale. «E io so da dove cominciare».

II

Maree di cristalli ghiacciati vorticavano nell'aria gelida. L'orizzonte era frastagliato dagli aguzzi profili dell'immane foresta che circondava l'Acqualungone da ogni lato. Mentre il canto funesto dei corvi risuonava nell'ululato della bufera, passi pesanti scricchiolavano sulla superficie ghiacciata del lago. Il cavaliere, appesantito dalle armi, seguiva il passo sicuro della veggente, che avanzava sulla distesa bianca con i capelli scossi dal vento. Le bastava un rintocco con la punta del bastone per capire se lo strato di ghiaccio fosse abbastanza spesso da sostenere il loro peso.

Il viaggio fino all'Isola del Drago non era lungo, ma periglioso. Ogni passo poteva celare una fredda caduta tra i flutti del lago. La cortina di neve impediva di vedere la fine dell'Acqualungone, ma, da ore, ormai, avevano oltrepassato il punto più largo. Erano vicini.

«Quanto ancora?», chiese lui, ansimante, sistemandosi la bisaccia sulla spalla.

«Tre miglia, forse meno», replicò Averil, arrestandosi. «Il crepuscolo incombe», aggiunse, sollevando l'occhio

buono verso le nubi, sempre più scure. «Non arriveremo mai prima che faccia buio».
«L'oscurità può coprire le nostre mosse», fece notare lui.
«Non con Occhi d'Inchiostro», dissentì Averil, scuotendo la testa. «Il buio è suo alleato». La veggente sollevò con delicatezza la benda che le copriva il bulbo oculare vuoto. «Io lo so bene», commentò, amara, prima di riprendere il cammino. Il cavaliere le andò dietro, corrucciato.
«Mi dispiace. Conosco la sensazione», confidò, sfiorandosi la cicatrice su un occhio. «Quando è successo?».
«Non ricordo, anni fa».
«Perché gli davi la caccia da sola?».
«Era il mio re».
«Un re che ti ha bandita».
«Io conoscevo Æfeloth, l'uomo», tagliò corto la veggente. «Quando il sangue infetto degli strigoi lo ha trasformato in quell'aberrazione...», raccontò, «porre fine alle sue sofferenze mi sembrava la cosa decente da fare. Ma questo era prima che mi mangiasse un occhio. Ora lo voglio solo distruggere».
Il cavaliere annuì in silenzio, poi le afferrò un braccio, arrestando la marcia. «A proposito di occhi...».
«Ci ho fatto l'abitudine».
«Ci si abitua a tutto, anche all'idea di essere morti», mugugnò lui. «Ma stavo pensando a una cosa che hai

detto prima».
«Quale?».
«Hai detto che non è un caso, se sono venuto qui».
«Con quello che vedo e sento ogni giorno, no, non credo più al caso, soprattutto quando ci sono di mezzo i Priori», rispose Averil, spazientita. «Si sono presi la mia vita e devo credere di avere uno scopo anch'io, un ruolo in tutto questo».
«Ce l'hai». Lui infilò la mano sotto al pastrano e le porse l'astrolabio d'oro. La veggente lo guardò, stupita.
«Questo è...».
«Dagar mi ha donato il suo occhio», spiegò lui. «E a te ne manca uno».
Se possibile, l'espressione sul volto di Averil s'incupì ancora di più, ma la donna non rispose, né osò afferrare la sfera dorata che lui le stava offrendo.
«Vuoi che mi infili quella cosa nella faccia?», domandò poi, dopo una lunga esitazione. «Come pensi che funzioni?».
«Non ne ho idea», ammise lui. «Scopriamolo».
«Non ora», ribatté Averil, afferrando la sfera e nascondendola nel pugno. «Dobbiamo proseguire», concluse, senza ammettere repliche e rimettendosi in marcia verso il rilievo boscoso che sti stagliava dinnanzi a loro.
Si narrava che, secoli addietro, il prode Atelstano avesse ripulito l'isola dai draghi che vi dimoravano, fondando il primo insediamento norreno di Ernar. All'oggi, del

palazzo e dei grandiosi templi restavano solo rovine.
«C'è una cosa che non ti ho detto», riprese la veggente, dopo un lungo silenzio, alzando la voce per sovrastare l'ululato del vento. «Occhi d'Inchiostro non è solo, laggiù».
Il cavaliere rispose con un ringhio, poi, sferragliando nell'equipaggiamento, accelerò il passo per affiancarla.
Con una bastonata, lei lo costrinse in fila indiana.
«Preferirei non cadessi nel lago».
Lui alzò gli occhi al cielo. Erano passati molti anni, ma, nonostante tutto, Averil ancora trovava il modo di bacchettarlo come un alunno discolo.
«Che significa "non è solo?"», chiese.
«Mai sentito dire "due piccioni con una fava"?».
«Sai che non mi piacciono gli indovinelli».
«C'è qualcos'altro, su quell'isola. Una creatura», rivelò la veggente. «Berahku è il suo nome. Apparteneva all'Ordine Bianco prima di prendere dimora qui, diventando il terrore dei Norreni e dei Fomori».
«Una strige?».
Lei annuì, sistemandosi addosso il mantello di piume.
«Può essere donna, può essere tenebra. Può essere qualcosa che non cammina su questa terra da migliaia di anni».
«Una mutaforma», risolse il cavaliere, a denti stretti.
«Possiamo ucciderla».
«Lo spero bene».
«Ma non sarà semplice.» aggiunse lui, prima di mettere

un piede in fallo e scivolare sul ghiaccio.
La veggente lo afferrò e lo sostenne, evitando che rovinasse a terra.
«Eth...», iniziò, ma si morse la lingua prima di pronunciare ancora il nome di un morto.
Sul suo volto si disegnò un vago sorriso quando disse:
«Tristo, devo davvero chiamarti così?».
«Ora è quello il mio nome, a quanto pare».
«Beh, Tristo... quand'è stata l'ultima volta che hai fatto qualcosa di semplice?».

III

Informi cataste di pietre, colonne mozzate come braccia di ladri, archi sgretolati. Le rovine si susseguivano in un intricato scheletro, avvinghiato nella morsa della neve. La vegetazione irrigidita dal gelo si era espansa ovunque, come un immenso roveto, inghiottendo edifici e statue, serrando l'isola in un inestricabile giogo di rami e rampicanti.
La gloria di un tempo si intuiva appena.
La soffusa luce del tramonto rischiarava quel tanto che bastava per distinguere le forme dell'antico palazzo ergersi sulla cima del promontorio, un malinconico retaggio dello splendore passato.
«È lì che troveremo il re, assiso sul suo trono», disse Averil, slacciando il mantello di piume e rivelando il corpetto di cuoio che indossava sotto.

Le braccia scattarono ai fianchi per sfoderare i due lunghi pugnali assicurati sulla schiena con le impugnature verso il basso.
«Le sai ancora usare?», la schernì Tristo, armeggiando con la sua sacca.
«Come fossero le mie dita», lo rimbeccò lei, solenne.
«Cos'è quell'arnese?», chiese poi, indicando col mento un tubo di ferro che lui stava assemblando.
«Sputafuoco», replicò lui, soddisfatto, sollevando l'arma tra le braccia.
«Sembra una tromba», constatò Averil. «Arrugginita, per giunta».
«Il concetto è più o meno quello, ma questa, invece che fare musica...». Lui fece pressione su una leva e, dall'estremità del tubo, si sprigionò una fiamma bluastra. La veggente voltò il viso, infastidita dall'odore pungente della miscela incendiaria.
«Opera di Bèroul, vero?».
«In persona».
Entrambi sprofondarono in un mesto silenzio, incupiti dal ricordo di un amico, un maestro, un amante.
«Lui diceva che il Fuoco Sacro è l'unica arma contro i mutaforma, perché...», rivelò Tristo, rigirandosi l'arnese in mano.
«Può bruciare anche le ombre», terminò la frase Averil, abbassando il volto, pensierosa.
Strinse i denti e piantò i pugnali nel tronco di un albero ritorto.

Da una tasca, estrasse la sfera d'oro e se la rigirò tra le dita, dubbiosa. Il dono di Dagar luccicò sul suo palmo, quando lo restituì al cavaliere.

«Io non lo voglio. Non posso», confessò.

«Sì che puoi», la incoraggiò lui, chiudendole la mano. «Anzi, devi».

Dopo un istante di esitazione, Averil strinse l'oggetto tra le dita.

«Non guardare», lo ammonì, come colta da un improvviso pudore.

Non c'era nulla che Tristo non avesse già visto, del suo occhio cavo, ma Averil gli diede le spalle, prima di sollevare la benda sulla fronte. Preso un profondo respiro, portò la sfera verso il bulbo vuoto, avvicinandola con lentezza, fin quando non sentì il metallo freddo contro la palpebra.

La tenne aperta con le dita, fece pressione. Qualcosa sembrò artigliarle la carne e una luce bianca le esplose nella testa. La veggente si lasciò sfuggire un guaito, a denti stretti, e cadde in ginocchio.

«Averil!». Tristo fu su di lei, preoccupato.

Le prese il viso tra le mani per guardarla, ma la veggente lo allontanò con uno strattone, alzandosi in piedi, con il palmo premuto contro l'occhio.

Ci volle un istante, prima che il dolore pulsante svanisse.

Quando Averil puntò lo sguardo sulla foresta, restò a bocca aperta, estasiata. Il cuore le pulsava in gola.

«Ci vedo», bisbigliò, voltandosi lentamente.
Tristo la osservò con gli occhi spalancati, mentre sul volto della donna la sfera d'oro ruotava a destra e a sinistra assieme all'occhio buono.
«Vedo ogni cosa», ripeté Averil.
«Funziona», annuì lui, affascinato.
«Non hai capito». Averil chiuse l'occhio buono e puntò quello d'oro nella tenebra. «Vedo davvero ogni cosa, chiara come se fosse giorno».
«Così che il giorno splenda anche la notte», sussurrò il cavaliere, rammentando le parole di Dagar.
«Come?».
«Niente». Lui sorrise, e lei non poté trattenersi dal ricambiare.
«Che aspetto ho?», gli chiese.
«Impressionante», rispose Tristo, ma Averil corrugò la fronte. «Sembri una di loro. Sembri una dei Priori», specificò, allora.
«Chi meglio di te può dirlo?», rispose la veggente, tornando seria. «Lo prendo come un complimento».
Con un gesto deciso, Averil sfilò le lame dal tronco d'albero e distese lo sguardo verso il promontorio, dove una lunga fila di bifore e archi acuti sorreggeva una cupola franata a metà.
«Occhi d'Inchiostro ha perso il suo vantaggio», disse, avviandosi lungo la pavimentazione sconnessa e assediata dagli arbusti. «Andiamo a prenderci la sua testa».

IV

Averil si spostò verso destra, scivolando tra gli archi di marmo come un lupo tra gli alberi. Tristo si mosse sul lato sinistro, fiancheggiando le rovine, chino tra i brandelli di muro come un ladro di reliquie. L'oscurità era tanto fitta che non vide nulla finché, dallo squarcio nella cupola, il pallore della luna rischiarò l'abside: là si ergeva il trono di ardesia dei sovrani di Ernar.
Il re dei Norreni, Æfeloth Tagliaserpe, se ne stava seduto come un'orrida statua di carne morta e mutilata, il moncherino sinistro ritorto come un ramo di quercia. La figura era tanto esangue e innaturale da sembrare l'opera di uno scultore incapace. Il volto era scarno, le palpebre chiuse, le narici traslucide si dilatavano a ogni febbrile respiro. Fili pallidi ed evanescenti come ragnatele gli pendevano dal capo, tristi vestigia della chioma che un tempo incorniciava il viso fiero. La mascella pendeva inerte, e dalla fessura che si apriva sul suo viso colavano filamenti neri come pece.
Tristo lanciò un'occhiata ad Averil, che continuava a sgusciare verso il trono con passi lenti e misurati, frugando con l'occhio d'oro ogni angolo buio. La vide annuire. Via libera. Lui aggiustò la presa sulla spada e scattò in avanti. Non appena i suoi passi risuonarono sull'antico marmo, dalla gola del re si sprigionò un raggelante risucchio, come acqua che viene inghiottita

da uno scolo. Le palpebre di Occhi d'Inchiostro si aprirono di scatto, piantando sul cavaliere due bulbi sporgenti come grosse perle, oscuri e lucidi, senza iridi né pupille.

«Wiiiiiiiiiiiiih», inspirò il re, agitandosi sullo scranno, con le articolazioni che scricchiolavano in modo sinistro.

«Wiiiiiiiiiiiiih», gridò di nuovo, tremando come se fosse in preda alle convulsioni, mentre qualcosa di oleoso e molle scivolava fuori dal suo moncherino, attorcigliandosi su se stesso in filamenti appiccicosi.

Una legione di vermi neri sembrò riversarsi fuori dalla carne pallida del braccio monco, andando a condensarsi in qualcosa di deforme: un artiglio di catrame che trasudava vita propria.

Per un terribile istante, Tristo fu paralizzato dall'orrore e lottò per non cedere all'istinto di arretrare. Dopo il primo smarrimento, l'orgoglio e l'esperienza prevalsero. Stringendo i denti, si fiondò verso il trono, ma qualcosa lo intercettò, spingendolo a terra.

«Attento!», urlò Averil, afferrandolo.

Una bianca lama piombò dall'alto con la violenza di una palla di cannone, mancando la sua testa di un soffio e frantumando il marmo del pavimento. Averil rotolò sopra di lui; grazie all'occhio d'oro, gli aveva appena salvato la vita.

Prima che i due potessero raccapezzarsi o dire qualcosa, una seconda lama irta di rostri emerse dal buio, cercando di falciarli. La veggente se ne accorse e ruzzolò di lato, schivando il fendente. Tristo si appiattì sulla schiena, ma capì presto di essere finito in una trappola. Quelle non erano lame, erano zampe. Lo circondavano da ogni lato, affilate, ricurve come rami di salice, alte due volte un uomo e ricoperte da uno spinoso carapace d'alabastro, che ricordava quello di un deforme granchio albino.

L'immane massa traslucida, sorretta da quei mostruosi arti, sfidava ogni logica e oltrepassava ogni incubo notturno che avesse mai avuto.

«Berahku», sussurrò, in preda al terrore.

Se ne stava lì, quieta e lucida come una betulla al chiaro di luna, elegante e flaccida allo stesso tempo, come una grassa mantide religiosa, orribile e magnetica. Non aveva occhi che si potessero vedere, in quell'informe bubbone gorgogliante che doveva essere la sua testa, dove si apriva una viscida voragine ricoperta di denti ammucchiati senza alcun ordine. All'altra estremità del corpo, una coda ricurva e squamosa si aggrovigliava su se stessa come un serpente bianco. Il primo istinto fu menare la spada per recidere di netto una delle zampe che lo circondavano. Urlò per la furia, per la paura, ma si ritrovò a colpire solo aria. Sotto il suo sguardo attonito, quell'arto deforme si tramutò in nebbia al passaggio della sua lama, lasciando solo una scia di fumo bianco. Allora Tristo cambiò la presa e sferrò un rovescio, attaccando una seconda zampa, e poi una terza.

Niente.
La mutaforma era sempre sopra di lui, illesa e pronta a ucciderlo.
Il cavaliere fu costretto a rotolare di lato per evitare di venire inchiodato al suolo come un insetto su uno spillo.
Averil sbucò fuori dalla tenebra e attaccò la mutaforma alle spalle, ma, prima che uno solo dei suoi pugnali potesse avvicinarsi alla sua sacca gorgogliante, la coda si allungò come una catena e la colpì in pieno petto, mandandola a sbattere contro una colonna e lasciandola a terra, senza fiato. Ora, Tristo era solo.
Occhi d'Inchiostro doveva trovare la situazione divertente, perché, dal suo trono, iniziò a ridere in modo sguaiato e raccapricciante, tossicchiando una risata rugginosa.
«Wiiiiihi-hi-hi-hi!».
Il cavaliere menò colpi a destra e a manca, alzandosi su un ginocchio. Schivò un doppio attacco, abbassandosi per evitare la falciata di una zampa e scansandosi per sfuggire a un'altra che gli piombava addosso da sopra.
Non fece nemmeno in tempo a rallegrarsi per la sua agilità, che la coda della mutaforma gli precipitò contro con la violenza di un ariete schiantato contro un portale. Tristo parò con la spada, ma la forza dell'impatto lo scaraventò al suolo. La coda biforcuta di quell'incubo bianco si strinse come una tenaglia attorno alla sua lama, prima tirando, poi spingendo.

L'agghiacciante intrico di denti si avvicinò a lui come un viscido tritacarne.

Con il panico che gli fremeva nelle gambe, si dimenò, tentando invano di allontanarsi da Berahku, ma era come essere schiacciato da un carro con tutti i cavalli. L'orribile bocca era sempre più vicina.

Tristo colpì i denti con l'elsa della spada e, d'improvviso, il corpo della mutaforma sembrò collassare su se stesso.

L'impressionante mole della creatura franò come una statua di sale erosa dal vento, tramutandosi in una sottile polvere bianca. Un nugolo di moscerini si raggrumò in un'altra forma, più piccola e slanciata. Il cavaliere si sorprese di riconoscere i tratti di un volto umano, spigoloso, con le ossa tanto sporgenti da sembrare corna. Eppure, il suo aspetto era seducente, simmetrico e ammaliante, con le labbra di sangue e il naso sottile, occhi grandi e luminosi come oceani di notte.

Tristo cercò di alzarsi, ma, di nuovo, fu inchiodato a terra dal piede di Berahku, affusolato come quello di una sposa, ma pesante come quello di un gigante. Dal tallone emerse una sporgenza ossea, un tacco affilato come uno stiletto, che crebbe verso il suo petto minacciando di trapassarlo. Lo intercettò con la spada, spingendo per evitare di finire infilzato.

Poco distante, Averil ansimava al suolo, strisciando verso uno dei suoi pugnali, mentre l'ammorbante risata di Occhi d'Inchiostro risuonava come un canto di vittoria: «Wiiiiiihi-hi-hi-hi!».

Berahku squadrò il cavaliere dall'alto in basso, con espressione superba, e lui non poté fare a meno di osservare le forme lisce del suo corpo perfetto, i seni lucidi e levigati come quelli di un'antica statua di marmo.

Anche in un momento come quello, un uomo si trova a pensare alle tette.

«Che aspetti? Uccidimi!», la provocò Tristo, cercando di raggiungere con la mano sinistra lo sputafuoco che portava sulla schiena, schiacciato sotto il suo stesso peso.

Il volto immutabile della mutaforma fu perturbato da un atroce sorriso.

«Oh no, la tua morte sarà lenta e dolorosa. Sarai consumato, un lembo di pelle alla volta».

«Wiiiiiiiiiiiih!», le fece eco Occhi d'Inchiostro, come un deforme e orribile neonato, alzandosi dal trono e caracollando verso di lui.

Sull'orrido moncherino si agitavano filamenti neri e viscidi come grosse bisce.

«Ma prima», sancì Berahku, con una nota di godimento nella voce, «il re esige il suo tributo...».

Il cavaliere provò a divincolarsi, ma il tacco affilato con cui la mutaforma lo teneva inchiodato premette con maggior forza contro la sua spada, conficcandosi nella sua brigantina. Occhi d'Inchiostro tese verso di lui il braccio mozzato, e uno dei vermi di catrame si allungò verso il suo viso, aprendosi come un corallo melmoso e attaccandosi alla sua pelle.

Tristo muggì con orrore, quando si rese conto che il tentacolo puntava verso i suoi occhi. Serrò le palpebre, tentando di sottrarsi.

«Berahku!». Un urlo risuonò tra le colonne e la melma nera si afflosciò, allentando la morsa. Averil si alzò su un ginocchio, dolorante.

«Tu!», tuonò la mutaforma, con voce ribollente come la lava di un vulcano. «Come osi pronunciare il mio nome? Ti prenderemo anche l'altro occhio, e poi la lingua, così vagherai cieca e muta tra le ombre per sempre!».

«Avanti, allora!», la provocò Averil, sollevando i suoi pugnali.

Tristo spostò lo sguardo su di lei, incredulo.

I due si fissarono per un istante.

«Non ho paura delle ombre», affermò la veggente, facendo roteare le lame.

Tristo non ebbe tempo di ragionare, ma capì al volo cosa le passasse per la mente. Abbandonò la spada, girandosi di lato e lasciando che il tacco osseo penetrasse completamente nella sua brigantina, artigliando la carne. Il tentacolo di Occhi d'Inchiostro si irrigidì, ancorandosi come una ventosa alla sua guancia. Ignorando il dolore lancinante, afferrò la tromba di ferro che portava a tracolla e la puntò dritta contro

l'inguine liscio di Berahku.
La strige spostò gli occhi crudeli su di lui, sorpresa.
«Brucia, stronza», sibilò Tristo, facendo pressione sulla leva.
Una fiammata bluastra avvampò sul ventre della creatura, risalendo rapidamente verso il viso. Berahku provò a sfuggirle, scomponendo il suo corpo in minuscoli frammenti e disgregandosi in un'ombra bianca che, tuttavia, non smise di ardere. Quando la massa informe di zampe affilate e denti riprese corpo dallo sciame in fiamme, le orrende sembianze della mutaforma già bruciavano, avvolte da vampe bluastre che scioglievano i tessuti. Bolle bianche esplosero sulla sua pelle come vescicole infette, riversando fuori fiotti di liquido latteo. L'urlo di Berahku fu acuto e doloroso come quello di una donna messa al rogo e, al contempo, profondo e ribollente come il gorgoglio ferale del mostro di alabastro.
Ferito e ustionato, Tristo rotolò via, ma Occhi d'Inchiostro gli fu addosso con i suoi tentacoli di pece.
«Wiiiiiiiiiiiih!».
Averil accorse, schivando la mutaforma con una scivolata, mentre lei continuava a gridare, consumata dal fuoco inestinguibile. Con un singolo, fluido movimento, recise il verminoso flagello nero che artigliava la faccia di Tristo, ma Occhi d'Inchiostro la afferrò per la gola con la mano, sollevandola di peso. La veggente gli conficcò il pugnale nel braccio, ma la

creatura non sembrò provare alcun dolore.

Dal moncherino, produsse un altro orrido filamento che risalì verso il volto di Averil come una treccia di tentacoli viscosi. Lei ruggì, in preda al terrore, scalciando, serrando la palpebra, mentre quell'obbrobrio di serpi nere tentava di insinuarsi nell'unico occhio rimastole.

Si dimenò, tentò di colpirlo con l'altro pugnale, ma la presa sulla sua gola era troppo forte e la privava di ogni vigore.

Lentamente, come una sanguisuga che risale lungo la pelle per trovare il punto giusto in cui impiantare i denti, il verminoso artiglio di Occhi d'Inchiostro scivolò sopra il suo naso. Quella cosa stava per mangiarle anche l'altro occhio, ma Averil non riusciva nemmeno a gridare.

Crack.

Fu un colpo secco, raschiante, di metallo su osso.

«Wiiiiiiiiiiiiiiiiih», vomitò Occhi d'Inchiostro, mentre la sua testa scattava all'indietro e dal suo collo reciso fuoriuscivano fiotti di sangue marcio. La veggente stramazzò a terra tossendo, mentre il Priore Oscuro faceva capolino alle spalle del re, brandendo la spada con entrambe le mani.

Menò un secondo colpo, fluido, stridente, e la testa di Occhi d'Inchiostro rotolò sul marmo sconnesso. Il buio nelle sue iridi e l'artiglio si essiccarono come una lumaca al sole rovente, lasciando solo la carcassa marcescente di un uomo trapassato da tempo.

«Il re è morto», recitò Tristo, con il fiato corto per lo sforzo e la paura. «Evviva il re».

«No», sospirò Averil, raccogliendo la mostruosa testa. «Æfeloth è morto tanto tempo fa».

Beira

«*Bloop*».
Si svegliò nel cuore della notte, alzandosi a sedere.
Averil giaceva poco lontano da lui, dall'altra parte del fuoco.
Il respiro regolare si condensava in uno sbuffo, scivolando contro il pugno chiuso in cui la veggente stringeva l'occhio d'oro. Sembrava immersa in un sonno profondo, e Tristo non la disturbò.
Afferrò la spada e, buttandosi la cappa sulle spalle, uscì all'aperto. Sopra il tetto diroccato del rudere in cui avevano trovato riparo, le stelle erano fredde come l'aria. La luce algida si rifletteva sulla superficie congelata del lago, frammentandosi in una minuscola polvere di cristalli.
«*Bloop*».
Il cavaliere trasalì, quando il suono che l'aveva svegliato vibrò sotto la crosta gelata, facendo tremare il terreno sotto i suoi piedi.
Era sveglio, ne era certo, ma sembrava un sogno.
Non si rese conto di come fosse arrivato così lontano.
Gli era parso di muovere solo pochi passi, ma, quando si voltò, vide che il focolare che aveva acceso con

Averil era ridotto a un lumino sulla costa dell'isola, qualche miglio alle sue spalle.

«Sono qui», sussurrò, arrestando il suo incedere e piantando la spada nel ghiaccio.

«*Bloop*», rispose il lago, risuonando negli abissi sotto i suoi piedi con l'intensità di un vulcano sommerso.

Cominciarono a fischiargli le orecchie. Scricchiolando, una crepa si dipartì dalla punta della spada, solcando la bianca crosta e spezzando il ghiaccio. Tristo restò fermo, abbassando lo sguardo sotto ai suoi stivali consunti. Oltre la superficie traslucida, una sagoma pallida emerse dall'oscurità, rischiarando i flutti neri di un freddo lucore.

Quella che sembrava una lacrima, minuscola e distante, crebbe a dismisura mentre risaliva dalle profondità, delineando una sagoma enorme, che planò sotto il ghiaccio mostrando pinne appuntite e lunghe quanto interi vascelli.

Il cavaliere boccheggiò, col fiato congelato in gola, mentre quel lungo profilo romboidale sfilava sotto di lui, avanti e indietro, in tutta la sua terribile mole, prima di sparire di nuovo nell'acqua.

Sconcertato, Tristo si guardò attorno. Ormai aveva visto abbastanza per sapere che quella cosa era reale.

Ebbe appena il tempo di sospirare, prima che un boato assordante disintegrasse la quiete del luogo deserto.

L'intera crosta ghiacciata sussultò e lui fu spinto a terra da una violenta forza che frantumò la crepa nel

ghiaccio, disintegrandone interi blocchi, a non più di cento passi da lui. Come una balena che emerge dalle onde per respirare, il titano bianco sfondò la crosta gelata, proiettando la sua massa contro il cielo nero. Stagliandosi contro la volta oscura, distese le enormi pinne, fluttuando a mezz'aria e imponendosi nel firmamento come un'aggraziata ma spaventosa costellazione circondata da astri brillanti. A ogni battito di ali, una tempesta di ghiaccio tagliente si abbatteva sul lago, sferzando il volto del cavaliere con la forza di una bufera. Quando si alzò in ginocchio, proteggendosi con le mani, aveva gli occhi ridotti a fessure, ma riuscì a osservare il drago di ghiaccio scomporsi a poco a poco in una cascata di cristalli lucenti, che precipitarono come fiocchi di neve, ammucchiandosi sul filo dell'acqua appena smossa.
Come una statua che emerge da un blocco di marmo, ecco che il vento scolpì i tratti di una figura slanciata e sinuosa, avvolta in panneggi eterei e veli fatti di brina. Sulla testa aveva una corona di stalagmiti e i capelli erano come l'acqua di una cascata imprigionata dal gelo. Non appena i suoi piedi nudi entrarono a contatto con l'acqua, il ghiaccio si riformò all'istante, creando un magnifico ponte arcuato attraverso cui l'algida dama si incamminò, appoggiandosi a un lungo bastone bianco.
«Io sono Beira, Prioressa del Ghiaccio e Regina delle Nevi», esordì. La sua voce era tagliente come il freddo e profonda come il vento. «Grazie per aver risposto alla

mia chiamata, Priore Oscuro».

Quando torreggiò su di lui, in tutta la sua fredda maestà, Tristo non poté fare altro che chinare il capo, distogliendo lo sguardo da quella lucentezza che rischiava di congelargli gli occhi.

«Oggi hai reso un grande servizio al Priorato», proseguì Beira, «e per questo sarai ricompensato».

Il cavaliere osò rialzare la testa, con la barba e i capelli già incrostati dal gelo pungente. Beira lo toccò con la punta del dito, là dove la mutaforma l'aveva trafitto col suo tacco osseo. La ferita svanì all'istante, pervasa da una luce fredda. Al suo posto, apparve una tenue cicatrice che ricordava il simbolo *Isaz*: la runa di Beira.

«Segui la veggente. Il suo occhio ti condurrà sulla retta via», lo avvisò la Prioressa. «Con il suo aiuto hai eliminato Berahku, che da troppi secoli imputridiva il mio regno. Per questo, io ti ringrazio», aggiunse, distendendo il lungo bastone bianco davanti a sé e puntandolo sul ghiaccio.

Un rimbombo parve risuonare nelle profondità del lago.

La crosta gelata prese a sciogliersi attorno alla punta dell'asta, come fusa da un fuoco freddo, scavando un buco che si tuffava nelle acque oscure.

«Ecco il tuo trofeo», concluse Beira, chinando leggermente il capo verso la fessura nel ghiaccio.

Titubante, il cavaliere immerse la mano nel lago gelido. Bastò un attimo per cominciare a sentire un dolore

forte e pungente risalire dalla punta delle dita.
«Aspetta», lo incoraggiò lei, quando vide che era sul punto di cedere.
Tristo strinse i denti. Qualcosa scintillò nelle tenebre sotto di lui. Cercò lo sguardo della Prioressa, ma sul suo viso inespressivo non poté leggere alcuna nota rassicurante. Attese, costringendosi a stare fermo, a resistere all'impulso di ritrarre la mano. Poi, qualcosa lo sfiorò. Qualcosa di caldo.
Un tepore si diffuse sui suoi polpastrelli intorpiditi, provocandogli un formicolio, mentre estraeva l'oggetto dal lago. Lo osservò, sbigottito.
«L'Elmo del Terrore», annunciò la Prioressa.
Di fattura norrena, era un elmo dalla linea feroce, con una maschera grottesca che richiamava la sagoma di un teschio, o di una bestia ringhiante. Il ferro brunito risaliva sui fianchi, andando a comporre due ventagli affilati, come pinne di ferro, e la cresta era decorata con innesti d'argento. Doveva essere molto antico, eppure sembrava appena uscito dalla forgia.
«Conosci la leggenda di Atelstano?», domandò Beira.
Il cavaliere annuì, lasciando scorrere le dita sul metallo.
«Questo è l'elmo che egli gettò nel lago, perché voleva essere amato dai suoi sudditi, non temuto», raccontò lei. «Chiunque lo indossi incute timore anche nel cuore più coraggioso. Per secoli ha riposato sul fondo del lago, ma ora è tuo, Priore Oscuro».
Tristo sentiva la gola e la lingua congelate, gli occhi

persi nelle fini incisioni che ricoprivano gli innesti sull'elmo. Sulla nuca spiccava un cerchio perfetto, la cui circonferenza era tracciata dal profilo ricurvo di un drago che, tra le fauci aguzze, stringeva la sua stessa coda. All'interno del circolo, le rune erano disposte a stella, in un complesso glifo a dodici rami. Era convinto di aver già visto quel simbolo, da qualche parte, ma non aveva idea di cosa potesse significare.
Beira parve leggere nei suoi pensieri.
«Quello è Uroboro», dichiarò.
«Cosa significa?».
«Colui che indossa quel simbolo, non perderà mai la strada, nella notte o nella tempesta, anche se percorre una via a lui sconosciuta. Quella è la bussola che guidò Atelstano».
«Anche lui era come me?».
«Come il drago che si morde la coda, l'universo è un ciclo, e ciò che è accaduto è destinato a ripetersi. Fino alla fine».
Pronunciate queste parole, Beira lo fissò, con il volto incrinato da un vago sorriso. La gota di alabastro si crepò, solcata da una lunga spaccatura. Un fitto intrico di simboli luminescenti cominciò a pulsare sotto la sua pelle, come rivoli d'acqua azzurra in un ghiacciaio. Poi, la luce fredda si perse in una folata di brezza fischiante. Il suo corpo, solcato da crepe, si sbriciolò in un pulviscolo argenteo, che si sparse nella notte come nevischio. Beira era svanita.

Tristo nascose il suo premio sotto il mantello e si guardò attorno, respirando a fondo, immerso nel silenzio, il viso sferzato dal vento tagliente e freddo.
«Grazie», sussurrò, avviandosi a passo spedito lungo il lago ghiacciato mentre, a solivante, il cielo già scoloriva.

Chi semina vento
(...raccoglie tempesta)

I

Non era facile restare seduta in quella sala, con tutti gli occhi puntati addosso, come canne d'archibugio pronte a far fuoco.
Valka ancora si chiedeva per quale assurdo motivo avesse deciso di partecipare al Concilio.
Il suo piano di assassinare il Priore Bonifacio era stato un fiasco totale. Ora era costretta a subire quelle interminabili sedute, giorno dopo giorno.
Ogni nobile dell'Espero si prodigava nell'accusarla di orrendi crimini, chiedendo che gli fossero restituite terre o titoli i quali, nella maggior parte dei casi, non gli erano mai appartenuti. Sembravano avvoltoi che si beccavano l'un l'altro per spolpare una carcassa, ma Valka era tutt'altro che finita, e presto se ne sarebbero accorti.
«...Si richiedono inoltre la liberazione del Passo del Re, affinché il traffico via terra possa riprendere con il Tavoliere dei Profumi, e la rimozione di tutti i dazi imposti senza legittima autorità ai danni dei miei

associati», proseguì il rappresentante della Gilda dei Mercanti, che si era dilungato in un elenco di tutti i problemi che le conquiste dei Predoni avevano causato ai commerci. Per tutta risposta, Valka si limitò a offrirgli un sonoro sbadiglio.

L'omuncolo rivestito di lane pregiate finse di non sentire, continuando a leggere.

«Per quanto riguarda il traffico via mare, i miei associati pretendono una rotta sicura nel Golfoglia, tra la Rocca e Calaforte, poiché la sete di ruberie dei Predoni...».

«Non abbiamo navi», lo interruppe Valka, distendendo le gambe e appoggiando la schiena sul suo seggio.

Di fronte a lei, schierati uno di fianco all'altro come una squadriglia di cornacchie, i membri del Patto Nero le lanciarono sguardi torvi.

Il mercante, indispettito, si aggiustò il cappello di velluto rosso, prima di rimbeccare:

«La cosiddetta Madre dei Predoni è pregata di attendere il suo turno per...».

«Il mio turno è adesso», sancì Valka, sbattendo la mano sul bracciolo dello scranno.

Spostò lo sguardo sul Priore, seduto in fondo alla sala e rinchiuso in un immobile silenzio. Bonifacio I ricambiò l'occhiata con l'indole di un gatto che è stato svegliato dal suo pisolino, limitandosi a sollevare due dita per concederle la parola.

A quel punto, il mercante non osò replicare, ma il rossore che gli fece avvampare le guance cascanti dimostrò tutto il suo rancore.

«Non sono qui per farmi prendere in giro da un grasso conta-soldi», lo provocò Valka, e le guance dell'uomo arrossirono ancora di più. «Come potete accusarmi di ostacolare i traffici via mare? Lo sanno tutti che la mia gente viene dalle montagne. Al massimo possono manovrare una zattera...», commentò, suscitando qualche risata.

Con misurata lentezza, Valka si alzò in piedi, facendo scricchiolare la brigantina borchiata che aveva indossato per l'occasione, come se dovesse scendere sul campo di battaglia. Forse il più spaventoso della sua vita.

«Il golfo è pieno di pirati, vero», proseguì, voltandosi alla sua destra, verso il seggio su cui sedevano i Mori, sormontati da un vessillo verde con la mezzaluna. Il loro Gran Visir, il famigerato corsaro Imad Abdel 'Adil, Abdel Salam, le rivolse uno sguardo indolente, lisciandosi i baffi.

«Sono sicura che molte delle vostre preziose merci sono finite nelle stive di questi signori», accusò Valka, sostenendo lo sguardo del moro. «Oppure di quest'altri!», aggiunse, volgendo gli occhi alla sua sinistra, dove sedevano i Norreni, adornati da lunghe trecce e sormontati da un intricato vessillo con un serpente annodato su se stesso.

«*Lygi*!», sbottò uno di loro, alzandosi in piedi e parlando con accento incerto. «I nostri *drakkar* saccheggiano solo lungo il corso dell'Acquadrago!».

«Nondimeno saccheggiano!», rimbeccò un consigliere dalla lunga barba bianca, agitando un dito malfermo. «Scorrerie e crimini di cui dovrete rispondere al trono di Volusia!».

Al suo fianco, sotto il vessillo con i leopardi rossi su campo oro, sedeva re Raoul, successore di Gismondo il Santo, un bambino che dimostrava al massimo dieci anni, circondato da uno stuolo di consiglieri che gli sussurravano nelle orecchie, commentando ogni parola. Con lo sguardo perso, il giovane sovrano guardava un punto imprecisato di fronte a sé.

"Ecco qualcuno che si annoia più di me", pensò Valka, guardando il fanciullo, mentre tutt'attorno la lite avvampava.

«Se non fosse per i Norreni, le vostre eresie sarebbero già dilagate in tutto l'occaso!», accusò un nobile del Patto Nero, sormontato da un gonfalone rosso e nero, decorato con il cavallo del Fiorcrine. «Voi e il vostro Messia! Adorate un dio morto che vi ha maledetto con il morbo!».

«Signori, vi prego, non siamo qui per discutere questioni di fede, ma per porre fine alle guerre che ormai infuriano da una decade», tentò di calmare le acque il prete Goffredo, in tono mite.

Valka non poté fare a meno di sorridere. Era così facile metterli uno contro l'altro.

«Sua maestà re Raoul non tollera che si parli così dell'unica vera fede!», si inalberò il consigliere barbogio,

agitando il crocifisso che portava al collo.
«Il Santo Priore cammina tra noi! Che altre prove vi servono?», si infervorò un anziano signorotto gottoso, che vestiva il fiordaliso di Cortenzia. «Chi non riconosce l'autorità del Priorato è un infedele!».
Valka si abbandonò sullo scranno, in un sospiro.
Ormai non c'era quasi più gusto, andava avanti così da una settimana.
La diatriba era infuriata di nuovo, e lei aveva raggiunto il suo scopo. Dalle due file di seggi poste l'una di fronte all'altra, i membri del Patto Nero presero a insultarsi con gli ambasciatori stranieri, scatenando un insulso vociare che inondò la sala con un rimbombo di voci che rendeva impossibile distinguere una sola parola. Per giorni, la Madre dei Predoni era rimasta in silenzio, incassando le accuse che tutti le rivolgevano, fungendo da capro espiatorio. Poi, aveva cominciato ad aprir bocca e, sin dal primo istante, era riuscita a far crollare quel ridicolo castello di carte, mostrando quanto fragili fossero gli equilibri che tenevano insieme le trattative.
Dal fondo della sala, il Priore la guardò sottecchi, inarcando le labbra in un vago sorriso. Gli bastò alzarsi in piedi, per ottenere il silenzio.
«Basta così», si pronunciò Bonifacio, scendendo i gradini del suo podio, frusciando nella sua lunga tunica nera.
Come un bastone che separa le acque del mare in tempesta, il Priore percorse l'intera lunghezza della sala,

inducendo tutti i presenti a sedersi e a calmare gli spiriti. «Chi crede in me e nel dogma dei Dodici è benvenuto in questo Concilio quanto coloro che professano altre dottrine», dichiarò, arrestandosi davanti al seggio del signore del Fiorcrine, che abbassò lo sguardo di fronte al cipiglio di Bonifacio.

«Da quando l'Ordine Bianco è calato da intramonte, questa terra non ha conosciuto un solo anno di pace», proseguì il Priore, spostandosi verso lo scranno su cui sedeva Valka. «E io voglio che si giunga a un armistizio, che si intessano alleanze, prima che la minaccia possa tornare».

Alle spalle di Bonifacio, molti dei presenti si lanciarono occhiate taglienti, che non sfuggirono a Valka.

«Se la Madre dei Predoni siede in questa sala, è perché vuole fare parte di questa intesa, ma molte delle conquiste compiute durante il conflitto le vanno riconosciute», sancì, provocando alcuni mugugni di malcontento. «Non siamo qui per elargire rimborsi, nominare vincitori e vinti!», alzò la voce Bonifacio, fissando il mercante dalle guance cascanti. «Questa non è una piazza, questi troni non sono bancarelle da usurai! Siamo qui per stabilire dei confini, affinché ogni popolo dell'Espero abbia la sua terra e un posto in cui prosperare, in cui sentirsi al sicuro», concluse con tono ispirato, suscitando l'ammirazione di tutti i membri del Patto Nero.

Valka fu certa di vedere lacrime di commozione negli

occhi di Goffredo. Ma non tutti restarono in adorante contemplazione.

Dal seggio dei Mori, un turbante piumato si erse sopra gli altri. La voce suadente del Gran Visir osò interrompere il religioso silenzio seguito all'arringa del Priore.

«Non esiste un posto sicuro», affermò Imad Abdel 'Adil, Abdel Salam, sostenendo lo sguardo di Bonifacio. «Da nessuna parte», aggiunse, facendosi avanti al centro della sala.

La luce del cielo niveo, proveniente dalle grandi finestre istoriate, proiettò sui suoi abiti e gioielli un caleidoscopio di variopinti bagliori.

«La Volusia è appestata dal morbo», ricordò, lanciando un piglio sprezzante al giovane re Raoul. «È solo questione di tempo, prima che si sparga ovunque, perché, anche se avete vinto ad Acquifiamma, gli adepti dell'Ordine Bianco sono in ogni angolo dell'Espero, dalla Frisia al Cornolungo e... anche qui, a quanto pare», dichiarò, guardandosi le unghie.

«Fandonie!», provò a intervenire il Prefetto di Grifonia, agitandosi sul seggio. «Il morbo non ha mai oltrepassato le mura della mia città, quello che sta succedendo qui non ha nulla a che vedere con...». Un cenno di Bonifacio lo mise a tacere all'istante.

«Non potete parlare di un mondo sicuro, quando, nelle vostre stesse mura, la gente non dorme sonni tranquilli», proseguì il corsaro moresco. «Io ho le mie

navi. Quello è il mio luogo sicuro. Né l'Ordine Bianco, né la sua pestilenza possono raggiungerci, a Dio piacendo», concluse, omaggiando Bonifacio con un inchino e abbandonando la sala, seguito dagli altri membri della delegazione.
«Vi sbagliate!», tentò Goffredo, affrettandosi a rincorrerlo. «Solo uniti abbiamo una possibilità di estirpare questo male per sempre! Visir! Vi prego!».
Il tonfo del pesante portone che si chiudeva alle spalle dei Mori mise fine alle pietose suppliche del prete. Bonifacio puntò gli occhi su Valka e si lasciò sfuggire un sospiro di frustrazione.
«Tanto meglio!», proruppe allora una voce.
Tutti si volsero verso il signorotto di Cortenzia, semisdraiato sul suo scranno con la gamba gottosa sollevata su un cuscino.
«Adesso qui dentro si respira, finalmente, senza quei pirati infedeli. Hanno il colore dello sterco e puzzano allo stesso modo!», li insultò, raccogliendo qualche sghignazzo di scherno. La roca risata nella sua gola si tramutò in un ansito strozzato, quando Bonifacio gli si avvicinò.
Sotto gli occhi attoniti di tutti i presenti, il Priore gli puntò addosso un indice accusatore. Pur senza sfiorarlo, quel dito sembrò penetrare nelle carni dell'uomo come la lama di uno stiletto. I suoi occhi strabuzzati divennero sempre più sporgenti e iniettati di sangue, mentre soffocava, sbattendo il piede gottoso a

terra. Rantolò sul pavimento, agitandosi in cerca d'aria, mentre tutti attorno a lui si allontanavano, terrorizzati.

Il signorotto di Cortenzia spalancò la bocca, tirando fuori la lingua e muovendola in modo inconsulto. Il Priore torreggiava su di lui, rigirando il dito a mezz'aria. Come straziato da una garrota, l'uomo emise un lungo gorgoglio, il busto pasciuto si inarcò allo stremo e gli occhi uscirono dal cranio, esplodendo come due tuorli d'uovo e spargendo poltiglia sul pavimento. Con uno scricchiolio agghiacciante, la carotide cedette e la gola dell'uomo si aprì, come recisa da un sottile filo d'acciaio.

La ferita vomitò una fontana di sangue, che macchiò gli stivali pregiati e i volti dei presenti.

«Mandate un messaggio a Cortenzia e dite loro di inviare qualcuno più giovane, dotato di più salute e... buonsenso», ordinò Bonifacio, col tono di uno che ordina della birra all'osteria.

A passo spedito, il Priore evitò la chiazza di sangue a terra e uscì dalla sala, lasciando i membri del Concilio a contemplare esterrefatti le spoglie martoriate del signorotto arrogante. Valka era senza parole. Si portò una mano alla tempia, ma la ritrasse di scatto, trovandosi i polpastrelli arrossati. Il sangue era schizzato ovunque. Distolse gli occhi dal vomitevole spettacolo, distendendo lo sguardo oltre le finestre istoriate.

All'orizzonte, il cielo era rabbuiato da nubi di tempesta.

II

Kaisa la aspettava nella tinozza di metallo, con i capelli sciolti sulle spalle, l'acqua calda che le accarezzava i seni e un calice d'argento in mano.

«Sembri una nobildonna, o una puttana d'alto bordo», commentò Valka, chiudendosi la porta alle spalle. «Che poi è la stessa cosa», aggiunse, chiudendo il chiavistello.

«Tua madre non era nobile?», la provocò Kaisa, con un sorriso seducente.

«Nei Cinque Picchi era diverso», rispose lei, intenta a slacciare la brigantina. «Non era un posto comodo in cui vivere».

«Non lo è neanche adesso».

«Aiutami», la esortò Valka, volgendole la schiena, così che la favorita potesse slacciare le fibbie del corpetto di cuoio. La ragazza si fermò di colpo, quando vide una macchia di sangue sulla mano della sua regina.

«Non è mio. Tranquilla», la rassicurò Valka, nel momento in cui Kaisa le afferrò il palmo.

«Sapevo che oggi non saresti stata zitta», ironizzò Kaisa, «ma non credevo avresti ammazzato qualcuno».

«Non fare la stupida», grugnì Valka, sfilandosi di dosso gli abiti e calando i pantaloni. Gli occhi di Kaisa, come sempre, furono attirati dal marchio a fuoco che deturpava la pelle della Madre dei Predoni, subito sopra la natica sinistra. Era affascinata da quel simbolo, e allungò le dita per accarezzare la carne ritorta.

III

«Ti ha fatto male?», chiese.

«Secondo te?», rimbeccò Valka, infastidita, e le allontanò la mano con uno schiaffo.

«Non ho mai visto questa runa; che significa?».

«È lingua bianca. È l'iniziale del suo nome: Wèn».

«Non mi hai mai detto com'è successo. Perché ti ha marchiata?».

«Non ho scelto io», confidò Valka, sbrigativa.

«E tu le sei rimasta comunque fedele», commentò Kaisa, incredula.

«Era un'ordalia», scosse la testa Valka.

«Ordalia?».

«Dovevo insegnarti a leggere», sbuffò lei. «Un'ordalia è come una prova. Lei porta lo stesso simbolo su di sé, ha provato lo stesso dolore. Da quel giorno, siamo legate. Dopo questo marchio, la mia vita è cambiata e sono diventata...». Le parole si persero in un mare di sangue, dove i suoi nomi, le imprese e le atrocità ribollivano sotto la superficie scarlatta di una vita dedicata alla guerra. «...Me», risolse poi.

Scansò Kaisa e si sedette di fronte a lei nella tinozza. I suoi occhi grigi rincorrevano cupi pensieri, ma non mancarono di notare lo sguardo della sua favorita, fisso su di lei con quell'espressione languida che trovava insopportabile ed eccitante allo stesso tempo.

«Che c'è?», ringhiò Valka. «Dammi da bere».
«Dimmi tu che c'è», rispose Kaisa, riempiendo un calice di vino rosso.
Valka lo afferrò e lo tracannò d'un fiato.
«Mhm. Buono».
«Dal Fiorcrine. Dicono sia il migliore».
«Vino e cavalli. Non sanno fare altro».
Kaisa prese un panno, lo immerse nell'acqua calda e cominciò a lavare le braccia e il collo della sua regina, rimuovendo tutte le piccole macchie di sangue che le insozzavano la gola e il mento.
«Non hai sgozzato nessuno, vero?».
«No».
«Allora è per questo che sei di cattivo umore», scherzò la favorita, con un risolino.
«Non male», concesse Valka.
«Mi piace farti ridere. Ma posso fare molto di più».
Kaisa lasciò il panno sull'orlo della tinozza e fece scivolare lentamente la mano tra le gambe di Valka, avvicinando la bocca al suo petto. La Madre dei Predoni reclinò la testa e chiuse gli occhi, esalando un lungo sospiro, ma la sensazione piacevole durò poco.
Dietro ai suoi occhi chiusi, l'orribile immagine del dito ritorto del priore la fece trasalire. Kaisa staccò le labbra dal suo capezzolo, allontanandosi.
«L'ha ucciso», raccontò Valka.
«Chi?».
«Il Priore. Ha scannato uno dei suoi nobili, senza

nemmeno toccarlo, solo perché ha parlato troppo».
«Che vuol dire senza toccarlo?».
«Quello che ho detto. Può uccidermi in qualunque istante, gli basta alzare un dito».
«Ma non l'ha fatto».
«No», concordò Valka, svuotando il bicchiere. «Vorrei capire cosa vuole da me».
«Non te l'ha detto?».
«Forse non l'ho capito», confessò Valka, «in mezzo a tutte quelle chiacchiere sul destino e sulla mia famiglia».
«Ma non sono tutti morti?».
«Dice che mio fratello è ancora vivo».
«E gli credi?».
«Non mi interessa. Chiunque sia, ormai ho vissuto tutta la mia vita senza di lui. Il problema è che...». Le parole le morirono in gola.
«Cosa?», insistette Kaisa.
«I legami di sangue non si possono spezzare. Così ha detto».
Valka si interruppe, quando la favorita si erse di fronte a lei in tutta la sua sensuale nudità. La pelle tonica e liscia, il culo sodo e tondo, senza nemmeno un segno. Erano anni che Valka non aveva più un culo così. Le mollò un buffetto sulla natica mentre usciva dall'acqua.
«Tutto si può spezzare», commentò Kaisa, avvolgendosi in un telo di lino. «Forse sta usando questa storia della tua famiglia per tenerti qui».
«C'è di più», la interruppe Valka, prendendosi un istante

prima di parlare. Forse non avrebbe dovuto dirglielo. «Wèn è viva».
«Cosa?».
«Bonifacio dice che tornerà presto».
«È una balla». Kaisa si sedette alle spalle di Valka e cominciò a sciogliere le sue trecce, immergendo i lunghi capelli castani nell'acqua. «Vuole spingerti a decidere, o con lui o contro di lui».
«Se mente, non fa alcuna differenza. Il problema è se sta dicendo la verità».
«Hai paura di lei?».
«No», mentì Valka. «Tu?».
«Senza Wèn, non avrei alcun potere», confidò Kaisa, con le dita immerse nella chioma di Valka. «Senza di lei, non avrei mai imparato a incantare la roccia, non sarei una *Noita*, non sarei niente. Morta forse, o ridotta a una cavalla da monta per cacare i figli di qualche tizio che torna a casa ubriaco la sera e mi riempie di botte».
«O forse ti avrebbero bruciata viva perché ti piacciono le donne», considerò Valka, voltandosi verso di lei.
«Sì, forse».
Kaisa si avvicinò e le posò sulle labbra un bacio lungo, morbido, delicato.
«Torna qui nell'acqua con me», ordinò Valka.
«Fammi finire. Altrimenti, domani sarai tutta un nodo».
«Come ti pare».
«Grazie sarebbe meglio».
«Fottiti».

«Preferisco che lo faccia tu».
«Non fare la puttana».
«Credevo ti piacesse».
«Infatti», rise Valka, ma Kaisa sembrava pensierosa.
«Se Wèn è viva, credo dovremo tornare da lei», suggerì.
«Non lo so», sospirò la regina. «Non sono ansiosa di rivedere la sua cricca di strigoi. Mi mettono i brividi».
«Neanche io, ma non hanno mai infranto l'accordo con noi. Non hanno mai toccato nessuno del nostro popolo».
«A parte i sacrifici», le ricordò Valka.
«Già», annuì Kaisa, con tristezza. «Ah, a proposito, hai sentito?».
«Cosa?».
«Hanno trovato un altro bambino».
«Quando?».
«Stamattina. È il settimo».
«Come gli altri?».
«Sì. Tutti fatti a pezzi», spiegò Kaisa. «Le madri sono tutte scomparse nel nulla. Dici che potrebbe essere il morbo?».
«C'è molta carne fresca a buon mercato, in questi giorni, con la festa del solstizio. Un focolaio, qui, ora, sarebbe un disastro», osservò Valka. «Anche il Visir è convinto che l'Ordine Bianco sia in città».
«Il Vi-che?».
«Quanto sei ignorante! Il pirata dalla pelle colorata».
«Ah. Sì. L'ho visto... carino». Kaisa si alzò e lasciò

scivolare il telo a terra, esponendo volutamente il pube rasato all'altezza del viso di Valka.

«Se gli strigoi sono qui ad appestare la città sotto il naso del Priore, allora forse è vero».

«Cosa?».

«Che Wèn è viva», rispose Kaisa, entrando nell'acqua.

«Forse», concesse Valka, mettendole un piede sul petto e spingendola con la schiena contro il bordo della tinozza. «Ma adesso basta parlare», concluse, sollevandosi a sedere e spingendo una mano tra le cosce di Kaisa.

Armi e denari
(...voglion buone mani)

I

Camminavano da giorni, per la maggior parte del tempo immersi nella neve fino alle ginocchia.
Erano rimasti sul lago finché non aveva smesso di nevicare; poi, con alcune assi della barca rovesciata, avevano costruito una slitta, così da poter trasportare provviste ed effetti personali.
Nonostante le giornate fossero soleggiate, le fronde degli abeti erano appesantite da nivee armature, le notti erano gelide e tirava un forte vento.
I calzari della veggente erano consunti e le fasciature ai piedi non tenevano abbastanza caldo. Dopo venti leghe di marcia, ad Averil erano venuti i geloni. Poi era arrivata la febbre, accompagnata da visioni che la facevano delirare più del solito. Si erano dovuti fermare diverse notti tra le rovine dell'Efestorre: un rudere dalle merlature aguzze e le mura levigate dal gelo, che conservava a malapena l'aspetto di un'antica fortezza.
Tristo aveva tribolato non poco per trovare legna asciutta e tenere il fuoco sempre acceso, mentre branchi

di lupi lanciavano raggelanti litanie nelle tenebre. La veggente aveva passato le notti a blaterare frasi senza senso, poi, una mattina, con il sole nuovo che scioglieva il ghiaccio sulla punta delle conifere, era riuscita ad alzarsi. Accucciata vicino al fuoco, si era preparata un intruglio con le erbe che portava nella sua bisaccia.
Il giorno seguente, si erano rimessi in viaggio. Ormai, mancavano poche miglia alla costa. Il vento tagliente che spirava dal Mar dei Cristalli già si faceva sentire.
«Certo che Beira poteva darti dei cavalli, o dei cani da slitta», si lamentò Averil, arrancando nella neve mezza sciolta.
Il cavaliere non riusciva mai a capire se scherzasse o fosse seria. In generale, era poco incline a giochi e risate, quindi si limitò a rispondere:
«Non posso chiedere quello che voglio».
«Non hai provato», insistette lei.
«L'elmo di Atelstano mi è sembrato un dono più che generoso», abbozzò lui. «Non volevo offendere».
In quel momento, Averil cadde sulle ginocchia, imprecando a denti stretti.
«Vuoi fermarti? Come stai?», chiese Tristo, aiutandola ad alzarsi.
«Sto bene, ma dammi un istante», sospirò lei, sedendosi.
Il suo grande corvo arrivò al volo, appoggiandosi sulla sua spalla.
«Non siamo lontani», rivelò la veggente. «Huginn ha le piume ricoperte di salsedine. Sento l'odore del mare».

Il corvo balzò via e s'involò gracchiando. Il cavaliere sollevò lo sguardo, osservando la sua sagoma allontanarsi e roteare sopra le cime degli alberi. Annusò l'aria, poi scosse il capo, perplesso.
Non sentiva nulla, ma incoraggiò: «Saremo a Striburgo entro sera. Sei convinta di quello che hai detto?».
Averil annuì.
«I Norreni pagheranno per questa», disse, colpendo con l'indice la corona del Tagliaserpe, affastellata sulla slitta in un panno consunto. «È l'ultima delle antiche corone dell'Espero, l'unica sopravvissuta alla guerra. In molti hanno cercato di reclamarla. Qualcuno è partito. Nessuno ha fatto ritorno».
«Noi sì», concluse il cavaliere. «E abbiamo bisogno di soldi. La guerra mi ha lasciato morto e i morti non posseggono nulla».
«Puoi rivendicare la tua terra».
«Non c'è più nulla. Solo rovine».
«Le armi che porti hanno un valore inestimabile», cercò di rincuorarlo la veggente. «Bèroul ha cercato quell'elmo per decenni».
«Davvero?».
Averil annuì.
«Ma più di quello... la tua spada».
Tristo abbassò lo sguardo sulla Cacciatrice di Sangue, assicurata al suo fianco sinistro.
«Apparteneva alla famiglia di mia madre. Avevo anche la spada di mio padre ma l'ho perduta, purtroppo...».

Si interruppe, quando notò che Averil lo fissava con l'occhio acceso da una scintilla inquieta, la mente traboccante di voci e un dubbio sulla punta della lingua.
«Quando l'ho infilzato con i miei pugnali, Occhi d'Inchiostro non ha mollato la presa sul mio collo», attaccò lei. «La tua lama, invece, gli è passata attraverso come un coltello nel burro».
«Non è una spada qualsiasi», ammise lui.
«Non hai idea di quanto», affermò Averil, allungando il braccio.
Il cavaliere, senza esitare, snudò la lama e gliela porse. Il metallo lucido lampeggiò tra le mani della veggente.
«Un tempo esistevano molte spade come questa», spiegò lei. «Ma quasi tutte sono andate perdute, tranne tre: Altachiara, la spada dell'ultimo re dell'Espero», elencò, lasciando scorrere le dita sulla lama, «Crocea Mors, che apparteneva al primo imperatore di Volusia, e Neranotte, che fu di Mèraden II, lo Stregone».
«Grazie per la lezione di storia», scherzò Tristo, ma Averil lo ignorò.
«Sono armi da conquistatori, armi da re, forgiate nel ferro di una stella cadente».
«Gli Ederyon sono stati re dei Cinque Picchi, secoli fa», ricordò lui, grattandosi il mento.
«Metallo come questo non si trova facilmente», continuò Averil, restituendogli la spada. «Bèroul lo chiamava ferro delle stelle», ricordò, con un velo di malinconia negli occhi. «Un'antica leggenda lo collega ai

Priori».
«Quale leggenda?».
«Si narra che i Dodici siano precipitati sulla terra, all'alba dei tempi, avvolti nella luce di una grande meteora».
«Non sono stati i Priori a darmi questa spada», puntualizzò lui, rinfoderando la lama e celandola sotto il mantello, quasi volesse togliersela dalla vista.
«Come fai a dirlo? Ci sono cose che non conosci, nel passato della tua casata».
«Ormai, sono tutti morti».
«Appunto. A volte, una spada è legata al destino di una famiglia, e può determinare il fato di intere generazioni», dichiarò Averil, sistemandosi la benda sull'orbita vuota. Preferiva non indossare l'occhio d'oro tutto il tempo. La faceva sentire a disagio.
«Non sono le persone a usarla», proseguì. «È la spada a usare le persone».
«È solo un oggetto». Tristo le rifilò il suo irriverente sogghigno e, ancora una volta, Averil lo ignorò.
«Per Altachiara, i figli del re si sono fatti la guerra e sono morti tutti, fino all'ultimo. La spada è scomparsa con la dinastia reale», raccontò la veggente. «Crocea Mors è rimasta incastrata nello scudo di Balor il Fomore, acerrimo rivale dell'imperatore, che, poco dopo, è stato ucciso dal suo stesso figlio. Non devo ricordarti che fine abbia fatto Mèraden lo Stregone». Averil spostò l'unico occhio verso l'elsa della

Cacciatrice di Sangue, che luccicava sotto la cappa scura di Tristo.

«Quella spada ha già reclamato il sangue dei tuoi genitori e di tua moglie», ricordò, in tono lugubre. «Qualsiasi sia il suo proposito, è legato a doppio filo con il tuo fato», concluse alzandosi in piedi. «È molto più preziosa e pericolosa di quanto credi».

«Cosa stai cercando di dirmi?».

«Che certi tesori devono restare sepolti, per il bene degli uomini», rispose lei. «Vanno riportati alla luce solo in caso di estrema necessità. Ma nel tuo caso... è troppo tardi».

La veggente gli volse le spalle e, senza attendere una replica, riprese il cammino.

II

«Morto?». Scroto si passò un pollice sul gargarozzo irsuto.

L'aldermanno Kardak si appoggiò sulla botte vuota, dopo aver scolato l'ennesimo boccale di birra.

«Sì, tre giorni fa, durante una scorreria. L'ho visto con i miei occhi», confidò, prima di immergere il viso barbuto nella cervogia. «Siamo incappati in una flotta di pirati moreschi che risaliva il fiume», concluse, dopo un lungo sorso.

«I Mori, che il ghiaccio degli inferi se li prenda!», commentò allora Harald l'Alto, accolto dai mormorii di

assenso e dalle imprecazioni degli altri aldermanni. Scroto si limitò a scuotere la testa, sospirando. Non aveva nulla contro i Mori, ma Gnupa Ivarsson, detto Pancia di Ferro, era davvero uno tosto, una leggenda lungo il corso dell'Acquadrago. La sua morte lasciava un grande vuoto tra i Norreni, un vuoto che nessuno avrebbe potuto colmare.
"Uno in meno", pensò tra sé, "un altro di noi finito in pasto ai pesci".
I Norreni erano sempre meno, sempre più deboli e divisi.
Gli aldermanni ancora fedeli all'antica usanza si riducevano di numero a ogni incontro. Negli ultimi anni, ogni *þing* era stato più freddo del precedente. I capi presenti all'assemblea di Striburgo erano al minimo storico. Scroto ne contava otto, di fronte a sé: oltre a Kardak Cervo Verde e Harald l'Alto, c'erano Gunnar Barba di Fuoco, Oleg Cavallo di Nebbia, Frothi il Nuotatore, Knut il Senza Destino, Astrid Lingua di Spada, cugina del compianto Gnupa, e Vidar l'Offeso.
Tutti eroi su cui erano state scritte canzoni. Tutti pieni di cicatrici a ricordare le loro imprese. Tutti con nomi altisonanti che echeggiavano delle antiche glorie di un tempo.
Tutti tranne lui, Erik Mikkelson, detto Scroto.
Forse era per i ventisei figli che aveva sparso in giro per il Mondo, o per via di quella faccia cascante, grinzosa, spelacchiata e rosea, che lo rendeva tale e quale a un

testicolo. O forse per quella volta che aveva mozzato le palle all'aldermanno Stellan Voce di Drago e gliel'aveva ficcate in bocca, lasciandolo morire dissanguato.
«Dov'è la tua voce di drago, adesso?», aveva riso.
Erik non avrebbe saputo dire per quale esatto motivo quel soprannome gli fosse rimasto appiccicato addosso, come una vecchia moglie che nessuno vuole più fottere. Da quando era diventato qualcuno, l'unico modo in cui la gente lo chiamava era sempre stato "Scroto". Non che qualcuno gli mancasse di rispetto o si prendesse gioco di lui, ma, semplicemente, quello era il nome con cui tutti lo conoscevano.
«Che dici, Scroto?», lo interpellò Gunnar Barba di Fuoco. «Mettiamo insieme un'incursione sulla costa moresca per vendicare il vecchio Gnupa come si deve?».
Scroto rispose con una smorfia, che rese la sua faccia da coglione ancora più grinzosa.
«Uccidendo pescatori e bambini?».
«Perché no?», sogghignò Gunnar.
«Tutte stronzate», commentò Knut il Senza Destino, con il mento appoggiato al pomolo del suo spadone.
«T'è venuto il grasso anche nel cervello, Gunnar?», obiettò Astrid Lingua di Spada. Lei era l'unica davvero interessata a vendicare suo cugino, e non a menare le mani per un motivo qualsiasi. «La flotta del Visir ormai conta centinaia di navi», riferì la guerriera, «e tu vuoi fare una scorreria con quanto? Dieci *drakkar*?»

«Aspettiamo che il conte Herul torni dal Concilio di Grifonia», tentò Oleg Cavallo di Nebbia.
«Bella pensata, così arriviamo a quindici!», lo zittì Astrid.
«Tutte stronzate», ripeté Knut il Senza Destino.
«Posso riconoscere le navi che ci hanno attaccato», intervenne Kardak Cervo Verde, con lo sguardo sempre perso nel suo boccale mezzo vuoto.
«A che cazzo serve?», interrogò Scroto, tenendo lo sguardo basso.
«La morte di Pancia di Ferro merita di essere onorata versando il sangue dei suoi carnefici!», asserì Frothi il Nuotatore.
«È il nostro sangue che mi preoccupa». Scroto si alzò in piedi, con la testa ciondolante. Diede le spalle agli altri aldermanni per rimirare il porto, oltre la finestra della locanda. Le navi ammassate sui moli macilenti, le polene dalle fattezze ferine che si confondevano una con l'altra, l'oscurità appena rarefatta dai bagliori tremolanti della città battuta dalla tormenta.
Indugiò con lo sguardo sul labirinto di casupole di legno affacciate sull'algido Mar dei Cristalli, là dove ciò che rimaneva del suo popolo beveva, mangiava, rideva, fotteva, dormiva: meno di diecimila anime, tra uomini, donne, vecchi e bambini. "Che posto del cazzo", pensò. L'ultima città rimasta a un popolo senza terra, senza re, costretto a vivere di razzie lungo il corso dell'Acquadrago.

«Di questo passo, non rimarrà più nessuno», mugugnò, dopo un istante di silenzio. «Moriremo uno dopo l'altro. Striburgo cadrà in mano a pirati, mercanti, usurai».
«Tutte stronzate», ribadì Knut, facendo girare la lama su se stessa, come un bambino che gioca con una trottola.
Astrid si scostò la treccia dietro la spalla, impaziente.
«Potremo spingerci a occaso. Ho sentito dire che l'isola Tirrena è piena di ricchezze».
«No». Scroto si voltò verso di lei, puntandole addosso la faccia grinzosa. «C'è solo morte, su quell'isola da quando c'è passata quella cazzo di strega. Lo sai».
«Hai paura?», lo provocò la guerriera.
«Sì, queste cose mi fanno paura, e dovrebbero farne anche a te», si difese Scroto.
Astrid Lingua di Spada si ammutolì, sputando per terra, ma quel grassone di Gunnar Barba di Fuoco ancora non aveva finito.
«Io dico di andare nel golfo ad accoppare un po' di Mori!», propose, ottenendo qualche tiepido consenso.
«Combattere sul fiume è l'unica cosa che ci dà un vantaggio», lo stroncò Kardak, scolando l'ultimo sorso di birra. «In mare aperto, contro le galee moresche non abbiamo speranze.»
«Ha ragione», assentì Frothi il Nuotatore. «Sono enormi».
«Tutte stronzate», reiterò Knut, distendendo la lama snudata sulle ginocchia.

«Conosci anche altre parole?», lo provocò Astrid, col solito tono tagliente.

Knut si ammutolì, ombroso.

«Non ha senso riunirsi per parlare e basta», prese la parola Vidar l'Offeso, che, fino a quel momento, non aveva aperto bocca.

«Non ha senso riunirsi, punto», lo corresse Scroto, scuotendo la pappagorgia spelacchiata. «Non siamo più un popolo, siamo solo un branco di ladri».

«Ladro sicuramente sei tu!», lo rimbeccò Vidar, cogliendo l'occasione. «Mi devi ancora le mie tre navi!».

Scroto cacciò un sospiro esasperato.

«Quelle tre navi erano dei relitti del cazzo, io le ho rimesse a nuovo».

«Erano comunque mie! Mi devi un ridargomento!», insistette Vidar.

«Immagino volessi dire risarcimento», intervenne Knut il Senza Destino, rimirando le rune sulla sua lama.

«Sia lode agli Dèi!», rise Astrid, indicando Knut. «Allora sa anche altre parole!».

«Non è questa la sede per affrontare tali contenziosi», alzò la voce Harald l'Alto. «Il nostro *ping* persegue scopi più nobili».

«Non abbiamo più uno scopo», lo interruppe Scroto. «Sta proprio qui il problema».

«Io ce l'ho! Vendicare mio cugino», esclamò Astrid, alzandosi in piedi di scatto. «Chi è con me?».

«Anche quel cane di tuo cugino mi doveva dei soldi!», la

attaccò Vidar l'Offeso, che, era risaputo, ormai aveva le pezze al culo. «Avete tutti dei debiti con me!», gridò, sventolando un dito come se fosse una mazza ferrata.
In un battito di ciglia, scoppiò una rissa.
Astrid si gettò addosso a Vidar, ma, prima che gli artigliasse la faccia con le unghie, fu afferrata per un braccio da Knut il Senza Destino, che la trattenne senza nemmeno alzarsi dallo sgabello. Oleg e Frothi corsero a tenere fermo Vidar, che nel frattempo aveva sguainato un coltello, mentre Kardak si limitò a versarsi altra birra dalla botte. Harald l'Alto si schierò nobilmente in mezzo ai contendenti, cercando di sedare la violenza, mentre Gunnar si precipitò a tenere ferma Astrid, con l'unico proposito di metterle le mani sulle tette. Lei, per tutta risposta, lo morse sul collo, facendolo strepitare come un maiale. Nel bel mezzo del parapiglia, Scroto si passò una mano sulla fronte grinzosa, borbottando improperi a mezze labbra.
«Basta! Piantatela!», sbraitò poi, tenendosi alla larga dalla zuffa, ma nessuno sembrò prestargli attenzione.
Tutti urlavano insulti che si mescolavano in un indecifrabile frastuono, simile al rollare della bufera all'orizzonte.
D'improvviso, una folata di vento gelido alitò sulle candele, portando nella locanda odore di neve e di salsedine. Fermi sulla soglia spalancata, con i mantelli incrostati dal fango gelato, un uomo e una donna osservavano la zuffa, con i volti adombrati dai

cappucci.

La lite si placò e tutti volsero l'attenzione verso i nuovi arrivati.

Vidar rinfoderò il coltello. Astrid allontanò le mani di Gunnar dal suo petto e si aggiustò la treccia sulla spalla. Knut si alzò in piedi e conficcò la punta del grande spadone sul pavimento, con fare minaccioso.

«Che volete?», li interpellò Scroto, le mani sui fianchi.

«Erik Mikkelson». La donna incappucciata scandì il suo nome, svelando una bigia chioma irsuta e mostrando il suo viso; una benda nera le copriva l'occhio sinistro.

Scroto la fissò, incredulo.

«Sacerdotessa».

«Non più», lo smentì Averil.

«La Signora dei Corvi», la riconobbe Kardak.

Averil ricambiò con un cenno del capo, lasciando vagare l'occhio buono sulla locanda sottosopra.

«Vedo che non è cambiato niente, dall'ultimo *ping*».

«Il fiero sangue norreno è facile all'ira», si giustificò Harald l'Alto, con fare solenne.

«Chi è questa vecchia?», domandò Astrid, con la consueta insolenza.

«Un'indovina», ribatté Oleg Cavallo di Nebbia.

«Una strega, vorrai dire», lo corresse Gunnar.

«Non vogliamo pezzenti, qui!», intimò Vidar.

«Solo gli aldermanni hanno il diritto», spiegò Frothi.

«Sono qui per farvi una proposta», insistette Averil, ignorando gli epiteti poco piacevoli che le erano appena stati rivolti.

«Tutte stronzate», grugnì di nuovo Knut, sollevando lo spadone.

In quel momento, la figura che era rimasta ferma sulla porta avanzò nella taverna, lasciandosi scivolare il cappuccio sulle spalle.

Un elmo dal profilo ferino baluginò sotto la stoffa fradicia, scintillando in modo sinistro. Una maschera grottesca nascondeva in parte il volto dell'uomo, illuminato da due occhi grigi in cui banchi di livida nebbia sembravano scivolare uno sull'altro.

Bastò la sola vista di quella spaventevole testa di ferro, perché tutti i presenti si riempissero di un timore reverenziale. Anche il grosso Knut si fece timido e abbassò lo sguardo.

«Vi consiglio di ascoltarla», sibilò Tristo.

Una silenziosa tensione percorse il gruppo di aldermanni, incapaci di contenere quella strana sensazione che aveva messo a freno le loro lingue. Approfittando dell'irreale quiete, Averil mostrò la corona del Tagliaserpe, alzandola sopra la testa e facendola rilucere al chiarore dei candelabri.

«La corona dei re Norreni», scandì.

Tutti sollevarono lo sguardo, increduli.

La mascella di Oleg si spalancò, mettendo in mostra i suoi gialli dentoni da cavallo. Kardak si strozzò con la birra e la sputò dritta sulla nuca grinzosa di Scroto, che nemmeno se ne accorse.

«Ma che cazzo. Non può essere», bisbigliò l'aldermanno, a occhi sbarrati.
«Come vedete, abbiamo il diritto di essere qui», si impose Averil, abbassando la corona.
Tristo si sfilò l'elmo, nascondendolo sotto il mantello. Non appena l'oggetto fu celato alla vista, Knut riprese a guardare lo straniero in cagnesco, digrignando i denti.
«Senza quell'elmo sulla faccia, fa ancora più spavento», commentò Astrid, fissando le cicatrici attorno agli occhi del lugubre cavaliere. Kardak Cervo Verde, invece, schiuse le labbra in un curioso sorriso.
Riempì due boccali di birra e li porse ai nuovi arrivati.
Poi si sedette a un tavolaccio di legno e propose:
«Parliamo».

III

Quando la discussione ebbe termine, la botte di birra era vuota.
Kardak la abbracciava come fosse una donna bellissima, con la testa che gli ciondolava e un rivolo di vomito che gli chiazzava la barba bionda. Tristo era al suo fianco, con l'elmo nero appoggiato sulle ginocchia, in bella vista.
«Cinquecentoventi, cinquecentosettanta, seicento...», contava sottovoce Harald l'Alto, facendo scorrere le monete sul tavolo, sotto l'occhio vigile di Averil.
Scroto camminava avanti e indietro, le mani conserte

dietro la schiena, cercando di non guardare il cadavere che giaceva riverso in una pozza di sangue, in mezzo alla locanda.
Vidar l'Offeso era rimasto più offeso del solito. Il suo temperamento gli aveva procurato un bel colpo d'ascia dritto nel petto.
Frothi il Nuotatore se l'era cavata con il naso rotto, ed era seduto in disparte su una panca, con un panno bagnato premuto contro le narici arrossate. Per sua fortuna, Tristo era intervenuto nella rissa, indossando quell'elmo che faceva stringere il culo a tutti.
Gunnar Barba di Fuoco faceva rimbalzare lo sguardo dall'elmo alla corona, inghiottendo il suo dispiacere e pretendendo di non essere infastidito dalla vista di quella cosa di ferro nero. O forse erano i gemiti provenienti dal retrobottega a renderlo così musone. Astrid Lingua di Spada e Knut il Senza Destino ci stavano dando dentro, eccitati dalla rissa, dallo spargimento di sangue e, forse, dalla paura.
«Chiavami come chiava un re!», gridava Astrid.
«Godi, regina delle troie!», berciava Knut.
«Dateci un taglio, voi due!», sbottò allora Gunnar, che da sempre aveva posato gli occhi su Astrid e se l'era vista portare via da quel gigante taciturno.
In quel momento, la porta sbatté, facendo riversare all'interno una folata d'aria fredda che sapeva di tempesta. Accompagnato da due dei suoi uomini, Oleg Cavallo di Nebbia avvolse il cadavere di Vidar in una

coperta e lo fece portare via, lontano dagli occhi di tutti.
«Che ne faranno?», domandò Scroto.
«Lo riempiono di pietre e lo gettano in mare», replicò Oleg. «Nessuno saprà cos'è successo qui».
«La gente inizierà a fare domande», obiettò Scroto.
«E poi si dimenticherà che quel coglione di Vidar sia mai vissuto», lo interruppe Gunnar. «Nessuno saprà niente», ripeté, guardandosi attorno. «Dico bene?».
«Sì», fecero eco gli altri, laconici.
«Sì, anche se il sangue è sulle tue mani», precisò Kardak, accasciandosi a vomitare sui suoi stivali.
«Dico bene?!», alzò la voce Gunnar, per farsi sentire dai due che scopavano nel retrobottega, ma le esclamazioni che arrivarono in risposta furono di estasi erotica.
«Tremiladuecentoquattro Leviatani d'argento», terminò il calcolo Harald, «e sessantacinque pence», aggiunse, spingendo l'ammasso di monete tintinnanti al centro del tavolo, di fianco alla corona del re Tagliaserpe.
Averil soppesò l'ammontare con il volto inespressivo; era tutto quello che gli aldermanni erano riusciti a racimolare. Prima, ognuno di loro aveva reclamato la corona per sé, accampando diritti più o meno immaginari. Poi, tutti erano passati alle mani. Quando c'era scappato il morto, avevano trovato un accordo, sotto la minaccia di Tristo e del suo terrificante elmo.
«Non è molto», constatò Averil, tesa.
«Tutti hanno messo la loro quota», sancì Harald, come se parlasse per legge divina. «Più di questo non

possediamo».

«Ne dubito», replicò Averil, spostando l'occhio su Tristo.

Il cavaliere si alzò in piedi, con l'elmo tra le mani.

«Aspettate, cazzo, aspettate». Scroto si precipitò dalla veggente. «Abbiamo la corona, eleggeremo un nuovo re e sarete ricompensati come meritate».

«Ci stai chiedendo di prestare fede alla tua parola, Erik Mikkelson?». Averil puntò il suo unico occhio sul viso cascante di Scroto.

«Sì», annuì piano l'aldermanno. «La mia parola. E quella di tutti quanti, qui. Se c'è qualcos'altro che posso fare...».

«Armi, provviste, cavalli», si fece avanti Tristo, spada in pugno.

«Un tetto sulla testa e un bagno caldo, abiti e stivali nuovi», aggiunse Averil, poggiando un piede sul tavolo e mettendo in mostra i calzari sfasciati.

«Ma certo, ma certo!», li rabbonì Scroto, sorpreso del suo stesso tono. «Potete stare qui alla mia locanda quanto volete, avrete le stanze migliori. In tutta Striburgo c'è un sacco di gente che mi deve dei favori. Sono sicuro che riusciremo a trovare quello che cercate».

«Bene», replicò Averil, allungando le mani sulle monete e riempiendo il sacco. «Affare fatto.»

A quel punto, Harald l'Alto allungò il braccio per prendere la corona, ma si trovò mano nella mano con

Gunnar Barba di Fuoco. I due si guardarono come due cani che si litigano un osso. Vedendo la scena, Kardak provò ad alzarsi, ma inciampò sui propri piedi e finì a terra nel suo stesso vomito.
Scroto sospirò, esasperato.
«Ora non ci resta che decidere chi terrà la corona, fino alle maledette elezioni del re».
La porta del retrobottega si spalancò e Knut apparve sulla soglia, completamente nudo, con il pene a mezz'asta.
«Tutte stronzate», mugugnò.
«Nessuno di voi è abbastanza onesto», ragliò Astrid, tirando su i pantaloni di daino, tette e culo all'aria. «La terrò io!».
Gunnar iniziò a darle addosso, urlando, colmo d'ira e frustrazione.
Scroto nascose la faccia tra le mani.
«Propongo che la questione venga messa ai voti», cercò di farsi sentire Harald l'Alto, alzando la mano come un vate dei tempi antichi.
Per tutta risposta, fu colpito in testa da un boccale di legno.
Il cavaliere e la veggente si scambiarono un'occhiata.
«Sarà una lunga notte», commentò Tristo, indossando l'elmo.

Nyx

Nella tinozza traboccante, circondato dal vapore e dai teli impregnati di essenze, Tristo si addormentò ed ebbe il più strano dei sogni.
A differenza delle altre apparizioni, non vi furono grandiose creature emerse dagli abissi, luci accecanti o sussurri nel vento.
Notte era l'altro nome del sonno, e il tono della sua voce era cullante come una nenia.
«Sogna...», disse, sgusciando fuori dalla tenebra come una dolce amante che scivola dentro un letto. La pelle del suo volto era scura e liscia come ebano, gli occhi luminosi come la luna.
«Sto sognando», ammise lui, sforzando gli occhi per distinguere i contorni di quella figura sfuggente, come una sfumatura di buio nell'oscurità. «Chi sei?».
«Il mio nome è Nyx e sono la Prioressa della Tenebra, la Regina della notte», rispose lei, ammaliandolo con occhi candidi, in cui le iridi nere erano trapuntate di lumi, simili a un cielo stellato.
«Ho già ricevuto la mia ricompensa», le confidò lui.
«Oh, no». La mano scura di Nyx scivolò sulla sua spalla. «Non la mia».

Il tocco leggero delle sue dita gli provocò un caldo brivido lungo la schiena.

«Occhi d'Inchiostro era un insulto al *mio* elemento», continuò, sfiorandogli le spalle con il mento. «Rovinava l'oscura quiete di tutto ciò che dimora e prospera all'ombra del mio manto».

Nyx fece un passo, e nel frusciare della sua cappa nera si udì il frinire dei grilli, l'eco di una civetta a caccia, il richiamo del cuculo, il frullare d'ali di migliaia di insetti e bestie notturne.

«Al contrario di quanto si pensi, le creature della notte sono esseri magici e meravigliosi, non mostri», spiegò, posizionandosi davanti alla tinozza, così che Tristo potesse contemplare la sua figura intera, rischiarata appena dal lume delle candele.

«Per avere ucciso una creatura della notte, riceverai in dono una creatura della notte», sancì Nyx. «Trattala con rispetto e lei rispetterà te, donandoti dolci frutti. Feriscila...». I suoi occhi luminescenti lo fissarono con intensità, la sua voce divenne cupa come il fischio del vento. «E gli incubi non ti daranno tregua, da dormiente così come da sveglio».

Allora la sua pelle scura iniziò a brillare come ossidiana grezza. Un intrico di simboli, rune e forme animali dipinse una mappa su ogni angolo visibile del suo corpo, intessendo una trama di tatuaggi d'argento, pallidi e brillanti.

«Ogni creatura ha un volto di luce e uno di tenebra»,

continuò Nyx. «Sarai in grado di amarli entrambi, Priore Oscuro?».
Quelle ultime parole si persero in uno spiffero ululante che spense le candele. La finestra della stanza si spalancò.
Distendendo lo sguardo nel cielo nero, Tristo vide la luna piena brillare nella volta cinerea, con i suoi crateri e mari che dipingevano una strana smorfia, simile a un teschio deforme. Enormi ali di buio, rapide come nubi striscianti, attraversarono la faccia pallida, delineando i contorni di un enorme pipistrello nero che si perse nella notte.
Così com'era apparsa, Nyx svanì nel nulla. Con lei, l'incanto delle stelle si dissolse in un grigio chiarore che si levò dal mare.
Il canto degli uccelli che salutavano la gelida aurora traghettò il cavaliere dal sonno alla veglia.

Chi nacque gatto
(...sempre graffierà)

I

Si svegliò nel suo letto. Senza sapere come ci fosse arrivato.
Nonostante i morbidi cuscini di piume e le calde coperte di pelliccia, sentì una spiacevole sensazione mozzargli il respiro.
Un peso sul petto, come due dita premute con forza contro il suo sterno. Quando aprì gli occhi, fu abbacinato da due gioielli di smeraldo cangiante, solcati da mezzelune nere.
Dovette sbattere le palpebre più volte per distinguere i contorni di quella strana ombra che, come un demone degli incubi, era appollaiata sul suo petto e lo fissava attraverso due brillanti occhi verdi.
Il pelo nero era lucido e liscio come velluto, le orecchie a punta, il muso adornato da lunghe vibrisse che gli solleticavano il viso. Ancora frastornato dal caos dei suoi sogni, Tristo riconobbe la vibrazione bassa e monotona che proveniva dal ventre della bestia e si alzò a sedere, lentamente.

«Ma... cosa...», farfugliò.
Il gatto rispose volteggiando sinuoso su se stesso e socchiudendo gli occhi. Il cavaliere si guardò attorno, per capire da dove potesse essere arrivato, ma la porta e la finestra della stanza erano sbarrate.
Allora ripensò alle visioni della notte trascorsa, alla diva oscura che lo aveva visitato mentre faceva il bagno, alle parole enigmatiche che, come ogni volta che incontrava un Priore, gli echeggiavano nella mente.
Sentendo "creatura della notte", aveva pensato a qualcosa di molto più minaccioso. Scostò la coperta e si alzò.
«*Meow*», lo salutò la bestiola, sollevando la coda come fosse un pennacchio.
Tristo raggiunse il tavolino con gli avanzi di cibo della sera prima, strappò qualche brandello di carne e lo buttò a terra, poi, nudo come un verme, andò a frugare tra le sue bisacce per mettersi qualcosa addosso.
Il camino era spento e nella stanza si moriva di freddo.
Quando la sua testa fece capolino oltre il collo della camicia, il gatto era seduto a terra, vicino agli avanzi, e lo fissava con aria interrogativa. Non aveva osato nemmeno sfiorarli.
«Gusti difficili», commentò lui, in un sospiro. «E va bene», aggiunse, infilandosi il farsetto nero. «Vedrò di trovarti qualcos'altro».
Aprì la porta e si fermò sulla soglia. Quando si voltò per guardarsi indietro, il gatto era sparito.

Cercò sotto al letto, frugò con lo sguardo ogni angolo della stanza per capire dove si fosse nascosto. Niente. Confuso, imboccò il corridoio con un'alzata di spalle e si chiuse l'uscio alle spalle.

II

Averil lo attendeva a piano terra della locanda di Scroto, rivestita di tutto punto con mantello, stivali e tunica nuovi. Si era persino fatta fare una benda nuova per l'occhio, decorata con un motivo di nodi norreni, e faceva colazione con birra scura, pane e acciughe sotto sale.
Offrì il piatto a Tristo, che rifiutò.
«Non ho fame».
«Tieni», disse allora lei, appoggiando sul tavolo una borsa tintinnante di monete. «La tua metà».
Qualcuno degli avventori spiò verso la sacca di denari, allora il cavaliere si affrettò a nasconderla alla vista.
«Non c'era bisogno di dividerli», affermò, stupito.
«Sono i nostri soldi».
«Sì, invece». Averil distolse lo sguardo e Tristo cominciò a fissarla, cercando di sondare i suoi pensieri contorti.
La conosceva da molto tempo e capiva quando qualcosa la turbava.
«Te ne vai», azzardò.
«Sì», ammise la veggente, quasi sollevata che lui avesse

compreso. «Devo».
«Dove?».
«A Grifonia. Dopo tutto quello che è accaduto, devo vedere Suonetar, devo parlargli».
«Pensi che il Santo Priore ti riceverà?», chiese lui, amareggiato, rubando un sorso di birra dal boccale di Averil.
«Sì», annuì lei, sicura.
«È per me, vero?», domandò Tristo, fissandola nell'unico occhio.
La veggente sospirò.
«Qualsiasi cosa ti sia successa, qualsiasi cosa tu sia...». Averil esitò. «Lui deve sapere e io devo capire».
«Qualsiasi cosa io sia». ripeté la frase Tristo, indurendo la mascella. «Senza di te non so cosa fare, né dove andare».
La veggente schiuse il pugno e lasciò rotolare tra le dita l'occhio dorato di Dagar.
«Questo ti ha guidato da me. Ti guiderà oltre».
Il cavaliere rimirò l'astrolabio dorato per un istante, poi allungò le dita per prenderlo. Subito fu colto da una sensazione di vuoto, un fischio alle orecchie, una contrazione allo stomaco. In quell'ovattato silenzio, gli parve di udire una voce, poco più che un sibilo o un sussurro. Sentì cose innominabili strisciare e contorcersi nell'ombra.
«No», cambiò idea, chiudendo il pugno di Averil sulla sfera. «Servirà più a te che a me, per vedere le cose che

si nascondono nel buio. Grifonia ne è piena».
«E tu come lo sai?», chiese la veggente, abbozzando un sorriso. «Vuoi rubarmi il lavoro?».
«Dove c'è il potere, dimorano sempre cose oscure», recitò lui. «Me l'ha detto un giorno una vecchia pazza».
«Vecchia a chi?». Averil si alzò e scolò il boccale di birra.
Il cavaliere le afferrò il braccio.
«Fa' buon viaggio. E stai attenta».
«Anche tu». Averil si voltò per andarsene ma subito arrestò i suoi passi. «E di' a Erik che...». Le parole le si incastrarono tra i denti, come se si fosse pentita di quel pensiero. «Ringrazialo per il cavallo e i vestiti».
La veggente raggiunse la porta della locanda e si coprì il capo ingrigito con il cappuccio. La luce bigia del mattino la avvolse. Uscì senza voltarsi indietro.

III

«Ghiaccio del cazzo».
Erik Mikkelson, detto Scroto, odiava Striburgo, anche se era la sua città. Tutti portavano rispetto all'aldermanno, ma lui non sembrava contraccambiare. Mentre conduceva Tristo attraverso la piazza fangosa, zigzagando tra i chiostri di legno accalcati nella ressa del mercato, dalla sua bocca non uscivano altro che improperi e lamentele.
«Con tutta quest'acqua, non facciamo che scivolare sul

ghiaccio durante il Tempogelo e sguazzare nel fango come porci al Primosole», disse. «Le strade vicine al porto puzzano di pesce. Quelle lontane, invece, di piscio».
Alcuni mercanti lo omaggiarono con un cenno del capo. Scroto rispose usando una parola in lingua norrena che suonava come un insulto alle loro madri.
«Volevo costruire delle fogne», riprese poi. «Ma questa dannata marea sale e scende come la pelle del cazzo, e riporta a galla tutta la merda, quando va bene». Scroto si fece cupo in volto. «Quando va male... porta a galla cose ben peggiori».
Il suo passo rapido si fermò di fronte a una bottega. L'insegna di legno ritraeva un ago con la cruna a foggia di fauci di leone.
«Ecco», disse, indicando la porta chiusa. «Qui ci sono i fratelli Almirante. Vengono dalla Volusia e non troverai sarti migliori, da queste parti. Prendi quello che ti serve.»
«Grazie», concesse il cavaliere.
«Ascolta... Tristo.» Scroto si grattò nervosamente la pappagorgia. «Che razza di nome è Tristo?».
«È una lunga storia».
«Tienila per una sbronza», suggerì l'aldermanno. «Senti, lo so che sembriamo un branco di cani ubriaconi che si azzannano uno con l'altro per un osso marcio...».
«Non siete i primi Norreni che incontro», stemperò il cavaliere.

«Non importa. Il punto è che quello che avete fatto...».
Scroto si passò una mano sul volto. «Conosco Averil da quando eravamo giovani, tutto era diverso e la corona era dove doveva stare; sulla testa di un re». Abbozzò un sorriso che si spense subito. «Adesso è nei forzieri della Gilda dei Mercanti. Pensa che quegli usurai del cazzo sono gli unici di cui ci possiamo fidare. Sai da quanto non eleggiamo un re, da queste parti?»
Il cavaliere tentennò, ma Scroto non gli lasciò la parola. «Nemmeno io, ma porco cazzo! Recuperare quella corona era l'impresa che ogni guerriero norreno avrebbe voluto compiere; invece, è stata una donna mezza orba e...». Dopo aver squadrato Tristo da capo a piedi senza sapere bene come etichettarlo, risolse con: «Tu».
Tristo glissò, senza dare peso alla lusinghiera stima che l'aldermanno dimostrava nei suoi confronti.
«Insomma, questo per dire che tutto il nostro popolo è in debito con voi due. La mia città è tua! Fai quello che vuoi, datti alla pazza gioia. C'è un bordello niente male, all'angolo di quella strada».
«Grazie, non credo che...».
«D'altronde, con quella faccia... di' pure che sei mio ospite». Scroto gli poggiò le mani sulle spalle. «Io vado. Oggi ho altre gatte da pelare», confidò, con un piglio di febbrile agitazione negli occhi. «Un cazzo di rompicapo, nulla in cui tu possa essere d'aiuto...».
«Sei sicuro?». Tristo fu punto da una viva curiosità, un

presentimento, come quello che lo aveva colto quando Averil gli aveva restituito l'occhio di Dagar. «Sono stato il braccio armato dell'Inquisitore, tempo fa», rivelò.
«L'Inquisitore? Intendi Barrul di... di...».
«Bèroul di Gramigna», puntualizzò Tristo.
«Sì, lui, certo».
Scroto lasciò vagare gli occhi attraverso la piazza, animata da una folla variopinta, come se stesse seguendo con lo sguardo un viavai di formiche operose. «Dovevo immaginare che la Signora dei Corvi non andasse in giro con dei tangheri a caso». borbottò. «Vieni!», aggiunse poi, dandogli una pacca sulla spalla.
«Forse mi puoi dare una mano, Inquisitore».
«Io non ero un...».
«Sì, sì, fa lo stesso!», proseguì Scroto, nel suo inesauribile monologo. «Le compere possono aspettare».
Tristo lo seguì lungo un'ampia strada in leggero declivio, attorniata da robuste case a graticcio con il tetto a spiovente e l'intelaiatura di legno. Oltre il primo angolo, vide l'orizzonte velato da una fitta foresta di alberi maestri, vele e sartie. Il grande porto di Striburgo era vicino.

IV

I moli erano tutto un vociare di marinai, pescatori e puttane.

Il vento pungente che si levava dal Mar dei Cristalli agitava gli agili scafi dei *drakkar* ancorati ai pontili ghiacciati. Scroto si fece largo tra la ressa, incedendo sulle gambe tozze con il suo passo oscillante. Nonostante la figura pesante, l'aldermanno si muoveva in quel caos con l'agilità di un danzatore, schivando una cassa piena di anguille qui e saltando oltre un barile di aringhe là. Ignorò l'offerta di una baldracca che metteva in mostra le tette sotto la pelliccia, e tagliò in mezzo a un gruppo di uomini intenti a caricare un mercantile diretto chissà dove.
Senza dire una parola, puntò dritto come una freccia verso la banchina che si spingeva più al largo tra le onde color ferro, là dove un oscuro veliero attendeva, immerso in una quieta foschia. Il pontile era deserto.
Quattro guerrieri con gli scudi tondi, dipinti con le tre teste d'orso dei Mikkelson, bloccavano il passo a chiunque osasse avvicinarsi.
Si scostarono all'unisono, aprendosi come un portale, quando videro il loro capo avvicinarsi.
«Ecco. Quella è la gatta da pelare», brontolò Scroto, puntando l'indice ingioiellato verso l'imbarcazione.
Era un lungo vascello dalla chiglia panciuta, a tre alberi, con due bassi castelli a prora e a poppa. Vele sbrindellate e tentacoli di ghiaccio pendevano dalle sartie, dandole un'aria spettrale. Il legno, per quanto consumato dal mare e incrostato dai molluschi, sembrava robusto e adatto ad affrontare ancora

numerosi viaggi.

«Galleggia», fu l'unico commento che passò per la mente di Tristo.

Scroto sembrò non apprezzare il suo tono.

«È proprio questo il problema», rimbeccò, grave.

Tristo avvertì un nodo allo stomaco. Un tenue fischio s'insinuò nel boato del mare, proiettando il suo sguardo sul ponte deserto di quel vascello, dove brandelli di vele si agitavano nel vento come fantasmi.

«È apparsa all'alba», raccontò Scroto, fissando la nave come se fosse una grossa montagna di letame, e forse aveva ragione.

«Un miglio più al largo», precisò. «Non sembrava alla deriva ma...». L'aldermanno rumoreggiò con la bocca. «A bordo non c'era nessuno».

Tristo si voltò verso di lui con uno sguardo interrogativo.

«Una tempesta?».

«Forse. L'hanno trovata alcuni pescatori. Hanno chiamato, ma nessuno ha risposto, allora l'hanno rimorchiata fino a qui».

«Qualcuno è salito a bordo?».

«Solo sul ponte. Nessuno è sceso nella stiva».

«Avete idea di cosa portasse?».

«Nessuna». Scroto sputò in mare. «Non si vedono navi così, da queste parti, soprattutto in questa stagione. Dopo la guerra, nel Mar dei Cristalli si commerciano solo pesce e pelli. E quel coso...», disse, puntando ancora l'indice verso la nave. «Quel cazzo di coso non è un peschereccio».

Per tutta risposta, il veliero beccheggiò cigolando, la campana di bordo tintinnò in modo sinistro, quasi come un oscuro invito a svelare il suo enigma. Il cavaliere arcuò il labbro, nell'imitazione di un mesto sorriso.

«Se davvero non c'è nessuno a bordo, non abbiamo nulla di cui preoccuparci», affermò, avviandosi verso la nave.

Scroto emise un lungo fischio e richiamò con un cenno due dei suoi guerrieri.

I quattro si fermarono al cospetto dell'alta fiancata di tribordo.

Dopo essersi scambiati un silente sguardo d'intesa, risalirono la scala di corda che conduceva sul ponte.

Tristo fu il primo a mettere piede oltre il parapetto, e la quiete che regnava sulla nave gli fece accapponare la pelle sul collo. Il silenzio era irreale.

Botti, assi, cime e materiali erano sparsi qua e là come se l'intero vascello fosse stato capovolto sottosopra. D'istinto, il cavaliere sfoderò la spada.

Avanzando a lenti passi sulle assi velate di ghiaccio, i quattro uomini puntarono verso il cassero di poppa, dove si trovavano gli alloggi del capitano.

La porta era socchiusa e sbatteva a ritmo con il lieve oscillare dello scafo. Con un cenno della testa, Scroto ordinò ai suoi uomini di setacciare l'interno. Lanciò

un'occhiata pensosa a Tristo, mentre ascoltava i passi pesanti dei suoi guerrieri in perlustrazione.
«*Ryðja!*», berciò uno dei due, dall'interno.
L'altro gli fece eco poco dopo, spalancando la porta cigolante e scuotendo l'elmo d'acciaio.
«Tutto vuoto», tradusse Scroto.
Tristo scandagliò il ponte con lo sguardo.
Sollevò una vela caduta e la spinse da parte, finché non trovò ciò che cercava: la grata di ferro che conduceva sottocoperta. Non appena si chinò per osservare l'interno, il suo naso fu investito da un pungente fetore. Scroto si avvicinò e ritrasse subito il volto, schifato.
«Magari trasportavano bestiame», ipotizzò, con la voce rotta da un fremito di inquietudine.
«Magari è pieno di maiali morti assiderati», insistette uno dei suoi uomini.
«Puzzerebbero così?», domandò Tristo, schiudendo la grata.
Non appena l'altro guerriero gli porse una lanterna accesa, il cavaliere si immerse nell'oscurità. Il tanfo, là sotto, era soffocante. Si rigirò il mantello attorno alle spalle, cercando di riparare bocca e naso. Il lume artigliava a malapena il buio penetrante che ottenebrava la stiva. Avanzando piano, riuscì a scorgere il carico sparso qua e là. Casse rotte, sventrate. Qualsiasi cosa fosse accaduta là sotto, non prometteva nulla di buono. Sentì uno scricchiolio e si voltò. Gli parve di intravedere una sagoma umana in un angolo. Spada in

pugno, alzò la lucerna, cercando di diffondere un po' di chiarore. C'era un'ombra dal profilo oblungo, con qualcosa di innaturale nella forma della testa. Mosse un altro passo.
«Cazzo!», strillò qualcuno.
Tristo trasalì, voltandosi verso il boccaporto da cui Scroto era disceso, chiassoso come un barile fatto rotolare giù dalle scale.
Quando tornò con lo sguardo all'angolo, la figura che credeva di aver visto era svanita nel nulla.
«Ma che cazzo è successo, quaggiù?», domandò Scroto, coprendosi il volto con un fazzoletto.
I suoi uomini si affrettarono a scendere dietro di lui e subito tirarono le sciarpe sul viso per non respirare gli effluvi della decomposizione.
«Qualcosa c'è morto, qui sotto, e da un bel pezzo», commentò uno dei guerrieri, in lingua occasica, mentre l'altro lavorava sull'esca per accendere la torcia.
Grazie al crepitante lucore della fiaccola, riuscirono a perlustrare la stiva. Avanzarono compatti nel reticolo di ombre affilate, respirando piano. I due guerrieri dell'aldermanno a stento osavano bisbigliare tra loro. Aggirandosi tra le casse rovesciate, giunsero nella zona adibita a dormitorio per la ciurma. Le brande erano ancora appese alle travi, irrigidite dal freddo. A terra, intravidero un grosso mucchio di stracci ammonticchiati. Solo quando furono vicini, capirono.
«Cazzo», sibilò Scroto.

Non erano stracci. Erano resti umani. Braccia, gambe, teste. Un intrico di corpi buttati gli uni sugli altri come un tumulo di carne.
«*Goðgá*!», imprecò uno dei due guerrieri.
«Ecco l'equipaggio», concluse l'altro, aggiustando la presa sulla spada. «O quel che ne resta».
«Chi l'ha fatto è ancora qui». Scroto sfoderò la spada.
«Chi o cosa». Tristo iniziò a setacciare la stiva.
Sentì un rantolo alle sue spalle e si voltò, di scatto, pronto a colpire.
Come avevano fatto a non vederlo? Gli erano passati accanto.
«Cazzo! Luce, qui!», ordinò Scroto, facendosi passare la torcia e illuminando i lineamenti esangui di un ragazzino, con le guance scavate fino all'osso e gli occhi affossati nelle orbite nere e iniettati di sangue. Ceppi ai polsi e alle caviglie lo tenevano incatenato allo scafo come una bestia. I due guerrieri iniziarono a vociare tra loro in modo inconsulto, mentre Scroto rivolse alcune domande al marinaio agonizzante.
«Chi è stato? Cos'è successo?».
Quello rispose schiumando dalla bocca saliva scura e fu allora che Tristo notò il segno sul braccio.
Sembrava una ferita vecchia di settimane, incancrenita. Le vene tutt'attorno erano nere e tanto gonfie che sembravano sul punto di scoppiare. Chinò il viso per esaminarle meglio, cercando di ignorare il vociare di Scroto che quasi gli impediva di pensare. Aveva visto

quei segni centinaia di volte. Dritti sulla vena, cicatrizzati, infetti. Tutto gli fu chiaro all'istante.

«C'erano donne, a bordo?», chiese, ma Scroto non gli diede retta, preso com'era dal porre inutili domande al mozzo morente.

«C'erano donne a bordo?», ripeté allora, più forte, afferrando l'aldermanno per un braccio.

Scroto lo guardò con gli occhi fuori dalle orbite. Il sudore che gli colava tra le grinze del volto lo faceva somigliare ancora di più a un grosso testicolo.

Impiegò un attimo, per rispondere.

«Che cazzo c'entra? Non lo so. Forse!».

In quell'istante, furono assordati da un urlo raggelante.

Uno dei due guerrieri rovinò a terra, sbattendo il mento. Qualcosa lo afferrò per le gambe e lo trascinò via, rapido come un cavallo. Non appena il norreno scomparve nella tenebra, le sue urla furono soffocate da un tremendo risucchio gutturale che Tristo conosceva sin troppo bene.

Un gorgoglio viscido e uno scricchiolio di ossa dilaniate furono gli ultimi suoni che udirono, prima che la stiva piombasse nel silenzio.

Scroto aveva gli occhi spalancati, il volto terreo. Strappò la fiaccola dalla mano tremante del suo guerriero e la gettò nel buio. Allora tutti la videro.

La pelle era pallida e lucida, tanto da sembrare oleosa. Le escrescenze che ricoprivano gli arti e il petto non erano ancora del tutto saldate tra loro e, al di sotto, si

poteva intravedere il corpo martoriato di una donna: il seno, il ventre gonfio. Dove avrebbe dovuto esserci la testa, c'era un informe ammasso di carne ritorta, come una colonia di orridi funghi sanguigni. Le orbite degli occhi erano cave, due ferite ancora aperte. Sotto di esse, un ghigno sghembo apriva il viso da orecchio a orecchio; la mandibola disarticolata era tenuta assieme da un filamento di nuovi tendini, spessi come corde, che racchiudevano un rovo di fauci acuminate. Nelle dita oblunghe, coronate da artigli da rapace, l'aberrazione stringeva ancora una gamba dello sventurato guerriero norreno, che aveva appena incontrato una morte orribile. Anche se non aveva occhi, quella cosa guardò verso di loro ed emise un urlo raggelante.
Senza pensarci due volte, Tristo le scagliò addosso la lanterna ad olio, che esplose a terra. La vampata che ne scaturì giunse a lambire il ponte di coperta. Alla luce di quell'ardente focolare, apparvero altri corpi ritorti su se stessi; le forme femminili sfigurate dalle escrescenze che si diramavano dalla testa a causa del morbo.
«Via!», urlò Tristo, prima che piombassero loro addosso.
Scroto e il suo guerriero erano già fuggiti verso la scala. Il cavaliere fu subito dietro di loro, puntando la spada. Il fuoco non avrebbe tenuto a bada quei mostri ancora a lungo.
L'ultima cosa che vide, prima di arrampicarsi sui

gradini, furono artigli pallidi emergere dalla penombra. Se Scroto e il suo guerriero non l'avessero afferrato per le braccia, tirandolo su dalla botola, sarebbe finito tra le grinfie di quelle cose. Priori o non Priori, non ci sarebbe stato modo di tornare indietro da una morte del genere.

Ansimanti, i tre chiusero la grata e la bloccarono con un mezzo marinaio. Gli artigli delle creature emersero da sotto, fendendo l'aria. I versi raccapriccianti divennero più acuti e striduli. Erano infuriate e lottavano per la sopravvivenza. Scroto grondava sudore dalla fronte.

«Oh, cazzo...», ansimò, col respiro corto. «Che cazzo facciamo?».

Senza nemmeno riprendere fiato, Tristo cominciò ad accatastare detriti di legno.

«Bruciamo tutto».

V

Seduto al tavolo della sua locanda, l'aldermanno Erik Mikkelson fissava il vuoto. Nelle sue iridi fosche, si poteva ancora vedere il riflesso del vascello in fiamme.

Aveva preso fuoco lentamente, per via del ghiaccio, e c'era voluta quasi un'ora perché colasse a picco. Uno spettacolo per tutta Striburgo.

Una folla si era radunata sulle banchine, per osservare la nave fiammeggiante che si inabissava. Scroto era riuscito a contenere il clamore, raccontando mezze verità su una nave da carico infestata dai ratti, ma le urla di quelle cose che bruciavano ancora gli frastornavano le orecchie. Nella mano destra stringeva il bicchiere ormai vuoto, mentre la fronte imperlata di sudore era corrugata da pensieri più che neri.

«Il morbo...», ripeté, masticando quella parola come se fosse un pezzo di carne stopposa.

«È così», annuì Tristo. «Ha effetti diversi su maschi e femmine», spiegò, riempiendo il bicchiere del suo interlocutore per la terza volta.

Scroto ingollò l'acquavite ambrata tutto d'un fiato e porse di nuovo il bicchiere.

«Non ne avevo mai vista una... così da vicino», confidò.

«Quando la malattia ha fatto il suo corso, non sembrano nemmeno esseri umani», annuì Tristo, zittendosi subito quando un avventore della locanda passò vicino al loro tavolo.

«Le donne sono il veicolo principale del morbo», continuò a spiegare, a bassa voce. «Non hanno alcun sintomo per giorni e poi vengono prese da una sorta di... follia».

«Follia? Che tipo di follia?».

«Girano storie di madri che sono tornate a casa e si sono mangiate i figli».

Scroto reagì con una risata nervosa, ma subito i suoi occhi si persero nel vuoto e l'ilarità affondò nella sua gola, riarsa dal liquore.

«È come una specie di febbre, che fa venire sempre più

sete, e fame», proseguì Tristo, bevendo lentamente. «Basta un morso per contagiare chiunque».
«Ma quel ragazzo...», intervenne Scroto. «Quel mozzo sulla nave, lui era...».
«Un famiglio», risolse l'altro, inespressivo. «L'Ordine Bianco li usa solo per diffondere il contagio. Dopo alcuni giorni senza sangue fresco, se ne vanno per l'inedia. Come i fuchi di un alveare; fanno il loro lavoro e poi non servono più».
«Invece le donne diventano... quelle cose».
«Sì». Tristo svuotò il bicchiere, costretto a ricordare immagini che sperava di dimenticare. «Nel giro di qualche giorno, tutto ciò che di umano c'era in loro sparisce per sempre. Diventano delle belve, senza intelletto, senza paura, senza rimorso. E rispondono soltanto a lei, solo alla strega».
«Ma non era morta, quella puttana?».
Tristo fu sul punto di rivelare quello che sapeva, ma non c'era motivo di diffondere il panico.
«Così ho sentito», glissò.
Scroto allungò il bicchiere, ma l'acquavite era finita. Prese la bottiglia per il collo e la capovolse nel suo bicchiere, scuotendola forte per stillare sino all'ultima goccia.
«Allora non è una malattia, è una maledizione», mugugnò.
Tristo respirò a fondo. Non poteva tacere.
«Qualcuno la chiama "il bacio degli strigoi"», spiegò,

guardandosi attorno, circospetto.
Scroto non era un esperto, ma aveva visto quel che aveva visto.
«Intendi quella ferita sul braccio del mozzo?».
«Sì». Il cavaliere spostò gli occhi grigi sull'aldermanno. «Può voler dire una cosa sola, che è stato morso da uno strigon. È da lì che parte il contagio».
«Quindi, le possibilità sono due». Scroto ricambiò l'occhiata, facendosi serio. «O quel figlio di cagna è andato giù con la nave...».
«O è qui in città, da qualche parte», concluse Tristo, cedendo al desiderio di guardarsi alle spalle.
Fu allora che Scroto gli afferrò una mano.
«Tu devi trovarlo».
Il cavaliere fece per rispondere, ma l'aldermanno rinforzò la stretta e si avvicinò a lui, sporgendosi sul tavolo come un alcolizzato che implora per un altro sorso.
«Questa è la mia città. Una cosa del genere sarebbe la fine!».
«Non è facile trovare un singolo strigon in una città come...».
Tristo fece per ritirare la mano, ma Scroto non lo lasciò.
«Tu puoi riuscirci. Ti prego».
I due uomini si osservarono negli occhi per un lungo istante.
«Farò del mio meglio», concesse Tristo, e Scroto si abbandonò sullo schienale, prendendo un gran respiro.

«Grazie».

Con un gesto deciso, l'aldermanno ingollò le ultime gocce di acquavite e sbatté il bicchiere sul tavolo.

«Non c'è tempo da perdere», aggiunse, alzandosi. «Io devo andare a spiegare a una vedova come mai suo marito è morto in una nave infestata dai ratti».

«L'acqua fredda», suggerì Tristo, con un vago cenno della mano.

Scroto annuì, pensoso. Prese il mantello e la cintura dalla sedia ma, dopo pochi passi, tornò indietro, chinandosi sul cavaliere e sputandogli in faccia un alito da mangiafuoco.

«Nessuno deve sapere niente. D'accordo? Siamo io e te, in questa cosa. Portami la testa di quello strigon del cazzo e ti darò tutto quello che vuoi».

Detto ciò, si avviò di gran passo e uscì dalla porta della sua taverna, mentre, fuori, le strade di Striburgo si scurivano.

Tristo restò solo, a fissare il bicchiere vuoto. Avrebbe voluto che Averil fosse lì a consigliarlo, ma la veggente era ormai lontana, e una lunga notte insonne lo attendeva. Presto, i vicoli si sarebbero riempiti di ubriaconi, tagliaborse, prostitute e attaccabrighe.

VI

Entrò nella sua stanza, illuminata soltanto dai barlumi che filtravano dalla finestra. In quella penombra, Tristo

non notò la figura che lo attendeva, adagiata sul letto.
Andò dritto a frugare nei suoi bagagli per radunare i ferri del mestiere, ma una voce suadente risuonò alle sue spalle.
«Ce n'hai messo, di tempo».
D'istinto, il cavaliere afferrò il pugnale che portava alla cintura, ma non lo sfoderò. Fissò il letto e vide che, da sotto le coperte, spuntavano i piedi affusolati di una donna. Nella penombra, si poteva distinguere la forma del suo corpo avvolto nelle pellicce, ma non il suo viso.
Le braccia, da adagiate mollemente sui cuscini, si tesero in alto.
«Mhm. Ho fame», gli disse, stiracchiandosi.
Tristo cercò di pensare in fretta. C'era una donna nuda nel suo letto.
«Se ti manda Scroto...», attaccò, ma fu interrotto da una risata cristallina e graffiante.
«Ho conosciuto molti uomini che ragionano con le parti basse», raccontò la voce, divertita. «Ma mai nessuno che ne andasse così fiero da portarne il nome».
«È solo un nomignolo», si giustificò lui. «In realtà, si chiama...».
«So chi è Erik Mikkelson», tagliò corto la donna, alzandosi dal letto. «Mi manda Nyx», aggiunse poi, ravviandosi i capelli scuri sulle spalle e sfilandogli a fianco, completamente nuda. «Tanto per mettere in chiaro le cose, non sono di tua proprietà. Non ti chiamerò padrone e, se non ottengo quello che voglio,

divento intrattabile. Meglio che ti ci abitui».
Con passo felino, la donna raggiunse la stufa e aprì lo sportello. Il pulsante chiarore delle braci scolpì i contorni del suo corpo flessuoso. Servendosi di uno stecco, accese una candela e i suoi occhi bruciarono di un fuoco verde, come gioielli di smeraldo nell'oscurità.
Tristo la osservò passare da una candela all'altra con gli occhi sbarrati.
Non appena l'intero candelabro prese a diffondere il suo tremolante chiarore nella stanza, il cavaliere si costrinse a distogliere lo sguardo dalle sue forme. Dalle gambe lunghe. Dai seni tondi e ben fatti, a malapena nascosti dalla massa di capelli corvini. Era di una bellezza ipnotica, quasi innaturale, e sprigionava un magnetismo inquietante, capace di confondere la mente di qualsiasi uomo. Anche di uno morto e risorto, a quanto pareva.
«Mi servono dei vestiti», disse lei, appoggiando il candelabro sul tavolo. «Qualcosa da mangiare, e del vino magari», aggiunse.
«Striburgo non è famosa per i vini», fu l'unica cosa che passò per la testa di Tristo, che le porse il suo mantello per coprirsi, mentre i suoi occhi nebulosi si sforzavano di guardare altrove.
«Birra, allora», concesse la donna, drappeggiandosi la cappa sulle spalle.
Vedere quegli occhi verdi e affusolati a contrasto con il nero del tessuto riportò alla mente del cavaliere il gatto

che lo aveva destato quella mattina.
Difficile capire il nesso, ma, quando c'erano di mezzo i Priori, anche l'assurdo poteva rientrare nella sfera del possibile.
«Cosa sei?», le domandò, cercando di riprendere il controllo della situazione.
«Cosa? Mhm... no», replicò lei, scuotendo la testa. «Chiamami Vesper».
«Vesper», recitò lui tra le labbra, come fosse un incantesimo.
«Per rispondere alla tua domanda, sono un'esperide», spiegò, sedendosi sulla sedia e accavallando le gambe lunghe e sinuose, con il mantello sollevato abbastanza da lasciare esposte le cosce.
Tristo si chiese se fosse così seducente per natura, o se lo stesse facendo apposta per irretirlo. Forse era già sotto l'effetto di un qualche sortilegio.
«Mai sentito di esperidi», ammise poi, diffidente.
«Figlie della notte», spiegò Vesper, con quel suo strano modo di parlare, cantilenante, fatto più di suoni che di parole.
«Eri tu, stamattina, quel gatto».
«Gatta, per favore».
«Come fai?».
«Più o meno come tu ti metti e ti togli un vestito», ribatté Vesper. «Io sono sempre io. Cambia solo il come mi vedono gli altri».
«Chiaro. Più o meno».

«Le strigi non sono le uniche mutaforma in circolazione. A proposito...». Vesper si alzò, e camminò lenta verso la finestra, frusciando nel mantello. «È per questo che sono qui».

«Questo... cosa?».

«La tua caccia. Io ti posso dare una mano».

«Ah, sì?».

«Sento l'odore di quelle cose a un miglio. Posso vedere al buio, come loro. E poi...». Vesper si voltò verso di lui, e il mantello si aprì, scoprendo un capezzolo roseo sotto una ciocca di capelli scuri. «Nyx pensa che io e te potremmo andare d'accordo».

Lui deglutì a fatica, come se gli fosse andata di traverso un'intera armatura arrugginita.

«Capisco».

«Ah...». Vesper si allontanò di scatto, stringendosi nella cappa. «Anch'io sono morta. Qualche volta».

Lui aprì la bocca per fare una domanda, ma lei non lo lasciò parlare.

«Ci racconteremo i dettagli di come siamo finiti ammazzati davanti a un fuoco e un bicchiere di vino», disse, «ma adesso abbiamo del lavoro da fare».

Tristo annuì.

«Questa città potrebbe essere appestata da un momento all'altro».

«Stanotte, lo strigon morderà qualcuno, se non l'ha già fatto».

«Dovremo uccidere chiunque sia stato contagiato», fece

notare lui.
«Altrimenti, dov'è la fregatura?».
Il cavaliere rispose con un grugnito e si caricò la bisaccia in spalle, tintinnante di ferraglia, poi afferrò la spada.
«Trovo ironico che Nyx ti abbia mandato proprio me», osservò Vesper, guardando i levrieri scolpiti sull'elsa.
«Perché?». Lui sembrò non capire.
«Niente».
«Ho bisogno di tutto l'aiuto che i Priori mi possono dare, da qualsiasi... creatura», ammise Tristo.
«Creatura?! Così mi offendi», miagolò Vesper. «Sono molto più umana di quanto credi; dormo, bevo, mangio, proprio come te. A proposito. Ho fame e mi servono dei vestiti. Devo implorarti, padrone?», pungolò, ironica.
Lui si strinse nelle spalle.
«Non so dove trovarti dei vestiti a quest'ora. Le botteghe sono tutte chiuse».
Vesper alzò gli occhi al cielo.
«D'accordo, uscirò nuda», replicò e, d'improvviso, il mantello nero si afflosciò sul pavimento.
Da sotto l'orlo fece capolino una zampa, poi, la gatta scivolò fuori e, con passo felpato, raggiunse la porta della stanza.
«*Miew*», chiamò, puntandogli addosso quegli occhi verdi, lunghi e scintillanti.
Esitante, Tristo raccolse il mantello e si diresse alla

porta.

«Dopo di te», recitò, schiudendo l'uscio e lasciando che Vesper sgattaiolasse fuori. Da quando era morto, la sua vita era diventata un'incredibile follia. Forse era tutto un sogno. O forse stava uscendo di testa.

Buon sangue
(...non mente)

I

Dopo quattro ore in sella, Valka aveva il culo in fiamme. Non avrebbe mai immaginato che il Santo Priore fosse un cavallerizzo così resistente.
Quando l'aveva fatta chiamare all'alba, in gran segreto, avrebbe dovuto immaginare che ci fosse sotto qualcosa.
«Hai capito dove stiamo andando?», le chiese Bonifacio, rallentando l'andatura del suo corsiero.
Valka aveva già sentito l'odore di marcio due miglia indietro.
«Nell'unico posto che non avrei voluto rivedere mai più».
«In questo caso, ti chiedo scusa», concesse il Priore, con un ghigno beffardo, poi spronò di nuovo il cavallo al trotto.
Valka restò indietro, al passo. Era tutta la mattina che sbatteva le chiappe su quella sella, e non ne poteva più. Si ritrovò a sorridere da sola, pensando alla storiella della duchessa che si era fatta fare una sella modificata con sopra un pene di legno. Kaisa rideva sempre come

una matta, sentendo quel racconto sconcio. La sua favorita era ancora a rigirarsi nuda nel letto, mentre invece a lei toccava sguazzare in quella merdosa palude con quel vecchio pedante.

Erano fuggiti da Grifonia in gran segreto, intabarrati in mantelli e cappucci, cavalcando senza scorta verso intramonte. Valka non poteva immaginare quale fosse la lezione che Bonifacio voleva impartirle, ma il Priore la terrorizzava e affascinava allo stesso tempo, proprio come Wèn. Era una sensazione familiare, che, da tutta la vita, la spingeva verso le decisioni più critiche che avesse mai preso. Perché si ostinasse a immischiarsi in quei casini al confine tra l'umano e il divino ancora le sfuggiva.

Forse Bonifacio aveva ragione. Forse era davvero avvinghiata dai fili rossi del destino.

Il suo cavallo nitrì dalla cima di un lieve pendio velato di neve. La sagoma del Priore in sella, con la testa calva esposta alla brezza e il mantello sbattuto dal vento, si stagliò contro il cielo spiritato.

Valka accelerò l'andatura e distese lo sguardo sul panorama tristemente noto: era da quell'altura che i cannoni del Patto Nero avevano fatto a pezzi le sue armate. Lagonero giaceva davanti a loro, quieto. La superficie, scura e oleosa, era liscia come una lastra di marmo. Tutt'attorno, il labirinto di acquitrini creava una macchia verdastra che scintillava sotto la lieve crosta di ghiaccio, tingendosi di un colore quasi fosforescente.

«Siamo arrivati». Bonifacio sottolineò l'ovvio.
«Erano anni che non venivo qui», confidò Valka. «Sembra diverso.»
«Oh sì, la natura ha fatto il suo lavoro e le tracce delle cose terribili che sono successe sembrano svanite. Sembrano», ripeté il Priore, con fare saccente. «Da lontano», spiegò, dopo un istante di silenzio. «Da vicino, il campo di battaglia è ancora vivo. Si sente l'odore, puoi quasi udire le urla, le cannonate».
«C'ero. Non mi devi raccontare com'era», rimbeccò Valka.
«Ah, sì, certo, tu c'eri. In un preciso punto, in un preciso momento».
«Cosa vorresti dire?».
«Sono certo che ti sia sfuggito qualcosa. Qualcosa di molto importante. Vieni», la invitò Bonifacio, spingendo il corsiero giù per il declivio.
Valka esitò.
Nella sua mente balenarono i ricordi di quella mattina terribile, quando il suo esercito inarrestabile era affondato nella melma e le palle di cannone avevano frantumato i suoi soldati di pietra. Si era sentita sprofondare anche lei, inghiottita nel pantano, caduta in trappola come una sprovveduta.
Il purosangue scalpitò, reso irrequieto dai pensieri della sua cavallerizza. Valka volse lo sguardo a occaso, lungo il corso del fiume Spezzacorrente. In lontananza, si potevano scorgere ancora i resti della città di

Finalcastro, ora tristemente nota col nome di "Rovina".
«Brutti ricordi?», interrogò il Priore, con il suo solito ghigno, notando la sua esitazione.
Le guance di Valka avvamparono per il risentimento. Era stato il momento più brutto della sua intera esistenza. Non avrebbe mai pensato di poter cadere così in basso.
«No», mentì, pungolando il cavallo e discendendo il pendio. «Allora, mi fai vedere perché siamo venuti in questo posto di merda o no?», domandò poi, altera.
Il Priore schioccò la lingua e il suo cavallo partì al trotto. Valka lo seguì, alzandosi in piedi sulle staffe per alleviare il dolore alle natiche.
«Quanto odio questo vecchio», sibilò tra le labbra.
«Ti ho sentito!», berciò lui dalla distanza, ridendo di lei.

II

Il Priore aveva ragione. Da vicino, le tracce del mattatoio di Acquifiamma saltavano agli occhi come unto incrostato su un vecchio tavolaccio da osteria. Nel corso degli anni, i crateri lasciati dai proietti di bombarda si erano riempiti di pioggia e fango, creando un fitto labirinto di pozze e sabbie mobili. Sotto la superficie oleosa del pantano luccicavano frammenti di metallo. L'odore acre dell'incendio ancora indugiava sul terreno annerito. Dalla melma trapuntata di licheni affioravano elmi spaccati, corazze bucate e corrose dalla ruggine. Spade assediate dalle sterpaglie segnalavano le tombe di coloro che erano stati sepolti lì.

Morti senza nome.

Quando il terreno divenne troppo accidentato, Bonifacio smontò e, dopo aver impastoiato i cavalli vicino a un albero bruciato, si avviò a passo sicuro attraverso la palude. Malvolentieri, Valka immerse gli stivali nel terreno zuppo e lo seguì. Attenta com'era a non mettere i piedi in fallo, quasi non si accorse delle effigi di pietra che affioravano dall'acqua, come statue di un'antica città sommersa. Il suo esercito scomparso.

Si ritrovò a camminare su un volto che affiorava dal ghiaccio. Era stato scolpito per imitare le fattezze umane, ma risultava squadrato, grezzo e deforme. La testa era staccata dal corpo e Valka vide la mano spuntare da un cespuglio di giunchi secchi, grande come una porta. Poco più in là, guerrieri di pietra alti due volte un uomo giacevano in una profonda pozza di fango, sommersi fino al petto. Sulle spigolose armature scolpite nella roccia, si vedevano le tracce dei colpi d'archibugio. A uno mancavano entrambe la braccia. Un altro aveva un buco di cannone nel petto, dove alcuni uccelli avevano costruito un nido. Sorrise al pensiero: una cosa costruita con l'unico proposito di uccidere ora ospitava la vita.

Un tempo, quelle erano le macchine da guerra più temute del mondo.

Ora erano soltanto statue mutilate.

Valka si rese conto che Bonifacio la stava distanziando e si affrettò, sfilando in mezzo ad alcuni titani di roccia che giacevano scomposti ai lati del canneto, come colonne di un tempio in rovina. Mostri alti come torri avevano le gambe affondate nello stagno fino alle ginocchia, i corpi frantumati un pezzo alla volta dai colpi di artiglieria. Era stato come un tiro al bersaglio. Le rune di quarzo incastonate sulle fronti e sui petti dei golem ancora rilucevano sotto lo strato di sporco.
Nessuno aveva osato depredare quel luogo.
Metalli preziosi e gioielli erano ancora tutti lì, a farsi digerire lentamente dalla palude. Era un luogo maledetto e nessuno osava trafugarne i cimeli.
Chiunque si fosse mai avventurato laggiù in cerca di ricchezze aveva fatto una brutta fine. Le voci di sortilegi, spettri e malocchi avevano scoraggiato anche i contrabbandieri più sordidi. Valka non dava credito a quelle dicerie, ma immergersi nella melma infida era pericoloso per chiunque. Sabbie mobili, insetti e serpenti erano cause più che plausibili per spiegare le numerose morti tra sciacalli e viaggiatori, eppure sentiva che un'atmosfera oscura aleggiava su tutta l'area. Forse il terreno aveva assorbito tanto sangue e morte da divenirne assetato, come un ubriacone che non riesce a staccarsi dalla bottiglia. Valka sperava solo che Bonifacio sapesse dove la stava conducendo, perché non voleva pensare di essere sopravvissuta alla battaglia di Acquifiamma solo per morirci affogata qualche anno

dopo.

Il Priore si fermò sul ciglio di uno stagno, attorniato da un anello di canne dalle foglie morte. Quando avvertì i passi di Valka scricchiolare alle sue spalle, scostò le piante con il suo bastone, svelando le reliquie che giacevano sotto l'acqua densa.

Una spada affiorava dalla superficie liscia e scura, come in un racconto dei grandi re del passato. Un velo di ghiaccio sul pelo dell'acqua creava un effetto di luce illusorio, tanto che l'arma sembrava fluttuare a mezz'aria. Valka guardò meglio e distinse la mole scomposta di un soldato di pietra adagiata sul fondo della pozza. La spada era conficcata a fondo nel suo petto, nel centro della runa di quarzo che vi era incastonata.

«Nessuno ha mai distrutto uno dei miei soldati in questo modo», osservò Valka.

«Nessuno è mai sopravvissuto per raccontarlo», puntualizzò il Priore. «Questa è una tomba. Il cavaliere che ha compiuto questa impresa ha pagato con la sua vita».

«Solo un pazzo attacca un golem con una spada».

«Forse», ammiccò Bonifacio. «O forse non aveva scelta».

Il Priore allungò il bastone e lo fece tintinnare sulla spada.

«Noti qualcosa?», chiese poi, con quel tono che la faceva sempre sentire una scolaretta messa alla prova.

«Dovrei?», lo sfidò Valka, spostando gli occhi sull'arma.
Il cuoio dell'impugnatura era quasi del tutto consumato, il metallo dell'elsa era incrostato di verde marcescenza, ma il pomo a ogiva, come la lama, era ancora intatto e quasi intoccato dalla ruggine.
«È in buono stato», commentò.
«Esatto», concesse il Priore. «Non noti altro, Véibhinn?».
Sentendo il suo nome d'infanzia, pronunciato con un tono così autorevole e paziente, proprio di un genitore, la Madre dei Predoni si fermò, come catturata da un incantesimo. Il suo respiro rallentò e gli occhi vagarono nella marcescenza della palude senza vedere niente, la mente immersa nella nebbia dei ricordi.
«Non può essere», mormorò.
«Conosci quella spada, vero?».
Valka si voltò, quasi spaventata di ricordare lo scintillio di quell'arma nelle mani di suo padre. Annuì, senza parlare.
«Perché è qui?», domandò poi, cercando di sciogliere quel nodo che le serrava la gola.
«Tuo fratello la brandiva, quel giorno, in battaglia».
Valka fu colta da un fremito al petto e si costrinse a respirare.
«Mi stai dicendo che mio fratello è morto...». Non riuscì a finire la frase.
Bonifacio annuì, grave.
«Quanti uomini hai ucciso, quel giorno? Eri furiosa.

Eri... sanguinaria».

Allora Valka si rivide strisciare nel fango come una vipera, con il viso dipinto col carbone, gli occhi stralunati in preda all'estasi, il corpo sudicio di fango e sangue.

«No», gemette.

Con un pugnale per mano, aveva inferto il colpo di grazia a feriti e moribondi, infilzando le giunture delle armature, le fessure nelle visiere degli elmi. Qualcuno aveva implorato. Qualcun altro era soltanto morto.

«No».

«Invece sì».

«Ho ucciso mio fratello».

«Hai posto fine alle sue sofferenze».

«Avevi detto che era ancora vivo». Valka strinse i denti, e si avvicinò al Priore, piena di odio. «Perché? Ho già perso la mia famiglia anni fa, sono passata oltre, perché devi tirare fuori questa merda, ancora e ancora?».

«Ti ho detto solo la verità».

«Questa è crudeltà. Mi hai portato sulla tomba di mio fratello».

«Questa è la sua tomba, ma lui è ancora vivo», dichiarò il Priore, calmo.

«Stai dicendo cose senza senso».

«Non ne avranno se ti rifiuti di vedere e di ascoltare».

Valka esitò. Abbassò la testa in un sospiro di frustrazione.

«Ti prometto che tutto verrà spiegato», la incoraggiò il

Priore.

«Cosa vuoi?».

«Solo che tu sappia chi sei. Solo che tu sia la donna che sei nata per essere». Poi Bonifacio esitò. «Ne ho bisogno. Il mondo ne ha bisogno».

«Il mondo...». Valka sogghignò, scuotendo la testa. «Balle, sono tutte balle per tirarmi dalla tua parte».

«La mia parte?». Bonifacio si irrigidì sulla schiena e, per un istante, sembrò diventare imponente. «Oh, Bianca Signora», declamò. «Ma davvero non sai chi sei?».

Valka restò immobile, sondando gli occhi del Priore, invasa da un'ondata di sensazioni che la riportarono all'infanzia, ai giorni in cui il suo mondo era stato risucchiato nella notte.

«Bianca Signora», sussurrò. «Mia nonna mi chiamava così, da bambina e poi anche...». Fu colta come da un fastidio, una fitta alla schiena, sul marchio a fuoco lasciatole dal diavolo.

«Wèn», completò la frase Bonifacio.

«Mi racconterai ogni cosa?».

«Ti racconterò quello che so», acconsentì il Priore. «Ma prima, voglio che tu faccia una cosa per me».

«Tira fuori l'uccello e giuro che te lo taglio».

Bonifacio reagì con una risata tenera.

«No», rispose, guardando la spada nello stagno. «Prendila. Era di tuo padre».

Valka sondò il suo viso per capire se fosse serio.

«Non posso».

«Come fai a dirlo, se non hai provato?».
«È infilzata nel...».
«Prova», la interruppe il Priore, con tono provocatorio.
Valka non si era mai tirata indietro di fronte a una sfida, e non l'avrebbe fatto nemmeno quel giorno. Ricambiando l'occhiata beffarda di Bonifacio, si sfilò il mantello e il farsetto, poi iniziò a ripiegare le maniche della camicia. Una volta sull'orlo dello stagno, esitò, per valutarne la profondità. Doveva essere un cratere lasciato da una palla di bombarda.
Ricordava quegli enormi massi rimbalzare sul campo di battaglia, facendo a pezzi la roccia, il metallo e la carne. L'acqua era gelida, doveva fare in fretta.
«Accendi un fuoco», intimò, immergendosi nei flutti algidi.
Il corpo si tese come una corda di balestra e il cuore sembrò spingere per uscirle dal petto. Senza aprire gli occhi, Valka sbatté le gambe e cercò un appoggio per i piedi, trovando presto lo spigoloso spallaccio del soldato di pietra. Si sbracciò finché non riuscì a salire in piedi sul petto del golem sommerso. Tremava e non sentiva più i piedi.
La spada spuntava dalla superficie a un passo da lei. Allungò la mano e afferrò l'impugnatura consunta. Voltò il viso, cercando lo sguardo del Priore, che chinò la testa con fare solenne. Allora Valka tirò.
Le sembrò di cercare di sradicare un albero. La spada vibrò appena. Agguantò l'impugnatura con entrambe le

mani e prese a tirare con tutta la sua forza. Niente.

Si puntò con i piedi, afferrò l'elsa e spinse verso l'alto con tutta l'energia che aveva. Ricadde in acqua di schiena, sollevando alti spruzzi.

«Merda!», protestò, riemergendo. «Non ci riesco. Contento?», sbraitò, battendo i denti.

«A dire la verità, no», confidò Bonifacio, guardandosi le unghie. «In vita tua, non hai mai rinunciato così in fretta», commentò poi, pungente. «Hai sempre insistito, fino in fondo, per ottenere quello che volevi. Forse questa spada non ti interessa? Non ha alcun valore, per te?».

«Ma quanto ti diverti?», rispose Valka, irritata. «E va bene. Se muoio congelata, sarà colpa tua», concluse, poggiando i piedi sul golem e togliendosi di dosso la camicia zuppa. «Queste non ti fanno nessun effetto, immagino», commentò, guardandosi le tette all'aria, con i capezzoli duri come palle di archibugio.

«Nessuno», la rassicurò il Priore.

«Bene». Valka arrotolò la camicia attorno all'elsa e riprese a tirare, stringendo i denti. L'acqua sciabordava attorno a lei a ogni strattone.

«Non usare solo la forza delle braccia. Usa la forza della mente», le consigliò Bonifacio.

«La forza della mente», gli fece eco Valka, tremando.

«Non hai mai perso una battaglia, prima di Acquifiamma», le ricordò il Priore. «Ti sentivi molto forte, quel giorno».

«Non stai aiutando!», lo rimproverò lei, continuando a tirare.
«Tanto forte che non hai usato la testa», continuò imperterrito lui. «Quella è la tua arma migliore».
Valka si trattenne dal rivolgergli un insulto molto colorito. Guardò giù. Prese un profondo respiro e scese sott'acqua. Il freddo le congelò il fiato nel petto, mentre infilava la spalla sotto l'elsa della spada.
Spinse con i piedi. E diede uno strattone. Due. Tre.
Il filo della lama le aprì un taglio nell'incavo tra i seni, mentre la spada scivolava fuori dalla roccia.
L'acqua attorno a lei si tinse di rosso e Valka uscì mezza nuda dallo stagno. Il suo corpo era scosso da un tremore fuori controllo, un lungo rivolo di sangue le scendeva sulla pancia e la spada di suo padre era stretta nella destra. Con un gesto energico, la piantò al suolo, rivolgendo al Priore un mezzo sorriso. Amava vincere.
«Merda», disse poi, notando il taglio.
Bonifacio la coprì subito col mantello e, prima che Valka potesse ritrarsi, intinse i polpastrelli nella ferita.
«Che fai?».
Con l'indice e il medio insanguinati, il Priore tracciò sulla fronte di Valka una stella a dodici punte, recitando:
«Ogni impresa ha il suo prezzo di sangue. Il tuo è un sangue antico, un sangue forte. Buon sangue non mente».

III

Era una sensazione bizzarra e, al tempo stesso, liberatoria.
Il vento freddo le accarezzava le spalle e solleticava le gambe. Se ne stava lì, nuda, stesa sul mantello di pelliccia accanto al fuoco, a svuotare la fiasca di vino un sorso dietro l'altro, mentre i suoi vestiti fumavano sul ramo di un albero, asciugandosi al calore delle fiamme.
Gli occhi del vecchio non la guardavano con bramosia o lascivia, anzi. Le sue nudità non avevano alcun effetto, su di lui; guardare le forme di una donna, per Bonifacio, era come osservare il corpo di un qualsiasi altro animale. La semplice e pura bellezza del creato.
Valka non si era mai sentita così. Nessuna donna aveva mai provato quella libertà, scevra dalla sessualità e dall'istinto carnale che finisce sempre per ridurre la femmina a un oggetto del desiderio, un pezzo di carne su cui sfogare gli istinti. Fino a quel giorno, non aveva mai creduto alla natura divina dei Priori. Il concetto stesso di divinità era qualcosa di distante dalla sua mente, dalla sua idea di mondo. Per Valka, i sacerdoti erano tutti imbroglioni, truffatori, saltimbanchi, che usavano i loro trucchi per dominare gli altri. Eppure, nelle iridi nerissime di Bonifacio, per la prima volta vide rilucere una scintilla divina.
«Ancora affilata», appurò il Priore, facendo scorrere la mano sulla spada.

«Me ne sono accorta», constatò Valka, passando un dito sul taglio al petto, dove il sangue era già coagulato. «Com'è possibile?».
«Il metallo che la compone è molto prezioso. Più che raro, direi... perduto. Viene direttamente dalle stelle», rispose il Priore, alzando gli occhi alle nuvole che scivolavano sul sole.
«Sul serio?», chiese lei, tracannando dalla fiasca.
Essere brilla era l'unico modo per affrontare una conversazione del genere. Tutte quelle storie assurde, sotto effetto dell'alcol, forse le sarebbero sembrate più credibili.
«Sì, è il ferro dell'asteroide che ci portò qui, secoli fa».
«Asteroide?».
«Una meteora», semplificò Bonifacio, leggendole negli occhi. «Ma tu non credi a queste storie, dico bene?».
«Oggi farò un'eccezione», concesse Valka, abbozzando un sorriso. «Comunque, mio padre era solo un cavaliere, con un feudo povero. Perché mai aveva una spada del genere?».
Bonifacio annuì, col fare benevolo di un nonno sul punto di raccontare una storia.
«Si dice che solo i re possedessero spade di tal fatta, ma non è del tutto vero», attaccò, rigirandosi l'arma sulle ginocchia. «Anche altri le brandivano, nei tempi antichi», spiegò. «I Frati Neri».
«Frati?». Valka rise. «Mio padre era tante cose, ma, ti assicuro, non di certo un frate».

«I suoi antenati sì».
Bonifacio volse gli occhi a Valka e attese una sua reazione, in silenzio.
La Madre dei Predoni, dal canto suo, non voleva dargli la soddisfazione di mostrarsi incuriosita; quindi, ricambiò l'occhiata con le labbra serrate e un'espressione beffarda sul viso. Il Priore sospirò.
«Un tempo, esisteva una confraternita di monaci guerrieri. Li chiamavano Frati Neri. Vestivano di scuro e portavano questo simbolo». Bonifacio sollevò la manica ed espose l'avambraccio.
Gli strani segni sulla sua pelle parvero muoversi e strisciare uno verso l'altro, come neri serpenti, andando a comporre un cerchio perfetto che ruotava su se stesso. Valka si ritrovò a sbattere le palpebre, allucinata. Gettò un'occhiataccia alla fiasca.
"Ma che diavolo sto bevendo?", si chiese, in silenzio.
«Uroboro», recitò Bonifacio.
Per un istante, Valka credette di vedere il disegno scintillare di una rovente luminescenza. All'interno del circolo, si delineò il profilo di un drago che divorava la sua stessa coda, circondato da un grimorio di rune. Era certa di aver già visto quel simbolo da qualche parte.
«Che significa?», chiese.
«Il ciclo della vita e della morte, l'eterno ripetersi degli eventi».
«Si va sul filosofico...».
Il Priore nascose il tatuaggio alla vista.

«I Frati erano custodi di molti saperi, tuttavia, il loro compito principale era proteggere i pellegrini che si recavano al santuario dei Dodici, che ora giace sepolto nel bel mezzo della foresta di Selvargento».
«Ne ho sentito parlare, ha la fama del posto maledetto».
«Al contrario», dissentì Bonifacio. «È lì che arrivammo, all'alba dei tempi. Nel cratere in cui precipitò il nostro astro, la vita sbocciò selvaggia e fiumi si irradiarono nella terra».
Valka replicò con un rutto sommesso.
«Per secoli, gli uomini vennero al nostro tempio, per offrire i loro omaggi, pregare ed essere benedetti. Il mondo era retto dall'equilibrio dei Dodici Elementi, ma tutto cambiò a causa di Wèn», proseguì il Priore.
«Sempre lei», alzò gli occhi al cielo Valka.
«Posso fermarmi qui, se vuoi».
«No, no, per carità, continua...», si affrettò a ritrattare Valka. «...Altrimenti, mi sarei sbronzata per nulla», aggiunse sottovoce, ingollando un lungo sorso.
«Wèn era la nostra sacerdotessa più fedele, la mia allieva prediletta». Il volto di Bonifacio parve diventare più cupo, i tatuaggi più neri e pronunciati. «Ma era troppo ambiziosa, anelava all'immortalità; essere una di noi, migliore di noi, forse. Si avvicinò a me, tanto da ingannarmi e trovare il modo di separarmi dal mio elemento».
«Come ha fatto?», domandò Valka. «Come si separa un Priore dal suo... elemento?».

«Con il dolore», replicò il Priore, zittendola. «Così come si strappa un'anima dal corpo».
«Capito», bofonchiò lei.
«Ottenuto il potere del Sangue, Wèn cominciò a sperimentare pratiche proibite, oscure, incrociando la carne di umani e bestie, dando vita a corpi che erano già morti: Negromanzia», scandì con voce grave Bonifacio. «Stregoneria. Quello divenne il suo elemento. Il Tredicesimo, che ha sconvolto l'equilibrio per sempre».
«Mi è chiaro». Valka era curiosa, ma si sforzò di assumere un tono superiore e annoiato. Sapeva di essere infantile, soprattutto quando beveva, ma ormai non gliene importava più niente.
Non aveva chiesto lei di trovarsi lì, e ora il Santo Priore doveva sopportarla.
«Le peggiori aberrazioni sorte da questo potere furono gli strigoi, una vile corruzione dell'essere umano. Wèn li mandò in mezzo alla gente. Lupi tra gli agnelli», proseguì il Priore, affaticato dal parlare, come se il racconto stesse esaurendo le sue forze. «Nel giro di pochi anni, si moltiplicarono in numero e divennero più forti, più crudeli, così come ogni forma di vita in cerca di spazio per prosperare».
«Come tutti i predatori», sussurrò Valka, ricordando i suoi spiacevoli incontri con gli adepti di Wèn.
Il solo pensiero la fece rabbrividire. Si coprì col mantello.
«Creò una nuova specie», specificò Bonifacio. «Che

seguiva regole contro natura e non poteva convivere con l'umanità. Per questo Wèn venne bandita e tacciata di stregoneria anche se, ormai, gli echi della guerra rombavano nei mari e tuonavano nei cieli».
Frase suggestiva, Valka dovette ammetterlo.
«Lei aveva il suo Ordine, noi avevamo i nostri Frati. Bianchi contro Neri, tutto ebbe inizio così: una partita a scacchi che dura da allora», raccontò il Priore.
«Scacchi? Questo è tutto un gioco, per voi?», lo pungolò Valka.
«Nient'affatto», la rimbeccò Bonifacio, in un tono che non ammetteva repliche. «Non chiedemmo noi agli uomini di entrare in guerra, fu una loro scelta».
«Non lo metto in dubbio».
«Furono loro a decidere di organizzare la gerarchia della confraternita sulla metafora degli scacchi, suddividendosi in alfieri, cavalieri, torri...».
«Almeno, avevano il senso dell'umorismo».
«Molti di loro sì», concesse Bonifacio. «Qualità di cui noi Priori siamo sempre stati carenti. Tanto che prendemmo molto sul serio il giuramento dei Frati».
«Quale giuramento?».
«Avrebbero dato la caccia agli strigoi, fino all'ultimo, fino alla fine dei tempi».
Il Priore sollevò la spada davanti al viso, rimirando la lama.
«Per ognuno di loro, Ilmaris, Priore del Metallo, forgiò una spada con il ferro delle stelle, poiché questo è

l'unico acciaio in grado di uccidere ciò che è già morto; e distruggere il frutto della stregoneria».

«Mio padre aveva una spada magica», sogghignò Valka.

«Più che magia, la definirei metallurgia», tagliò corto Bonifacio. «Sono armi uniche, odiate e temute dagli strigoi e, per questo, tramandate di generazione in generazione, insieme alla sacra missione di combattere l'Ordine Bianco, ovunque si manifesti».

«I Frati Neri erano i vostri inquisitori», intervenne Valka, sbiascicando un poco.

«Più che altro, li definirei cacciatori», commentò Bonifacio. «La confraternita prosperò così tanto che furono istituiti nuovi reparti, ognuno con il suo Uroboro. Al dragone si affiancò il falco, la pantera, il levriero...», elencò Bonifacio, lanciando un'occhiata a Valka.

«Il levriero era il simbolo della mia famiglia», ricordò lei.

«Ora conosci le sue origini. Come la spada, anche lo stemma araldico è perdurato nei secoli».

«Aspetta». Valka si alzò a sedere, punta da una curiosità morbosa. «Ma se erano monaci, come facevano a... insomma, perché avevano figli?».

«Non erano solo gli uomini a entrare nella confraternita», rivelò Bonifacio. «Anche le donne potevano farlo, ed era consentito loro avere un figlio a testa, uno solo, concepito rigorosamente assieme a un confratello».

«Ci si dava da fare, in quei monasteri», scherzò Valka,

ma si ritrovò a ridere da sola come la patetica ubriacona che era.
Il Priore la fissava negli occhi, mettendola a disagio.
«La mia famiglia arriva da un monaco e una monaca che hanno sollevato troppo le tonache», concluse lei, abbassando lo sguardo.
«Tuo padre possedeva questa spada perché ereditata da suo padre, che a sua volta l'aveva ereditata da sua madre, e dal padre di sua madre, su, su, lungo tutta la linea dinastica, fino ai tempi in cui i Frati Neri decaddero».
Valka tacque, distendendo le mani intirizzite verso il fuoco.
«Che mi venga un accidente...», mugolò.
«Riforgiata e rimodellata, di generazione in generazione, la spada è il simbolo di quel giuramento che fu prestato davanti ai Dodici, cui ogni discendente è vincolato. Così fu per tuo padre...».
«E quindi anche per me», concluse Valka, poco contenta di sentire, ancora una volta, parlare di destino.
«Chissà quanto sarebbe deluso nel vedermi, adesso».
«Il tuo caso è ancor più eccezionale», la incalzò il Priore.
«Non solo tuo padre era un erede della confraternita», affermò, fissandola negli occhi arrossati. «Ma anche tua madre lo era».
Valka restò interdetta per un istante, cercando di valutare la portata di quelle rivelazioni che, nei fumi del vino, avevano assunto i contorni di un delirio da

dimenticare una volta sobria.
«E... quindi?», domandò. «Questo fa di me... cosa?».
«La cacciatrice perfetta».
Valka rimase in silenzio e il Priore incalzò:
«Nel tuo sangue pulsa il retaggio di due stirpi dedite a un unico scopo: distruggere l'Ordine Bianco Ederyon e Gordon, uniti in un'unica speme, giuramento su giuramento».
«Quei nomi non significano più niente, per me», confidò Valka.
«Dovrebbero, invece».
«Sono ombre del passato».
«Ogni ombra può oscurare il sole», insistette il Priore. «Per questo ti ho voluta al Concilio, non capisci? Il Patto Nero è solo una fragile alleanza tra pecore allo sbaraglio. Sei tu il cane da pastore. Per questo il lupo ti teme tanto».
«Wèn?». Valka gli rivolse un sorriso amaro. «Lei non mi teme affatto!», dichiarò, grattandosi il marchio sulla schiena. «Avrebbe potuto uccidermi quando voleva».
«Ma ha preferito soggiogarti e marchiarti».
«Perché?». Valka era confusa. Anche ubriaca. Ma soprattutto confusa.
«Questo spetta a te scoprirlo», replicò Bonifacio, consegnandole la spada. «Io ti ho mostrato il sentiero da cui sei venuta, e la via che conduce al tuo destino. Tu puoi decidere se imboccarla o meno», affermò, poi, dirigendosi verso i cavalli impastoiati.

«Quindi? Cosa dovrei fare? Mettermi un mantello nero e dare la caccia agli strigoi?», lo sbeffeggiò Valka, finendo il vino in un sorso.
«I tuoi vestiti sono asciutti», la ignorò il Priore, ma Valka balzò in piedi.
«Un'ultima cosa», esclamò, correndogli dietro, nuda come un verme, la spada in una mano e la fiasca vuota nell'altra. «Mio fratello... questa storia dei Frati c'entra con quello che gli è successo? Voglio dire...».
«Che ha incontrato la morte, eppur vive ancora?».
«Quello».
«Certo, avete lo stesso sangue. Lui ha il suo destino, tu il tuo. I giuramenti non si spezzano facilmente, e nemmeno le maledizioni», borbottò, dandole le spalle.
«Che significa?», volle sapere Valka.
«Che è tardi», replicò il vecchio, montando in sella. «Dobbiamo tornare, prima che faccia buio».

IV

Non era la prima volta che cavalcava da ubriaca, ma, dopo cinque ore, l'eccitazione e il divertimento erano stati macinati sotto gli zoccoli del purosangue, per essere sostituiti da una pesante spossatezza.
Bonifacio non aveva spiccicato mezza parola, durante tutto il viaggio e, cosa peggiore di tutte, Valka aveva finito il vino. Arrivarono a Grifonia quando ormai la città era immersa nell'oscurità, brillante di lanterne e

lumi che baluginavano tra i contorni grigi di mura, torri e tetti.
Per via del coprifuoco imposto dal Prefetto, le strade erano deserte. Un'altra precauzione per contenere il possibile contagio del morbo.
Passando per la postierla da cui erano usciti, arrivarono indisturbati alle scuderie del castello.
Senza nemmeno una parola di congedo, il Priore svanì nell'androne buio.
«Buonanotte, eh!», mugugnò Valka, slacciando il sottopancia e sfilando la sella dal dorso del cavallo.
Barcollò, esausta, fino alle sue stanze, trascinandosi dietro il lungo spadone di suo padre.
Non appena la porta fu chiusa alle sue spalle, posò l'arma sul tavolo e afferrò il vino. Tracannò un lungo sorso direttamente dalla bottiglia, appoggiando la schiena al camino.
Kaisa balzò a sedere sul letto, spuntando mezza nuda da sotto le pellicce.
«Come va?», salutò Valka, saltellando per togliendosi gli stivali infangati. «Mi serve un bagno».
«Ti aiuto», si offrì la favorita, tirando un piede fuori dalle coperte.
«Novità?», chiese la Madre dei Predoni, massaggiandosi l'alluce.
«Re Raoul di Volusia ha abbandonato il Concilio», riferì Kaisa, fissandola con occhi grandi, che brillavano nella penombra.

«Era ora», sbuffò Valka. «Non si cavava un ragno fuori dal buco, con quei messianici. Ma quindi chi è rimasto?»
«Solo i membri del Patto Nero», replicò Kaisa, preoccupata. «L'aldermanno norreno...».
«Herul, sì. Gran bevitore».
«E tu».
Valka sospirò senza dire nulla. Forse avrebbe dovuto andarsene anche lei, ma ormai quel maledetto Bonifacio l'aveva intrappolata in una ragnatela di rivelazioni, misteri e destini intrecciati.
Tutte cazzate di cui avrebbe volentieri fatto a meno.
«Qualcos'altro?», chiese poi, facendo cadere il secondo stivale con un lamento; aveva i piedi congelati.
«Altre morti in città, altre donne scomparse», confidò Kaisa.
«Quanti?».
«Una ventina di morti e il doppio delle sparizioni».
«Merda, allora è davvero il morbo».
«I Volusiani ne soni convinti, per questo se ne sono andati».
«Forse l'hanno portato qui loro», commentò Valka, attaccandosi alla bottiglia.
«Ma tu dove sei stata?», indagò timidamente Kaisa. «Hai un aspetto...».
«Di merda?».
Kaisa rise.
«Sono andata in un posto pieno di morte, sussurri e... brutti ricordi», confidò Valka, dopo un istante.

«Perché?».
«Per scoprire che, nella mia vita, ho sbagliato tutto, prendendo la strada sbagliata».
«Ma di che parli?».
«Ho visto Rovina».
Kaisa si zittì, poi si alzò dal letto.
«Non sono entrata in città, l'ho solo vista da lontano», proseguì Valka. «È ancora lì. Mette i brividi».
Kaisa la cinse da dietro con un abbraccio.
«Non è un posto così orrendo: è lì che ti ho conosciuta, è lì che mi hai trovata».
La favorita fece scivolare le mani sui suoi fianchi, ma Valka si sciolse dall'abbraccio, alzandosi in piedi, infastidita.
«Ascolta». La sua stessa voce le suonò così lamentosa che Valka si schiarì la gola. «C'è una cosa che devo dirti».
Kaisa si sedette e si versò del vino.
«Non ti ho raccontato tutto, di quel giorno», confidò la Madre dei Predoni, con lo sguardo basso.
«D'accordo», esitò Kaisa.
«Il massacro, gli stupri, l'incendio». Valka sentì come un fiume in piena scorrerle tra le labbra. «Sono stata io a ordinarli. Avevamo perso la battaglia a Lagonero, gli uomini erano stanchi, arrabbiati. Abbiamo ripiegato sulla città per riorganizzarci e...». Valka si fermò, nascondendo il volto nella mano. «È bastata un'occhiata storta, è bastato leggere il disprezzo sul viso

di un tizio per strada. Ho dato l'ordine», confessò. «Fate quello che volete, prendete quello che vi va, prendete chi vi va».

Kaisa reagì con un lungo silenzio, che Valka si sentì in dovere di colmare con qualcosa di somigliante a una scusa.

«Ho fatto radere al suolo la tua città. Tutto perché non accettavo di aver perso. Ho fatto uccidere tutti gli abitanti di Finalcastro, a parte le ragazze da tenere come schiave».

«Tipo me», risolse la favorita, con tono calmo.

«Tu...». Valka la guardò e, per un battito di ciglia, le apparve come la dodicenne spaventata e sporca che aveva preso sotto la sua ala. «Tu camminavi da sola», disse poi. «Attorno a te succedevano cose... innominabili. Gente sgozzata, gente buttata dalla finestra, donne stuprate sulle scale di casa, e tu te ne andavi in giro come se niente fosse. Camminavi, come se stessi andando da qualche parte. Allora ti ho presa per mano».

«Mi hai liberata», sentenziò Kaisa, alzandosi in piedi.

«Io ho fatto uccidere la tua famiglia».

«Mio padre mi picchiava», rivelò Kaisa, avanzando verso di lei. «Ancora non aveva iniziato a toccarmi, ma so che avrebbe cominciato presto, perché l'ha fatto a mia sorella finché non si è sposata. Mia madre, invece...». Kaisa si toccò la treccia bionda, nervosa. «Mia madre lo sapeva e non ha fatto niente. Per anni».

«Mi dispiace».

Kaisa la raggiunse e le poggiò un indice sulle labbra.

«La mia vita è iniziata quando ti ho conosciuta. Tu eri il mio destino, tu mi hai dato l'opportunità di diventare una donna, mi hai insegnato a essere forte. E io ti amo per questo, ti amerò per sempre».

Valka non riuscì a trattenere le lacrime che le inumidivano gli occhi. Il nodo al petto che la opprimeva da tutto il giorno, e che nemmeno il vino era riuscito a sciogliere, si tramutò in un pianto. Afferrò Kaisa e la baciò con forza.

«Ti amo anch'io».

Gatti e veri uomini
(Cadono sempre in piedi)

I

Si sentiva un completo idiota, ma la cosa lo faceva sorridere.
Con fare circospetto, scivolava lungo i vicoli di Striburgo, seguendo le orme di una gatta nera. Vesper zampettava davanti a lui, fondendosi con le ombre della notte. Il manto vellutato sembrava svanire nelle tenebre e, a volte, solo il bagliore dei suoi occhi verdi era visibile nell'oscurità. Non avrebbe saputo dire quali invisibili scie il suo olfatto le suggerisse, ma, quando la gatta miagolò, Tristo seppe che avevano trovato la loro preda.
«Magnifico», bofonchiò, osservando il caseggiato malconcio all'incrocio. Le finestre erano illuminate da candele e lumini. Una vaga musica stonata proveniva dall'interno.
«Un bordello».
«*Meon*», gli fece eco Vesper, col tono di chi vorrebbe dire: "Che ti aspettavi?".
La gatta scattò in avanti e scomparve nel buio.

«Dove vai?», la richiamò Tristo, ma si zittì quando notò un uomo sopraggiungere lungo la via fangosa. Per fortuna, a giudicare dal passo incerto e dall'odore pungente, non doveva essere troppo sobrio.

«Molto bene», sospirò tra sé, prima di allungare il passo verso l'ingresso della casa di piacere.

Un energumeno dall'aria litigiosa attendeva oltre la porta. Dopo aver adocchiato i clienti dallo spioncino, sequestrava armi e altri oggetti contundenti. Tristo dovette consegnare la spada. Se avesse avuto il suo elmo, l'avrebbe di certo persuaso a farlo entrare armato, ma quale spostato va a puttane con in testa un copricapo del genere? Il suo volto non prometteva niente di buono, così com'era, ma, bisognava ammetterlo, da quelle parti giravano ceffi ben peggiori di lui. Nessuno sembrò dare troppa importanza alle sue cicatrici.

L'interno del bordello era meno squallido dell'esterno, ma si respirava un'aria di muffa e fumo, misto a un vomitevole afrore di sudore e birra scadente. Incerto sul da farsi, il cavaliere si sedette al bancone e ne ordinò una. Fu servito da una baldracca con grosse mammelle cadenti che le penzolavano sulla pancia. Si chiese come facesse la gente a sollazzarsi in un ambiente come quello, perché la sola vista dell'ostessa gli aveva fatto perdere qualsiasi impulso di togliersi i pantaloni.

Cominciò a guardarsi attorno.

Al piano inferiore, tra cuscini madidi e poltrone

dall'imbottitura lisa, alcuni avventori fumavano pipe ad acqua come pirati moreschi, diffondendo un aroma di spezie che, solo in parte, mascherava il puzzo di stantio. Dal piano di sopra, oltre alla musica sgradevole prodotta da una fisarmonica bucata, venivano risate, colpi, cigolii e urla. Dovevano essere le stanze in cui le prostitute ricevevano i clienti. Una di loro, questa volta giovane e con un fisico sin troppo esile, si avvicinò a Tristo ancheggiando. Aveva l'aria di una che non dorme da giorni, che tira avanti stordendosi di funghi e fumando muschio rosso per fuggire dalla realtà. Sotto al belletto applicato con poca cura, il volto emaciato era segnato da occhiaie. Le labbra piccole lasciavano intravedere una fila di denti anneriti. Chissà quale malattia aveva. In un'altra vita, in un altro luogo, avrebbe potuto essere anche bella.
«Andiamo di sopra?», gli chiese, con l'entusiasmo di una persona che fa quella domanda cento volte a sera.
«Aspetto una persona», si giustificò lui, guardandosi attorno.
«Tanto meglio, con quella faccia...», replicò la ragazza. «Non voglio sapere com'è conciato il resto», aggiunse, scivolando verso un uomo appena entrato.
Tristo si sforzò di bere un altro sorso di birra. Non sapeva nemmeno perché si trovasse lì. Forse Vesper era frutto della sua immaginazione. Forse stava diventando pazzo ed era tutto un delirio: la morte, i Priori, tutto. Una complessa fantasia in cui lui era l'eroe prescelto, su

cui ricadeva l'onere di salvare il mondo intero. Forse era solo matto da legare.

"Avrebbe senso", si disse. Molto più senso di tutto quello a cui aveva assistito negli ultimi mesi.

Si alzò, inquieto, in cerca di un appiglio. Cosa doveva cercare? Una gatta nera? Uno strigon? Una donna? Forse doveva solo scopare. Era davvero passato troppo tempo, dall'ultima volta.

Poi ebbe un lampo; quello che aveva visto sulla nave era vero. Scroto era vero. Di questo era certo, e non sarebbe rimasto con le mani in mano mentre un'intera città rischiava di venire appestata. Aveva già visto quanto devastante potesse essere il morbo. Appoggiò il boccale unto sul bancone e si avviò verso la scala.

Prima che potesse mettere piede sul primo gradino, una mano pallida lo afferrò per un braccio, sfiorandolo con un dito ornato da un rubino contraffatto.

«Hai il soldo?», domandò una voce roca alle sue spalle.

Tristo si girò, incappando in un volto ricoperto da uno spesso strato di cipria, che comunque non riusciva a nascondere il decadimento generale. Doveva essere la tenutaria del bordello.

Subito infilò le dita nella borsa alla cintura. Se quello era l'unico modo per salire al piano di sopra, avrebbe pagato.

«Quanto?», chiese.

«Dipende. Cosa vuoi fare?», replicò la donna, alzando il sopracciglio con fare ammiccante. «Quante ragazze? O

preferisci i ragazzi?».
«Solo una ragazza», replicò, secco.
«Vuoi frustarla? Legarla? Vuoi farti picchiare? Abbiamo una stanza...».
«Solo una ragazza», la interruppe lui, atono.
«Tre pezzi», sospirò la donna, delusa dal non potergli spillare di più. «Ce ne dev'essere una libera, in fondo al corridoio».
Tristo pagò senza esitazioni e salì le scale.
Subito scoprì che la sgradevole musica era prodotta da un ancor più sgradevole eunuco, grasso come un tricheco, abbandonato in un angolo del corridoio come un mucchio di vestiti sporchi. Doveva essere sotto l'effetto di qualche sostanza, perché gli rivolse uno sguardo vitreo che gli passò attraverso, perso nel nulla.
Avanzò lungo il corridoio cigolante. Su entrambi i lati, le porte sbarrate indicavano che le prostitute erano al lavoro. Gemiti e rumori si mescolavano in un concerto di bizzarre polifonie, grugniti, sculacciate e mugolii di piacere simulato. Oltre una porta socchiusa, intravide una ragazza a quattro zampe sul letto sfatto. Dietro di lei, un grosso norreno barbuto spingeva, soffiando attraverso i denti serrati, tanto paonazzo in volto che sembrava stesse spaccando pietre, invece che chiavare. Quando la ragazza alzò gli occhi su di lui, fu colta di sorpresa e si spaventò. Vederlo lì, tutto nero, con quei segni attorno agli occhi, non doveva essere piacevole. Tristo arretrò, imbarazzato, affrettandosi per uscire dal

campo visivo della prostituta, ma il tallone affondò su qualcosa di morbido.

«Ahia! Il mignolo!».

Si voltò e restò di stucco.

Vesper era china davanti a lui, dolorante, con il piede sinistro stretto nella mano. Indossava un vestito vaporoso, di un giallo acceso, con una profonda scollatura e due ampi spacchi lungo le gambe. I capelli neri erano raccolti in una crocchia sulla nuca, lasciando scoperti il collo lungo e le spalle sinuose.

Era bellissima.

Solo in quel momento, Tristo notò il tatuaggio circolare che le ornava la spalla sinistra. Un felino nero arrotolato su sé stesso, intento a mordersi la coda. Somigliava molto al simbolo inciso sul suo elmo, e molte domande si affollarono nella sua mente.

«Quel tatuaggio...», attaccò, ma Vesper non gli diede il tempo di continuare.

«Dov'eri finito?», chiese, a denti stretti.

«Tu dov'eri finita?», rimbeccò lui.

«Passa più inosservata una ragazza o una gatta nera, in un posto come questo?».

«Con quel vestito? Nessuna delle due».

«Ma stai zitto, ho trovato solo questo. Tanto a lei ora non serve». Accennò col mento alla ragazza carponi sul letto, che aveva ripreso ad ansimare. Il norreno barbuto dietro di lei non soffiava più.

Forse aveva finito. Oppure gli era venuto un colpo.

«Andiamo». Vesper si avviò per il corridoio, invitando Tristo a seguirla.
«Sei sicura che sia qui?», chiese lui, bisbigliando.
«Mh-hm. Lo sento», rispose lei, toccandosi il naso «Se ci pensi, è un posto perfetto, per iniziare un contagio. Pieno di donne, ci passa mezza città».
Vesper avvicinò l'orecchio alla porta di una stanza da cui non proveniva alcun rumore. La spinse, schiudendola con cautela. Si lasciò sfuggire un sogghigno.
«Ah, però!».
La stanza era scura, illuminata da un candelabro appeso alla parete scrostata. Dal soffitto pendevano cinghie, corde, catene. Fruste e flagelli erano attaccati a una rastrelliera di legno, assieme a mordacchie di ferro e cuoio. Non c'era alcun letto, ma solo un tavolaccio di legno pieno di macchie sospette.
«Qui sì che si divertono».
«Cosa pensi di fare?». Tristo chiuse la porta «Frugare in tutte le stanze chiedendo: "Scusate, siete per caso uno strigon?"»
«Come sei noioso. Stavo solo giocando un po'». Vesper alzò gli occhi al cielo. «Non lo sai che ai gatti piace giocare?».
«Adesso non sei un gatto».
«Io sono sempre un gatto». Vesper si immobilizzò di colpo, come se un insetto l'avesse punta sul naso. Gli occhi si persero in un punto fisso, nel vuoto. Le pupille

si dilatarono e poi divennero sottili come due lame. L'espressione del viso mutò e i lobi delle orecchie ebbero uno scatto.

«So dov'è», disse, quasi ringhiando.

II

«Mi aspettavo di peggio», sussurrò il cavaliere, spiando dalla fessura.

Alla finestra di vetro piombato mancava una lastra ottagonale: uno spioncino perfetto per osservare quanto accadeva all'interno della stanza. Un giovane uomo elegante, con lunghi capelli di un biondo slavato, si intratteneva con due prostitute seminude. Le loro risa e i discorsi ebbri erano oscurati dal vociare che ancora animava le strade attorno al bordello.

«Non è il suo vero aspetto», lo smentì Vesper, muovendosi in posa felina sul ballatoio di legno, che cigolò. «È solo un'illusione per ingannare le sue prede. Io posso vederlo per quello che è davvero. E ti assicuro», aggiunse, accostandosi alla fessura con la pupilla dilatata, «che non è piacevole.»

Tristo gettò uno sguardo alla strada sotto di sé. Se quel pezzo di legno macilento avesse ceduto, sarebbero finiti con le ossa rotte sul fango ghiacciato.

«Meglio andare», suggerì.

«Perché? Hai un piano?».

«Non ancora. Tu?».

«Mhm», miagolò Vesper. «Forse».

III

«Gran bel piano», imprecò Tristo, correndo a perdifiato lungo la strada, sotto lo sguardo stupito dei beoni ammassati fuori dalle taverne. Con quegli abiti neri e lisi, la gente lo stava scambiando di sicuro per un ladro in fuga.
«Hei, fermo!», gli berciò un passante, ma lui nemmeno rallentò.
Aveva poco tempo. Scivolò su una lastra di ghiaccio, ma riuscì a mantenersi in equilibrio, senza smettere di correre. Irruppe nella locanda del porto come se un maremoto stesse per abbattersi sulla città, attirando su di sé alcune occhiate stranite.
«Erik?», chiamò.
L'unica risposta che ricevette fu il rinnovato chiacchiericcio degli avventori, che tornarono a farsi gli affari loro.
Si avvicinò al bancone, affacciandosi verso l'oste.
«Hai visto Erik?».
L'uomo lo fissò con sguardo ebete.
«Scroto!», sbottò allora Tristo.
«E perché non l'hai detto subito?», fece l'oste. «Non è ancora tornato».
«Sai dov'è?».
«Mica lo dice a me», fece spallucce l'uomo.

«Maledizione». Tristo sbatté il pugno sul bancone.
«Vuoi da bere o no?», si spazientì l'oste, afferrando un boccale.
«Lascia perdere», grugnì lui, voltandosi.
Non aveva idea di dove poter rintracciare l'aldermanno. Non a quell'ora, non in quel labirinto di città portuale in cui l'unico modo per trovare la strada era inseguire i topi.
Si diresse verso l'uscita, concitato, ma una voce lo arrestò.
«Ecco il nostro misterioso amico!».
Tristo si voltò. Nel tavolo all'angolo della taverna, con la schiena appoggiata al muro e il braccio sul barile di birra, un uomo dagli abiti verdi e i lunghi capelli intrecciati lo scrutava dalla penombra.
«Siediti, bevi con me».
Non ricordava il suo nome, perché quei maledetti Norreni avevano la mania di usare appellativi pieni zeppi di animali o supposte qualità. Poi, quando la luce del candelabro oscillò per via di uno spiffero, vide il cervo inciso sui bracciali di cuoio ed ebbe un lampo nella mente.
«Cervo Verde», lo salutò, con un lieve cenno del capo.
«Credevo fossi partito».
«Chiamami Kardak», suggerì lui. «Dopo che avremo bevuto assieme, basterà Dak! Tu invece sei...».
«Tristo».
«Nome bizzarro, ma si addice alla tua faccia»,

commentò lui, fissando gli sfregi attorno agli occhi del suo interlocutore, che tagliò corto:
«Sai dov'è Erik?».
«Erik chi? Scroto?».
Tristo annuì.
«Qui in tanti si chiamano Erik», si giustificò Kardak. «Non l'ho visto per tutta la sera».
Il cavaliere si lasciò sfuggire un sospiro di frustrazione, passandosi una mano sulla fronte.
«È successo qualcosa?», chiese il norreno. «Riguarda la corona?».
Ecco l'unica cosa che gli interessava. Quello stupido pezzo di metallo.
Tristo se n'era già completamente dimenticato.
«No, la corona sta bene. Credo». Poi un pensiero gli attraversò il cervello. «Hai uomini con te?», chiese.
«Sì, da qualche parte in città», confidò Kardak, titubante. «Ma non credo siano sobri».
«Non importa, non c'è tempo», rispose il cavaliere, serio, con le mani sul tavolo. «Ho bisogno del tuo aiuto».

IV

Con quel vestito inequivocabile e il passo sinuoso da gatta, non le era stato difficile farsi passare per una puttana. Era troppo bella e pulita per essere una delle baldracche di quel bordello.

All'inizio, anche la vecchia matrona l'aveva guardata con sospetto. Poi, il pensiero dei soldi che poteva incassare con una bellezza del genere dovevano averla convinta che sì, Vesper fosse una delle sue ragazze, la migliore di tutte.
Probabilmente l'aveva presa con sé quand'era ubriaca o sotto l'effetto di qualcosa che si era fumata.
«La memoria comincia a farmi brutti scherzi», aveva detto, spostando la pipa all'angolo della bocca.
In effetti, giovane non lo era più da un bel pezzo.
Vagando per il pianterreno nel suo abito giallo, per Vesper era stato facile farsi scivolare nella scollatura un sacchetto di muschio rosso. L'aveva raccolto dal tavolo di un tizio con la testa rovesciata all'indietro e la bava alla bocca. C'era voluta un po' d'astuzia in più per rubare dei funghi da sotto il bancone.
Quando ebbe concluso la sua svolazzante sfilata al pianterreno del bordello, rifiutando con malizia le offerte dei clienti, Vesper aveva un bel calice di vino rosso in mano e abbastanza droga addosso da stordire un purosangue da guerra.
Non sapeva se avrebbe funzionato come sperava, ma doveva tentare.
Salì al secondo piano, scavalcando l'eunuco che dormiva. Scaldò il vino sul fuoco di un candelabro, arroventando il calice di metallo.
Quasi si ustionò la mano e soffiò tra i denti.
Dopo aver sbriciolato i funghi e il muschio, vide un

vaso con dei fiori secchi. Li prese e provò a confondere il sapore amarognolo delle droghe buttando i petali nel vino. Annusò la bevanda e sì: poteva passare per del vino speziato. Si chiese che ne potesse sapere uno strigon di vini e bordelli, ma poi si rispose che quel bastardo magari era in giro da secoli e la sapeva più lunga di lei su una marea di cose.
«Che Nyx me la mandi buona», pregò, segnandosi la runa della Prioressa su petto.
Quando aprì la porta della stanza, gli occhi fiammeggianti dello strigon la scrutarono dal profondo delle sue orbite buie.
Vesper si sforzò di non badare alle sue orride sembianze, a quella mandibola smisurata in cui si agitava una lingua simile a un poroso tentacolo. Sbatté gli occhi, cercando di concentrarsi su quegli aggraziati lineamenti umani che celavano il vero aspetto del mostro, come un etereo velo da sposa. Con un fremito nel petto, vide che era arrivata troppo tardi.
Le due prostitute erano sdraiate sul letto, come in preda a un'ipnosi erotica. Un sonno languido e caldo che faceva pompare le vene richiamando i succhiasangue dalla tenebra. I segni inequivocabili su collo e braccia indicavano, senza ombra di dubbio, che erano state morse.
Il morbo già scorreva nelle loro vene.
Per alcuni strigoi era più facile prendere persone inerti e consenzienti, piuttosto che ricorrere alla forza. Questo

poteva significare che quel particolare esemplare non era molto forte. Forse aveva una possibilità di tenergli testa, nel caso le cose si fossero messe male. Vesper sperava solo che il bastardo avesse ancora abbastanza sete da volersi farsi un terzo giro con lei.
Forzò un sorriso, ancheggiando verso di lui, sinuosa come una gatta.
«La mia matrona vi manda un omaggio», disse, con tono civettuolo, sollevando il calice.
La risposta che ricevette le scatenò l'istinto di drizzare la coda e tutti i peli. Meno male che, in quel momento, non li aveva.
La voce mielosa dello strigon era fusa con un gorgoglio basso e ribollente che solo lei poteva udire, un viscido risucchio di interiora rimescolate in cui le parole sembravano rigurgiti di sangue.
«È la mia serata fortunata», commentò, in quella vomitevole polifonia.
Vesper dovette forzarsi per andargli più vicino, nauseata dall'odore di carne marcia che emanava, a malapena offuscato dal profumo e dalle essenze di cui era cosparso, in un rivoltante miscuglio agrodolce che ricordava un sepolcro. Il suo tocco la raggelò, ma dissimulò il disgusto fingendo di bere dal calice.
«Un vino con spezie afrodisiache», recitò, lasciva, pensando invece: "Dove si è cacciato Tristo?!".
Come al solito, non ci si poteva mai fidare degli uomini. "Anche se gli affidi un compito semplice, riescono a

sputtanare tutto", pensò.

«Non mi servono afrodisiaci», ribollì lo strigon, con una specie di sorriso a distorcere quel teschio deforme.

«Con me ti serviranno...», rispose a tono Vesper, avvicinando il calice.

In quel momento, ebbe un istante per capire che il suo era davvero un piano assurdo.

"Per essere vissuta così a lungo, cara mia, sei proprio un'idiota", si disse.

Allo strigon bastò respirare il vapore che si sollevava dal vino caldo per capire che c'era qualcosa di molto strano. Prese la coppa in mano e, in una crudele finta, lo avvicinò alla bocca, solo per poi appoggiarlo sul tavolo. Scosse la testa, sogghignando.

L'aveva scoperta, e le cose si mettevano male.

Vesper fece per allontanarsi, ma lo strigon serrò uno dei suoi nodosi artigli attorno al suo braccio.

«Qui gatta ci cova», recitò.

L'esperide si preparò a combattere, flettendo le ginocchia.

Prima che potesse sferrare un colpo o tentare un attacco, il bastardo la sollevò di peso.

"Fortuna che non era forte...", pensò Vesper, prima di essere scagliata contro la finestra.

Sentì l'impatto contro il vetro piombato, il suono dei cristalli che si frantumavano tutt'attorno, il rintocco metallico dell'intelaiatura che cedeva sotto di lei. Lo stomaco si contrasse in quella familiare sensazione di vuoto che le cavò il fiato. Inerte, senza emettere un solo gemito, Vesper precipitò nel vuoto.

V

Quando lo strigon si affacciò alla finestra, sicuro di udire l'impatto della puttana sulla strada, tutto ciò che vide fu un vestito giallo fluttuare dolcemente a mezz'aria.
Poco più in giù, nel fango, un gatto nero si stiracchiava le zampe, scuotendosi la pelliccia sul dorso. Gli occhi verdi balenarono nella notte, guardando in su con aria di sfida.
Lo strigon ribollì d'ira, lasciandosi sfuggire un grugnito ferale, ma il gatto balzò in avanti, svanendo dietro l'angolo, prima ancora che il vestito giallo toccasse il suolo.
Possibile che non l'avesse capito? Cos'era? Una mutaforma? Come aveva fatto a trovarlo? Forse era una di loro, una strige traditrice. Doveva essere così, ma ormai non aveva più importanza. Il contagio era iniziato e non gli restava che fuggire, nascondersi in città. Non sarebbe stato difficile far perdere le proprie tracce; Stelian l'aveva già fatto molte volte.
Si voltò di scatto, attirato da una delle ragazze stese sul letto, che si agitava gemendo. Il suo sonno stava per finire e presto sarebbe iniziato l'incubo. Senza requie, senza via d'uscita.

«Shhh», la calmò lo strigon, chinandosi sul letto e affrettandosi a raccogliere il soprabito.
Doveva fuggire, prima che la mutaforma tornasse per lui. A grandi passi, andò alla porta della stanza, ma, quando la schiuse, si trovò a tu per tu con due uomini armati.
Uno aveva lunghe trecce e vestiti verdi, la faccia paonazza da lupo di mare ubriaco. L'altro era pallido e indossava sgualciti abiti neri, il volto segnato da cicatrici scure e gli occhi di un grigio cangiante che avevano qualcosa di innaturale, come una luce, un riflesso iridescente che aveva visto splendere una volta sola, negli occhi della sua padrona, Wèn.
Per un battito di ciglia, i due lo fissarono con un piglio stolido e sorpreso, senza sapere che dire o fare. Stelian ricambiò con uno dei suoi migliori sorrisi, poi chiuse loro la porta in faccia e si diede alla fuga.

VI

«Bastardo!», ragliò Kardak, ritraendo il piede dallo stipite della porta, mentre Tristo già si precipitava nella stanza, spada in pugno.
Aveva dovuto corrompere l'energumeno alla porta per convincerlo a farli entrare armati. Gli era costato dieci pezzi d'argento.
Zoppicando per l'alluce schiacciato nella porta, l'aldermanno irruppe nella stanza con l'efficacia bellica

di un asino morto, annebbiato da tutta la birra che aveva bevuto. La vista delle due ragazze seminude sul letto gli fece venire voglia di gettarsi in mezzo a loro, ma prima dovevano sistemare quel damerino coi capelli da elfo. Usando un candelabro, stava respingendo i fendenti di Tristo, ma aveva il fianco destro scoperto. Kardak tentò un affondo, ma si beccò un calcio dritto sul petto, con una violenza tale da scaraventarlo dall'altra parte della stanza.

"Non è un damerino qualsiasi", pensò, cercando di rimettersi in piedi e boccheggiando per la botta.

Tristo riuscì a fare a pezzi il candelabro, ma il suo avversario sembrava un'anguilla; scivolava sotto i fendenti piegando il corpo in modo impossibile. Aveva visto un'artista di strada fare una cosa simile, tempo addietro.

Kardak lo caricò alle spalle, urlando come un demente, ma la sua spada finì dritta contro il mobile addossato alla parete, incastrandosi nel legno. Non si era mai sentito così lento e impacciato.

O era l'alcol, o quel damerino guizzava come un pesce.

Stringendo i denti, Cervo Verde mollò l'elsa della spada e decise di afferrare l'avversario con entrambe le braccia, dando l'opportunità a Tristo di colpirlo. Non appena lo cinse tra i bicipiti, fu colpito sul naso da una testata che gli fece esplodere una fiamma gialla dietro gli occhi. Incespicò, faticando a restare in piedi. Il damerino saltò, facendo perno su di lui per colpire

Tristo con un doppio calcio, mandandolo a sbattere contro il caminetto. La lunga spada sferragliò tra gli attizzatoi. Un secondo colpo con la nuca, un terzo, e Kardak si ritrovò schiena a terra. L'avversario rise di lui.
«Davvero impressionante», commentò, chinandosi sul suo viso e investendolo con un fiato agrodolce che gli ricordò il tumulo in cui avevano seppellito suo padre. «Ora ti renderò forte», aggiunse, aprendo la bocca in modo smisurato. «Ti renderò uno di noi».
Kardak udì un viscido risucchio, seguito da uno scricchiolio, come di una corda tesa. Un gorgoglio ribollente che sembrava provenire da un vortice marino. Il freddo sul collo gli fece venire la pelle d'oca, provò a muoversi ma si sentì così debole e assonnato.
Avrebbe dormito. Sì. Gli occhi si stavano chiudendo.
Sdang.
Un secco rintocco metallico risuonò nella stanza come una campana. Kardak sentì un corpo afflosciarsi sopra di lui, la gamba appoggiata sul suo inguine come quella di un'amante dopo l'amplesso.
«Via!», urlò, arrancando sulla schiena per scivolare fuori da quella posizione imbarazzante.
La mano di Tristo lo afferrò sotto il braccio, aiutandolo ad alzarsi in piedi. Kardak scosse la testa, convinto di essere in un sogno, uno di quelli bizzarri, tra l'altro.
C'era una donna nuda.
Era in piedi nella cornice della finestra sventrata, con una sbarra di ferro in mano, il braccio ancora sollevato

dopo il colpo sferrato sulla testa del damerino. I lunghi capelli corvini oscillavano nella brezza che la investiva da dietro. Alcune ciocche le oscuravano gli occhi verdi, come nuvole che offuscano la lucentezza della luna. A dispetto della sua totale nudità, la donna non sembrava a disagio, ma anzi fissava il corpo inerte del bastardo che aveva riempito Kardak di botte con gli occhi colmi di soddisfazione. Senza esitare, la donna saltò dentro la stanza, lasciando cadere il pezzo d'intelaiatura di piombo che brandiva. Con passo sicuro, si allungò verso il tavolino e afferrò un calice ripieno di un intruglio rosso scuro. Chinandosi, offrì a Kardak una meravigliosa visuale della lunga schiena tatuata e, soprattutto, del suo bel culo.

In quel momento, Tristo si frappose fra loro con la sua ridicola altezza, oscurandogli la visuale.

Il cavaliere aiutò la donna a rigirare il corpo inerte del damerino. Non appena fu supino, la donna nuda gli aprì la bocca con le dita e ci rovesciò dentro il contenuto del bicchiere. Il bastardo scalciò, ma i due lo tennero fermo. Dopo un istante, le lunghe ciocche bionde ricaddero sul pavimento, e così le sue membra inerti.

Era svenuto.

«Cosa gli hai dato?», domandò Tristo.

«Muschio e funghi», replicò la donna nuda, gettando via il calice vuoto. «Sei lento», aggiunse poi, con biasimo. «Ci hai messo troppo tempo».

«Mi dispiace, ma Scroto non si trovava. Se posso dire...».
«No. Non puoi».
«Calma, voi due. Ho mal di testa», si intromise Kardak, più preoccupato del battibecco che non di capirci qualcosa in quella storia assurda. In ogni caso, non era la più assurda che gli fosse capitata, almeno non da ubriaco.
«Il tuo piano non era un granché», la accusò Tristo.
«Ha funzionato, no?», tagliò corto la donna. «Adesso dobbiamo farlo parlare».
I suoi occhi verdi e penetranti si levarono sul volto tumefatto di Kardak, che le rivolse un sorrisone sanguinolento. «Chi è lui?».
«Uno degli aldermanni», rispose Tristo, alzandosi e raccogliendo la sua spada. «Tutto l'aiuto che ho trovato».
«Kardak Cervo Verde, al vostro servizio», si presentò il norreno, con un inchino, che gli provocò un dolore lancinante alla schiena.
«Vesper», rispose la donna, cercando qualcosa per coprirsi.
Gli occhi indiscreti dell'aldermanno dovevano averla messa a disagio. Kardak non sapeva resistere alla vista di una bella donna senza vestiti addosso. Quale uomo avrebbe potuto?
«Siete feriti?», domandò lei, avvolgendosi addosso un lenzuolo madido.

«No».
«Mai stato meglio», fece eco Kardak, ignorando la mappa di pulsanti dolori che gli percorreva tutto il corpo.
«Allora aiutatemi a sollevarlo», ordinò lei.

VII

Le urla e i versi animaleschi andarono avanti per un po'. Senza smettere di camminare avanti e indietro per il corridoio, Scroto alzò lo sguardo preoccupato verso Tristo, che se ne stava in attesa con le spalle appoggiate al muro.
Da quando era arrivato al bordello, non era stato fermo un secondo, con la pappagorgia grinzosa che dondolava a ogni passo.
«Ma che cazzo gli sta facendo, là dentro?», chiese, indicando col mento la porta della stanza delle torture.
L'altro scosse il capo. Qualsiasi arte stesse usando per far parlare lo strigon, a lui bastava che funzionasse.
«Dobbiamo scoprire se ha morso qualcun altro», ripeté.
Allora Scroto gettò un occhio verso la camera alla fine del corridoio, dove due dei suoi uomini sorvegliavano le prostitute, sedute ai piedi del letto. Una delle due non faceva che piangere, da quando si era svegliata.
«Che ne sarà delle ragazze?», domandò.
Tristo scosse il capo di nuovo, con aria grave.
«Non c'è cura», si limitò a dire.

«Io non posso...», attaccò Scroto, lamentoso, ma il cavaliere non lo lasciò parlare.
«Ci penserò io», affermò, rassicurante. «In modo discreto».
«D'accordo», annuì l'aldermanno, con gli occhi torvi. «D'accordo».
«L'importante è che l'abbiamo trovato», aggiunse.
«Sì, cazzo. Giusto», concesse Scroto, con il volto corrugato più del solito. «Mi dispiace di non esserci stato quando avevi bisogno di aiuto. Il mio oste mi ha avvertito subito e sono corso qui».
Sgomberare il bordello era già stata una bella impresa.
«Per fortuna ho incontrato Kardak», osservò Tristo, spostando lo sguardo sul norreno, che russava sul divanetto con la bocca aperta e un filo di bava sanguinolenta sulla barba.
«È un ubriacone», sorrise Scroto. «Ma ci si può fidare».
Rincagnò la testa tra le spalle, quando una serie di colpi e guaiti risuonò oltre la porta chiusa.
«Chi è questa Vesper?», domandò. «Anche lei con gli inquisitori?».
«Amica di amici», replicò Tristo, senza sapere bene che panzana inventare. «È stata lei a trovare lo strigon».
«Allora hai dei buoni amici». Scroto abbozzò un sorriso.
Il cavaliere sogghignò di rimando, pensando ai quattro Priori che aveva incontrato sino a quel giorno.
«Immagino di sì», ammise.
In quel momento, con uno scatto, la porta della stanza

si aprì.

Alla luce del candelabro, s'intravide il corpo dello strigon appeso per i polsi e il collo alle catene che pendevano dal soffitto. Non fosse stato per le sostanze che gli intorpidivano i sensi, quei ceppi non l'avrebbero mai trattenuto. Ora sembrava un pezzo di carne da macelleria, irriconoscibile. La schiena e il petto erano ricoperti di tagli, squarci e sferzate, il volto talmente scuoiato da essere ridotto a una poltiglia rossa. I capelli chiari erano diventati neri per il sangue rappreso. Non aveva idea di che tipo di giochi facessero di solito in quella stanza, ma era piuttosto sicuro che nessuno avesse mai subito un supplizio del genere. Sapeva che i gatti amavano torturare le proprie prede, ma non si sarebbe mai aspettato che Vesper avesse lo stomaco e le conoscenze per ridurre qualcuno così. Uomo o mostro che fosse. Sporca di sangue fino ai gomiti, l'esperide si chiuse la porta alle spalle, pulendosi le mani su un lembo di lenzuolo strappato. Aveva indossato camicia e calzoni dello strigon e, per quanto non fossero della sua misura, bisognava ammettere che la rendevano ancor più pittoresca.

«Ha parlato?», domandò Scroto, ansioso.

«Finché non gli ho strappato la lingua», riferì lei.

«Che hai scoperto?», incalzò Tristo, ammirato e disgustato allo stesso tempo.

«Il suo nome è Stelian, quinta legione dell'Ordine Bianco. È in giro da un po', ma non è uno dei più

antichi», rivelò Vesper, gettando il lenzuolo insanguinato a terra. «Viene dalla Volusia, ha ricevuto l'ordine preciso di venire qui per spargere il morbo».
«Cazzo», sospirò Scroto.
«Qualcosa si muove», ipotizzò Tristo, grave. «L'Ordine Bianco si sta organizzando».
Vesper si limitò ad annuire; forse per lei non era nulla di nuovo.
«Ha un famiglio, in città, un garzone».
«Dove lo troviamo?».
L'esperide infilò una mano nella tasca dei calzoni ed estrasse un lembo di pelle scuoiata di fresco. Lo schiuse, sotto gli occhi orripilati di Scroto, e lesse un nome che ci aveva appuntato sopra col sangue.
«Mhm... Arvid e Rolf», recitò, atona.
«Sì, li conosco; tintori», annuì Scroto. «Hanno una bottega vicino alla darsena».
«Devi far arrestare il ragazzo, subito», consigliò Tristo.
«Mando i miei uomini». Scroto aveva la fronte imperlata di sudore. «Voi portate quel cazzo di mostro via di qui. E anche le ragazze», aggiunse, deglutendo a fatica. «Ci vediamo al molo. Io vado a pagare la tenutaria del bordello e...». Esitò, lasciando vorticare gli occhi intorno a sé. «Vedo di ripulire questo casino».
L'aldermanno fece per andarsene, ma un urlo lacerante lo fece trasalire. Per lo spavento, Kardak si svegliò e cadde sul pavimento.
Vesper e Tristo si precipitarono nella stanza dove

c'erano le due prostitute. Gli uomini di Scroto non sapevano che fare.

Una delle ragazze era seduta a terra, con il volto attonito e la sottoveste sporca di sangue.

«Che hai? Anja, che hai?», domandava, ma l'altra ragazza, ancora in lacrime, strillava tenendosi il volto premuto contro le mani.

«Non lo so! Aiutami! Aiutami! Aiuto!».

Nessuno osò avvicinarsi, tranne Vesper, che si precipitò da lei, assumendo un tono così rassicurante da non sembrare suo.

«Va tutto bene. Fa' vedere. Andrà tutto bene».

Con un gesto delicato, Vesper le scostò i palmi dal volto, e tutti parvero trattenere il fiato. Le mani erano sporche di sangue, che colava copioso lungo le sue guance. Gli occhi erano iniettati di venuzze e stillavano lacrime di un rosso vivo. Il sangue sgorgava dalle palpebre come fossero lembi di una ferita aperta. Nessuno disse nulla, nessuno osò anche solo lasciarsi sfuggire un'esclamazione o un improperio. Gli occhi gonfi della ragazza si spostavano febbrili sui volti terrei dei presenti, in preda al dubbio e alla paura.

«Piango sangue? Perché piango sangue?!», strillò, angosciata.

«È già iniziato», concluse Vesper, voltandosi verso Scroto. «Non abbiamo più tempo».

VIII

Stordire le due ragazze con funghi e acquavite non era stato semplice, ma il peggio doveva ancora venire. Quella che piangeva sangue, Anja, avrebbe fatto di tutto pur di stare meglio e si era affidata a Vesper ingerendo qualsiasi cosa le propinasse. L'altra, che ancora non dimostrava alcun sintomo, era stata tenuta ferma con la forza, mentre Vesper le ficcava in bocca una manciata di muschio rosso.
Ora erano entrambe stordite. Una quasi addormentata, l'altra ancora vigile. Aveva tentato la fuga un paio di volte, lungo il tragitto in carro verso il porto. Per fortuna, a notte fonda, le strade erano quasi deserte.
Nel silenzio più totale, dominato solo dal tenue rollare delle onde e dal cigolio delle barche ormeggiate, Tristo, Vesper e Kardak attesero l'arrivo di Scroto.
«È quasi l'alba», commentò Vesper, osservando il cielo schiarirsi oltre l'intrico di alberi e sartie delle imbarcazioni.
La città appariva come uno squadrato ammasso di sagome nere, illuminato qua e là da qualche incerto bagliore. In lontananza, sulle mura, una campana rintoccò per segnalare il cambio della guardia. Poi, si udì il frastuono di zoccoli ferrati lungo la strada. Alcuni cavalli, nitrendo e scalpitando, si fermarono davanti ai moli. Alcune ombre scesero dalla sella. Il lucore di una lanterna oscillante precedette il suono di passi sul legno cigolante del pontile. Un gruppo di uomini, guidati da

Scroto, avanzò lungo l'approdo. Tre guardie in armatura ed elmo a mezza maschera trascinavano un sacco di iuta da cui spuntavano due gambette magre, con i piedi nudi che scalciavano. Dovevano averlo strappato dal suo letto.

«Poveraccio», sussurrò Kardak.

«Eccolo qui», annunciò Scroto, con una punta di vergogna nella voce.

«Vediamo», pretese Vesper.

Su cenno dell'aldermanno, le guardie sollevarono il sacco, svelando il volto terrorizzato di un ragazzo che non poteva avere più di quindici anni, magro come uno scheletro, dagli occhi grandi e acquosi. Ceppi tintinnavano ai suoi polsi e al collo.

«Per pietà! Signore! Aiuto!». Il garzone si appellò a Scroto, ma una delle guardie strattonò la catena, facendogli morire il fiato in gola.

Con gli occhi lucidi e la bocca aperta, il garzone osservò le mani di Vesper sollevargli la camicia. Era infreddolito, imbarazzato, spaurito.

«Mh-hm», fece lei, esaminando il petto del ragazzo da più vicino. «Qui». aggiunse indicando un segno rosso sopra il capezzolo sinistro.

«Potrebbe essere un livido», commentò Scroto, accigliato.

«Sifilide?», fece eco Kardak, che non stava nemmeno guardando bene.

«Lui lo sa cos'è», affermò Vesper, puntando i suoi occhi

verdi in quelli del ragazzo. «Vero?».
Dalle sue iridi acquose cominciarono a sgorgare lacrime.
«È vero», iniziò a singhiozzare. «Io l'ho fatto solo perché pagava, solo per fare due soldi in più». Le parole piagnucolose iniziarono a fluire dalla sua bocca come pioggia battente. «Sembrava un gentiluomo, sì, e ha detto che ci aveva del conio, e tanto. Io so che non si deve fare, ma lui non voleva farselo toccare, succhiare o altro, voleva solo parlare e quando mi ha chiesto di togliermi la camicia che mi dava un pezzo d'argento, io l'ho fatto». Il racconto fu interrotto da un singulto. «Ma poi mi ha morso e da allora...». La sua voce si assottigliò, divenendo quasi un sussurro. «È entrato nella mia testa, nei miei sogni. Lo sogno ogni notte, signor aldermanno. Fatelo smettere, vi prego. Fatelo smettere!». La confessione sfociò in un pianto disperato, che fece tintinnare i ceppi. «Mi dispiace».
«Dispiace più a me, ragazzo», rispose Scroto, in tono grave, facendo un cenno alla sua guardia.
Il guerriero colpì il ragazzo alla testa con il manico dell'ascia, e lui si accasciò tra le sue braccia, privo di sensi.
«Mettetelo sulla barca», ordinò Scroto, spostando poi il cipiglio su Tristo. «Ti devo un favore. Uno grosso», gli disse, prima di andarsene con le spalle curve. L'aldermanno si avviò lungo il pontile, con il passo di chi porta il peso del mondo sulla schiena.

IX

I remi affondavano nel mare nero per poi riemergere grondanti acqua salata, sospingendo l'imbarcazione verso il nulla.
Sopra l'unico albero, con la vela ripiegata, le stelle già sbiadivano.
I quattro soldati norreni remavano, silenziosi.
Kardak stava ritto a prora, i capelli e la barba esposti al vento freddo che, forse, lo stava facendo tornare sobrio.
A poppa, Vesper sorvegliava il carico umano, sempre che ancora lo fosse.
Il garzone, in ceppi, era privo di coscienza e respirava talmente piano da sembrare morto, con un grumo di sangue rappreso sulla nuca. Al suo fianco, avvolto in un tappeto del bordello e avvinto da una quantità ridicola di corde e catene, lo strigon si muoveva appena. Le due prostitute erano appoggiate l'una all'altra, stordite dalle droghe, entrambe con le guance rigate da lacrime rosse.
«È così che inizia», sentenziò Vesper, appena udibile sopra lo sciabordare dei remi e il soffio del vento. «Lacrime di sangue. Poi diventano cieche e gli occhi cadono».
«Lo so. L'ho visto», annuì Tristo.
«Pensa che risparmierai loro questo dolore».
«Non mi consola», replicò lui, passando un'altra volta la

cote sul filo della lama.

Vesper sollevò il viso verso la striscia di luce pallida che si stagliava all'orizzonte, alle loro spalle.

«Quanto dista la costa?», chiese, ma nessuno rispose.

«Dak!», berciò allora Tristo. «Quanto dista la costa?».

Cervo Verde si voltò, tenendosi i capelli fermi con la mano, per evitare che il vento glieli spingesse tutti in faccia.

«Almeno tre miglia!», valutò.

Tristo si alzò, poggiandosi sulla spada. Il rubino sul pomo luccicò di un bagliore sinistro.

«Fermi, va bene qui».

I rematori lasciarono andare la barca finché non esaurì la spinta, dopodiché gettarono l'ancora e attesero in silenzio.

«Perché così?», chiese Kardak, avvicinandosi ai corpi inerti dei condannati.

«È il solo modo per essere sicuri», spiegò Vesper.

Gli uomini di Scroto schiusero i ceppi e sollevarono il garzone, che emise un vago lamento, con gli occhi chiusi e le gambe flosce. Sorreggendo il corpo di peso, appoggiarono il collo al parapetto dell'imbarcazione, lì dove Tristo prese posizione, spada in spalla.

Nessuno osò dire nulla, né formulare vuote formule di congedo, perdono o commiato. Il cavaliere sollevò la spada, il ragazzo aprì un occhio acquoso, la palpebra a mezz'asta. Forse l'ultima cosa che vide fu il baluginio della lama. Il colpo cadde con violenza sul collo,

recidendo di netto la testa, che finì in mare come zavorra gettata fuori bordo. La lama penetrò talmente a fondo nel legno del parapetto che non fu facile tirarla fuori.
Ci aveva messo troppa forza.
Tristo non era un boia. Nonostante le atrocità che aveva commesso in vita sua, non aveva mai ucciso donne o bambini.
Indurì il suo cuore e prese fiato, quando fu il turno delle due prostitute.
Vesper puntò su di lui gli occhi spiritati. Il cavaliere non avrebbe saputo dire se la situazione, in qualche perverso modo, le piacesse, o se l'esperide cercasse solo di trasmettergli coraggio. Non si era mai certi con creature come quelle, a metà tra la Terra e qualche altro posto.
La prima sventurata, Anja, se ne andò in silenzio, dormendo. Il corpo decapitato gettato fuori bordo come un sacco di stracci.
La seconda si agitò, si mosse, spalancò occhi ciechi e incrostati di sangue. Urlò, con una voce che sembrava emergere da un girone degli inferi. Tristo dovette colpire due volte per tagliare tutti i tessuti e spezzare la colonna vertebrale. Con uno scroscio, il corpo finì nel mare gelido, in pasto ai pesci.
Tristo si avvicinò al tappeto tenuto chiuso da catene e lucchetti. La rabbia gli salì dal petto e gli fece digrignare i denti. Sentendo i passi avvicinarsi sul ponte

scricchiolante, lo strigon si mosse, sussultando nel suo fagotto e facendo tintinnare le catene.

«Ormai le droghe stanno perdendo il loro effetto», lo avvisò Vesper.

«Meglio così», fece spallucce il cavaliere. «Soffrirà di più».

Con un gesto improvviso, afferrò la catena robusta che cingeva le caviglie del mostro e trascinò il suo corpo lungo il ponte.

Dagli arnesi assicurati all'albero maestro, afferrò l'uncino del paranco a carrucola che veniva usato per caricare e scaricare merci pesanti. Lo agganciò alla catena e afferrò l'altro capo della fune.

Gli uomini di Scroto lo aiutarono a issare.

In tre strattoni, lo strigon fu sollevato a mezz'aria e un fiotto di sangue fuoriuscì dall'interno dell'involto, insozzando il ponte della barca.

Sotto gli occhi attoniti di tutti, Tristo scoperchiò un barile di pece e, con un secchio, cominciò a impregnarne il tappeto. Fu subito chiaro a tutti cosa volesse fare, e Vesper si lasciò sfuggire un sorriso.

Lo strigon prese ad agitarsi e muoversi, appeso a testa in giù.

Da sotto gli strati di stoffa scadente, si udirono versi deboli e strozzati, che solo a tratti potevano essere ricondotti a parole. Non c'era nulla che quell'aberrazione potesse dire per far cambiare idea al suo carnefice, tanto più ora che aveva la lingua mozzata.

Quel dannato strigon era già costato troppe vite innocenti.

I guerrieri norreni fecero leva, tenendo la fune tesa, mentre Tristo finiva di ungere per bene il tappeto. Con un calcio, spinse il braccio del paranco fuori bordo, per evitare che scintille o fiamme intaccassero l'imbarcazione. Poi, afferrò la lanterna di poppa e si sporse fuoribordo per appiccare lentamente il fuoco.

Le fiamme divamparono dal basso, scivolando sulla sostanza oleosa.

Il calore fece subito agitare lo strigon, ma, quando le fiamme cominciarono a penetrare all'interno dell'involto, il suo corpo si contorse in modo atroce tra le catene, come un verme su un amo da pesca. Urla ribollenti e strida inumane si levarono dalla torcia sospesa sulle acque, mentre tutti osservavano il rogo con le bocche serrate e gli occhi spalancati.

Fiamme verdi rilucevano negli occhi di Vesper, che, senza dire nulla, allungò una mano e strinse le dita di Tristo tra le sue.

Soltanto quando ogni tessuto fu consumato dal fuoco, il Priore Oscuro recise la testa dello strigon, poi tagliò la corda che lo teneva sospeso, consegnandone i resti carbonizzati al mare. Le pesanti catene arroventate sfrigolarono a contatto con l'acqua algida, trascinando le sue immonde spoglie negli abissi.

Ahti

Quando aprì gli occhi, era ancora a bordo della barca. Il sole spuntava dai flutti dorati che cullavano dolcemente lo scafo.
Capì subito che qualcosa non andava, perché era solo.
Nessuna traccia di Vesper o Kardak.
Persino gli abiti che indossava erano diversi.
«Sto sognando», grugnì, alzandosi in piedi.
L'aria pervasa di salsedine, però, sembrava fin troppo reale. Si passò una mano sul volto e non sentì lo spessore delle cicatrici sotto i polpastrelli.
«Sì, è un sogno», si disse.
«Perché? Tu sai definire un sogno?», domandò una voce roca.
Tristo si voltò di scatto e vide un uomo chino a tribordo, indaffarato con una rete da pesca. Nonostante il gelo pungente, indossava calzoni tagliati al ginocchio ed era scalzo, sfoggiando una massa di capelli crespi come alghe e bianchi come la spuma del mare. Si voltò verso di lui, rivolgendogli un ampio sorriso sotto la folta barba ricciuta.
«Ti dispiace?», chiese, porgendogli una cima.
Senza esitare, Tristo la afferrò.

«Questo lavoro comincia a diventare troppo duro, per me», raccontò il vecchio, gettando la rete in acqua e assicurando una fune al paranco, lo stesso su cui lo strigon era arso vivo.
Senza dire nulla, il cavaliere prese ad aiutare il pescatore, armeggiando con la carrucola.
«Bene così», affermò il vecchio, stringendo un nodo e appoggiandosi al parapetto con aria stanca.
Sotto la camicia aperta, il fisico magro e abbronzato era disseminato di tatuaggi sbiaditi, che si intersecavano uno sull'altro.
«Sei un Priore», constatò Tristo.
«Sono solo un pescatore», negò l'altro.
«Ah sì? E cosa peschi?».
«Molte cose, in realtà. Anche sogni e incubi».
«Quindi, questo è un sogno».
«Lo stai dicendo a me o a te?», lo prese in contropiede il vecchio. «Come fai a dire cosa è reale e cosa no?».
Tristo non rispose. Il vecchio estrasse una vecchia pipa di legno e conchiglie. Cominciò a caricarla con del macinato che aveva in tasca.
«Vedi, stanotte ho pescato un incubo. O quel che ne restava», disse. «Un incubo talmente brutto da essere bruciato fino all'osso. Sai di che parlo, no?».
L'altro annuì, teso.
«Quello era reale?».
«Molto».
«Io e te, qui, ora. Questo non è reale?», chiese il

vecchio, infilando il beccuccio della pipa tra i denti, e stringendo.

«Reale in un modo diverso», tentò Tristo.

«Perché ci sono molte realtà, secondo te».

«La realtà in cui io parlo con voi non è uguale alla realtà in cui vivo».

«Interessante», osservò il vecchio, infiammando una pagliuzza sulla lanterna e accendendo la pipa. «E se fosse ancora più reale?», domandò poi, sbuffando una nuvola di fumo. «Ci hai mai pensato? Se la realtà che tu vedi fosse solo quella che puoi percepire, che i tuoi sensi possono mostrarti? Se dietro questo velo, si celassero molte altre cose, talmente enormi e antiche da non poterle nemmeno comprendere?».

«Forse», mormorò Tristo, sentendo un fischio nelle orecchie. «Mostramelo», aggiunse dopo un istante, prendendo un respiro profondo. «Fammi vedere ciò che non riesco a vedere, Ahti, Priore di Acqua e Sovrano dei Mari».

«Ormai sei uno di noi». Il vecchio era compiaciuto. «Sei pronto per andare fino in fondo».

In quel momento, la fune fu strattonata, facendo cigolare il paranco, come se qualcosa di molto grosso fosse rimasto impigliato nella rete da pesca.

«Tieniti forte», sorrise il vecchio, prendendo una boccata di fumo.

Al primo strattone ne seguì un secondo. La carrucola si lamentò come una bestia morente. La corda era tesa al

massimo, qualcosa la tirava con violenza verso le profondità. L'albero maestro scricchiolò e l'intero natante si inclinò di lato, imbarcando acqua.
«Si sta ribaltando!», gridò Tristo, col panico nella voce, aggrappandosi all'albero con entrambe le braccia.
«È proprio questo lo scopo», ribatté il vecchio, ridendo come un bambino su un cavalluccio a dondolo, mentre lo scafo gemeva, sollevandosi dall'acqua.
Il legno scricchiolava paurosamente, sotto sforzo. Per un istante, la barca restò così, quasi sospesa a mezz'aria: metà dello scafo fuori dall'acqua e un'intera fiancata già sommersa. La fune tesa tirava così tanto l'albero da sembrare sul punto di spezzarsi, mentre il vecchio rideva, con l'acqua alla vita. Un ultimo strattone dalle profondità rovesciò lo scafo.
Tristo trattenne il fiato, attendendo l'impatto con l'acqua.
Ciò che vide dopo sfidava ogni logica umana e sovrumana.
La barca sprofondò con la velocità di un masso, rapida come una freccia scagliata nel cielo, trascinata a fondo da una forza più poderosa delle onde stesse. Gli abissi oscuri ribollivano come rapide, e una luce infuocata si accese nell'acqua, là dove il sole restava sospeso tra il cielo e il mare, sfrigolando come metallo rovente. In quel sinistro lucore, giganteschi relitti di legno e ferro, rovine di antiche civiltà sommerse, ossa di leviatani estinti si susseguirono in un vortice di flutti

gorgoglianti, mentre nelle profondità, immani tentacoli si aprivano sul nulla, risucchiando ogni cosa in un'invisibile bocca nera. Solo allora, sentendo la spinta sotto i piedi, Tristo capì che la barca non stava sprofondando. Stava salendo, in rapida emersione. Tutto durò pochi istanti, abbastanza per trattenere il fiato.
La superficie gli venne incontro come un muro d'acqua di un blu innaturale. Lo colpì con forza, riportandolo a galleggiare su un mare luccicante di piccoli bagliori fluorescenti. Grondando acqua salata, Tristo restò attaccato all'albero maestro, osservando attorno a sé. Ovunque, in ogni direzione, era circondato da una numerosa flotta di navi grandi come città, le brune chiglie di ferro erose dalla salsedine, le torri incrostate di mucillagine, oblò e finestre vuote come le orbite di tanti teschi. Un cimitero galleggiante di impossibili vascelli, provenienti da mondi ed ere diverse.
Sopra quel muggente mare, costellato di relitti cigolanti, un cielo nebuloso si specchiava sulla superficie scura, irradiando un terrifico bagliore violaceo. Stelle grandi come non se n'erano mai viste sulla Terra, avvolte da pulsanti ammassi di nebbia blu e polvere dorata, rimbombavano, fondendosi tra loro come nubi di un temporale.
Sotto a quel grandioso spettacolo di luci, Tristo vide onde alte quanto montagne levarsi all'orizzonte, oscurando ogni cosa.

Si voltò, in cerca del vecchio pescatore, ma capì di essere solo.

Udì l'assordante suono di centinaia di corni, mentre i relitti venivano travolti dal mare avanzante, che inghiottiva e rovesciava i giganti di ferro come fossero pedine su una scacchiera.

Se quello era un sogno, voleva svegliarsi.

Le onde si innalzarono, sempre più incombenti, oscure, titaniche ali di una creatura che affiorava dalle acque.

«Ahti!», ansimò Tristo, in preda a meraviglia e terrore.

In un tremendo concerto di boati e lamenti delle navi che affondavano, il Sovrano dei Mari distese le sue ali d'acqua, sotto le quali si agitavano centinaia di tentacoli grandi come interi fiumi. Se quei gioielli incastonati nella tenebra erano occhi, dovevano essere più brillanti delle stelle stesse, e il corpo di quell'immane drago marino era ricoperto da scaglie argentee. Un artiglio si levò, mentre ormai l'onda si abbatteva sulla piccola barca. Bastò un colpo del rostro affilato per scuoiare un lembo di quella pelle squamosa. Dopodiché, tutto sprofondò nel buio e il maremoto sommerse ogni cosa, travolgendo la barca e trascinando nelle profondità persino le luci del cielo.

La risata del vecchio giunse ovattata alle orecchie di Tristo, ancora piene d'acqua, mentre il battello riemergeva dopo la scuffiata.

Si ritrovò ancora attaccato all'albero maestro, fradicio ma incolume. Tutto, attorno a lui, era invariato, come se la barca avesse semplicemente fatto un giro su se stessa. Il cielo bianco del mattino gli trafisse gli occhi e il vento algido gli artigliò la pelle bagnata.

«Divertente, vero?», rise il pescatore, perfettamente asciutto, con la pipa ancora accesa in bocca.

Tristo si lasciò cadere sul ponte, esausto.

«Quello cos'era?», tossì.

«Volevi vedere!», commentò il vecchio, tutto soddisfatto. «Mondi, dietro a mondi, dietro a mondi. Bah, ero certo che non avresti capito...».

«Una cosa l'ho capita», ribatté lui. «Nulla è reale, tutto è possibile».

«Cominci a intuire», concesse Ahti. «Ora vieni qui, vediamo un po' cosa abbiamo pescato», chiamò, armeggiando con le funi del paranco.

Fregandosi i capelli bagnati, Tristo affiancò il vecchio pescatore e lo aiutò a tirare a bordo la rete. Non v'erano pesci dentro, ma qualcosa che pesava e luccicava allo stesso modo.

Quando schiusero le maglie sul ponte della barca, il metallo tintinnò sul legno. Tristo ripensò alla gigantesca creatura degli abissi che si strappava un pezzo di pelle con l'artiglio. Guardando il braccio del pescatore, vide che aveva una ferita fresca sull'avambraccio.

«Cos'è?», chiese.

«Mi sembra ovvio», replicò lui. «La mia pelle».

Il Priore puntò un dito sulle componenti di metallo scuro sparse sul ponte. Animate da una forza invisibile, le lamine si combinarono una sull'altra, assemblando sul corpo di Tristo un'armatura che gli calzava alla perfezione. Era più leggera di quando non sembrasse, un vestito di ferro, fatto di piastre e scaglie, tanto aderenti da scivolare l'una sull'altra come le squame di un pesce. Il metallo era venato da striature blu e decorato da finissime incisioni, tra cui spiccava la runa *Laguz*, il simbolo di Ahti. L'intera armatura non era della consistenza né dell'elasticità che un fabbro umano potesse ottenere in una forgia. Era un oggetto impossibile, alieno.

Il cavaliere era senza parole, ma il vecchio, così come il mare, non amava stare muto.

«Hai salvato una città, fratello», si congratulò. «In cambio, io voglio salvare la tua pelle, donandoti la mia. Non c'è lama che possa trafiggerla».

«Grazie». Tristo esitò. «Fratello».

Il vecchio pescatore gli mise una mano sulla spalla.

«Ora svegliati», disse.

«Allora è un sogno».

«Decidi tu», fece spallucce Ahti. «Se per te lo è, puoi svegliarti quando vuoi».

«Ancora una cosa».

«Ci vorrebbero anni, per spiegarti cos'hai visto».

«Lo so. Non si tratta di questo».

«D'accordo. Dimmi».

«Cosa faccio, ora? Dove vado?».

Ahti replicò con una risatina.

«Non puoi smarrire la Via del Sangue, Priore Oscuro, lei ti troverà sempre, fino alla fine», rivelò poi. «Ma, visto che sei così in ansia, ti darò un consiglio: segui l'acqua».
«L'acqua?».
Lui annuì e, senza preavviso, si tuffò oltre il parapetto, nuotando come un delfino verso il fondale. Tra le lame di luce che si immergevano nei flutti, Tristo vide un'ombra ottenebrare gli abissi, vasta come un'isola di tenebra, dove tentacoli grandi come fiumi scivolavano nelle profondità. La pipa del pescatore era ancora a bordo, accesa. Il cavaliere la raccolse e la portò alla bocca, tirando per attizzare le braci ardenti. Quando la nuvola di fumo caldo gli riempì la gola, si sentì annegare, con il petto pieno d'acqua. Annaspò in cerca d'aria, nuotando verso il cielo, chiuso in alto da una seconda superficie, oltre la quale lampeggiavano folgori violette. Quando fu sul punto di emergere in quell'oltremondo, al cospetto della volta nebulosa screziata d'oro e blu, si svegliò.

Gatto e donna
(Cane e uomo)

I

Trasalì, inalando aria, un ansito strozzato in gola.
Aveva ancora il sapore dell'acqua salata sulle labbra.
Si voltò su un fianco e prese a tossire.
L'atmosfera era satura di fumo, e dovette stropicciarsi gli occhi per capire che non era un residuo della sua visione.
Di fianco al suo letto, avvolta nel mantello nero e accomodata sul tavolo con una gamba penzoloni, Vesper fumava una pipa presa chissà dove.
«Stai bene?», chiese, osservandolo di sottecchi con quegli occhi indagatori che lo mettevano in soggezione.
Lui si alzò a sedere, intontito.
«Solo un sogno», spiegò.
«Ah, davvero?».
Con un movimento affettato, Vesper afferrò la mano di Tristo in modo da portargliela davanti al viso. Sbattendo le palpebre, confuso, rimirò le sue stesse dita avvolte nel metallo lucido. L'armatura di Ahti rifletteva la luce del mattino, diffondendo riflessi bluastri, e lo

rivestiva come una seconda pelle, dal collo alle caviglie. A ogni suo movimento, le lastre scorrevano una sull'altra in un incastro impossibile, permettendogli di compiere qualsiasi gesto con grande naturalezza.
Gli calzava talmente bene che era riuscito a dormirci. Tristo sospirò, cercando di diradare la nebbia che aleggiava nella sua mente.
«Come sono arrivato qui?».
«Mh, proprio come sono arrivata io», replicò Vesper, scendendo dal tavolo. «C'è un ponte, o... una porta che collega il sonno e la veglia, il mondo materiale a quello delle ombre».
«Tu sai aprire questa porta, puoi andare in altri mondi?», domandò lui, speranzoso, ma l'esperide reagì con una risatina.
«Mah! Al massimo posso evitare di essere vista, cambiare forma se serve, ma le mie doti dipendono dalla notte», spiegò, avvicinandosi. «Di giorno, sono solo quello che vedi».
Vesper si adagiò sul letto, le lunghe gambe nude incrociate una sopra l'altra. Lui, d'istinto, si allontanò, poggiando la schiena contro la testiera di legno.
«Solo i Priori possono entrare e uscire da quei mondi come gli pare, perché hanno una doppia natura», aggiunse lei. «Un lato umano, legato a questa Terra, e un altro che viene da... altrove».
«Quei draghi che ho visto».
«Sono loro, è la loro essenza cosmica».

«Ho visto cose spaventose».

«Il potere è sempre spaventoso. Non esiste nulla di più potente dei Priori», spiegò Vesper. «Per questo hanno assunto forma umana. Un tempo, la gente li adorava, sacrificava loro animali e figli, persino. Poi le cose cambiarono e tutti iniziarono a venerare divinità inventate, più umane, meno terribili... almeno all'apparenza. Così, i Priori hanno capito che era meglio parlare con le persone, piuttosto che spaventarle», concluse, sdraiandosi supina, con i capelli sciolti sulla coperta.

«Non ne sono così sicuro», rimbeccò lui, abbozzando un sorriso, ma Vesper si limitò a prendere un'altra boccata di fumo.

«Ne vuoi un po'?», chiese, porgendogli la pipa.

Lui la prese, fingendo sicurezza.

«Non è muschio rosso», si assicurò, poi.

«Verde», ribatté lei. «Non preoccuparti, non voglio stordirti. Non ancora», aggiunse, con un lampo negli occhi.

Tristo prese una boccata e osservò il fumo sollevarsi tra le lame di luce che filtravano dalla finestra, ancora memore del suo sogno.

Anzi, del suo viaggio oltre il mondo.

«Era un pescatore», raccontò. «E fumava una pipa decorata con conchiglie».

«Ahti?».

«Come fai a saperlo?».

«Puzzi di pesce».
«Davvero?».
Lei scoppiò a ridere.
«No, ho percepito la sua presenza».
«In questa stanza?».
«Mh-hm. E al tempo stesso altrove».
Tristo soffiò fuori un'altra nuvola verdastra.
«Mi ha chiamato fratello».
Vesper gli si avvicinò, frusciando nel mantello nero.
«Sei un Priore anche tu, o sbaglio?».
«Sbagli», rispose lui, spostando la pipa all'angolo della bocca. «Sono solo un boia. Non ho un elemento, non ho potere, ho solo...». Esitò, cercando di non apparire patetico ai suoi occhi. «Una spada, con cui sono bravo a uccidere».
«Lo sono anch'io. È per questo che Nyx mi ha mandato qui. Ma io non sono un Priore, tu invece sì».
«E quale sarebbe la mia doppia natura?», la provocò lui.
«Vivo e morto?».
«Anche», sorrise Vesper. «Ma quello che vedo io è un uomo in bilico tra la luce e l'oscurità. Eri un uomo buono, o forse ti piaceva considerarti tale».
Lui ascoltò in silenzio, senza osare interromperla.
«Ma questa notte ti ho visto abbracciare l'oscurità e fare ciò che andava fatto, traendone piacere».
«Mi è piaciuto bruciare quel bastardo», ammise lui.
«Devi lasciarti andare», continuò Vesper, sollevandosi su un fianco. «L'oscurità è già dentro di te e non è un

male, è una forza, è il tuo elemento. Abbraccialo, e sarai davvero il Priore Oscuro. Fino ad allora, sarai solo un uomo spaventato che gioca a un gioco più grande di lui».

«È così che mi sento».

«Lo so. Si vede», affermò lei, alzandosi in ginocchio. «Ehi, mani di pesce, lasciamene un po'!».

Vesper gli strappò la pipa di mano, con un gesto rapido che le fece scivolare il mantello sulla spalla. Sotto non indossava nulla.

«Dobbiamo trovarti dei vestiti», osservò lui, celando una punta di imbarazzo.

«Mh-hm», annuì lei, inspirando.

Tristo la osservò in silenzio per un lungo istante, cercando di leggere i pensieri che, come nuvole, scivolavano in quegli occhi così trasparenti ed enigmatici. Sembrava davvero di scrutare nelle iridi di un gatto.

«Chi sei tu?», le domandò. «Da dove vieni?».

«Non vuoi sentire davvero questa storia».

«Sì, invece».

«No. Non ora».

«Rispondi almeno a qualche domanda».

«Ah... va bene», acconsentì Vesper.

Tristo dovette pensare con cura a cosa chiedere, perché aveva troppe domande da fare e non voleva essere assillante. Non subito, quantomeno.

«Sei nata così o...».

«Vuoi sapere se sono più gatto o più donna?».
«Forse».
«Sono nata donna», rivelò lei.
«Quando?».
«Tanto, tanto tempo fa. Non ricordo più».
«E poi che è successo?».
«Quello che è successo a te: sono morta», replicò lei, secca, fissandolo negli occhi. «Nyx mi ha riportato indietro come qualcos'altro».
«Quel tatuaggio che hai sulla spalla...».
«La pantera Uroboro», spiegò lei.
«Credevo che l'Uroboro fosse un drago».
«L'Uroboro può essere qualunque cosa. Era il simbolo della confraternita che servivo, e per cui sono morta. La prima volta».
«Che tipo di confraternita?».
«Monaci. Filosofi. Assassini», elencò lei. «Il nostro compito era uccidere gli strigoi».
Tristo annuì, lentamente.
«È un bel tatuaggio», disse poi, facendola sorridere.
«Io e te siamo simili», lo incalzò Vesper. «Diversi, ma simili», puntualizzò, avvicinandosi. «Io ti capisco. So cosa stai provando», sussurrò vicino al suo orecchio.
A quel punto, i loro respiri si fecero brevi e il Priore Oscuro lasciò cadere ogni esitazione. Afferrò Vesper per le spalle e la baciò, premendole la bocca sulle labbra. Erano soffici, calde. L'aroma del fumo si mescolava a una sfumatura più dolce. Quando lei

schiuse la bocca, le loro lingue si spinsero l'un l'altra in una caotica lotta, mentre il mantello scivolava giù per la schiena sinuosa di Vesper, svelando tutte le sue curve e i seni turgidi.

Tristo l'aveva già guardata nuda, ma ora la poteva toccare.

Fu come affondare i denti in quel dolce esposto in vetrina che era sempre stato troppo caro per lui.

Le baciò il collo, le spalle, poi le morse un capezzolo, facendole sfuggire un gemito. Vesper gli montò sopra a cavalcioni, lasciando vagare le mani sulle intercapedini dell'armatura.

Sospirò, frustrata e si slacciò dalla sua stretta.

Lo guardò negli occhi per un istante e poi chiese:

«Come diavolo si toglie questa roba?».

II

Sfilare l'armatura era stato più facile del previsto. Il resto un po' meno.

C'era voluto un bel po' per iniziare, ed era finito tutto troppo in fretta.

Tristo si era scusato, con una stupida frase tipo: "A quanto pare, i morti non sanno più amare".

Vesper si chiese dove avesse sbagliato. Restò per un lungo istante con la testa adagiata sul petto di lui. Le dita che indugiavano sull'intrico di segni e cicatrici.

«Non è un bello spettacolo», constatò lui, dandosi a

malapena un'occhiata. Odiava la vista del suo corpo martoriato, ma Vesper sorrise.
«È bellissimo, invece». Sospirò, facendo scorrere entrambe le mani giù dal petto fino all'addome di lui.
«Non devi mentire per me», scosse la testa lui. «Le conosco una per una».
«Non sono cicatrici», osservò lei, sollevandosi per guardare meglio. «Questa è una mappa, un disegno che racconta chi sei, come le costellazioni».
«Sembra bello, detto così».
«Hai visto i Priori tu stesso», insistette Vesper. «La loro pelle è cosparsa di simboli e tracce che raccontano la loro storia. Tu sei come loro».
«I simboli che ho visto su di loro sembrano più... artistici. Io assomiglio a una di quelle carcasse di maiale che usano i cerusici militari per fare pratica».
La battuta strappò a Vesper una risata sincera.
«Non esagerare. E comunque, i Priori non sono tatuati. La loro pelle è incisa, come la tua. Questa è la runa di Dagar, la riconosco», disse, facendo scorrere le dita sul collo del cavaliere, là dove Nerys lo aveva morso.
«Come l'hai fatta?».
«Mia moglie», confessò lui.
«Ah, dev'essere stato un matrimonio interessante».
Entrambi risero, ma poi Vesper domandò, diretta:
«Che fine ha fatto?».
Lui prese un respiro e il suo sguardo si perse nel vuoto per un istante, prima di confessare:

«È morta. L'ho uccisa».
Vesper cercò il suo sguardo e i due si osservarono in silenzio, spostando l'attenzione da un occhio all'altro.
«Lo sapevo già», rivelò lei, dopo un po', abbozzando un sorriso. «Ma avevo bisogno di sentirtelo dire. Hai paura di me?».
«No».
«Non sai mentire. E questo mi piace».
Tristo afferrò le ciocche corvine di lei tra le dita e la baciò, a lungo. Quando si staccarono per prendere fiato, Vesper si chinò sul suo petto, con i lunghi capelli che gli solleticavano la pelle. Con delicatezza, iniziò a leccare le sue cicatrici, a una a una, sporgendo in fuori la lingua.
Allora lui si alzò, afferrandole le cosce e sdraiandola supina. La accarezzò, facendole sentire la propria eccitazione tra le gambe.
«Riproviamo?», sussurrò, ma Vesper lo fermò.
«Non così», disse, lasciando la presa sul corpo di lui.
Rotolando sul letto, Vesper si girò di schiena, appoggiata sui gomiti.
Tristo fece scivolare lo sguardo sulla curva deliziosa che, dalle scapole, scendeva fino ai fianchi per poi risalire lungo la rotondità delle natiche.
Sopra la destra, spiccava un altro piccolo tatuaggio che ritraeva la runa di Nyx, il simbolo della notte.
Non l'aveva notato, prima di quel momento.
Attratto come da una fonte cui dissetarsi, Tristo le

baciò le gambe per poi salire, affondando il viso in lei e godendo dei suoi sospiri, finché non poté più trattenersi. Le salì sopra ed entrò a poco a poco, muovendosi piano, appoggiando il petto sulla sua schiena, baciandole le orecchie e il collo. Quando lei diede un colpo di reni, lui si issò sulle braccia e, tenendola per le spalle, spinse più forte, più veloce e i loro gemiti si fusero in un'unica ritmata sinfonia, che seguiva le onde dei loro corpi.

I sensuali gemiti di Vesper erano brevi e acuti, come il miagolio dei gatti. Tristo quasi ringhiava, come fanno i cani quando litigano per lo stesso osso.

«Te l'avevo detto che saremmo andati d'accordo», ansimò Vesper, abbandonando la testa sul letto.

Seconda Parte

Primosole

Non gira corvo
(...che non sia vicina la carogna)

† Anno 8 d.C. †

Ogni volta che chiudeva gli occhi, il fuoco divampava dietro le sue palpebre. Pallidi demoni emergevano dall'ombra, ringhiando dalle bocche deformi.
Averil non dormiva da troppe notti, il che rendeva il viaggio ancora più faticoso. Le sembrava di essere in sella da tutta la vita e non aveva più l'età per farlo. Le sue articolazioni glielo urlavano tutte le sere.
Era partita impreparata, di fretta e furia, senza pensare che la strada sarebbe stata molto più lunga di quanto credesse, più di quanto i suoi corvi le avessero mostrato. Aveva lasciato Striburgo alla fine del mese di Tenebro, diretta verso Astriona, la città dei mercanti. Era stata una dura cavalcata di quasi venti leghe, tra ghiaccio e neve. Per evitare i territori desolati intorno a Lagonero e Rovina, si era diretta verso Altofiume.
Avendo bisogno di far riposare il cavallo, e soprattutto la sua schiena malconcia, aveva preso la strada più lunga, che si snodava di città in città verso occaso.

Arrivata a Cortenzia, ultimo baluardo prima di inoltrarsi nel territorio dei Predoni, era stata costretta a lavorare per qualche soldo, così da pagarsi vettovaglie e alloggio. Nel retrobottega di una taverna, leggeva i tarocchi a vecchie signore eleganti, ubriaconi, fanciulle innamorate e avventurieri in cerca di guai. Così, tra una bugia e una visione del futuro, era trascorso l'intero mese Novello. Solo all'inizio di Purifico, con la neve che si diradava sui Colli del Re, era riuscita a rimettersi in viaggio.
Dopo sole quaranta miglia, ecco un nuovo intoppo.
Il fiume Grenea era ingrossato per via delle nevi in scioglimento. Non si poteva guadare, nemmeno con la chiatta, che era già stata travolta dalla corrente con dei passeggeri a bordo. Non poteva far altro che attendere e trovare un modo per passare il tempo.
Da quando l'autorità del territorio era contesa tra il Patto Nero e Valka la Sanguinaria, nessun guardiacaccia controllava chi uccidesse cosa. I cervi erano aumentati di numero a dismisura, perciò a chiunque era consentito andare per boschi a caccia di ungulati o cinghiali. Averil era arrugginita, come le frecce che un mercante itinerante aveva cercato di venderle, ma era determinata a tentare.
Aveva cominciato col tirare i suoi pugnali contro un albero, finché le braccia non le erano cascate dal dolore. Poi, una notte, con l'occhio di Dagar ben ficcato nell'orbita vuota, si era inoltrata tra gli alberi, silenziosa come una volpe. Il canto degli uccelli notturni scandiva

il suo lento incedere tra rami scricchiolanti, dove poteva vedere ogni cosa; dal più piccolo insetto strisciante, al più poderoso mammifero. Una notte, aveva ucciso un vecchio cervo, lanciando il suo pugnale a distanza ravvicinata. All'alba, aveva sorpreso un grosso cinghiale al fiume.
Non male, per la prima volta.
Alla sua quinta battuta di caccia, aveva chiesto ai barcaioli del Grenea di aiutarla a trasportare le carcasse ed era riuscita a vendere la carne e le pelli per un buon prezzo.
All'inizio di Bellico, il mese del Priore Thermes, il guado sul Grenea era tornato agibile e Averil aveva finalmente raggiunto Altofiume. Era una brutta città di confine, chiusa in una cinta quadrangolare, piena di milizie, mercenari e puttane. Si era fermata solo una notte, e lì, in un sudicio giaciglio al secondo piano di un postribolo illegale, camuffato da locanda, i suoi incubi erano iniziati. Urla. Visioni infernali.
No, non era l'inferno. Il futuro, forse.
Aveva visto il Santo Priore ascendere dal suo seggio per carezzare una bambina con i capelli che andavano a fuoco. Aveva visto una regina piangere lacrime di vetro colorato, parlando con una spada che aveva labbra di metallo. Non aveva alcun senso.
La mattina seguente, si era rimessa subito in viaggio.
Poche leghe la separavano da Grifonia, la sua ambita meta, e quasi aveva dimenticato perché fosse partita.

«Cosa sognerò, stanotte?», chiese al vento, mentre il sole scompariva oltre le frastagliate creste di Mohrn.

Lontano, sopra le vallate e i campi che conducevano a Grifonia, i suoi corvi gracchiavano, volando verso la città che, per mesi, aveva cercato di raggiungere. Huginn sembrava scomparso nel nulla.

Una sensazione le martellava nella mente, come quella notte sul lago ghiacciato, quando il Priore Oscuro era giunto da lei.

Stava per succedere qualcosa e, sebbene non vi fosse motivo di affrettarsi, Averil sentiva l'inquietudine fremerle nelle gambe. Spostò lo sguardo sul suo cavallo, che aveva già bisogno di nuovi ferri. Se lo avesse spinto ancora avanti, senza requie, avrebbe rischiato di azzopparlo. Doveva attendere l'alba, ma aveva paura di ciò che avrebbe visto nelle tenebre del suo sonno. Si sdraiò sul giaciglio, di fianco al fuoco, con i pugnali a portata di mano e il mantello di piume a mo' di coperta. Aspettò che le stelle dell'equinozio illuminassero la volta cerulea, poi chiuse l'occhio stanco.

Era sola nelle pianure del Fiorcrine. Il Primosole era giunto e lei non era mai stata così spaventata in tutta la sua vita.

Chi scherza col fuoco
(...prima o poi si brucia)

I

Tutti si sporgevano sui seggi per guardare meglio, a metà tra il curioso e l'orripilato, mentre padre Goffredo continuava con la sua dissertazione.
«Per prima cosa, procedo con un'incisione all'altezza dello sterno», annunciò, con la voce distorta dalla lunga maschera a becco d'uccello che gli copriva il volto.
In effetti, il puzzo di decomposizione si sentiva anche a distanza. Valka distolse lo sguardo dalla cosa stesa sul tavolaccio di legno, quando un senso di nausea montante le contrasse lo stomaco. Solo posando gli occhi sulle luci variopinte che filtravano dalle vetrate istoriate, si impedì di vomitare lì davanti a tutti.
"Pensa che figura di merda", pensò. "Valka la Sanguinaria che vomita alla vista di un cadavere".
«Come potete vedere dallo spessore della pelle...», Goffredo stava aprendo in due il torace con una specie di trinciapolli, «più che pelle lo definirei un guscio o un carapace, come quello dei granchi».
Crack. Crack.

In effetti, il rumore era proprio quello. Valka prese un respiro e si costrinse a guardare. Non voleva fare la figura della debole di fronte a tutti quegli uomini.

«A mutazione completa, non resta alcuna traccia di umanità, se non all'interno, dove gli organi appaiono intatti, tranne che per il colore», affermò il prete, riponendo l'attrezzo macchiato di un fluido nero e maleodorante. Sembrava sangue marcio, e forse lo era.

La sala del Concilio si animò di un cupo mormorio che echeggiò nella volta ad arcate. Tutti i nobili del Patto Nero parlottavano tra loro, chi angosciato, chi ancora scettico. Solo il Santo Priore era in silenzio, gli occhi puntati sul tavolaccio che era stato allestito al centro della grande sala, in mezzo alle due file di seggi. Il suo sguardo sembrava trapassare la cosa informe che giaceva sotto i ferri del suo vicario.

«Ma questo com'è possibile?», interrogò padre Goffredo con un intollerabile tono retorico.

«Chissà, chissà...». Valka si prese gioco di lui a mezze labbra, attirando sguardi da alcuni seggi non troppo lontani.

Se fosse mai andata a scuola, sarebbe stata l'incubo di ogni precettore. Solo sua madre era riuscita a insegnarle qualcosa. Ma poi era morta.

«Come sappiamo, il contagio si diffonde per via ematica».

In molti mostrarono espressioni perplesse, al che Goffredo specificò:

«Quindi attraverso il sangue».

I pecoroni presero ad annuire sui seggi, con aria saputa, mentre il prete torceva il collo deforme della creatura stesa sul tavolo.

«In questo esemplare», proseguì, schiarendosi la voce sotto la maschera, «si può ancora notare la zona in cui ha ricevuto il morso, altresì detto bacio; un bacio alquanto mortale!», scherzò, compiacendosi della sua arguzia, ma nessuno rise. Il prete ricominciò: «Sull'arteria carotide, in questo caso. Altre volte, sulla vena del braccio».

Goffredo appoggiò il suo trinciapolli e afferrò un altro strumento di metallo, piccolo e puntuto.

«Com'è tristemente noto, il primo sintomo è il sanguinamento dagli occhi», raccontò, destando in molti dei presenti ricordi orrendi dell'ultimo contagio. «Dopodiché i bulbi fuoriescono dalle orbite, restando attaccati al nervo fino al completo decadimento dei tessuti».

Con il suo punteruolo, il prete indicò il punto in cui, in teoria, un tempo dovevano trovarsi gli occhi della donna.

Valka notò che la mano gli tremava.

«I capelli iniziano a cadere, i denti anche, ma vengono presto sostituiti da queste... fauci, le definirei», chiocciò il prete, non osando avvicinare le dita a quella selva di spine bianche che costellava la bocca. «Spuntano in più file lungo tutto l'arco mandibolare e mascellare. A questo punto, la malattia ha già raggiunto lo stadio finale».

Goffredo raddrizzò la testa della creatura, con molta delicatezza, quasi avesse paura che si svegliasse per sbranarlo.

«In numerose parti del corpo, ma soprattutto sulla testa», spiegò distogliendo lo sguardo dal capo deforme, tutto denti e niente occhi, « appaiono queste vescicole; grumi di tessuto che continuano a crescere, deformando i tessuti e inghiottendo i lineamenti dell'infetta, sfigurandola a tal punto da renderla irriconoscibile».

Valka si portò una mano alla bocca, per impedirsi di avere un conato. Quelle escrescenze marcescenti, come orribili funghi sanguigni, le mettevano davvero un'irrefrenabile voglia di vomitare.

"Forse ho bisogno di bere", pensò, avvicinandosi alla brocca con il vino, ma appena sentì l'odore fruttato del rosso di Fiorcrine, fu certa che l'avrebbe rigurgitato sulle scarpe d'agnello di qualche barone.

Quindi, appoggiò il bicchiere e continuò a camminare, inquieta. Il prete non sembrava aver alcuna voglia di terminare la sua analisi:

«E qui il fatto più interessante!», esclamò, con grande enfasi. «Perché sono proprio queste vescicole il segreto della mutazione».

Goffredo schiacciò con il suo punteruolo uno di quei bubboni di carne, facendo fuoriuscire un getto di fluido lattiginoso che gli macchiò il saio e gli schizzò sulla maschera.

A quel punto, Valka si accasciò in un angolo e rivide tutta la sua colazione.

Versi di disgusto si sollevarono dai seggi, mentre il prete continuava imperterrito a giocare con quello schifo.

«Ognuna di queste bolle secerne una sostanza che, nel giro di qualche giorno, ricopre interamente il corpo dell'infetta e si indurisce». Goffredo bussò col punteruolo su quella corazza alabastrina che rivestiva la creatura, dandole l'aspetto di un'enorme mantide albina. «Ecco spiegato come si forma questa seconda pelle, questa sorta di armatura, che si dimostra molto elastica e resistente alle armi da taglio quanto alle punte di freccia!».

I nobili presero a commentare tra loro quest'ultima affermazione, ma il prete alzò la voce per sovrastare il chiacchiericcio.

«Mentre archibugi e armi da fuoco si sono dimostrati alquanto più efficaci, come in questo caso», rassicurò, indicando le ferite mortali che avevano abbattuto la creatura. «È bene tenere presente che il tutto avviene in una settimana. Dal morso alla completa trasformazione dell'infetta in lamia, ipotizziamo che possano trascorrere dai cinque ai nove giorni, in relazione al singolo caso».

«Lamia?», ripeté uno dei nobili, alzando appena la

mano.

«È così che i Volusiani hanno ribattezzato le infette allo stato finale, in riferimento a una figura mitologica...».

«Grazie, Padre Goffredo», lo interruppe il Santo Priore, dal fondo della sala.

Finalmente il tedioso campanaro tacque e ricoprì l'orrore con un telo bianco, nascondendolo alla vista. Così, aperto in due, con le costole esposte, sembrava un granchio rovesciato sul piatto e svuotato della polpa. Valka non ne avrebbe mai più mangiato uno in vita sua. A dirla tutta, non sapeva quando sarebbe riuscita mangiare di nuovo. "Meglio così", pensò, tenendosi la pancia. Tutte quelle chiacchiere e niente azione le avevano fatto mettere su un po' di ciccia.

«Quante di quelle cose ci sono a Grifonia?». Una voce roca e tremolante si levò dai seggi.

Valka riconobbe il duca Corsolto di Altofiume, ultimo di una casata falcidiata dalla guerra. Si diceva che fosse rimasto vivo perché, a differenza dei suoi fratelli e del padre, era un vigliacco.

Valka era certa di aver contribuito in modo consistente alla decimazione della sua casata.

Padre Goffredo si tolse la maschera e titubò, forse incapace di rispondere alla domanda, o spaventato dall'effetto che avrebbe creato sui nobili del Concilio.

Fu il Santo Priore a toglierlo d'impaccio, alzandosi dal suo seggio con lentezza. Sembrava davvero un vecchio ora, con le articolazioni doloranti.

«Più di cento», rivelò, e l'eco della sua voce rimbombò contro la volta di pietra, accentuando il silenzio attonito che seguì le sue parole.

«Come lo sapete?», osò domandare il giovane conte di Valforte.

Valka lo conosceva, perché la sua città era sulla frontiera con i territori conquistati dai Predoni e l'aveva già affrontato in battaglia.

Sapeva che era combattivo e che aveva più motivi di odiarla di chiunque altro in quel concilio, eppure, mai aveva osato mancarle di rispetto o attaccarla senza motivo.

«Contando le donne scomparse negli ultimi mesi», intervenne padre Goffredo. «Certo, molte potrebbero non aver superato la mutazione, ma dobbiamo aggiungere gli esemplari maschi, i cosiddetti famigli, che, a differenza delle lamie, operano anche di giorno e non mostrano sintomi tali da essere distinguibili in mezzo alla folla».

«È un esercito», squittì Corsolto.

«Quelle cose escono solo di notte, giusto?», domandò il giovane conte, puntando l'indice ingioiellato contro la creatura stesa sul tavolo.

«Sì e no», rispose il prete, compiaciuto. «Nulla impedisce loro di uscire alla luce del sole, tuttavia la mancanza di occhi e il pigmento della loro pelle le rende insofferenti alla luce del sole, dando invece loro strumenti eccellenti per cacciare al buio, come animali notturni».

Il Concilio si prodigò nella solita gara di idiozia.

«Anticipiamo il coprifuoco al tramonto!», partì il Prefetto di Grifonia.

«Chiudiamo tutte le botteghe, le taverne, le porte della città!», gli fece eco il signore di Altofiume.

«Continuo a dirlo, ma nessuno mi ascolta!», si lamentò il rappresentante della Gilda dei Mercanti. «Bisogna lavare i bambini con l'aceto bollente!».

«L'unica cosa da fare è raddoppiare la guardia di ronda nelle ore notturne!», proruppe il conte di Valforte, credendo di proporre chissà quale idea geniale.

«Tutto questo è già stato tentato negli scorsi mesi», ricordò Bonifacio, scendendo un passo alla volta dal suo scranno. «Abbiamo perso molti bravi uomini e donne. Temo, ora, che dovremo prepararci al peggio. Signori, il morbo ci ha sopraffatto e Grifonia è...». Il Priore mosse mollemente la mano, cercando le parole giuste. «Compromessa», se ne uscì poi, in tono grave.

«E cosa suggerite di fare?», domandò ancora Corsolto, con la pappagorgia tremante.

«Di attendere», sancì Bonifacio, suscitando sbigottimento nei presenti.

I suoi occhi neri si concentrarono su Valka, che si sforzò di ricambiare lo sguardo.

«Perdonate, Santo Priore, ma attendere cosa?», si fece avanti il Prefetto. «Che l'intera città sia contagiata?».

«Dobbiamo evacuarla!», strillò Corsolto, sudando sotto

il cappello piumato.

«Andiamo a caccia di quelle cose e bruciamole tutte!», proruppe il conte di Valforte.

«Ah, sì? E scommetto che ci andrete voi!».

«Lo farei eccome, di certo non starò qui a cacarmi addosso, caro Corsolto».

Qualcuno rise. La maggior parte dei presenti restò chiusa in un pensoso silenzio. Valka e Bonifacio si fissarono l'un l'altro per un lungo istante.

«Tutti fuori!».

La voce del Santo Priore non ammise repliche, se non qualche mormorio di scontento. In pochi istanti, frusciando nei loro mantelli scuri, tutti i nobili defluirono oltre i portali intarsiati della sala.

«Anche tu, Goffredo». Il Priore spostò appena gli occhi sul prete e quello svanì, con un inchino ossequioso.

«Santo Priore», si congedò.

Valka era rimasta dov'era, come inchiodata al suolo dagli occhi di Bonifacio. Il rintocco delle porte che si richiudevano alle spalle dei nobili la fece trasalire.

«È il momento, Valka», affermò Bonifacio, con tono sommesso. «Devi fare la tua scelta».

II

Una vecchia avvolta in un mantello carminio se ne stava seduta tra i teschi. Con uno zoccolo di legno, spaccava i crani biancheggianti, guardando fisso di fronte a sé. Quel rumore secco echeggiò nella notte, rimbombando; ossa che crepitavano come legna secca nel camino.

Valka si svegliò con le orecchie frastornate. Il suono era reale.

Spalancò gli occhi e vide lunghe dita di luce distendersi sulla parete della stanza. Oltre la finestra chiusa, un bagliore sfolgorava nell'oscurità; non era ancora l'alba. Il colpo secco dello zoccolo vibrò ancora, ancora e ancora. Erano spari.

Valka si alzò di scatto, facendo rigirare Kaisa tra le pellicce. Aprì l'imposta e fu subito investita da un acre odore di fumo che si sollevava sino alle torri del castello. Grifonia era in fiamme.

Il cielo nero era acceso dai riflessi di quel mare di fuoco che, come una rovente alluvione, si propagava sui tetti e nelle strade. Il boato delle fiamme, costante come un forte vento, era spaccato da alcune salve di archibugio e da uno stridio raggelante, appena udibile sopra il frastuono. Erano grida. Gente che bruciava viva nelle case, donne che correvano in strada in sottoveste, bambini in lacrime. Nessuno portava acqua, nessuno accorreva per spegnere il fuoco, niente. Tutti fuggivano, in preda al panico, non soltanto dall'incendio, ma dalla tenebra stessa. Seguendo il rumore degli spari, Valka le vide. Sgusciavano tra un'ombra e l'altra come incubi deformi: erano lamie. Le lunghe braccia pronte a ghermire chiunque tentasse di sfuggire al fuoco. Un

manipolo di guardie cittadine cercava di tenerle a bada, sparando in ogni direzione. Alcuni cittadini innocenti finirono nella linea di tiro degli archibugi e vennero massacrati. Poi le guardie non ebbero più il tempo di ricaricare e le creature furono loro addosso, da ogni lato. Gli spari cessarono, le grida no.
Valka si costrinse a respirare di nuovo.
«Che succede?».
La voce di Kaisa la ridestò dal muto stordimento in cui era precipitata.
«Vestiti, andiamo!», ordinò con voce stridula, infilandosi i primi abiti che le capitarono a tiro.
Con la camicia ancora slacciata, Valka si precipitò fuori dalla stanza e, prima di imboccare la soglia, afferrò la spada di suo padre. Kaisa corse dietro di lei, saltellando per infilarsi uno stivale.
I corridoi del castello rimbombavano dei passi di armigeri, nobili e servitori, tutti buttati giù dal letto. Le campane della città cominciarono a suonare, con enorme ritardo. Accodandosi a una specie di processione in veste da camera, Valka e Kaisa giunsero al salone, affollato di persone e illuminato solo da alcuni candelabri.
Bonifacio era attorniato da nobili mezzi svestiti e armigeri in armatura completa; un contrasto che conferiva alla scena un che di surreale. Fuori dalle finestre istoriate, il bagliore dell'incendio divampava, disegnando sui volti dei presenti un sinistro mosaico di

colori e chiaroscuri.

Valka cercò lo sguardo del Santo Priore. Quando lui la vide, lei strinse la spada al petto, chinando il capo in cenno di assenso. Per un istante, Bonifacio la fissò, quasi inebetito, poi ricambiò con un vago cenno del mento. Solo poche ora prima, si era inginocchiata al suo cospetto, giurando fedeltà al Patto Nero.

Non si aspettava di essere messa alla prova così presto.

«Adesso che si fa?», le chiese Kaisa, concitata, cercando di farsi sentire in mezzo a quel confuso vociare.

Prima che Valka potesse tranquillizzarla, un grido raccapricciante echeggiò nell'androne buio, al di là delle porte spalancate. Il salone sprofondò nel silenzio più totale e tutti volsero gli occhi attoniti verso l'oscurità oltre la soglia, tenuta a bada solo da alcune fiaccole.

«Guardie!», tuonò un nobile, sfoderando la spada, ma prima che gli armigeri armati di alabarda potessero rispondere al richiamo, uno strisciante alito di vento ululò nel corridoio. Le torce si spensero una dopo l'altra.

Alcune donne nella sala squittirono come topi in trappola.

«Serrate le porte!», gridò il Prefetto, ma la brezza si tramutò in un vento poderoso e innaturale, tanto forte da far volare via i cappelli dalle teste dei nobili. Valka fu costretta a proteggersi il volto con la mano, mentre il soffio gelido cresceva d'intensità, tanto da spingere a terra gli uomini corazzati.

Kaisa le afferrò un braccio e urlò qualcosa di incomprensibile. Uno stridio acuto e assordante crebbe come un grido nel vento, suscitando il terrore in molti che si acquattarono a terra, frastornati, tappandosi le orecchie, con gli occhi ridotti a fessure dall'aria graffiante.
Valka udì uno scricchiolio e voltò la testa alla sua sinistra.
Dapprima non riuscì a vedere nulla. Poi, notò una crepa che si allargava sulla vetrata, salendo verso l'alto e ramificandosi tra le figure immobili riprodotte nel disegno, come una spaccatura nel ghiaccio. Quando il ritratto di re Alkerion I fu troncato a metà, Valka riuscì a prendere la testa di Kaisa e si buttò a terra, rotolando.
In un battito di ciglia, l'intera vetrata esplose, proiettando frammenti ovunque e trafiggendo occhi e gole di molti che furono colti alla sprovvista. Come le schegge del mosaico, anche le urla si frammentarono in un coro di lamenti e imprecazioni. Una lastra grande come un tavolo si staccò dall'arcata, decapitando una guardia e tagliando un nobile a metà. Gli intestini si sparsero sul pavimento, mentre l'uomo strillava in un misto di orrore e incredulità. Quando Valka aprì gli occhi, il pavimento di pietra era cosparso di schegge e sangue. C'erano molti corpi a terra. Alcuni si muovevano, altri no.
«Che diavolo sta succedendo?», gemette Kaisa, con la voce rotta dal terrore, e fu proprio allora che il diavolo

apparve.

I piedi nudi e lisci scricchiolarono sui frammenti di vetro, mentre gli sguardi terrei dei presenti si posavano sulle vesti immacolate e su quei riccioli, rossi come le fiamme che divoravano la città. Ammantata di bianche vesti verginali, una bambina avanzò nel salone, il volto acceso da un sorriso innocente. Ogni lamento si esaurì come d'incanto e l'intero castello parve sprofondare in un silenzio irreale, come se fosse stato improvvisamente sommerso da una valanga di cenere.

La bambina avanzò sulla pavimentazione di taglienti detriti e cadaveri mutilati, creando il vuoto attorno a sé. Nemmeno i soldati seppero come reagire a quella visione di disarmante purezza. Sembrava un giovane angelo, caduto dal cielo nella notte più buia che Grifonia avesse mai vissuto. Soltanto il Santo Priore avanzò verso di lei, ergendosi come un imponente baluardo a difesa di quegli uomini e donne che, come spaurite pecore, si nascondevano dietro al pastore.

Valka non voleva essere una di loro. Appoggiandosi alla spada, aiutò Kaisa ad alzarsi, tenendo lo sguardo fisso negli occhi della bambina. Erano ambrati, come perle di miele di castagno, accese nel profondo da un inquietante rossore. Non avrebbe mai dimenticato quegli occhi. Mai.

«Wèn», sibilò a mezze labbra, ma la bambina parve udirla lo stesso, perché voltò la testa verso di lei, trafiggendola con quelle iridi infuocate come ferri roventi.

Quasi per istinto di autodifesa, Valka sguainò la lama e lei le sorrise, snudando i denti. Quel gesto parve spronare alcuni armigeri, che spianarono le loro armi, creando un istrice di rostri acuminati attorno a Bonifacio. Altri restarono immobili, frastornati.

«Fermi!», berciò un nobile.

«È soltanto una bambina», protestò una donna.

«No. Non lo è», affermò Bonifacio, allargando le braccia e imponendo il silenzio. «La strega dai molti nomi è tornata», annunciò, provocando il panico nella sua schiera.

A conferma di quelle parole, dalla tenebra dietro la bambina si materializzarono imponenti figure, avvolte in mantelli bianchi che sembravano oscillare a mezz'aria. I volti lunghi e pallidissimi erano incorniciati da elmi aguzzi, gli occhi erano fatti di buio e le unghie di alabastro mostravano una lunghezza innaturale: strigoi.

Valka fu percorsa da un brivido ed ebbe l'impressione di vedere qualcosa agitarsi sopra la sua testa. Sollevò lo sguardo, pentendosi subito di averlo fatto. Sul soffitto del salone vide oscure figure muoversi carponi da un'arcata all'altra, appese sottosopra come strani insetti. I corpi pallidi erano irti di spuntoni e protuberanze, i volti inumani deformati dalla morte e dalla resurrezione. Erano circondati. Presto sarebbero piombati loro addosso da ogni direzione. Valka lo

sapeva, e anche Bonifacio sembrava essere conscio della sconfitta, perché cercò di trattare col diavolo.
«La città è tua, Wèn. Se sei venuta qui per me, eccomi», disse, in tono calmo. «Però, ti prego, risparmia queste persone».
La bambina lo fissò con quei suoi occhi cangianti, inespressiva. Poi, il suo volto si deformò in un sogghigno e Wèn esplose in una risata cristallina che rimbombò tra le arcate di pietra con tutta la sua falsa innocenza.
Come troncato da un colpo di spada, il riso si interruppe in modo brusco e una voce sottile risuonò, limpida:
«Sì, sono venuta per te, Suonetar», affermò, in tono quasi tenero. «Ma nessuno di questi patetici leccaculo verrà risparmiato», aggiunse, con un sorriso beato a incresparle le labbra rosee. In un istante, si scatenò l'inferno.
Le lamie piombarono dall'alto, atterrando molti armigeri e dilaniandoli con fauci seghettate e artigli affilati. Alcuni uomini coraggiosi scattarono all'attacco, puntando le armi verso la bambina.
Wèn tracciò un segno con le dita davanti a sé.
Dal nulla, un vento forte e innaturale prese a ululare con la violenza di un uragano, risucchiando l'aria verso la finestra infranta. Uomini e donne furono sbalzati da terra e spinti nel vuoto da quell'inarrestabile forza. Le loro urla disperate si persero nella notte e i tremendi

tonfi al termine della caduta rimbombarono dal fondo del promontorio. Tutti coloro che non riuscirono a trovare un appiglio vennero trascinati fuori, tra cadaveri e schegge di vetro. In un brevissimo istante, a decine volarono oltre le arcate, strillando nella notte accesa dall'incendio.

Valka afferrò Kaisa per un braccio, tirandola a sé mentre si ancorava a un candeliere di metallo fissato alla parete. Poco ostacolati dal vortice di vento, strigoi e lamie continuarono a mietere vittime, tranciando dita e mani di quelli che resistevano aggrappati a qualcosa. Quando una delle aberrazioni si avvicinò a Kaisa, Valka menò un secco fendente con la spada e lesse uno stolto stupore sul volto della creatura, mentre la testa le si staccava dal collo e volava inerte oltre le arcate della finestra.

Immobile come una statua di marmo, il Santo Priore affrontava Wèn ben piantato sui piedi, appena smosso dal feroce ciclone che lei aveva evocato. Le bastò un gesto del dito, per far tornare la quiete.

Valka poté rilassare i muscoli e Kaisa, esausta, si accasciò ai suoi piedi. Si guardò attorno. Il salone era stato svuotato. Tra i seggi di legno addossati alla parete, qualcuno ancora cercava scampo, strisciando nell'ombra, mentre gli strigoi davano loro la caccia come gatti che si divertono a tormentare i topi. Con la coda dell'occhio, riconobbe Corsolto d'Altofiume sgusciare fuori dalla stanza a quattro zampe. Il vigliacco la scampava un'altra volta.

«Cosa sei diventata?». La voce affranta di Bonifacio fruscò tra le strida del massacro.

«Una di voi», replicò la bambina. «Anzi, più forte di voi. Posso avere tutti gli elementi solo per me», affermò, in tono cantilenante, come se fosse solo un gioco.

«Hai già preso il mio elemento», ribatté Bonifacio. «Tanto tempo fa. Cosa vuoi, adesso?».

Il Santo Priore ebbe un sussulto, quando la bambina scostò la veste, snudando un pugnale rilucente, che sembrava fatto d'argento. Sulla lama sottile, lunga come tutto il suo braccio, scorreva un cilindro liscio, sormontato da un meccanismo. Wèn puntò l'arma verso il Santo Priore, impugnandola come fosse una pistola, sebbene non fosse né un'arma bianca, né un'arma da fuoco. Non somigliava a nulla che Valka avesse mai visto.

«No».

Per la prima volta, il volto e la voce di Bonifacio mostrarono segni di paura.

«I tuoi fratelli sono molto più deboli di quanto credessi», lo sbeffeggiò la bambina. «Basta chiedere per favore!», aggiunse, inarcando il labbro e facendo scattare il meccanismo sulla lama d'argento.

«Aspetta...», tentò il Priore, ma una vampata esplose sul pugnale, tuonando con un lampo e una nuvola di fumo acre.

Il corpo di Bonifacio fu sbalzato indietro, colpito con

violenza.

Wèn azionò di nuovo il meccanismo e l'arma detonò ancora, aprendo una seconda ferita sul corpo del Priore e buttandolo a terra. La bambina avanzò verso di lui, ratta, con i piedi nudi che sdrucciolavano sul pavimento, e gli conficcò la lama nel petto. Quando l'eco del suo terribile urlo si disperse, Valka sentì un sospiro di disperata soddisfazione sibilare tra le labbra di Wèn. Il Priore era morto.

Il tempo parve fermarsi. La Madre dei Predoni si sentì mancare. Aveva odiato quel vecchio, aveva cercato di ucciderlo lei stessa, eppure, ora che l'aveva visto spirare davanti ai suoi occhi, fu invasa da una tristezza senza nome, come se un pezzo stesso del mondo si fosse estinto per sempre.

La bambina rise di nuovo, abbassando il pugnale insanguinato. La tristezza fu sostituita da una vampata di rabbia. Valka brandì la spada.

«Che vuoi fare?», tentò di farla ragionare Kaisa, ma la sua regina era già partita all'attacco.

Corse verso la bambina dai riccioli rossi.

Gli occhi ambrati si volsero verso di lei, lampeggiando di un bagliore sanguigno che poteva ricondursi a sorpresa o, addirittura, paura.

Valka caricò il colpo, pregustando il momento in cui quella carne candida avrebbe ceduto come burro sotto il filo della spada. Ma si ritrovò a terra, senza sapere bene come.

Due strigoi avvolti nei bianchi mantelli torreggiavano su di lei. Uno le premette un piede sul petto, mentre l'altra scalciò via la spada, ringhiando come un felino.

«Bene, bene, bene», sogghignò la bambina. «Guarda un po' chi si rivede», disse, consegnando il pugnale argentato a uno dei suoi adepti.

Valka provò ad alzarsi, ma uno strigon le sferrò un calcio che la lasciò senza fiato.

«Sapevo che il vecchio porco ti avrebbe convinta», proseguì Wèn, puntando un indice verso di lei. «Ma io so come comportarmi con i traditori».

Allora Valka sentì una fitta alla schiena. Qualcosa sfrigolò sulla sua pelle, emanando una zaffata di carne arrostita. Era la sua pelle che andava a fuoco. Il marchio impresso sulla sua schiena prese a sfrigolare come ferro rovente, facendola urlare.

«Scommetto che saprò essere più convincente di lui. Che ne pensi?», infierì la bambina, godendo della visione di Valka che si divincolava, in preda all'agonia. «Non puoi voltarmi le spalle, sei mia», ridacchiò Wèn. «Sei sempre stata mia».

«Basta!».

L'urlo risuonò tra le arcate e il dolore ustionante cessò. Kaisa avanzò allo scoperto, raccogliendo la spada da terra.

«E questa chi cazzo è? Buttatela giù!», ordinò la strega.

«No!», urlò Valka, ancora intontita dal dolore.

«Aspetta». Kaisa abbassò la lama. «Io ti sono fedele. Ti

sono sempre stata fedele, Wèn», confidò la favorita, avvicinandosi con circospezione.
Gli strigoi radunati attorno a lei esitarono, scrutandola attraverso quei loro occhi vuoti.
«Voglio solo servirti», continuò Kaisa, con voce ferma. «Ho sempre e solo voluto servirti. Meglio di lei», affermò, evitando di abbassare lo sguardo su Valka.
«Kaisa...», la chiamò lei, incredula.
La amava, non poteva credere che la stesse tradendo così.
La bambina inclinò la testa di lato, studiando la favorita con un ghigno divertito.
«Ma davvero?», sibilò, gongolando.
Kaisa si limitò ad annuire, puntando la lama a terra, tra pezzi di vetro e carne.
«Allora uccidila», ordinò la strega, spostando gli occhi ambrati sulla Madre dei Predoni, stesa a terra, inerte. «Ammazza questa puttana e prendi il suo posto».
«No». Valka provò a strisciare, ferendosi le dita tra le schegge.
Gli strigoi si aprirono a semicerchio e Kaisa avanzò, spada in pugno, torreggiando sulla sua regina, la sua amante.
La bambina aveva gli occhi infiammati da un bagliore scarlatto, i denti snudati in una smorfia ferale, mentre la giovane spostava la treccia bionda sulla spalla, preparandosi a sferrare il colpo mortale. Valka si girò supina, insanguinata, dolorante, cercando lo sguardo di

quella ragazza che, per tante notti, era stata l'unica nota dolce in una vita di delusione, morte e amarezza.
«Ti prego, Kaisa. Non devi farlo», implorò.
La favorita prese un profondo respiro.
«Mi dispiace», mormorò, con gli occhi lucidi. «Mi dispiace tanto», ripeté, aggiustando la presa sul lungo spadone. «Ti amo».
Kaisa si voltò di scatto, menando un fendente secco che spaccò in due uno strigon, aprendogli uno squarcio che, dalla spalla, lo dilaniava fino al petto. Il ferro delle stelle sibilò nell'oscurità, recidendo arti e tessuti, mentre, tutt'attorno, le aberrazioni della notte cadevano sotto i colpi feroci della ragazza. Incredula, Valka provò a sollevarsi. Voleva aiutarla, doveva aiutarla. Non fu abbastanza svelta.
Wèn impose la mano e la spada che Kaisa brandiva si accese di un rossore pulsante. L'impugnatura prese fuoco e Kaisa, ustionata, la lasciò cadere a terra, urlando.
Gli strigoi la attorniarono subito, afferrandola per le braccia e tenendola ferma. Valka provò ad alzarsi, ma ricadde carponi, dolorante.
Con il volto deformato dalla rabbia e dal tremendo calore che sprigionava dalle dita, Wèn strinse i denti e arroventò la spada a terra, tanto da farla piegare. Il metallo incandescente pulsò, ammorbidendosi. Con il piede nudo, la bambina sferrò un calcio alla lama rovente, spezzandola in due.

Valka ringhiò, in preda alla frustrazione.

Era impossibile. Non si capacitava di come Wèn fosse diventata così potente; più potente dei Priori.

«Ecco fatto», commentò poi la bambina, osservandosi le unghie, quasi stupita delle sue stesse doti.

«Lasciala andare», implorò Valka, alzando gli occhi sulla sua favorita, intrappolata tra le grinfie di quegli esseri senz'anima. «Fai di me quello che vuoi».

«No!», urlò Kaisa, dimenandosi, ma una mano pallida le tappò la bocca, artigliandole la guancia, e la bambina rise.

«Ti prego», insistette Valka, mettendosi in ginocchio a fatica.

Wèn restò in silenzio per un istante, gustandosi il momento. I suoi occhi ambrati sembravano rilucere nell'ombra come brace.

«E va bene», concesse poi. «La lascerò andare. Ma tu dovrai obbedirmi e mai, mai più, oserai ribellarti a me».

«Lo giuro, farò tutto quello che vuoi. Lo giuro», promise Valka, sconfitta.

«Bene». La bambina si chinò su di lei e le rifilò un buffetto sulla guancia. «Vedi che riusciamo ad andare d'accordo, quando fai la brava...».

Poi si voltò verso i suoi strigoi, in attesa di un suo ordine.

«Lasciatela andare», disse, con un altezzoso cenno del mento.

Valka sospirò di sollievo, ma il fiato si mozzò nella sua

gola. Tutto accadde in un attimo.

Gli strigoi spinsero Kaisa verso la vetrata infranta. Lei caracollò all'indietro, ancorandosi con la punta delle dita ustionate a un frammento dell'intelaiatura di piombo, con i piedi sull'orlo del baratro.

Valka cercò di urlare, ma tutto ciò che uscì dalla sua bocca spalancata fu un ansito strozzato.

«Aiutami», sibilò Kaisa, con i suoi grandi occhi azzurri spalancati per il terrore. Le dita scivolarono sul metallo e perse l'equilibrio, precipitando nel vuoto. Non urlò.

Con le braccia aperte come un uccello che spicca il volo, cadde di schiena, sparendo alla vista di Valka, la lunga treccia sciolta nel vento intriso di fumo. Un tonfo sordo segnalò l'impatto del suo corpo al suolo, contro la dura roccia del promontorio.

Valka guaì come un animale morente, scossa dai singulti, facendo fatica a respirare.

«Oh, poverina», commentò Wèn.

I suoi piedi nudi scricchiolarono sui vetri, mentre camminava attorno a Valka.

«Vedi cosa succede a scherzare col fuoco?», continuò, superba. «Io sono fuoco, e sangue, e vento. Tu...». Wèn le sputò addosso. «Tu sei solo un pezzo di carne vecchia».

Colpì il mento di Valka con una ginocchiata, facendole scricchiolare la mascella e mandandola a terra. Lì, la strega le sferrò una serie di calci allo stomaco, lasciandola agonizzante a terra, spezzata nello spirito e nel corpo.

«Ora vedi di obbedire, da brava cagna. Abbiamo molto lavoro da fare», le disse, prima di voltarle le spalle, frusciando nel suo vestito bianco e immacolato. «Mi farò viva io», si congedò, tirando un calcio alla spada semifusa e ancora fumante.

Uno dopo l'altro, come orribili ombre che si rintanano negli incubi, gli strigoi la seguirono fuori dalla stanza. Le lamie tornarono a fondersi col buio.

Valka restò sola, stesa sul pavimento di marmo disseminato di corpi, mentre fuori la città bruciava fino alle fondamenta. Afferrò la spada di suo padre, anche se l'impugnatura bollente le ustionò la mano. Poi si rannicchiò su se stessa, con le ginocchia al petto, dolorante, senza nemmeno la forza per piangere. Avrebbe voluto essere morta, ma Wèn, nella sua crudeltà, le aveva negato anche quell'ultimo sollievo.

Non si mosse, non osò nemmeno guardare l'orrore che la circondava. Chiuse gli occhi e, come un freddo manto, il sonno la avvolse, mentre un'alba rossa sorgeva oltre l'orizzonte offuscato dai neri vapori. Forse, se fosse rimasta lì abbastanza a lungo, sarebbe morta per le ferite, o di stenti. Valka si lasciò andare, sperando di non svegliarsi più.

La legge della morte
(...rende tutti uguali)

I

Dopo una notte di visioni tormentate, il sole non sorse. Una densa nube offuscava l'orizzonte e la veggente si affrettò a montare in sella, attanagliata da una morsa che le stringeva lo stomaco.
Spronò il corsiero finché l'odore non divenne intollerabile, poi coprì naso e bocca con una sciarpa umida, bagnando le froge della cavalla, per non affaticarla troppo. Anche respirare era difficile.
Il vento spirava dritto verso intramonte, perciò decise di aggirare le esalazioni e seguire il corso del fiume, così da raggiungere la città da solivante. Quando, però, toccò le rive dell'Acquacinta, la sua giumenta rifiutò di abbeverarsi. L'acqua era nera, cosparsa di detriti trasportati dalla corrente. Con l'orrore negli occhi, Averil osservò una lenta sfilata di cadaveri anneriti dal fuoco che scivolavano a pelo d'acqua. Molti dei corpi erano rimpiccioliti, contratti per il calore delle fiamme, ma fu sicura di riconoscere dei bambini galleggiare a faccia in giù nelle correnti torbide.

Cavalcò a passo lento lungo il corso del rivo, puntando verso la colonna di fumo che si innalzava fino al sole del meriggio.

L'incendio ancora non era estinto e i focolai rosseggiavano tra le macerie di pietra come braci pulsanti sotto la cenere. Grifonia era ridotta a una nera distesa di morte, sopra cui torreggiava il profilo annerito e triste della fortezza, le finestre svuotate come le orbite di un teschio.

La cavalla si lamentò, rifiutandosi di proseguire e accasciandosi su un fianco, ansimante. Averil le bagnò il muso con l'acqua pulita che aveva nelle borracce e si costrinse a proseguire, sperando di trovare la bestia ancora viva al suo ritorno.

Con il cuore pesante e le lame sguainate, attraversò il lungo ponte, camminando verso l'inferno. Qualsiasi cosa fosse accaduta in quel luogo, era arrivata troppo tardi.

Indossando l'occhio di Dagar, scandagliò le strade disseminate di corpi e non le fu difficile riconoscere i deformi profili fumanti di alcune lamie.

«Il morbo», mormorò, sotto la sciarpa umida.

Chinò il capo, cercando di concentrarsi, ma le voci nella sua mente tacevano da tutto il giorno e non era semplice ricostruire cosa fosse successo. L'unica cosa certa era che nessuno sembrava essere sopravvissuto. Un'intera città sterminata.

Alcuni cani con la pelliccia bruciata già si nutrivano

delle spoglie arrostite dei cittadini con cui, fino al giorno prima, avevano convissuto. Non appena il fumo si fosse diradato, anche gli uccelli sarebbero accorsi al banchetto. Huginn era già lì, appollaiato sulla cima di un albero arrostito. Salutò la veggente con un verso mesto, poi spiccò in volo per guidarla attraverso le macerie. Evitando i vicoli stretti, intasati dai detriti, e tenendosi alla larga dagli edifici pericolanti, Averil salì verso il promontorio di roccia, intenzionata a ispezionare la fortezza. Forse lassù, tra le spesse mura di pietra, qualcuno era riuscito a scampare al massacro.
"Forse il Priore ha resistito con un manipolo di fedeli", pensò.
La veggente lo invocò nella sua mente, ma sembrava che il fumo levatosi dall'incendio stesse offuscando anche la sua percezione.
Quando si trovò al cospetto del portale che dava accesso al castello, cominciò a temere il peggio: erano spalancate.
Non fece in tempo a chiedersi quale sorte fosse toccata agli uomini della guarnigione; lo sguardo cadde subito su alcuni cumuli di macerie accatastati vicino ad ambedue i portali. La vista dell'occhio dorato le permise di vedere che non erano affatto detriti.
Erano corpi, scomposti uno sull'altro, le spade spezzate, le armature piegate, crani sfondati e arti ripiegati in modo innaturale, come se fossero stati investiti da una forza irresistibile e inumana. Averil

dovette resistere all'impulso di fuggire senza voltarsi. Aggiustò la presa sui suoi pugnali e, prendendo un profondo respiro, si addentrò nella fortezza, avvolta nella silenziosa oscurità.
Il suo corvo Huginn la seguì.

II

"La legge della morte è una sola e ci rende tutti uguali", pensò, quando raggiunse il grande salone.
Uomini, donne, poveri, ricchi, nobili e servitori.
La morte arriva per tutti ed è impietosa con chiunque, anche con chi è immortale. Anche con i Priori. Il corpo inerte di Suonetar giaceva su un tavolo di legno scheggiato. Avvolto nel suo saio nero impregnato di sangue. Il vecchio appariva esangue e Averil notò che i suoi tatuaggi sembravano sbiaditi. Aveva quasi timore ad avvicinarsi a lui. Qualcuno aveva ricomposto la salma, perché il Santo Priore aveva le braccia congiunte e due monete d'argento sugli occhi.
"Che sciocca vecchia usanza, come se lui ne avesse bisogno", pensò.
Averil scattò di lato quando intuì un movimento alla sua sinistra, nella penombra delle arcate. I pugnali sibilarono nel vento che filtrava dalla finestra sfondata, mentre assumeva una posizione d'attacco.
«Abbiate pietà!», implorò una voce, quasi uno squittio.
Dei passi scricchiolarono tra i vetri. Averil si concentrò

sulla vista di Dagar e poté scorgere con chiarezza la sagoma di un uomo incappucciato barcollare verso di lei.
«Fermo dove sei!», intimò, roteando un pugnale.
«Aiutatemi, vi prego!».
«Chi sei? Fatti vedere».
Alla luce del pallido mattino, l'omino si avvicinò con le mani alzate. Mani sporche, ma delicate, di qualcuno che non aveva mai brandito una spada o una vanga. Con dita tremanti, si sfilò il cappuccio, mostrando lineamenti emaciati e una ridicola scodella di capelli. Dal collo gli pendeva un ciondolo a forma di sole a dodici raggi.
«Sei un prete del priorato?», chiese Averil, con un tono che suonava più come un'affermazione.
«Goffredo, sono Padre Goffredo, il vicario del...». La voce gracile fu rotta da un singhiozzo. «Il Santo Priore è morto. È morto... è morto», ripeté, incredulo.
«Ho visto», si limitò a rispondere lei, diffidente.
Non le erano mai piaciuti i preti, a prescindere dalla congrega alla quale appartenevano. La maggior parte di quelli che aveva incontrato aveva cercato di metterla al rogo.
«Come mai sei l'unico vivo?», lo interrogò, lanciando un'occhiata rapida alla sala. Il prete aveva coperto gran parte dei corpi con tappeti, arazzi e mantelli, ma le tracce di sangue e le interiora sparse tra i vetri erano inequivocabili.

«No, no, non sono solo io», rivelò l'uomo, tremante. «Io ero nascosto, mi sono nascosto, che il mondo mi perdoni! Ma ho trovato una persona viva, solo una era ancora viva, una donna».

«Dov'è?».

«Lei... lei è stata risparmiata perché è la Sanguinaria, la discepola del diavolo, ma io l'ho raccolta, le ho dato acqua, l'ho scaldata lo stesso...». Il prete sembrava in preda a un delirio, ma Averil aveva una parola scolpita nella mente, un nome che aveva risvegliato tutte le sue voci. Non facevano che strillare come il suo corvo.

«*Vèibhinn! Véibhinn! Véibhinn! Gridano i lupi alla luna!*».

«Valka la Sanguinaria?», proruppe la veggente. «È viva? È qui?».

Il prete si limitò ad annuire, con lo sguardo sconvolto e confuso.

Con un gesto fluido, Averil rinfoderò i pugnali sulla schiena e si sistemò la benda sull'occhio d'oro.

«Voglio vederla».

III

Se ne stava rannicchiata in un angolo, avvolta in una pelliccia madida. Le trecce incrostate di sangue erano ridotte a grossi nodi che le pendevano ai lati della testa, costellata di tagli e piccole ferite. Il volto era sporco e tumefatto, ma, in quello sfacelo, i suoi occhi grigi ancora brillavano con la mesta luce di un'alba invernale.

Era lei, la donna più temuta di tutto l'Espero: Valka la Sanguinaria.

"Sembra una bambina spaurita", pensò la veggente, chinandosi su di lei.

Aveva visto quella donna tante volte, ma mai di persona.

Le gesta della Madre dei Predoni avevano popolato le sue visioni per anni.

Averil sapeva che erano destinate ad incontrarsi.

«L'ho medicata come ho potuto», riferì Padre Goffredo, accennando alle bende sporche che fasciavano le mani e le ginocchia della donna. «Fate attenzione», si raccomandò poi, mentre Averil scostava le falde della pelliccia. «Non se ne separa mai. Ho provato a prenderla, ma ho rischiato che mi infilzasse...».

Allora Averil notò che Valka stringeva al petto un oggetto scuro e acuminato. Il pomolo a ogiva era intatto, ma la guardia a croce era annerita dal fuoco. La lama era piegata e spezzata, come se un fabbro l'avesse battuta sul maglio con la precisa intenzione di distruggerla.

Valka grugnì come un animale in trappola. Averil alzò le mani, per farle capire che non aveva alcuna intenzione di sottrarle la spada. Sollevò la benda, per osservarla meglio. Alla vista dell'occhio di Dagar, Valka squittì, ma non si mosse. La veggente non lasciò trapelare nulla, se non un profondo sospiro. Conosceva quella spada. Un sorriso le sfuggì dalle labbra, mentre uno stormo di corvi, fuori dalla torre, gracchiava senza posa, in attesa di scendere sulla città per cibarsi dei morti.

Nella sua mente, sentì i fili del destino frusciare, intersecandosi gli uni negli altri. Sotto l'albero del mondo, dove i draghi dormivano, tre vecchie cucivano il grande arazzo, senza posa.

L'aveva trovata.

Dopo tanti anni, eccola lì. Era sempre stata sotto il suo naso. Averil cercò lo sguardo di Valka, sfiorandole il mento con le dita.

«Sei proprio tu», le sussurrò. «Bianca Signora».

Guerra, peste e carestia
(...vanno sempre in compagnia)

I

Lo straniero giunse da intramonte, seguendo i corsi d'acqua, o almeno così si disse, in seguito. I rovesci abbondanti avevano reso la via un pantano fangoso, e una cortina di pioggia ancora indugiava sulle campagne, sferzando le verdi chiome degli alberi.
Il mese Fiorito non era mai stato così cupo e tempestoso.
Da quando la città di Mersica era stata messa sotto assedio, di gente strana ne era passata tanta, da quelle parti, ma mai nessuno bizzarro come quel tizio. I cani del villaggio avevano iniziato ad abbaiare ancor prima che la sua sagoma oscillante fosse visibile in cima alla collina.
L'uomo discese la via deserta in sella a un cavallo nero, protetto da una gualdrappa blu che si sporcava ogniqualvolta gli zoccoli della bestia sciabordavano nel fango. Anche l'uomo indossava abiti scuri, di buona fattura: stivali bassi da soldato, una giubba nera in pelle di bufalo, mantello con cappuccio che gli adombrava il

viso, lasciando intravedere solo la barba incolta, imperlata di gocce di pioggia. Una lunga spada era ben visibile al suo fianco, ma lo sguardo dei bambini che giocavano nelle pozzanghere si soffermò su quella gatta nera che se ne stava appollaiata sulla sella con aria indolente, squadrando tutti dall'alto in basso con occhi verdi e spiritati. Alcune donne si fecero il segno della croce, portando i figli in casa, lontano dallo straniero e dalla sua bestia demoniaca.
Il cavallo bardato si fermò davanti alla locanda.
L'uomo in nero smontò e condusse l'animale nelle stalle.
Tirò una moneta d'argento al garzone, tutto intento a scaccolarsi su una balla di fieno, poi si avvicinò all'ingresso con le bisacce in spalla. Sapeva che, oltrepassata la soglia, gli sguardi di tutti l'avrebbero trafitto come pugnali; quindi, prese un profondo respiro e schiuse la porta di legno borchiato. Come un'ombra sgusciante, la gatta nera s'infilò nella scia dei suoi passi ed entrò.

II

Nemmeno una volta seduto, osò togliersi il cappuccio.
Le occhiatacce e i bisbigli che lo circondavano erano già abbastanza seccanti, non c'era bisogno di mostrare i suoi occhi. Si concentrò sulla birra, fresca e schiumosa, mentre la gatta si accoccolava sul suo grembo,

ronfando. Da quando era entrato, regnava un'atmosfera da funerale e nessuno osava parlare più forte d'un sussurro. Vista l'aria che tirava, aveva scelto un tavolo addossato alla parete, così che nessuno potesse prenderlo alle spalle o muoversi in alcuna direzione senza essere visto.
Era in terra straniera; meglio restare in guardia.
Molti mercenari erano transitati lungo la via, dall'inizio del Primosole, e gli abitanti non vedevano di buon occhio gli stranieri, specie se torvi e armati. Lui, purtroppo, rientrava in entrambe le categorie. Alzò appena lo sguardo quando la porta di legno si schiuse, cigolando. L'odore di pioggia invase il locale. Sulla soglia apparve un uomo tarchiato, con lunghi baffi spioventi e una zazzera di capelli bagnati. Indossava un cappuccio con mantellina color fango. Tutti i suoi abiti sembravano essere della stessa tonalità, o forse era semplicemente ricoperto della melma della strada, difficile a dirsi. Gli bastò dare un'occhiata in giro per riconoscere lo straniero e dirigersi verso di lui, scambiandosi sguardi preoccupati e vaghi saluti con alcuni degli avventori che incrociava. Qualunque affare l'uomo in nero fosse venuto a sbrigare al villaggio, non era un mistero per nessuno.
Il nuovo arrivato si passò una mano sui capelli bagnati e si sedette di fronte a lui, ordinando da bere con un cenno.
«Due Sanguevino».

«Ho già da bere. Grazie», replicò l'altro.
«Ah, ma questo lo deve assaggiare, è il vino migliore di tutto l'Espero».
«Credevo fosse il Fiorcrine».
«Bleah, il bianco, magari. Con il rosso ci puoi sciacquare i piatti, al massimo», affermò l'uomo, tendendo la mano. «Sono Blasco Delmar, Balivo di Colleferro, molto piacere».
«Tristo», si presentò lo straniero, stringendo la mano con vigore.
«Tristo di...?».
«Tristo e basta».
«Non capisco tutta questa segretezza», osservò il balivo, accennando al cappuccio che ottenebrava il volto del suo interlocutore.
Allora, lo straniero svelò il capo con un gesto lento.
Alcune ciocche di capelli umidi ricaddero sulle tempie rasate. Sollevò appena la testa, il volto fu rischiarato dal lume della candela.
«Non volevo turbare i vostri compaesani», si scusò.
Alla vista dei suoi occhi grigi, incorniciati dalle cicatrici scure, Blasco Delmar distolse lo sguardo, soffocando uno squittio. Quando arrivò il calice di vino, ci affondò subito i baffoni, bevendo un lungo sorso.
«Immagino sia un lavoro pericoloso, il vostro», stemperò poi.
«Come tutti i lavori di coltello», scrollò le spalle Tristo.
«Parlate molto bene la lingua occasica».

«Queste sono terre di confine, se vuoi una carica pubblica, allora non puoi parlare solo il volusiano!», rispose il balivo, battendosi il pollice sul petto. «Anche se i burocrati di Olibria si ostinano a scrivere in lingua Imperia. Bah!», sbuffò, sbattendo la mano sul tavolo. «Di questi tempi, dovremmo tutti imparare il frisone, ovvio».

«Mercenari?».

«Sono ovunque», sospirò Blasco. «Questa dannata guerra era l'ultima cosa di cui avevamo bisogno, in un periodo come questo, ma si sa: guerra, peste e carestia...», recitò, con un sorriso mesto.

«Già», asserì Tristo, tracannando la birra. «Com'è la situazione?».

«Beh, da quando Grifonia è bruciata il Patto Nero è caduto qui siamo in balia degli stranieri.» attaccò l'altro «Se un villaggio lungo il fiume non viene saccheggiato dai pirati norreni, ci pensano i pirati moreschi! E se è lontano dal fiume, state certo che saranno i mercenari frisoni a saccheggiarlo!» raccontò il balivo con una risatina isterica «Quando non saccheggiano, si fanno la guerra tra loro. Che il Messia li stramaledica!» Blasco abbassò la voce, sentendosi imprecare «E in tutto questo casino, re Raoul, o meglio, i suoi consiglieri, hanno ben pensato di tentare un colpo di mano e attaccare i comuni non annessi al regno. Mersica è sotto assedio, ma s'è già capito che la guerra andrà oltre il Concarivo, verso Astriona e Cortenzia». Il balivo affogò

un po' di frustrazione nel calice di vino. «Raoul è l'unico re dell'Espero e potrebbe regnare su tutto. Ma è solo un bambino, e mal consigliato, per di più! So che è il mio re e non dovrei dire queste cose, ma una guerra, adesso...». Blasco scosse la testa. «Hanno assoldato dieci compagnie di mercenari frisoni, dieci! E non ci sono i soldi per pagarli, quindi quelli se ne vanno in giro e rubano e stuprano. Un vero disastro. Qui siamo solo contadini, e tra tasse e ruberie, siamo ridotti alla fame».
In quel preciso istante, l'oste arrivò con un vassoio di legno pieno di pane e formaggio, che Blasco attaccò con avidità, riempiendosi i baffi di briciole.
«Capisco», tagliò corto Tristo. «Ho percorso trenta leghe lungo la via dei Mercanti, e lì le notizie viaggiano più in fretta delle merci. Ho saputo quello che è successo dopo la morte del Santo Priore».
«Già. Brutta faccenda, quella». intervenne Blasco. «Qui siamo sempre rimasti fedeli al Messia morto in croce, ma, adesso anche Bonifacio è stato ammazzato; sembra che siamo tutti destinati ad adorare dei martiri! Quindi, qual è il vero Dio immortale, se sono tutti morti?».
«Bella domanda», liquidò la questione l'uomo in nero, che non aveva nessuna intenzione di impegolarsi in un dibattito religioso. «Ma quello che io volevo sapere, balivo Delmar, è come va la situazione con il morbo», puntualizzò, a denti stretti.
Blasco sembrò piovere dal cielo come una cacata d'uccello.

«Ah! Giusto! Sì... giusto», bofonchiò, con la bocca piena di formaggio.
«È per questo che sono venuto qui». Tristo tentò di nascondere la sua impazienza, assaggiando il vino. Forse era davvero buono, ma, da quando era morto, le cose tendevano ad avere tutte lo stesso sapore.
«È vero quello che si dice in giro?», domandò il balivo, con sguardo furbesco.
«Dipende», replicò lo straniero. «Cosa si dice in giro?».
In quel momento, la gatta nera sbucò dietro la schiena di Tristo e gli si arrampicò sulle spalle, puntando i penetranti occhi verdi su Blasco, che restò interdetto per un istante.
«Centinaia di teste», affermò poi, con un sogghigno sulle labbra. «Dicono che avete decapitato e bruciato più di cento lamie, è vero?».
«Non ho tenuto il conto», abbozzò l'uomo in nero.
Il balivo Delmar si fece una sonora risata.
«Lo sapevo! Sapevo che eravate l'uomo giusto! Perché lo fate?».
«Diciamo che è il mio lavoro», semplificò Tristo. «Chi si occupa dei contagiati, qui in Volusia?», domandò poi, mettendo in bocca un pezzo di formaggio.
«Nessuno!», sbottò il balivo. «E tutti quanti!», aggiunse poi, prima di lanciarsi in un'altra invettiva. «Il clero sta cercando di gestire la cosa a modo suo, ma non fanno altro che accendere roghi su cui ci finisce sempre la persona sbagliata!». Blasco svuotò il bicchiere e fece un

gesto all'oste, per farsene portare altro. «Per quanto riguarda il re...», proseguì con amarezza. «I suoi mercenari usano la scusa del morbo per mettere a ferro e fuoco i villaggi e fare i loro porci comodi. So che hanno raso al suolo Poggiorosso solo una settimana fa, a un giorno di cavallo da qui», raccontò, tetro. «Io li tengo tutti lontani finché posso, ma con il conte impegnato nell'assedio...».

«Non vi preoccupate», lo rassicurò Tristo, rigirandosi il calice tra le dita. «La cosa finisce stanotte».

A quelle parole, con un movimento che apparve stizzoso, la gatta saltò giù dalle sue spalle e s'infilò sotto il tavolo, svanendo nell'ombra.

«Bene, d'accordo», tentennò Blasco, preso alla sprovvista.

«Avete idea di dove sia il covo?», lo incalzò Tristo.

«Covo?».

«Di giorno, tendono a rifugiarsi in un luogo buio e umido», spiegò lo straniero, spazientito.

«Beh, sì, forse», replicò Blasco. «Sono sparite un po' di persone, e le tracce sembrano condurre in una miniera, non lontano da qui».

«Dovete portarmici», asserì l'uomo in nero, con un tono che non ammetteva repliche. «Prima che cali il sole».

«Allora sbrighiamoci!».

A quelle parole, Tristo svuotò il calice.

«Vi serve qualcosa?», gli domandò il balivo.

«Una bella stanza e acqua calda».
«Non sarà un problema». Blasco abbassò lo sguardo. «E... per il pagamento?».
«Un cavallo», ribatté Tristo. «Ho solo bisogno di un buon cavallo».
Il balivo sorrise. «Se siete bravo quanto dicono, ce ne priveremo volentieri».

III

Chino sulle bisacce aperte sul pavimento di legno, Tristo caricava la pistola a ruota, girando rapido la chiave nell'ingranaggio.
Aveva solo pallottole di piombo. Sebbene fossero del tutto inefficaci contro gli strigoi, potevano forare con facilità la spessa corazza delle lamie. Conclusa l'operazione, infilò l'arma nella fondina di cuoio e afferrò lo sputafuoco, riempiendo il sifone di mistura incendiaria.
«Devi proprio farlo qui in camera da letto? Quella cosa puzza da morire».
Tristo non si voltò, sapeva che Vesper era nuda alle sue spalle. Da giorni non assumeva la sua forma umana. Sapeva che, se l'avesse guardata, se si fosse avvicinato troppo, non sarebbe riuscito a trattenersi. Non aveva tempo. Non quella sera.
«Ricordami di farne altra», replicò, secco. «È quasi finita, ma serve altro salnitro».
«Mh, in questo posto ne troverai di sicuro», ironizzò lei.

«Domani ce ne andiamo».
«Grazie per aver chiesto il mio parere».
«Non è facile parlare con un gatto».
«Lo sapevo», sbuffò lei, alzandosi. «Quando non scopate, voi uomini diventare intrattabili. Vieni qui».
«Non posso», rifiutò Tristo, alzandosi. «Il balivo Delmar mi aspetta di sotto. Devo andare».
«Sul serio? Fra poco sarà buio».
«Lo so. Ma non possiamo lasciare che mietano altre vittime».
«Sono molto più letali, di notte».
«Lo so».
«Vengo con te», disse lei, andando a prendere i suoi vestiti nel bagaglio.
«Ho bisogno che resti qui».
«Non rifilarmi queste cazzate da uomini. Non sono una donnetta».
«No, ascolta». Tristo la fermò per le spalle e la guardò negli occhi. «Ho bisogno di te qui, al villaggio. C'è di sicuro un famiglio, forse più di uno. Trovalo».
Vesper sorrise.
«E cosa vuoi che ne faccia?».
«Lo sai. Ma fallo in fretta».
«Non mi posso divertire neanche un po'?».
«Ci divertiamo dopo. Quando torno. Promesso».
«D'accordo».
Tristo la baciò, poi raccolse la sua attrezzatura e fece per uscire.

«Perché tutta questa fretta? Cosa c'è di diverso, stavolta? È solo un villaggio come tutti gli altri».

Lui si voltò, sospirando.

«C'è che sono settimane che non ho... sogni», confidò. «Abbiamo ucciso lamie, strigoi, famigli, ovunque ne trovassimo. E dei Priori, nessuna traccia».

Vesper soppesò il suo sguardo, incupendosi.

«Ti mancano i tuoi premi, cagnetto?».

«Possibile che tu non sappia niente?», sbottò Tristo.

«Non alzare la voce con me».

«Scusa».

«Ne so esattamente quanto te. Dopo Striburgo, non ho più percepito Nyx, né qualcun altro dei Dodici».

«Sta succedendo qualcosa».

«Mhm, davvero? Sagace», lo sbeffeggiò lei. «La strega è tornata, un Priore è morto e il morbo è ovunque. Ecco cosa sta succedendo».

«E noi cosa dovremmo fare?».

Vesper si avvicinò di un passo, socchiudendo quegli occhi lunghi e luminosi.

«Quello che abbiamo fatto finora», lo rincuorò, posandogli una mano sul petto. «Ammazziamo quelle cose, ovunque le troviamo. Priori o non Priori, questo è il nostro lavoro».

Vesper schiuse le labbra e lo baciò in modo languido, lento, umido.

«Torna tutto d'un pezzo», si raccomandò poi, rifilandogli una pacca sul culo.

Lui ricambiò.

«E tu non farti notare».

«Impossibile».

«Intendevo... con quel famiglio. Fallo sparire e basta».

«E va bene», sbuffò lei, alzando gli occhi al cielo. «Ma non ti piacerà».

«Cosa?».

«Te lo dico dopo. Ora vai e fai quello che devi». Vesper gli trattenne una mano. «E ricorda: loro non sono più donne, e tu sei il Priore Oscuro».

«Me lo ricordo», rispose lui con amarezza. «Ogni volta che vedo la mia faccia», concluse, chiudendosi la porta della stanza alle spalle.

IV

Blasco Delmar avanzava a passo rapido in sella al suo ronzino, con lo schioppo a miccia al fianco. Tristo non era sicuro che quell'affare arrugginito sparasse ancora; se il balivo ci avesse provato, probabilmente l'arma gli sarebbe esplosa in faccia. Forse quel ferro vecchio era di suo nonno. Costruito male e mantenuto peggio.

Tristo gettò una rapida occhiata alla sua pistola, assicurata alla cintura. Al fianco sinistro gli pendeva la spada, lo sputafuoco era nella bisaccia, l'armatura lo rivestiva come un guanto, dal collo alle caviglie. Aveva tutto. O almeno, sperava.

«Quanto dista, ancora?», domandò al balivo,

affiancandolo sul sentiero fangoso. La prima risposta che ricevette fu il richiamo di un uccello notturno, che berciò uno strano verso dalle fronde degli alberi.

«Un miglio o due, forse meno», replicò Blasco. «Entriamo nella pineta e poi basta seguire il sentiero, non si può sbagliare. C'è una cava di ferro, cioè c'era, tempo fa. Adesso è solo un cunicolo fetido».

«Tornate indietro», consigliò Tristo.

«Cosa?».

«Andate a casa».

«Volete andare lì da solo? Guardate che il mio aiuto...».

«No, invece», lo interruppe lui, brusco. «L'unica cosa che potreste fare stasera è morire».

«E voi invece no?».

«No. Io no», rispose Tristo, voltando il cavallo e proseguendo solo. «Serve un uomo morto, per uccidere cose morte», aggiunse poi, accelerando l'andatura.

«Ma che...». Blasco alzò gli occhi al cielo buio, confuso. «Che accidenti vorrebbe dire?», gli urlò dietro, ma lo straniero era già una sagoma scura tra i pini.

Il balivo imprecò tra i denti, sputò, si pulì i baffoni, indeciso sul da farsi. Poi, sempre brontolando, voltò il ronzino mansueto e se ne tornò al villaggio. Fischiettando, passò davanti alla sua casa, che si ergeva a due piani di fianco alla palizzata, appena passata la porta. I due vecchi della milizia cittadina nemmeno sollevarono lo sguardo dalla loro partita a dadi. Una luce tremolava oltre le finestre; forse sua moglie era

ancora sveglia, ma di sicuro i ragazzi dormivano già. Soffocando il lieve senso di colpa che lo punse sulle chiappe come una formica, Blasco decise di andare a farsi un altro goccetto. Quando fu davanti alla taverna, gli venne in mente che sì, avrebbe dovuto attendere sveglio finché lo straniero non fosse tornato, a lavoro compiuto. Quindi, era più che autorizzato a farsi una bevuta. "Dopotutto, è sempre lavoro", pensò. A quell'ora, i tavoli erano mezzi vuoti.
«Sempre i soliti quattro ubriaconi e...». Il borbottio gli morì in gola.
C'era una donna seduta a un tavolo, sola, e non era una donna qualsiasi. Blasco non ne aveva mai vista una così, non da vicino, quantomeno.
Non era solo per la pelle di porcellana, i capelli scuri, lisci e lucidi, quegli occhi brillanti e misteriosi. Era per come si muoveva, forse, o il modo in cui sedeva a gambe incrociate, sorseggiando del vino da un calice di vetro. Dove l'oste avesse rintracciato una tale rarità, in quel tugurio di taverna, Blasco non avrebbe saputo dirlo.
Restò immobile come un idiota, studiando gli abiti della donna, per capire se fosse di nobili natali. Di certo non era povera: indossava stivali da cavallo, alti fino alle cosce, brache aderenti di cuoio morbido e un farsetto nero sotto il quale si intravedeva una camicia verde, orlata di pizzi e merletti. Erano abiti pregiati, non troppo diversi da quelli che aveva visto indossare ad

alcuni capitani di ventura della Frisia.
Anche lei doveva essere straniera, perché a nessuna brava ragazza volusiana, timorata del Messia, sarebbe mai stato permesso di andarsene in giro vestita così, con abiti aderenti, dal taglio maschile. Tutti sapevano che era peccato, eppure quella donna li indossava con disinvoltura, come se fosse la cosa più normale al mondo.
A parte il pugnale alla cintura, non portava armi, e Blasco si guardò attorno per capire se avesse una scorta da qualche parte nella taverna.
Non scorse nessun'altra faccia sconosciuta, ma la donna scorse lui. Gli piantò addosso quegli occhi verdi che gli fecero subito asciugare la bocca. Bisognava porre rimedio. Fingendo di non averla fissata per tutto quel tempo, si avvicinò al bancone e ordinò da bere.
«Il solito».
Lei lo stava ancora fissando, mettendolo a disagio.
Blasco la sbirciò appena con la coda dell'occhio e subito distolse lo sguardo. Sì, stava guardando proprio lui. Abbozzò un sorriso e lei ricambiò, mettendo in mostra una fila di denti bianchi e, in qualche modo, animaleschi.
Dopo anni di matrimonio, infilandosi nel letto freddo con quella megera arcigna che si era sposato, la vista di una donna così lo sconvolse.
Si sentì sottosopra, tanto da azzardare un timido: «Salute!». Lo disse nella lingua dell'occaso, alzando il

bicchiere.

La donna rimase in silenzio, ma parlò con gli occhi, sollevando appena il suo calice trasparente.

Dall'altra parte del bancone, l'oste lo punse con un piglio curioso.

«Chi è?», domandò Blasco, sottovoce.

«Se non lo sai tu che sei il balivo», rimbeccò l'altro, tappando la bottiglia e lasciandola sul bancone.

"Giusto", rifletté Blasco, tra sé. "Sono il balivo e ho tutto il diritto di andare in giro a fare domande!".

«Buonasera!», esclamò poi, sfoderando il suo miglior sorriso. «Permettetemi di darvi il benvenuto a Colleferro!». Mosse un passo verso il tavolo della donna.

Lei lo studiò sottecchi, ostinandosi a non parlare e costringendolo a fare un ulteriore sforzo per non sembrare un completo imbecille.

«Sono il balivo Blasco...».

«Delmar», concluse lei, in tono secco. «So chi siete».

La sua voce era musicale, un po' nasale ma piacevole, con una nota roca che la rendeva più seducente. Più che dal timbro, tuttavia, il balivo fu colpito dalle parole che aveva pronunciato. Restò di stucco e si sedette al tavolo senza nemmeno chiedere il permesso, tenendo il bicchiere in una mano e la bottiglia nell'altra. Non poté fare a meno di notare quanto gli occhi della sconosciuta fossero ancora più luminosi e ammalianti, da vicino.

«Prego», commentò lei, quando Blasco si sedette, poi

svuotò il calice in un sorso e glielo porse.
Quasi incantato, il balivo lo riempì, poi bevve e versò il vino rosso anche nel proprio bicchiere di stagno.
«Posso sapere il vostro nome? Damigella?», domandò poi, trovando sicurezza nel lisciarsi i baffi.
«Vesper», rispose lei.
«Vesper di...?».
«Di nessun posto e di tutti. Non sono una nobile, se è questo che vi interessa».
«Allora chi vi manda?».
«Una donna non può andare in giro da sola? Agire di sua spontanea volontà?», lo provocò lei. «Ah. No. Non da queste parti».
"Che il Messia mi stramaledica", pensò Blasco. Prima lo straniero con le cicatrici e ora questa donna con gli occhi da gatta. "Che razza di giornata!", pensò, ma invece disse:
«Posso sapere cosa vi porta da queste parti?».
«Mhm... ci sono un sacco di cose interessanti, da queste parti».
«Davvero? Tipo?».
«Tipo la guerra... il morbo».
«Non le definirei proprio interessanti».
«Ah no? Eppure, ci sono molte persone che si stanno arricchendo: mercenari, ladri, preti. Ognuno sta sfruttando gli eventi a proprio vantaggio, a scapito di villaggi come il vostro».
«Non finché lo proteggo io», tentò di pavoneggiarsi

Blasco, ma lei sorrise, quasi imbarazzata per la sua spavalderia.

«Quanto a lungo pensate di poter proteggere questa gente?», chiese Vesper. «Non siete nemmeno in grado di difendere la vostra casa».

«Cosa?».

«Quanti contagi avete avuto, in zona?».

«Una dozzina, ma nessuna di quelle cose schifose si è anche solo avvicinata a casa mia!», si irrigidì il balivo.

«Cose schifose. Mhm», osservò lei, freddandolo con un'occhiata dura.

«Sì, quelle cose, voglio dire! Il morbo, quello che fa alle persone, è spaventoso!».

«Non è spaventoso. È triste», lo contraddisse lei.

Vesper svuotò il bicchiere e lo allungò verso il balivo per farselo riempire ancora, poi proseguì:

«Le prime vittime sono le famiglie. Come la vostra».

«Cosa c'entra la mia famiglia con...».

«Conoscete quel racconto?». Vesper non lo lasciò parlare. «Quello del fattore?».

«Non credo di averlo mai sentito», mormorò Blasco, per metà incantato e per metà irritato.

«È accaduto in una fattoria non molto lontana da qui, durante la scorsa epidemia», iniziò Vesper, distendendo lo sguardo fuori dalla finestra. Nonostante il vetro fosse spesso e irregolare, nonostante l'oscurità regnasse fitta sul mondo, lei sembrava poter vedere lontano, nel tempo e nello spazio.

«Ci viveva un fattore, con la moglie e due figli. Un maschio e una femmina, allevati con grandi sofferenze», continuò la donna. «Dietro la casa, sotto a un olmo, c'erano le tombe di altri tre bambini, morti in fasce. La madre aveva sofferto molto, e il fattore aveva ammorbidito la terra con le sue lacrime. Eppure, erano sereni, perché il loro primogenito era quasi un uomo e la figlia ormai una fanciulla. Entro qualche anno, avrebbe potuto sposarsi e, forse, il fattore avrebbe avuto la famiglia numerosa che aveva sempre desiderato, altri ragazzi forti per aiutarlo a lavorare la terra».

«A questo punto, immagino, arrivi il morbo a rovinare tutto», fece Blasco, arrogante.

«No, niente affatto», lo troncò Vesper. «L'epidemia era ancora lontana, nessuno sapeva cosa fosse il morbo. Le città e i villaggi erano animati da mercati e fiere, la gente si abbracciava, si stringeva la mano, senza squadrarsi con sospetto», ricordò. «Fu così che il padre portò il figlio alla fiera, per vendere merci e trovare un po' di svago: c'erano chiromanti, attori, musici, mangiafuoco». Vesper si bagnò le labbra col vino. «Nessuno sa per quanto tempo il padre perse di vista il figlio, da chi o cosa il ragazzo sia stato attirato. La sola cosa certa è che, quando tornò alla fattoria, era cambiato.»

«Cambiato come?».

«Non era comprensibile a prima vista. Non erano né il suo aspetto, né le cose che diceva a renderlo diverso»,

rispose Vesper. «Sottopelle, dove il pensiero cosciente non arriva, un veleno già si insinuava nel suo cuore, portandogli sogni neri e pensieri ancora più bui. In qualche modo, la sua mente e il suo corpo non erano più suoi».
«E di chi?», chiese il balivo, catturato dal racconto.
«Sai cos'è un famiglio?».
«Una di quelle... cose?», tentò Blasco, incerto.
«Il famiglio è il primo tassello del contagio», spiegò Vesper. «Sono ragazzi giovani, di solito, maschi. Vengono morsi da uno strigon».
«Un che?».
«Voi, qui, li chiamate *striges*».
Il balivo si fece il segno della croce.
«Qualche giorno dopo il morso, cominciano a mutare», raccontò Vesper. «A poco a poco, finché non è troppo tardi, e fanno strane cose».
«Che si intende per strane?».
«Alla fattoria, iniziò con delle bestie morte. Sembrava che un qualche tipo di lupo le avesse... bevute. Dopo le pecore, fu il turno delle vacche, finché il ragazzo non cominciò a vomitare sangue».
«Orribile».
«Gli animali non bastavano più. Ma i genitori non collegarono le cose. Pensavano che una maledizione si fosse abbattuta sulla fattoria e, in qualche modo, avevano ragione». Vesper fece una pausa, ravviandosi i capelli corvini. «Quella stessa notte, il ragazzo fece

visita alla sorella. E quello che i genitori trovarono il giorno dopo, mhm... non trovarono molto, di lei», osservò Vesper, scuotendo appena il capo.

«Che le ha fatto?», domandò il balivo, impressionato.

«Fatta a pezzi e mangiata rende l'idea».

«Per il Messia!».

«Già. Credendo che il ragazzo fosse posseduto da un demone, il padre lo incatenò nel capanno, ma dovette allontanare tutti gli animali, perché muggivano e si terrorizzavano solo a sentire il suo odore».

Prima di continuare, Vesper frugò nella scarsella e ne estrasse un sacchetto colmo di foglia da fumo e cilindri di carta. Com'era moda tra i mercenari frisoni, prese a rollarsi una sigaretta usando una cartuccia d'archibugio svuotata. Blasco la guardò con la bocca mezza aperta mentre lei tirava fuori la lingua per chiudere la carta con la saliva.

«Fu fatto venire anche un prete», proseguì lei, accendendo la sigaretta sulla candela. «Poi una guaritrice, poi altri ciarlatani. Nessuno sapeva cosa fare e il ragazzo era sempre più debole, nonostante gli sforzi per nutrirlo. Solo un cibo poteva salvarlo. Sangue umano. E cosa non sarebbe disposta a fare una madre per un figlio?».

«No...», si lasciò sfuggire Blasco.

«Sì». Vesper bevve del vino e il fluido rosso le fluì tra le labbra in modo sinistro. «Abbeverò il figlio col suo stesso sangue. E così si condannò. Il ragazzo

sopravvisse solo pochi altri giorni e lei contrasse il morbo».
«Che ne fu del fattore?».
«Dopo aver sepolto i suoi figli, fu costretto a guardare sua moglie piangere sangue, perdere gli occhi e riempirsi di pustole. Ma restò al suo fianco, fino alla fine, anche quando lei, senza ormai più un volto, lo attaccò nel cuore della notte e gli squarciò la gola».
«È spaventoso...», mormorò il balivo, lasciando vagare lo sguardo sulle macchie incrostate che rovinavano il tavolaccio di legno. In quel breve silenzio, fu come se una voce interiore gli chiedesse quali fossero i suoi sentimenti. Non poté che rispondere:
«E triste».
Vesper annuì, emettendo una sorta di miagolio mentre il fumo le usciva dalla bocca.
«Tutte le storie dell'orrore, in realtà, nascondono una tragedia», spiegò. «Le tragedie per eccellenza sono quelle che distruggono le famiglie, e questo morbo è così. Tramuta l'amore in debolezza, le famiglie in trappole da cui nessuno esce vivo. Famiglie come la tua».
«Ora basta», si spazientì il balivo. «Non so chi tu sia o cosa voglia, ma non mi piace che si parli della mia famiglia. Mi stai minacciando?».
«Ti sto solo mettendo in guardia. Devi essere forte».
«Cosa?».
«Il figlio del fattore. Quello della storia», rivelò Vesper,

guardandolo negli occhi. «Tuo figlio è come lui. Devo prenderlo, prima che sia troppo tardi».
Blasco si lasciò sfuggire una risata sardonica.
«Devi essere pazza, donna. Tu non prenderai proprio niente».
Allora Vesper afferrò la mano del balivo e le parole gli morirono in gola.
«Non essere cieco, o tutte le donne del villaggio lo diventeranno, letteralmente», disse, spegnendo la sigaretta sotto lo stivale. «Devo andare».
«Tu non vai da nessuna parte, se non in gattabuia». Blasco Delmar si voltò verso l'oste. «Va' a chiamare la milizia, presto!».
Il balivo distolse lo sguardo da Vesper solo per un battito di ciglia. Quando tornò a guardarla, lei era sparita. Incredulo, si alzò di scatto, attirando gli sguardi degli altri avventori. Setacciò con gli occhi ogni angolo della taverna. Sembrava essersi tramutata in nebbia.
«Non è possibile!», esclamò, con la fronte sudata.
Blasco iniziò a imprecare, ignaro della gatta nera che, sgusciata fuori da un'imposta socchiusa, stava già saltellando verso casa sua.

V

Arrancò fuori dal cunicolo con il fuoco al culo. Letteralmente.
Se l'era vista davvero brutta, stavolta. Aveva rischiato di

finire disintegrato come una zucca usata per il tiro al bersaglio. Tossì, rotolandosi a terra per spegnere le fiamme che gli lambivano i pantaloni.

«Fanculo», ringhiò. Erano nuovi.

Tristo aveva strisciato lungo la galleria con le armi spianate e la lanterna appesa alla cintura. Come previsto, le lamie erano raccolte a grappolo nel posto più buio e freddo della vecchia miniera, con il respiro ansimante come il rantolo di un moribondo. Essendo completamente cieche, non l'avevano visto arrivare. Grazie all'unguento che gli aveva preparato Vesper, non avevano potuto sentire il suo odore. O meglio, l'avevano sentito, scambiandolo per l'afrore di un qualche animale.

«È così che le bestie comunicano tra loro», aveva detto Vesper.

«Tu ne sai qualcosa», aveva risposto Tristo, così lei l'aveva colpito sul braccio, ridendo, ed erano finiti a rotolarsi sul letto.

Erano passati mesi, da quando la creatura della notte era entrata nella sua vita. Era già morto, ma, quando stava con lei, sentiva qualcosa che, un tempo, avrebbe chiamato amore.

Non aveva mai osato dirglielo, anche perché ogni volta che andava a caccia di quelle cose, rischiava di non tornare.

Sembrava che le lamie cominciassero a capire che non potevano ucciderlo come un uomo qualsiasi, quindi lo

attaccavano in modo diverso, sistematico, cercando di sopraffarlo in gruppo, decapitarlo, smembrarlo. Aveva cominciato ad adottare una tattica diversa, cercando di coglierle di sorpresa. Questa volta ce l'aveva fatta. Stavano dormendo.
Non che quella specie di veglia, tutte strette le une alle altre in un groviglio di deformità, si potesse definire sonno. Sembrava più una stasi.
Stanchi viandanti che socchiudono gli occhi in piedi al crocevia.
In genere, bastava un nulla per farle trasalire, e Tristo era stato attento a non calpestare le ossa umane sparse tutt'attorno. Invisibile, silenzioso e inodore, il Priore Oscuro aveva imbracciato lo sputafuoco, osando appena respirare. Il grumo di carne era divampato al primo getto di fuoco sacro.
Tra le strida inumane delle creature in fiamme, Tristo aveva svuotato il sifone, ma non era bastato. Alcune lamie gli erano corse incontro, torce urlanti. Ne aveva abbattuta una con la pistola e un'altra con la spada, poi tutto era andato a fuoco.
Il balivo avrebbe dovuto avvisarlo. O forse nemmeno lui lo sapeva.
In ogni caso, usare fiamme libere in fondo a una miniera era una pessima idea. Avrebbe dovuto pensarci da solo. Tutti sapevano che i minatori si portavano sottoterra uccellini in gabbia per avvisare di eventuali fuoriuscite di vapori tossici. La puzza di zolfo lo aveva

messo in allarme, ma solo quando aveva visto un muro di fuoco avanzare lungo il tunnel come acqua che trabocca da un pozzo, Tristo si era voltato e aveva cominciato a correre. Alcune lamie in fiamme lo avevano inseguito, urlando in modo agghiacciante. Poi, la galleria era esplosa.
L'aria si era come compressa di colpo per poi espandersi, come l'onda di una mareggiata. Il boato lo aveva spinto a terra, la fiammata gli aveva artigliato i polpacci, mentre schegge di pietra volavano sopra la sua testa come una fitta salva di frecce. Per fortuna, indossava elmo e armatura.
Una volta fuori dalla miniera, spente le fiamme sul retro dei calzoni, restò seduto a guardare il fumo levarsi dal sottosuolo.
La notte era scesa e, sopra le ampie cime degli alberi, non si riusciva a scorgere altro che nero. Presto, la luna lo avrebbe guidato lungo la strada verso il villaggio, ma doveva essere sicuro che il covo di lamie fosse ripulito. Dubitava che qualcuna di quelle cose fosse sopravvissuta all'esplosione, ma era meglio non lasciare nulla al caso.
Si alzò, dolorante, trasse un profondo respiro e aggiustò la presa sulla spada, mettendosi a guardia dell'ingresso. Non vide nulla. Non sentì nulla.
Il silenzio era totale. Così tanto da consentirgli di udire un lieve stridio alle sue spalle, appena in tempo.
Si voltò di scatto e, d'istinto, arcuò la schiena

all'indietro per evitare una sciabola che correva dritta contro la sua gola. Senza nemmeno rendersi conto di ciò che stava accadendo, si ritrovò coinvolto in una serrata schermaglia, costretto a parare ed evitare colpi e fendenti.

La lama dell'avversario strideva e fischiava, molto veloce e, non fosse stato per l'armatura, Tristo avrebbe cominciato a sanguinare.

Saggiata la sua difesa, l'avversario si concesse una pausa, prendendo un po' di distanza, così il Priore Oscuro riuscì a osservarlo.

Non era un uomo, né una donna. Non era umano. Anche se forse, un tempo, lo era stato. I suoi occhi brillavano come il cielo bianco visto dal fondo di una tomba buia.

«Quale immenso onore», sibilò lo strigon, con una voce sottile e roca, né alta né bassa, ma sibilante, simile al suono della sua sciabola affilata.

L'elsa era aguzza, protetta da un guardamano frastagliato.

Tristo non aveva mai visto un'arma del genere.

«Mi aspettavo di più, dal celebre Priore Oscuro», continuò lo strigon, in tono sprezzante, muovendosi di lato come un lupo pronto ad attaccare. «Invece sei solo un cadavere in decomposizione che, per un malaugurato caso, ancora cammina».

Tristo non rispose, studiando l'avversario per individuare dei punti deboli. Indossava uno strano

pastrano smanicato, con spacchi laterali. Sotto, si intravedevano le giunture di un'armatura brunita a lamine sovrapposte. Non sarebbe stato facile trovare un varco, tanto più che il metallo della corazza sembrava fondersi con le sue carni, in un raccapricciante innesto di viti e ferite deformi.
Tristo cercò la pistola con la sinistra, ma la lasciò nella cintura. Sapeva che era scarica.
«Chi diavolo sei?», domandò, cercando di prendere tempo.
«Diavolo è di certo un bel complimento», chiocciò l'altro, con un sogghigno a deformagli il volto pallido e segaligno, seminascosto da un alto elmo a ogiva. La sua buia figura, nell'insieme, appariva tagliente e aguzza, un tutt'uno con quella spada che Tristo non aveva ansia di affrontare.
Doveva riprendere fiato, ma il suo avversario non intendeva certo negarglielo. Sicuro della propria superiorità, si presentò, chinando leggermente il capo.
«Il sono Astaroth. Ricorda questo nome, perché sono colui che ti ucciderà».
«Per me sei solo uno strigon come gli altri», grugnì Tristo, con disprezzo.
«Questa parola è così riduttiva», si lamentò l'avversario. «Siamo stregoni, siamo guerrieri, siamo dèi!».
La sua lama saettò verso Tristo, rapida e letale, ma lui riuscì a parare, attento e ben piantato sulle gambe.
«Qualsiasi cosa siate, è divertente uccidervi», rispose il

Priore Oscuro, lanciando la sfida.

Il volto dello strigon, liscio in modo innaturale, sembrò contrarsi in una smorfia offesa.

«Hai distrutto il mio covo, ho visto. Ma non preoccuparti, ce ne sono molti e molti altri, in ogni dove», ricambiò Astaroth, tentando un affondo con la sciabola che andò a vuoto.

«Bene», disse poi, continuando a girare in tondo. «Sarebbe piacevole restare qui a parlare ancora, ma temo che ora avrò il piacevole compito di farti a pezzi».

Terminata la frase, senza nemmeno un respiro, Tristo fu subissato di colpi feroci, che parò a stento, arretrando e cedendo terreno. Lo strigon stava puntando alle braccia, alle gambe, al collo. Erano attacchi facili da parare, ma era una brutta sensazione sapere che il suo avversario stesse cercando di mutilarlo, di metterlo fuori combattimento un pezzo alla volta.

Tristo tentò un contrattacco, alternando una serie di colpi a delle finte, ma la guardia di Astaroth resse, solida e precisa.

Non avrebbe saputo dire da quanti secoli quel bastardo camminasse sulla terra. Di certo aveva avuto molti anni a disposizione per diventare uno spadaccino migliore di lui. Non poteva batterlo, e lo sapeva.

Attaccò, cercando di tenerlo sotto pressione. Provò una falciata bassa ma lo strigon saltellò via come se la gravità non avesse effetto su di lui. Quasi sospeso a mezz'aria, con le braccia aperte, sferrò un calcio in faccia a Tristo, scalzandogli l'elmo dalla testa; il soggolo era slacciato.

La sciabola precipitò su di lui e la lama gli scivolò tanto vicina da sentire il freddo del metallo. Era riuscito a evitare il colpo, per un pelo, anzi, un capello.

Una ciocca, recisa di netto dalla sua testa, ondeggiò nel vento come un fiocco di polline, prima di disperdersi nella notte.

«Quello è il primo pezzo che mi prendo», sibilò Astaroth, da sotto l'elmo.

Lo strigon fece una finta, seguita da una piroetta, attaccando alla sinistra, poi dall'alto, montante da sotto, affondo. Più e più volte la sua lama colpì l'armatura di Tristo, che lo protese così come il Priore Ahti aveva promesso. Ma non era in quel punto che lo strigon stava cercando di colpirlo.

Alla fine, la sua lama trovò un passaggio e gli aprì un lungo taglio dietro la coscia. Il Priore Oscuro cominciò a sanguinare e a zoppicare.

Se non avesse scartato all'ultimo, quel colpo gli avrebbe staccato la gamba. Era davvero la fine.

Tutta quella strada, tutte quelle rivelazioni, fatiche, prove, solo per essere maciullato da un mostro con un nome da principe.

Era già morto, certo. Ma la paura del dolore era più forte.

Strinse i denti e attaccò, presto rendendosi conto che

tutti i suoi colpi andavano a scalfire la corteccia dei pini. Era lento. Era stanco. Era ferito.

Quando Astaroth tornò all'attacco con la sua granellata di colpi, al primo taglio se ne aggiunsero altri. Sulla guancia, al polpaccio.

Tristo resisteva, curvo su se stesso, trascinando la gamba ferita. Parò un fendente, schivò un colpo dritto alla gola, ma la sciabolata di ritorno colpì l'elsa della sua spada. Le lame stridettero una contro l'altra, mentre lo strigon spingeva, ringhiando. Con entrambe le mani, si aggrappò all'arma, usando tutta la forza che aveva per respingerlo. Si trovò faccia a faccia con il nemico, scrutando in quell'iride chiara e baluginante come la luna. Astaroth schiuse le fauci e ringhiò, mostrando i denti acuminati.

Come se un velo di nebbia si fosse dissolto, Tristo vide le sue vere sembianze attraverso ciò che sembrava una maschera di ghiaccio. Fu come guardare un orrendo insetto attraverso il fondo del bicchiere.

Racchiuso nei guanciali di metallo dell'elmo, non c'era più quel viso lungo e nobile, bensì un grumo di carne raggrinzita attorno a quel sorriso che si apriva da orecchio a orecchio. Non v'erano naso né palpebre, ma soltanto quei fuochi fluttuanti e pallidi che ardevano nelle orbite vuote. La visione così improvvisa lo fece vacillare. Usando il guardamano irto di rostri, lo strigon agganciò l'elsa della sua spada, strappandogliela di mano.

Una testata gli esplose sulla fronte e Tristo si ritrovò schiena a terra.
Su di lui, con il pastrano scosso dalla brezza, torreggiava il nemico invincibile. La sciabola ricurva roteò in aria. Con entrambe le mani, Astaroth la alzò sopra la testa, pronto a infliggere il colpo finale.
«È stato più facile del previsto. Soprattutto, più divertente».
Il Priore Oscuro boccheggiò, non provò ad arretrare, non chiuse gli occhi. Se quella doveva essere la sua fine, l'avrebbe affrontata da cavaliere.
L'aria vibrò. Ecco il fendente che lo avrebbe decapitato.
Boom.
La sua testa era ancora attaccata al collo.
Brandelli di carne gli erano piovuti addosso, sangue nero gocciolava tra l'erba. Sembrava che il petto di Astaroth fosse esploso.
«Sparate!», tuonò una voce, e al primo sparo ne seguirono altri.
Lo strigon fu investito da una tempesta di piombo, che si impiantò nelle carni e tintinnò sull'armatura, forando il metallo.
Arretrò di un passo, ma Tristo sapeva che quelle armi non potevano ucciderlo. Il suo avversario era ancora pronto a colpirlo, doveva agire in fretta. Rotolò di lato, evitando il colpo. Raccolse la spada tra gli aghi di pino. Urlando per lo sforzo, la paura, la frustrazione, infilò la lama nel ventre dello strigon, trapassandolo da parte a

parte.

Gli occhi luminosi si piantarono su di lui.

Un ringhio raggelante si sprigionò da quel volto informe, mentre il lucore in fondo al pozzo delle sue iridi si spense a poco a poco.

Altri spari echeggiarono nel bosco. Astaroth cadde a terra e non si mosse più. Tristo cercò di riprendere fiato. Incredulo di come avesse fatto a sfuggire alla morte, ancora una volta.

«Come state? Tutto bene? Riuscite a camminare?».

Si trovò di fianco il faccione sudato di Blasco Delmar, che imbracciava il suo schioppo fumante. Quell'arnese aveva funzionato, dopotutto.

Anzi, gli aveva proprio salvato la pelle.

Alcuni uomini armati di schioppi e archibugi si radunarono attorno al cadavere dello strigon. Increduli e schifati, osservarono il corpo che si assottigliava, polverizzandosi in un concerto di sinistri scricchiolii.

«Chi era, quello?», domandò il balivo.

«Uno strigon».

«Ce n'era un altro, al villaggio», rivelò Blasco, angosciato. «Una donna dagli occhi inquietanti. Le stavamo dando la caccia».

«Siete arrivati giusto in tempo. Grazie», disse Tristo, alzandosi. «Ma non credo ce ne siano altri, da queste parti», ansimò poi, asciugandosi il sangue dal viso.

«Siete sicuri che quella donna fosse una di loro?».

Sapeva che il balivo stava parlando di Vesper. Qualcosa

doveva essere andato proprio storto.

«Era una di loro. Ne sono sicuro, è sparita nel nulla sotto ai miei occhi», insistette Blasco. «Quella maledetta ha preso mio figlio».

Lauma

Sotto la volta di rami ritorti, il lucore lunare filtrava appena, disegnando una variegata mappa di chiaroscuri che animava il sottobosco. Il silenzio era irreale. Non si udivano uccelli cantare, né bestie sgusciare tra gli alberi. Con gli stivali che frusciavano sul terreno ricoperto di aghi secchi, il Priore Oscuro avanzò nella notte, quasi cieco, eppure consapevole del cammino che stava prendendo. Non aveva bisogno di vedere. L'istinto lo guidava, o meglio, il richiamo.
Sentiva quel fischio alle orecchie che lo intontiva ogni volta, quando uno dei Dodici gli faceva visita. Eppure, c'era qualcosa di diverso. Un'inquietudine più marcata, come se un senso di urgenza gli suggerisse di sbrigarsi. Accelerò il passo, o almeno così credette, ma ebbe la sensazione di fluttuare a un palmo da terra, sorvolando l'ingresso crollato della miniera per atterrare nella radura in cui era quasi morto.
L'orrida testa di Astaroth, ancora calzata nell'elmo aguzzo, era infilzata in una radice che spuntava dal suolo. Tristo avrebbe voluto prendersi un trofeo, ma il corpo dello strigon si era polverizzato prima che potesse farlo. Le ossa e i muscoli erano stati sciolti dalla

forza di tutti quei secoli che solo la stregoneria aveva potuto ingannare.

In quel momento, capì che, se il perfido ghigno di Astaroth era lì di fronte a lui, nulla di ciò che lo circondava era reale.

Avrebbe dovuto sentirsi rilassato, al sicuro. Tuttavia, la consapevolezza di essere in una delle sue visioni, questa volta, non lo consolò. Un'ombra sembrava aleggiare sul suo cuore, un peso che gli rendeva più faticoso respirare, come se l'aria fosse più densa. Erano mesi che non riceveva un contatto dai Priori e molti dubbi si erano affollati nella sua mente.

«Ti stavo aspettando», disse. «Chi sei?».

L'intero bosco rispose al suo tono di sfida.

I pini attorno a lui muggirono e caddero, schiantandosi al suolo con paurosi tonfi. Le radici si contorsero, sollevandosi, e il terreno parve rivoltarsi come un vasto tappeto. Dall'informe ammasso di vegetazione divelta, un'immane figura si aggrovigliò su se stessa, in un intreccio di rami nodosi, ceppi ed edere cadenti. Il legno perse la sua rigidità, arcuandosi e crescendo, delineando i contorni di una bestia piantata sulle quattro zampe.

Le radici erano massicci artigli e i tronchi erano arti in movimento. La volta di foglie si distese, disegnando contro il cielo il profilo di due grandi ali traslucide. Due occhi ambrati come quelli di un'antica civetta si schiusero nel buio, coronando un becco rivestito di corteccia e frastagliato da lunghi muschi spioventi. Il capo affilato era sormontato da un palco che univa la nobiltà del cervo alla tetraggine di un albero morto.

Il drago di legno torreggiò su di lui per un istante, scricchiolando come un'intera foresta agitata da un forte vento.

Bastò un alito di brezza notturna affinché il colosso venisse svuotato della sua vitalità, tramutandosi nella suggestione che si annida tra gli antichi alberi di un bosco notturno. Dalla penombra tra le fronde e il chiar di luna, una regina si fece avanti, camminando a piedi nudi tra gli aghi di pino.

«Sono Lauma, Prioressa di Legno e Guardiana delle Foreste», sussurrò una voce, dura come una quercia ma cristallina come l'acqua di fonte. «Giungo da te ora, poiché non è stato facile raggiungerti prima».

Tristo porse un inchino, sfruttando il momento per osservare meglio quell'essere prodigioso. La pelle era del colore del frassino, percorsa da lunghe venature che sembravano dipingere occhi su tutto il suo corpo, come accade alla coda del pavone.

Non indossava altro che muschio e veli di edera.

Sul viso da civetta, le iridi tonde e gialle erano smisurate, il naso piccolo e adunco, la bocca quasi impercettibile. I capelli sembravano crespi licheni ed erano tenuti composti da una corona ottenuta da corna di cervo.

Di tutti i Priori che aveva visto, Lauma aveva l'aspetto

più bizzarro.

«Che sta succedendo?», domandò poi.

«Astaroth è morto», ribatté la Prioressa. «Da migliaia di anni, quell'essere strisciava come una serpe tra i miei alberi, prendendo ciò che voleva e uccidendo come un lupo. Sono qui per darti la tua ricompensa, fratello».

«Sorella», il Priore Oscuro scosse la testa, fissandola negli occhi dorati, «che sta succedendo?».

Con un gesto misurato, Tristo sfilò la testa dello strigon dalla radice. «Ho ucciso altre di queste cose, prima di stanotte, e non è venuto nessuno», ricordò, gettando l'orrore decapitato ai piedi di Lauma. «Sento che c'è qualcosa di diverso, qui dentro e anche là fuori. Se volete che continui a lavorare per voi, dovete dirmi la verità».

Gli occhi della Prioressa si assottigliarono, le palpebre sbatterono in asincrono e, per un istante, il suo volto fu pervaso da una profonda e distante tristezza.

«Ciò che giace non visto, presto sarà sotto gli occhi di tutti», disse poi, quasi bisbigliando, e l'intero bosco parve accendersi di sussurri. «L'equilibrio è rotto per sempre».

«Cosa significa?».

«Dodici sono le radici del grande albero», recitò Lauma, con una nota d'impazienza nella voce. «Basta reciderne una perché esso muti la sua forma. Se altre radici vengono recise, esso cadrà».

«Non è possibile».

La Prioressa si limitò ad annuire, grave.

«Dopo la morte di Suonetar, altri hanno ceduto al Tredicesimo elemento, sopraffatti dai suoi inganni e ricatti».

«La strega...».

«Devi distruggerla prima che sia troppo tardi», implorò Lauma, con un tremore nella voce. «Questo è il nostro ultimo dono». La Prioressa allungò un dito verso la quercia alla sua destra. Una lunga crepa si distese attraverso la corteccia e, in una sequenza di violenti schiocchi, i rami caddero e le fronde precipitarono tutt'attorno. L'albero si aprì in quattro frange, come spaccato da un fulmine e, in una tempesta di trucioli e schegge, si disintegrò, crollando su se stesso. Tutto ciò che rimase dell'intera quercia fu una lastra a forma di goccia, alta due braccia, levigata e intagliata.

Lauma la sollevò tra le mani, mostrandola al Priore Oscuro.

Era uno scudo, inciso con la runa *Jeraz*, simbolo della Guardiana delle Foreste.

«Per il tristo cacciatore, uno scudo a forma di lacrima», intonò la Prioressa, porgendoglielo. «Esiste un legno più forte del fuoco, capirai quando sarà il momento di usarlo».

«Grazie», rispose lui.

«Ora sei solo. Non verrà più nessuno».

«Perché?».

«Fa' presto, ti prego». Lauma chiuse gli occhi umidi.

«Sto bruciando, già bruciando...».
Alcune scintille si sollevarono nel buio come lucciole.
In un battito di ciglia, le fiamme lambirono le gambe della Prioressa, innalzandosi voraci verso il suo volto. Incorniciata dalle lingue di fuoco, Lauma gli rivolse un ultimo e intenso sguardo, poi svanì come cenere in una folata, mentre un pauroso ringhio cresceva nel cuore del bosco.
Urlando come un mostro, un enorme incendio accese il cielo di riflessi rossi e, prima che Tristo potesse anche solo muovere un passo, le fiamme si alzarono come mura tutt'attorno a lui. Il suolo vibrò e, con l'orrore negli occhi, Tristo vide la morte venirgli incontro in ogni direzione.
Cervi, uccelli, volpi, bestie. Tutti avvolti dalle fiamme, correvano verso di lui, impazziti, inarrestabili, in cerca di scampo o di sollievo dal dolore.
Le loro urla e strida lo soverchiarono e straziarono, costringendolo a trovare riparo dietro lo scudo, mentre la fiammeggiante processione di torce viventi gli sfilava attorno. Il Priore Oscuro chiuse gli occhi per non vedere.

Non dire gatto
(...se non ce l'hai nel sacco)

I

uando schiuse le palpebre, si ritrovò alla locanda, nel suo letto, madido di sudore. Lo scudo ovale era appoggiato al suo fianco e, nel caminetto, il fuoco ancora ardeva. Le urla degli animali che bruciavano echeggiarono nella sua mente.
«Chi hai incontrato, stavolta?».
La voce lo riscosse dal torpore. Vesper era in piedi di fianco alla finestra, fasciata nei suoi abiti scuri, con un calice di vino nella mano.
«Sei qui», si raccapezzò Tristo, stropicciandosi il viso. «Sta succedendo qualcosa di strano», riferì poi, ancora assorto nei ricordi del suo sogno.
«Mhm. Eccome», annuì lei, lo sguardo fisso oltre l'imposta socchiusa. «La guerra è arrivata».
Dopo un attimo di smarrimento, Tristo balzò giù dal letto e si avvicinò alla finestra, notando l'animato vociare che proveniva dall'esterno.
Non appena si fu affacciato, ebbe l'impulso di allontanare Vesper dalla finestra.

«Maledizione», sibilò.

La strada era affollata di mercenari frisoni, un'intera compagnia, con rifornimenti e artiglierie al seguito. Il villaggio sfavillava di alabarde, spadoni, archibugi, elmi, armature e abiti dai colori sgargianti. Un'insegna dorata con un'aquila nera sventolava sopra un carro sferragliante.

«Forse l'assedio di Marsica è stato spezzato», ipotizzò Vesper.

«Forse. Ma da chi?».

«Non ne ho idea. Il balivo Delmar non sembra averla presa bene», osservò lei, ironica.

Tristo lo cercò tra la calca.

Lo vide al crocicchio, intento a conversare animatamente con un uomo alto, che aveva il capo nascosto da un cappello piumato. Al collo, l'uomo portava una catena con gli scudetti araldici di tutti i signori che la sua compagnia aveva servito; quindi, doveva essere il capitano.

«Blasco mi ha salvato la vita, stanotte», raccontò «Ti stava dando la caccia».

«Lo so».

«Vuoi spiegarmi cos'è successo?».

«Suo figlio è scomparso, ecco cos'è successo».

«Sei stata tu?».

«Era lui il famiglio», rispose Vesper, secca. «Il primogenito del balivo. Te l'avevo detto che non ti sarebbe piaciuto».

«Crede che tu sia una strige».
«Mhm, scortese da parte sua». Sul viso della donna si dipinse un sogghigno.
«Se ti trova qui, sei morta».
«Non sarebbe la prima volta».
«Perché hai assunto forma umana?».
«Mi avevi promesso che ci saremmo divertiti», risolse lei, mettendogli una mano sul culo.
«Non fare la stupida».
«Quando è spuntato il sole, stavo ancora seppellendo il corpo», spiegò Vesper, atona. «A lavoro finito, la notte era andata, e con lei il mio potere».
«Spero che il ragazzo non abbia sofferto».
«Dormiva, quando sono entrata in camera sua», lo rassicurò lei. «Sognava Astaroth».
«Ora nessuno lo sognerà più».
«Bravo. Ma dobbiamo trovare un modo per andarcene da...».
Le parole di Vesper furono oscurate dal tuono di una cannonata.
Al limitare del villaggio, dove la chiesa dominava le case dall'alto di una piccola cengia rocciosa, i frisoni avevano schierato due batterie di cannoni montati su ruote. Stavano calibravano il tiro verso le colline. Tristo allungò lo sguardo all'orizzonte. Il nemico non era ancora in vista, ma presumeva che un'intera armata si stesse organizzando oltre la linea degli alberi.
«Sta per iniziare una battaglia», ringhiò.

«Immagino che non sia il caso di restarci bloccati in mezzo».
«Direi di no».
Prima ancora di terminare la frase, Tristo notò che le porte di Colleferro erano sorvegliate dai mercenari. I miliziani del balivo, coadiuvati da alcuni frisoni, piantonavano la piazza e la taverna; di sicuro, Delmar aveva avvisato il capitano della sua personale caccia alla strige.
Con la guerra alle porte, lasciare il villaggio sarebbe stato difficile per chiunque, ma permettere a Vesper di fuggire in quelle condizioni sembrava impossibile. Lo sapevano entrambi. Nonostante il sorriso sprezzante, gli occhi di lei si piantarono sul viso di Tristo, trapelando insicurezza.
Lo fissò per un istante prima di chiedergli:
«Qualche grande idea?».

II

Uscì armato di tutto punto, scricchiolando nell'armatura.
Alla vista del terribile elmo, che gli incorniciava il volto inquietante, i mercenari cedettero il passo, abbassando lo sguardo.
L'intero villaggio era piombato nel caos.
Gli abitanti, serrati in casa, osservavano dalle finestre i frisoni bere, mangiare, fumare, persino fottere in mezzo

alla strada. La battaglia incombeva e ogni mercenario si godeva quello che poteva. Le puttane che seguivano la compagnia sui carri delle salmerie erano in piena attività, così come cuochi, maniscalchi, fabbri e armaioli, che si adoperavano per soddisfare le richieste dei combattenti. Un ragazzo stava seduto sul cocchio di un carro con davanti un mucchietto di muschio verde e delle cartucce d'archibugio vuote. Con una velocità sorprendente, preparava sigarette da distribuire ai fanti. Tristo passò di fianco a un gruppo di archibugieri che vestivano ampie maniche a sbuffo e calzebrache bicolore. Erano in cinque, e si contendevano le attenzioni di una sola ragazza che, alla fine, alzò la sottana per quello che agitava il sacco di monete più pesante. Niente crediti, quel giorno. Non si poteva sapere chi sarebbe tornato dallo scontro e chi no.

I cannoni cessarono il fuoco di aggiustamento.

Un fitto reparto di picchieri si organizzò al centro della piazza d'arme. Sarebbero stati i primi ad andare incontro al nemico.

Attraversando la baraonda di voci, risate, rutti, fetori e occhiate stralunate, il Priore Oscuro giunse al cospetto del capitano di ventura, ancora inguaiato in un'interminabile conversazione con il balivo Delmar.

«No interessa. Io ho miei ordini», lo sentì dire, con forte accento frisone.

«C'è un mostro, nel mio villaggio!», si lamentò Blasco. «E ha preso mio figlio!».

«Unico mostro che io vede è gverra», risolse il capitano, mentre il suo attendente stendeva una mappa consunta sulle spalle di un soldato. «Qvesto vilagio è ora campo base di compagnia. Difendiamo case, difendiamo persone, difendiamo strada. Ho già dato voi tutti uomini che io poteva». Il capitano abbandonò in fretta la lingua straniera per voltarsi e ragliare ordini nel lemma natio: «*Schwere Infanterie an den Flanken!*».
Come tutti i mercenari della Frisia, non masticava mezza parola di volusiano. Tuttavia, qualsiasi lingua parlasse, il tono perentorio non ammetteva repliche. Anche il pedante Blasco Delmar dovette rinunciare. Allargò le braccia e scosse la testa, cupo. Il suo volto si illuminò quando vide Tristo andargli incontro in assetto da guerra. Quando gli fu di fronte, si sfilò l'elmo dal capo, per evitare che il balivo fosse colto da quell'istintiva repulsione che l'oggetto provocava in chiunque lo guardasse.
«Buongiorno», disse Blasco, dandogli una pacca sullo spallaccio dell'armatura. «Anche se dovrei dire pessimo giorno».
«Lo vedo. Che succede?».
«Uno stramaledetto casino», brontolò Blasco. «La Gilda dei Mercanti ha radunato ciò che restava del Patto Nero, creando una Confederazione delle città libere che hanno chiamato...». Il balivo cercò il nome nella sua mente annebbiata. «...Casica, Occasica o qualcosa del genere. Dato che le conquiste di Re Raoul avanzano

verso di loro, hanno ben pensato di radunare un'armata e marciare su Marsica per spezzare l'assedio. Hanno guadato l'Acquadrago più su, per prendere gli assedianti alle spalle e tagliare la linea di rifornimento su questa strada».

«Bella mossa», commentò Tristo.

«Sì, peccato che ci siamo noi nel mezzo. Ci mancava una battaglia!». Blasco si tolse il berretto e lo scagliò a terra, nella polvere. «Io devo trovare mio figlio».

«Se davvero una strige l'ha preso, è già troppo tardi».

«Allora devo trovare quella cosa e ucciderla con le mie mani!». Il balivo gli posò entrambe le mani sulle spalle, implorante. «Voi dovete aiutarmi!».

«Lo farei, se potessi».

«Vi darò argento, oltre al cavallo, tutto l'argento che volete!».

Quella parola attirò su di loro un plotone di sguardi famelici. I mercenari frisoni cominciarono a studiare il balivo con sorrisi maligni sotto le folte barbe e mustacchi luridi.

«Abbassate la voce, balivo», intimò Tristo, a denti stretti «Questa gente non va per il sottile. Così rischiate di perdere tutta la famiglia».

A quelle parole, i baffoni di Blasco si arcuarono ancora di più e l'uomo cedette alla disperazione, iniziando a singhiozzare come un bambino.

«Io... non so... più...».

Tristo lo afferrò per un braccio per sottrarlo agli

sguardi divertiti dei mercenari; questi, vedendolo piangere, già si crogiolavano in fantasie di facili ruberie, sogghignando.

«Balivo Delmar», cercò di riscuoterlo, con voce ferma. «Balivo, ascoltatemi». Poi perse la pazienza e alzò la voce, tenendolo per le spalle. «Blasco!».

L'uomo lo fissò con gli occhi spalancati e pieni di lacrime, come un bambino sgridato. Tristo era dispiaciuto per lui, ma quel che andava fatto andava fatto, e non aveva tempo da perdere.

«Devo lasciare il villaggio. Subito».

«Non si può, è impossibile».

«Ci dev'essere un modo».

«Io non posso aiutarvi. Comanda il capitano Fritz, adesso!».

«Fritz?».

«Ma che ne so io? Per me, questi si chiamano tutti Fritz!».

«Dovete calmarvi».

«E voi dovete aiutarmi a trovare il mio ragazzo. Me lo dovete, per stanotte!».

«Non posso». Tristo non ebbe il coraggio di guardarlo negli occhi. «Vostro figlio è morto».

«Come potete saperlo?», frignò il balivo.

Qual era la risposta giusta? La verità? Una menzogna? Forse nessuna delle due.

«Conosco gli strigoi. Nessuno sopravvive», risolse, frettoloso. «E chi sopravvive non è più lo stesso».

Su questo, almeno, non stava mentendo, tuttavia, le sue parole non parvero consolare il dolore di un padre.
«Non mi arrenderò».
«Fate come volete. Ma non pretendete il mio aiuto», si costrinse a rispondere, con durezza. «Dov'è il mio cavallo?».
«E va bene!», ringhiò Blasco, con il volto distorto dal pianto. «Chiedete allo stalliere, prendetevi pure quello stramaledetto cavallo! Ma tanto non potete andare da nessuna parte. L'unico modo per andarsene da qui è attraverso quello!», berciò, alzando l'indice verso le colline.
Stagliandosi contro il cielo biancheggiante, una selva di picche e vessilli variopinti disegnava un secondo orizzonte, brulicante di elmi e luccichii d'acciaio. L'esercito confederato era arrivato.

III

Vesper spiava dubbiosa oltre la finestra, mentre le schiere armate prendevano piede sulle alture, dominate dai vessilli verdi, rossi e bianchi della Confederazione. Il pendio oltre le mura del villaggio, invece, era un tripudio di righe dei mercenari frisoni, che innalzavano le proprie bandiere gialle sotto il gonfalone di re Raoul.
«Forse conviene aspettare qui la notte», propose.
«No», dissentì Tristo, chiudendo le fibbie di un borsone da sella. «Appena i feriti cominceranno a essere

trascinati via dal campo di battaglia, questa taverna diventerà un ospedale».
«Come lo sai?».
«Ho combattuto molte battaglie».
«Anch'io. Non ti vantare».
«Non battaglie di questo tipo», puntualizzò lui. «Vesper, non piace neanche a me, ma non ci sono alternative». Tristo le ficcò tra le mani un elmo con celata che aveva rubato da un carro frisone. «Con questo, il balivo non potrà riconoscerti».
«Quindi mi tocca scegliere se morire bruciata da questi contadinotti o attraversando quel maledetto carnaio...».
I suoi occhi verdi percorsero i due eserciti che si mettevano in formazione. Le urla degli ufficiali che tenevano in riga gli schieramenti rieccheggiavano sino a lì. I frisoni avevano formato due quadrati di picchieri, dentro cui trovavano riparo gli archibugieri, pronti al fuoco. Due ali di fanteria pesante, armata di lunghe spade che i mercenari chiamavano *"zweihänder"*, proteggevano i fianchi. A ridosso delle mura, davanti alla chiesa, quattro falconetti attendevano l'ordine per bersagliare i nemici, mentre alcuni picchieri di riserva proteggevano la strada principale. Oltre alla palese inferiorità numerica, i mercenari disponevano di una sola unità a cavallo, composta dalla guardia personale del capitano: avventurieri e secondogeniti in cerca di rivalsa, armati di spade, pistole da cavalleria, armature leggere. L'esercito della Confederazione, invece,

occupava le colline che volgevano verso intramonte, con numerosi reparti di cavalleria pesante. Lancieri e fanteria erano al centro, disposte a cuneo di sfondamento. Anche se non avevano reparti di archibugieri, le fila erano protette dal tiro di numerosi balestrieri e arcieri. Vesper osservò in silenzio, mentre i genieri della Gilda caricavano una grossa bombarda con l'aiuto di un argano.

A Colleferro, tutti trasalirono quando fece fuoco per la prima volta.

Qualcuno, in strada, si gettò a terra, mentre i cavalli si imbizzarrivano.

I vetri della stanza vibrarono per lo spostamento d'aria e il boato ruggente fu seguito da un fischio sinistro. Il pesante proietto sfrecciò sopra i tetti delle case, andando a schiantarsi da qualche parte nei campi oltre la chiesa.

«Con quel bestione, possono colpire il villaggio», osservò Vesper, afferrando l'elmo dalle mani di Tristo.

«Andiamo», si affrettò poi, dirigendosi verso la porta, ma lui la fermò.

«Dobbiamo aspettare che aprano i cancelli per mandare riserve e portaferiti», spiegò. «Ci sarà una confusione d'inferno, nessuno ci noterà».

«Lo spero», commentò lei, fissandolo negli occhi.

«Che cosa?», domandò Tristo, spiazzato dall'intensità di quello sguardo.

«Niente», mentì lei, prendendogli il mento barbuto e

baciandolo con le labbra aperte. Quando si staccò da lui, entrambi avevano gli occhi chiusi.

«Ti muovi?», lo pungolò Vesper, raccogliendo le sue cose in fretta e furia.

"Ti amo", pensò Tristo, ma non disse nulla.

IV

La carneficina iniziò quasi all'improvviso.

In pochi istanti, il cielo fu velato da una fitta coltre di fumo e il vento fu pervaso dal pungente odore delle polveri da sparo. Il vociare indistinto degli ordini fu oscurato dal crepitio intermittente delle salve di archibugio.

Con una cadenza sempre più fitta, i colpi di cannone scossero la terra. Le urla di feriti e moribondi si unirono in un coro di sottofondo che sarebbe durato fino a sera, come una costante litania.

Da dove si trovavano, Tristo e Vesper non riuscivano a vedere nulla, a parte nuvole di frecce che si alzavano a parabola nel cielo, per ricadere sulle schiere dei mercenari frisoni. La sparatoria divenne via via più intensa, finché il passo cadenzato di truppe corazzate in marcia segnalò che la fanteria stava avanzando.

«Ci siamo», commentò Tristo, portando i cavalli fuori dalla stalla della taverna. Vesper gli andò incontro, furtiva, l'elmo calato sulla testa e il mantello ben avvolto intorno alle spalle.

«Il balivo è stato di parola», mormorò con voce

metallica, rimirando il grande cavallo sauro che gli era stato consegnato come pagamento per il lavoro. Aveva una lunga criniera intrecciata e quarti robusti. «Correrà veloce».

Un tonfo tremendo fece abbassare entrambi, d'istinto.

Il fracasso attirò i loro sguardi verso la palizzata del villaggio. I tronchi d'albero erano stati spezzati come giunchi secchi. Una grossa palla di bombarda era rimbalzata fino a lì, arrestando la sua corsa contro il muro di una casa, che si era inclinata di lato.

Attraverso la fessura dell'elmo, Vesper notò che il proietto era cosparso di brandelli di carne. Sollevò per un istante la visiera che le nascondeva il volto fino alla bocca, per osservare meglio i capelli e le dita spiaccicati sulla pietra levigata. Quel colpo doveva aver preso in pieno lo schieramento frisone, prima di rotolare verso Colleferro.

Vesper Lasciò cadere la ventaglia con un tintinnio metallico, quando il balivo accorse per controllare i danni. Gli diede le spalle, cercando di assumere una posa mascolina, mentre Blasco le sfilava accanto, disperato. Non doveva riconoscerla, o sarebbe finita male.

«*Krankenträger!*».

Il capitano dei mercenari iniziò a ragliare ordini nella sua sgradevole lingua. Subito, alcuni uomini e donne balzarono sui carri, pronti ad uscire dal villaggio.

«Li mandano a prendere i feriti», avvisò Tristo e, a

conferma delle sue parole, la porta del villaggio più vicina fu aperta.
«Gli andiamo dietro?», domandò Vesper.
«Aspettiamo».
«Oh no».
«Cosa?».
«Sta venendo qui».
Tristo si voltò e vide che il capitano stava camminando verso di loro, con passo deciso e le piume sul cappello che svolazzavano nella brezza.
«Tu! *Ritter*!», lo apostrofò il frisone.
«Nasconditi», sibilò Tristo.
Vesper gli obbedì, rientrando in fretta nella stalla.
«*Ritter*!», ripeté il capitano, sfoderando un sorriso da camerata che si spense non appena posò gli occhi sul terrifico elmo di Tristo.
«Non capisco. Mi dispiace», disse lui, serio.
«*Ritter* è cavaliere», spiegò il capitano, col suo accento duro. «Tu sei cavaliere?».
Tristo pensò bene alla risposta e poi risolse con un vago:
«Dipende».
«Armatura, cavalli», insistette il capitano. «Tu sei cavaliere, tu combatti con noi, oggi».
Un'altra cannonata sottolineò le sue parole con la forza di un temporale.
«Non mi schiero in queste cose», dissentì Tristo. «Non è la mia guerra».

«Tu no puoi scegliere gverra. Gverra sceglie te», tenne duro il mercenario. «Tu sei vigliacco? Vigliacco, io dico!», gridò poi con tono provocatorio, attirando l'attenzione dei suoi uomini e del balivo, che pensò bene di andare a vedere cosa stesse succedendo.
Tristo si voltò per controllare che Vesper fosse ben nascosta, e non la vide.
Allora, tornò con gli occhi ad affrontare il capitano frisone.
«Tutto bene, qui?». Blasco Delmar si frappose fra i due, forzando un sorriso.
«Siamo solo seicento», si lamentò il capitano. «Nemici molto di più. Ogni uomo fa differenza. Lui ha buone armi, buoni cavalli. Deve combattere con noi».
«Oh, no, no, no!». Blasco scosse la testa in modo buffo. «Capitano, lui non è nemmeno di queste parti, non ha giurato fedeltà né al nostro re, né ad altri signori. È giusto che rimanga neutrale».
Tristo soppresse un sorriso. Non era per niente male, come avvocato.
Lo lasciò parlare.
«Che cavaliere è cavaliere che no combatte?», si intestardì il capitano.
«Ma lui combatte, combatte... il morbo, capite?», spiegò, con circospezione.
«Ah *Ja*! Io capisco», replicò il frisone, fissando l'interlocutore con sguardo glaciale. «Tu è uno che ammazza donne e bambini, *ja*. Come fanno quei preti».

Tristo non si sentì in condizione di obiettare.

«A volte capita».

«Bravo!», esultò il frisone, con un sorriso da far gelare il sangue, tirandogli una pacca sulla spalla. «Prima tu ammazza un po' di qvesti qui fuori». Afferrò Tristo, attirandolo a sé. «Poi torni a tuo morbo. O così, o tu da qvesto vilagio no esci vivo».

Detto ciò, si allontanò a passo spedito, sfilandosi il cappello piumato.

«Capitano! Capitano!», provò a richiamarlo Blasco, ma quello fece finta di non sentire. «Mi dispiace», fece poi a Tristo, col volto crucciato.

«Non è colpa vostra. Ci avete provato».

«Questi frisoni sono così. Dovunque vanno, si comportano da maledetti padroni. Ancora non capisco perché il nostro re li abbia assoldati. La gente li odia, e fanno più male che bene».

«Fa parte della guerra», risolse Tristo. «Immagino di non avere scelta».

«Mi dispiace davvero».

«Avrei preferito aiutarvi a cercare vostro figlio», mentì poi.

«Lo so», annuì Blasco, rabbuiandosi.

Per un istante, nessuno dei due parlò, aprendo una voragine al fragore della battaglia, che invase il silenzio come un'alluvione.

«Buona fortuna», aggiunse allora il balivo, congedandosi.

Tristo lo guardò allontanarsi, poi arretrò verso la stalla.

Vesper emerse dall'ombra, restando attaccata a una parete di legno.

«Cos'è successo?», sussurrò, furiosa.

«Non preoccuparti. Andrà bene».

«Ah, sì?».

«Fidati. Vieni dietro di me. Nessuno ti noterà, in mezzo a tutti gli altri. Appena puoi, staccati dallo schieramento e punta verso il bosco», spiegò Tristo. «Aspettami lì fino alla fine della battaglia».

«E se non torni?».

Sotto la celata, Vesper prese a mordersi le labbra.

«Tornerò», ribatté lui, sicuro.

Poi si ritrovò a pensare a tutti i modi in cui avrebbe potuto finire a pezzi, senza gambe o braccia. In risposta ai suoi macabri pensieri, le urla sulla collina diventarono un boato. Il clangore delle armi che cozzavano una contro l'altra riecheggiò sopra i tetti delle case. I colpi di cannone si erano ridotti in frequenza e le salve di archibugio crepitavano in modo disordinato e incostante.

Il combattimento corpo a corpo era iniziato.

Prima ancora che i carri tornassero colmi di feriti, un portaordini varcò il cancello pungolando il cavallo con gli speroni. Conferì con il capitano e, dopo un breve ragguaglio, il reparto di cavalleria montò in sella, pronto per gettarsi nella mischia. Tristo riconobbe la smania negli occhi dei mercenari, mentre caricavano le pistole e allacciavano i soggoli degli elmi.

«Tieni questa», disse, infilando nella cintura di Vesper la pistola a ruota. «È carica. Potrebbe servirti».

Lei annuì, sistemandola vicino al pugnale.

«*Kavallerie, komm schon!*», gridò il capitano, montando in sella. «Anche tu, ammazza bambini», aggiunse poi, guardando Tristo con disprezzo.

«*Sieg oder Tod!*», incitò gli uomini un'ultima volta, prima di infilare la testa in una minacciosa celata di Frisia, simile a quella che portava Vesper.

I cavalleggeri risposero con un'ovazione e spronarono i cavalli lungo il selciato, obbligando la gente affollata intorno ai carri a spostarsi per non essere investita. Tristo e Vesper montarono in sella e li seguirono, ma, dopo un paio di falcate, furono costretti a fermarsi. La calca di mercenari strepitava davanti al cancello, che consentiva il passaggio a non più di tre cavalli per volta.

«Avanti, muovetevi», brontolò Vesper, sentendo uno sguardo indagatore su di sé.

I suoi sensi non la ingannavano.

Quando si voltò, vide che il balivo Delmar stava guardando verso di lei. Forse si stava chiedendo chi fosse quel mercenario in sella al cavallo che aveva appena dovuto cedere come pagamento.

«Ehi, voi!», si sbracciò Blasco.

«Ignoralo», grugnì Tristo.

«Lo odio».

I cavalli bardati scalpitavano davanti a loro. La schiera

ormai aveva oltrepassato le porte. Soltanto pochi passi e si sarebbero lasciati quel maledetto villaggio alle spalle. Meglio affrontare la battaglia, che un padre in lutto per il primogenito.
«*Zum Krieg!*», esultò un mercenario, spronando il cavallo oltre la palizzata.
Ne mancavano solo altri cinque, poi sarebbe stato il loro turno.
Vesper strinse le redini e preparò il piede sulla staffa.
La bombarda tuonò ancora. Un fischio tremendo la costrinse ad alzare la testa. Non vide nulla. Sentì soltanto lo spostamento d'aria, talmente forte da sbalzarla di sella. Si ritrovò a mezz'aria. Fece uno scatto di reni e, d'istinto, si rigirò come un felino, riuscendo a cadere al suolo di pancia, attutendo l'urto con braccia e gambe. C'erano dei corpi a terra. Alcuni non si muovevano più, schiacciati da travi e brandelli di muro. Il cavallo di Tristo continuava a impennarsi, imbizzarrito, mentre lui faticava per mantenersi in sella. Dal tetto squarciato della taverna, detriti e calcinacci gli piovevano addosso. Vesper si riparò la testa con le mani, accorgendosi che l'elmo le era volato via, chissà dove. Lo cercò con lo sguardo, incappando nel piglio confuso di Blasco Delmar.
Il balivo era a terra, ricoperto di polvere, e la fissava con la bocca spalancata, intontito. Non gli ci volle molto per ridestarsi, animato com'era dalla rabbia.
«Sei tu!», urlò. «È lei!».

Vesper si costrinse ad alzarsi.

«Prendetela! Ferma, puttana!», strillò il balivo, con tutto il fiato che aveva in corpo. «Prendetela!».

Alcuni dei suoi miliziani accorsero, alle grida. Vesper raggiunse il balivo e gli rifilò un calcio in faccia, facendogli perdere i sensi e, forse, anche qualche dente.

«Vai! Vai! Vai!», la incalzò Tristo, strattonando le briglie per calmare il suo cavallo. Vesper non perse tempo. Afferrò i finimenti e, con un balzo, montò in sella, galoppando fuori dal villaggio.

V

Il fragore era assordante, tanto da rendere il suono degli zoccoli poco più intenso del rintocco dell'orologio sul campanile. Il suo cavallo ansimava, schiumando e digrignando i denti sul morso. Un vortice di voci, grida e spari avvolse Vesper come una nuvola di fumo, mentre risaliva il sentiero che si snodava tra le colline. Se avesse seguito il selciato, si sarebbe trovata nel bel mezzo del campo di battaglia. Tirò le redini, facendo spostare il cavallo a sinistra. Davanti a lei, un labirinto di picche e alabarde baluginava alla luce del sole. Si voltò, senza riuscire a capire se i cavalieri frisoni stessero inseguendo lei o se fossero diretti verso il mattatoio che tingeva già l'erba di rosso. Alcuni spari risuonarono nell'aria, pallottole fischiarono sopra la sua testa. Forse le urla del balivo avevano attirato la loro

attenzione. Non c'era tempo per preoccuparsene; aveva problemi ben più grossi da risolvere. Dando di sproni, costrinse il corsiero ad accelerare.
Gli schieramenti di fanteria già marciavano sul campo, rivoltando le zolle di terra con stivali e scarpe ferrate. Presto, i due eserciti si sarebbero scontrati sulle alture, ma Vesper ancora vedeva un varco, una striscia d'erba disseminata di frecce e dardi. Se fosse riuscita a imboccare quel corridoio, forse avrebbe raggiunto il bosco e la salvezza. Si issò sulle staffe, china contro la criniera del cavallo, che sembrava volare sull'erba.
I due schieramenti avversari scorrevano ai suoi fianchi come variopinti fiumi di facce, vessilli, armature smaltate nei colori più disparati. Più avanti, il varco sembrava restringersi sempre più, mentre gli ultimi colpi di cannone precipitavano tra le fila, sollevando nuvole arrossate dal sangue.
«Vai!», urlò, frustando il cavallo con la briglia, spingendolo in una corsa disperata. Poi ci fu un ronzio, come di un grosso insetto.
Il cavallo nitrì. Altri ronzii, colpi ovattati.
Con la coda dell'occhio, Vesper, vide i quadrelli di balestra spuntare dal fianco destro dell'animale, grondante di sangue. Non fece nemmeno in tempo a rallentare. Il fumo la avvolse, il crepitare degli archibugi la assordò.
La salva investì il cavallo sul fianco sinistro, come un vento di tempesta, trapassando i muscoli da parte a

parte. La povera bestia era già morta ancor prima di toccare terra, colpita da entrambi gli eserciti. Tiravano a tutto quello che si muoveva, e lei, di sicuro, era nel posto più sbagliato nel momento peggiore che si potesse immaginare. Il cavallo cadde di lato, mandando Vesper a ruzzolare nell'erba. Subito si girò di spalle, arrancando sui talloni, giusto in tempo per vedere un paio di cavalieri mercenari arrestare la corsa a pochi passi da lei. Esitarono, trattenendo i destrieri scalpitanti, preoccupati di restare incastrati nella calca di fanti. Uno di loro ragliò qualcosa nella sua lingua e, impossibilitato ad avvicinarsi, le puntò contro una lunga pistola da cavalleria. Vesper si sentì senza scampo.
Era un tiro troppo ravvicinato per mancare il bersaglio.
Guardò in faccia il suo assassino, pronta a morire, ancora una volta.
Lo fissò negli occhi glauchi finché il bulbo destro non esplose, proiettando uno schizzo di sangue che gli inondò l'elmo. La punta di un'alabarda penetrò a fondo nel cranio del cavallerizzo, mandandolo a terra. Il suo cavallo si impennò, scrollandosi di dosso il corpo del padrone e trascinandolo via, ancora incastrato con lo stivale nella staffa. L'altro mercenario si ritirò, raggiungendo il gruppo di cavalieri che si portava in gruppo sul fianco destro dello schieramento frisone.
Vesper cercò con lo sguardo Tristo e il suo elmo nero, ma non lo vide.
Non ebbe nemmeno il tempo di tirare il fiato, perché i

passi cadenzati dei picchieri confederati la fecero trasalire. Si voltò, trovandosi i calzari dei fanti a pochi passi dal viso. Sopra di lei, due selve di picche spianate si intrecciavano in una volta di legno e ferro che tintinnava sopra la sua testa. Dall'altro lato, i mercenari frisoni, con i loro cappelli piumati e abiti sgargianti, attaccavano in formazione serrata. Tra urla, ordini sbraitati e vessilli che garrivano nella brezza, le picche scattarono in avanti, trafiggendo volti, gole, visi, cercando spiragli e punti deboli in ogni armatura. Vesper iniziò a strisciare verso quell'indistinta macchia scura che doveva essere il bosco, avanzando carponi in una cascata di sangue, mentre il ticchettio delle aste che sbattevano una contro l'altra scandiva il suo patetico incedere nella fanghiglia rossa. Picchieri e alabardieri, da entrambi i lati, si fronteggiavano in un lento e crudele tira e molla, spingendo, arretrando, tentando affondi. Altri fanti armati alla leggera, seguiti da imberbi scudieri, si intrufolarono sotto la selva di lance, scannandosi tra loro o cercando di insinuarsi ai piedi degli avversari, per tagliare tendini e trafiggere gambe, pance, gole. Vesper non poté fare altro che continuare a muoversi, mentre attorno a lei l'inferno prendeva vita in un fiume di insulti, ululati di dolore, ventri squarciati e intestini che si spappolavano sull'erba. Qualcuno le afferrò un piede. Scalciò, senza nemmeno girarsi. Si ricordò di avere la pistola alla cintura e quasi sparò senza mirare. La testa dell'uomo esplose. Più che un uomo, era un ragazzo.

Col fiato corto, si lasciò alle spalle il cadavere, evitando due soldati che ruzzolavano nel fango, cercando di sgozzarsi l'un l'altro con dei pugnali. Due picchieri confederati caddero in ginocchio di fianco a lei, mentre un mercenario frisone sfilava in ginocchio tra loro con una daga, colpendo i nemici alle caviglie. Sentì lo sguardo di un morente su di sé, ma non si fermò, nemmeno quando qualcuno implorò aiuto.

Vide la luce, oltre la volta di lance.

Sgattaiolò fuori dalla ressa appena prima che gli schieramenti si rompessero, scomponendosi in una mischia furibonda. Era ricoperta di sangue, sentiva i capelli appiccicati alle guance. Col respiro affannoso, si rialzò in piedi con gli occhi increduli.

Era finita dalla padella alla brace.

Fitti schieramenti di fanteria pesante marciavano verso di lei, unendosi alla mischia con un attacco laterale. Erano uomini protetti da spesse armature su cui le pallottole di archibugio si spiaccicavano come monete. Alcuni erano senza volto, protetti da elmi con crudeli fessure al posto degli occhi. Altri digrignavano i denti e urlavano in modo forsennato, brandendo spade e mazzapicchi. Era solo un altro pezzo di carne in mezzo al mattatoio e aveva solo una scelta: morire, o combattere e forse morire.

Scelse la seconda. Non attese nemmeno che i mercenari caricassero.

Corse verso di loro, rapida come un felino. Sfoderò il pugnale, mentre la lama di un lungo *zweihänder* scivolava verso il suo collo. Tutto le parve rallentato, senza colori. Come quando i suoi sensi da gatta si acuivano, mentre andava a caccia nella notte. Evitò il colpo, abbassandosi. Sentì in modo distinto la lama affilata reciderle alcuni capelli, sollevati dallo spostamento d'aria. Spinse il pugnale sotto il braccio del soldato, conficcandolo nell'ascella, una, due, tre, volte, mentre fiotti di sangue imbrattavano l'armatura lucida. Lo spadone a due mani cadde a terra, sferragliando. Vesper lo raccolse. Si alzò, sollevando l'elsa. Il pomo dell'arma le arrivava al mento. Sembrava un'arma molto alta e pesante, per una donna, e il sogghigno sul volto del mercenario che la attaccò sembrava rispecchiare questo pensiero.
Ma Vesper non era una donna. Non una qualsiasi.
Diede un colpo di stivale alla punta della lama, rigirandosi la spada tra le mani. Sfruttando il peso stesso dell'arma, la fece roteare attorno a sé, creandosi un varco. Il mercenario scattò all'attacco, ma Vesper lo colpì con un affondo, mandandolo a terra. Gli uomini accanto esitarono, ma la spada riprese a volteggiare. Usando il suo intero corpo come perno e lasciando che la lunghezza della lama imprimesse più forza alla rotazione, Vesper iniziò a danzare: un agile concerto di scatti e piroette. L'arma mulinava come fosse una tremenda falce. Nessuno dei frisoni aveva mai visto

qualcuno combattere in quel modo. Quando una mezza dozzina di corpi cadde scomposta ai piedi di Vesper, con arti mozzati, gole recise e volti sfregiati, gli altri mercenari decisero di lasciar perdere e combattere quella guerra che conoscevano bene. Soltanto tre di loro, forse troppo orgogliosi per lasciarsi sconfiggere da una donna, o forse invogliati dal suo aspetto, la attaccarono nello stesso momento da tre lati. La lunga spada vorticò ancora, in un fluido movimento che dalla destra, sfilò sopra il capo di Vesper per finire con un mezzo giro sulla sinistra.
I tre frisoni si bloccarono, come impietriti da un incantesimo.
Uno di loro si portò le mani alla gola, subito prima che un fiotto rosso gli inondasse la barba. Gli altri due caddero nel fango, uno di faccia, morto, l'altro in ginocchio, con un grosso taglio su entrambe le cosce. La pesante spada gli sfondò l'elmo, penetrando nel cranio. Vesper mandò il corpo a terra con un calcio e, mettendosi la lunga spada sulle spalle, corse lontano dalla mischia. Il bosco era vicino: riconobbe le punte dei pini.
«No», gemette, incredula, quando il terreno prese a vibrare.
Si voltò verso le colline, gli occhi abbagliati dallo scintillante spettacolo che avanzava come una marea di acciaio.
La cavalleria confederata stava caricando in massa.

Guerrieri rivestiti d'acciaio dalla testa ai piedi. Cavalli bardati, con zoccoli grandi quanto la testa di un uomo. Erano a meno di cento passi da lei, in rapido avvicinamento. Non sarebbe mai riuscita a correre abbastanza in fretta. Qualunque cosa facesse, l'avrebbero travolta come un'onda di tempesta. Vesper si ritrovò a sorridere, divertita dall'ironia della sua sorte. Non era la prima volta che moriva. Per fortuna, non sarebbe stata l'ultima. Sperava solo che non facesse troppo male, o di morire sul colpo. Sollevò la lama di fronte a sé, nell'illusione di potersi proteggere.
La cavalleria abbassò la selva di lance, pronta a gettarsi addosso al fianco scoperto del nemico. Vesper trattenne il fiato. Il suono degli zoccoli le giunse ovattato, come un distante rollio di ciottoli nella risacca quieta.
Era in pace.

VI

Oltre la maschera dell'elmo, il familiare clamore della battaglia avvampava in ogni dove. Le prime fasi di movimento strategico avevano lasciato spazio a una tempesta di ferro che, dopo la prima carica di cavalleria, si era ridotto a un'accozzaglia sanguinolenta di gente impazzita che si uccideva con ogni mezzo possibile. In quel disastro, era stato facile allontanarsi dal capitano frisone, impegnato con i suoi cavalleggeri ad arginare le

cariche nemiche sul fianco destro. Non altrettanto semplice, per Tristo, si era rivelato attraversare il campo di battaglia.
All'inizio, aveva provato a disimpegnarsi dal combattimento senza lasciarsi coinvolgere, ma, dopo pochi attimi, era stato chiaro che la regola fosse una sola: uccidere o farsi uccidere. Aveva colpito senza pietà uomini di entrambi gli schieramenti, chiunque gli si parasse davanti, aprendo corpi in due e spiccando teste con la sua temibile spada. L'armatura donatagli dal Priore lo aveva già salvato da un colpo di archibugio e da un paio di quadrelli di balestra, ma non era riuscito a proteggere altrettanto bene il suo cavallo. Nonostante lo scudo di Lauma assicurato alla sella, la bestia sanguinava da una miriade di tagli al collo, ai fianchi, sui garretti.
Non sapeva per quanto ancora avrebbe retto.
Doveva correre subito verso il bosco, ma non sarebbe fuggito senza Vesper. L'aveva persa di vista in un istante e, in quel carnaio, sarebbe stato impossibile trovarla. Impossibile per qualsiasi uomo, ma forse non per lui.
Sferrò un calcio in faccia a un fante e si allontanò dalla calca, riuscendo a guadagnare una posizione alle spalle della fanteria frisona, dove venivano trascinati feriti e moribondi. In quel coro di lamenti, alzò gli occhi al cielo, cercando solo di udire il suono della propria voce. I nomi dei Priori che aveva incontrato scivolarono nella

sua mente sotto forma di rune, quelle cicatrici che portava sul corpo e che, ormai, conosceva molto bene. All'improvviso, sentì qualcosa pizzicare sul collo, lì dove aveva ricevuto la morte per un morso. Vide la luce.

«Dagar...», mormorò.

Un soldato impazzito, in preda al panico e coperto di sangue, corse da lui gridando, gli afferrò la gamba, cercando di disarcionarlo, forse per prendergli il cavallo e fuggire da quell'inferno. Non capiva una sola parola di quei versi inconsulti che gli gocciolavano dalla bocca insieme alla saliva rossa.

Lo colpì in testa con l'impugnatura della spada, forse troppo forte. L'uomo cadde a terra e non si mosse più. Non voleva ucciderlo. Ma forse doveva.

Quando vide il sangue sul pomolo, capì cosa fare.

Rinfoderò l'arma, si tolse il guanto sinistro e intinse i polpastrelli nel rosso vivo. A memoria, tracciò la runa di Dagar sul muso del suo cavallo. La bestia scalpitò, agitata dall'odore del sangue fresco.

«Priore di Luce, Signore del Giorno», pregò allora Tristo, «mi hai già donato un occhio, ma ho bisogno che tu presti l'altro al mio cavallo. Fa' che la veda».

Prima ancora che terminasse la frase, l'impennata del corsiero terminò in uno scatto vigoroso. Aggrappandosi alla criniera, Tristo si lasciò condurre attraverso la carneficina. D'istinto, come se sapesse dove andare, quando saltare, quando voltare, il cavallo galoppò senza posa, sfilando nella mischia leggero come una freccia che passa tra gocce di pioggia.

Mentre si teneva saldo sulle staffe, Tristo fu pervaso da una sensazione di quiete. I rumori della battaglia si allontanarono, come ovattati. Un fischio acuto gli risuonò nelle orecchie, espandendosi a mano a mano che il cielo bianco si apriva. Le vaghe nubi del mattino si schiusero, lasciando che una lama dorata filtrasse tra i cirri, infilzandosi a terra.

In Volusia, aveva sentito dire, la gente chiamava quel fenomeno "L'occhio di Dio". Niente a Tristo parve più appropriato.

Sotto quel nastro di luce che discendeva dall'alto, la vide, ergersi sola contro un'onda di acciaio acuminato.

«Vesper!», gridò.

Il cavallo non dovette nemmeno ricevere il comando. Accelerò, diretto verso di lei. Sul suo manto scuro, il sangue si mischiò al sudore. Tristo allungò il braccio e Vesper lo vide. Si voltò verso di lui, un istante prima che la raggiungesse. Vesper ringhiò tra i denti serrati, aggrappandosi alla sella con la sinistra, lo spadone stretto nella destra, mentre Tristo la stringeva in vita, aiutandola a issarsi in groppa. Restò a penzoloni sul dorso del cavallo, come un sacco di patate, ma almeno era viva.

Senza rallentare, il corsiero si allontanò dalla battaglia, precipitandosi all'ombra dei pini, mentre le grida del massacro si attutivano alle loro spalle. La fuga si esaurì

non appena si furono addentrati tra gli alberi.
Ogni dono ha un prezzo. Tristo lo sapeva bene.
Ansimando, il cavallo perse il passo quasi fino a fermarsi e, quando l'uomo e la donna smontarono dalla sella, si accasciò al suolo, esausto. Vesper piantò lo spadone a terra e si chinò per esaminare le ferite dell'animale, ma, quando riconobbe la runa tracciata col sangue sul suo muso, rivolse a Tristo un piglio rancoroso.
«Perché?».
«Dovevo trovarti».
Prima che Vesper potesse replicare, un nitrito di dolore la interruppe.
«Amico mio». Tristo si tolse l'elmo e si chinò sul corsiero, toccandogli la fronte con la propria.
«Shhh...», si limitò a sussurrare Vesper, accarezzando l'animale sul collo. «Grazie», concluse infine, quando i suoi ansiti agonizzanti si fermarono.
Era morto.
«Galoppa con Dagar, adesso», mormorò Tristo, serio.
«Credi davvero in queste cazzate? Sembri un prete...», ironizzò lei.
«Mi sembrava giusto dire qualcosa».
«Tanto non ti sente più. È un cavallo, ed è morto perché tu giocavi a fare il dio, quindi siamo a piedi. Come facciamo, adesso? Dove andiamo?».
Uno scricchiolio alle loro spalle li mise in allarme, ma troppo tardi.

«Da nessuna parte», ragliò una voce.

Vesper si voltò. Fece appena in tempo a vedere la faccia paonazza di Blasco Delmar, seguito da alcuni dei suoi miliziani, con gli schioppi spianati. D'improvviso, qualcuno la attaccò alle spalle. Colpì alla cieca i primi due, ma altre mani la afferrarono. Con i calci degli archibugi fu percossa dietro le gambe. Cadde in ginocchio.

«No!», urlò Tristo, mettendo mano alla spada, ma la canna di un archibugio si posò sulla sua guancia destra.

«Non lo farei, se fossi in te», lo minacciò Blasco, mentre i suoi uomini legavano Vesper mani e piedi con delle funi.

«Cosa vuoi fare?».

«Scoprire dov'è mio figlio», replicò Blasco, mentre i suoi uomini infilavano la testa di Vesper in un cappio.

«Te l'ho detto. È morto», rispose Tristo.

«Voglio sentirlo da lei, dalla tua amica strige».

«Io non sono una strig...». Le parole di Vesper furono troncate quando il cappio fu issato oltre il tronco di un albero, sollevandola da terra.

«Fermo!». Tristo scattò in avanti, ma la grossa canna di archibugio gli fu premuta contro la faccia, costringendolo a fermarsi.

«Accendete un fuoco, ragazzi», ordinò Blasco, soddisfatto. «Arrostiamo i piedi di quella puttana finché non ci dice tutto. E legate questo bastardo a un albero: voglio che guardi...».

I miliziani di Colleferro gli si strinsero attorno.
"Perché ho ancora così paura del dolore?", pensò Tristo, "Ora o mai più".
Quando una mano gli si posò sulla spalla, reagì.
Afferrò il polso dell'uomo e lo torse, scansando l'archibugio con l'altra mano. Ma il miliziano ebbe buoni riflessi e sparò. Tristo sentì la fiammata avvampare contro il viso, seguita dall'odore della sua barba che bruciava. La palla di piombo lo prese solo di striscio, ma la violenza del colpo lo buttò a terra, assordandolo.
«Colpito!», festeggiò il miliziano, subito prima di trovarsi un pugnale conficcato nell'inguine. Strillò come una ragazzina, mentre Tristo si rialzava, rigirando la lama nelle sue carni. Con lo squarcio sulla guancia e il volto annerito dalla detonazione, apparve ancora più spaventoso.
Gli altri miliziani esitarono. I primi due caddero senza nemmeno reagire. Gli altri balzarono addosso a Tristo, lasciando cadere Vesper a faccia in giù tra gli aghi di pino, boccheggiante, con il cappio ancora serrato sulla gola.
«Uccidetelo!», gridava Blasco Delmar, mentre i suoi uomini venivano massacrati uno dopo l'altro, con le armi infrante contro la corazza di Tristo o scagliate lontano. In pochi istanti di furia, il Priore Oscuro si ritrovò a rimirare i cadaveri di otto uomini. Gli avevano salvato la vita giusto la notte prima, e ora giacevano ai

suoi piedi, scannati come maiali.
Blasco Delmar puntò lo schioppo e fece fuoco. Questa volta, però, il vecchio arnese non fece il suo dovere. La miccia infiammò la polvere, ma la detonazione avvampò solo nello scodellino, provocando una cascata di scintille che accecò il balivo, spingendolo a gettare l'arma e ripararsi gli occhi con entrambe le mani. Tristo non perse tempo e liberò Vesper, tagliando le funi che la avvinghiavano.
«Stai bene?».
«Sono incazzata nera», berciò lei, alzandosi. «Che giornata da cani», concluse, sputando a terra e gettandosi contro il balivo, ancora intontito.
«No, no, no!», urlò lui, cercando di scappare.
In due falcate, Vesper lo raggiunse e lo atterrò con uno sgambetto.
Solo allora, udendo un nitrito, la donna notò i nove cavalli impastoiati a circa cinquanta passi da loro, nel bosco.
Era stata una vera e propria imboscata.
«Ti prego! Ti prego! Ho famiglia!», implorò Blasco, mentre Vesper lo afferrava per la collottola, tirandolo in piedi e sbattendolo con la schiena contro un albero.
«Ti sembro una dannata strige?!», gli urlò in faccia Vesper, sfogando tutta la sua rabbia. «Eh? Ti sembro una di loro?!», ripeté, snudando i denti.
«Perché hai preso mio figlio?», piagnucolò il balivo.
«Tuo figlio era uno di loro», intervenne Tristo. «Era un

famiglio».

«Ho dovuto ucciderlo», confessò Vesper. «Ma non ha sofferto».

«Non è vero! No! Siete dei bugiardi...».

Vesper lo zittì con uno schiaffo di rovescio. Blasco sputò sangue.

«Secondo te, tutta quella storiella alla taverna cosa significava?», ringhiò, lasciando afflosciare l'uomo a terra. «Era una lezione», aggiunse poi, senza mai dargli le spalle. «E ne ho un'altra per te, balivo», recitò, ridendo. «Non dire gatto se non ce l'hai nel sacco».

VII

Tristo finì di assicurare le bisacce alla sella del cavallo. Aveva preso per sé un corsiero di taglia media, rigorosamente dal manto morello, scegliendo per Vesper una cavalla pezzata e irrequieta. Forse gli ricordava il suo temperamento. All'inizio, aveva pensato di portarsi via tutti i cavalli, ma sapeva che dovevano muoversi in fretta; quindi, aveva scelto il palafreno più in forze e l'aveva caricato con tutto ciò che poteva tornargli utile. Dovevano andarsene, fin tanto che gli strascichi della battaglia tenevano gli uomini lontani dal bosco. Spari e grida ancora echeggiavano in lontananza, mentre una serie di piccole scaramucce infuriavano qua e là nella piana. Nonostante l'inferiorità numerica, i mercenari frisoni

avevano prevalso e, per quanto la Confederazione restasse sul campo, incapace di accettare una ritirata, era chiaro che non avrebbero più avuto alcuno slancio per attaccare. Molti dei loro uomini erano morti, prigionieri o feriti.
Un lamento sommesso attirò la sua attenzione. Si voltò e si incamminò verso Vesper, ancora intenta a stringere nodi.
«Siamo pronti», avvisò Tristo. «Possiamo andare».
«No! Pietà!».
Rinchiuso dentro un sacco di iuta, Blasco si dimenava come una bestia catturata, ma Vesper lo calmò con una gomitata. Appeso alla fune, il sacco oscillò sopra il fuoco acceso a terra, ancora troppo lontano per poterne sentire il bruciore.
«Fa caldo, là dentro, balivo?», domandò Vesper, divertita.
«Vi prego!».
«Spero che il tuo cavallo non si stanchi troppo», commentò Vesper, spostando gli occhi su Tristo.
Con l'indice, gli intimò di tacere, prima di indicargli la fune che teneva sospeso il sacco di iuta. Non era legata alla sella del cavallo di Blasco, come gli aveva fatto credere, ma era saldamente annodata al fusto di un albero. Vesper rise in silenzio, come una bambina che fa uno scherzo.
Tristo scosse il capo, ma in realtà era contento. Si era rivelata meno crudele di quanto gli fosse sembrata

all'inizio.

«Addio, balivo Delmar. Grazie per l'ospitalità», si congedò poi, tirando una pedata al sacco. Dall'interno, Blasco iniziò a vomitare improperi inconsulti, seguiti da un piagnucolio patetico.

Entrambi lo ignorarono, incamminandosi verso i cavalli. Vesper afferrò lo spadone e lo estrasse dal terreno. Con un colpo di tacco, se lo mandò in spalla.

«E quello?». Tristo guardò l'arma, perplesso. «Non è troppo grande, per te?».

«Lo so usare meglio di un uomo».

«Non lo metto in dubbio».

«Mi ha portato fortuna», confidò lei. «Ho avuto paura di morire oggi. Tante volte».

«Anch'io. Sebbene io non possa morire».

«È il dolore che fa paura. Lo farà sempre. Credimi, non ci si abitua mai».

Vesper allungò una mano alla benda insanguinata che Tristo aveva sul viso.

«Come va?».

«Fa un male cane», ammise lui, scostando il tessuto e sputando sangue.

«L'Etere scorre dentro di te», appurò lei. «Guarirà, ma lentamente».

«Ci mancava giusto un'altra cicatrice in faccia. Già non ero un granché prima».

«Per me sei bellissimo».

«Smettila».

«Forse stanotte arriverà qualche bella Prioressa a curarti...».

«No», tagliò corto lui, avvicinandosi al corsiero nero. «Stavolta no».

«Perché?».

«Ho provato a dirtelo. Ieri notte è successo qualcosa di strano».

«Mhm. Racconta», lo incalzò lei, montando in groppa alla giumenta pezzata.

«I Priori non verranno più», rivelò Tristo, issandosi in sella. «D'ora in poi, saremo soli».

In silenzio, i due si avviarono a passo lento attraverso il bosco, lasciandosi alle spalle colline tinte di rosso e tappezzate di cadaveri.

Una battaglia era finita. La guerra era solo all'inizio.

Donna e fuoco
(...toccali poco)

I

«Sicura che non vuoi venire con me?».
Ne avevano parlato per giorni, ma Averil doveva tentare, anche se sapeva che le avrebbe detto di no.
Aveva sognato quel momento e già conosceva la risposta di Valka.
«Devo pensare alla mia gente».
Alle spalle della Madre, un folto gruppo di Predoni era radunato sulla strada, con carri e cavalli. Erano giunti non appena la notizia della distruzione di Grifonia si era diffusa. Reko, il capo razziatore, aveva condotto l'esercito in città per muovere guerra, ma aveva trovato solo un cumulo di rovine. Ora, gli edifici sventrati e neri giacevano silenti in mezzo a un mare di tombe. Per giorni, i Predoni avevano scavato fosse. Tutti i corpi che erano riusciti a recuperare erano sepolti nei campi oltre la riva del fiume che volgeva a intramonte, dove le lapidi si distendevano a perdita d'occhio. Avevano usato sassi, mattoni, pali di legno, spade; tutto ciò che poteva servire a contrassegnare quei morti senza nome.

«Dove andrete, ora?», domandò la veggente, distogliendo lo sguardo dall'immenso cimitero.
«Dicono che tutto l'occaso sia in fiamme. In teoria, è ancora la mia terra», replicò Valka, abbozzando un sorriso.
Dopo ciò che era accaduto, la sua voce era bassa e flebile. La Sanguinaria sembrava essere stata spogliata della sua forza.
«Lo sai che è opera sua», puntualizzò Averil, evitando di pronunciare il nome della strega.
«Proprio per questo devo andare. Qualsiasi cosa stia facendo, non posso lasciare la mia gente in balia dell'Ordine Bianco».
«Combatterai per lei?».
Valka prese un respiro e si voltò di lato, lasciando che il vento le muovesse i lunghi capelli castani. Da quando Kaisa era morta, non aveva più osato intrecciarli.
«Farò tutto ciò che devo», confessò poi. «Non ho altra scelta».
Averil si chinò sulla sella del cavallo per posarle una mano sulla spalla, piantandole l'unico occhio addosso. Come sempre, Valka distolse lo sguardo. Era tempo di congedarsi, la veggente lo sapeva, perciò schiuse le labbra in un sorriso
«Puoi scegliere se portare con te quel rompiscatole o no...», disse, indicando Padre Goffredo, intento a sistemare le sue bisacce sul dorso di un ronzino irrequieto.

Anche Valka lo guardò e si lasciò sfuggire un sogghigno.

«Il campanaro? Mi ha salvato la vita. Se vuole venire con me, glielo devo».

«Non capisco perché voglia venire. Non ha idea di quanto sia pericoloso».

«Io credo che lo sappia», confidò Valka, sistemandosi il mantello rattoppato sulle spalle. «Negli ultimi tempi, Bonifacio era molto... vicino a me».

«Vicino?».

«Credeva in me».

«Quindi, anche Goffredo crede in te».

«Lo deluderò».

La veggente prese un profondo sospiro e scosse la testa.

«Ancora non hai capito? Non sei padrona del tuo destino».

«È un'idea che fa paura».

«È la verità. Io l'ho visto. E anche tu».

Valka non poté replicare.

«Qualunque strada tu prenda, ti ricondurrà sempre allo stesso risultato», affermò Averil, grave. «In un modo o nell'altro».

«Allora, non ha importanza quello che faccio».

«Ha importanza per te, per la donna che vuoi essere». La veggente spostò gli occhi sui Predoni pronti a mettersi in viaggio. «Ha importanza per questa gente, e a quale fine li condurrai».

«Sai dirmi qualcosa, su quello che mi aspetta?».
Averil non aveva fatto altro che sognare ogni notte e avere visioni durante il giorno. Come poteva rivelare a quella donna ciò che la aspettava?
«Fuoco e fiamme», si limitò a dire.
«Incoraggiante».
«Il fuoco uccide, ma a volte può anche purificare», aggiunse la veggente, enigmatica.
«Grazie per avermi aiutato. Per avermi curata».
«Ha fatto quasi tutto lui», dissentì Averil, sollevando una mano verso Goffredo. «Addio, Padre!», salutò, alzando la voce.
«Che tu sia benedetta dai Dodici Elementi!», replicò il prete, con il solito tono salmodiante.
Valka alzò gli occhi al cielo.
«Forse hai ragione tu. Non dovevo portarlo con me. Posso sempre ucciderlo nel sonno, giusto?», scherzò poi.
Averil le rivolse un sorriso sincero, poi si congedò da Goffredo.
«Tutti e Dodici, non credo. Ma almeno è bel tempo», concluse, sibillina.
Il prete non aveva idea che l'equilibrio fosse distrutto per sempre. Non poteva immaginare che alcuni elementi fossero stati corrotti dalla stregoneria.
Ora il mondo non seguiva più le leggi naturali e forse era troppo tardi per tornare indietro.
Averil non sapeva come condividere quello che sapeva,

quello che sentiva. Qualsiasi deviazione nel cammino di Valka avrebbe potuto provocare più rovina, che benefici. Ne era consapevole.
Toccava a lei accettare il suo destino e portarlo a compimento.
A lei e nessun'altro.
Il Santo Priore lo sapeva. L'aveva lasciata libera e ora lei doveva fare lo stesso. C'erano altre questioni che richiedevano il suo intervento. Questioni che avrebbero potuto influenzare il futuro, spingerlo nella direzione giusta.
«Quindi, Volusia?», le chiese Valka.
«È l'unico regno rimasto in piedi. L'ultimo re».
«Un ragazzino. Buona fortuna».
«Grazie». Averil guardò gli occhi grigi di Valka un'ultima volta. Sapeva che si sarebbe pentita di quella scelta. Sapeva che le sarebbe mancata.
Quella donna era come un magnete, per lei. Un nodo in cui i fili rossi dell'arazzo si intrecciavano in uno splendido e insondabile disegno.
«Addio, Sanguinaria», disse, congedandosi.
«Arrivederci, vecchia orba», scherzò Valka.
Ma, questa volta, Averil non sorrise.
Sapeva bene che non si sarebbero riviste mai più.
«Addio», ripeté, in tono grave, spronando il cavallo e dandole le spalle.
La veggente galoppò via, lungo la strada deserta che seguiva il fiume, senza voltarsi mai.

Per lunghi istanti, Valka restò ferma, a guardare la sua sagoma solitaria svanire verso solivante.

II

Non era la prima volta che vedeva i Predoni, ma mai così da vicino, mai vivendo in mezzo a loro. La gente conosceva la loro ferocia, vedeva le trecce, le pelli, le pitture sul volto, ma non le persone che c'erano sotto. Tante volte, Padre Goffredo aveva sentito dire "i Predoni non sono umani". Li aveva sentiti chiamare bestie, mostri, assassini. Il popolo delle torri li odiava e loro odiavano il popolo delle torri, sebbene condividessero lo stesso sangue e lo stesso passato.
Mentre nelle valli si coltivava la terra, e la società si organizzava in un rigido ordine feudale, i Predoni erano rimasti arroccati sulle montagne. Avevano deciso di essere liberi, vivendo di caccia e saccheggi.
Massacrati per secoli, sotto Valka la Sanguinaria avevano conosciuto il loro momento di gloria e di riscatto, ma a un prezzo altissimo: la libertà.
L'alleanza con l'Ordine Bianco si era rivelata una mera sudditanza.
I Predoni erano usati come avanguardia, come carne da cannone; cani da caccia per procacciare prigionieri da sacrificare al blasfemo culto del sangue. Il peso di quelle scelte gravava sulle spalle della regina spezzata che cavalcava al suo fianco.

Mesi prima, Goffredo l'aveva vista in tutta la sua fierezza, alta, con le spalle avvolte dal mantello di lupo. Ora stava ingobbita sulla sella, drappeggiata in un cencio pieno di toppe e cuciture, il volto smagrito e stanco. Aveva odiato quella donna, ma il Santo Priore gli aveva detto di armarla e lui ci aveva provato, combattendo contro ogni istinto.
Quando l'aveva trovata a terra, ferita nel corpo e nell'orgoglio, aveva soppresso la tentazione di lasciarla lì a languire, a morire di stenti, sola nel mondo di cenere che aveva contribuito a creare.
Poi, aveva sentito riecheggiare nella mente le parole di Bonifacio e allora l'aveva curata, l'aveva pulita, l'aveva dissetata e scaldata.
Ogni giorno, svegliandosi sul suolo duro, nel fetore dell'accampamento, si chiedeva cosa l'avesse spinto a seguirla in quel viaggio. Certo, la curiosità di conoscere il suo popolo, di vedere uno strigon senza pisciarsi addosso. Ma, prima di ogni altra cosa, c'era l'amore. Goffredo ora lo sapeva.
Aveva imparato ad amarla e non voleva lasciarla sola.
Valka sembrava tollerare a malapena la sua presenza, tuttavia, trascorreva al suo fianco la maggior parte del tempo.
«Cosa scrivi, campanaro?», gli chiese lei, oscillando al passo del cavallo.
«Quello che vedo, mia signora», rispose Goffredo, con gentilezza.

«Non capisco come tu faccia».
«Anni di pratica», replicò il prete, riponendo la penna nel calamaio.
Nelle lunghe notti di veglia trascorse nelle rovine di Grifonia, si era intagliato un bello scrittoio da sella che aveva montato sul basto del suo ronzino. In quel modo, poteva ingannare le giornate di viaggio continuando a compilare la sua cronaca.
«E cosa stai scrivendo, adesso?», si incuriosì Valka.
«L'ordine di marcia dei Predoni: l'organizzazione della colonna, il trasporto di tende e materiali, i cacciatori in avanscoperta, le *noite* di retroguardia...».
«*Noita*».
«Prego?».
«Non esiste il plurale di quella parola. Le incantatrici di roccia sono *noita* e basta. Una come un milione», spiegò Valka. «Ma voi le chiamereste streghe, in ogni caso».
«È un dato di fatto che usino la stregoneria», tenne il punto Goffredo.
«L'esercito dei golem fu costruito dal Principe Fosco, secoli fa, ma nessuno l'ha mai chiamato stregone».
«Una figura alquanto controversa...», attaccò il prete, ma lei non lo lasciò continuare.
«Ho visto il tuo Santo Priore uccidere un uomo alzando un dito», insistette. «Quella non è stregoneria solo perché a usarla è un uomo?».
«Non è quello che intendevo, mia signora».
«Ogni volta che una donna prova ad alzare la testa

contro il potere degli uomini, diventa subito una strega».

«Di certo non vi riferite a...».

«Wèn, certo che sì. Per questo la ammiravo... moltissimo. Credevo che il suo fosse l'unico modo per cambiare le cose».

«E ora cosa credete?».

Valka distese lo sguardo di fronte a sé, verso il cielo fumoso che velava le alture. Il suo volto fu adombrato dallo stesso pallore che offuscava il sole, e cupi pensieri scivolarono come nubi nelle sue iridi grigie.

«Credo che le cose siano cambiate», dichiarò, dopo un lungo silenzio. «Ma non in meglio. Forse anch'io sono stata ingannata, come il Principe Fosco. Come lui, sarò maledetta per sempre», disse in tono amaro, spronando il cavallo e lasciando Goffredo indietro, solo con le sue parole di carta.

Il prete seguì con lo sguardo la Madre dei Predoni cavalcare verso la testa della colonna in marcia. Di fronte a loro, l'orizzonte si scontrava contro la mole della catena montuosa che divideva la Bassa dei Tre Rivi dal Tavoliere dei Profumi. Il passo era vicino.

Goffredo prese la penna e scrisse: "Oltre le cime rocciose, una cortina di caligine cela l'ignoto".

III

Da alcune settimane, gli esploratori raccontavano di

grandi incendi che divampavano nell'estremo occaso, ma, quando il prete contemplò la vista dall'alto del passo, il fiato gli si fermò in gola.
L'intero Tavoliere era in fiamme.
Un muro di fumo si levava oltre il corso dei due fiumi che si incontravano al centro della pianura, come se immani draghi si fossero risvegliati da un grande sonno e avessero sbuffato oceani di fuoco dalle froge roventi.
Il turbolento fiume Scioglineve, con le sue cateratte, teneva a bada una marea di fiamme gialle, che baluginava come oro luccicante sotto una coperta di miasmi. La più dolce corrente del Lavandulo, invece, non contrastava con sufficiente vigore l'ardore che invadeva i campi come la colata di un'eruzione vulcanica. La stessa Città della Foce, avviluppata da una nera cappa di fumo, era ormai circondata dal fuoco.
«Misericordia», esclamò Goffredo, con gli occhi umidi per il vento caldo.
«Tieni». Una mano ruvida gli allungò una fiasca d'acqua e un panno.
Il prete si voltò, incontrando il cipiglio di Reko. «Bagnalo e mettilo davanti a naso e bocca», consigliò il predone, legandosi un fazzoletto umido sul volto.
«Che sta succedendo?», chiese Goffredo, con lo sguardo fisso allo spettacolo apocalittico.
«Il mondo brucia», ribatté l'altro, come se fosse una cosa normale.
Il prete bagnò la pezza e si coprì il volto, respirando nel

tessuto umido come se dovesse inalare una qualche essenza benefica. Sconvolto com'era dalla visione, nemmeno si accorse di Valka che, conducendo il proprio cavallo per le briglie, gli si affiancò.
Insieme, contemplarono il mare di fumo e roventi bagliori.
«Non è naturale», sussurrò il prete.
«Come dici, campanaro?».
Solo allora Goffredo si accorse della regina e si affrettò per mettere ordine nei suoi pensieri.
«Questo fuoco è opera del diavolo», affermò, toccando il proprio ciondolo.
«Eccolo che ricomincia», sogghignò Valka, prendendo la borraccia dalle mani di Reko.
«No, sul serio, ascoltate», proseguì Goffredo, concitato, sfogliando il suo manoscritto. «Nel mese Fiorito ha piovuto parecchio in tutta l'area attorno al lago Forracque e anche più a solivante».
«E quindi?». Reko sembrò incuriosito.
«Adesso siamo nel mese Abbondo, che, come dice il nome, è il tempo delle piogge. Il Tavoliere è una terra fertile, non arida: com'è possibile che il fuoco divampi così in fretta? E cos'è questo vento caldo?».
Valka e Reko si limitarono a scambiarsi un'occhiata.
«Non si è mai visto un clima così, in questo periodo», proseguì Goffredo, voltando le pagine con foga. «Almeno, non negli ultimi vent'anni!».
«Tu stai scrivendo quel libro da vent'anni?», lo provocò

Valka, ma il prete non colse.

«Vi prego, vi prego, sono serio». Goffredo sudava copiosamente sotto la tonsura. «Dove si è scatenato il primo incendio?», domandò, febbrile.

«Un po' di tempo fa, dai Cinque Picchi si poteva vedere l'intera foresta di Selvargento bruciare», riferì Reko.

«Il santuario dei Priori», squittì il prete, stringendo il medaglione nel pugno, tanto da far penetrare i raggi di bronzo nella pelle. «Mia signora, ricordate il vento che la strega ha scatenato su di noi, quando ha invaso il palazzo? Ricordate le fiamme nella città? Vi dico che questa è opera sua!».

«Wèn non ha mai avuto controllo sugli elementi».

«Ora ce l'ha!», esclamò il prete, stralunato. «Non so come, non so perché, ma sono sicuro che sia opera sua! Ha incendiato il bosco sacro dei Dodici e ora sta incendiando queste terre!».

«Calmati, campanaro. Quello che dici non ha senso», obiettò Valka. «Queste terre sono sotto il nostro controllo, che senso avrebbe distruggerle?».

«Io non lo so, mia signora. Non lo so», scosse il capo Goffredo, respirando profondamente. «Ma voi dovete credermi. So di aver ragione».

A quelle parole, Valka lo guardò dritto negli occhi per un lungo istante, e il tono della sua voce si intenerì quando disse:

«Ti credo».

«Davvero?».

«So che sei convinto di quello che dici. Nessuno di noi è cieco», affermò la Madre dei Predoni.
«Una furia dà rapidità a queste fiamme», aggiunse Reko, sentendosi autorizzato a parlare.
«Qualsiasi cosa stia succedendo qui, la scopriremo presto», risolse Valka, serrando la mascella e portandosi il fazzoletto umido al viso.
Con un tocco dei talloni, spronò il cavallo giù per la mulattiera sassosa.
«*Mennään!*», urlò Reko, richiamando l'attenzione con un fischio.
La colonna si rimise in marcia, discendendo verso la vallata ardente.

IV

Quella notte, Goffredo non chiuse occhio.
Aveva lo sguardo fisso ai bagliori che rosseggiavano fino in cielo.
Accampati ai piedi delle alture, i Predoni si erano fatti silenziosi. Nessun canto, né lotte, né bevute. La quiete era interrotta dagli sporadici latrati dei cani e da ripetuti colpi di tosse. Nonostante numerose leghe li separassero dall'incendio, l'aria densa di fumo faceva pizzicare naso e gola.
A mattino inoltrato, il sole fece capolino oltre le vette alle loro spalle, baluginando al di là dei vapori con un sinistro colore bronzeo. La colonna era in cammino da

poche ore, quando incappò nei primi profughi. Alla vista dei Predoni, i primi fuggiaschi si dileguarono nei campi. Più avanti, però, la strada era intasata da una lunga processione di carri, cavalli, persone.
Goffredo spronò il suo goffo ronzino per affiancare Valka, in sella alla sua agile giumenta. I due distesero lo sguardo sulla variopinta fiumana di persone che occupava l'unica strada attraverso le campagne.
«Castelcolle», sancì Valka. «Hanno abbandonato la città».
Il prete annuì, notando le insegne sulla fiancata di un carro stracolmo di bambini.
«Cediamo il passo», ordinò Valka, spostando la sua cavalcatura nell'erba alta.
A poco a poco, coordinata dagli ordini di Reko, tutta la colonna si spostò dalla strada e i Predoni si accamparono per mangiare.
Quando capirono che non avevano intenzione di attaccarli, i profughi iniziarono a sfilare lungo l'unica via. I volti erano lugubri, gli occhi arrossati.
«Quello da cui stanno fuggendo deve fargli molta più paura di noi», commentò Valka, osservando le carovane stracolme scivolarle davanti agli occhi. Fece un cenno con la testa e alcuni del suo seguito, donne, perlopiù, si avvicinarono ai fuggiaschi per distribuire acqua e viveri. Non ce n'era abbastanza per tutti, ma, dopo i primi attimi di diffidenza, madri e bambini cominciarono ad afferrare i pani e gli otri che venivano offerti.

Chi tra i Predoni conosceva la lingua, cominciò a fare domande, per avere i primi ragguagli sull'accaduto. Tra le parole ripetute più volte dai cittadini terrorizzati di Castelcolle, Goffredo riconobbe "fuoco" e "morte".
«Non ci sono cavalieri», osservò il prete, setacciando con lo sguardo la strada. «Né uomini armati di sorta, ne sono certo».
Valka replicò con un cupo mugugno di assenso.
Dieci miglia più avanti, li trovarono.
I pali acuminati emergevano dal fumo come piloni da ormeggio che affiorano da una cupa laguna. Le punte erano annerite dal fumo e dal sangue. Grosse mosche nere ronzavano nella foschia, affollandosi attorno alle ferite putride. Gracchianti stormi di uccelli già banchettavano sui resti, contendendosi occhi e viscere.
Goffredo si sforzò di continuare a contare i corpi dei guerrieri impalati in quella macabra selva, ma dovette accasciarsi per vomitare. Dall'unico albero spoglio pendevano corpi impiccati, con i volti paonazzi e stravolti da una lenta agonia. Qua e là, come un macabro ornamento a quella distesa di morte, giacevano mucchi di arti amputati. Alcuni dei cadaveri trafitti sui pali erano decapitati, e li si poteva distinguere per gli abiti più ricchi o le armature più costose. Di certo le loro teste erano state prese come trofeo.
«L'Ordine Bianco», sibilò Reko, cupo in volto.
«Riconosco lo stile», gli fece eco Valka, smontando di sella.

«Perché?», gorgogliò Goffredo, asciugandosi la bocca, ancora piegato in due.

«Chiedilo a loro».

All'unisono, tutti gli uccelli si levarono in volo, strillando spaventati.

Il prete alzò lo sguardo, osando passare oltre i macabri resti dell'esercito di Castelcolle, e vide sagome oblunghe galleggiare nella foschia.

I panneggi bianchi dei loro mantelli si perdevano nelle esalazioni come brandelli di nubi, gli elmi aguzzi e senza volto conferivano alle loro figure spettrali una forma aliena e terribile. Disposti in un ampio semicerchio tutt'attorno al mattatoio, gli strigoi attendevano immobili come pallidi obelischi di un blasfemo santuario.

Valka sollevò un pugno, per comandare al suo seguito di non reagire in nessun modo. Dopo aver lasciato le redini del cavallo a Reko, la Madre dei Predoni si avviò sola verso i pali grondanti sangue.

In seguito, Goffredo non avrebbe saputo dire quale strana forza lo avesse pervaso in quel momento, e se fosse stato un istinto di morte, o la sua innaturale inclinazione a compiacere le persone che ammirava. Fatto sta che, quasi senza esitare, si lanciò di corsa dietro a Valka.

«Torna indietro, campanaro», gli ordinò lei, ma il prete non rispose, limitandosi a camminare al suo fianco, Lei non insistette oltre. Forse, in fondo al cuore, era confortata dalla sua presenza.

Percorsa una cinquantina di passi, i corpi issati sui pali incombettero su di loro come frutti di un albero osceno. Valka arrestò il suo incedere quando, dai vortici di fumo scossi dal vento, si materializzò una figura dai contorni indistinti. A differenza degli altri strigoi, era ammantato di nero; esile, oblungo, tanto da sembrare distorto da un'illusione ottica. La testa era calva e di un bianco traslucido, malsano. Nelle orbite incavate, due occhi scuri scintillavano come sfere di ossidiana. Quasi aleggiando sui vapori, la figura avanzò verso di loro e il suo volto liscio sembrò spaccarsi in due, tranciato da un orrido ghigno che si apriva da orecchio a orecchio.

Goffredo rabbrividì alla sua vista e si rese conto che, al suo fianco, Valka sembrava reprimere lo stesso tremito.

Quando fu abbastanza vicino, il prete poté vedere calzari appuntiti muoversi sotto la lunga tunica nera dello strigon. Constatare che non stava fluttuando, come gli era parso, lo tranquillizzò. Non sapeva se fosse frutto dell'inganno o di un'apparenza mutevole, ma, nel momento in cui si trovò faccia a faccia con lui, quel mostro gli sembrò più umano di quanto non avesse creduto.

Era molto alto, sì, e tanto sottile da sembrare privo di ossa, ma era il volto di un uomo, quello che si ritrovò a guardare sottecchi.

«Drekavac», lo salutò Valka, con freddezza.

«Imperatrice», rispose l'altro, con ampollosa deferenza,

porgendo un ossequioso inchino.

«Mi era stato promesso un impero», rispose lei, spostando lo sguardo sulla selva di impalati. «Ma qui vedo solo cenere».

«La nostra accoglienza non vi compiace?», domandò lo strigon.

A Goffredo parve che la sua lingua sibilasse tra i denti come quella di un serpente.

«Di cattivo gusto», gli tenne testa Valka. «Senza contare che Castelcolle era una mia città».

«Vostra?». Drekavac si lasciò andare a un risolino. «Tutto ciò che avete appartiene all'Ordine Bianco», si indurì poi, sollevando una mano.

Le dita oblunghe e nodose, sormontate da bianchi artigli, si chiusero lentamente in un pugno. Valka iniziò a urlare.

Piegata in due dal dolore, la regina cadde in ginocchio tenendosi la schiena. Goffredo vide del fumo sollevarsi dai suoi abiti, lì dove la sua pelle era marchiata dal sigillo della strega. Il prete sentì l'odore della sua carne bruciata e si chinò per sorreggerla.

«Basta! Pietà!», implorò, ma il marchio continuò a sfrigolare sulla schiena di Valka, lasciandola a terra, senza fiato.

«Credeva di essere una lupa, ma invece è solo una cagna», ringhiò lo strigon, con voce ribollente. «E deve essere addestrata, sì».

Goffredo si alzò, straziato dal dolore della regina, e la

rabbia lo riempì di stupido coraggio.

«Nel nome dei Dodici, ti ordino di fermarti!», urlò, sollevando il suo pendaglio a forma di sole.

Per tutta risposta, lo strigon scoppiò a ridere e il suo volto si spaccò in due, mostrando quell'orribile sorriso che il prete aveva intravisto nel fumo.

I denti erano acuminati come quelli di una vipera e nulla, nelle sue trasmutate sembianze, pareva umano, adesso.

«I Dodici non hanno più alcun potere», sibilò.

Con un solo sguardo, arroventò il ciondolo tanto da deformare il metallo, ustionando la mano del prete. Valka e Goffredo si ritrovarono entrambi in ginocchio, doloranti.

«Questo è il vostro posto, sì, sì», aggiunse Drekavac, soddisfatto.

Allora, il terreno vibrò. Valka si alzò di scatto, sollevando il braccio per fermare Reko e altri Predoni che erano scattati alla carica.

«*Lopettaa! Olen kunnossa!*», urlò, sforzandosi, e gli uomini a cavallo obbedirono, arrestando il loro attacco.

«Oh, che peccato», osservò lo strigon, esagerando il broncio. «Speravo che si facessero massacrare per te».

«Troppa gente è già morta a causa mia».

«Molto toccante, sì», la schernì Drekavac. «Tutto questo tempo in compagnia del Priore ti ha fatto diventare patetica». I suoi occhi freddi e oscuri si posarono sul prete, ancora in ginocchio. «E guarda che brutta compagnia», aggiunse, schifato. «Speravo che fosse un omaggio per me», sibilò infine, facendo oscillare la lingua tra le labbra livide, in modo osceno.

«Il prete non c'entra», lo difese Valka. «Piantala con i giochetti, Drekavac, e dimmi cosa vuoi».

«Oh, finalmente la cagna si comporta come si deve. È bastato un pizzichino di dolore, sì».

La Madre dei Predoni non rispose.

Poi tese la mano a Goffredo, aiutandolo ad alzarsi.

«Ora che tutto è chiaro e limpido tra noi, ho degli ordini per te. Arrivano dritti dritti dalla nostra regina, oh sì», attaccò Drekavac, congiungendo gli artigli e distendendo il viso nella sua fittizia parvenza umana.

«Farò quello che chiede, ma non dovete più massacrare la mia gente...», tentò Valka, ma l'indice dello strigon si levò, l'unghia parve allungarsi, ritorta, e la sua voce stridula le fece raggelare il sangue.

«Nah-nah-nah», dissentì, civettuolo. «Nessuna condizione. La tua padrona ordina. Tu obbedisci. Abbaia, se hai capito. Whof! Whof!».

Drekavac rise, ma Valka non abbaiò. Nemmeno, però, osò replicare.

«Il fuoco avanzerà». Lo strigon si fece serio e i suoi occhi sembrarono accendersi, come se riflettessero l'ardore degli incendi lontani. «Tutto brucerà, ma il tuo popolo sarà risparmiato».

«Perché?».

«Ma è ovvio! Perché ci servite, oh sì! Abbiamo bisogno

di cani da pastore». Drekavac ghignò di nuovo. «Città e villaggi verranno abbandonati e voi dovete radunare tutte le persone che fuggono, oh sì. Dovete riunirli tutti e portarli sull'isola di Roccaleone».
«Non c'è nulla su quell'isola, solo rovine».
«Tu hai creato quelle rovine, o sbaglio, cara?».
Valka non replicò. Ricordava bene i mesi di quel duro assedio.
Un'altra roccaforte caduta sotto i colpi del suo esercito di pietra.
«Porterai tutti sull'isola, così saranno al sicuro dal fuoco, oh sì. Nessuno deve andare via. Tutti nello stesso recinto».
«Sono persone, non bestie».
«Oh, sì che sono bestie. Da sempre vivono nei recinti, come maiali. Cosa sono le loro città chiuse nelle mura, se non porcili e pollai?». Lo strigon rise ancora, ma, questa volta, il suo volto non si deformò.
Goffredo non credeva di poter sopportare la vista di quell'oscenità un'altra volta.
«Cosa volete fare?», domandò Valka, fallendo nel nascondere un tremito nella voce.
«Niente domande, cara. No, no», scosse la testa Drekavac. «Raduna le tue armate. Presto, tutte le terre riarse saranno nostre e l'Ordine Bianco regnerà su ogni cosa. Sorridete!», si rallegrò con un giubilo forzato. «Siete dalla parte dei vincitori».
Lo strigon lasciò scivolare le lunghe braccia sui fianchi e

la sua tunica fu scossa dalla brezza. Goffredo strabuzzò gli occhi, quando vide il suo corpo smaterializzarsi a poco a poco in una nube grigia, diluendosi nella foschia come una pittura stinta dall'acqua.
«Hai sette giorni», sussurrò Drekavac, prima che il suo volto si frammentasse in una miriade di schegge di vetro nero, scivolando via nel vento come insetti.
L'eco della sua voce sibilante aleggiò per un momento a mezz'aria, prima di dileguarsi nel nulla, insieme alla sua fioca ombra.
«Misericordia», gemette Goffredo, sgomento.
Anche gli strigoi ammantati di bianco erano svaniti nel nulla. Valka e il prete restarono soli, sparuti viandanti in una foresta di morte.

La speranza
(...fa ricchi i poveri)

Viaggiarono per tre notti verso solivante, lasciandosi alle spalle i postumi della battaglia. Di giorno, restavano acquattati nei boschi gocciolanti di pioggia, mentre le strade fangose erano percorse da bande di fuggiaschi e pattuglie di inseguitori. A giudicare dagli ordini in frisone che echeggiavano tra le colline, i mercenari erano riusciti a sconfiggere la Confederazione in modo definitivo.
Dopo quello che le era successo, Vesper preferì trascorrere le giornate nel suo caldo pelo di gatta, leccandosi le ferite. Solo quando si fermarono ad alloggiare in una locanda, non lontano dalla capitale del regno, si fece trovare donna, stesa sul letto, con indosso un corpetto nero di pizzo e batista.
Trascorsero i giorni successivi chiusi in camera, tra il letto e la tinozza traboccante d'acqua calda. Lavarono via il fango, il sangue, il freddo, l'odore della morte. Lui si rasò la barba affinché lei potesse cucirgli la ferita sul volto, che si rimarginò in fretta. Dopo aver fatto l'amore, mangiarono, bevvero, dormirono.
Poi fecero di nuovo l'amore.

Per fugaci momenti, si dimenticarono di tutto il mondo al di fuori di quella stanza, finché, una mattina, la locanda si riempì di viaggiatori.
«Il morbo è arrivato a Olibria!», annunciavano, angosciati.
A centinaia si riversarono per la strada, abbandonando la città, in cerca di scampo nelle campagne, temendosi l'un l'altro e guardando il prossimo con sospetto. Quel giorno, Tristo guardò oltre la finestra con aria cupa e disse: «Dobbiamo andare».
La tregua era finita. Là fuori, sembrava che la gente fosse impazzita.
Lungo la via che li divideva dalla città, videro fattorie e villaggi dati alle fiamme. I contadini si denunciavano l'un l'altro al clero, ma, quando gli sbirri non arrestavano nessuno per mancanza di prove, i vicini di casa si facevano giustizia da sé, uccidendo, bruciando e saccheggiando, senza alcun motivo. Tutti erano vittime, tutti erano untori. Nessuno si fidava più del prossimo. La paura generava mostri e liberava violenze e inimicizie represse da tempo. In un inferno del genere, individuare strigoi e famigli era impossibile.
Cavalcando attraverso le colline coltivate, incontrarono gente di ogni tipo: carovane con carri stracarichi di qualsiasi cosa, colonne di famiglie che fuggivano a piedi, bande di briganti armati alla bell'e meglio, truffatori che vendevano miracolosi rimedi contro il morbo. Vesper e Tristo si tennero alla larga da

chiunque potesse rallentare la loro marcia, tagliando per i campi quando potevano; comunque, il loro aspetto e le loro armi facevano sì che fosse la gente a fare di tutto per evitarli, anche coloro che si aggiravano per le fattorie con cattive intenzioni.
Giunti a un crocicchio, dove un cartello indicava la distanza per la capitale, udirono improperi e un sinistro scricchiolare di funi.
Dal vecchio castagno che si ergeva a lato della via, pendevano cinque corpi appesi per il collo. Ai piedi dell'albero, un uomo si sbracciava per sfilare le scarpe a uno dei cadaveri.
«A lui non servono più, giusto?», si giustificò il ladro, quando Vesper richiamò la sua attenzione, schiarendosi la gola.
Portava un buffo paio di lenti, spesse come fondi di bicchiere, e dalla sua bisaccia fuoriuscivano fogli di carta stampata.
«Vieni da Olibria?», gli domandò Tristo.
«Tutte le strade portano a Olibria», rispose lui, in tono enigmatico.
«Ed è lì che stiamo andando», spiegò Tristo. «Cosa puoi dirci?».
L'omuncolo si sedette a terra per infilarsi le scarpe del morto, gettando nell'erba i suoi calzari consunti.
«Vi dico di non andarci!», rispose poi, rimirandosi i piedi con aria soddisfatta.
«Per il morbo?», domandò Tristo, ma l'interlocutore si

fece una risatina, alzandosi con un balzo.
Si avvicinò al cavallo di Tristo con fare guardingo, e iniziò a parlare con tono sommesso, lanciando occhiate pungenti. Per i primi istanti, il cavaliere non capì se l'uomo stesse conversando con lui o con il suo cavallo.
«Il morbo non esiste», sussurrò.
«Cosa?». Vesper corrugò le sopracciglia.
«Non c'è nessuna pestilenza! È tutta un'invenzione, capite?», insistette l'uomo, toccandosi la tempia con fare arguto.
I due lo guardarono, attoniti.
«Un'invenzione», ripeté Tristo, provocatorio.
«Ma certo! I re! I nobili! Si sono inventati tutto!», proseguì il ladro, con aria saputa, tirando fuori dalla tasca un foglio spiegazzato. «Spiego tutto qui, nel mio *libellus*», si vantò, agitando la carta straccia con caratteri stampati in lingua imperia.
«Perché la nobiltà dovrebbe prendersi la briga di inventare una cosa del genere?», domandò Vesper, chinandosi sulla sella e strappando il foglio dalle mani dell'uomo.
«Per spaventarci, per controllarci».
«Mhm. Non hanno bisogno del morbo, per farlo. Sono già i padroni».
«No, no, no, non capite! Le città sono in mano alle corporazioni! Ci sono artigiani, mercanti, stampatori come me! Noi siamo la classe del futuro, capite? Con questa scusa del morbo, creano il panico e tutti fuggono

nelle campagne, così ci fanno tornare servi della gleba a lavorare nei campi!».
«Quello che dici non ha senso», lo stroncò Tristo.
«Ah, no? Beh, perché voi siete nobili! O servi dei nobili!».
«Non siamo servi di nessuno».
«Sì che lo siete, se credete nel morbo. Voi avete mai visto un appestato? Io no!».
«Buon per te. Non ti piacerebbe».
«Volete dire che avete visto qualcuno morire di questo morbo?».
«Non esattamente».
«Ecco, lo sapevo!».
«Intendeva dire che siamo noi a uccidere chi si contagia, il più delle volte», spiegò Vesper, con aria minacciosa.
«Allora state solo uccidendo degli innocenti».
«Ne dubito», sbuffò Tristo.
«Assassini. Assassini!», cominciò a berciare l'uomo. «Tutti voi pagherete per i crimini commessi!», minacciò, correndo via.
Dopo alcuni passi, avendo dimenticato di annodare un laccio delle scarpe, inciampò e cadde, rovinando nella polvere. Vesper rise, ma l'uomo si rialzò, offeso, aggiustandosi le lenti sul naso.
«Dirò la verità, ovunque, e la gente aprirà gli occhi!». A quel punto, fuggì sventolando le sue cartacce come un pazzo. «Sveglia, gente! Sveglia! I potenti ci stanno ingannando!».

Tristo lo osservò allontanarsi lungo la via, senza parole. Si accasciò sulla sella, svuotato da ogni energia. Il sogghigno ironico sul volto di Vesper si spense, quando il suo sguardo incontrò le iridi fosche del cavaliere.

«Perché lo facciamo?», domandò lui.

«Cosa?».

«Questo. Tutto. Rischiare la vita per gente come lui».

«Non sono tutti come lui».

«No, infatti», rimbeccò Tristo, indicando gli uomini impiccati all'albero. «Sono anche peggio».

«E cosa vorresti fare? Lasciare che il morbo se li porti via tutti?».

«Forse. Forse il nostro mondo merita di cadere».

«Non lo pensi davvero».

«Non lo so più cosa penso».

«Ascolta». Vesper fece avvicinare la cavalla, fissando Tristo negli occhi. Le sue iridi smeraldine erano accese da uno strano livore. «C'è solo una ragione per cui sei ancora vivo».

«Lo so».

«E lo stesso vale per me». Vesper gli prese la mano. «Questi ultimi giorni sono stati belli, ma le nostre vite non appartengono più a noi. Appartengono a uno scopo».

«Appartengono ai Priori».

«Può essere. Non mi interessa. L'unica cosa di cui mi importa è la mia missione. La nostra missione».

«Uccidere innocenti, almeno secondo quello svitato».

«Salvare più gente possibile, che se lo meriti o meno, anche quello svitato», lo corresse Vesper, secca. «Io sono in giro da tanti anni, lo sai, ho visto epoche diverse, ma sono le persone a fare il mondo, questo l'ho capito. Immagina città in rovina, locande deserte, niente cibo che cuoce sui focolari, niente vino nei bicchieri, niente musica. Che razza di mondo sarebbe?».
Tristo abbassò gli occhi, senza sapere cosa rispondere.
«Un mondo dominato dall'Ordine Bianco non è un mondo. È un inferno. Tocca a noi impedirlo, o almeno provarci. È compito tuo dare speranza a questa gente, Priore Oscuro».
Per un lungo istante, Tristo non fiatò, rimuginando. Quando alzò gli occhi fumosi su Vesper, l'unica parola che uscì dalla sua bocca fu:
«Speranza...».
Smontò di sella, estrasse un pugnale dalla cintura e prese ad arrampicarsi sul castagno.
«Aiutami a tirarli giù», chiese a Vesper, tagliando le funi che tenevano i corpi appesi ai rami.
Persero alcune ore per scavare una fossa e seppellirli meglio che poterono, tuttavia, quando raggiunsero le mura di Olibria, si resero conto dell'inutilità di quel lavoro di compassione. Dalle mura della capitale pendevano decine di corpi: perlopiù donne e ragazzini.
La porta che affacciava a intramonte era aperta.
Oltre l'arcata di pietra, si intravedeva un manipolo di uomini coi volti coperti da lunghe maschere a becco di

corvo.

Non portavano né stemmi né vessilli, perciò Tristo dubitò che si trattasse di guardie reali.

«Sicuri che vogliamo passare da qui?», domandò, guardando Vesper.

«Non abbiamo altra scelta», decise lei, tirando su il cappuccio per proteggersi dalle prime gocce pungenti. Stava ricominciando a piovere.

A passo lento, si avvicinarono alle mura, osservando il profilo della città luccicare di pioggia sotto il cielo cinereo. Olibria sorgeva su un gruppo di basse colline, ormai indistinguibili nel groviglio di edifici appartenenti a epoche diverse. Biancheggianti rovine ancora ricordavano i fasti dell'antica Volusia. Ovunque, i marmi erano stati saccheggiati per costruire nuove case e torri. Soltanto pochi edifici di pubblica utilità erano sopravvissuti al crollo dell'Impero, come il grande acquedotto che ancora torreggiava sulle case, collegando le colline come un lungo ponte a volte, per portare l'acqua nelle dimore dei ricchi. Al centro dell'urbe spiccava il colossale anfiteatro. Sebbene fosse mezzo diroccato, veniva ancora usato per tornei ed esecuzioni cruente. Era una costruzione ellittica talmente imponente da essere visibile da oltre la cinta muraria. Le sue misteriose arcate scrutavano in ogni direzione come le orbite di un immenso teschio dai mille occhi.

«*Quid vis?*», urlò una voce ovattata, in lingua imperia.

Tristo e Vesper fermarono i cavalli al centro della strada lastricata e si lanciarono un'occhiata.
«Parla tu», suggerì Vesper.
«Non li capisco».
«Ma loro capiscono te», insistette lei.
Un uomo con un lungo pastrano e un cappellaccio nero si impose al centro del portale, alzando una mano. Sulla spalla teneva una mazza irta di chiodi. La maschera non lasciava intravedere nemmeno un lembo del suo volto. Altri due uomini col volto coperto si affacciarono sotto l'arcata di pietra, brandendo armi improvvisate.
«Abbiamo sentito che il morbo è arrivato in città», rispose Tristo, nella lingua dell'Occaso, alzando la voce per farsi udire.
«Nessuno esce e nessuno entra!», rispose l'uomo. «La città è in quarantena».
«Digli la verità», sussurrò Vesper alle sue spalle.
«Siamo venuti per prestare aiuto», gridò allora Tristo, titubante.
«Ah sì? E come?».
«Siamo guaritori», mentì lui, dopo un attimo di esitazione.
L'uomo mascherato si consultò con i suoi, mentre Vesper sospirava, nervosa.
«Perché non mi dai mai retta?», si lamentò, sottovoce.
Prima che lui potesse rispondere, la guardia alla porta li invitò con un cenno ad avvicinarsi.
«*Veni propius!*».

Guardinghi, i due fecero avanzare i cavalli.

Gli zoccoli ferrati schioccavano sulla pavimentazione sconnessa come i rintocchi di un fatale orologio a pendolo.

A parte il lieve scroscio della pioggia, sulla grande città regnava un silenzio irreale.

L'uomo con la maschera afferrò i finimenti del cavallo di Tristo.

«Almeno, sappiamo che non siete contagiati», affermò, rimirando il cavallo. «Nessuna bestia, neanche la più spregevole, si fa avvicinare da una di quelle cose. Sentono subito la puzza del morbo», spiegò, toccando il lungo becco della sua maschera.

I suoi compari si disposero a semicerchio attorno a lui, uscendo allo scoperto. Erano in sei, tutti vestiti con abiti poveri, armati con randelli di fortuna e lame di bassa lega. Dalle fessure nelle maschere, i loro occhi esaminarono le selle, soppesando armi, bagagli, stivali, abiti.

Tristo si pentì subito della sua bugia.

Avrebbe dovuto indossare il suo elmo, per incutere timore in quella banda di cenciosi, ma ormai era troppo tardi. Erano circondati.

«Siete davvero pazzi, a venire qui», affermò la guardia, con forte accento volusiano. «E non conosco una guaritrice che non sia anche una strega», aggiunse, spostando l'attenzione su Vesper.

Uno degli uomini le si avvicinò, sospirando

pesantemente dentro la maschera. Tristo portò la mano sul calcio della pistola, badando bene che tutti lo vedessero. Con fare minaccioso, fece scattare l'ingranaggio a ruota.
«Calmo, cavaliere», sibilò l'uomo, prima di sollevare il becco sopra la testa, scoprendo il viso largo, velato da un'ombra di barba ispida.
Aveva occhi porcini e un naso rubizzo. Le labbra sottili si schiusero in un sorriso sdentato.
«Abbiamo già abbastanza guai e non ne cerchiamo altri», dichiarò. «Se è con quel pistolone che intendi curare i contagiati, allora ti conviene darti da fare. L'intera città è infestata».
Tristo ricambiò quelle parole con un attonito silenzio.
«Il re si è asserragliato nella sua fortezza con tutti i soldati, e ci ha lasciato da soli a vedercela con quei granchiacci», spiegò l'uomo, in tono amaro. «Ma, a giudicare dalla tua faccia, di appestati ne hai già visti abbastanza».
L'uomo schiuse il pastrano e sollevò un orlo della camicia, mostrando una cicatrice che gli solcava il ventre prominente, dall'ombelico al capezzolo sinistro.
«Anch'io ho avuto la mia dose», raccontò, solidale. «Questa me l'ha fatta mia sorella. O almeno, era mia sorella. Prima che si ammalasse». Gli occhi dell'uomo si persero nel vuoto.
«Sappiamo come uccidere le lamie», intervenne allora Vesper, trattenendo la cavalla inquieta.

«Cacciatori», brontolò l'uomo, scuotendo il capo. «Finora hanno fatto più male che bene. Il re aveva assoldato dei mercenari frisoni, ma, nel giro di due notti, sono spariti tutti quanti. Uccisi o fuggiti con la paga. Ora ci siamo soltanto noi. E nessuno ha soldi da darvi».

«Non siamo mercenari e non vogliamo denaro», spiegò Tristo, guardandolo negli occhi.

«E allora cosa volete? Gloria? Morte?».

«Aiutare, l'ho già detto», insistette il cavaliere, in tono fermo.

L'altro rispose con una secca risata. Qualcuno del suo seguito si unì a lui, sogghignando sotto le lugubri maschere.

«Allora siete davvero più pazzi di quanto non sembriate!».

Con grande sorpresa di Tristo, l'uomo lasciò andare le briglie, cedendo il passo e spostandosi a lato del cavallo.

«Andate», concesse, sospirando. «Non siamo responsabili delle vostre azioni. E se vi vedo a saccheggiare le case, giuro che vi uccido con le mie mani. *Intellegis?*».

«*Intellego*», replicò Vesper, sfoggiando una sicura pronuncia in lingua imperia.

«Il mio nome è Rufione», rivelò poi l'uomo. «Sono il capitano di popolo di questo rione. Se qualcuno vi dà noia, fate il mio nome».

«Il mio nome è Tristo», si presentò il cavaliere.

«*Nomen omen*», replicò l'altro.
Vesper sorrise all'ombra del cappuccio, ma il cavaliere, non avendo capito, si limitò a replicare con un secco: «Grazie».
«Non mi ringraziare. Vi pentirete di essere venuti. State attenti ai sacerdoti del Credo e ai loro sbirri; ammazzano persone a caso e si divertono a stuprare e bruciare le donne», aggiunse, lanciando un'occhiata a Vesper.
«Spero solo che ci provino», ribatté lei, facendo tintinnare un'unghia sull'elsa del suo spadone.
«Sperare...», mugugnò Rufione, con lo sguardo basso. «Non c'è rimasto altro, qui. Che il Messia vi protegga!», augurò poi, portandosi le dita alla bocca per emettere un lungo fischio.
In risposta, i suoi uomini si posizionarono ai lati del portale, cedendo il passo. Tristo e Vesper fecero avanzare i cavalli, entrando in città.
La voce del capitano di popolo risuonò alle loro spalle, sorniona:
«Quando troveremo le vostre carcasse in qualche vicolo, mi prenderò quei begli stivali! E anche le vostre armi!».
«Quando saremo morti, non ci serviranno più», concesse Tristo, voltandosi sulla sella con un sorriso.
Rufione rise, coprendosi di nuovo con la maschera.
«*Nomen omen*?», chiese Tristo a Vesper.
«Intendeva dire che la tua faccia corrisponde al nome»,

rivelò lei, ammiccando verso le sue cicatrici.
«Già», brontolò lui, amaro, spronando il cavallo lungo la via sconnessa.
L'antica capitale dell'impero volusiano si distendeva davanti ai suoi occhi, adagiata sulle colline come una vecchia baldracca, decadente e sudicia. Le vestigia di pietra si levavano sopra i tetti come lapidi di un cimitero; tra le vie deserte regnava il silenzio di un mausoleo.
Il marmo era arrossato dal bagliore dei fuochi, l'aria ammorbata da un orrendo puzzo di carogna e carne bruciata. A ogni crocicchio, dai pali delle lanterne pendevano i corpi di cittadini linciati; impossibile dire se fossero davvero contagiati o meno. Sui corpi carbonizzati di alcune donne erano stati affissi dei cartelli con la scritta "STRIX", tracciata col sangue.
Alcuni uomini con il volto coperto da maschere, o fazzoletti imbevuti di essenze, raccoglievano i cadaveri sui carri per gettarli nei roghi che ardevano lungo il fiume. Lavoravano in silenzio, con gli occhi lucidi per le esalazioni che si levavano dalle maleodoranti pire.
Tristo e Vesper sfilarono in mezzo all'irreale lavorio, punti soltanto da vaghe occhiate piene di sospetto e timore. Si trovarono presto immersi in un labirinto di costruzioni vecchie e nuove, che giacevano arroccate una sull'altra in un disordinato intrico in cui prosperavano solo fetore e degrado. Sulle alture tutt'intorno, le sontuose magioni dell'aristocrazia

dominavano la città con le loro preziose bifore di marmo e i colonnati in stile imperiale affacciati sul fiume, ma quasi tutte le porte e finestre erano sbarrate. Alcune ville ancora fumavano, mostrando i segni di incendi e saccheggi. Il morbo non faceva distinzioni di classe sociale e la ricchezza aveva attirato la furia del popolo abbandonato a se stesso.

Per non perdersi in quell'intrico di vicoli, i due neri cavalieri deviarono verso il fiume Sanguevino, che tagliava in due la città. Numerosi ponti, sia in pietra che legno, attraversavano il suo corso sinuoso. L'acqua era scura e la corrente trascinava detriti e cadaveri, che si incastravano nelle chiuse di ferro. Là dove il letto del rivo piegava in un'ansa semicircolare, il castello del re si ergeva come un pesante titano. Era un tozzo castellaccio di pietra rossa con un unico bastione rotondo e massiccio al centro. Statue di antichi re e imperatori volusiani decoravano entrambi i lati del ponte che dava accesso alla fortezza. Sulle merlature del torrione principale, i vessilli con i leopardi reali garrivano al vento umido.

«E così, il re bambino ha abbandonato il suo popolo», commentò Tristo, osservando il castello.

«Se le lamie attaccano in massa, nemmeno queste mura reggeranno», considerò Vesper. «Dobbiamo fermare il contagio, prima che sia troppo tardi».

Tristo si voltò verso di lei, gli occhi illuminati da un riflesso gelido.

«Da dove cominciamo?».

Ambasciatore
(...non porta pena)

I

Con lo stomaco attorcigliato su se stesso, Valka osservava il pezzo di carne arrostita nella ciotola di legno.
«Non avete fame, mia signora?», domandò Goffredo, con la sua consueta gentilezza petulante.
La Madre dei Predoni scosse il capo, senza rispondere.
Aveva rifiutato persino il vino. Da quando aveva valicato il Passo del Re, tutto aveva perso sapore, tutto puzzava di fumo e morte.
Si voltò, udendo il cielo ribollire alle sue spalle. Una violacea tempesta velava il tramonto, a occaso. Saette discendevano dal cielo, delineando lunghe crepe nel buio. Ogni volta che un fulmine toccava terra, altri incendi divampavano al di qua del fiume Lavandulo; ora non c'erano più barriere naturali ad arrestare le fiamme. Animali e persone fuggivano verso il mare. Chi deviava più a intramonte, verso le montagne, veniva raccolto dai Predoni. Giusto quel pomeriggio, le sue *noita* avevano radunato una carovana in fuga da Città

della Foce. I suoi cacciatori, invece, erano incappati in un branco di cervi in fuga dal fuoco. Terrorizzati, feriti, disorientati. A malincuore ne avevano abbattuti alcuni, selezionando solo i più deboli o malmessi. Nonostante il loro sacrificio, Valka non riusciva a toccarne la carne. Allontanò la ciotola con le dita, spingendola verso Reko. Sapeva che il guerriero non si sarebbe fatto pregare. Senza dire niente, lui afferrò l'osso e cominciò a spolparlo con i denti.
«Forse pioverà», sperò Goffredo, guardando altre nubi addensarsi sopra le vette innanzi a loro.
«No.» dissentì Valka, alzando appena lo sguardo. «Non pioverà, perché Wèn non vuole».
Era come se un incantesimo proibisse alle nuvole di oltrepassare le montagne. Un vento caldo e crudele spirava dal mare e le tempeste che avanzavano alle loro spalle erano tutte fulmini e niente pioggia.
Da giorni, ormai.
«Avevi ragione, Goffredo», concesse poi, spostando gli occhi grigi sul prete. «Qualunque cosa stia accadendo qui, è opera di stregoneria».
«Domani valicheremo le montagne e saremo in salvo», rassicurò Reko, masticando la carne di cervo.
«Il fuoco ci seguirà anche lì, finché tutto il mondo non sarà bruciato», affermò Valka, ricordando le parole di Drekavac.
«A Roccaleone saremo al sicuro, mia signora, non temete». Il tono di Goffredo suonò patetico alle sue

orecchie.

La Madre dei Predoni non rispose, ma lasciò scivolare lo sguardo sull'enorme accampamento che si estendeva a perdita d'occhio fino ai piedi dei monti. Falò, tende, carri. Difficile contare quanti profughi avessero raccolto. Erano dieci volte il suo branco, forse anche di più.

«Non hai proprio capito una merda, campanaro», disse poi, dura. «Quell'isola è solo un allevamento».

«Un...». Goffredo soffocò un singulto.

«Questa gente...», lo interruppe Valka, alzandosi. «Sono solo pecore, per loro. Gli stiamo mettendo da parte il bestiame, non l'hai capito? Carne fresca per gli strigoi».

Valka tirò un calcio a un otre, rovesciando il vino nell'erba. Goffredo si affrettò a raccoglierlo, ma lei glielo strappò di mano e bevve avidamente.

Non sapeva di niente, ma l'avrebbe sbronzata comunque.

«Tutti gli eserciti devono mangiare», concordò Reko, con la sua solita calma.

«Quando il morbo avrà finito il suo ciclo, ci saranno lamie a migliaia», aggiunse Valka, ansimante per la lunga tracannata. «Il fuoco farà il resto. E se qualcuno rimarrà in vita, sarà solo per essere allevato come una bestia».

«Come fate a sapere che sono queste le intenzioni dell'Ordine Bianco?», domandò Goffredo, atterrito dalle fosche prospettive.

Valka esitò, poi si sedette di fronte al prete. Ingollò un

altro sorso dall'otre, prima di iniziare a raccontare:
«Abbiamo combattuto al loro fianco per anni. O meglio, noi combattevamo, loro venivano dopo, a spartirsi la torta», disse, con lo sguardo perso nel crepuscolo che avanzava. «Senza le loro stregonerie, i loro trucchi, i loro omicidi, non avremmo mai ottenuto tutte le nostre conquiste. Non è solo merito delle armi, se sono diventata quello che sono». Valka gettò un rapido sguardo a Reko, che si alzò e se ne andò senza dire nulla.
Goffredo non seppe dire se lei gli avesse dato il muto ordine di levarsi di torno, o se il guerriero non gradisse sentire quelle parole. Comunque fosse, il prete e la Madre dei Predoni restarono soli, circondati dal buio fumoso e da un gran silenzio.
«Gli strigoi volevano solo una cosa, in cambio», ricordò Valka, lugubre. «Solo una, sempre la stessa: prigionieri».
«Schiavi?».
Lei dissentì appena con il capo, serrando la mascella.
«Li volevano giovani, in forze, bambini, soprattutto», raccontò «Neonati, a volte. Erano riservati agli adepti più fedeli dell'Ordine, come una sorta di premio».
Goffredo ascoltò in orripilato silenzio, senza trovare parole per commentare.
«Non abbiamo mai saputo cosa ne facessero, ma a volte sentivamo i pianti, urla nella notte. Facevo suonare forte i tamburi, e i flauti, per nascondere quei suoni, per far finta che non stesse accadendo».

«È terribile».

«Ecco perché conosco il destino di questa gente», sospirò Valka, spostando gli occhi sul prete. «Sono solo carne».

«Mia signora, io...», titubò Goffredo, ma Valka non era in vena di sentirsi fare la morale.

«Lo so, campanaro, lo so. Mi faccio abbastanza schifo da sola, non c'è bisogno che ti ci metta anche tu», disse, tracannando un sorso di vino.

«Ma ora avete un'altra occasione!», si animò il prete. «Potete cambiare le cose, potete opporvi a questo genocidio!».

«Posso?». Valka gli rifilò un sorriso amaro. «È bastato un cenno, per mettermi in ginocchio, l'hai visto. Se uno solo di quei bastardi può farmi quello che mi ha fatto Drekavac, pensa cosa potrebbe farmi Wèn. Sono marchiata. Sono soltanto un'altra bestia. Per loro, lo siamo tutti».

Goffredo la osservò svuotare l'otre e lanciarselo alle spalle, poi la regina si sdraiò, puntando gli occhi attoniti verso il cielo velato. Tossì, e il prete la imitò di riflesso. Erano giorni che respiravano il fumo degli incendi.

Andando avanti così, sarebbero morti. Sarebbero morti tutti, l'intero mondo sarebbe andato in cenere, e nella mente di Goffredo apparve il volto savio del Santo Priore. Da quando l'avevano ucciso si sentiva perduto, ma non avrebbe permesso che la sua fine fosse vana. Aveva imparato molto, da lui, aveva imparato a essere un uomo di fede, non soltanto un servo.

«Io posso togliervelo», affermò poi, deglutendo a fatica.

Valka non rispose, ma si voltò verso di lui.

«Posso rimuovere il marchio della strega», insistette il prete, sentendo le sue parole prendere forza.

Non era davvero sicuro di poterlo fare, ma poteva provare. Doveva provare.

La Madre dei Predoni continuava a fissarlo, senza parlare, ma vedeva nuvole e oceani di dubbi agitarsi nelle sue iridi grigie.

«Quanto farà male?», domandò poi.

«Molto», confessò Goffredo. «Temo».

«Potrei morire?».

«No. Almeno, non credo». il prete stralunò gli occhi. «Non si tratta di operare organi vitali, quindi...», tentò di rassicurarla.

«Non stiamo parlando solo di medicina, qui», gli fece notare lei, alzandosi a sedere. «Si parla di stregoneria».

«Non sono un cerusico», replicò Goffredo, abbozzando un sorriso. «Sono un prete».

A quelle parole, le labbra di Valka si schiusero in un sogghigno. Con un colpo di reni, si alzò in piedi.

«Facciamolo».

«Cosa?».

«Facciamolo», ripeté lei, più forte.

«Ma... adesso?».

«Hai di meglio da fare?».

«No, beh, ecco, io...».

Valka gli diede le spalle e si allontanò.
«Dove state andando, mia signora?». Goffredo era agitato e confuso, ma la Madre dei Predoni sorrise, in modo quasi ferino, rispondendo:
«A cercare qualcosa di forte!».

II

Se non fosse stato per il campanaro, avrebbe potuto essere una situazione erotica: era in ginocchio nella sua tenda, con la pancia appoggiata su un baule e i calzoni calati a mezza natica, mentre Goffredo armeggiava con dei ferri alle sue spalle. Valka stringeva una cinghia di cuoio tra i denti.
Reko era di fronte a lei e le teneva forte le mani. Si era tracannata mezza bottiglia di acquavite e vedeva tutto un po' distorto, tuttavia, quando il bisturi le affondò nella pelle, il dolore la fece tendere tutta la schiena.
Urlò e Goffredo allontanò subito la mano, preoccupato.
«Mi rincresce, mia signora!», si scusò, ma lei gli sferrò un calcio.
«Va' avanti!», bofonchiò, attraverso la cinghia.
«Sì...».
Il prete prese un respiro per farsi coraggio, producendo una seconda incisione tutt'attorno al marchio, senza mai interrompersi.
Valka tremò, tendendo tutti i muscoli e trattenendo il

fiato.
Quando la lama si allontanò dalla sua carne, si abbandonò sulla panca, ansimante. Sputò la cinghia, respirando forte.
«Finito?», chiese.
Reko spostò gli occhi sul prete, tutto intento a ripulire il sangue con uno straccio.
«Ho fatto l'incisione, ora bisogna...», Non sapeva come dirlo in modo delicato, quindi lo disse e basta. «Devo staccare la pelle, mia signora».
«Merda! Fa così male essere scuoiata!», si lamentò Valka, sollevando il volto verso Reko. «Un altro goccio, forza!».
Bevve avidamente dalla fiasca e l'acquavite le gocciolò sul mento. Poi afferrò la cinghia con la bocca e se la spinse tra i denti.
«Stringi forte», ordinò a Reko, che subito le prese le mani, incapace di nascondere la sua costernazione.
Restò ferma, attendendo che il prete ricominciasse con la sua lenta tortura. Goffredo prese il bisturi e la pinza, ma si accorse che le mani gli tremavano. Chiuse gli occhi, e i suoi studi teologici riemersero dal pozzo della sua infanzia, prestandogli soccorso.
Da quasi dieci anni non professava più la religione volusiana, da quando si era convertito al Priorato. Tuttavia, quella preghiera al Messia gli era sempre piaciuta, e poteva recitarla pensando al suo vero e unico profeta, a Bonifacio, il Santo che gli aveva mostrato la

via.

«*Pater Noster qui es in cælis: sanctificetur nomen tuum; adveniat regnum tuum; fiat voluntas tua, sicut in cælo, et in terra...*», recitò a mezze labbra, infilando il ferro sotto il lembo di pelle di Valka, che cominciò a grugnire e gemere. Il prete iniziò a recidere i tessuti, ma, qualunque fosse il dio che stava pregando in quel momento, sembrava non ascoltarlo.

Come un grano di brace investito da un forte vento, il marchio nero iniziò a pulsare, accendendosi di un lucore rossastro.

Valka si scosse tutta, sollevando la testa e riabbassandola, tentando di divincolarsi dalla presa di Reko, mentre la sua carne esposta bruciava a contatto con il simbolo rovente. Le sue strida divennero insopportabili e la pelle iniziò a fumare, ustionata.

A contatto con il marchio stregato, il metallo del bisturi divenne incandescente e Goffredo dovette lasciare la presa, portandosi le dita scottate alla bocca.

D'istinto, Reko prese l'otre pieno d'acqua e lo rovesciò sulla ferita aperta, facendola sfrigolare. Era stato un gesto avventato e quasi inconsulto, tuttavia, Valka sembrò giovarne, perché smise di urlare e i suoi arti si rilassarono. Esausta, scivolò a terra, rannicchiandosi su se stessa.

«Mi dispiace, io...». Goffredo aveva gli occhi lucidi e la bocca secca. «Io non posso. È come se... c'è qualcosa che lo protegge, un incantesimo».

«Una maledizione», lo corresse Reko, con il volto terreo.

«Puttana, puttana, puttana», sibilò Valka, in una sorta di litania. «Ti odio. Wèn, ti odio!».

La Madre dei Predoni si alzò, afferrò la bottiglia e se la tracannò tutta, rovesciando l'ultimo goccio sulla ferita. Strillò, barcollando. Reko e Goffredo la sostennero, ma lei li scacciò a malo modo. Increduli, i due uomini guardarono la donna afferrare il lembo della sua stessa pelle con le dita e tirare, come se si trattasse di staccare la corteccia da un albero.

«No! No, vi prego!». Goffredo accorse a fermarla. «Non così!».

«Lo devo togliere! Toglilo!», urlò lei, con gli occhi fuori dalle orbite.

«Non so come...», tentò di giustificarsi lui, ma Valka era fuori di sé e lo spinse a terra. I calzoni le caddero alle ginocchia.

«Campanaro senza palle! Inutile!», lo insultò, chinandosi a frugare tra i suoi bagagli. Con grande sorpresa del prete e del Predone, da un involto estrasse un oggetto scuro, dal profilo affilato.

Era una spada. Aveva la lama spezzata a un palmo dall'elsa.

Era la stessa arma che Valka stringeva al petto quando Goffredo l'aveva trovata a terra, in mezzo ai cadaveri sparsi nel salone, vicino al corpo del Santo Priore.

«Ferma!», la supplicò il prete, mentre lei avvicinava

l'acciaio annerito al marchio, finendo per uccidersi.

Goffredo si alzò a sedere, guardando Reko, nella speranza che lui intervenisse, ma il Predone guardava la sua regina con la bocca aperta e gli occhi seri.

«Morirà!», gli urlò il prete, e Valka si tastava le carni della schiena con la mano sinistra.

«Lei sa quello che fa», lo zittì il razziatore, con gli occhi fissi sulla scena.

Dalla bocca della donna uscì soltanto un rantolo, simile a un grugnito. Aveva la mascella talmente serrata che Goffredo udì un dente scheggiarsi.

Con un colpo deciso della destra, Valka infilò il moncone di lama sotto l'orlo di pelle sollevato. Il marchio pulsò di rossore, ma solo per un istante, come se l'acciaio della spada fosse in grado di sopire quel fuoco magico.

Con lo stesso movimento che si fa quando si affetta la pancetta, Valka si segò via la pelle un pollice alla volta, respirando forte tra i denti.

Diede un ultimo colpo, lasciandosi sfuggire un singulto, e il lembo di pelle insanguinato cadde a terra.

Per un istante restò lì, con il culo nudo grondante sangue e la spada stretta nella destra. Poi, d'un tratto, come un albero che da troppo tempo regge il peso dei suoi anni, cadde a terra, accasciandosi.

Goffredo e Reko accorsero da lei.

«Acqua calda», invocò il prete. «Devo pulire la ferita e fasciarla».

Reko si affrettò fuori dalla tenda e Valka schiuse un occhio, sorridendo.

«Ce l'ho fatta».

«Sì, mia signora». Goffredo non riuscì a trattenere le lacrime. «Siete stata molto coraggiosa».

«Sei troppo buono, campanaro», balbettò lei, debole.

«Io ti tratto sempre di merda, perché non mi odi?».

«Il Priore vi amava. Quindi vi amo anch'io».

«Mi spiace, preferisco le donne», scherzò Valka.

Goffredo la imitò, commosso.

«Io non so come avete fatto...», aggiunse poi, meravigliato.

«La spada di mio padre», disse lei, stringendo l'arma al petto. «È un acciaio speciale. Bonifacio me l'ha fatta trovare».

«Allora forse sapeva che ci saremmo trovati qui, ora, in questo momento».

«Forse», sospirò Valka. «Devi fare una cosa per me».

«Tutto quello che volete, mia signora».

«Vai là fuori...».

«Prima devo medicarvi».

«Va bene, prima rattoppami il culo, ma poi vai».

«D'accordo, cosa volete che faccia?».

«Trovami un fabbro», ordinò Valka. «Uno bravo».

Detto ciò, rovesciò gli occhi e svenne.

III

Attesero al passo, mentre il buio invadeva la Bassa dei Tre Rivi, alle loro spalle. Una lunga fila di fiaccole, come una biscia di fuoco, serpeggiava lungo la via, delineando la lenta marcia dei profughi. Innanzi a loro, il Tavoliere continuava ad ardere, ma le fiamme lontane erano oscurate dal fumo sempre più denso. Lassù, finalmente, si riusciva a respirare aria decente ma Goffredo, intossicato dall'ultima orrenda settimana trascorsa tra le esalazioni, continuava a tossire.

«Fortuna che vogliamo farci trovare», commentò Valka, sarcastica. «Con tutto questo casino, ti faresti prendere da un cieco... zoppo».

«Chiedo scusa, mia signora», gorgogliò il prete, asciugandosi la bocca con il fazzoletto.

«Non c'era bisogno che venissi».

«Lo so», ammise lui. «Ma non volevo lasciarvi sola».

«Sei la cosa più vicina a un padre che mi sia rimasta», gli confidò lei. «Che tristezza», aggiunse poi, fiera di aver ritrovato il suo consueto sarcasmo.

«Sono un padre», replicò il prete, sorridendo. «In senso religioso, naturalmente».

Valka si limitò a sospirare con disinteresse. Tastò la spada, inguainata al suo fianco, cercando di scacciare la tensione.

«Aspettiamo da un po'», cercò di tranquillizzarla Goffredo. «Forse non verrà»

«Verrà», obiettò lei. «Loro vengono sempre».

Il vento montano le scompigliò i capelli. I vortici di

fumo si avvilupparono attorno ai fusti dei radi alberi. Tra le rocce del sentiero che tagliava tra le vette, il buio sembrò addensarsi in un buco nero che attirava a sé l'oscurità. In quella tenebra apparve un viso pallido e smunto, gli occhi da rettile infossati in profonde orbite. La pelle bianca si aggrovigliò in quel sorriso che fece rabbrividire il prete. Drekavac avanzò verso di loro, ammantato di una lunga tunica che lo faceva sembrare vestito di buio.

Come sempre, non era venuto solo. Due sagome avvolte in pallidi sudari apparvero dietro di lui; gli elmi oblunghi ne nascondevano i lineamenti trasmutati.

«Il tempo vola, oh sì», commentò Drekavac, rivelandosi al chiarore della lanterna che il prete stringeva nella mano tremante. «Sono già passati sette giorni».

Valka annuì, senza replicare.

«Sono compiaciuto», continuò lo strigon, congiungendo le dita oblunghe.

«Abbiamo radunato tutti i profughi. Tranne quelli che sono scappati via mare», riferì allora la Madre dei Predoni, atona.

«Presto anche Calaforte cadrà, e nessuno avrà più scampo», gioì l'ambasciatore dell'Ordine Bianco.

«Non troverete più nessuno», lo smentì Valka. «Sono stati avvisati».

«Ah, sì? E da chi?», sibilò Drekavac, mentre le sue pupille si assottigliavano.

I due strigoi si avvicinarono, incombendo ai loro

fianchi. All'ombra dei loro elmi, Goffredo vide gli occhi scintillare di un lucore sanguigno.

«Da me», dichiarò Valka, fissando Drekavac.

«Molto bene, cara», fece lui, stringendo la mandibola che, per un istante, parve smisurata e incorniciata da bestiali fasci di nervi. «A quanto pare, la cagna ha bisogno di un'altra bastonata», aggiunse, distendendo un artiglio verso di lei.

«Uhhhh...», fece lo strigon, aspettandosi di vedere Valka piegata in due dal dolore.

La sbigottita sorpresa nei suoi occhi fece sorridere Goffredo, ma solo per un breve istante.

«Cercavi questo?», lo provocò Valka, sventolandogli davanti al viso il lembo di pelle martoriato, su cui ancora si poteva distinguere il marchio della strega. Drekavac ringhiò con le fauci spalancate, come una vipera pronta a mordere.

«Sì, è una fetta del mio culo», lo sbeffeggiò la Madre dei Predoni, lanciandogli il macabro vessillo in faccia. «Non avrai altro, da me!», promise, sfoderando la spada di suo padre, fresca di forgia.

D'istinto, Goffredo si accucciò a terra, proteggendosi la tonsura con le mani mentre lo strigon alla sua sinistra scattava all'attacco. Il prete udì la lama di Valka sibilare. Un elmo aguzzo, con dentro la testa mozzata, rotolò ai suoi piedi. Un urlo orrendo gli tramortì le orecchie, un verso strozzato che gorgogliò in un fluido viscido, mentre il corpo oscuro di Drekavac si deformava,

dissolvendosi in una nuvola di pece.
Dal catrame che galleggiava a mezz'aria, si delineò il profilo sinuoso di un enorme serpente nero. La lingua biforcuta balenò sotto agli occhi gialli e abbacinanti, mentre la bestia scattava all'attacco, precipitando su Valka con la violenza di una frana. Lei si protese con la spada, ma lunghe spire le avvolsero le caviglie, facendola cadere a terra. Goffredo si sentì stringere al collo, e i due si trovarono avviluppati in soffocanti volute incorporee come nebbia, ma forti come catene di ferro. Il prete vide l'enorme testa del serpente aprirsi in due, spalancando l'esagerata bocca, e riconobbe nel muso della bestia una traccia dei lineamenti di Drekavac.
Rantolò, soffocando, e credette di morire, mentre le fauci tentavano di chiudersi sul volto di Valka. Fu allora che la spada scintillante s'insinuò nella tenebra, come un fulmine nel cielo notturno.
Con entrambe le mani, la Madre dei Predoni spinse la lama dentro la bocca della serpe, fino a quando l'elsa non tintinnò contro i lunghi denti ricurvi. Drekavac sibilò e la lingua biforcuta si aggrovigliò contro l'acciaio, spillando gocce di sangue nero e denso.
Urlando per lo sforzo, Valka estrasse l'arma e la abbatté sul serpente, una, due, tre volte, finché la testa mostruosa non si staccò dal corpo, cadendo a terra tra i piedi della donna. Le spire di tenebra si contrassero per un istante, solo per poi sbriciolarsi come frammenti di

vetro, fondendosi in una melma scura e appiccicosa che impiastrò il saio di Goffredo.

Incredulo, il prete guardò la testa decapitata di Drekavac nella sua forma umana, ma non meno terribile. Valka balzò in piedi, volgendo l'arma verso il terzo strigon, che indugiava a pochi passi da lei, armato di un grosso falcione irto di rostri.

Minacciato dal letale spadone, lo strigon non osava attaccarla.

«Non farlo», gli raccomandò Valka, cambiando la presa sull'elsa. «Non voglio ucciderti».

L'altro arretrò di un passo, scricchiolando nella sua armatura di ossa e ferro.

«Porta questa alla tua padrona», proseguì Valka, risoluta. «E dille che non le appartengo più», concluse, sferrando un calcio alla testa decapitata di Drekavac.

Alle sue parole seguì un lungo silenzio, poi, da sotto l'elmo oblungo, lo strigon cacciò un urlo innaturale, incorporeo e graffiante, come la voce di uno spettro, o della morte stessa. Il suo pallido artiglio si distese, allungandosi a dismisura, moltiplicando le articolazioni in un orrendo concerto di scricchiolii, fino ad afferrare il capo calvo dell'ambasciatore, il cui volto deforme era contratto in un largo ghigno di dolore eterno.

Lo strillo raggelante si tramutò in un'eco e lo strigon scomparve nel nulla con l'orrida testa decapitata.

Goffredo sbatté le palpebre, tremando per il terrore. Valka gli tese una mano, aiutandolo ad alzarsi.

«Spogliati», ordinò, osservando la pece nera che gli impregnava il saio.

«Come?».

«Togliti quel coso!», ripeté Valka, alzando la voce. «E non toccare quella roba, può trasformarti».

Goffredo sentì un verminoso movimento sul petto. Udì un suono viscido e vide qualcosa di lucido agitarsi lentamente sul tessuto, come se una legione di vermi neri tentasse di oltrepassare le fibre per raggiungere la sua pelle. Senza farselo ripetere due volte, si sfilò il saio, badando a non sfiorare quegli orrendi fluidi.

Restò nudo, fatta eccezione per i calzari, e subito si coprì goffamente le parti intime con le mani.

«Tranquillo. Non è il primo che vedo», lo sbeffeggiò Valka, raccogliendo la lanterna. Con un ampio gesto, la ruppe a terra.

A contatto con la melma nera, le fiamme divamparono, divorando il saio e consumando la pozza di neri fluidi che insozzava il suolo.

Goffredo fu certo di sentire una miriade di strida, in quel rogo.

In silenzio, i due restarono a guardare il fuoco consumare i resti dell'ambasciatore. Valka sporse la sua spada sulle fiamme, per bruciare il sangue dello strigon che incrostava l'acciaio.

«Non ero sicura che avrebbe funzionato», affermò Valka, rigirando la lama «Il tuo fabbro ha fatto un bel lavoro».

«È morto davvero?», domandò il prete, quando il falò cominciò a esaurirsi.

Valka annuì, sfilandosi il mantello e avvolgendolo sulle spalle del prete.

«E adesso?», chiese lui.

«Adesso siamo in guerra, campanaro», ribatté lei, con un sogghigno sprezzante. «Contro l'Ordine Bianco e contro il diavolo».

Matti e fanciulli
(...hanno un angelo dalla loro)

I

L'occhio di Dagar puntava nella stessa direzione da settimane.
Averil era stanca e dolorante, ma non poteva fermarsi. Aveva seguito il corso dell'Acquacinta fino al lago Forracque. Dopo aver attraversato un infinito pantano infestato da insetti, il suo cavallo era morto, afflitto da qualche strana malattia dovuta alle punture. A quel punto, era stata costretta a spendere il poco denaro che le era rimasto per salire su una chiatta di pescatori, che trasportava merci e viandanti oltre le Paludi d'Avorio. Risalendo il Sanguevino, aveva condiviso il poco spazio maleodorante con persone di ogni tipo: vagabondi, profughi, rigattieri.
Una notte, aveva gettato fuoribordo un ubriacone che tentava di metterle le mani addosso, così era stata costretta a sbarcare. Da quel momento, viaggiava a piedi, sempre più stremata. Ogni sera, i suoi corvi la circondavano, portando frammenti di vita da ogni parte del continente, ma Huginn era silenzioso.

Nessuna traccia del Priore Oscuro, nella veglia come nel sonno.

Gli incubi erano popolati da colossali apparizioni, ancor più spaventose perché morte. Vedeva gigantesche carcasse abbandonate a marcire nella desolazione. In un nero deserto di lava solidificata, giaceva lo scheletro di un grande drago dalle ossa bruciate. Nel punto più profondo di un cratere, il teschio traslucido di un enorme volatile perdeva a poco a poco la sua luminescenza, mentre le venature elettriche che percorrevano il cristallo diventavano sempre più flebili. Subito prima del risveglio, la veggente udiva le urla di una donna fatta solo d'aria, le cui braccia e gambe erano intrappolate nel ghiaccio. Un laccio rosso come il sangue le cingeva il collo, imprigionandola in un luogo buio e freddo.

L'incubo la faceva destare con il cuore in gola.

Thermes, Ukko, Ilmatar.

Conosceva i loro nomi, e i loro elementi: fuoco, fulmine, vento.

Da quando Averil aveva visto i Dodici Draghi, la connessione con le loro essenze aveva mostrato sprazzi di eventi del passato e del futuro. La veggente non avrebbe saputo dire se ciò che sognava fosse già accaduto o meno, ma i Priori stavano morendo, questa era l'unica cosa certa.

Doveva trovare Tristo, e in fretta.

Il mese Pugnaceo era appena iniziato, e poche miglia di

cammino la dividevano da Olibria. Sperava di trovare carri e convogli lungo la strada per chiedere un passaggio, ma la via era deserta e sembrava che tutti si tenessero alla larga dalla capitale.

Il morbo aveva raggiunto la città, questo lo sapeva, ma sperava che non fosse già caduta in mano all'Ordine Bianco.

Con pazienza, scrutò i corvi volteggiare sopra di lei e guardò negli occhi ogni rapace che si posava al suolo, gracchiando funeste notizie. Niente di utile. Chiudendo le palpebre, raccolse le piume che giacevano attorno a lei, facendole scorrere tra le dita. Migliaia di sussurri si affollarono nella sua mente, poi, strappandole un guaito di dolore, la barbula di una penna nera le punse l'indice, facendo stillare una goccia di sangue.

«Fammi vedere», chiamò allora Averil, lasciando che il rivolo rosso impregnasse l'erba verde. «Fammi vedere, Huginn, amico mio».

Quando sentì le zampe del corvo serrarsi sulla sua spalla, la Veggente aprì gli occhi. Con un gesto lento e misurato, sfilò dall'orbita sinistra il globo dorato, lasciando che il rapace distendesse il collo verso il suo viso per immergere il becco nella cavità oculare.

Huginn iniziò a gracchiare sommessamente e le sue parole sconosciute divennero visioni. Il familiare lampo di dolore esplose nella mente di Averil, che vide il mondo con gli occhi del corvo.

Nella penombra del crepuscolo, una grande città si

distendeva sotto di lei. Una struttura ellittica spuntava con arrogante possenza nell'intrico di vie e abitazioni buie. Poche luci rischiaravano Olibria, ma l'anfiteatro spiccava nel centro del reticolo stradale in tutto il suo spettrale pallore. Planando su ali oscure, lo sguardo della veggente si posò su un'antica pietra che sporgeva dal suolo, catturato da una bizzarra scena che turbava il silenzio della notte incombente: un gatto nero, con occhi verdi brillanti come fuoco d'oltretomba, sgattaiolava rapido all'ombra delle colossali arcate dell'arena.
«Aspetta, vieni qui!», chiamò una vocina, seguita dal passo incerto di un bambino dai lunghi capelli biondi, vestito di cenci.
A piedi nudi sul marmo sconnesso e sudicio, il marmocchio cercava di acciuffare il gatto, che rispondeva al suo richiamo con un vivace miagolio. Dispettoso come tutti i suoi simili, il felino si fermava ogni tre falcate, solo per poi scivolare via rapido quando le manine del bimbo stavano per afferrarlo. Attraverso gli occhi di Huginn, Averil seguì la scena con lo sguardo. Poi, sia il gatto che il bambino furono inghiottiti da una lunga galleria che si apriva come una bocca famelica verso l'interno dell'anfiteatro. Spiccando il volo, la sua vista si librò in alto, sopra le mura diroccate, roteando in una spirale discendente attorno al perimetro marmoreo. Posandosi su una colonna tranciata, la veggente vide le orme di passi nella sabbia

dell'arena. Sabbia umida, madida. Seguendo le impronte dei piedi nudi, ritrovò il bambino, solo nel centro dell'anfiteatro.
«Micio?», chiamò, e la parola sottile si frammentò in un desolante eco che risuonò tra gli spalti vuoti.
Come un'ombra nella notte, il gatto sembrava svanito nel nulla. Un'altra figura aveva preso il suo posto e se ne stava immobile come una statua, avvolta in un mantello nero. Tra i panneggi della cappa, si poteva intuire il pallore del suo corpo nudo e flessuoso. Sotto al cappuccio, il verde dei suoi occhi lucenti rifletteva il candore della luna appena spuntata.
«Vieni», sussurrò la donna, attirando il bambino a sé.
Una mano sbucò da sotto il mantello, avvicinando l'indice alla fronte del piccolo che, come ghermito da un incantesimo, si afflosciò su se stesso, immerso in un sonno profondo.
Chinandosi sulle lunghe gambe, la figura incappucciata afferrò il bambino, issandolo tra le braccia e trasportandolo verso una pedana rialzata che spuntava dal suolo. Con orrore, lo sguardo di Averil vide una dozzina di piccoli corpi abbandonati sul rialzo di legno, vittime su un altare di un qualche blasfemo rituale.
Alzandosi nuovamente in volo, Huginn le mostrò i bambini addormentati l'uno vicino all'altro, disposti in modo da delineare una strana runa concentrica. Al centro di quel simbolo, fatto di braccia, gambe e membra sopite da un innaturale incantesimo, un

neonato giaceva nella sabbia, avvolto in una coperta scarlatta. Quando l'ultimo bambino fu deposto assieme agli altri, a completare il marchio arcano, il pianto del neonato esplose tra le arcate dell'anfiteatro, rimbombando nella notte e risvegliando antichi spiriti e bocche senza occhi.

Come un sacerdote che si palesa all'apice di un rito sacrilego, un uomo emerse dall'ombra tra le colonne, vestito di ferro dalla testa ai piedi.

Averil riconobbe la sua spada sguainata, il suo elmo inciso, gli occhi fumosi segnati da nere cicatrici.

Disturbato da quella presenza oscura, il corvo volò via, trascinando con sé la visione di Averil. L'ultima cosa che vide fu una fiumana di pallidi corpi deformati dal morbo accorrere lungo le vie della città, riversandosi come una marea mortale verso l'arena.

Al centro di quelle antiche pietre insanguinate, il Priore Oscuro attendeva, circondato dalla spirale di bambini dormienti, mentre il pianto del neonato ai suoi piedi si innalzava verso il cielo, distorcendosi in un roco stridio.

La veggente tornò in sé, boccheggiando. Il cuore le pulsava in gola.

Ciò che aveva visto la inquietava.

Poche ore erano trascorse dal tramonto. Qualsiasi cosa stesse accadendo a Olibria, non sarebbe mai potuta arrivare in tempo, ma sapeva che non avrebbe mai trovato riposo, non quella notte.

Non appena il corvo Huginn schiuse le ali per

raggiungere il resto dello stormo, Averil si alzò in piedi. Ignorando le fitte alle ginocchia e alla schiena, impugnò il suo bastone. Di fretta, tornò sulla strada che serpeggiava tra i campi tenebrosi. Al mattino sarebbe giunta in città, ma il pianto del neonato avrebbe scandito ogni suo passo.

II

Le strida delle lamie riempirono la notte.
I loro versi inconsulti, simili al suono di ferri ritorti, oscurarono i vagiti del neonato. Con la spada sguainata davanti al viso, Tristo scese dalla pedana di legno, avanzando sulla sabbia dell'arena, mentre ombre oblunghe affollavano le arcate di pietra.
«Ora!», tuonò.
«*Trahite!*», fece eco la voce di Rufione, risalendo ovattata dalle segrete.
Nel labirinto nascosto che si distendeva sotto l'anfiteatro, funi e ingranaggi presero a cigolare, mentre gli uomini al seguito del Capitano di Popolo grugnivano sotto sforzo. La pedana di legno sussultò, scricchiolando, e venne calata nel sottosuolo, inghiottita dalla botola nella sabbia.
Era da quelle aperture a scomparsa che, ai tempi dell'impero, belve feroci venivano fatte entrare in scena, per animare i truculenti duelli tra condannati a morte. Un pollice alla volta, i bambini addormentati scesero

nel buio, lontano dalle mostruosità che assediavano l'arena da ogni lato. Vesper restò in piedi sopra l'apertura, finché la runa che aveva composto con i giovani corpi inerti non scomparve alla sua vista.

Anche se poteva vedere nell'oscurità, solo la coperta scarlatta in cui era avvolto il neonato era distinguibile. Il pianto si frantumò nei mille anfratti e cunicoli che si perdevano sottoterra. Erano al sicuro.

«Vai», le intimò Tristo, sistemandosi lo scudo sul braccio.

«Non ti lascio».

«Devi», replicò lui, fermo. «O moriremo tutti e due».

Allora Vesper gli si avvicinò per baciarlo e, mentre le loro labbra si sfioravano, il mantello che la ricopriva dalla testa ai piedi si afflosciò al suolo, svuotato. Il gatto nero balzò allo scoperto e iniziò a correre, ritrovandosi a zigzagare tra quella folla di corpi esangui che irruppe nell'arena da ogni varco. I piedi deformi, adornati da lunghi artigli neri, le piovevano attorno, lanciati in una folle carica. Scartando a destra e a sinistra, ignorata dal violento assalto, Vesper sgattaiolò sulle quattro zampe, trovando rifugio sugli spalti e sottraendosi a quell'incubo di corpi ammorbati da pustole, carapaci lattiginosi, corna callose e brandelli di indumenti stracciati. Vide alcuni strigon guidare l'assalto, avvolti nei loro bianchi sudari. Doveva agire in fretta.

Nuda come un verme, riprese forma umana sulla gradinata più alta, dove aveva lasciato un fagotto con i vestiti, il suo spadone e la pistola.

Da lassù, l'odore pungente del Fuoco Sacro che impregnava la sabbia quasi non si sentiva. C'erano volute settimane, per spargere quell'intruglio nell'anfiteatro: la sabbia dell'arena ne era imbevuta. Una decina di barili di polvere nera stipata nei sotterranei completava il quadretto.

Come Vesper aveva detto qualche ora prima: «Camminiamo su un'immensa mina pronta a esplodere».

Iniziò a infilarsi i calzoni, allungando lo sguardo verso il fiume. Vide gli uomini di Rufione caricare i bambini su una chiatta per portarli al sicuro. Doveva attendere che tutti fossero messi in salvo, ma il clangore dell'acciaio e le urla mostruose attirarono il suo sguardo verso il punto in cui Tristo brandiva la spada, spiccando teste e arti come la falce tra le spighe. I nemici erano in troppi e presto l'avrebbero sopraffatto. Con il fiato sospeso, guardò il cavaliere arretrare, proteggendosi dietro lo scudo, mentre uno strigon lo attaccava con una strana mazza ferrata.

Doveva aiutarlo, subito.

Senza allacciare la camicia, Vesper abbassò il cane della pistola, ma uno scalpiccio la fece voltare di scatto. Tutti i nervi del suo corpo si tesero, come quando, da gatta, un pericolo le faceva drizzare il pelo.

Dalle arcate di pietra dell'ultimo livello, come enormi ragni bianchi, le lamie sciamavano sugli spalti. Non

aveva idea di come facessero ad arrampicarsi a quell'altezza ma non poteva sprecare nemmeno una pallottola. Infilò la pistola nei pantaloni e calciò lo spadone con il piede nudo, facendolo sollevare a mezz'aria. Afferrò l'elsa al volo, di rovescio, appena in tempo per sferrare un colpo di taglio a una di quelle cose che le correvano incontro, spalancando le fauci deformi. L'orribile testa ricoperta di bubboni, da cui ancora spuntavano ciocche di capelli biondi, rotolò sulle gradinate, mentre il corpo decapitato si accasciava su se stesso. Vesper spiccò un salto, schivando un artiglio che cercava di afferrarla. Erano dappertutto. Non aveva altra scelta che scendere, lasciandosi dietro gli stivali. Peccato. Le stavano bene.
Facendo vorticare la lama attorno a sé a grande velocità, tenne a distanza le lamie, aprendo squarci superficiali sulle loro spesse corazze.
Al centro dell'arena, Tristo era sommerso da una brulicante massa di corpi pallidi. Ancora pochi istanti e l'avrebbero fatto a pezzi.
Vesper conficcò il suo spadone nel ventre di una creatura. Sul volto sfigurato si vedevano ancora le tracce degli occhi, inglobati dalla fungosa massa che aveva inghiottito i lineamenti. Non provava più pena né compassione per lei. Afferrò l'elsa con entrambe le mani, per estrarre la lama, ma la spada era incastrata nel guscio spaccato. Gridò, in preda alla frustrazione, scendendo un altro gradino.

Tante volte, nelle sue lunghe vite, si era trovata in situazioni disperate, ma mai come quella. Tutto quel piano era una dannata follia.
Estrasse la pistola dai calzoni di pelle, mentre le strida si avvicinavano sempre più. Decine di pallidi artigli incombevano alle sue spalle. Appoggiò la lunga canna dell'arma all'avambraccio sinistro, per mirare meglio. Quella era la sua unica opportunità. Chiuse l'occhio, mettendo a fuoco il suo bersaglio: un nero cubo di pietra pirica, posizionata a lato dell'arena, vicino a un barile di legno. Anche se l'avesse centrato, forse sarebbe morta. Un'altra vita andata. Un altro sacrificio per combattere il Morbo dell'Ordine Bianco. Vesper premette il grilletto.
La palla di piombo fischiò attraverso l'anfiteatro. La scintilla che si sprigionò dalla pietra pirica le confermò di aver fatto centro.
Le fiamme divamparono all'istante, alimentate dal Fuoco Sacro, scivolando verso le botti di polvere nera. Ce l'aveva fatta, ma non c'era tempo per gioire, o riprendere fiato. Le lamie le erano addosso, tanto da poter sentire il loro fiato rancido sul collo. Prima che potesse voltarsi per fronteggiarle, però, la polvere esplose, scatenando una reazione a catena.
La terra sotto ai suoi piedi tremò. L'antica pietra, che si ergeva lì da secoli, si sgretolò come un castello di sabbia con l'alta marea.
Vesper fu scaraventata a terra, mentre un'ondata di

fuoco bluastro sommergeva l'arena. Le arcate esplosero, le colonne volarono come fuscelli al vento, i grandi blocchi di marmo si fratturarono, mentre vampe alte ed evanescenti come spettri urlavano dal sottosuolo, levandosi verso il cielo.
Vesper strisciò verso un canale di scolo, rannicchiandosi su se stessa, mentre l'intera arena le crollava addosso. Urlò, incapace di sentire la propria voce trasformarsi in un soffio felino. Il boato era assordante, il calore le fece arricciare il pelo che le cresceva sulla pelle, mentre il corpo rimpiccioliva in fretta.
Una tempesta di pietra la investì, finché anche il chiarore delle fiamme non fu oscurato. Quando, d'improvviso, tutto sprofondò nel silenzio, capì di essere ancora viva. La gatta nera restò ferma dov'era, tremante, e attese.
Il suo pensiero corse a Tristo. Non era possibile che un uomo potesse sopravvivere a quella tempesta di fuoco. Nulla a parte lei, sembrava essere ancora vivo, là fuori. Con la lingua inumidì una zampa, fregandosi il muso per pulire gli occhi dalla polvere. Allargando le grandi pupille, si sforzò di scrutare il buio. Sfoderò le unghie e cominciò a scavare, aprendosi un varco tra le macerie.

III

Quando il sole sorse, una colonna di fumo fu visibile

all'orizzonte, oltre le colline. Trascorse un'altra, ora prima che un carro passasse lungo la strada, offrendole un passaggio. Averil aveva le piaghe sui piedi e le ginocchia a pezzi. Fu sorpresa di scoprire dal carrettiere, che sapeva sì e no una decina di parole in occasico, che da Olibria gli avevano chiesto di portare del vino.
Forse i suoi sogni l'avevano ingannata. Forse quello che aveva visto era ancora lontano, oltre le nebbie del tempo, un'ombra lasciata da un evento che avrebbe potuto verificarsi, oppure no.
Quando raggiunse le mura della città e vide la gente in festa, la veggente maledisse il suo dono.
Come contadini a una fiera domenicale, alcuni cittadini si affollarono attorno al carro, per scaricare i barili. Le porte erano aperte e Averil scese dal sedile per allungare lo sguardo verso ciò che restava dell'arena.
Un sinistro lucore blu si levava dalle macerie ancora in fiamme.
Come ipnotizzata, strascicò i piedi verso quel colosso di pietra che giaceva ripiegato su se stesso. Il marmo era fracassato, i resti delle poderose arcate ridotti a poco più che brandelli. Soltanto una porzione degli spalti era rimasta intatta, e un angolo di muro annerito torreggiava sul vasto cumulo di macerie.
Tutt'intorno, come in un surreale spettacolo di piazza, la gente beveva, ballava, cantava.
«*Quid accidit?*», domandò Averil a un'anziana, che

faticava a radunare una banda di bambini scatenati. Tra le parole sbiascicate che uscirono da quella bocca sdentata, capì soltanto: «*Daemones mortui sunt!*».
«*Morti! Morti! Morti!*», fece eco Huginn, appollaiato sul grande arco che dominava la piazza.
Seguendo la punta del suo becco, l'occhio buono della veggente si posò sulle carcasse carbonizzate che spuntavano qua e là tra il biancore della pietra. Riconobbe i corpi deformi delle lamie e di cose ancora più oscure, tutte divorate dal Fuoco Sacro. L'odore era inconfondibile.
Alcuni uomini, con i volti coperti da maschere e fazzoletti, spingevano i cadaveri con delle pertiche, avvicinandoli ai focolai che ancora crepitavano come fornaci sotto i cumuli di marmo.
Niente sembrava essere sopravvissuto all'esplosione, eccetto una creaturina. Prudente. Intimorita. Si aggirava attorno all'immane disastro come se stesse cercando qualcosa, o qualcuno.
"Topi", pensò all'inizio Averil.
Ma per quante legioni di ratti potessero dimorare nei sotterranei dell'arena di Olibria, quel fuoco doveva averli trasformati da tempo in cenere.
No, quel gatto grigio zoppicava inquieto, lanciando un miagolio lamentoso di quando in quando, ignorato del tutto dalla baraonda che animava la città. Un momento. Non era grigio. Era nero.
Osservandola meglio, Averil notò che la bestiola era

ricoperta di polvere, sfuggita per un pelo al crollo dell'anfiteatro.

Dall'alto dell'arcata, Huginn gracchiò, sbattendo le ali. Il gatto sollevò il muso e parve rispondergli con uno strano trillo della gola.

Da molti anni, la veggente aveva imparato a interpretare i messaggi della natura e le parole che le forze celate pronunciano attraverso gli animali. Così, si avvicinò di buon passo al gatto, subito investita dal calore che ancora si innalzava dalle macerie.

Si chinò verso la bestia e, con cautela, scostò la benda, per guardarlo da vicino, attraverso l'occhio di Dagar.

Subito la sua mente fu investita dalla visione di un oceano verde, cristallino. L'oceano era l'iride di un occhio, con ciglia lunghe come foreste. Nella pupilla oscura, una forma prese corpo, distendendo grandi ali di tenebra che oscurarono le acque limpide.

«Nyx», sibilò una voce nella sua testa.

Senza pensarci due volte, Averil gettò il mantello sul gatto, raccolse il fagotto e corse via.

Huginn spiccò il volo e prese a roteare sul perimetro dell'arena distrutta, mentre la musica e il vociare della baraonda si perdevano nel vento.

IV

Trovò una locanda in un vicolo, lontano dai miasmi dell'esplosione che ancora indugiavano su Olibria. Con

un panno bagnato lavò il gatto, che, nonostante l'evidente fastidio, la lasciò fare, ritrovando il lucido nero della sua pelliccia. La bestiola si accomodò sull'unico letto della stanza e dormì. Dapprima con un occhio mezzo aperto, poi, sempre più profondamente.
La veggente attese.
Seduta al tavolinetto, Averil svuotò pian piano un otre di vino bianco, osservando le luci fuori dalla finestra diventare sempre più fioche, finché le ombre nella stanza non si allungarono come lance in un rossore di pesca. Allora scese la notte, e i poteri mistici dell'oscurità caddero come polvere dalla luna, posandosi su ogni cosa.
Sotto lo sguardo curioso di Averil, il gatto si distese sulla coperta, scivolando da un corpo all'altro, come dal sonno alla veglia.
La chioma era dello stesso nero, intenso, brillante, ma la pelle era pallida e liscia, il corpo flessuoso, gli arti lunghi.
Averil coprì subito le nudità con una coperta, ma bastò il tocco lieve della sua mano perché la donna-gatto trasalisse, svegliandosi. I suoi occhi verdi parvero scintillare nel buio, come un oceano irradiato dal lucore della notte.
La veggente accese una candela e si sedette di fronte al letto, senza parlare.
«Sei tu», disse allora la donna-gatto, alzandosi a sedere e coprendosi i seni con la coperta.

«Chi sarei, con esattezza?», domandò Averil, sistemandosi la benda sull'occhio.
«La signora dei corvi. Lui mi ha parlato di te».
«Lui...». La veggente riempì una coppa di vino a gliela porse. «Dov'è?».
La donna-gatto svuotò il bicchiere d'un fiato, poi allungò il braccio per averne ancora.
«L'ho perso», rivelò, con un tremito nella voce. «Abbiamo fatto esplodere tutto, ma lui era ancora lì, in mezzo a loro. Arrivavano da ogni lato. È ancora là sotto».
«Lui ti ha detto che non può morire?», domandò Averil, impaziente.
«Secondo te, perché sono qui?».
«Ti ha mandata Nyx», ribatté la veggente, fissandola con l'unico occhio sbarrato.
«Bene, allora sai già tutto», tagliò corto la donna-gatto, svuotando di nuovo la coppa. «Non perdiamo altro tempo, dobbiamo trovarlo», disse, alzandosi e lasciando cadere la coperta a terra. «Sono Vesper», si presentò poi, allungando la mano.
«Averil». La veggente restituì la stretta, con un malcelato disagio di fronte alla sua nudità.
«Hai dei vestiti da darmi?».
«Serviti pure», replicò, secca, indicando le sue bisacce.
Vesper iniziò a frugare nelle sacche di cuoio. Trovò un paio di calzoni di cuoio e se li infilò. Averil le rivolse il profilo della benda, così da non vederla. Essere

sguercia, di tanto in tanto, aveva i suoi vantaggi.
«Cosa pensi di fare?», domandò, mentre l'altra si vestiva. «Scavare tra le macerie?».
«Il suo corpo potrebbe essere ancora intatto», rispose Vesper. «O riparabile. Ho visto cosa può fare l'Etere».
«Etere o non Etere, quei blocchi di marmo sono pesanti come balene. Non abbiamo i mezzi per sollevarli».
«In qualche modo faremo», rimbeccò l'altra, di fretta, infilando la camicia nella cintura.
«In qualche modo?», ripeté Averil, sarcastica, girando con lentezza il volto verso di lei.
«Sì!», sbottò Vesper.
Averil le piantò addosso quel suo unico occhio indagatore, e vide che le iridi verdi della donna-gatto erano lucide. Le labbra socchiuse, incerte, quasi scosse da un tremolio, come di foglia autunnale.
Allora capì. E non c'era bisogno di essere una veggente, solo una donna.
«Tu lo ami», concluse.
Vesper nascose il volto dietro le cortine di capelli corvini, senza parlare.
«Anch'io l'ho amato», aggiunse Averil. «Come un fratello, o un figlio», confidò, alzandosi. «Ma quell'uomo che conoscevo non esiste più. Non è più un uomo».
«Neanch'io sono più una donna». Vesper alzò il volto e la fissò, quasi severa.

«Questo lo vedo», si limitò a concedere Averil, secca. «Ma quello che vi unisce è che siete entrambi al servizio dei Priori. Molte cose dipendono da lui. E non possiamo lasciare che venga distrutto, non ancora».
«Su questo siamo d'accordo», sussurrò Vesper, torreggiando sulla veggente e inghiottendo il suo orgoglio.
«Ma ripeto...», riattaccò Averil, chinandosi a frugare tra le sue bisacce. «Non possiamo scavare tra quelle macerie».
«Quindi? Hai un'idea migliore?».
«Sì», affermò la veggente, sollevando una sacca di lana lisa. «Pericolosa, ma migliore».

Akka

La luce della lanterna scivolava in mezzo alle esalazioni, che indugiavano sopra ai detriti come una livida nebbia. Olibria taceva, sprofondata in un sonno pesante e ubriaco.
Come fantasmi nella bruma, le due donne si inoltrarono a fatica nell'ammasso di marmo scomposto che un tempo era uno dei più grandiosi capolavori architettonici dell'antichità. Un luogo di morte e sacrificio, che, ancora una volta, aveva preteso la sua dose di sangue.
«Piano», raccomandò Averil, più che altro invidiosa dell'imprudente agilità con cui Vesper saltellava tra le macerie fumanti.
Grazie all'occhio di Dagar, la veggente riusciva a scrutare attraverso il fumo e anche attraverso la pietra. Sarebbe bastato un passo falso o un crollo, perché entrambe finissero inghiottite dal braciere rovente che ancora ribolliva sottoterra. Lo vedeva pulsare come se fosse allo scoperto.
Qualunque cosa fosse accaduta a Tristo, Averil dubitava che il suo corpo fosse sopravvissuto a quel calore. Non osava dirlo davanti a Vesper, ma, ne era

sicura, la donna-gatto covava lo stesso timore. Eppure, il cuore resisteva, in modo tenace e stupido. Anche Averil, dentro di sé, oltre tutte le voci e paure, era animata dalla stessa speranza.

«Qui, va bene qui», disse, ansimando, quando finalmente raggiunsero la porzione di spalti che ancora si reggeva in piedi.

Frugando tra le lastre sconnesse, Averil raccolse un sottile frammento di travertino. Lo pulì con la mano. Si inginocchiò, come in preghiera.

Sotto gli occhi attenti di Vesper, la veggente iniziò a cesellare con cura la pietra calcarea, incidendo sulla superficie spugnosa una runa con due gobbe frontali.

Anche la donna-gatto conosceva bene quel segno.

«*Berkanan*?», chiese. «La runa di Akka?».

Averil si limitò ad annuire, cesellando la pietra con maggior vigore, per solcare più in profondità.

«È un sigillo», spiegò poi soffiando sulla lastra per rimirare il suo lavoro.

Senza dare ulteriori spiegazioni, strinse la lama del pugnale con la mano sinistra, aprendosi un taglio sul palmo. Non le sfuggì nemmeno un singulto. Strinse il pugno, facendo gocciolare il sangue sulla runa, dopodiché porse la lama a Vesper.

«Un'offerta», concluse. «Serve sempre un'offerta».

«Lo so», annuì, lugubre, la donna-gatto, aprendosi un taglio netto su un dito e lasciando cadere alcune gocce rosse sul simbolo.

Quando l'intero profilo dell'incisione fu arrossato, Averil chiuse le palpebre e udì il richiamo del suo corvo. Huginn roteava sopra l'arena, gracchiando inquieto. Le labbra della veggente non pronunciarono alcuna parola, ma, nella sua mente, la folla di voci si risvegliò, strisciando.

Come tante serpi che scivolano una sull'altra in una tana sotterranea, i sussurri si addensarono in un coro, le parole incomprensibili si indurirono, sempre di più, fino a comporre un unico verbo di pietra.

Allora, di getto, afferrò la lastra con la runa insanguinata e la gettò lontano, sfracellandola tra le macerie.

«Ma che fai?», proruppe Vesper, confusa.

«Aspetta», mormorò Averil, ma non ebbe nemmeno il tempo di terminare.

Il suolo iniziò a tremare.

Un crepitio crescente, come il suono di una frana in caduta rapida, crebbe oscurando ogni altro rumore. Le macerie sembrarono ribollire, terra smossa da una voragine. Simile a lava che spurga dalla bocca di un vulcano, i brandelli di marmo si impilarono in un'alta torre, poi due, tre, quattro pinnacoli. La materia informe prese una dimensione, che crebbe attirando a sé altro materiale dal suolo dissestato, componendosi in una figura enorme, che sembrò adombrare la notte stessa.

Un titanico essere nacque dalla pietra, sigillando i

frammenti in un mosaico fluttuante, che dipinse la sagoma di immani artigli, squame di marmo lustro e grandi ali che si distesero sull'arena in rovina.
Vesper arretrò di un passo, a bocca aperta. Il suo respiro, d'istinto, divenne sottile come un soffio, e la donna-gatto snudò i denti, soverchiata dalla grandezza di quel colosso che aveva preso forma davanti ai suoi occhi. Dalla gola del drago si sprigionò un rombo profondo e graffiante, buio e freddo come il rintocco dell'acqua nelle profondità di una grotta.
«Grazie per essere venuta», rispose allora Averil, «Prioressa della Terra, Regina delle Rocce».
Nel biancore di quella visione, le lastre di marmo scivolarono una sull'altra come palpebre, svelando i contorni oblunghi di due occhi lucenti, blocchi di ardesia tempestati di diamanti grezzi.
Su ogni cosa discese una quiete anormale. L'atmosfera era rigida e gelida, eppure palpitante di vita, come il tocco della nuda roccia sulla cima di un monte. Dopo un attimo di immobile vuoto, senza che si avvertisse alcun suono, la creatura di pietra collassò su se stessa.
L'intera cattedrale crollò e macigni grandi come cavalli si posarono al suolo con la delicatezza di una piuma. Una polvere bianca si sollevò dal suolo, costringendo Averil e Vesper a proteggersi il viso.
Quando, infine, tossendo, riuscirono a riaprire gli occhi, video una statua ergersi sul cumulo di detriti dinnanzi a loro. Era bianca come la neve, lucida come cuoio. I

panneggi delle vesti, seppur scolpiti nel marmo, sembravano muoversi, agitati da una tenue brezza. Le fattezze erano quelle di una donna senza età, la pelle liscia, i lineamenti delicati da fanciulla, un velo a coprirle il capo. La scultura vivente era seduta e, in grembo, teneva il corpo di un uomo, adagiato sulle sue gambe e sul braccio come un figlio addormentato. Era intatto, eppure inanimato. Ancora vestito delle sue armi dalla testa ai piedi, con la spada stretta al petto. Il capo era reclinato all'indietro, ma Vesper riconobbe il suo mento barbuto.
«Tristo!», chiamò, slanciandosi in avanti.
Prima che potesse muovere un solo passo, la statua sollevò il volto verso di lei, pungendola con occhi bianchi e vuoti.
Ogni parte del corpo di Vesper parve divenire pesante e dura come la pietra. La donna-gatto si fermò dov'era, incapace di muovere un solo muscolo. Non provava dolore, ma nei suoi occhi Averil lesse puro terrore.
«Tranquilla», la rincuorò la veggente, alzandosi piano.
Scricchiolando, lenta e solenne, la statua voltò il viso verso la veggente.
«Signora dei Corvi». La voce eterea risuonò nell'arena, sebbene la figura non avesse aperto le labbra di marmo. «Così mi insulti. Non ammetto la presenza di un'*Hudra* al mio cospetto. Creatura della notte, scherzo di Nyx, la sua presenza mi ripugna».
«Vi prego di non farle del male», invocò Averil. «Il suo

aiuto è prezioso».

Vesper si lasciò sfuggire un tremante mugolio dalle labbra serrate.

«Non le farò danno alcuno», la rassicurò la statua. «Perché sarebbe un torto verso la mia buia sorella. Ma desidero parlare solo con te, che mi hai evocato», soggiunse. «Questo è il corpo che volevi sorgesse dalla pietra?».

«Corpo?», osò domandare la veggente. «È morto, dunque».

«No. Il Priore Oscuro vive», rivelò la statua. «Un potere più forte della vita lo tiene in questa dimensione di carne. Ma resta pur sempre un corpo, poiché il suo spirito già appartiene all'oltretomba».

«Lo so».

«Allora cosa non sai, tu che vedi con gli occhi altrui? Perché farmi arrischiare allo scoperto? Perché costringermi a lasciare il quieto sonno della roccia?».

«Quel corpo vi serve», affermò Averil, ferma. «Serve a tutti noi. Avevamo bisogno della tua forza, per tirarlo fuori dalla roccia».

«Una Prioressa non è una bestia da soma».

«Chiedo perdono».

«No», replicò la statua, abbassando appena il viso senza tempo.

Averil soppresse un fremito di paura.

«Invero io chiedo perdono», aggiunse poi Akka, lasciando la veggente stupefatta. «Da lungo tempo rifiuto di donare la mia ricompensa a questo cavaliere. Da troppo tempo mi nascondo nella profondità delle montagne, simile a un animale impaurito».

«Di cosa può aver mai paura una Prioressa?», tentò Averil, in cerca di risposte.

«Non tentare di ingannarmi!», tuonò la statua, facendo tremare le macerie dell'arena. «Con quei tuoi occhi prestati da draghi e rapaci, hai visto più di quanto un'umana dovrebbe. Tu sai che il Tredicesimo è risorto. Tu sai che lei è tornata».

«Sì, lo so», ammise Averil, in tono umile. «Ma ciò che so, voi me l'avete mostrato Nella mia mente, il disegno non è chiaro».

«Allora chiedi, signora dei Corvi», concesse Akka. «Hai tre domande per colmare le tue lacune, dopodiché io tornerò al mio elemento».

«Vi ringrazio, regina».

«Prima domanda», sollecitò la statua. «Pensa bene».

«La strega...», attaccò lei, ma si corresse: «Il Tredicesimo ha ucciso Suonetar, il Priore di Sangue, vostro gemino. Come ha fatto?».

«Una domanda dalle molte risposte», osservò Akka. «Sei scaltra come un corvo».

«Vi prego», insistette Averil e la voce tonante della statua la accontentò, raccontando:

«Una nuova arma, ibrido di spada e polvere nera, forgiata da Ilmaris in persona, Priore del Metallo e Padre del Progresso. Con quella ha ucciso Suonetar e

Thermes, Priore del fuoco, e infine Ukko, Signore del fulmine».
«Per questo il mondo sta bruciando», collegò Averil, tra sé, sconvolta.
«È così», assentì la statua. «Con quell'arma, il Tredicesimo ha il potere di uccidere ognuno di noi, sottraendoci i nostri elementi e usandoli a suo perverso piacimento».
«Perché?», incalzò la veggente. «Perché Ilmaris ha aiutato il Tredicesimo?».
«È la tua seconda domanda», sancì la statua.
Averil si limitò ad annuire.
«Il Tredicesimo si è incarnato in un corpo perfetto, nato dal frutto del suo seme e... del nostro».
«La bambina dai capelli rossi».
«Colei che dimora nei tuoi sogni», specificò Akka. «Nessuno di noi può infierire su quel corpo, qualsiasi sia la forza che possediamo. Fu la più fragile di noi, Ilmatar, Prioressa dell'Aria e Spirito dei Venti, a finire preda della sua fame per prima», raccontò, e lacrime di diamante apparvero nei suoi occhi vuoti. «Tenuta prigioniera nel ghiaccio, ella è stata spogliata delle sue ali e del suo elemento, ma vive ancora, come Suonetar fece quando camminò tra gli uomini».
«L'ha usata per ricattare Ilmaris», dedusse Averil, ricordando con orrore le proprie visioni notturne.
«Dici il vero», concesse la statua. «La sua vita in cambio dell'arma. Il Priore del Metallo non ha avuto scelta.

Nessuno di noi condanna il suo agire, anche se ha portato su di noi la sventura. Ora il Tredicesimo padroneggia quattro dei dodici elementi: Sangue, Vento, Fuoco e Tuono. Oltre alla sua diabolica invenzione, la Stregoneria, che sappiamo essere la rovina del mondo».
«Molte cose mi sono chiare, adesso», disse Averil, chinando appena la testa.
Con la coda dell'occhio guardò Vesper, che respirava affannata, rigida come una statua, con gli occhi sbarrati. Senza parlare, la veggente cercò di darle forza: "È quasi finita", provò a comunicare con l'espressione del viso.
«Ora, la tua ultima domanda», la incalzò Akka.
Averil non ebbe alcun tipo di esitazione:
«Come la uccidiamo?», chiese, con tono feroce. «Come distruggiamo il Tredicesimo?».
«Ebbene», iniziò Akka. «Quel destino è già intessuto e tu, tu Signora dei Corvi, hai quasi congiunto due fili...».
La sua voce si interruppe bruscamente.
Averil attese, non sapendo se fosse appropriato o meno mettere fretta a una Prioressa dal cuore di pietra. Dopo un istante, però, notò una lacrima di sangue rigare il viso liscio della statua.
La veggente sporse in avanti il volto, confusa.
Uno scoppio fragoroso la spinse indietro, facendola cadere sulla schiena. Vesper, sciolta d'improvviso dal suo sortilegio, cadde a terra, con le membra molli. La bocca della statua si spalancò, in modo raccapricciante, il mento cadde a terra, in un silente urlo. Tutto il suo

corpo si scompose in fretta, collassando come una torre di cenere. La testa rotolò indietro, con gli occhi di marmo arrossati dal sangue. Il corpo di Tristo scivolò a terra, sferragliando nelle armi.

Spaventata, Averil si alzò a sedere e sollevò lo sguardo.

Là dove Akka troneggiava nei suoi bianchi panneggi, ora c'era una bambina. La stessa che la atterriva nei suoi incubi.

A piedi nudi, stava in piedi sul cumulo di macerie. Nella mano destra stringeva un lungo pugnale argentato, la cui lama era sporca di sangue della Prioressa.

«No...», gemette Averil, lasciando vagare lo sguardo tra la polvere che, fino a un istante prima, era la manifestazione della regina delle rocce.

«Ma che peccato», la schernì la bambina, con voce cantilenante.

«Tu...». La veggente non aveva fiato in gola.

Vesper afferrò il pugnale che era a terra e, alzandosi sulle gambe malferme, si gettò in avanti, balzando addosso alla strega.

Alla bambina bastò un gesto della mano per far sollevare un forte vento che investì in pieno Vesper, sbalzandola da terra e mandandola a ruzzolare tra le macerie. Con un tonfo secco, la sua testa sbatté contro una pietra e lei restò a terra, inerte, con gli occhi spalancati verso il cielo buio.

«No!», gridò Averil, ma ormai era troppo tardi.

«Una gatta, una vecchia orba e un uomo morto»,

cantilenò la bambina, abbassando gli occhi su Tristo, incosciente ai suoi piedi. «Ma che trio. Davvero i Priori pensavano di potermi fermare così?».
«Non lo toccare!», intimò Averil, a denti stretti.
«Oh non ti preoccupare», la schernì Wèn, ravviandosi una ciocca di capelli rossi. «Questo spaventapasseri non mi interessa, né vivo, né morto, né quello che è. Ho già vinto». I suoi occhi arroventati si posarono sulla veggente, che subito fu invasa da una vampata di caldo insopportabile, come se un fuoco la ardesse da dentro. Squittì, come un topo in trappola.
«Potrei bruciarti viva, qui, adesso», la minacciò la bambina, con un sorriso sadico a incresparle le labbra. «Ma non sarò io ad accendere il tuo rogo», aggiunse poi, distogliendo lo sguardo.
Averil si ripiegò su se stessa, d'improvviso libera dall'ardore che le attanagliava le viscere. Tossì, sentendo il sudore colarle dalla fronte e pizzicare nell'orbita vuota.
«Grazie per aver fatto uscire allo scoperto questa puttana di pietra», disse la bambina, rigirandosi l'arma argentata tra le mani. «Si era nascosta bene».
Con un rantolo strozzato, Vesper si alzò, occhi e bocca sbarrati. Respirò a fatica, tossendo.
«Oh, che palle! Ma quante vite ha questa troia?», borbottò la strega.
Averil approfittò del momento per alzarsi, brandendo l'altro pugnale.

Scattò con tutta la forza che aveva nelle gambe, puntando al collo della bambina, che scartò, evitando il colpo. Si abbassò per evitare un altro fendente, afferrando Averil per il polso.

Con una forza innaturale, la costrinse a una piroetta e la sbatté schiena a terra, premendole un piede nudo contro la gola.

«Bel tentativo», le concesse Wèn, sogghignando.

Rapida come un serpente, la sua mano scattò verso il viso di Averil e, con la punta delle dita, le strappò l'occhio di Dagar dall'orbita.

La veggente strillò, mentre uno zampillo di sangue le colava sulla guancia. Impotente, vide la sfera d'oro diventare rovente sul palmo della bambina, fino a sciogliersi in una melma dorata che gocciolò a terra, sfrigolando.

«Non ho ancora scovato dove si nasconde Dagar», affermò la strega, pulendosi la mano come se avesse giocato con la terra. «Ma senza un occhio, sarà più facile da uccidere».

Vesper tentò di issarsi sulle braccia, ma ricadde ventre a terra, debole.

«Fai quello che devi fare, strega», la provocò Averil, con voce strozzata. «Noi bruceremo, tutto il mondo brucerà, ma c'è qualcuno che sta venendo a prenderti».

La bambina sollevò il piede dalla gola della veggente e proruppe in un pianto esasperato, frignando. I suoi falsi singulti si tramutarono in risa.

«Oh sì, qualcuno sta venendo», affermò poi. «Avete compagnia, ragazze!», esclamò entusiasta, subito prima che il suo volto divenisse spoglio di innocenza puerile.
«Su una cosa siamo d'accordo, vecchia orba: tu brucerai, e molto presto».
Una folata d'aria spiritata, come alito di tempesta, avvolse la strega, sollevandole i capelli in alto e agitandoli come lingue di fiamma.
Così com'era apparsa dal nulla, la bambina si smaterializzò nel vento, lasciando solo l'eco di un boato cupo e innaturale.
Prima ancora che Averil potesse tirare il fiato, la notte fu animata da un concerto di metallo. Tutt'attorno alle macerie, le lunghe sagome delle armi spianate rilucettero al bagliore di torce e lanterne.
«Fermi! In nome del re e del Messia!», tuonò una voce.
Squadroni di mercenari in armatura e abiti sgargianti si schierarono sul perimetro dell'arena, brandendo alabarde e puntando i lunghi archibugi.
«Ferme o spariamo!», minacciò un'altra voce.
Averil voltò la testa di scatto verso Vesper.
«Scappa. Ora», le intimò.
Le due donne si scambiarono uno sguardo. Gli occhi verdi dell'esperide furono inghiottiti dal buio e brillarono sul manto del felino, che sgattaiolò via nella notte, inseguito dal ruggito di alcuni spari. Le pallottole fischianti si schiantarono nel marmo, sollevando schegge a ogni impatto.

Il gatto era troppo piccolo, troppo veloce.

Per un istante, Averil ebbe l'istinto di mettersi a correre, ma sapeva che non le sarebbe servito. Con un gesto lento, alzò le mani sopra la testa, mentre i soldati avanzavano ad armi spianate. Portando delle catene tintinnanti, un sacerdote vestito di porpora si avvicinò a lei, scrutandola con occhi crudeli e soddisfatti. La veggente abbassò lo sguardo sul Priore Oscuro, ancora abbandonato nel suo sonno di morte vivente.

«Perdonami», gli disse.

Poi, mani rudi la afferrarono per metterla ai ceppi.

Il giudizio
(...è opera di Dio)

I

Fu condotta in catene nel castellaccio in cui il re aveva trovato rifugio con la sua corte di aristocratici e i prelati. Tristo fu spogliato delle sue armi e portato a braccia fino alle segrete. I soldati lo deposero in una cella buia, in attesa che fosse in grado di sostenere il processo.
Averil, purtroppo, godeva ancora di ottima salute, perciò, quella stessa mattina fu messa a giudizio.
Nelle viscere del castello c'era una grande sala d'arme circolare, sormontata da una cupola di mattoni. Averil fu condotta al centro e incatenata a una grata del pavimento. Sollevò l'occhio verso l'unica apertura da cui filtrava la luce del giorno, sulla sommità della volta grigia. Si chiese se avrebbe mai più rivisto il cielo.
La sala era illuminata da molte fiaccole, disposte tutto intorno al perimetro. Il fuoco accendeva di riflessi sanguigni le vesti rosse dei prelati, tutti seduti su un podio di legno come tanti avvoltoi. La veggente lasciò scorrere lo sguardo sui loro nasi adunchi, sui visi vecchi e rugosi, sulle mani lisce e oleose.

No, non sarebbe mai uscita viva da lì.
Il sacerdote che l'aveva arrestata con tanto piacere negli occhi si fece avanti e s'inchinò davanti al severo palco che ospitava il potere secolare.
Il re non era presente, forse anche per via della sua giovane età, ma la giuria era composta da soli uomini. Nobili, a giudicare dagli abiti. Tutti vecchi, o quasi. Tutti con l'espressione boriosa e annoiata di chi manda a morte la gente per abitudine. Le guardie presero posto davanti all'unica uscita, mentre altri personaggi dal dubbio ruolo si accomodarono sulle panche ai lati della sala. Un giovane con una ridicola tonsura apparecchiò penne, fogli e calamai, pronto a riportare ogni parola su un volume rilegato.
Il quieto vociare si estinse del tutto, quando il sacerdote prese la parola e la penna dello scriba iniziò a frusciare sulla carta.
«Vostre Eccellenze della Corte e Magistri della Fede», attaccò, in impeccabile lingua occasica. «Io, Eginardo, vescovo d'Hispalea, mi trovo qui oggi davanti a voi per giudicare questa donna, questa... straniera», aggiunse, indicando Averil. «Venuta nella nostra città per diffondere la pestilenza, creare il caos ed evocare spiriti malvagi contro Dio. È accusata di essere un'untrice e una negromante».
Un vecchio vestito di sete pregiate, con una lunga barba più pulita e ordinata dei capelli di una principessa, prese la parola, sporgendosi dal podio: «Come si dichiara

l'imputata?», domandò, con accento marcato, senza nemmeno guardare la veggente in faccia.
«*Innocens*!», replicò a gran voce Averil, in lingua imperia. Quasi offesi dal fatto che quella donna conoscesse l'antico lemma, parlato da filosofi, imperatori, re, ma, soprattutto, da ladri e farabutti, tutti si scambiarono occhiate contrariate. La sala piombò nel silenzio, finché il vecchio con la barba principesca intervenne di nuovo, sempre in occasico: «Quali prove ci sono a carico di questa donna?», tuonò, e la sua voce roca echeggiò fino alla volta di mattoni.
Eginardo d'Hispalea si fregò le mani.
«Abbiamo molti testimoni, Vostre Eccellenze», replicò, iniziando a camminare avanti e indietro, con le mani congiunte dietro la schiena. «Ma colui che può fornire il resoconto più dettagliato e completo è di certo il balivo Blasco Delmar». A quel punto, allungò il braccio verso un uomo grassoccio, con i baffi spioventi, che sedeva in mezzo a mercenari frisoni vestiti di pennacchi, banderuole e simboli araldici.
«Balivo, prego», lo invitò il vescovo.
L'uomo si alzò, sistemando la cintura sul ventre prominente. Era a disagio, davanti a tutti quegli alti papaveri, e sudava dalla fronte, nonostante il locale sotterraneo fosse piuttosto fresco.
«Conoscete questa donna? Signor Delmar?», attaccò Eginardo, e l'altro replicò con uno squittio: «No». Si schiarì la voce. «Non l'ho mai vista, prima di stanotte».

«Tuttavia...», lo incalzò il vescovo.

Il balivo rimase zitto, con lo sguardo interdetto per un istante, mentre Eginardo lo fissava con aspettativa e una punta di fastidio negli occhi.

«Ah, sì!». Blasco rammentò la sua parte. «Conosco l'altro uomo. Quello pieno di cicatrici».

«Chi sarebbe quest'uomo, e perché non è stato condotto qui?», volle sapere il consigliere dalla lunga barba.

«Ancora non è in grado di sostenere il processo, Signor Consigliere», spiegò il vescovo. «Ma non appena lo sarà, lo sottoporrò di persona a un interrogatorio».

"Che gusto c'è a torturare un uomo privo di conoscenza?", considerò Averil, tra sé e sé.

«Raccontateci i fatti, balivo Delmar», lo invitò Eginardo, scostando le falde della sua toga purpurea per sedersi tra gli altri prelati.

«Vostre Eccellenze, quell'uomo è venuto al mio paese, Colleferro, dicendo che ci avrebbe liberato dal contagio».

«E l'ha fatto?», lo incalzò il vescovo.

«No. Ha rubato dei cavalli e... ha ucciso mio figlio, il mio primogenito!». La foga nella voce gli faceva vibrare i baffi. «Lo hanno fatto a pezzi, lui e quell'altra donna! Quel diavolo che sparisce nella notte!».

«Di quale altra donna sta parlando?», chiese il vecchio consigliere, spazientito.

«Miei signori», li rabbonì Eginardo, alzandosi. «Ci

troviamo chiaramente di fronte a una conventicola di streghe, di cui questa donna...», insistette, indicando Averil, «...è il membro più anziano. Lasciate che vi enunci i fatti. Sedetevi pure, balivo.» aggiunse a denti stretti, irritato. L'uomo obbedì.
«Dopo la morte del figlio, avvenuta alla vigilia di un'importante battaglia...», raccontò il vescovo, «...Blasco Delmar ha seguito le tracce del suo assassino fino a qui, a Olibria, arrivando giusto ieri, è esatto?».
Il balivo si limitò ad annuire.
«Dai racconti di cittadini e miliziani, ha capito che il responsabile della distruzione dell'arena era lo stesso uomo che l'ha privato del suo primogenito: l'uomo con le cicatrici sul volto».
Averil ascoltò e tacque, cercando di capire dove tutta quella recita andasse a parare.
«Quando chiese che fine avesse fatto, tutti gli diedero una sola risposta», proseguì Eginardo, con fare teatrale. «Morto».
Fece una pausa, facendo scorrere gli occhi su tutti i presenti.
«Morto», ripeté, «poiché non v'era modo che un qualunque essere mortale potesse sopravvivere a una tale catastrofe di fiamme, fuoco e distruzione».
La veste purpurea fruscò, quando il vescovo si voltò verso Averil per guardarla in volto con quel sorriso arguto.
«Eppure, quell'uomo è ancora in vita, qui, nella sua

cella, e il suo corpo è inviolato», sancì. «E questa è opera del demonio. Attraverso le arti oscure di quella donna».

«Vescovo Eginardo», attaccò allora il consigliere dalla lunga barba, «finora ho sentito solo ipotesi, illazioni e storie che poco hanno a che vedere con l'imputata. Avete qualcosa di più solido da sottoporci?».

«Eccome», non tardò a replicare il sacerdote, voltando il viso verso la porta. «Fate entrare i testimoni oculari!».

Non appena i soldati schiusero la porta, tutti i mercenari, i miliziani e coloro che avevano assistito all'arresto di Averil entrarono nella sala, riempiendola. Una folla. Il rintocco dei passi e lo scricchiolare di cuoio e metallo oscurarono i commenti dei magistrati.

Sbattendo il suo bastone sul seggio, il vecchio consigliere richiamò tutti all'ordine:

«Questo è un processo regio, non una processione religiosa!», berciò, rosso in volto. «Volete spiegare?».

«Niente di più semplice, Vostre Eccellenze», disse trionfante Eginardo. «Tutte queste persone hanno visto con i loro occhi l'imputata, quella donna, propiziare un rito sacrilego, riesumare il cadavere di un uomo morto e conversare con spiriti maligni. Al suo fianco c'era un'altra strega, che, al nostro arrivo, è svanita nel nulla, prendendo la forma di un qualche animale». Il vescovo afferrò un fagotto scuro dalle mani di un soldato. «Abbiamo trovato solo gli abiti», affermò, mostrandoli al tribunale e poi gettandoli a terra con sdegno. «Quella

stessa fattucchiera è stata riconosciuta dal balivo Blasco Delmar come complice dell'omicidio di suo figlio. Ed è ancora a piede libero. Se questo non è un caso di stregoneria, miei Signori, allora io non sono un uomo del Messia, né Egli veglia sulla nostra città e, forse, nemmeno sul mondo», concluse, con fare drammatico, suscitando gli indignati borbottii degli altri prelati.
Averil adesso capiva fin troppo dove volesse andare a parare.
Le era impossibile confutare anche solo una di quelle affermazioni, perché, in parte, erano vere. Si lasciò sfuggire un sospiro ansioso. D'istinto, strattonò la catena che la teneva bloccata al centro di quell'incubo. In alto, fuori, lontano, libero nei cieli, Huginn fece sentire il suo sinistro richiamo.
«È finita», sussurrò, ma la cosa non sfuggì al vescovo.
«L'imputata desidera dire qualcosa in sua difesa?», domandò.
La veggente si bagnò le labbra.
«No», affermò, dopo un istante di silenzio. «Ho solo una domanda».
«Qui le domande le faccio io», cercò di zittirla Eginardo.
«Che parli!», tuonò il vecchio, sbattendo ancora il bastone sul seggio.
Averil attese che tutte le voci si placassero e puntò il suo unico occhio verso il vescovo, che, in pratica, già le stava accatastando la legna sotto i piedi.

«Mi chiedo solo per quale motivo vi trovavate all'arena, in forze, in piena notte», lo pungolò. «È sembrata più un'imboscata che un arresto».

«Come osi mettere in discussione l'operato del Credo...», attaccò Eginardo, ma il consigliere, senza nemmeno bisogno del bastone, lo stroncò sul nascere.

«Rispondete, Vescovo», intimò, accarezzandosi la lunga barba. «Dato che vi siete valso della collaborazione dei soldati di sua maestà, dite, sulla base di quale intuizione avete circondato l'arena?».

Il sacerdote restò interdetto per un attimo, nel quale Averil osò sperare.

Poi, un sorriso beato si dipinse sul suo volto.

«È stato un miracolo, Vostra Eccellenza».

«Un miracolo?».

«Sì», affermò con forza Eginardo, congiungendo le mani in una sorta di estasi mistica. «Un angelo di Nostro Signore è apparso, sotto forma di una bambina dai capelli di fuoco. Era scalza, con un abito bianco», raccontò, con lo sguardo perso nel vuoto. «Ci ha destato dal sonno e condotto verso le rovine dell'arena. Là, con una spada d'argento, ha scacciato gli spiriti».

"Wèn...", pensò Averil, mordendosi il labbro. "Era tutta una trappola".

A dispetto del tono sognante del vescovo, il consigliere barbuto scoppiò a ridere. La sua risata si tramutò in un raglio, seguito da colpi di tosse che gli scossero il petto, scompigliando le sete pregiate che lo avvolgevano dalla testa ai piedi. Eginardo sorrise soddisfatto, alzando gli occhi al cielo.

A fior di labbra, Averil gli vide pronunciare le parole: «*Fiat voluntas tua*».

Come se quell'attacco di tosse fosse una punizione divina.

«Padre Eginardo», esordì il vecchio, quando si riprese. «Volete che condanni una donna a morte sulla base di un miracolo che solo voi avete visto?».

«Solo io?», reagì il prelato, con un'espressione divertita. «Oh, no, Vostra Eccellenza. Non sono l'unico ad aver visto l'angelo dai capelli di fuoco».

«L'ho vista anch'io», scattò in piedi Blasco Delmar.

«Anch'io», fece eco un soldato, poi un altro, e un altro ancora.

«*Ich auch*», ammise il capitano frisone, alzando la mano con un gesto secco. Dopo di lui, tutti gli altri mercenari alzarono il braccio, portando la loro testimonianza. Averil si guardò attorno, circondata da quella selva di mani sollevate come lance. Implacabili voti della sua condanna a morte.

Lontano, oltre la cupola, Huginn gracchiò di nuovo, lugubre.

«Questo cambia le cose», dovette ammettere il consigliere, osservando perplesso tutti quegli uomini d'arme pronti a giurare di aver visto un angelo.

«Negate forse voi la parola dei presenti?», chiese poi, spostando lo sguardo crucciato su Averil.

«No», si limitò a replicare la veggente. «Non posso», ammise. «Perché l'ho vista anch'io».

Eginardo si fregò le mani. Un coro di mormorii esplose nella sala, rieccheggiando tra le mura di pietra.

«Quella bambina non è un angelo, è il diavolo in persona!», tuonò Averil. «Ha ingannato me e sta ingannando voi».

«Ridicolo, sacrilego», la liquidò Eginardo, alzando la voce per sovrastare i numerosi improperi che piovvero addosso alla veggente. «Queste sono le esatte parole che direbbe un agente del demonio».

Averil dovette riconoscere che era proprio così. Come poteva convincere quegli uomini?

"L'abito non fa il monaco", oppure "L'apparenza inganna"?

Decise di tacere. Strinse le mani al petto, cercando di farsi forza.

«Confessate di aver fatto ricorso alla magia nera, alla negromanzia, di adorare il demonio e di aver stretto patti oscuri con spiriti malvagi?», Eginardo affondò la stoccata finale.

Forse, se avesse confessato, l'avrebbero graziata. Forse. Ma che fine avrebbe fatto Tristo? Che senso avrebbe avuto tutta la sua vita?

"La mia vita non ha senso", pensò Averil, "L'avrà la mia morte".

«No», dichiarò Averil con forza, alzando la voce e facendo cadere la sala nel silenzio più totale. «Nego ogni cosa».

«Te lo chiedo una seconda volta», intervenne il vecchio consigliere, serio. «E ti consiglio di pensare bene prima di rispondere».

Averil alzò lo sguardo. Tese le orecchie in attesa di sentire il richiamo di Huginn, ma anche il cielo taceva. Lasciò vagare l'occhio negli angoli bui della stanza, nella speranza di vedere la gatta nera, una presenza, un'ombra di salvezza. Niente. I Priori l'avevano lasciata sola.

Anni e anni passati a servirli, e per cosa? Sarebbe morta tra atroci sofferenze. Distrutta dal suo stesso piano. Ingannata dal Diavolo.

Proprio come Bèroul.

«No. Eccellenza», ripeté, soffocando un fremito nella voce.

«Allora non mi resta altra scelta», rinunciò il vecchio. «Vescovo Eginardo, vi consegno la prigioniera per l'interrogatorio. Se non confesserà sotto tortura, sarà purificata col fuoco», stabilì, sbattendo il bastone sul seggio «Questa udienza è tolta».

L'amanuense registrò le ultime parole sul tomo e lo chiuse con un tonfo.

I nobili e i prelati si alzarono dai loro seggi e l'intera sala precipitò nella confusione più totale, animata da un roboante chiacchiericcio.

La catena fu sciolta dalla grata e Averil fu trascinata fuori dalle guardie, mentre una salva di sguardi torvi la

infilzava in ogni dove.
«Adesso arriva la parte divertente», le sussurrò Eginardo, sfilandole a fianco. Averil si voltò verso di lui e gli sputò in faccia.
Il vescovo si portò una mano alla guancia, indignato.
«Questo ti costerà caro», disse, prima di uscire dalla sala con passo furioso.
«In ogni caso, ne è valsa la pena», rispose la veggente, sorridendo.

II

Aprì gli occhi quando qualcosa prese a rosicchiargli un piede nudo. D'istinto scalciò, facendo fuggire un grosso ratto che si infilò tra le sbarre della cella, squittendo. Il tintinnio delle catene lo destò del tutto, sprofondandolo in uno stato di costernazione. Si trovò disteso nello sporco, su uno strato di paglia dura e lercia. Il buco in cui l'avevano rinchiuso non aveva aperture verso l'esterno, quindi, non seppe dire se fosse giorno o notte. Tutto puzzava di vomito, piscio e disperazione.
Era tutto d'un pezzo, non perdeva sangue e sembrava che ogni arto funzionasse. Era già abbastanza. Non aveva idea di come avesse fatto a cavarsela. Ricordava di essersi riparato dietro lo scudo di Lauma, quando l'intera arena era esplosa. Forse erano state le sue armi a salvarlo.
Si alzò a sedere, indolenzito, e si accorse di non essere

solo.

In un primo momento pensò a un compagno di cella, ma quel sospiro lieve, proveniente dall'angolo più buio della cella, gli fece drizzare la pelle sulla schiena. Si voltò, scontrandosi con due occhi arroventati che sembravano brillare di un pulsante chiarore, come sfere d'ambra in cui ardeva della brace. La figura venne avanti, posando un piede nudo sulla pietra fredda e frusciando in un vestito verginale.

«Ciao, papà», lo salutò la bambina, spostando una ciocca di capelli rossi e mostrando il volto nella penombra.

Gli ci volle un attimo per riconoscerla, ma poi non ebbe dubbi: era lei, la figlia di Nerys, la bambina che aveva visto addormentata nella casa del bosco, la femmina dei due gemelli.

Tristo si ritrasse, quando lei spalancò le braccia, canzonatoria.

«Non mi abbracci, papino?».

«Non sono tuo padre», replicò lui, dopo un attimo di silenzio, con la gola secca.

«Voi uomini siete proprio stupidi», commentò la bambina, sedendosi di fronte a lui. «Certo che sei mio padre, chi altro pensi che sia? Eri tu che ti scopavi la mamma, no? Prima di ammazzarla, ovvio».

Tristo sentì l'impulso di vomitare, ma si trattenne, stringendo i denti.

Era un incubo, doveva esserlo.

«Per fortuna non hai avuto le palle di uccidere anche me!», proseguì lei. «Sei stato così vigliacco da lasciare due bambini da soli nel bosco, a morire di fame, a farsi divorare dai lupi. Che eroe!».
«Io...», tentò lui, sopraffatto, ma la ragazzina balzò in piedi, sfigurando il volto in un'espressione crudele che conservava poco di umano.
«Vuoi sapere come sono sopravvissuta?», domandò, giocando con un ricciolo rosso. «Il mio fratellino, il mio gemello, sangue del mio sangue». Si chinò verso di lui, fissandolo con quegli occhi di fuoco e i denti snudati. «Me lo sono mangiato, un pezzo alla volta», rivelò. «Ma l'ho tenuto in vita, per un po', tagliando solo quello che mi serviva. Oh, se ha pianto! Oh, se ha urlato! Ma nessuno poteva sentirlo. È durato più di una settimana, poi ho bevuto il suo sangue, prima che la febbre lo guastasse».
«Non è vero», negò Tristo, rannicchiato in un angolo come una bestia.
«Oh, sì che è vero», cantilenò la bambina, alzandosi e camminando per la cella. «Hai capito chi sono, vero?».
Tristo non osò rispondere.
«Sì, che hai capito, non sei così stupido». La bambina tese la mano verso di lui, come per presentarsi. «Sono Wèn! Non ci hanno mai presentati». Ritrasse la mano. «Ah, già, forse tu mi chiameresti strega, o diavolo. Beh, sono molto peggio, e tutto grazie a te».
«Cosa vuoi dire?».

«Sai, prima che i Priori riportassero in vita la tua schifosa carcassa, il tuo amico Bèroul...». Sputò a terra. «Sì, quel vecchio bastardo. Beh, mi ha uccisa. O meglio, ha ucciso il mio corpo di prima». Con un'unghia, la bambina si incise il braccio, lasciando gocciolare un rivolo rosso sulla pelle candida. Lo osservò colare, prima di leccarlo.

«Ma questo non è sangue qualsiasi», proseguì. «È sangue priorale, capisci? È l'elemento che dà la vita. Da quando l'ho preso a quel buffone di Suonetar, io posso creare delle cose. Cose oscure. Cose meravigliose».

«Tutto quello che sai creare è orrore», ringhiò Tristo.

La bambina si sedette di fronte a lui. Lo guardò negli occhi, con una finta dolcezza.

«Ho creato Nerys», disse. «Non mi sembrava tanto orribile, a giudicare da come te la sei sbattuta. O sbaglio?».

Di nuovo, Tristo non rispose.

«Ma non l'ho creata per puro divertimento», rivelò la bambina. «Oh, no. Era tutto qui...», si picchiettò l'indice sulla tempia. «Nella mia mente. L'inquisitore credeva di aver vinto, e invece no. Mi ha fatto un favore, perché io mi sono incarnata di nuovo, nel ventre di Nerys, e ora...». La strega si prodigò in un sorriso infantile. «Eccomi qui, papà!».

«Io non sono tuo padre», ripeté lui, teso.

«Beh, tecnicamente sì. O meglio, c'è qualcosa di tuo in questo corpo, quello che mi serviva per fottere alla

grande i dodici maiali».
Subito lesse l'espressione interrogativa negli occhi di Tristo.
«Su, avanti, non dirmi che non ci hai pensato!», lo schernì Wèn. «Non crederai che ti abbiano scelto a casaccio, Priore Oscuro», continuò, in tono canzonatorio. «Sei sempre stato tu, eri destinato a essere tu. Il loro preferito, il loro cane da caccia. Aspettavano solo il momento giusto per sguinzagliarti». La bambina iniziò ad abbaiare, camminando a quattro zampe per la cella, e quello che poteva apparire come un gioco fanciullesco divenne raccapricciante, perché le articolazioni delle sue gambe si piegarono al contrario, come quelle di un animale, e tutto, nel suo corpo, si mosse in modo disarmonico, innaturale.
«Io sono parte di te, papino!», concluse, tirando fuori la lingua. «E loro non mi possono toccare».
«Se sei parte di me, allora puoi essere uccisa», la minacciò Tristo, sopprimendo l'orrore che gli montava dentro come una marea nera.
«Sì, presumo che ci sia un modo per distruggermi», replicò Wèn, guardandosi le unghie. «Proprio come c'è un modo per distruggere te», conclude, alzandosi e avanzando di due passi verso di lui.
«Avanti», la provocò Tristo, alzando il viso. «Fallo».
La strega esitò, fregandosi i polpastrelli.
Poi, senza motivo, esplose in un risolino sciocco.
«Che bisogno c'è di sporcami le mani con te?».

«Se non mi uccidi, sarò io a uccidere te».
La risposta fu una risata ancora più esagerata e stridente.
«Stupido e testardo come un cane», lo insultò lei, sprezzante. «Ma non vedi che sei solo un fantoccio? Ti sei fatto manovrare come un burattino, e lo sai, fin dall'inizio. Quei dodici bastardi si atteggiano tanto a signori del cosmo, ma sono dei bugiardi. Tutta questa storia è una grande bugia, anche quella gatta morta che ti porti dietro...», insinuò, con un sogghigno soddisfatto. I suoi occhi fiammeggianti si piantarono in quelli di lui, attirando allo scoperto tutti i dubbi, tutte le insicurezze.
«Ma ti prego», sbuffò. «Non ti sei mai fatto delle domande? Guardati! Sei un rudere, una specie di cadavere che cammina. E d'improvviso, così, ti si presenta questa donna sempre nuda, tanto ansiosa di compiacere i tuoi schifosi istinti! È così assurdo da sembrare una storiella!». Wèn si chinò verso di lui, avvicinando tanto il viso da poter sentire il calore del suo respiro. «L'hanno mandata da te per tenerti buono», sussurrò, in modo civettuolo, quasi seducente. «Non c'è modo migliore per controllare un uomo». La sua piccola mano scivolò sul petto di Tristo, e iniziò a scendere verso il suo ventre. «Fallo godere e diventerà tuo schiavo».
La mano della bambina scese ancora, arrivando alla cintura.
Tristo trattenne il respiro. Di scatto, con forza, la

afferrò per i polsi, sollevandola di peso. Era furioso. Le mani fremevano. Aveva voglia di fracassarle la testa. Per un istante, lesse una scintilla di paura nelle sue iridi.
Con un colpo di reni, Tristo fu in piedi. Urlando, issò in alto la bambina.
La sentì ridere e gridare:
«Uhhh! Più in alto, papà!».
Facendo ricorso a tutta la forza e la furia che aveva in corpo, la scaraventò di peso contro il muro della cella. Con sua enorme sorpresa, l'impatto fu silenzioso. Il corpo di fanciulla si vaporizzò nel nulla. Si ritrovò a scuotere le mani in una nube rossastra, come un pazzo ubriaco. Assordato dall'eco delle risa che ancora rimbombavano nelle sue orecchie, Tristo si accasciò in un angolo, stringendo la testa tra le mani.

III

In preda alla disperazione, Tristo si assopì. Perseguitato da incubi e visioni deliranti, giacque per diverse ore. Non avrebbe saputo dire quante, ma, di certo, doveva essersi fatta notte, quando la serratura della sua cella scattò.
Si alzò a sedere, intontito, e i suoi occhi si posarono sulla cosa più bella che potesse vedere in un momento come quello.
Vesper era in piedi sull'uscio aperto, nuda, con un mazzo di chiavi nella mano.

Dalla bocca gli uscì solo un verso gutturale e senza senso.
Lei si precipitò ad aprire i ceppi che lo incatenavano alla parete.
«Va tutto bene», gli disse. «Ti ho trovato».
«Dove...». Tristo provò a parlare, ma tutto, nella sua mente, sembrava confuso, come il ricordo di un sogno.
Non aveva sognato. Lo sapeva. La bambina era reale. Tutto quello che lei gli aveva detto era reale. Questa consapevolezza lo spogliò di ogni forza residua e, quando fu libero dai ceppi, restò seduto dov'era, incapace di alzarsi.
«Muoviti, dobbiamo andare», lo incoraggiò Vesper. «Ho ucciso i due uomini nella guardiola, ma potrebbero arrivarne altri».
Gli occhi verdi di lei incontrarono il grigio delle iridi di lui.
Un grigio non più spiritato, ma vitreo, spento.
«Cos'hai?».
Lui la guardò in silenzio, per un lungo istante.
«Perché sei qui?», le chiese.
«Per tirarti fuori, ovvio».
«No», scosse la testa Tristo. «Perché sei venuta, la prima notte? Perché stai con me?».
«Dannazione, non abbiamo tempo per questi discorsi, adesso». Vesper cercò di sollevarlo di peso, ma lui si sciolse dalla sua presa, testardo come un bambino.
«Ma che ti prende?», si spazientì lei, alzandosi.

«L'ho vista», rivelò Tristo. «Lei è stata qui. La strega».
Vesper annuì con la testa, lasciando vagare gli occhi nel nulla.
Si accovacciò vicino a lui, sospirando.
«L'ho vista anch'io. È una bambina».
«È mia figlia».
«No».
«Sì, invece. So che non mi ha mentito».
«D'accordo, tecnicamente è tua figlia», concesse lei, in tono duro. «Ma è solo un corpo. Un corpo che lei sta usando. Dentro quel guscio vuoto c'è solo lei, Wèn e nient'altro».
Tristo le afferrò la mano, stringendo forte.
«Anch'io sono un guscio vuoto», rispose, stanco. «I Priori mi stanno usando, come stanno usando te per controllarmi».
Vesper si lasciò sfuggire un sogghigno.
«È questo che ti ha detto?».
Tristo non rispose.
«Ascolta...». Vesper strinse la destra di lui con entrambe le mani. «Inutile girarci attorno. Noi due non siamo due persone normali. Non lo siamo più. Non siamo nemmeno vivi, in teoria», osservò, con un mesto sorriso. «Ti ho mentito».
«Allora aveva ragione...».
«Zitto, fammi finire», lo interruppe lei. «Non sono stati i Priori a mandarmi. Ho deciso io di aiutarti», rivelò, lasciandolo senza parole.

Una lucentezza scivolò sulle sue iridi fosche. Lacrime, forse.

«Perché?», le chiese.

«I nostri destini si sono intrecciati tanto tempo fa, prima che tu nascessi», raccontò Vesper. «Ti ho detto della confraternita di cui facevo parte?».

Tristo annuì, aggrottando le sopracciglia.

«Lì ho conosciuto i tuoi antenati», raccontò lei, deglutendo a fatica. «Da parte di madre. E anche di padre. Li ho amati tutti e due, sia lei che lui. Per questo amo anche te».

Tristo la guardò negli occhi per un lungo istante, senza trovare il coraggio. «Anch'io ti amo», riuscì a dire, infine.

«Lo so», sorrise lei. «Non volevo che finisse, e non ho avuto cuore di dirti tutta la storia».

«C'è dell'altro?».

«Ho avuto dei figli».

«Cosa?».

«Sì», annuì Vesper, calma. «Io e te siamo parenti, alla lontana».

La notizia lo scosse tanto che Tristo le lasciò le mani e si alzò, incredulo.

«Sono passati secoli», cercò di rincuorarlo Vesper. «Era un'altra epoca e io un'altra donna». Gli occhi mesti di lei si persero in oceani di ricordi. «La prima delle mie sette vite».

«Certo. Sette vite. Mi sembra appropriato», la schernì

lui.

«Ora me ne resta soltanto una», replicò lei, secca, voltandosi per guardarlo negli occhi. «L'ultima l'ho persa la scorsa notte, per tirarti fuori dalle macerie».

Tristo lasciò fluire dalla bocca un lungo sospiro, accasciandosi di nuovo di fianco a Vesper.

«Mi dispiace», disse poi. «Cos'è successo?».

«Non lo so», confidò lei. «Ma senza Averil, non sarei mai riuscita a trovarti».

«Averil? Lei è qui?». Tristo si animò come se, solo sentendo quel nome, una scintilla di forza si fosse riaccesa nel suo petto.

«Sono dovuta scappare, quando i soldati ci hanno circondato».

«Dove l'hanno portata?», domandò lui, alzandosi.

Vesper si sollevò piano, il volto oscurato da un'espressione contrita.

«C'è un cortile, in fondo alle scale. La troverai lì».

«Dove sono le mie armi?».

«Nella guardiola», indicò Vesper. «In fondo al corridoio».

«Grazie», si congedò Tristo, imboccando la porta della cella.

«Tristo», lo richiamò Vesper. «Ascolta, lei...».

«Cosa?».

«Non riuscirai a portarla via. Ci ho provato».

«Perché dici così?».

«Vedrai». Vesper chinò il capo.

Tristo le prese il mento tra le dita, fissandola negli occhi.

«Hai fatto più di qualsiasi altra persona, per me», le disse. «Non riesco più a contare tutte le volte che mi hai salvato».

«No», dissentì lei. «Tu hai salvato me».

«Se questa è l'ultima vita che ti resta, non voglio che la rischi per me».

«Proprio perché è l'ultima, voglio passarla con te».

«Dove sto andando, non puoi seguirmi. Non voglio che lo fai».

«Lo so».

Le iridi smeraldine di Vesper si inumidirono come prati bagnati dalla rugiada e Tristo la baciò, premendo le labbra contro il suo volto.

Le loro lacrime si fusero insieme, per un breve attimo.

Quando Tristo riaprì gli occhi, Vesper non c'era più.

La gatta nera gli sgusciò tra le gambe, correndo lungo il cunicolo buio. Seguendo i suoi miagolii, trovò la guardiola, dove i cadaveri di due soldati giacevano sulle sedie con le gole tagliate. Le carte macchiate di sangue erano ancora sul tavolo, le birre rovesciate.

Il Priore Oscuro recuperò le sue armi, poi cercò Vesper con lo sguardo, ma la gatta nera era già svanita nella notte.

IV

Senza timore, si aggirò per le viscere della fortezza, illuminando gli angoli più bui con una torcia, presa da un sostegno alla parete. Era pronto a terrorizzare e uccidere chiunque avesse incontrato.
Il cancelletto cigolò e Tristo si ritrovò all'aperto, in un cortile circolare racchiuso da alte mura. Alzò gli occhi oltre le fronde degli alberi secchi che agonizzavano in quel luogo buio. Gli parve di guardare il cielo notturno dal fondo di un pozzo. Forse era quello l'effetto che i carcerieri speravano di ottenere sui prigionieri. Nessuna speranza.
Lasciò la torcia per impugnare la spada, ma tutto taceva. L'intero castello sembrava sprofondato in un sonno mortale, fatta eccezione per alcune guardie di ronda che si aggiravano sugli spalti.
Guardandosi attorno nella penombra, non capì subito che razza di luogo fosse quello. Poi vide un grosso forno di argilla, in cui ancora ardevano le braci. Lì vicino erano sparse pinze, ferri e strumenti ancor più raccapriccianti. Con il piede, andò a sbattere contro una struttura a cuneo, retta da quattro gambe. Il legno era scurito dal sangue e impregnato di fluidi. Una carrucola con corregge era fissata al ramo di un albero, da cui pendeva un cappio. Tristo si voltò. Su un tavolaccio di legno erano sparse alcune presse a vite, rivestite di borchie e aculei. Più in là erano appesi scudisci, fruste di ogni forma e dimensione, tutte incrostate di sangue, alcune ornate da brandelli di carne. Era una sala delle

torture a cielo aperto.
Tristo fu richiamato dal lugubre canto di un corvo.
Lo cercò nel nero della notte, ma non vide nulla. Poi, un frullare d'ali attirò il suo sguardo sopra una gabbia di ferro, appesa all'albero più alto: un ulivo talmente piegato e ritorto da sembrare una creatura in agonia.
La gabbia non era vuota e Tristo capì.
Abbassò il capo e chiuse gli occhi, facendosi coraggio. Poi sfilò l'elmo e si avvicinò. La gabbia era una di quelle alte e strette, che costringevano a stare in piedi. Le ceneri sparse al suolo non lasciavano dubbi. Qualcuno vi aveva acceso un fuoco sotto, per arroventare il metallo. Il corpo rinchiuso all'interno era talmente cosparso di ferite, lividi e ustioni da non essere riconoscibile. Quando scorse il suo volto, con entrambe le orbite svuotate, Tristo cadde in ginocchio.
Anche la forza infusa dalle sue armi magiche lo stava abbandonando.
«Averil».
Pianse, inorridito dallo scempio che le avevano inflitto, incapace di distogliere lo sguardo.
Quando lei sollevò la testa, ancora viva, fu sbalzato indietro dallo spavento.
«Cosa ci fai qui? Vai via», sibilò lei, con voce flebile.
«Sono io. Sono qui», disse lui, asciugando le lacrime.
«Io non ti vedo», replicò lei. «Ma Huginn sì».
Allora Tristo alzò lo sguardo e vide che il grosso corvo lo fissava dall'alto della gabbia.

«Pensavo mi avesse abbandonata. Pensavo che tutti mi avessero...». Si interruppe, scossa da un singulto.
«Nessuno ti ha abbandonata», la rassicurò lui. «Chi ti ha fatto questo?».
«Un vescovo. Eginardo».
«Adesso ti porto via di qui». Tristo si alzò e afferrò la serratura.
«No. Lascia stare», tossì Averil. «Mi hanno fatta a pezzi».
«Guarirai. I Priori possono curarti».
«I Priori stanno morendo», rivelò lei, alzando la voce il più che poteva. «Lei li sta uccidendo, uno per uno. Per questo non ti sono più apparsi».
«Lo so».
«Non si fermerà finché non avrà preso tutti gli elementi. Tristo...», lo invocò, provando a sollevare un braccio ustionato.
«Io non posso fermarla».
«Non da solo...».
I denti strappati e le labbra tumefatte trasformarono il resto della frase in un mugolio di dolore.
«Piano, fa' piano».
«Parlare fa male», gemette la veggente. «Ma qualcuno deve dirtelo».
Il corvo Huginn planò dall'alto, posandosi sulla spalla del cavaliere, che si irrigidì.
«Lascia che...», suggerì Averil, esausta.
Allora Tristo assecondò il rapace, che camminò verso la

sua testa. Come un amante che sussurra parole dolci, il corvo infilò il becco nel suo orecchio. Dapprima non sentì alcun suono, poi, uno strisciante vociare prese corpo come il rumore del mare che si fa più inquieto. Huginn emise un trillo dalla gola, il fischio gli intontì l'udito, propagandosi come un'eco nella sua mente, invadendo ogni cosa, anche la vista.

Gli occhi di Tristo divennero neri come quelli del corvo e, in quella buia cecità, vide figure muoversi in modo meccanico, come marionette di un teatrino da strada.

Vide guerrieri a cavallo, spade, ombre oblunghe che si muovevano in una luce crepuscolare, agendo secondo ciò che la voce gli suggeriva.

Era la voce di un sogno, la voce del corvo. Umana e allo stesso tempo no. Stridente, disconnessa come la parola incerta di un sordo.

Huginn iniziò a raccontare:

«Di tempi che secoli fa erano.
Di avi che furon tuoi e vissero.
Uomini e donne e preti e guerrieri.
Confratelli che di giuramento giurarono.
Come le mie ali si dice vestissero.
Tant'è che li dicevan Frati Neri.

Antenati tuoi, la nonna del nonno di tua nonna.
Tutti contro lo stesso male s'andava a caccia.
E tanto bene quel mestiere gli veniva.

Che la strega li volle tutti morti.
Non importava se fosse bambino, vecchio o donna.
Perché il diavolo nessuno guarda in faccia.
Ma ad ammazzarli tutti non si riusciva.
E si dovette ingegnar un'alternativa.

Chi non era morto fu maledetto.
Perché i figli dei figli dei suoi figli.
Tutti sarebbero finiti di fine violenta.
Fino alla tredicesima generazione.
Tredici come il Tredicesimo ha detto:
una brutta morte tutti se li pigli!
E vedi, nessuno prima dei tuoi fece fine contenta.
Ma c'è chi respira e fa eccezione.

Dalla tredicesima generazione,
che non soffre più la maledizione.
Ogni male ha la sua ripercussione
e dalla strega dà protezione.»

L'oscurità si dissolse, portandosi via il teatrino di figure scalene e deformi, il mondo visto dagli occhi di un corvo.
La voce si tramutò in un gracchiante lamento, mentre il rapace volava via, fondendo le sue piume con il cielo dello stesso colore.
Preso dalle vertigini, Tristo si accasciò e posò il ginocchio a terra.

Era durato solo il tempo di un respiro, ma sentiva addosso il peso di un lungo viaggio.
«Hai capito?», domandò la veggente, con un filo di voce. «Ha il brutto vizio di parlare in rima».
Il sogghigno che le venne spontaneo le provocò dolore.
«La strega ha maledetto la mia famiglia», provò a ricostruire Tristo. «Ai tempi dei Frati Neri. È così?».
Averil annuì, debole.
«Ma solo fino alla Tredicesima generazione», concluse lui.
«Ogni magia ha un prezzo da pagare», si sforzò la veggente. «Wèn ha condannato tutti i tuoi antenati a una morte violenta, ma per questo non ha potere sulla tredicesima generazione».
«La mia».
«No». Averil scosse appena la testa. «Tu sei la quattordicesima. Infatti, sei morto... male».
Tristo la osservò con aria confusa. Da molto tempo non pensava alla sua famiglia, a tutte le persone che aveva perso nel corso degli anni. Era così abituato a essere solo. L'unico.
«Tua sorella è viva. Io l'ho incontrata», rivelò Averil. «Se vuoi vincere, devi trovarla».
«Ma che stai dicendo?».
«Valka», sputò fuori lei, con un rivolo di sangue.
«La Sanguinaria?».
«Trovala!», ringhiò Averil, dura, soffocando una fitta di dolore che la fece tremare. «Ora ti prego. Basta. Non ce

la faccio».
«Averil...».
«Uccidimi».
«Non posso».
«Tu devi. Me lo devi. Risparmiami almeno il rogo».
Tristo non riuscì a trattenere le lacrime. Si trovò a piangere, di nuovo, come un bambino. Tuttavia, di quelle lacrime non poteva vergognarsi.
«Perché ti hanno fatto questo?».
«Non ho confessato. Non gli ho detto niente».
«Sei l'unica famiglia che ho».
«Non è il momento di essere deboli», lo rimproverò lei, respirando a fondo per trovare in sé le ultime forze rimastegli. «È il momento di essere forti. Giuralo».
«Te lo giuro».
«Arriverà il giorno del sangue e del fuoco, il giorno in cui saranno più i morti che i vivi a camminare nel mondo».
«Averil, non...».
«Quando non ci saranno più uomini per combattere, vai dov'era la mia casa e prosegui oltre», insistette lei, con voce tremante. «Grichen Piede Marcio».
«Chi?».
«Vai da lui e dagli questo...».
Con enorme sforzo, Averil si infilò una mano tra le gambe. Con la punta delle dita afferrò qualcosa che aveva nascosto dentro di sé. Una chiave d'argento, sporca di sangue. Tristo la prese nel palmo e la guardò.

Era ornata da simboli arcani.

«Cosa apre?», chiese, sconvolto.

«Certi tesori devono restare sepolti, per il bene degli uomini», rispose Averil. «Vanno riportati alla luce solo in caso di estrema necessità. Ora non sei più un uomo. Sei un Priore, e devi agire come tale».

Tristo serrò i denti e cercò di cacciare indietro le lacrime che gli inondavano gli occhi.

«Sono contenta che lo faccia tu», la veggente sporse in fuori il petto, per quanto possibile.

Prendendo un respiro profondo, Tristo sfoderò la Cacciatrice di Sangue.

«Addio», mormorò Averil.

In fretta, prima che il coraggio lo abbandonasse, il Priore Oscuro sollevò la spada e, con un gesto rapido e violento, infilò la lama tra le sbarre della gabbia, trapassando il petto di Averil.

La donna ebbe un sussulto. Un soffio le fischiò tra le labbra e spirò.

V

Era vero. Non era più un uomo. Non provava più compassione, nemmeno per se stesso. Per la prima volta da quando tutto era iniziato, sentì la forza che gli scorreva dentro. Sentì il potere delle sue armi, mentre le frecce di balestra deviavano sul suo scudo, le palle di archibugio si spiaccicavano contro la sua armatura, le spade si infrangevano contro la sua lama.

Era stata quasi una gioia, che le guardie lo avessero sorpreso nel cortile.

I corridoi del castello erano tappezzati di cadaveri. Ovunque egli andasse, si apriva la strada camminando sui corpi martoriati di chi osava opporsi alla sua furia. Irruppe in una stanza, dove un camino acceso proiettava lunghe ombre sul soffitto affrescato. Gli arazzi sulle pareti si chiazzarono di sangue, mentre Tristo sfilava tra le guardie, trafiggendo e infilzando i mercenari che lo circondavano.

Lanciò lo scudo, atterrando un guerriero che cercava di colpirlo con un lungo spadone. Indossava ancora la camicia da notte. Una volta a terra, lo inchiodò con la sua stessa arma, che si conficcò nella pietra del pavimento, mandando scintille. Tristo roteò su se stesso. Afferrò la canna di un archibugio, colpendo in faccia l'uomo che lo brandiva. Si rigirò l'arnese in mano e sparò a bruciapelo, facendo esplodere la testa di un'altra guardia, che lo caricava con un'alabarda. Come un predatore notturno che assale un gregge di pecore, balzò in mezzo ai prelati, scurendo la porpora delle loro vesti con ondate del loro sangue. Troncò braccia sollevate in segno di resa, mozzò teste e trapassò corpi vecchi e flaccidi.

Quando ebbe finito, l'intera stanza sembrava un mattatoio.

Nel corridoio, udì i passi di altri armati. Fronteggiò la porta, in attesa che una nuova schiera entrasse per balzargli addosso. Subito si rese conto che il rimbombo dei passi si stava allontanando. Erano uomini in fuga.

«...*Defende nos in prælio*», sibilò una voce alle sue spalle. «*Contra nequitiam et insidias diaboli... esto praesidium*».

Un uomo stava in ginocchio davanti al camino. Il camicione da notte che indossava era lordato dal sangue dei prelati che giacevano a pezzi davanti a lui. In mano stringeva un crocifisso d'oro massiccio, e pregava.

«*Imperet illi Deus, supplices deprecamur uque...*».

Tristo gli si avvicinò a grandi falcate.

«*Princeps militiæ cælestis*», pregò l'uomo, più forte. «*Satanam aliosque spiritus malignos...*».

Il Priore Oscuro lo sollevò per il collo, facendolo alzare in piedi. La croce sferragliò per terra, mentre lo trascinava verso il camino.

«Fermo, fermo, diavolo!», implorò lui. «Forse non sai chi sono? Io sono il vescovo Eginardo!».

Tristo esitò, puntandogli addosso gli occhi fumosi. Eginardo guardò le iridi di nebbia in cui si agitavano le spire di antichi draghi e urlò.

«Io posso darti tutto quello che vuoi», offrì il vescovo, convinto che le sue parole lo avrebbero salvato. «Soldi, potere».

«Potere», gli fece eco Tristo, a denti stretti. «Il tuo potere?».

«Sì, sì, più grande del mio! Tutto il potere che vuoi!».

«Il potere di torturare e uccidere una donna innocente?».

Eginardo ritirò il viso, atterrito dalla voce con cui quella domanda era suonata alle sue orecchie, più rovente di un ferro da tortura.

«Grazie», concluse il Priore Oscuro. «Non lo voglio».

Con una mano afferrò il vescovo per i capelli e lo ficcò nel fuoco del camino, tenendogli ferma la testa tra le fiamme. Il suo guanto d'arme si arroventò, stridendo, mentre Eginardo strepitava e scalciava, costretto a sentire i propri occhi esplodergli nelle orbite per il calore.

Tristo non mollò la presa finché le urla non cessarono, poi gettò il corpo a terra. La testa restò abbandonata nel camino.

Soffiò tra i denti, colmo di soddisfazione. Giustizia era fatta, ma nessuna morte avrebbe mai più tolto il dolore dal suo cuore rattoppato. Niente avrebbe potuto riportare indietro Averil. Nemmeno la magia dei Priori.

Tristo raccolse le sue armi e si avviò verso l'uscita. Aveva ancora una persona da visitare. I suoi passi echeggiarono nella sala cosparsa di cadaveri e, in quel silenzio di morte, sentì il respiro soffocato di qualcuno che tremava, soffocando il terrore tra le labbra. Voltò la testa, lento. In un angolo buio della stanza, un uomo grassoccio era rintanato con le ginocchia al petto e le mani sulla bocca.

Lo guardò per un lungo istante. Riconobbe i capelli scarmigliati, i baffi spioventi.

«Balivo Delmar», lo salutò con freddezza.

L'uomo cominciò a squittire come un topo, ansimando, immaginando le orribili sofferenze che lo attendevano. Serrò gli occhi, sobbalzando a ogni passo sferragliante del demone in armatura, come fossero i tonfi delle porte dell'inferno che si spalancavano per lui. Non riuscì a trattenere le lacrime, né il piscio. Poi, silenzio. Attese. Nulla, intorno a lui, sembrava muoversi.
Aprì gli occhi. Era solo. Cadaveri ovunque.
Lui se n'era andato. L'aveva risparmiato.
Blasco Delmar proruppe in un pianto disperato.

VI

Si stupì di trovare le porte non sorvegliate.
Era la stanza del re. L'ultimo re di tutto l'Espero, e non c'era nessuno a difenderla. Naturale, quando ci si affida ai mercenari, la cui unica fedeltà va all'oro. Erano morti in molti, quella notte, ma non abbastanza. I più erano fuggiti, lasciando un bambino solo ad affrontare un demone risorto.
Tristo aprì la porta.
La stanza disadorna era illuminata da alcune candele e da un focolare. Quella fortezza era un rifugio per periodi turbolenti, e anche il re era costretto a rinunciare al consueto lusso della sua corte.
Il letto era vuoto, ma, con sua grande sorpresa, il sovrano non si era nascosto, come avrebbe fatto qualsiasi bambino.

Re Raoul attendeva vicino alla finestra, con la sua corona sul capo. Stava seduto sul suo scranno in una posa elegante, a gambe incrociate, anche se le mani strette sui braccioli e le unghie affondate nel legno tradivano la sua inquietudine.
Così piccolo. Così indifeso. Eppure, l'uomo più coraggioso di tutto il castello.
«Altezza», lo omaggiò Tristo, togliendosi l'elmo e porgendo un inchino.
Stupito da quel saluto inaspettato, Raoul alzò il mento, deglutendo il timore e sciogliendo la lingua.
«Chi siete?», domandò.
Tristo si abbassò su un ginocchio e fissò il re in quegli occhi neri e profondi. Acuti, gentili e tristi.
"Nessun bambino dovrebbe avere occhi così", pensò, "E nessun uomo dovrebbe avere occhi come i miei".
«Sono solo un incubo, Altezza», disse poi. «Solo un brutto sogno, ma vi prego...», congiunse le mani, come in preghiera. «Vi prego, voi dovete ascoltarmi».

Terza Parte

Ardotempo

Amore di fratello
(Amore di coltello)

I

La canicola deformava la linea dell'orizzonte, facendo vibrare l'aria. Nessuno ricordava un'estate più torrida di quella, sempre che ci fosse mai stata. Ormai il clima non rispondeva più alle regole del mondo, ma obbediva soltanto ai capricci del diavolo.
Il vento spirava sempre da austro, afoso e soffocante, spingendo le fiamme a diffondersi su pianure e foreste, minacciando ora i vigneti del Fiorcrine.
Sudati, esausti e tormentati dalle zanzare, i Predoni lavoravano da giorni. Valka aveva già perso due dei suoi uomini più in gamba. Molti profughi erano venuti ad aiutare, in cambio di cibo, ma, dopo un paio di giorni, quasi la metà di loro aveva contratto la febbre per colpa degli insetti e dell'aria insalubre della palude. Era un incubo lavorare in quelle condizioni, tuttavia non c'era altra scelta; aveva bisogno dei suoi golem. Quanti ne poteva recuperare. Valka si rovesciò una secchiata d'acqua addosso, unico modo per sfuggire al caldo asfissiante. Sollevò lo sguardo verso le corregge, che,

scricchiolando, issavano a poco a poco il colosso di pietra. Ora che era stato dissotterrato e tirato fuori dall'acqua stagnante, poté valutare la situazione. I cannoni avevano aperto crepe negli arti e sbeccato la roccia qua e là, ma non c'erano danni sostanziali.
Era stata dura tirarlo fuori, ma ne era valsa la pena.
«*Hyvää työtä!*», urlò, incoraggiando i lavoratori che si consumavano le mani sulle funi.
La pietra runica sul petto del colosso sembrava intatta. Forse il golem era finito fuori combattimento quando le sabbie dell'acquitrino lo avevano inghiottito, o forse la sua *noita* era stata uccisa. Magari entrambe le cose.
Era strano, dopo otto anni, trovarsi ancora a rimuginare su cosa fosse andato storto in quella dannata battaglia.
«Con questo siamo a quindici», riferì Padre Goffredo, prendendo appunti sul suo libro. «È davvero imponente», aggiunse, proteggendosi il volto con la mano per rimirare il gigante di pietra emerso dalla palude.
Piante marcescenti e putridume ricoprivano il colosso dalla testa ai piedi, conferendogli un aspetto ancora più temibile.
«Quindici non basteranno», commentò Valka, amara. «Ce ne servono altri».
«Mia Signora...», tentò Goffredo, con quel tono supplichevole che adoperava per convincerla e sfinirla. «Non possiamo restare qui».
«Lo so».

«Altri moriranno. Non so come curare questa febbre».
«Lo so».
«Questo luogo è maledetto», concluse il prete, toccando il suo amuleto.
Valka lo osservò con un sorriso a incresparle le labbra.
«Bonifacio mi ha portato qui, l'ultima volta», raccontò.
«Non vedo per quale motivo», si indispettì Goffredo, asciugandosi una goccia di sudore che gli colava sulla guancia rasata.
«Per mostrarmi chi sono», rivelò lei.
Un rombo stridente troncò la frase di Goffredo sul nascere.
La sua voce fu oscurata dal suono di pietre che scivolano una sull'altra, come faglie che si distaccano durante un terremoto. Alcune *noita*, tenendosi per mano, avevano unito le loro forze per prendere il controllo del golem. Ci fu un movimento lento e pesante che riempì Valka di speranza.
Durò solo un istante.
L'arto di pietra del golem ricadde a terra, facendo tremare il terreno.
«Niente da fare», commentò, amara, in un sospiro.
O tutte le sue incantatrici di roccia avevano dimenticato come animare quei dannati affari, oppure qualcosa non quadrava.
«Forse, dopo tutti questi anni nella palude...», suggerì Goffredo, ma lei non lo lasciò proseguire, sicura di ciò che aveva visto.

«Ho recuperato quest'esercito dalle profondità della terra, dove era stato sepolto dal Principe Fosco, secoli fa. Secoli!», ripeté, alitando in faccia al prete. «Com'è possibile che in soli sette anni qui, tutto il loro potere sia svanito?».
Goffredo tentennò, prima di rifilarle la frase che ripeteva da giorni:
«È un luogo maledetto. Dobbiamo andare via».
Valka sbuffò e gli diede le spalle, puntando gli occhi sulle sue *noita*, ancora strette a cerchio, mano nella mano. Per un istante, si perse nei ricordi di quando, alla testa di quell'esercito antico e invincibile, aveva terrorizzato tutto l'Espero.
Ogni cosa era cambiata, da allora, persino la parte per cui combatteva.
«Quanto tempo puoi darmi?», chiese poi, senza spostare gli occhi dal colosso che dormiva.
«Due giorni. Non di più», valutò Goffredo, dispiaciuto. «Ma vorrei cominciare a far portare via i malati».
«D'accordo», concesse Valka. «Dai voce a tutti di muoversi domani all'alba. Mi bastano una decina di *noita* e meno di cento uomini. In due giorni, potremmo recuperarne altri sei, ma dobbiamo farli camminare sulle loro gambe».
«Riferisco a Reko, mia Signora», obbedì il prete, chinando appena il capo.
«Goffredo», lo richiamò lei. «Va' anche tu con loro».
«Ma, mia Sign...».

«Vai anche tu», insistette la Madre dei Predoni. «Hai un brutto aspetto. E fino a sei so contare anch'io», aggiunse con un sogghigno.

Il prete allora fece per andarsene, ma, sulla collina alle loro spalle, risuonò il corno delle vedette poste di guardia agli scavi.

«Che succede, adesso?», sbuffò Valka, passandosi una mano sul volto umido. «*Mikä se on?*», chiese, alzando la voce.

Le sue parole riverberarono di bocca in bocca, in un passaparola snervante che, infine, raggiunse gli uomini sulla collina.

Quando la risposta tornò all'orecchio di Valka per bocca di uno dei suoi predoni, Goffredo la guardò, confuso. Ancora non capiva molto di quella strana lingua.

«Un cavaliere. Da intramonte. Solo», tradusse lei.

«Nessuna insegna?», chiese il prete.

Valka alzò gli occhi al cielo.

«Faccio prima ad andare a controllare di persona», concluse, incamminandosi verso la collina.

Silenzioso e discreto, come un'ombra della sera, padre Goffredo la seguì.

II

«Nessun simbolo, nessun colore. Niente», constatò la Madre dei Predoni, osservando la figura che si avvicinava lesta, avvolta dalla polvere che il cavallo sollevava.

«Un cavaliere nero», mormorò Goffredo, appuntando qualche frase sul suo libro. «Cattivo presagio o messaggero del Priorato?».

«Ma piantala», lo schernì Valka, strappandogli il taccuino di mano. «Cavalca un palafreno o un destriero da guerra?», chiese poi, portando la mano alla fronte per vedere meglio.

«Un palafreno, senza dubbio», affermò Goffredo, gettando una rapida occhiata.

«D'accordo». Valka si voltò verso una delle sue sentinelle e diede l'ordine con un cenno.

«Solo un avvertimento», intimò, mentre l'uomo sollevava l'arco verso il cielo e scagliava una freccia.

Non appena lo strale iniziò la parabola verso il basso, il fischietto di legno assicurato all'asta mandò un urlo stridulo, come il canto di un rapace. La freccia si piantò nell'erba brulla, ma il cavaliere non si fermò.

Valka, indispettita, si voltò di nuovo verso la vedetta.

«*Lyö häntä*», ordinò, fredda.

Padre Goffredo vide l'arciere tendere di nuovo l'arco, questa volta praticamente in linea retta, con la freccia spianata davanti a sé. Prese la mira, trattenne il fiato e scoccò. Come un fulmine, il dardo percorse la distanza in un battito di ciglia, colpendo in pieno il cavaliere. Il rintocco della punta di metallo contro l'armatura risuonò col fragore di una campana, lasciando tutti a

bocca aperta.
La freccia sembrò disintegrarsi in una nuvola di schegge.
«Merda, questo è a caccia di guai», appurò Valka, sputando a terra.
Prima che la Madre richiamasse i suoi Predoni per dare ordini e allarmi, il cavaliere nero si fermò, facendo impennare il cavallo e alzando un guanto a mo' di saluto.
«O forse no», si corresse Valka.
La voce metallica del misterioso cavaliere risuonò nella pianura:
«Cerco Valka. Valka la Sanguinaria!».
Tutti si guardarono, sconcertati.
«Questo è pazzo», commentò lei, con un sorriso tirato, prima di dare fiato ai polmoni e urlare: «L'hai trovata! Cosa vuoi?».
«Parlare», replicò il cavaliere, smontando di sella e cominciando a camminare, con entrambe le mani alzate.
«Ah», si lasciò sfuggire Valka, a metà tra il sospettoso e il divertito. «Va bene».
Senza pensarci troppo su, la Madre dei Predoni gli andò incontro, tenendo la mano sul pomo della spada al fianco. Le bastò uno sguardo per intimare ai suoi uomini di non seguirla.
«Zitto, campanaro», esclamò poi, rivolta a Goffredo, senza nemmeno voltarsi, anticipando la

raccomandazione che il prete aveva già pronta sulla punta della lingua.

Con passo spavaldo, avanzò verso l'uomo corazzato, studiandone le armi, la statura, cercando un punto debole nell'armatura. Quando i suoi occhi si posarono sul grottesco elmo di metallo brunito, una sensazione di nausea la colpì allo stomaco, in un misto di timore e disgusto. Come quando si deve vomitare, ma non si vuole. Si fermò, di colpo, messa in allarme dallo strano stato d'animo in cui era precipitata in un istante.

Come se si fosse accorto della cosa, il cavaliere sfilò l'elmo dal capo e la nausea di Valka svanì.

A pochi passi da lei c'era un uomo alto, con i capelli tagliati corti, madidi di sudore. Il volto asciutto era velato da un'ombra di barba rossastra, ma la cosa che la colpì di più furono quelle cicatrici attorno agli occhi, nere come pitture, ma più profonde. Le iridi stesse erano di un colore insondabile, e scintillavano come specchi alla luce di quel sole smorto, offuscato da insalubri vapori.

«Chi sei?», domandò Valka, in tono imperioso.

Il cavaliere abbassò le mani, fissandola in viso con una strana espressione a serrargli il volto.

«Sono tuo fratello», rivelò, atono.

Valka strabuzzò gli occhi. La sua mente sembrò rivoltarsi come una città investita da un maremoto, sommersa da ricordi antichi, frammenti di sogni e tutte le storie insulse che le aveva raccontato il Santo Priore.

«Merda», fu l'unica parola che riuscì a dire.
L'uomo di fronte a lei schiuse le labbra in un sorriso.

III

La tenda si ergeva al limitare della palude, al riparo dalle zanzare ma non dal caldo soffocante. Candele profumate e ghirlande di erbe repellenti purificavano l'aria, ma sotto il telo non spirava un alito di vento.
Due giovani mogli di branco portarono acqua, vino e degli scrigni di metallo che conservavano blocchi di ghiaccio. Valka pescò dei frammenti con la mano e se li passò sul collo e sui polsi, mugolando per il sollievo, ma evitando di guardare il suo ospite negli occhi.
Dal canto suo, Tristo cercò di riportare a galla memorie d'infanzia, ma in quella donna coriacea e dai modi bruschi non riusciva a trovare nulla della bambina dei suoi ricordi.
Forse era la sua memoria a essere sbiadita, modificata, contraffatta. Forse la sorella di cui si ricordava non era mai esistita.
Osservando meglio la Madre dei Predoni, però, notò che la linea fiera del mento ricordava quella di sua madre. E c'era qualcosa, nell'espressione del viso, che gli aveva evocato l'immagine di suo padre. Erano passati troppi anni, troppe vite, troppe morti.
«Quindi, adesso stai con il re», commentò Valka.
«Non sto con nessuno». Le parole gli uscivano dalla

gola come lame. Sapeva che anche lei si sentiva così.
«Re Raoul ha un esercito», spiegò poi Tristo, «e sta radunando tutti quelli che possono combattere».
«Dove?».
«Come dici?».
«Dove? Veniamo anche noi».
Tristo la fissò, sorpreso. Era chiaro che il suo viso la infastidiva, perché distoglieva lo sguardo di continuo.
«È per questo che sei venuto qui. Giusto?», lo anticipò Valka, gettando il ghiaccio nel calice e prendendo un sorso di vino annacquato.
«Non solo», replicò lui. «Perché non usi più il tuo nome?».
«E tu lo usi ancora?».
Tristo si limitò a dissentire col capo.
«Ecco, appunto». Valka rumoreggiò con la bocca, stritolando il ghiaccio tra i denti. «Come ti fai chiamare, adesso?».
«Tristo», rispose lui, dopo un attimo di esitazione.
Lei scoppiò in una sonora risata. Poi si fece seria di colpo, quasi in imbarazzo.
«Ti si addice», concesse, lanciando un'occhiata colpevole al suo volto.
Tristo sostenne il suo sguardo, fissandola. Poi svuotò il bicchiere e, nel momento in cui chiuse gli occhi, per un istante, nella sua mente balenò un ricordo. Il ricordo di un incubo.
La visione della sua morte invase ogni pensiero

cosciente e allora la rivide. Quella donna, con gli occhi grigi accesi dai riflessi delle fiamme. Sporca di fango, con gli occhi dipinti di nero. I pugnali nelle mani. Era lei.
Tossì, sputando nel bicchiere.
Forse l'aveva sempre saputo. Forse era sempre stato nel piano dei Priori, o della strega. In tutte le tragedie dei tempi antichi, i fratelli si ammazzavano uno con l'altro. Non c'era motivo di sentirsi così feriti o stupiti.
Strinse i denti, in preda alla rabbia e subito dopo gli venne da ridere.
«Strano, ritrovarsi in questa palude», si lasciò sfuggire. «Dopo tutti questi anni».
Valka sembrò sprofondare dentro se stessa.
Lui sapeva. Forse era lì per vendicarsi. L'avrebbe uccisa, come lei aveva ucciso lui. Le avrebbe ficcato le dita negli occhi fino a farle esplodere la testa. In fondo, se lo meritava. Forse, addirittura, lo aspettava.
«So quello che ho fatto», ammise, con un filo di voce. «Bonifacio me l'ha detto e...».
«Lascia stare», la interruppe Tristo, brusco, alzando la mano in modo minaccioso. Lei si zittì, contrita.
«Come vedi, sono ancora vivo», cercò di calmarsi lui.
Frugò nella bisaccia, tirando fuori un fagotto di cuoio.
«Sigaretta?», offrì poi, prendendo una cartuccia tra i denti.
Valka scosse la testa.
«Non fumo», disse. «Quella roba uccide».

I due si scambiarono un'occhiata, mentre Tristo accendeva la paglia su una candela. Dalla gola gli uscì un singulto.
Le labbra di lei si schiusero.
Di colpo, i due si trovarono a ridere come ubriachi dentro una taverna.
Una risata disperata, amara, di un umorismo nero.
«Tutte le cose più buone uccidono», commentò poi lui, ricomponendosi.
Valka era ancora scossa dalle risate. Si portò una mano sul viso e, in men che non si dica, si ritrovò a piangere, agitata dai singhiozzi, le lacrime mescolate al sudore.
Lui non disse nulla. Fumò in silenzio, con lo sguardo basso.
«Mi dispiace...», farfugliò lei. «Io non lo sapevo che eri tu».
«Non è colpa tua», cercò di rincuorarla Tristo, schiarendosi la voce. «Il nostro destino era già segnato. Ogni cosa che abbiamo fatto era intesa a portarci qui. Ora».
Valka si asciugò gli occhi con le dita, senza sapere bene cosa dire.
«Nemmeno io sapevo chi fossi. Valka la Sanguinaria», continuò Tristo. «Per me eri solo un altro nemico. Avrei potuto ucciderti io, ma non era così che doveva andare».
Valka tirò su col naso. «Che vuoi dire?».
«Sei diventata chi sei perché la strega ha voluto così. Per

tenerti vicina e sotto controllo».
«Mi hanno già detto questa cosa», tentò Valka, scuotendo la testa, ma lui la interruppe.
«Lei non può ucciderti».
Valka si voltò di scatto, colpita. «Cosa?».
«La nostra famiglia è stata maledetta. Secoli fa», spiegò Tristo. «Tutti sono morti di morte violenta per dodici generazioni».
Valka spostò gli occhi di lato, cercando di ricordare i racconti che la nonna faceva dei suoi antenati.
«Stai facendo i conti?», chiese lui, vedendola distratta.
«No», mentì Valka.
«L'ultima è stata nostra sorella maggiore», spiegò Tristo.
«L'incendio», ricordò lei, cupa.
«Sei tu la Tredicesima. Per questo sei immune al potere della strega».
«Com'è possibile?».
«Ti sembro uno stregone?».
«Un po'...».
«Non lo so come funziona», sbottò Tristo. «La magia ha le sue regole. Come la matematica, credo. I conti devono tornare e, se prendi qualcosa, lo devi restituire».
«Non l'avevo mai guardata da questo punto di vista».
«Nemmeno io, prima d'ora», confidò lui, ricordando la sua ultima conversazione con Averil.
«Ecco perché mi ha marchiato...», rifletté Valka, tra sé.
«Non poteva uccidermi e mi ha marchiato».
«Come dici?».

Lei si alzò in piedi e, senza esitazioni, alzò la camicia abbassando l'orlo dei calzoni per mostrare l'orrenda cicatrice che rosseggiava sopra la natica.

«Avevo un marchio a fuoco, fatto da Wèn», raccontò, tornando a sedersi. «Me lo sono fatta togliere dopo che...». Non finì la frase.

«Ora sei libera dal suo potere», dedusse Tristo.

Valka annuì, e si riempì il calice di vino. Senza acqua.

«Abbiamo un compito, io e te», continuò il fratello. «Più che un compito, un destino».

«Ucciderla».

«È così», sancì lui, spegnendo la sigaretta sotto lo stivale.

I due rimasero in silenzio per un lungo istante.

Valka spostò lo sguardo verso la sua spada, abbandonata sul suo giaciglio di paglia. Si alzò e la prese.

«Guarda», riprese, sfoderando la lama. «Bonifacio me l'ha fatta trovare».

Tristo allungò la mano, ma non osò impugnarla.

«L'ho fatta riforgiare», raccontò Valka. «Ma è tua, prendila».

Lui la allontanò con un gesto, come se la sola vista dell'arma che impugnava quand'era morto gli provocasse dolore.

«Se il Santo Priore l'ha data a te, significa che è tua».

«Ma è Stridente, la spada di nostro padre».

Con un gesto repentino, restando seduto dov'era,

Tristo sfoderò la Cacciatrice di Sangue e la conficcò a terra.
«Io ho questa. Apparteneva alla famiglia di nostra madre».
In silenzio, i due contemplarono le lame che scintillavano al lume delle candele, finalmente riunite.
«Queste non sono spade normali, Valka», spiegò Tristo. «Chi le brandisce porta con sé più di un'arma. Porta il peso di un fato. Sono state fabbricate per un motivo, e sono giunte a noi per un motivo. Questo acciaio può uccidere gli strigoi».
«Lo so», annuì Valka, ricordando la testa dell'ambasciatore Drekavac che rotolava a terra.
«Forse può uccidere anche la strega», ipotizzò lui. «Dobbiamo solo avvicinarci abbastanza da usarle».
Valka conficcò la sua spada a terra, di fianco a quella del fratello.
«Cosa vuoi che faccia?», domandò, con uno sguardo spietato negli occhi.
«Raduna tutti i tuoi uomini e parti verso solivante. Stai perdendo tempo, qui».
«Per niente», lo contraddisse lei, dura. «Sto recuperando i miei soldati di pietra. Ci serviranno».
«Non più», negò lui, enigmatico. «Non si sveglieranno».
Valka fu subito colta da un moto di fastidio e fu pervasa dall'impulso di tirare uno schiaffo a quell'uomo arrogante. Fratello o meno, nessuno aveva il diritto di parlarle così. Poi pensò ai suoi uomini, alle sue donne,

sudati ed esausti. Da giorni lavoravano senza posa. Se era tutta fatica sprecata, doveva saperlo.
«Che ne sai tu dei miei golem?», interrogò, altera.
«Molto poco», confessò lui. «Ma so che il loro potere deriva da Akka, la Prioressa della Terra».
«Sì, e quindi?».
«È morta», rivelò lui. «Wèn l'ha uccisa».
Valka abbassò lo sguardo, senza parole.
«Li sta uccidendo uno a uno», aggiunse Tristo, lugubre «Senza il potere di Akka, le tue incantatrici non riusciranno a muovere quei bestioni», specificò poi, chiudendo il discorso e puntando i suoi occhi fumosi su di lei. Valka lasciò vagare lo sguardo nel nulla.
Lo sapeva. Quella dannata strega sapeva che Valka avrebbe cercato di recuperare il suo esercito. L'aveva neutralizzata. Un altro scacco. Un'altra sconfitta in quella silenziosa guerra fatta di inganni e antiche bugie.
«Senza quei... bestioni, non vinceremo mai», sospirò la Madre dei Predoni.
«Re Raoul ha i cannoni», replicò Tristo, pungente. «Sette anni fa, hanno fatto a pezzi i tuoi golem».
Valka fu di nuovo colta dall'impulso di tirargli uno schiaffo, ma, invece, stavolta rise. Forse, dopotutto, era davvero suo fratello. Anche quand'era piccolo si divertiva a punzecchiarla e voleva sempre avere ragione.
«Dove sono questi cannoni?».
«All'ultimo bastione del vallo di Numeriano, oltre il corso dell'Acquadrago. Si sta riunendo un'alleanza».

«Sono più di trecento miglia, ci vorranno settimane».
«Non le avete», commentò Tristo, alzandosi. «Il fuoco avanza e, dopo le fiamme, arriva l'Ordine Bianco».
«D'accordo», sospirò Valka, mettendosi in piedi. «Partiremo domani. Ti troverò lì?».
«Forse», nicchiò lui, porgendole la mano.
Valka la osservò, non la strinse. Poi allargò le braccia e si prodigò in un maldestro abbraccio. Tristo si irrigidì, scricchiolando nell'armatura.
«Sono felice che tu sia ancora vivo», gli confidò Valka, stringendolo a sé.
Dopo un attimo di smarrimento, Tristo si lasciò andare e ricambiò l'abbraccio.
«Anch'io, sorella», bisbigliò. «Anch'io».

Fidarsi è bene
(...*non fidarsi è meglio*)

I

Blasco Delmar si arrampicò sull'ultimo gradino di pietra, ansimante come un cavallo sul punto di stramazzare. Era talmente pregno di sudore che gli gocciolava persino dai baffi. Prese fiato, lasciando che la tenue brezza gli desse sollievo. Finora, nel solivante, i venti marini erano riusciti a mitigare il caldo soffocante di quell'estate infernale, e lassù, ai confini del regno, la vicina foresta di Benortania rinfrescava l'aria con il suo alito gelido. Comunque fosse, Blasco era troppo vecchio per correre dietro a un bambino. Erano passati anni, dall'ultima volta, ed era stato impossibile, in quei giorni, non pensare al suo povero figlio.
Alzò lo sguardo, riparandosi gli occhi dal sole con la mano, e vide che il re già lo aveva staccato di venti passi.
«Maestà, aspettate!», ansimò, avanzando sul camminamento di pietra del muro. Non aveva idea di come quella fortificazione potesse stare ancora in piedi. Aveva sentito parlare tante volte del leggendario vallo

di Numeriano, ma non l'aveva mai visto coi propri occhi. Per sua sfortuna, in quei giorni il giovane sovrano lo stava costringendo a esplorarlo da cima a fondo.
Il tratto meglio conservato terminava con l'ultima torre di guardia, che ancora vegliava sul guado del fiume Acquadrago.
«Signor Delmar!», lo chiamò Raoul, con la sua consueta formalità regale. «Dite che possiamo salire lassù?», chiese, indicando la sommità della torre di pietra, con i suoi merli affilati come rostri.
«Non credo che sia sicuro, Maestà», replicò Blasco, accelerando il passo e raggiungendo il re. In risposta, Raoul alzò le spalle, rassegnato.
Non aveva mai conosciuto un bambino tanto educato e prudente. Cominciava a pensare che, davvero, senza tutti quei prelati e consiglieri vetusti, avrebbe potuto già essere un re coi fiocchi.
«Questo muro è molto vecchio», commentò Raoul, distendendo gli occhi scuri verso le vallate che conducevano a Olibria.
«Sì, molto vecchio, Maestà», concordò Blasco, appoggiandosi al parapetto, esausto.
«Sapete quanto, di preciso?».
«No, Maestà, so che lo fece tirare su l'imperatore Numeriano, per tener fuori i Fomori», spiegò Blasco, con l'aria da maestro.
«Sì, ma questo lo sanno tutti», lo stroncò il sovrano.

«L'anno in cui finirono di costruirlo era il 128, e ha retto fino a quando re Rachis non ha aperto la breccia nel...». Raoul ci pensò, contando con le dita. «476!», risolse, contento. «Poi, anche dopo l'impero, è stato usato ancora, per tanti secoli».

«Maestà, ne sapete, voi, di storia!».

«Ho letto tutti i libri sull'impero e sulla Volusia!», disse il ragazzino, prima di intristirsi. «Il mio precettore me li faceva studiare fino all'ultima pagina».

"Un altro di quei prelati finiti morti ammazzati per sbaglio", pensò Blasco, in silenzio, ricordando il massacro di quella notte a Olibria. Ancora non aveva capito perché Tristo lo avesse risparmiato.

Il re andò avanti a parlare di cose che aveva imparato, ma Blasco non lo stava più ascoltando, troppo impegnato a fare i calcoli. Ci mise un po', ma, alla fine, riuscì a dire quella frase con una certa naturalezza:

«Stiamo camminando su una cosa che ha quasi 1400 anni».

«1356!», specificò il bambino, entusiasta.

«Siete molto intelligente, maestà», commentò Blasco, sentendosi in qualche modo fiero.

Dall'accampamento in riva al fiume si levò un limpido squillo di tromba.

Blasco si sporse oltre il parapetto, cercando di vedere il ponte di barche. Subito, i suoi occhi furono catturati dagli stendardi variopinti che garrivano oltre il corso d'acqua. Su tutti, spiccava il fiordaliso viola di

Cortenzia.
«Sono arrivati!», esclamò, colmo di gioia. «L'avevo detto, Maestà, che sarebbero venuti!».
«Chi è arrivato, Signor Delmar?». Il bambino, seppur in punta di piedi, non riusciva a vedere nulla.
«I delegati della Confederazione Occasica».
«Sarà meglio tornare, Signor Delmar».
Allora Blasco precedette il re lungo il camminamento. Raggiunse la scalinata e si precipitò giù. A metà rampa si voltò, non avvertendo la presenza del bambino alle sue spalle. Raoul era ancora in cima al muro, e guardava di sotto con aria dubbiosa.
«Maestà, presto! Venite. Dobbiamo cambiarvi d'abito per l'incontro».
«È alto, Signor Delmar», si vergognò il giovane re.
Allora Blasco risalì i gradini a gran fatica e prese la mano del bambino, accompagnandolo giù.
«Vi aiuto io Maestà», lo rassicurò. «Non abbiate paura. Ci sono qui io».

II

Nel padiglione al centro dell'accampamento, il re aveva fatto preparare una tavola imbandita per accogliere i suoi ospiti. Una piccola orchestra, composta da liuto, flauto e tamburo, intonava famose melodie dal piglio guerresco. Alcuni valletti del re erano stati mandati tra i profughi acquartierati lungo il vallo, alla ricerca delle

ragazze più graziose. In cambio di un soldo d'argento, veniva chiesto loro di servire da bere ai nobili. Tutto doveva essere perfetto. Raoul non solo doveva apparire ricco e potente, ma anche raffinato, magnanimo; una luce nel buio, uno scoglio cui aggrapparsi nell'ora della tempesta.
«Il salvatore dell'Espero», aveva suggerito Blasco.
Era partito per Olibria mesi addietro, al seguito di una banda di mercenari frisoni. Un semplice balivo alla ricerca di giustizia per suo figlio. Ora sedeva di fianco all'ultimo re. Incredibile come fortune e sfortune si mescolassero nel mazzo di carte del destino. Da poco, Blasco si era reso conto di non aver mai giocato bene la sua partita, ma era stato davvero fortunato. Chissà quanto sarebbe durata. Sapeva che i nobili volusiani non gradivano la sua presenza e gli avrebbero conficcato volentieri i coltelli da carne negli occhi, se avessero potuto. Al momento, però, i loro sguardi erano le uniche armi affilate che gli rivolgevano contro.
"Nessuno manipolerà più il re", pensò Blasco, sostenendo lo sguardo del duca di Hispalea, che lo guardava storto.
La falda della tenda si scostò e gli sguardi di tutti si volsero ai nuovi arrivati. Quattro delegati, accompagnati da una piccola scorta di cavalieri e consiglieri preceduti da stemmi araldici. In tutti i gonfaloni, il campo partito di nero del Priorato era stato sostituito dall'argento di Astriona, come simbolo di fedeltà a un nuovo padrone:

la Gilda dei Mercanti.

L'araldo reale annunciò simboli e nomi, presentando i quattro dignitari alla nobiltà volusiana riunita.

«Dal rosso partito d'argento alle sette monete d'oro», disse, leggendo il gonfalone araldico. «Sua Signoria Bonaiuto di Astriona».

Blasco puntò lo sguardo sull'uomo riccamente vestito, dal volto ben rasato e dagli occhi piccoli e astuti.

«Dal porpora partito d'argento al rosso fiordaliso...», riprese l'araldo, leggendo il vessillo di Cortenzia, ma fu interrotto da una voce irruenta.

«Cos'è questa pagliacciata?».

Un silenzio pieno di imbarazzo appesantì l'aria calda nella tenda.

Anche l'orchestra smise di suonare, finché il siniscalco del re non fece loro cenno di proseguire, ma adagio.

Dall'ingresso del padiglione venne avanti un uomo dalla pelle scura, con il capo ornato da un turbante bianco e le dita scintillanti di gioielli.

La sua apparizione creò mormorii e scalpore tra i presenti.

Alcune dame si portarono le mani alla bocca, sconvolte. Altre lo guardarono con gli occhi accesi dal desiderio.

«Imad Abdel 'Adil, Abdel Salam!», annunciò l'araldo, incerto. «Gran Visir dei Mori e Signore di...».

«Taci, cane!», lo scansò il moro, avanzando verso il desco rialzato a cui sedeva il re. Le guardie incrociarono subito le alabarde, sbarrando il passo al moro.

«Una festa?», domandò Imad, schifato. «Bevete, mangiate e fate musica, ma bravi!».
Il Gran Visir lanciò ai poveri musici un cipiglio talmente carico d'odio che quelli smisero di suonare, di nuovo. Stavolta, il siniscalco non fece alcun cenno e nel padiglione regnò un silenzio teso.
«Il mondo sta giungendo alla sua fine!», attaccò il moro. «La Perla, la mia città, è caduta in mano all'Ordine Bianco. Ogni notte...». Strinse il pugno. «Ogni notte quelle cose sono venute e hanno preso tutti i bambini, tutte le donne».
Un vecchio consigliere volusiano balzò in piedi, sistemandosi addosso la lunga barba grigia come se fosse una pettorina, tutto tronfio.
«Come si permette questo... pirata, di venire qui a criticare il re di Volusia? Se la vostra città è caduta è perché siete un popolo abietto e senza Dio! I Mori sono bugiardi, questo è risaputo!».
Esplose un vociare confuso. Tutti si scagliarono contro il nuovo arrivato, finché un uomo non lo affiancò, aprendo le braccia e invocando il silenzio. Il suo paggio lo seguì, goffamente, portandosi dietro lo stendardo di Altofiume, verde e argento con torri di rubino.
«Sono il duca Corsolto d'Altofiume!», urlò, come se il suo titolo avesse qualche importanza. L'unica cosa meritevole che avesse mai fatto era stata salvarsi la pelle dall'incendio di Grifonia. Quali e quante bassezze avesse commesso per scamparla, soltanto lui lo sapeva.

Anche presso la corte volusiana aveva la fama del vigliacco.

«La mia città sta per cadere!», si lamentò il duca. «Il Valforte è già andato distrutto in un incendio. Volete dare anche a me del bugiardo?», domandò, in tono provocatorio, ottenendo un mansueto silenzio in risposta.

«Il moro ha ragione», proseguì, suscitando borbottii di dissenso. «È solo questione di tempo! Le acque dello Spezzacorrente tengono Altofiume al sicuro dal fuoco, per ora. Ma la città è sempre avvolta dal fumo, un fumo che non fa respirare, e dal cielo cadono fulmini, tanto orrendi che fanno crollare le torri!». Gocce di sudore colavano da sotto il cappello mentre aggiungeva: «Quel vento! Quel vento urla con la voce di una bestia, non è una forza naturale. È magia, magia nera, vi dico!».

«Non siamo a conoscenza di codeste sciagure», replicò il consigliere, lisciandosi la barba, con tono più mite. «Siamo qui per combattere il morbo, l'orda di contagiati che avanza verso il nostro regno, non altre calamità naturali».

«Sono la stessa cosa!», affermò Corsolto, con voce vibrante. «È sempre lei, la strega, i suoi poteri...».

«Voi convertiti al Priorato vi siete fatti troppo a lungo suggestionare da queste superstizioni...», replicò il consigliere, ma la sua voce supponente fu troncata dal pugno di Imad, che colpì il tavolo con tanta violenza da far rovesciare calici e vassoi.

«Vi conviene stare zitto, vecchio», lo provocò.
Altri uomini si alzarono in piedi e presero a urlare. Le guardie circondarono i dignitari, con le armi spianate. Alcune donne si precipitarono fuori, prima che si spargesse del sangue. I servitori approfittarono della disattenzione generale per riempirsi le tasche di cibo. Blasco tese il braccio per proteggere il re, ma Raoul si guardava attorno con espressione calma. Lasciava dondolare le gambe sotto il seggio come se fosse seduto su un muretto di campagna, intento a rimirare i pascoli. Ogni tanto, il balivo si domandava se quel fanciullo fosse solo molto educato oppure un po' tocco.
Senza dire nulla, il sovrano balzò giù dallo scranno, scivolò sotto il braccio di Delmar, abbassò la testa per evitare le alabarde e giunse al fianco del Gran Visir, che sbraitava come un matto, sputando saliva sul piatto del vecchio consigliere.
Come un figlio che richiama l'attenzione del padre ubriaco alla taverna, il re afferrò la veste del moro e la tirò. Una, due, tre volte.
Il gesto creò talmente tanto scalpore nella corte volusiana che tutti si paralizzarono, puntando gli occhi sul giovane sovrano. Seguendo i loro sguardi, anche Imad si azzittì, volgendo l'attenzione a Raoul.
«Maestà?», tentò, con voce ancora alterata, abbassandosi per guardare il bambino negli occhi.
«Avete fatto bene a venire qui, Gran Visir», iniziò Raoul. «Avete fatto bene tutti», aggiunse poi, guardando

gli altri tre. «Mi dispiace se la nostra festa vi ha offeso. Pensavamo che aveste sete e fame».

Il re fece un cenno al siniscalco, che subito acchiappò due servitori e li costrinse a servire da bere ai dignitari. Raoul, poi, tese una mano verso Blasco, e il balivo lo afferrò sotto le braccia, tirandolo in piedi sul tavolo, affinché tutti lo vedessero.

Imad si alzò, piano. Annusò il bicchiere, prima di bere.

Raoul glielo prese dalle mani e bevve un sorso per primo, tossendo un poco di vino sul labbro inferiore.

«Vostra Grazia», lo rimbrottò il vecchio consigliere, ma il fanciullo lo ignorò.

«Siete miei ospiti», disse il re, alzando la voce. «E miei amici».

«Amici?», lo schernì Bonaiuto d'Astriona, ancora scottato per la sconfitta subita a Colleferro.

«Non c'è più guerra, tra noi e voi. Non siamo diversi», rispose il re fanciullo. «Anche le mie città sono vuote, perché il morbo è dappertutto. Ho portato il mio popolo al sicuro a Scuto. E qui, oltre il muro. Ma tanti sono rimasti indietro. Tanti non hanno voluto seguirmi, e ancora di più sono quelli che marciano con l'Ordine Bianco, adesso».

«Nemmeno qui saranno al sicuro, maestà», commentò il Gran Visir.

«No, ma almeno siamo in tanti», replicò Raoul, con innocenza. «E siamo uniti. Tutti insieme per combattere il nostro nemico».

«Vostra Grazia, non direte sul serio?», rimbrottò un nobile volusiano. «Ci sono trattati da stipulare, debiti da saldare. Questi signori...».

«Tutte cose che non servono a niente», decretò Raoul. «Stringiamo un'alleanza», propose, allargando le braccia verso i dignitari. «Ci sarà pace, tra di noi. Tutti potranno tenere le proprie terre, le città, la libertà, perché, quando sarà tutto finito, dovremo rimettere a posto molte cose».

«Parole così grandi da un re così piccolo», sussurrò il Gran Visir.

Il Duca Corsolto, preso da un impulso irrefrenabile, si sfilò il guanto per stringere la mano del sovrano, ma una voce irrispettosa lo fece esitare.

«Cedete così facilmente?».

Odone, signore di Cortenzia, fino a quel momento non aveva parlato. Era famoso per aprire la bocca con l'unico scopo di seminare astio.

«Qualche bella parola, astutamente messa nella bocca di un grazioso fanciullo, e voi togliete il guanto da guerra? O meglio... calate le brache!». Odone concluse la stoccata sorseggiando rumorosamente dalla coppa.

«Come osate?», la nobiltà volusiana si infiammò di nuovo, come previsto.

«Tipico di un mercante!», berciò il vecchio consigliere dalla lunga barba. «Volete pesare l'onore di un re sulla vostra bilancia?».

«Fidarsi è bene, non fidarsi è meglio!», affermò Odone,

alzando la voce. «Raoul fa il re salvatore oggi per diventare tiranno domani! Ha già provato a mettere le sue sgrinfie messianiche sui nostri affari».

«Blasfemia!», tuonò qualcuno.

Blasco si portò di fianco al re, pronto a difenderlo con il suo corpo, qualunque cosa stesse per accadere.

«Restate all'erta», sussurrò alle guardie.

«L'unico dio che adorate è l'oro! Ma ora c'è il diavolo che bussa alle vostre porte, e il vostro conio non vi salverà!», accusò un cavaliere volusiano dalla folta chioma, portando la mano alla cintura.

«Lo sfoderate, quel coltello, o usate la lama solo per specchiarvi?», lo provocò Odone, con un sorriso beffardo.

«Vostra Grazia...», tentò Blasco, vedendo che la situazione stava degenerando, ma Raoul si rifiutò di andare via.

«Aspettate! Signori!», gridò, ma il suo tono sottile non gli consentì di sovrastare il roboante vociare di uomini grandi e grossi che si urlavano addosso. Alla fine, il cavaliere volusiano snudò il pugnale e si gettò contro Odone. Imad lo intercettò appena in tempo e, afferrandogli il polso, lo strattonò per quei suoi bei capelli. I due iniziarono a lottare, finendo per ruzzolare a terra, rovesciando tavoli e seminando il panico tutt'attorno, mentre Odone se la rideva alle loro spalle. Era riuscito nel suo intento di creare una rissa senza nemmeno sporcarsi le mani.

Blasco afferrò re Raoul sotto le braccia, pronto ad accettare il totale fallimento della trattativa.

«Vi porto via, maestà».

«No!» provò a divincolarsi il giovane re.

Il balivo lo prese in braccio e si diresse verso il retro del padiglione, pronto a sgattaiolare fuori.

Si fermò, pervaso da una stretta allo stomaco.

Il suono stridulo delle corde di liuto strofinate con dei guanti di ferro fece stringere i denti a tutti. Pennellate pesanti come il martello del fabbro imposero il silenzio, attirando l'attenzione dei presenti verso lo scranno del re. Là sedeva un uomo, di nero vestito.

Metallo scuro, lampeggiante di riflessi bluastri, rivestiva il suo corpo fino alla punta delle dita. Un elmo brunito dal profilo sinistro gli adornava il capo, adombrando gli occhi grigi, segnati da cicatrici cineree.

«Una volta sapevo suonare...», commentò Tristo, accennando alcuni accordi sul liuto e facendo saltare una corda.

«Chi è quest'uomo?», domandò Corsolto, con voce tremante.

«Quanto gli piacciono le entrate a effetto, che il Messia lo stramaledica...», commentò Blasco, sottovoce, provocando un sorriso sulle labbra di re Raoul.

«Chi sono io?», ripeté Tristo, alzandosi e abbandonando il liuto a terra. «Chi siete voi?».

«Sono il duca Corsolto di Altofiume», attaccò l'altro, fiero.

«Conoscevo vostro padre, e vostro zio. E vostro fratello. Ho combattuto con molti dei vostri parenti».
«Ma chi diavolo...». Imad il moro si alzò, confuso.
La rissa con il cavaliere dalla folta chioma era già vecchia storia, nessuno badava più a loro. Tutti gli occhi erano puntati su quella specie di stregone guerriero.
Tristo si avvicinò al re, e il terrore infuso nel metallo del suo elmo scoraggiò chiunque dal reagire. Prese in braccio il bambino e se lo caricò in spalla.
Il piccolo sovrano, per nulla spaventato dal mostruoso copricapo, afferrò il cimiero con le dita, come fosse il pomo di una sella.
«Il re ha parlato», riprese Tristo. «Avreste dovuto ascoltarlo».
«I volusiani vogliono solo privarci del...», tentò Odone di Cortenzia, ma fu subito zittito.
«Basta!», si spazientì Tristo. «È tutto finito, non avete capito? Non ci sarà un dopo. Questa non è una battaglia per decidere chi deve avere questo o quell'altro pezzo di terra. L'unica cosa che devi chiederti...», disse, avanzando verso Odone e puntandogli addosso i suoi occhi fumosi, «...è se sarai ancora vivo. Se ci sarà qualcuno ancora vivo».
Detto ciò, si avviò verso l'uscita della tenda, con il re sulle spalle, ma una voce lo costrinse a voltarsi.
«Io ti conosco». Corsolto di Altofiume lo fronteggiò, con gli occhi terrei. «Ero uno scudiero. Otto anni fa».

«Acquifiamma», dedusse Tristo, senza aggiungere altro.
«Tu sei morto», affermò il duca, incredulo alle sue stesse parole.
«No, a quanto pare», risolse l'altro, abbozzando un sorriso. «Ma se lo fossi...», proseguì, voltandosi. «Se fossi uno spettro venuto dal regno dei morti per avvertirvi...», recitò, in modo teatrale. «Allora vi direi che avete una sola scelta da prendere oggi: unitevi o morite». Poi, riportò il sovrano coi piedi per terra.
«Per chi o cosa credete di parlare, voi?», balzò su il vecchio consigliere. «Quale autorità pensate di vantare?».
«Nessuna. Sono qui solo per portare un messaggio al re», replicò Tristo, inginocchiandosi di fronte a Raoul. «Maestà, Valka la Sanguinaria mi manda a dirvi che è pronta a unirsi al vostro esercito. Sarà qui entro sette giorni».
Solo pronunciarne il nome gettò scompiglio tra i nobili accalcati nella tenda.
«Valka la Sanguinaria?!», ripeté Corsolto di Altofiume, adirato.
«Per sconfiggere l'Ordine Bianco serve ogni forza a disposizione», alzò la voce Tristo, fissando il duca. «Valka ha il coraggio di affrontarlo, e voi?».
Il Priore Oscuro alzò la falda del padiglione e uscì all'aperto, lasciando il silenzio dietro di sé. La sensazione di inquietudine che stritolava le viscere di tutti si dissolse con lui.

Tutti gli sguardi si posarono sul piccolo re Raoul, che stava in piedi in mezzo a loro. Il bambino sostenne con naturalezza lo sguardo di quei nobili, mercanti, pirati e cavalieri; avidi, arraffoni, assassini.
Un sorriso gli allargava le guance. Con tono quasi giocoso, come se chiedesse una fetta di torta, propose: «Allora, questa alleanza?».

L'eloquenza del cattivo
(...*è falso acume*)

Erano stati giorni sfiancanti, di caldo asfissiante, di polvere.
Le colonne di uomini e materiali avanzavano con la lentezza di un fiume che erode la roccia. Il terreno paludoso nei pressi del lago Forracque aveva reso difficile l'avanzata. Solo dopo aver oltrepassato il fiume Concarivo avevano incontrato un suolo più compatto e pianeggiante.
Quasi settante leghe ora li dividevano dal fuoco che divampava nell'occaso, e l'aria si era fatta via via più limpida. Per la prima volta da mesi, Valka aveva respirato a pieni polmoni. Quella notte, aveva deciso di dormire sotto il cielo stellato d'Ardotempo, confidando in sogni pacifici. Si sbagliava.
Dopo la mezzanotte, fu svegliata da una cantilena.
Nel torpore del dormiveglia, pensò a una madre che intonava una ninnananna. Poi, riacquistando lucidità, rammentò che tutti i profughi erano accampati qualche miglio più avanti.
Non c'erano bambini, nel suo accampamento.

Valka si alzò a sedere, inquieta, senza sapere bene perché.
Non troppo lontano, sotto la tenda, Padre Goffredo russava come un asino, smaltendo i fumi che aveva inalato per settimane. Pensò di svegliarlo, ma quale aiuto poteva ricevere dal campanaro?
"Aiuto per cosa, poi?".
Non riusciva a capire perché il cuore le battesse così forte. Forse aveva avuto un incubo. Ma quella voce era reale. Si alzò, vestita solo della camicia che sventolava alla brezza notturna. La prateria si distendeva in un verde saliscendi che, alla luce della luna, sembrava un quieto mare di spighe fruscianti. Valka seguì la voce bianca che scivolava sull'erba, cullata dal vento:

Le stelle brillano stanotte,
su corpi straziati e ossa rotte,
non piangono più, non urlano più.

Pallida e bella come una dama
viene in silenzio e ti reclama,
oltre la soglia, ti porta giù.

La accogli a braccia aperte,
perché il suo nome è Morte,
e il suo sorriso è verità.

Brucia il tuo mondo, diventa nero,

*ma c'è un castigo più severo
per chi tradisce e non è sincero.*

Le parole di quella nenia le fecero venire la pelle d'oca, mentre una figura spettrale biancheggiava sul poggio erboso sopra il letto del torrente. Una bambina.
Non aveva bisogno di avvicinarsi troppo per riconoscere i suoi ricci rossi e quegli occhi di un castano ardente.
Era Wèn.
Valka si fermò a qualche passo di distanza, chiedendosi perché fosse stata così stupida da avventurarsi nella notte senza nemmeno prendere la spada.
«Non avere paura», la rassicurò lei. «Ora lo sai. Non posso ucciderti».
Valka non si rilassò, ma flettè i muscoli delle gambe, pronta a scattare, se fosse stato necessario.
«Cosa vuoi?», chiese.
Wèn si girò verso di lei con il broncio sul visino, puntandole addosso quegli occhi spiritati che non promettevano nulla di buono.
«Mi hai tradita. Credevo fossimo amiche».
«Immagino di averti spezzato il cuore», replicò Valka, sarcastica.
Si aspettò una risata tagliente in risposta, o uno scatto di rabbia. Invece, Wèn si voltò verso il fiume che scorreva placido nella prateria, per guardare i flutti argentati alla luce lunare. Per un istante, Valka vide una

bambina colma di dubbi e paure, ma sapeva che era solo un altro inganno del diavolo.
«Non chiamarmi così».
«Come?».
«Diavolo».
«Io non ho parlato», le fece notare Valka.
«No, ma l'hai pensato», la inchiodò Wèn, lanciandole un'occhiata di biasimo.
La Madre dei Predoni decise che la miglior difesa era tacere.
«Tu sei l'unica che ha visto altro, in me, altro rispetto alla strega, al demonio».
«Forse sbagliavo».
«Sbagliavi?!», un ringhio si annidò in quella voce bianca da fanciulla, ma Valka non si lasciò spaventare.
«Stai distruggendo il mondo, Wèn», affermò, alzando il tono, come una maestra severa. «Cosa ti aspetti? Vuoi che la gente ti ami mentre la ammazzi? Fidati, non funziona. Mi ci hai fatto già passare, per questa merda...».
«Quello che hai fatto è stato per tua volontà».
«Certo. Come il marchio a fuoco che avevo sul culo».
«Smettila di fare la vittima».
«Tu stai facendo la vittima».
«Sembri una bambina».
«Detto da te...». Valka si lasciò sfuggire un sospiro di frustrazione. «Se sei venuta qui per litigare come due pescivendole al mercato, tanto vale che ci incontriamo

sul campo di battaglia e ci scanniamo lì».

«Se ci incontreremo in battaglia», minacciò Wèn, voltandosi e avanzando a passi lenti, «morirete tutti».

«Bene». Valka annuì. «Allora fammi godere questa bella notte di sonno, prima che sia troppo tardi», concluse, andandosene.

Dare le spalle al diavolo non era una mossa saggia, ma si sforzò di sembrare più risoluta e meno impaurita di quanto non fosse nell'animo.

Forse Wèn sapeva leggerle dentro, ma poteva ancora confonderla; poteva ancora tenerle nascosto ciò che provava nella parte più intima di sé.

«Aspetta», la richiamò la bambina, implorante.

Valka si fermò, ma si rifiutò di guardarla in volto. Restò lì, di spalle, con gli occhi persi tra i lumi distanti dell'accampamento.

«Pensavo che tu avessi capito. Che avessi visto il mio disegno».

«Credevo di averlo fatto», sussurrò Valka. «All'inizio. Credevo che tu fossi una donna sincera in un mondo di uomini bugiardi: re, padri, signori, dèi. Pensavo che, seguendoti, avrei potuto cambiare le cose, liberare noi donne dalla schiavitù, e invece...».

«Ma io le ho liberate», insistette Wèn, sforzando quella vocina innocente.

«Più che altro», Valka non sapeva se ridere o urlare, «le hai trasformate in mostri».

«Tutte le donne libere sono mostri», ribatté la bambina.

«Io sono un mostro. Tu sei un mostro».

«Questo è vero, ma le cose che hai sparso per il mondo non sono più nemmeno umane».

«Cose?!».

Valka si voltò di scatto, sentendo la voce della bambina troppo vicina, troppo iraconda, il suo fiato caldo dietro le orecchie.

Confusa, constatò che Wèn non si era mossa di un passo.

Stava lì, ritta sul poggio, la veste candida in contrasto col cielo scuro.

«Non sono cose, sono vive», precisò, calma. «Più vive degli umani. Sono come predatori ora, perfezionati, puri. Non lo vedi?».

«Sono bestie, anzi, peggio», tenne duro Valka.

«E cos'avreste voi umani, più delle bestie?», la provocò Wèn. «Quando sono venuta al mondo, da subito ho provato amore per tutte le creature viventi. Anche le più piccole, le più insignificanti ai vostri occhi», raccontò la bambina, scendendo il pendio verso il torrente.

In un primo momento, Valka restò immobile, ma poi decise di andarle dietro. Preferiva non perderla d'occhio.

«Al tempio dei Dodici, quando vidi per la prima volta sacrificare un animale ai Priori, ho pianto», proseguì Wèn, tirandosi su il vestito e immergendo i piedi nudi nell'acqua placida.

Valka non osò interrompere, la ascoltò in silenzio, continuando a scrutare nell'oscurità, temendo un agguato di qualche tipo. Se gli strigoi o le lamie fossero sbucati all'improvviso fuori dal buio, non ci sarebbe stato scampo, né per lei, né per il suo accampamento.
Eppure, i suoi esploratori avevano detto che l'Ordine Bianco era a ben pochi giorni di marcia più a occaso.
No. Wèn doveva essere lì da sola. Doveva essere arrivata in altro modo.
«La vita umana è colma di miseria: povertà, malattie, violenza», commentò la bambina, muovendo adagio un piede nell'acqua. «Gli uomini pensano che tutto il mondo sia stato creato per soddisfare i loro bisogni. È colpa dei Priori, quei dodici porci! Gli uomini c'erano già, quando loro sono arrivati qui, ma a loro piaceva essere adorati... temuti, e anche io volevo la stessa cosa».
«L'hai ottenuta», cercò di imbonirla Valka. «Più di qualsiasi Priore».
«Non mi bastava», confidò Wèn lanciandole un'occhiata storta.
Il sorriso innocente che le si dipinse sul volto fece accelerare il cuore di Valka. Un'orrenda sensazione la invase, mentre la bambina si chinava per immergere le mani nel fiume.
«Più crescevo, più la mia compassione per il regno animale diventava grande e il mio odio verso la specie umana profondo». Come richiamato da un oscuro

potere, un pesce si insinuò tra le sue mani, sbattendo la coda fuori dall'acqua. «E allora mi sono detta: perché mangiare la carne degli animali...» Mostrò il pesce a Valka. «Quando puoi mangiare quella delle persone?».
Il sorriso ferale sul suo volto sembrava uscito da un incubo. La Madre dei Predoni strinse i denti per non distogliere lo sguardo.
La bambina avvicinò il pesce viscido alle labbra e schiuse la bocca per addentarlo. Poi lo baciò e lo depose in acqua con delicatezza. Il pesce nuotò via nel buio e gli occhi di Wèn si levarono su Valka, famelici.
Senza volerlo, lei arretrò di un passo.
«Non capisci? Ho creato gli strigoi e il morbo per salvare il mondo!», riprese la bambina, invasata. «Una nuova forma di vita, perfetta e immortale, libera da malattie, povertà, tristezza. Una forma di vita capace di alimentarsi della propria carne, senza consumare la natura che la circonda, senza sterminare gli animali. Non ti rendi conto che io ho sconfitto la morte?».
«No». Valka si accorse di parlare con voce tremante. «Hai solo creato altra morte».
«A questo punto, è necessario fare tabula rasa, ripartire da zero», replicò la bambina, guardandosi le unghie. «Mancano solo una manciata di Priori a cui tirare il collo e poi io sarò... Dio».
«Non ci riuscirai».
«Chi mi fermerà, tu?!». Stavolta, il diavolo le rifilò la sua risatina.

«Ci proverò. Ci proveremo tutti».
«Fallirete».
«Può darsi», fece spallucce Valka, sforzandosi di sembrare a suo agio. «Ma moriremo provandoci».
«No». La bambina si accucciò a terra e diventò come il buio della notte.
La pelle di carbone, la veste come cenere; gli occhi ardevano come lava rossa nella bocca di un vulcano.
«Tu no». Anche la sua voce sembrava provenire dal profondo di un gorgogliante lago di fuoco. «Dato che non posso ucciderti, diventerai una di noi!».
La bambina scattò avanti, balzandole addosso con le mani tese e la bocca spalancata in modo smisurato.
Valka vide zanne infuocate lunghe come spade. Strillò.
Si alzò a sedere, sentendo il terrore nel proprio grido.
Respirò a fondo, cercando di calmare il battito del cuore nel suo petto, violento come quello di un cavallo selvaggio.
«Tutto bene, mia Signora?», bofonchiò Padre Goffredo, da dentro la tenda.
«Sì!», rispose Valka, con un ansito strozzato, cercando la borraccia a tentoni nel buio. «Solo un sogno, solo un sogno...», ripeté, quasi volesse convincere se stessa.
Il campanaro si lasciò sfuggire un mugugno e, nel giro di qualche istante, tornò a russare.
Valka restò lì a guardare nel vuoto, la mente ancora intrappolata in quell'incubo così reale. Quella stronza le era entrata nella testa. Non c'era tempo da perdere, non

un momento di più.
Si alzò di scatto e afferrò la spada.
«Reko!», chiamò a gran voce. «Reko!».
«*Äiti*!», si sentì urlare da un punto imprecisato dell'accampamento.
«*Lähdemme nyt*!», ordinò Valka. «*Lähdemme nyt*!», urlò più forte, affinché tutti la sentissero.
«Che succede?». Padre Goffredo sbucò dalla tenda, intontito, con gli occhi tutti cisposi.
«Prendi la tua roba», rispose Valka, infilandosi i calzoni. «Ce ne andiamo».

In amore e in guerra
(...niente regole)

I

Carte e papiri srotolati sul tavolo oscillavano al soffio della brezza estiva. Il re, accomodato su due cuscini, osservava con la fronte corrucciata. Il balivo Blasco Delmar sudava come un maiale allo spiedo. Non solo avrebbe dovuto memorizzare ogni cosa, ma sarebbe stato compito suo illustrare il piano reale agli alleati.
«I nobili mi faranno a pezzi».
«No, se è un buon piano», tentò di rassicurarlo Tristo, rubando una ciliegia dal vassoio.
Blasco osservò la mappa con il terrore negli occhi. Era stato tante cose nella sua vita, ma mai un fine stratega.
«Capiranno che non è farina del mio sacco», si lamentò.
«Non lo è, infatti. È il piano del re», affermò il cavaliere, sputando il nocciolo nel recipiente di rame e facendolo rintoccare come una campana.
Blasco rispose con una risata isterica, che si esaurì a poco a poco di fronte all'espressione seria del giovane sovrano e, soprattutto, di Tristo.
Era sempre a disagio, di fianco a quell'uomo. Lo

conosceva da mesi, ormai. Gli aveva salvato la vita, poi aveva cercato di toglierglielo, ma, da quando l'aveva visto massacrare un intero castello pieno di vescovi e mercenari, la sua presenza lo innervosiva.
«Il piano del re?», ripeté, schiarendosi la voce.
«È il suo esercito, la sua alleanza. Dico bene, Maestà?», insistette Tristo.
Re Raoul si limitò ad annuire, solenne.
«Il re è molto giovane e...», tentò Blasco.
«Chi mette in dubbio il piano del re mette in dubbio il re», lo interruppe subito l'altro, appoggiando i pugni sulla carta. «Sua maestà ha letto molti più libri sulla guerra di tutti quegli analfabeti che la combattono. Se sei convincente, accetteranno».
«D'accordo». Il balivo cercò di infondersi sicurezza da solo. «D'accordo. E se propongono modifiche?».
«Lo faranno. Discutile. Ma tutti vedranno che è il piano migliore che abbiamo», asserì Tristo, sicuro. «Le loro varianti saranno irrilevanti. Che litighino pure su chi guiderà la carica di cavalleria da destra e chi da sinistra». Quelle parole pungenti strapparono un sorriso al giovane re, che si sporse sul tavolo ancora di più, appoggiando i gomiti e tenendosi il viso tra le mani.
Tristo puntò il dito sul corso del fiume, tracciato in azzurro sulla mappa.
«L'Acquadrago è la nostra più grande difesa, perché il nemico sarà costretto ad attraversarlo». L'indice scivolò sulla carta, verso il vallo di Numeriano. «Quando tutti i

profughi saranno su questa sponda, tagliate il ponte di barche e spostate tutto l'accampamento oltre il muro, così resterà un solo guado accessibile». Il cavaliere afferrò un paio di ciliegie e le depose sulla mappa. «Posizionate la vostra artiglieria qui, sulla curva del fiume, a intramonte. Il Gran Visir ha già sbarcato le sue batterie navali e le posizionerà qui, ad austro. Farete fuoco incrociato sul guado, per colpirli ai fianchi».

«Chiaro», annuì Blasco. Fin lì c'era arrivato anche lui.

«In ogni caso, le lamie sciameranno al di qua del fiume e l'unica cosa che possiamo fare è rallentarle il più possibile».

«Trincee», dedusse re Raoul, con lo sguardo acuto.

«Esatto, Maestà», ribatté Tristo, passando una mano sui capelli del bambino.

Come avesse fatto quel figuro a conquistare la fiducia del re, Blasco non lo aveva mai capito. Erano usciti dalla sua stanza insieme, e Tristo gli aveva coperto gli occhi con la mano, per non fargli vedere la scia di morti che si era lasciato dietro. Lui li aveva seguiti, come un cane abbandonato. Nessuno di loro due era un uomo degno di stare accanto al re, ma, in tempi come quelli, forse erano gli unici uomini a disposizione.

Blasco si accorse di aver perso il filo del discorso e tornò con gli occhi alla mappa, dove Tristo stava tracciando delle linee con una penna d'oca.

«Dovete scavare una serie di fossati. Qui, qui, qui, su fino alla torre. E qui servono trincee per la fanteria, ma

non dritte, dovete scavarle a zig-zag, per proteggere gli uomini dal bombardamento nemico».
«Da quando l'Ordine Bianco ha dei cannoni?», volle sapere il balivo, stupito.
«Non li ha», replicò Tristo, alzando gli occhi grigi su di lui. «Ma, da quello che so, pioveranno fuoco e fulmini dal cielo».
Raoul spalancò gli occhi, come un bambino che ascolta una storia paurosa prima di dormire. Blasco aggrottò le sopracciglia.
«Come faccio a spiegarlo ai nobili?».
«Così com'è. Gli alleati occasici ti sosterranno, l'hanno visto. Sanno cosa ci sta venendo addosso».
«Che il Messia mi stramaledica! E va bene, tenterò». Il balivo deglutì, sempre più sudato.
«La fanteria deve stare al riparo il più a lungo possibile», proseguì Tristo. «Picchieri e archibugieri mercenari sul declivio. Fanteria pesante ai fianchi. Che arcieri e balestrieri stiano ancora più in alto, e che conficchino dei pali a terra per proteggersi dal corpo a corpo».
«E i volontari?», domandò Blasco.
«Teneteli come riserve, a ridosso del vallo di pietra. Se non scappano alla prima carica, dovranno combattere per salvarsi la pelle».
Il balivo annuì, cupo. Era già stato in una battaglia, ma non contro un'orda di lamie. Non sapeva se avrebbe avuto il coraggio necessario per restare al suo posto senza cacarsi nei calzoni.

«Perché non posizioniamo degli uomini sulla torre?», chiese Raoul, con il tono di chi sta giocando una partita a scacchi.

«Sarebbe una buona idea, in qualsiasi altra guerra, Maestà», concesse Tristo. «Ma non in questa. Il nemico può abbatterla e uccidere tutti quelli che ci sono dentro. È un bersaglio facile».

«E quindi, a cosa serve?», domandò il ragazzino, grattandosi la testa.

«Per i fuochi d'artificio». Tristo puntò l'indice tra le righe che aveva disegnato in modo grossolano con l'inchiostro ocra. «Le trincee creeranno una strozzatura al centro, incanalando l'orda verso la torre. Dobbiamo solo spingerli dentro questo corridoio».

«E come?».

Tristo afferrò un'altra ciliegia dal piatto e la sistemò oltre il fiume.

«I Predoni», spiegò, compiaciuto. «Si nasconderanno sulle colline e caricheranno il nemico alle spalle con la loro cavalleria leggera. Li spingeranno in avanti».

«No, aspetta, aspetta, aspetta». Blasco sembrava contrariato. «Se tagliamo il ponte di barche, come faranno i Predoni a raggiungere l'altra sponda?».

«Saranno già sull'altra sponda. Non arriveranno mai da questo lato», replicò Tristo. «Ho già mandato un messaggero a Valka con il suo ordine di battaglia».

«Meglio», sospirò il balivo. «Non ero ansioso di vivere nello stesso accampamento con Predoni, occasici e volusiani tutti insieme. Alla vigilia di una battaglia, poi! Rischiamo di ucciderci tra di noi prima dell'arrivo del nemico!». Blasco sghignazzò del suo stesso acume, ma nessuno gli fece compagnia. Il giovane re lo punse con un cipiglio che sapeva di rimprovero.

«Scusate, Vostra Grazia», borbottò il balivo, tornando serio.

«Quando l'Ordine Bianco sarà pressato tra il fiume e la torre, faremo saltare tutto con il Fuoco Sacro», concluse Tristo.

«Abbiamo già ammassato venti barili di quella roba nella torre», li aggiornò Blasco. «In una settimana saranno il triplo, se non finiamo prima gli ingredienti».

«Speriamo di avere una settimana», sospirò Tristo.

«Dove starà la cavalleria?», domandò il re, sporgendosi sulla mappa.

«Nascondetela tra gli alberi, ad austro e a intramonte del vallo, per caricare ai fianchi. Devono attaccare e disimpegnarsi in fretta, poi attaccare di nuovo. I cavalli saranno terrorizzati, non devono impantanarsi in una mischia, o saranno annientati».

«Credete che i nobili obbediranno a un ordine del genere?», domandò il balivo, che conosceva bene l'arroganza dei cavalieri.

«Non lo so», scosse la testa Tristo. «Date il comando a persone fidate e fate coordinare le unità a militari di professione; mercenari frisoni o persone di esperienza, non ai nobili».

«Tu chi comanderai?», chiese il re, e il tono della sua domanda costrinse Blasco a sopprimere un sospiro di frustrazione.

Il re era un bambino e sembrava prendere tutta la faccenda come un dannato gioco.

«Nessuno. Partirò domattina, all'alba».

«Cosa?!». Blasco non nascose l'irritazione. «Non puoi andartene adesso!».

«Devo. Non ci sono abbastanza uomini».

«E dove pensi di trovarne altri?».

«Nel bosco, oltre l'Acqualungone».

«Non vorrai dire...». Il balivo nemmeno riuscì a terminare la frase.

Era una follia. Il destino del mondo era in mano a un bambino e a un folle. Non aveva idea di come avesse fatto a ficcarsi in una situazione del genere, ma, con ogni probabilità, era mezzo pazzo anche lui.

«Non accetteranno mai», tagliò corto, scuotendo la testa.

«Devo tentare», replicò Tristo, raddrizzando la schiena.

«Posso darti degli uomini di scorta», interloquì il re, serio.

«No, Maestà. Non ne vale la pena. Se fallirò, sarò l'unico a morire. Un uomo solo non può cambiare le sorti di questa battaglia. Forse qualche migliaio sì».

«Allora buona fortuna», gli augurò Blasco, con il tono di un insulto.

«Servirà più a voi. Addio», ribatté Tristo, e, dopo aver

accennato un inchino al giovane re, uscì dalla tenda.
Blasco lasciò vagare lo sguardo sulla mappa, cercando di memorizzare tutto quel dannato piano e tutti i punti segnati sulla mappa.
«A me sembrano solo righe e ciliegie», ammise, passandosi una mano sul volto madido di sudore. «Che il Messia mi aiuti».

II

Quella sera si coricò in branda poco dopo il calar del sole, ma non riuscì a prendere sonno. Così, decise di stordirsi con un po' di vino.
Durante il giorno, tutto ciò che faceva era illuminato dalla luce della necessità. La notte, un'ombra scendeva su ogni cosa, dando vita a mostruose creature fatte di dubbio e incertezza. Si ritrovava a pensare al suo passato, alla sorella persa e ritrovata. Forse solo persa.
Non avrebbe mai più riabbracciato la bambina che ricordava. E quella donna che si faceva chiamare Valka era un'altra persona. Anche lui lo era. Sempre che si potesse ancora considerare una persona.
Mai come in quei giorni aveva sentito la mancanza di Averil, ma, più di ogni altra cosa, sentiva la mancanza di Vesper.
Tristo si addormentò e sognò giorni passati, prima di morire e rinascere. Prima che la sua vita e il mondo andassero a rotoli. Fu svegliato da una sensazione

familiare, un caldo peso al petto, accompagnato da una vibrazione sommessa e rilassante.

Aprì gli occhi, e vide due gioielli di smeraldo incastonati nel velluto nero.

La gatta nera giaceva su di lui, con gli occhi socchiusi, il ventre scosso dal tremito delle fusa.

«Vesper», mormorò.

La gatta miagolò in risposta, alzò la coda e, inarcando la lunga schiena, strisciò sotto la coperta. Sentì il pelo morbido contro la pelle nuda, mentre la sagoma dell'animale cresceva tra le pieghe del tessuto. Una mano pallida salì verso il suo collo e, quando il lembo della coperta si sollevò, Tristo rivide quegli occhi ammaliatori che lo avevano protetto per tante notti.

Una stretta si sciolse nella sua gola, sentì la nebbia nelle sue iridi liquefarsi e, come non gli capitava dalla morte di Averil, si ritrovò a piangere.

Distolse il viso, imbarazzato, ma Vesper gli afferrò il mento e continuò a fissarlo, con quella sua dolce invadenza.

«Dopotutto, sei ancora umano», gli disse, prima di baciarlo.

Tristo la strinse a sé, premendo il corpo caldo e liscio di lei contro il suo, freddo e martoriato. Il richiamo delle forme morbide gli fece venire voglia di lasciarsi andare a un pianto disperato. Invece, il suo orgoglio ricacciò indietro ogni debolezza.

«Sei tornata», sussurrò, dopo aver ripreso controllo di

sé.
«Questa potrebbe essere la nostra ultima notte».
«Sto partendo».
«Lo so».
Le labbra di Tristo e Vesper si cercarono e si evitarono, in un gioco di tocchi e sguardi in cui al concedersi si alternava il negarsi.
Quando lui fu preso da un impeto e le si gettò addosso, lei gli afferrò il collo con gentilezza, tenendolo a distanza. Il bacino flessuoso di Vesper cercò la mano di lui, mentre gli occhi annegavano negli occhi, e la carne scottava, spingeva, fremeva. Fecero l'amore avidamente, stringendosi, straziandosi, riempiendo le mani, le bocche, la vista e l'olfatto. Andarono piano, poi veloce, poi con violenza e poi di nuovo piano. Quando Tristo raggiunse l'apice, il suo ululato echeggiò nella notte. Dubitava che qualcuno nell'accampamento non l'avesse sentito. Poi Vesper si sdraiò supina, e Tristo si dedicò a lei, finché la mano e il braccio non furono doloranti, finché anche lei non si ritrovò a gemere e urlare in modo incontrollabile.
Non paghi del piacere, si abbracciarono e baciarono ancora, ansimanti, guardandosi negli occhi.
«Ti amo», sussurrò lei.
«Ti amo», le fece eco lui. «Da morire».
Lei si lasciò sfuggire un sogghigno.
«Per noi non vale. Ci siamo già passati».
Tristo le posò un dito sulle labbra.

«Morirei altre cento volte, se sapessi di poter stare ancora con te», concluse, prima di schiuderle la bocca e baciarla di nuovo.

III

Riempirono due calici con il vino avanzato e si sedettero sulla soglia del padiglione, guardando la notte fuori. Silenziosa, fresca.
Oltre allo scorrere del fiume e al frinire delle cicale, non si udiva alcun suono. Vesper si avvicinò alla lanterna per accendere un'altra sigaretta e Tristo non poté trattenersi dal guardare quelle gambe lunghe sporgere da sotto la coperta.
«E quindi, sei di nuovo senza vestiti», commentò.
Lei rise, sbuffando una nuvola di fumo. Poi sporse il braccio verso un cavallo sellato che brucava l'erba lì vicino.
«Non ti sei chiesto di chi sia quel cavallo? Lì c'è tutta la mia roba».
Tristo notò la grande spada a due mani e un elmo assicurati alla sella.
«Dove sei stata?», chiese poi.
«Mhm... vediamo. Secondo te?».
«Vuoi farmi ingelosire?».
«Mi credi così lasciva?».
«Facciamo entrambi domande e nessuno risponde. Abbiamo un problema».
«Sì, il mio sei tu».

«Posso dire la stessa cosa».

Si guardarono per un istante, con le labbra schiuse in sorrisi divertiti.

«Sono stata a Striburgo», confidò poi Vesper, di getto.

«Credevo che odiassi quella città».

«Vero. Anche se è lì che ci siamo conosciuti».

«Ricordo».

«Avevo delle cose da fare, una persona da incontrare».

«Qualcuno che conosco?».

«Mh-hm», annuì lei.

Tristo si lasciò affabulare dal gioco e pensò a quei giorni trascorsi lassù a dare la caccia a uno strigon. Sembravano trascorsi secoli, ma erano solo pochi mesi.

«Scroto», tirò a indovinare.

«Re Scroto», puntualizzò Vesper.

«Cosa? Mi prendi in giro!».

«Niente affatto. Erik Mikkelson è stato eletto re dei Norreni dal *ping*».

Incredulo, Tristo non poté trattenere una risata.

«Non ho idea di come abbia fatto a spuntarla!».

Vesper prese una boccata di fumo.

«Se ci pensi, è stata la scelta migliore. È il più sensato, lì dentro».

«È vero. Ma non credevo ce l'avrebbe fatta».

«Tempi disperati richiedono scelte disperate».

«Perché sei andata a incontrarlo?».

«Secondo te?». Vesper gli piantò addosso quello sguardo di divertito biasimo, poi spense la sigaretta a

terra e sollevò il mento, con un gesto altezzoso. «I Norreni stanno scendendo l'Acquadrago con cento navi», rivelò.
«Quanti guerrieri?».
«Ottocento, mille. Difficile dirlo con esattezza».
Tristo annuì, senza riuscire a nascondere la sua preoccupazione.
«Bene, è una buona notizia».
«Lo so, mille in più non cambiano le cose».
Tristo le afferrò la mano.
«Ascolta, devi far arrivare loro un messaggio. Devono sbarcare più a intramonte, non possono arrivare a portata, perché...».
«Sì, il vento, il fuoco e i fulmini. Sono già stati avvertiti».
«Brava», si congratulò lui, con un sorriso soddisfatto. «Ti hanno creduta?».
«Se c'è qualcosa che non funziona col vento e il tempo, fidati, i primi ad accorgersene sono i norreni», dichiarò Vesper. «E poi, sono superstiziosi. Perché non dovrebbero credermi?».
«Non lo so. Qui è tutto un fango di politica e fedi diverse».
«È una cosa bella, se ci pensi», tentò lei. «In momenti come questi, le differenze vengono messe da parte».
«Non lo so», mugugnò Tristo. «Sto solo aspettando che uno di questi bastardi ci tradisca e mandi in frantumi l'alleanza. È fragile, Vesper, come il cristallo».
«Lo so».

«Priorali, Messianici, Mori...», elencò lui, pensoso. «Adesso anche Norreni. Tutte queste religioni, e le uniche vere divinità che potrebbero fare qualcosa restano in silenzio».
«Lo sai come funziona, coi Priori. L'equilibrio...».
«Andiamo!», brontolò Tristo. «La storia dell'equilibrio è una barzelletta. Quattro Priori sono morti. I conti non tornavano quando erano Dodici e adesso tornano ancora meno. Perché non fanno niente?!».
«E chi ti dice che non stiano facendo niente?», ribatté Vesper, con voce severa.
Nervoso, Tristo prese un'altra sigaretta e la accese nella lanterna. Lei gliela rubò dalle labbra, costringendolo ad accenderne una seconda.
«Ascolta», attaccò lei, rigirandosi la cartuccia tra le dita. «Ci ho messo secoli a capire come funziona, a vedere il loro operato in ogni cosa. Ma, se ci pensi, anche questa situazione ha il suo equilibrio, la sua simmetria».
«In che senso?».
«Un re bambino contro una strega bambina».
Tristo si fermò a riflettere per un istante.
«Non ci avevo pensato», ammise. «Una guerra tra bambini».
«Bambini con poteri sovrumani».
«Essere re non vuol dire avere poteri sovrumani».
«Ah, no? Quante cose può un re, che un uomo normale non può?».
«Molte», dovette ammettere Tristo, prima di tornare alla

carica. «Ma quello che voglio dire è che...». Prese una boccata di fumo, cercando le parole giuste. «Ho visto i Priori veri. I draghi. Perché non scendono in battaglia con noi? Perché non combattono?».
«E chi ti dice che quello che hai visto sia vero? Chi ti dice che quei draghi esistano in altri luoghi, al di fuori della tua mente?».
La domanda di Vesper lo lasciò sconfortato.
«Tu hai detto...».
«Io ho detto che è la loro essenza cosmica», ribadì lei. «A volte il potere è solo una grande ombra proiettata su un muro. A volte, un uomo vede la divinità come la immagina».
Tristo non seppe come replicare e si limitò ad annuire, fumando piano, con gli occhi persi nel vuoto.
«Allora domani devo proprio partire», confidò, dopo un istante. «Non vorrei», aggiunse, accarezzando la gamba di Vesper.
«Vuoi che venga con te?».
Lui scosse la testa, con gli occhi distanti.
«C'è bisogno di te, qui. Soprattutto se non dovessi tornare».
«Tornerai», replicò lei, allontanando i brutti pensieri.
Si alzò e camminò a piedi nudi nell'erba, raggiungendo il suo cavallo. La bestia la salutò con un sommesso nitrito, lei lo accarezzò sul muso e il corsiero riprese a brucare. Dalle bisacce legate alla sella, estrasse un involto scuro.

«Ho una cosa per te», spiegò tornando alla tenda.
«Un regalo?».
«Quasi».
Vesper gli porse il fagotto con aria misteriosa e si sedette accanto a lui.
«Qualsiasi cosa sia...».
«Aspetta a ringraziarmi. Aprilo».
Tristo sciolse il nodo che teneva ripiegato il tessuto e lo spiegò.
Subito i suoi occhi furono catturati da un simbolo araldico ricamato con fili rosso sangue. Riconobbe il profilo circolare dell'Uroboro; non racchiudeva un drago, stavolta, ma un cane da caccia dall'aria altrettanto feroce.
Gli ricordò il simbolo che, per secoli, aveva rappresentato la sua casata.
«Questo...». Tristo era senza parole.
«È una cotta d'arme dei Frati Neri. Non è nemmeno del mio reparto, e non so perché l'ho conservata tutto questo tempo...», confidò Vesper. «O meglio, non lo sapevo, prima di conoscerti».
«A chi apparteneva?».
«Vuoi sapere se era di un tuo antenato?».
Tristo annuì.
«No», gli fece sapere Vesper. «Forse non è mai stata indossata da nessuno. Forse aspettava te. Voglio che la metti».
«Lo farò».

Tristo accarezzò la nuca di Vesper, la trasse a sé e la baciò.

«Proteggi il re», disse poi. «Se il re muore, proteggi l'alleanza».

Vesper replicò con un sogghigno.

«Non fa ridere».

«Trovo solo tutto molto ironico».

«Cosa?».

«Che l'ultima speranza del mondo sia nelle mani di un uomo morto».

Uomo morto
(...non fa più guerra)

Nuvole cupe si addensavano a intramonte, sopra le cime degli alberi. Una tempesta calava sulla foresta; se fosse di origine naturale o meno, era difficile stabilirlo. Forse l'artiglio della strega non si era ancora spinto così lontano. Tristo aveva cavalcato con foga, fermandosi solo poche ore durante la notte, per far riposare il palafreno.
In meno di due giorni, aveva raggiunto le sponde dell'Acqualungone.
Con l'aiuto del cavallo, aveva rimesso in acqua il vecchio traghetto norreno che giaceva in un capanno macilento. Poi aveva liberato l'animale dai finimenti e l'aveva lasciato andare; con un po' di fortuna, sarebbe riuscito a tornare verso il vallo, sfuggendo ai lupi. Quanto a lui, un destino ignoto lo attendeva sull'altra riva del lago. Creature più oscure dei lupi lo avrebbero braccato. Forse, né lui né il cavallo sarebbero più tornati.
Salì a bordo, puntando verso intramonte. La vela del natante era talmente malmessa che Tristo fu costretto a rattopparla col proprio mantello, ma il vento potente ci

passava attraverso fischiando, come acqua da un tetto pieno di spifferi. Fu costretto a vogare con il lungo remo, contrastando le folate che, ogni tanto, rischiavano di ribaltare la bagnarola.
Giunto al centro dell'Acqualungone, la brezza scemò e l'imbarcazione scivolò silenziosa sulle acque ferme, mentre il profilo distante dell'isola del Drago faceva capolino dalla superficie.
L'ultima volta che aveva rimirato quel paesaggio era pieno inverno e una coltre di neve ricopriva ogni cosa. Il ghiaccio che imprigionava il lago si era sciolto, inghiottendo negli abissi la barca in cui la Signora dei Corvi aveva dimorato. Sospirò, pensando ad Averil.
Infilò la mano nella scarsella e afferrò la chiave che lei gli aveva dato prima di morire, quell'oggetto che era stata costretta a nascondere nella sua parte più intima, per evitare che i torturatori lo trovassero.
I suoi occhi si persero nelle grezze incisioni che la percorrevano in tutta la lunghezza. Nella sua mente, echeggiarono le parole della veggente: *Quando non ci saranno più uomini per combattere, vai dov'era la mia casa e prosegui oltre. Grichen Piede Marcio... vai da lui...*
Ancora una volta, sulla base di un enigma, Tristo si gettava nelle grinfie del fato, alla ricerca di qualcuno, o qualcosa, che apparteneva alla leggenda.
Di voci ne aveva sentite tante. Anche troppe.
Ai tempi del re Tagliaserpe, i racconti delle battaglie tra Norreni e Fomori per il controllo della Benortania

avevano fatto il giro del mondo.

Canzoni cupe, truculente, spaventose. Canzoni che facevano venire gli incubi ai bambini. In una, i Fomori erano giganti che staccavano teste a mani nude, in un'altra erano demoni senza paura, cresciuti dentro armature impenetrabili, che accrescevano il loro potere man mano che uccidevano. Altre cronache raccontavano di mostri cornuti metà uomini e metà bestie, che cavalcavano tigri grandi come destrieri. I più dotti sostenevano che i Fomori nemmeno esistessero, che fossero un'invenzione per ingigantire il mito del regno di Ernar, ma a Tristo tutte quelle teorie non interessavano.

Il suo obiettivo era uno soltanto.

«Grichen Piede Marcio», sussurrò tra sé.

Quali affari questo tizio avesse avuto con Averil proprio non poteva immaginarlo. Aveva già combattuto cose inumane, le aveva uccise o era quasi stato ucciso. Non aveva più paura, tantomeno di una storiella per mettere a letto i marmocchi.

Quando la punta del traghetto grattò contro la ghiaia della riva, Tristo balzò giù. Indossò l'elmo e issò i bagagli sulla spalla. La pistola pronta al fuoco nella cintura, la spada al fianco, lo scudo sulla schiena.

Con passo deciso, si inoltrò nella foresta. Non aveva idea di dove stesse andando, o cosa stesse cercando. Si limitò a mantenere un occhio al sole che si intravedeva oltre la volta di rami e foglie. Il tempo perse del tutto il

suo naturale fluire. Gli istanti si dilatavano. Le ore si restringevano. Man mano che avanzava, i tronchi degli alberi divennero sempre più spessi e alti. Quando il sole cominciò a piegare verso occaso, prossimo al crepuscolo, era ormai circondato da piante alte come torri, con fusti tanto grandi che ci sarebbero voluti quattro uomini, per abbracciarli. Nessuno avrebbe voluto mai trovarsi in quel luogo al calar della notte, ma doveva proseguire, finché era ancora possibile vedere. Non c'era un sentiero da seguire, se non quello indicato dai muschi sulle cortecce degli alberi. Sogghignò, certo che in quel luogo crescesse molto muschio verde e rosso. Qualche mese addietro, avrebbe potuto fare fortuna, rivendendolo nelle strade di Striburgo. Pensò a Vesper e, perso com'era in pensieri futili, quasi non notò quel pezzo di metallo che spuntava dalle sterpaglie.
D'istinto, sfoderò la pistola e la puntò innanzi a sé.
Strizzò gli occhi per vedere meglio. Sembrava una specie di folletto che gli sorrideva da dietro a un cespuglio. No. Sembrava un bambino con in testa un elmo troppo grande per lui.
"Ma che ci fa un bambino qui?", pensò. "E perché sta lì fermo?".
Avanzò, adagio, con la pistola sempre puntata.
Quando fu abbastanza vicino da capire, inorridì ed esultò nello stesso momento. Forse aveva trovato quello che stava cercando.

Qualsiasi cosa fosse, però, non prometteva nulla di buono.

Infilzato su un palo appuntito c'era un elmo arrugginito. Dentro all'elmo, una testa scarnificata. Lo irrideva con il suo ghigno di morte.

Non gli ci volle molto tempo per notare altri macabri trofei sparsi tutt'attorno. Impalati a terra, appesi agli alberi. C'erano migliaia di teste che delineavano una pista nel bosco.

Attraversando il sentiero di morte, Tristo notò che le fogge degli elmi raccontavano storie di popoli e invasioni. Accanto al teschio di un centurione volusiano di epoca imperia giaceva il cranio senza mandibola di un guerriero norreno. Passo dopo passo, era dopo era, incappò nel metallo lucido di recenti avventurieri, spintisi oltre il confine in cerca di gloria, e finiti urlando per il dolore. Chiunque avesse accumulato quell'enorme collezione doveva essere dotato di molta costanza e poco senso dell'umorismo. Probabilmente lo stava osservando, in quel momento.

Tristo non riuscì a scollarsi di dosso quella sensazione.

Se il macabro museo di teste era un avvertimento, lui lo stava ignorando, spingendosi sempre più avanti, sempre più vicino al pericolo.

Prima che il sole tramontasse del tutto, gli sembrò di intuire del movimento tra gli alberi, ai suoi fianchi. Non c'era motivo di fingere, o di attendere oltre. Si fermò, lasciando vagare lo sguardo nel sottobosco che si

incupiva.
Tutto taceva, tutto sembrava tranquillo.
Infilò la pistola nella cintura e allargò le braccia.
«Vengo in pace!», gridò, sentendosi un idiota. «Cerco Grichen Piede Marcio. È qui?».
Nessuna risposta. Solo il frusciare del vento tra le fronde.
L'ultimo che si era avventurato in quella foresta a fare domande così stupide ora se ne stava a sorridere su una picca, con i vermi che gli mangiavano gli ultimi brandelli di carne.
Per un istante, si chiese se l'Etere lo avrebbe tenuto in vita anche dopo una decapitazione. Si immaginò sotto forma di testa parlante, ma non riuscì a riderne.
Quando un ramo si spezzò, scricchiolando, il battito del suo cuore accelerò. Dalla penombra tra gli alberi, vide una sagoma alla sua destra.
Passi pesanti tra le radici alla sua sinistra.
Nella luce blu del crepuscolo, vide prendere forma figure massicce, spesse e ruvide come i tronchi secolari. Era circondato.
Sfoderò spada e pistola, mentre un cerchio di giganti si stringeva attorno a lui. Se erano uomini, quelli, erano i più imponenti e grossi che avesse mai visto. Non poteva distinguerne i volti, ma riconobbe corna, spallacci di metallo, pelli tigrate, zanne, spade, martelli e asce smisurate.
Forse nessuno dei racconti sui Fomori era vero. E forse

lo erano tutti.

Restò fermo dov'era, con le armi puntate, pensando di avere ancora tempo per parlare, tempo per spiegare. Si sbagliava.

Lanciando dei latrati bestiali, quelle figure gli corsero incontro da ogni lato, rapide come dardi nonostante la mole. Tristo arretrò, cercando di sfruttare gli alberi a suo vantaggio. Evitò il colpo di un'ascia, che si conficcò in un tronco, penetrando nel legno fino quasi a metà. Sparò un colpo con la pistola, dritto nel petto di un bestione che lo attaccava con un martello grosso come la testa di un cavallo. La pallottola si spiaccicò come un insetto. Ripiegò ancora, scivolando rapido tra gli alberi.

Vide mani, gambe, muscoli. Erano uomini. E, se erano uomini, potevano essere uccisi.

Tristo parò un affondo con la spada e scattò al contrattacco. Colpì di punta una piastra pettorale spessa come un muro. In quel momento, qualcuno afferrò la sua spada. Poi ci fu un colpo secco, vibrante. La lama si fletté, la sua presa sull'impugnatura si indebolì. Un secondo colpo di martello e la spada cadde a terra, tra le foglie morte. Prima che potesse reagire, qualcosa lo investì in piena schiena.

La sua armatura attutì il colpo, ma l'impatto gli cavò il fiato dai polmoni.

Ansimò una sola volta, prima che un rintocco di campana sull'elmo lo stordisse. Cadde in ginocchio, ritrovandosi a fissare i piedi enormi di quei guerrieri

sconosciuti. Lo avevano sopraffatto in un poco tempo.
Si sentì afferrare per le braccia, con forza. Per un istante, ebbe il terribile presentimento che avrebbero cominciato a tirare, strappandogli gli arti dal corpo.
Invece, fu trascinato in avanti.
Si sforzò di tenere la testa sollevata, mentre le gambe inerti strisciavano sul sottobosco, frusciando nel fogliame. L'elmo gli fu tolto dal capo e gettato a terra. Poi anche lui fu lasciato andare, con la faccia nel fango.
Sputò sangue, ansimò. I guerrieri fomori torreggiavano su di lui.
Uno di loro gli rivolse parole che non capì, una specie di grugnito gutturale che sembrava provenire dalla gola di un leone. Poi calò il silenzio.
In quella quiete irreale e spaventosa, Tristo sentì l'orrido fruscio di qualcosa che si avvicinava, trascinandosi verso di lui. A un tonfo seguiva un suono viscido, che gli fece immaginare ogni sorta di orrida creatura.
Ebbe paura ad alzare la testa e guardare.
Un calzare di ferro grande come un'incudine si posò davanti alla sua faccia, rimbombando. Di fianco, Tristo vide arrivare un pezzo di carne pallida e ritorta, piagata da pustole purulente e annerita da infezioni incancrenite. Forse, un tempo, quell'orrore era stato un piede. Ora era solo uno schifo.
Non gli ci volle molto per collegare il nome.
«Piede Marcio...», cercò di dire.

Qualcuno lo colpì alla schiena con il manico di un'arma. Tristo si lasciò sfuggire un rantolo di dolore. Strinse i denti, e raggiunse la chiave nella scarsella, rigirandosela tra le dita.

«Grichen Piede Marcio!», ripeté, non certo che quello capisse la sua lingua. «Questa è per te. La manda la Signora dei Corvi...». Poi gli porse il piccolo oggetto di metallo.

Un piede di ferro calò su di lui, inchiodandolo al terreno.

«Signora di Corvi», mugugnò Grichen, afferrando il polso di Tristo e strattonandolo con violenza per meglio contemplare la chiave.

La prese tra le grosse dita, portandosela davanti al naso squadrato.

Con un cenno, ordinò a due dei suoi guerrieri di tirare su Tristo.

Lo presero per le braccia e lo issarono in ginocchio. Una mano enorme gli prese il retro del cranio, sollevandogli la testa.

Finalmente poté contemplare il suo interlocutore: il ventre era nudo, prominente, segnato da cicatrici e dalle tracce di una muscolatura un tempo solida. Le spalle ampie erano coperte dalla pelle maculata di un leopardo di montagna. Il collo taurino sosteneva un volto squadrato e ruvido, tanto spigoloso da sembrare scolpito nel ferro. La testa del guerriero era ornata da un elmo con corna lunghe e affilate.

«Chi sei tu?», chiese, con la sua voce profonda e aspra, tanto che sembrava parlare dal naso, piuttosto che dalla bocca.
«Non ha importanza», rispose Tristo, ansimando. «Solo un uomo morto».
Con le sue dita tozze e sgraziate, Grichen valutò il metallo bluastro della sua armatura, mugugnando come un bufalo.
«Uomo morto...», ripeté. «Uomo morto che fa guerra?».
«Sì, è così», tentò Tristo, cercando di nascondere il panico che gli inaspriva la voce. «È per questo che sono qui», dichiarò. «Per chiamarti alla guerra, l'ultima guerra, prima che il mondo abbia fine».
«Guerra...», gli fece eco Grichen, con l'espressione di un sasso. «No. Uomo morto non fa guerra», sancì, chiudendo la chiave di Averil nel pugno e mostrando un sorriso raggelante.
Il gigante gli diede le spalle, allontanandosi.
Prima che potesse formulare un'altra frase o anche solo un pensiero, Tristo sentì una lama fredda posarsi sul suo collo.

Quando la guerra comincia
(...*s'apre l'inferno*)

I

Notte. Doveva per forza essere notte.
Gli strigoi erano nel loro elemento. Le lamie sentivano l'odore del sangue a miglia di distanza, eccitate dall'ora della caccia.
Forse anche i poteri di Wèn erano accresciuti dalle tenebre.
Difficile dirlo, ma l'avrebbero scoperto presto.
Alcuni esploratori avevano riferito che gli incendi erano stati arginati nella piana tra i fiumi Acquaratta e Concarivo. Tuttavia, l'orda avanzava a gran velocità.
Quella mattina, l'esercito si era disposto per la battaglia. Valka era rimasta tutto il giorno acquattata su quella dannata collina, vestita di tutto punto, con le armi in pugno, a morire di caldo. Con le sue *noita*, aveva avuto la bella idea di dipingersi gli occhi e il volto con simboli di guerra, ma aveva sudato così tanto che ora sembrava solo una pazza caduta di faccia nella cenere.
Spostò lo sguardo su Reko, che non aveva pronunciato una parola tutto il giorno. Al contrario, quella piaga di

Padre Goffredo non aveva fatto altro che parlare, scribacchiando su quel suo libro insulso.
«È un momento storico, mia Signora», continuava a ripetere. «Va documentato!».
Nemmeno di fronte a una battaglia che si preannunciava orribile, il prete aveva accettato di separarsi da lei. Valka lo tollerava, perché, doveva riconoscerlo, il campanaro aveva del fegato. In quel momento della sua vita, era la cosa più vicina a una famiglia che avesse.
Non sapeva se sentirsi dispiaciuta o sollevata di non aver incontrato di nuovo suo fratello. Aveva provato a cercarlo, al guado, ma le era stato detto che era partito giorni addietro e non aveva più fatto ritorno.
"Che sia fuggito?".
Quello strano uomo le era sembrato di tutto tranne che un codardo, ma l'aveva visto solo una volta e non poteva giudicarlo con certezza. Eppure, quando la loro casa era stata saccheggiata, tutta la loro famiglia era stata sterminata. Lei era stata rapita dai Predoni. L'unico a essersi salvato era stato lui, fuggendo. Forse l'aveva tirata in ballo in quel casino e se l'era data a gambe un'altra volta. Preferiva non pensarlo. Sperava di incontrarlo sul campo di battaglia, combattendo dalla stessa parte, stavolta.
Almeno, non avrebbero finito con l'ammazzarsi a vicenda.
Valka sentì uno dei cavalli nitrire e si voltò. Erano

distanti, nascosti nel bosco, ma, nel corso degli anni, aveva imparato a fidarsi dell'istinto delle bestie. Si acquattò sulle ginocchia e risalì il pendio, così da poter contemplare il fiume. L'esercito del re attendeva sulla sponda solivantina, sprofondato in un labirinto di trincee e pali acuminati. Gli elmi e le picche baluginavano al chiarore delle torce.
Da questa parte dell'Acquadrago, invece, solo silenzio e tenebra.
I falò accesi sulla sponda illuminavano a malapena, dando al massimo trenta passi di visibilità oltre il corso d'acqua. Si sarebbero accorti solo all'ultimo momento dell'arrivo del nemico.
Era una notte senza luna, oscurata da nubi dense e nere, che promettevano tempesta. Da ore borbottavano e gorgogliavano come rancorosi giganti, ma nulla si muoveva, nemmeno il vento. Fu quella la prima cosa che Valka sentì mutare. Forse la stessa che inquietava i cavalli.
Dapprima fu solo un fruscio, un alito di brezza fresca, rinfrancante, persino. Poi, le fronde degli alberi iniziarono a ondeggiare, i rami a piegarsi. L'erba fu appiattita da una folata lesta e violenta come una falce, che fece perdere l'equilibrio a Valka, costringendola a poggiare le ginocchia a terra.
«Ci siamo», comunicò a bassa voce, voltandosi verso il declivio.
Reko e Padre Goffredo la raggiunsero più svelti che

poterono. Ventre a terra sulla sommità della collina, si prepararono allo spettacolo. Tutto ebbe inizio quando i fulmini squarciarono le nubi.

II

Il tuono fu talmente forte che re Raoul si lasciò sfuggire un gemito.
Blasco lo cinse con il braccio, cercando di confortarlo e di non sembrare spaventato. Erano distanti qualche miglio dal fiume, ma non esisteva un luogo sicuro, non quando la morte può piombarti addosso dal cielo.
La volta oscura fu rischiarata da un altro lampo.
Blasco vide Raoul contare con le dita, a bassa voce.
«Uno, due, tre, quattro, cinque, sei, sette, otto, nove, dieci, undici, dodici...».
Uno schiocco secco, come di una frusta capace di flagellare il cielo, echeggiò sulla vallata.
«Tre miglia, anche meno», calcolò Raoul. «Si avvicina».
«Come dite?». Blasco lo guardò, confuso.
Incuteva sia rispetto che tenerezza, tutto bardato in quell'armatura dorata, ricca di incisioni e decori. "Quell'affare costa più di tutto il mio villaggio", pensò il balivo. "È quello il vestito in cui deve morire un re".
«Il mio precettore mi ha insegnato a calcolare la distanza dei fulmini», spiegò il bambino. «I secondi che passano tra il lampo e il tuono vanno divisi per...».
La sua voce fu oscurata da un'altra deflagrazione.

Blasco distese lo sguardo innanzi a sé e vide le saette spaccare la notte come crepe nel vetro. Un fulmine cadde oltre il fiume, colpendo un albero. Sebbene fosse una pianta antica e robusta, la potenza della folgore tranciò a metà il tronco come forbici da sarto nel tessuto.
Il re si strinse a lui mentre, alle loro spalle, i consiglieri e nobili della corte si scambiavano commenti colmi di stupore e timore. Come strali lanciati dall'alto dei cieli, altri fulmini precipitarono al suolo, disegnando violacee ramificazioni nel cielo e rischiarando la notte. Fu sotto quel bagliore raggelante che Blasco vide arrivare l'Ordine Bianco e rabbrividì.

III

Bianco era bianco. Su questo non c'erano dubbi.
Imad si chinò sul sestante da navigazione che aveva modificato per dirigere il tiro dei suoi cannoni. Attraverso l'unica lente, l'immagine di quella marea avanzante divenne più nitida e terribile. Un'infinità di corpi traslucidi e pallidi correva verso il fiume, così tanti da non riuscire a vederne la fine. Intere città, interi regni svuotati. Donne trasformate in belve senza occhi, deformate da escrescenze che le facevano assomigliare a scorpioni del deserto. La luce intermittente della tempesta elettrica rendeva quella visione ancora più tremenda.

Nonostante il Gran Visir avesse già partecipato a numerose battaglie, soprattutto sull'acqua, era contento di non trovarsi in prima linea, dove le lamie sarebbero sciamate come cavallette su un campo di grano.
«*'iitlaq alnaar!*», ordinò a suoi artiglieri.
«Fuoco a volontà!», echeggiò la voce del suo geniere.
Era un occasico che aveva costruito campane per tutta la vita, poi aveva scoperto che con le bombarde si guadagnava di più. Imad l'aveva tenuto con sé, perché nessuno sapeva maneggiare quegli affari meglio dell'uomo che li aveva costruiti. Se il Gran Visir era il padre di quelle artiglierie, il suo geniere ne era senza dubbio la madre.
Era orgoglioso di quella batteria di cannoni. Vederli sparare in sequenza, rischiarando la notte con lunghe fiammate, riempiva Imad di soddisfazione.
«Rispondiamo ai loro fulmini coi nostri fulmini! *Tikrara!*», urlò.
I suoi uomini erano addestrati a ricaricare molto in fretta. Imad si chinò sul sestante e attese solo pochi attimi, prima di contemplare gli effetti della seconda salva. Le palle di cannone precipitarono sull'orda avanzante, spappolando corpi, portandosi via teste, braccia, gambe. Le strida delle lamie erano talmente acute da sovrastare il frastuono dei fulmini e delle cannonate. Erano così tante che si poteva sparare a casaccio, con la sicurezza di colpire qualcosa; tuttavia, il bombardamento incrociato non sembrava in grado di

rallentare la loro avanzata.
Il Gran Visir si voltò verso i cannoni, incontrando il fiero profilo di *Asad*, la bombarda forgiata a bocca di leone.
«*Alrasas bialsalasil!*», ordinò allora, a gran voce.
«Proietti incatenati!», gli fece eco il geniere, e i suoi uomini scattarono a prendere le munizioni speciali: palle di piombo incatenate l'una all'altra. Avrebbero aperto varchi più grandi nelle fila di quei mostri.
Imad portò lo sguardo oltre il fiume e notò con piacere che i cannoni di re Raoul stavano sparando a pieno ritmo. Avevano coordinato il fuoco di modo che, quando una batteria sparava, l'altra ricaricava e viceversa.
Al Gran Visir piaceva la guerra. Si divertiva, in battaglia.
Ma sembrava già capire che quel combattimento sarebbe stato diverso da qualsiasi altro a cui avesse mai preso parte. Quando i suoi cannoni spararono ancora, l'orda di lamie aveva ormai raggiunto il fiume. Osservò le munizioni speciali sferragliare tra le schiere nemiche, trascinando via manciate di corpi ogni volta.
Con sgomento, però, notò che i varchi venivano subito riempiti da altre lamie. Dove ne cadevano sei, una dozzina sopraggiungeva per rimpiazzarle.
«*Tikrara!*», urlò di nuovo, motivando i suoi uomini.
Il fiume avrebbe rallentato la loro avanzata, ne era certo.
Nell'acqua del guado, sarebbe stato un tiro alla quaglia.

Avrebbero potuto andare avanti tutta la notte a bersagliare quei maledetti *alghul*.
Imad schioccò le dita. Uno dei suoi servitori si avvicinò, portandogli una pipa ad acqua. Si sarebbe fatto una bella fumata, mentre le sue artiglierie portavano il nemico alla distruzione. Sfiorò la pistola che portava nella fascia in vita, fantasticando di sparare in fronte alla *sahira*, la maledetta strega-bambina.
"Il pirata che salvò il mondo", così lo avrebbero chiamato.
Imad si portò il beccuccio della pipa ad acqua tra i denti, mentre i suoi cannoni ringhiavano, sputando fuoco e rinculando.
Quando il fumo degli spari si diradò, la pipa gli cadde dalle labbra.
Imad restò a bocca aperta, paralizzato dall'orrore.
Un nuovo ponte si stava innalzando sul fiume, davanti ai suoi occhi.
Un ponte fatto di carne.
Le lamie si gettarono in massa dall'argine, atterrando nell'acqua bassa del guado. A decine vennero trascinate via dalla corrente. Molte di più, però, restarono schiacciate sott'acqua dal peso delle altre creature che ricadevano sopra di loro. Corpi come mattoni, pressati gli uni sugli altri.
Era una visione orribile.
Senza esitazione né timore, quelle creature si gettavano nel fiume, usando la propria massa per erigere un

passaggio sull'acqua. Morivano schiacciate e stritolate una sull'altra, ma in poco tempo, superarono la metà del guado.

«Mortaio!», urlò Imad al suo geniere, poi corse dagli inservienti di *Asad* e si mise a spingere l'affusto della bombarda di persona, affinché il tiro fosse aggiustato su quel brulicante ponte di morte che si allungava a vista d'occhio. Quando furono pronti a sparare, una manciata di passi divideva le lamie dalla sponda del fiume che stavano difendendo. Fecero fuoco. Guadagnarono soltanto pochi secondi.

Prima che potessero ricaricare le artiglierie fumanti, una solida passerella di corpi pallidi aveva già congiunto le due rive del fiume.

L'Ordine Bianco, come un'onda, stava per dilagare al di qua dell'Acquadrago. La prima barriera era caduta, molto più velocemente del previsto. Il Gran Visir sfoderò la scimitarra e la pistola.

«*Yaqat!*», tuonò, preparandosi al corpo a corpo.

IV

Vesper strinse la fibbia che agganciava la gorgiera al corpetto di metallo. Quell'armatura le era costata una piccola fortuna, quasi tutto il denaro che aveva accumulato nel corso delle sue vite. Ora avrebbe scoperto se quel corazzaio di Striburgo l'aveva fregata o meno. Nel corso delle ultime decadi, aveva fatto molto

poco ricorso a strumenti di protezione così sofisticati. Forse anche per quello le era rimasta soltanto una vita.
«Che genio», si disse, sistemando la lunga treccia di capelli per calzare l'elmo. Era un bacinetto con celata di acciaio brunito e non aveva resistito alla tentazione di farsi modellare la visiera a foggia di muso felino.
"Se devo morire, morirò con stile", pensò.
Era grata che fosse notte, anche se dubitava che trasformarsi in gatto, questa volta, l'avrebbe salvata.
Forse non si voleva salvare. Tristo non era tornato.
Per quanto fosse stata tentata di montare a cavallo e andare a scoprire cosa gli fosse successo, confidava ancora nel suo ritorno. Aveva deciso di restare e combattere quella battaglia, ma, ora che vedeva una miriade di lamie sciamare oltre il ponte, urlando con la voce degli incubi, si pentì della decisione. Afferrò il lungo spadone a due mani che aveva conficcato nel terreno e se lo rigirò in spalla, pronta al massacro.
I cannoni continuavano a sparare, ma a un ritmo meno serrato. Probabilmente le batterie erano sotto attacco e molti uomini erano impegnati a difenderle. Nelle trincee e sui terrapieni attorno a lei, i mercenari frisoni si stavano schierando in formazioni serrate.
Nonostante il panico nelle voci degli ufficiali, i quadrati di picchieri e archibugieri si formarono con ordine e disciplina. Vesper lasciò vagare lo sguardo in quella calca variopinta di rossi, gialli, scacchi, aquile.
I vessilli garrivano al vento di tempesta, sventolando

sopra un mare di elmi smaltati, cappelli piumati, punte di picca e alabarda.

C'era un sacco di ferraglia. Troppa.

Un fulmine cadde a meno di trenta passi da lei.

Restò accecata per un istante. Arretrò. Quando poté vedere di nuovo, posò gli occhi su un mucchio di carne e metallo fumanti. Sembrava che quegli uomini fossero stati fusi insieme da un'energia terrificante.

Vesper non ebbe il tempo di raccapezzarsi. Un secondo fulmine spaccò su un altro quadrato di mercenari, scompaginando le fila, tra urla di morte e panico. Non era il metallo delle armi ad attirarli; la dannata strega stava prendendo la mira.

«Nelle trincee!», gridò Vesper, spingendo alcuni archibugieri frisoni verso l'avvallamento più vicino.

Quelli, vociando, la spinsero via e cominciarono a sparpagliarsi alla rinfusa.

Ci fu un lampo viola. Un'esplosione che la assordò. Fu sbalzata via dal contraccolpo. Un fischio persistette nell'orecchio, mentre si alzava a sedere.

Era caduta dentro una trincea, dove alcuni mercenari avevano trovato riparo. Qualcuno le rivolse la parola, ma, oltre a non capire niente di quella strana lingua, non ci sentiva più. Vesper si alzò, reggendosi alla spada, e spiò oltre l'orlo dell'avvallamento. Una tempesta di fulmini si stava abbattendo sulla loro postazione, mentre, dalla sponda dell'Acquadrago, una fiumana bianca risaliva il pendio. Tutto ciò che incontrava sul suo cammino veniva sommerso e fatto a pezzi. Vesper arretrò, trovandosi bloccata con la schiena contro la terra smossa della trincea. Non c'era nessuna via di fuga.

Sollevò la spada, sentendo lo scricchiolio sinistro di quell'onda fatta di carne, ossa e bocche smisurate che avanzava inesorabile, violenta come una frana. Per un istante, incrociò lo sguardo del mercenario frisone che aveva al fianco. I suoi occhi erano chiari e grandi come quelli di un bambino spaventato.

Forse sarebbero morti fianco a fianco.

L'orrido ghigno di una lamia sbucò sopra la trincea. Vesper la colpì con un fendente, aprendole il cranio in due. Fece appena in tempo a liberare la lama dallo spesso ammasso tumorale, che altre cinque infette le furono addosso. Sentì gli artigli graffiarle il pettorale, denti affilati piegare il metallo dello spallaccio. Colpì a casaccio, usando il pomo della spada e liberandosi dalla presa. Il frisone con gli occhi da bambino era a terra. Urlava mentre veniva divorato. Ma lei non poteva salvarlo.

Tenendo una mano sull'impugnatura e l'altra sulla lama della spada, Vesper allontanò le lamie che la assalivano, ricavandosi un piccolo varco per arrampicarsi fuori dalla trincea. I fulmini non cadevano più, ora, ma ovunque era il caos. I ranghi erano rotti e la mischia infuriava violenta dappertutto.

Fiotti e fiotti di mostri urlanti attraversavano il ponte di corpi sul fiume. Vesper fece roteare lo spadone e iniziò a danzare, creando attorno a sé un perimetro circolare in cui qualunque cosa mettesse piede veniva falciata o squarciata. Le urla degli uomini si mescolavano alle strida delle creature in un orribile coro che rimbombava nel suo elmo. Il tintinnio delle armi e gli spari degli archibugi creavano una distorta aritmia che cadenzava il concerto di morte. Doveva essere quello il suono dell'inferno.

V

«Merda», sibilò Valka, a denti stretti. «Merda. Merda. Merda!».
Era andato tutto storto. Chiunque avesse organizzato quel piano non aveva previsto che le cose potessero prendere una piega del genere.
E come si poteva prevedere? Valka non aveva mai visto nulla di simile.
Aggiustò il piede nella staffa, facendo girare il cavallo per osservare la sua schiera. Reko era dietro di lei, il volto oscurato dall'elmo, il falcione sollevato in alto, l'arco sulla sella. Cercò i suoi occhi dietro la maschera e notò un'inquietudine mai vista prima. Avevano tutti paura, anche se erano pronti a morire. Valka avrebbe voluto fare un discorso, ma non c'era tempo. Dovevano caricare, subito, prima che fossero tutti massacrati.

«Mia Signora». Goffredo si avvicinò al suo cavallo, stringendo tra le mani il suo monile a dodici raggi. «Lasciate almeno che benedica i vostri figli e le vostre figlie...», provò a trattenerla.
«Non ci serve la tua benedizione», lo interruppe lei. «Racconta di oggi. Racconta di come siamo morti».
Valka sfoderò la spada, che stridette fuori dalla guaina. La portò davanti al viso, come aveva visto fare a suo padre tanti anni prima.
Forse davvero quell'arma aveva in serbo per lei una fine diversa. O forse no.
«*Seuraa minua!*», strillò al suo seguito, voltando il cavallo scalpitante verso la battaglia. «*Tappaa heidät kaikki!*», incitò, scalciando nelle staffe.
L'animale lanciò un nitrito e balzò avanti con foga.
Valka volò nella buia prateria. Il vento estivo era pregno di urla e puzzo di morte. La Madre dei Predoni galoppò verso quell'orrida linea pallida che si distendeva sul fiume, roteando la spada.
Alle sue spalle, le *noita* urlavano come furie.
Non seppe dire se le lamie si accorsero di loro, o se le sentirono arrivare.
L'unica cosa che sentì fu l'impatto del suo cavallo contro la corazza della prima creatura che le si parò davanti. Poi fu un concerto di tonfi, urla e scricchiolii, mentre il suo destriero investiva e calpestava i corpi deformi. Menò la spada a destra e a sinistra, senza guardare, senza rallentare la corsa. Come un coltello

rovente nel burro, la sua schiera aprì un varco nella calca di lamie. Le spade calavano impietose, gli zoccoli spezzavano scheletri e teste, le frecce degli arcieri a cavallo sibilavano dentro le bocche spalancate delle creature urlanti. C'erano solo furia e palpitante eccitazione. Nessuna emozione, nell'uccidere quelle cose già morte.
Quando gli zoccoli del cavallo di Valka balzarono sul ponte bianco, il suono le fece stringere i denti. Il peso del destriero compresse i corpi, che si frantumarono uno sull'altro, crepitando come uova rotte e liberando una sequenza di suoni viscidi e odori vomitevoli. Qualche gemito le fece intuire che, in quell'ammasso di carne marcia, qualcosa era ancora vivo.
Lo spazio permetteva il passaggio di un solo cavallo alla volta. Per Valka fu facile aprirsi una via a colpi di spada. Con la potenza del suo cavallo, sbalzò numerose lamie nel fiume.
Raggiunse l'altra riva dell'Acquadrago, ansimando. Tirò le redini e arrestò la carica, lasciando vagare gli occhi febbrili nell'orrenda bolgia di sangue e metallo che animava le trincee. Si voltò, pronta a radunare le fila per buttarsi in quel brulicante caos di urla e crudeltà. Subito notò che Reko non era più dietro di lei. Lo cercò con lo sguardo, ma non lo trovò. Si morse un labbro, trattenendo uno spasmo di dolore che le contrasse il viso.
Solo in quel momento si accorse che molti dei suoi figli

e figlie non erano giunti sull'altra sponda.

La carica era stata efficace, ma era costata molte perdite. Quando sentì il nitrito orrendo di un cavallo che veniva divorato, distolse lo sguardo e avanzò lungo lo schieramento, incitando i suoi uomini a ricomporre i ranghi.

«*Sulje rivit!*», gridò. «*Sulje rivit!*».

Uomini e donne obbedirono, avvicinando i cavalli e componendo una lunga fila di occhi spiritati e lame insanguinate. I manti dei corsieri erano chiazzati di fluidi scuri. Valka cercò di valutare quanti combattenti le fossero rimasti, ma non c'era tempo per fare una conta. Alle loro spalle, una nuova ondata di incubi urlanti già correva verso di loro.

Valka aveva lasciato indietro tutti i suoi Predoni appiedati, affinché pressassero il nemico alle spalle. Sapeva che non sarebbero mai riusciti ad aprirsi un varco per ricongiungersi con la cavalleria. Erano soli. Doveva pensare in fretta. Non potevano gettarsi a cavallo nella mischia che avvampava ai piedi della torre, pali e trincee avrebbero reso l'impatto dei cavalli nullo. Sarebbe stato un suicidio.

Quello che potevano fare era proteggere la sponda del fiume, impedendo ad altre lamie di attraversare. Lo spazio angusto del ponte era l'unico vantaggio che potevano sfruttare, là dove i numeri non contavano nulla.

«*Veloita!*», gridò, alzando la spada e spronando il

cavallo.

Valka partì alla carica, riattraversando la passerella di corpi schiacciati l'uno sull'altro. Urlando, la sua schiera la seguì. Alcuni cavalli incespicarono. Sentì qualcuno del suo seguito cadere nel fiume.

Ormai non poteva più fermarsi.

Schiantando ossa e carne sotto gli zoccoli, Valka sfilò tra i nemici che le correvano incontro, mulinando la spada e colpendo tutto ciò che si muoveva. La calca di lamie si aprì di fronte a lei. Per un istante, si sentì inarrestabile, veloce e letale come un quadrello di balestra.

Ma la sensazione svanì in un lampo.

Una vibrazione innaturale le strinse lo stomaco.

Il cavallo nitrì, terrorizzato, impuntandosi sugli zoccoli, che scivolarono sul ponte cedevole e viscido. Prima che potesse anche solo tentare di prendere il controllo, si ritrovò sbalzata di sella. Cadde di schiena. L'artiglio di una lamia morta le infilzò il braccio. Senza fiato per l'urto, vide il suo destriero scivolare e piegarsi di lato, investito dagli altri corsieri che sopraggiungevano a gran velocità.

Fu un disastro. Una dozzina di cavalli si sfracellò in un groviglio di zampe, schiacciando i propri cavalieri nell'impatto. Una *noita* riuscì a sollevarsi sulla sella e lanciarsi nel fiume, ma un altro dei suoi guerrieri restò impalato sulla lancia di un compagno. Non seppe dire quanti uomini e cavalli morirono prima che la carica riuscisse a fermarsi.

Non aveva idea di cosa fosse successo.

Qualcosa aveva spaventato a morte gli animali.

Si girò sulla pancia, dolorante. Fu investita dal fetore delle lamie schiacciate sotto di lei. Puntò la spada, infilzando qualcosa che guaì.

Si alzò in piedi, cercando di prendere fiato, e li vide.

Avanzavano in schiere compatte, fianco a fianco, protetti da grottesche armature che emettevano bagliori sanguigni. Imbracciavano scudi irti di spunzoni, spade e armi innestate dalle lame acuminate.

Tutti indossavano elmi e cappelli a punta, come i membri di una setta, ed erano rivestiti di mantelli e tuniche bianche, evanescenti come sudari di spettri. Gli strigoi erano arrivati.

Nessuno sapeva quanti ce ne fossero per il mondo, ma, a giudicare dalle folte fila che avanzavano a passo di marcia verso di loro, la strega doveva averli radunati tutti.

«Smontare!», ordinò Valka, arretrando, con il fiato corto. «*Irrota hevosesta!*», ripeté poi, alzando la voce.

Il suo seguito, smarrito, obbedì.

A fatica, Valka si arrampicò sui corpi dei cavalli che agonizzavano nel groviglio sul ponte. Straziata dai lamenti di un animale ferito, lo finì con un colpo di spada, arrampicandosi come poté oltre l'ostacolo.

Il suo schieramento appiedato si riorganizzò in file serrate, ma molti uomini erano occupati a portare i cavalli spaventati sulla riva.

«*Minun kanssani!*», ordinò più volte, cercando di riempire i varchi tra un Predone e l'altro. Davanti a loro, c'era una barricata di corsieri e predoni morti. Carne su carne, morte su morte.

Gli uomini e le donne accanto a lei respiravano con affanno, tendendo gli archi, imbracciando gli scudi e sistemando la presa sulle armi. La presenza degli strigoi aveva precipitato tutti nel terrore più irrazionale.

Valka guardò la sua spada. Se era davvero l'unica arma in grado di uccidere quei mostri, avrebbe dovuto combattere come cento uomini.

Erano sempre più vicini.

Guerrieri senza volto, senza anima, senza paura.

Urlò, più per la disperazione che per coraggio. I suoi Predoni, stavolta, non la imitarono. Guardavano la morte negli occhi. Gli strigoi si fermarono a pochi passi dall'ostacolo che li divideva da Valka.

«*Antaa potkut!*», ordinò lei, e le frecce le sibilarono attorno, smuovendo le sue trecce sulle spalle.

La pioggia di ferro si infranse contro la prima fila di strigoi, che rimase impassibile. Alcuni dardi trovarono dei varchi nelle armature e si conficcarono nelle carni pallide, ma nessuno di loro cadde. Nessuno di loro arretrò di un passo; come se avessero lanciato contro di loro delle briciole di pane.

Gli strigoi ripresero ad avanzare, a ranghi serrati, con passo cadenzato.

Quando il primo di loro torreggiò sul mucchio di cavalli morti, brandendo una spada dall'elsa irta di spine, i Predoni alle spalle di Valka iniziarono a fuggire. Ciò che seguì non fu un combattimento, ma un puro massacro.

VI

Non c'era stato alcun discorso, quel giorno. Il re non aveva parlato.
Alcuni nobili o capitani mercenari avevano arringato le proprie schiere, prima di mandarle al macello, ma non aveva fatto alcuna differenza. Ovunque, gli uomini morivano. Senza gloria, senza dignità. Le belle parole non cambiavano i fatti. Anche il poeta più esperto non avrebbe saputo rendere epico o cortese quell'orrendo macello che si dipanava davanti ai suoi occhi. Blasco si sentiva soffocare. Le gambe fremevano per volgerlo alla fuga, eppure restava fermo, come ipnotizzato da quello sfacelo senza rimedio.
I mercenari tenevano la posizione sulle trincee, ma solo perché non avevano alcuna via di fuga. Presto sarebbero stati accerchiati e annientati.
La carica dei Predoni aveva ridato speranza, ma ora i ranghi sciolti fuggivano alla rinfusa, tallonati da un compatto schieramento di strigoi dagli elmi aguzzi. Niente sembrava poterli rallentare, nemmeno quel colpo di cannone che li aveva investiti sul ponte. Qualcuno di loro non si era rialzato, ma il grosso ormai

aveva raggiunto la sponda del fiume.
Valka la Sanguinaria aveva perso il suo esercito.
«Cosa facciamo?», chiese il re, con la vocina strozzata in gola, ma Blasco non riusciva nemmeno a parlare.
Un nodo gli stringeva la gola, tanto solido e ruvido che gli sembrò di essere sul punto di stramazzare.
«Vostra Grazia, dobbiamo fuggire!», implorò il vecchio consigliere. La sua faccia, se possibile, era ancora più bianca per la paura. «Tutto è perduto...», ansimò.
«La decisione spetta al re», tentò un altro cortigiano, che aveva già il frustino del cavallo sottobraccio, pronto per la fuga.
Il fanciullo non sapeva cosa rispondere e guardò il balivo, così come aveva fatto ogni volta, da quando avevano lasciato Olibria.
Come poteva una responsabilità così grande finire nelle mani di un uomo da nulla come Blasco?
«Signor Delmar». Re Raoul tirò il braccio del balivo, con insistenza. «Signor Delmar!».
Senza staccare gli occhi dalla carneficina, Blasco buttò fuori alcune parole che sembravano sensate.
«Mandiamo avanti le riserve».
Nel caos della sua mente sopraffatta, provò a ricordare tutto quello che gli aveva detto Tristo.
"Che il Messia lo stramaledica!", pensò, sentendo la rabbia divampargli dentro. "Tutto il suo dannato piano è andato in merda!".
Si voltò verso il re, rifilandogli un'occhiata che, in

teoria, era intesa a infondere coraggio.
«E ordinate alla cavalleria di caricare. Ora!».
Senza attendere che il re ripetesse l'ordine, una staffetta montò in sella e partì di gran carriera verso il vallo. Dovettero attendere ben poco per vedere le insegne garrire sulle merlature, dando il segnale ai vari reparti divisi dalla muraglia. Squilli di tromba e lunghi muggiti di corni avvisarono la ricezione dell'ordine. Blasco attese con il fiato sospeso, e il re si strinse a lui in un modo impercettibile che lo fece intenerire.
Come previsto, le riserve di fanteria, composte per lo più da profughi e volontari, addestrati ed equipaggiati alla bell'e meglio, avanzarono timidamente verso la mischia. Nonostante le grida di sergenti e comandanti, le schiere si limitarono a occupare la posizione sull'ultima linea di trincee. Non un granché, ma molti mercenari arretrarono verso di loro e, a poco a poco, si ricostituì una linea compatta.
Un palpito di speranza animò il petto di Blasco, quando sentì il terreno vibrare sotto i suoi piedi.
Il vallo di Numeriano gli impediva di vedere la cavalleria che caricava sul fianco destro, ma, voltandosi a sinistra, vide gonfaloni variopinti fare capolino al limitare del bosco.
Fu uno spettacolo di colori e simboli araldici.
Rivestiti dalla testa ai piedi di armature lucenti, o smaltate di tinte sgargianti, i cavalieri si lanciarono avanti in formazione serrata. I destrieri sembravano

volare nelle loro gualdrappe colorate. Le lance bicolori, gli scudi decorati con aquile, leoni, bestie e fiori di ogni tipo, i pennacchi sugli elmi, le criniere dei cavalli sciolte al vento fecero sbocciare un sorriso sulle labbra del balivo. D'istinto, cinse le spalle del re con il braccio.
Il fior fiore della cavalleria dell'Espero e della Volusia. Guerrieri addestrati fin dalla tenera età, temprati da molte battaglie, calavano sul nemico con armi che valevano come interi villaggi. Era glorioso. L'unico momento epico di quella battaglia. Ecco di cosa avrebbero cantato i bardi. Ecco come sarebbe finita la storia. Blasco ricominciò a respirare. L'aria era più fresca.
No. Era gelida. Tagliente.
Di colpo, si alzò un forte vento, più forte di quanto non fosse stato all'inizio di quella tempesta di sangue. A Blasco parve che i baffoni gli venissero strappati via dal labbro superiore. Si riparò gli occhi con le mani, mentre gli alberi si piegavano e i vessilli schioccavano come fruste. Alcuni stendardi vennero strappati via dall'asta e si levarono in cielo come anime risucchiate da un vortice divino. Ma quella forza non aveva nulla di provvidenziale; era demoniaca.
L'oscurità della notte non gli permise di vedere le nubi addensarsi in cielo, ma il nero si fece più nero. Quando un fulmine rischiarò la volta, con gli occhi socchiusi per l'aria che gli artigliava la vista, Blasco ebbe una rapida visione di quel fumoso orrore che aveva preso vita dal

nulla.

Denso come fango sembrava, ritorto su se stesso come uno straccio bagnato. Una colonna di vapori collegava il cielo e la terra, larga e grigia come una torre di pietra, e sembrava aprire una porta verso un mondo fatto di vuoto. Quella cosa pareva viva, pulsante.

Ululava con mille voci, girando più veloce della ruota di un mulino ad acqua. Tutto ciò che toccava veniva risucchiato e sbalzato in aria.

Con orrore, Blasco seguì la carica di cavalleria finire nelle fauci di quel turbine distruttore. Sopra all'orribile stridore del vento, i nitriti dei cavalli e le urla degli uomini catturati dalla tromba d'aria spogliarono il balivo di ogni speranza. Come coriandoli di carta, armi e armature, corsieri bardati e uomini corazzati volavano nel ciclone, sollevati da terra e sbalzati in ogni dove. Alcuni furono scagliati tra gli alberi, lontano. Altri finirono schiantati contro la torre, o caddero in volo libero ai piedi delle mura, spappolandosi dentro le loro armature come scarafaggi schiacciati da un sasso.

Un urlo orrendo fece abbassare Blasco, d'istinto. Accucciandosi per proteggere il re, schivò per un pelo un cavaliere scagliato come un proiettile di bombarda. Passò sopra la sua testa e investì in pieno il vecchio consigliere barbuto. I due atterrarono dieci passi più in là, congiunti in un abbraccio di morte. Nessuno dei due si mosse più.

«State giù! State giù!», urlò Blasco al re, cercando di

sovrastare l'assordante boato del vortice, che si allontanò verso il fiume. Tirò un sospiro di sollievo quando vide la tromba d'aria allontanarsi, ma si pentì subito della sua ingenuità. Con una sterzata repentina, come se qualcuno stesse controllando il percorso della calamità naturale, il vortice nero cambiò rotta, risalendo oltre il vallo e spazzando la prateria.
Blasco alzò gli occhi al cielo. Vide uomini e cavalli volare come foglie secche. Anche il secondo schieramento di cavalleria, quello composto dai confederati, era stato spazzato via in pochi istanti.
Blasco si asciugò le lacrime che gli inumidivano gli occhi. Il vento si placò e la violenza del ciclone scemò a poco a poco, riassorbita dalle nubi.
A terra, era visibile una lunga scia di ferraglia e cadaveri. Solo alcuni cavalli terrorizzati emersero dalla polvere che indugiava a mezz'aria. Se qualche cavaliere era ancora vivo, finì presto alla mercé degli strigoi che avanzavano dall'argine, falciando tutto ciò che trovavano sul loro cammino, come zelanti contadini durante la mietitura. Era finita.
Blasco prese il re in braccio e iniziò a correre verso il vallo. I cortigiani che ancora non erano morti o fuggiti lo seguirono in tutta fretta.

VII

«Oh, cazzo...», mormorò re Scroto, a bocca spalancata.

Non aveva mai visto niente del genere. «In che cazzo di casino ci siamo ficcati, Dak?», chiese, senza staccare gli occhi dalla visione surreale che, come una grottesca recita, andava in scena oltre il sipario del bosco.

L'aldermanno Kardak Cervo Verde non rispose. Aveva gli occhi fissi sul corpo di un cavaliere che pendeva dal ramo di un albero, ancora incastrato nelle staffe. Rivoli di sangue gli colavano dalla celata dell'elmo. Il suo cavallo era dieci braccia più in alto, con le zampe aggrovigliate tra le fronde e il poderoso collo che pendeva in modo sghembo. Almeno, non aveva sofferto.

«Non possiamo tornare indietro», rispose, assorto.

Dopo aver ormeggiato le navi dieci leghe a intramonte del Vallo di Numeriano, si erano messi in marcia lungo il corso del fiume, armati di tutto punto. Erano arrivati giusto in tempo per assistere alla carica della cavalleria confederata. Quello che sembrava un attacco irresistibile e vigoroso si era esaurito contro un muro d'aria nera. Il turbine aveva risucchiato un'intera ala dello schieramento.

L'uomo che guidava i cavalieri sul fianco destro aveva avuto la prontezza di sterzare verso gli alberi e suonare una tempestiva ritirata. Ora cercava di riorganizzare piccoli gruppi di cavalieri disorientati e cavalli imbizzarriti attorno al suo stendardo.

«Lo riconosci?», chiese Scroto, voltandosi verso Harald l'Alto, che indugiava alle sue spalle.

L'aldermanno sollevò il mento per osservare meglio l'insegna che sventolava a meno di un miglio da loro.

«Torri rosse su sfondo verde», lesse Harald. «Deve essere il signore di Altofiume».

«Andiamo a dargli una mano», ordinò Scroto, alzando la mano e fischiando, così che tutto lo schieramento si mobilitasse. Sferragliando dietro i grandi scudi rotondi, i Norreni uscirono allo scoperto, divisi in sette folti schieramenti, ognuno guidato dal suo aldermanno.

Il fragore della battaglia risuonava in lontananza. Urla inumane e strilli di dolore inquietarono subito i guerrieri. Nell'aria, indugiava una tensione elettrica e mortale, capace di scuotere i nervi dell'uomo più impavido.

In quell'oscurità, vedendo la fila di armati avanzare a passo di corsa, i cavalieri confederati scampati alla tromba d'aria non capirono se si trattasse di alleati o nemici. Qualcuno si preparò a combattere. Qualcun altro si diede alla fuga. Il re dei Norreni diede l'ordine di sventolare la polena della sua nave in segno di saluto.

«Amici da Striburgo!», gridò a gran voce.

Il duca di Altofiume galoppò loro incontro, seguito dal suo portastendardo, che aveva l'elmo ammaccato e uno spallaccio che gli pendeva dal braccio. Chissà da cosa era stato colpito.

Scroto aveva visto una nube di detriti vorticare nel vento.

«Sono Corsolto di Altofiume», annunciò il duca,

arrestando il cavallo e sollevando la visiera.

Il viso da bamboccione era tondo, paonazzo, ben rasato. Non la faccia di un uomo che ci si aspetterebbe alla guida di altri uomini.

«Erik Mikkelson», si presentò Scroto. «Re dei Norreni».

Corsolto lo guardò dall'alto della sella: aveva la faccia ispida, flaccida, il naso rubizzo e pieno di vene. Non certo l'uomo che ci si aspetterebbe alla guida di un regno.

«Siete arrivati tardi», affermò, con voce tremante. «La battaglia è perduta, dobbiamo ritirarci».

«E dove?», chiese Kardak, sopraggiungendo di corsa.

Tutti gli aldermanni si strinsero attorno al loro re, armi in pugno.

«Non lo so», ammise Corsolto, lasciando vagare lo sguardo sulle schiere norrene. «Nei boschi, verso la costa. Ovunque tranne che qui».

«Tutte stronzate», bofonchiò Knut il Senza Destino, infilzando lo spadone a terra.

«Siamo venuti qui per combattere. Un norreno non si ritira mai da una battaglia», disse orgoglioso Frothi il Nuotatore.

«Come volete», balbettò Corsolto. «Ma morirete tutti».

«Questo è tutto da vedere, palle mosce», si fece avanti Astrid Lingua di Spada, sputando a terra.

Il duca di Altofiume fu punto nell'orgoglio, sentendosi insultare da una donna, ma il terrore gli bloccava le parole in gola.

«I nemici sono troppi», tentò, voltandosi verso il campo di battaglia.
Knut allungò lo sguardo verso l'argine del fiume.
Non poteva vedere nulla da lì, ma rispose come faceva sempre:
«Tutte stronzate».
«Attacchiamoli al fianco, nessuno ci ha visti arrivare», propose Gunnar Barba di Fuoco. «Gli passeremo in mezzo come un cazzo dentro una...».
«Fai davvero schifo», lo zittì Astrid, disgustata.
«Duca Corsolto», si fece avanti Harald l'Alto, con il suo solito atteggiamento teatrale. «Restate e combattete! Con il nostro intervento, possiamo prevalere».
«Non avete idea di cosa può fare questo nemico...», riprese Corsolto, tremante all'idea di gettarsi di nuovo all'attacco.
«Avanziamo dalla riva del fiume», valutò Oleg Cavallo di Nebbia. «Li spingiamo verso di voi e, quando saranno sparpagliati, li caricate».
«E poi andiamo tutti a bere!», concluse Kardak. «Che ne dici, capo?».
Scroto gli lanciò un'occhiataccia, e Cervo Verde si corresse, porgendo un inchino: «Volevo dire, mio re».
«Dico che devi chiudere quella bocca», rimbrottò Scroto. «Chiudete tutti la bocca!», tuonò poi, voltandosi appena verso gli altri aldermanni.
Re Scroto si avvicinò a Corsolto di Altofiume e, con un cenno, lo invitò ad abbassarsi sulla sella. Con un po' di

esitazione, il duca si chinò, sferragliando nell'armatura.
«Te la stai facendo sotto, ragazzo?», domandò, a voce bassa.
«Come dite?».
«Hai capito», ribatté Scroto, in tono duro. «Ascolta. Per quanto mi riguarda, le scelte sono due: morire oggi...», elencò, alzando un indice, «...o morire domani», proseguì mostrando il dito medio. «Puoi scegliere se incontrare la tua fine da cavaliere, combattendo, o farti massacrare come una pecora mentre cerchi di scappare. Non c'è una cazzo di via d'uscita da questa situazione. Una volta che ci stai dentro, ci stai dentro per bene».
Corsolto deglutì. Un cipiglio serio gli indurì il volto.
«Io ho portato i miei uomini qui a morire, tutto il mio popolo», proseguì Scroto. «Combattiamo insieme. Moriamo insieme», concluse, porgendo la mano destra al duca.
Dall'alto della sella, Corsolto esitò. Cacciò un lungo sospiro, cercando di placare il cuore che gli batteva in gola e i pensieri continui che gli martellavano nella testa.
«Non pensare», consigliò il re norreno. «Tanto, morire è solo un attimo».
La sua mano si distese ancora più in alto. D'impeto, Corsolto la afferrò.
«D'accordo».
«Bravo ragazzo!», festeggiò Scroto ad alta voce, voltandosi verso gli aldermanni. «Attacchiamo, come ha

detto Oleg. Spingiamo quei bastardi verso la cavalleria, così loro li falceranno per bene. Astrid!», chiamò. «Stai vicina al duca. Se cerca di fuggire, puoi tagliarli le palle».
«Con grande piacere», sorrise Astrid, sfoderando un coltello.
Corsolto sobbalzò sulla sella.
«Norreni, con me!», incoraggiò Scroto, iniziando a correre sul limitare del bosco.
Gli aldermanni si sparsero attorno a lui, recuperando i propri schieramenti.
L'intero esercito si mosse come un sol uomo, frusciando nell'erba alta, in un cozzare di asce e scudi.
Dopo cinquanta passi, Scroto aveva già il fiatone e fu costretto a rallentare.
«Sei vecchio!», lo schernì Kardak.
Il re gli sputò dietro, ma lo mancò.
«Sapevo che il mio ultimo giorno sarebbe stato un giorno del cazzo», bofonchiò tra sé, riprendendo a correre.
Il frastuono della battaglia si fece via via più intenso e nitido. Il boato delle voci, le strida delle lamie, i colpi di spada che penetravano nelle carni, i cavalli morenti. Gli spari erano sempre più sporadici; non c'era più tempo per ricaricare le armi da fuoco.
Costeggiando il bosco, Scroto distese lo sguardo a sinistra, dove l'erba era tappezzata di cavalieri e bestie falcidiate dal vortice. Sembravano detriti abbandonati su una spiaggia dopo un naufragio. Pezzi di latta, non

uomini.
Il suo esercito si fermò a meno di cento passi dal fiume. «Frothi, prendi il fianco sinistro», ordinò il re, ansante. «Kardak, tu a destra. Avanzate verso quelle trincee, ma non rompete i ranghi!», si raccomandò, asciugandosi il sudore dalla fronte. «Tutti gli altri, con me al centro, formazione a cuneo».
«Woden!», esultarono i guerrieri, battendo asce e spade sugli scudi.
«All'alba, o avremo la vittoria, o faremo colazione con gli dèi!», berciò Scroto, con la pappagorgia tremolante.
I guerrieri si serrarono attorno a lui, spalla a spalla. In schieramento serrato, i norreni avanzarono verso l'orgia di sangue. Come una macchina da guerra, si aprirono la via verso la mischia, falciando tutte le lamie che incontravano. Le creature cieche caricavano con le bocche spalancate, grandi come voragini. Sbattevano contro gli scudi, cercando di colpire i volti dei guerrieri con i propri artigli. Le spade e le asce piovevano sulle loro carni pallide, spaccando i carapaci e mozzando gli arti oblunghi. Compatti, i Norreni non arrestarono il loro incedere, calpestando i mostri feriti che si dimenavano a terra.
«Avanti così, cazzo!», li incitò Scroto. «Spingete! Fateli a pezzi!».
La punta del cuneo si avvicinò alla mischia che infuriava tra trincee e palizzate, là dove il terreno era tappezzato di cadaveri, tanto da non riuscire più a

distinguere la terra smossa e intrisa di sangue. Era stato facile avanzare. Quei mostri caricavano senza ordine, lanciandosi all'assalto come belve impazzite.
Un tonfo sordo attirò l'attenzione del re verso il fianco sinistro.
I grugniti dei suoi uomini si mescolarono a grida d'angoscia.
Frothi era a terra, con la faccia nella fanghiglia rossastra. Di fianco a lui, gli uomini cadevano come pedine, lasciando pericolosi varchi nel muro di scudi. Spadoni, mazze e lunghe lance costellate di arpioni si abbattevano su di loro, seminando il panico. Non erano le lamie a brandirle. Sui suoi guerrieri, accucciati dietro gli scudi, torreggiavano alte figure rivestite di bianchi panneggi. Gli elmi a punta nascondevano i volti esangui. Si muovevano con leggiadria, come se i loro corpi fossero fatti di nebbia. Le armi non riuscivano nemmeno a scalfirli, piegandosi contro le loro armature dalle forme scalene e raccapriccianti.
«Strigoi!», gridò Scroto, arretrando dal cuneo e fermando l'avanzata.
Tutto lo schieramento sbandò.
La formazione più vicina al corso dell'Acquadrago era sul punto di disintegrarsi. Vide alcuni dei suoi cercare la salvezza gettandosi nel fiume. Spostò lo sguardo verso Kardak e i suoi uomini. Li vide impegnati in combattimento contro ondate di lamie, ormai troppo distanti per richiamarli in soccorso.

«Cazzo», sibilò il re, portandosi sul lato destro della formazione a cuneo.
Senza una guida, gli uomini di Frothi iniziarono a fuggire, tallonati da quei demoni invincibili che seminavano morte come fosse pioggia.
In pochi istanti, l'intera ala destra era stata annientata.
«Cazzo», ripeté Scroto, più forte. «Compatti!», gridò ai suoi uomini. «Muro di scudi, su due file!».
Gli uomini obbedirono, cambiando formazione in modo molto rapido. Avevano il fianco esposto alle cariche delle lamie, ma dovevano impedire che gli strigoi li aggirassero. Dietro il nasale del suo elmo, Scroto strabuzzò gli occhi. Non credeva ce ne fossero così tanti. Era stato difficile uccidere uno solo di quei mostri, figurarsi un'intera compagnia.
Con le gambe che tremavano e il fiato corto, si posizionò in ultima fila. Sapeva che non avrebbero retto a lungo.
«Resistete! Non cedete terreno!», gridò, con la voce strozzata. «In alto gli scudi!».
Con un balzo felino, impossibile per qualsiasi uomo, uno strigon si levò in cielo. Come bianche ali, il suo mantello sventolò contro la volta oscura. Per un istante, parve in grado di fluttuare a mezz'aria, leggero come una piuma. Poi piombò dall'alto sui Norreni, schiantando scudi ed elmi con un mostruoso martello da guerra.
Lungo tutta la formazione serrata, gli impatti si

moltiplicarono, accompagnati dallo straziante coro di feriti e moribondi.
"È questa la fine dei Norreni?", si chiese Scroto.
Poi si lanciò contro il nemico.

VIII

Era esausta. Coperta di sangue dalla testa ai piedi. Dolorante per le botte e le ferite che aveva ricevuto in ogni parte del corpo. La sua bella armatura nuova era già da buttare. E quelle cose continuavano ad arrivare.
Grazie all'intervento delle riserve di volontari, i mercenari frisoni erano riusciti a ricomporre un quadrato, ma non c'era stato molto tempo per ricaricare gli archibugi. Le bocche da fuoco erano l'unica arma in grado di arrestare l'avanzata delle lamie, ma era stato impossibile organizzare un ordine di tiro. Ognuno sparava un po' quando poteva, rendendo di fatto la potenza di fuoco inefficace. Le spade non erano sufficienti a uccidere le creature sul colpo. Vesper era stata costretta a tagliarle a pezzi, per far sì che smettessero di muoversi. Aveva resistito, nella selva di picche, in attesa dei rinforzi. Con sgomento, aveva visto la cavalleria finire dritta nella trappola della strega. Le trincee avevano fornito una sorta di riparo contro il forte vento, ma i detriti sollevati dalla tromba d'aria avevano mietuto vittime anche lì. Un uomo era stato trafitto da una lancia, vomitata fuori dal turbine. Un

altro era stato colpito in testa da un ferro di cavallo che gli si era conficcato in fronte. Ancora parlava, insisteva per combattere, con lo sguardo instupidito.

Per brevi istanti, Vesper aveva abbandonato la disperazione, osservando la gloriosa avanzata dei Norreni. Poi re Scroto e i suoi aldermanni erano finiti in un tritacarne, mentre gli strigoi imbevevano le proprie armature del loro sangue. Si diceva che fosse questo il segreto della loro invulnerabilità: armature vive, capaci di bere, di nutrirsi della vita altrui.

Un'inutile carica di cavalleria guidata dal duca Corsolto era servita solo a sacrificare buoni cavalli a quei demoni arcani. Poi, tutti quelli che erano ancora in sella se l'erano svignata a gran velocità.

Vesper aveva dato la caccia a quei demoni per molte delle sue vite, eppure, quella notte non aveva ancora avuto il coraggio di affrontarli.

Non da sola contro un'intera compagnia.

Per lunghi anni era stata convinta che sulla Terra camminassero molti meno strigoi. Forse si erano nascosti. Forse Wèn li aveva attirati fuori dai loro antri e nascondigli con promesse di gloria, potere e sangue.

La strega aveva fatto grande sfoggio delle sue doti, quella notte, eppure di lei non c'era ancora nessuna traccia. Il diavolo non aveva mostrato il suo volto da bambina. E Tristo non era mai arrivato.

"Se il Priore Oscuro è morto, non c'è più speranza", si era detta, ma era troppo testarda e orgogliosa per

mollare.
Se doveva morire, avrebbe portato con sé tutti gli strigoi che poteva. Si abbassò sotto le picche e mulinò lo spadone, falciando alcune lamie lanciate alla carica. Una volta a terra, le decapitò, perché mozzare le gambe non era abbastanza. Le aveva viste trascinarsi con le braccia per attaccarsi alle caviglie dei soldati con quelle orrende fauci capaci di spezzare ossa e dilaniare tendini.
Il suolo era viscido di interiora e fluidi maleodoranti.
Vesper tornò nel quadrato e si fece largo tra i mercenari frisoni, rifugiandosi nelle retrovie. Un ragazzo le porse dell'acqua. Vesper bevve, si tolse l'elmo e si sciacquò il viso, immergendo la testa nel secchio.
Quando rialzò il viso, si trovò a tu per tu con una donna, che la fissava con occhi stanchi, adombrati da una fascia di pittura nera che le attraversava il viso. In quell'espressione triste riconobbe un viso che amava.
"Sì, è davvero sua sorella", pensò.
Senza parlare, Vesper le porse l'acqua. La donna bevve avidamente, senza smettere di fissarla negli occhi.
«Grazie», disse poi, prendendo fiato.
«Sei Valka la Sanguinaria», indovinò Vesper.
L'aveva vista caricare i nemici sul ponte, cavalcando come una valchiria dei racconti norreni.
La Madre dei Predoni nascose il viso, gli occhi bassi.
«Non preoccuparti», la confortò Vesper. «Stiamo morendo tutti».
«Tutti», le fece eco Valka, con la voce offuscata dai

suoni della carneficina poco distante. «Li ho persi tutti. Non è rimasto più nessuno. Solo io», raccontò, sconvolta, rimirando le incrostazioni di sangue sulla sua spada. «Ho ucciso tutti quelli che potevo, ma erano in troppi. Troppi...».
«Lo so», annuì Vesper, spostando lo sguardo sul torrione che si ergeva alle loro spalle.
Ai piedi della fortificazione, ovunque, erano stesi feriti e moribondi.
«Quella torre è imbottita di Fuoco Sacro», spiegò a Valka, che la scrutò in viso, catturando scintille di follia in quelle iridi verdi. «Dobbiamo attirare gli strigoi fino a qui».
La Madre dei Predoni si voltò verso la fortificazione, valutandone le dimensioni. Avrebbe fatto un gran bel botto.
«E tutta questa gente?», chiese, indicando col mento la folla di uomini agonizzanti.
Vesper raccolse il suo spadone a due mani, issandoselo in spalla.
«Saranno comunque tutti cadaveri, entro l'alba».
Valka scosse la testa.
«Andiamo».
Le due donne si fecero largo nel quadrato di picchieri, tornando in prima linea, dove le lamie continuavano a caricare senza sosta. Una di loro avanzava lungo l'asta di legno che aveva conficcata nel ventre, come se si arrampicasse su una pertica. A ogni passo, dallo

squarcio fuoriuscivano brandelli di interiora. Vesper scansò il picchiere e fece scorrere la spada sulla sua lancia, come fosse la pialla di un falegname. Decapitò la creatura di netto. Valka, al suo fianco, si chinò sotto la selva di picche. Con facilità, la sua spada penetrò nelle pallide corazze di quei mostri deformi.
In poco tempo, le due respinsero l'assalto.
Senza elmo, con la lunga treccia che schioccava come una frusta, Vesper danzava, mulinando la spada in ogni direzione. Valka menava fendenti poderosi, senza grazia, ma con la furia nelle braccia. La Stridente falciò una testa, squarciò in due una lamia, poi si piantò nel cranio di un'altra, facendo esplodere le escrescenze che ne trasmutavano il volto. Non appena estrasse la spada, sollevando una scia di sangue marcio, la Madre dei Predoni notò qualcosa che non aveva ancora udito quella notte, da quando era iniziata la battaglia. Il silenzio.
L'assalto nemico aveva perso vigore. Le lamie esitavano. Alcune stavano ferme, con le lunghe braccia penzoloni, fissandole da quei ghigni senza occhi. Altre, addirittura, cominciavano ad arretrare.
Valka scivolò sotto le picche, uscendo allo scoperto e Vesper la raggiunse.
«Cosa succede?», chiese.
«Non lo so».
Ansanti, le due donne si ersero in testa a tutto ciò che restava del grande esercito di re Raoul: mercenari

frisoni senza più capitani a guidarli, cavalieri senza più cavallo, profughi e contadini in lotta per la propria vita. All'ultimo, si erano aggiunti sparuti gruppi di Norreni senza più un re. Il corpo di Scroto giaceva da qualche parte in quel carnaio di guerrieri caduti sui propri scudi. La maggior parte dei combattenti aveva riportato ferite, chi non nel corpo, nell'anima e nell'orgoglio.
Molti di quelli che non erano mai stati in battaglia si erano pisciati nei calzoni. Altri avevano vomitato al primo schizzo di sangue.
Senza vie di fuga, appiedati, anche i più impauriti erano stati costretti a rimanere, per combattere e morire.
E la morte arrivò.
Dalla tenebra, rischiarata da incendi e focolai, emerse una lunga mezzaluna bianca. L'uno a fianco all'altro, chiusi nei propri mantelli bianchi chiazzati di sangue come grembiuli da macellaio, gli strigoi avanzarono in linea singola, creando un grande semicerchio che si stringeva come un cappio attorno allo schieramento in difesa della torre.
Valka abbassò la spada, sospirando. Con gli occhi inchiodati dinnanzi a sé, al centro di quella pallida falce che avanzava letale come una nebbia velenosa.
«È lei», sussurrò con disprezzo. «Ci degna della sua presenza».
Il diavolo dai capelli rossi camminava in mezzo agli strigoi. Era tutta vestita di bianco, come una regina delle nevi.

All'apparenza, era bella e innocente come una sposa bambina, ma nella mano stringeva quel pugnale lucente con cui aveva ucciso i Priori.

Sulle labbra della piccola strega, Vesper riconobbe lo stesso sorriso che l'aveva condotta alla sua ultima morte e si riempì d'odio. D'istinto, dalla bocca le sfuggì un suono simile a un soffio ringhiante.

«Sono d'accordo», scherzò Valka, mesta in volto. «È proprio una gran puttana».

Il momento di tregua aveva dato modo ai frisoni di ricaricare le armi. Una voce si levò dal quadrato di picchieri.

«*Feuer!*», tuonò un sergente, e le bocche da fuoco abbaiarono tutte insieme, investendo gli strigoi con una tempesta di piombo.

Quando il fumo si diradò, nonostante i numerosi fori nei bianchi panneggi e sulle armature sanguigne, gli strigoi avevano appena rallentato il loro incedere. Gli uomini cominciarono a vociare, sconvolti. Qualcuno tremò, battendo i denti. Altri mollarono le armi a terra e iniziarono a piangere.

La loro disperazione fu schernita da una risata.

Wèn gongolava come se fosse stata invitata a un banchetto.

Alla fine, era proprio così.

«Basta, per favore!», esclamò la bambina, alzando la voce per farsi sentire da tutti. «Mi state facendo morire... dal ridere».

Valka sputò a terra.

«Vediamocela tra donne, io e te. Poi vedremo chi deve morire!».

«Te l'ho già detto, tu non morirai. Ma tutti loro sì», minacciò Wèn sorridendo ai soldati che sudavano sotto ai loro elmi. «A meno che...».

«Non ascoltarla», sussurrò Vesper, aggiustando la presa sulla spada.

«Lo so», replicò Valka, in un mormorio. «A meno che?», chiese poi, alzando la voce.

«Arrendetevi», risolse Wèn, alzando le spalle. «Ricevi il dono che ho da farti e tutti saranno risparmiati. Vi daremo un posto in cui vivere».

«Sì, come maiali in un recinto», ribatté Valka, per placare le speranze di coloro che già contemplavano una resa. Gli uomini iniziarono a mormorare tra loro.

«Almeno, potrete scegliere! Sgozzati oggi, o magari tra qualche anno», si fece beffe di lei Wèn. «Come miei sudditi, potreste anche donarmi un regolare tributo, visto che non fate altro che fottere e figliare come animali. I miei animali».

«Come bambina, sei ancora più troia che come donna», la insultò Valka. «Ce l'ho anch'io un dono per te», disse, sollevando la spada. «Vieni a prenderlo».

Allora la strega indugiò.

«Pensavi che rimettendo insieme quel pezzo di ferro mi avresti fatto paura?».

«Penso che ti faccia paura. Altrimenti, non ti saresti

presa la briga di spezzarla».
«D'accordo, tu sei pronta a morire, ma questi uomini?», insistette la strega.
«Volete vivere?», chiese a gran voce. «*Willst du leben?*», ripeté poi, in frisone, seminando inquietudine tra i mercenari.
Valka non la lasciò continuare.
«Non credere che...», qualcosa la colpì alla nuca, mandandola in ginocchio.
«Come previsto», commentò Wèn, in tono trionfante, giocando con un ricciolo rosso in modo vezzoso.
Vesper si gettò subito su Valka per proteggerla, ma i mercenari la afferrarono per le braccia, tenendola ferma mentre si divincolava.
«Bastardi! Traditori!», urlò, ma una mano le tappò la bocca.
«Non avevo già tirato il collo a quella gatta?», si chiese Wèn. «Stavolta, farò in modo che non ti restino altre vite. Portatele qui, tutt'e due!».
Vesper grugnì, opponendo resistenza. Era pronta a mutare forma per fuggire, ma non voleva abbandonare Valka, non ancora.
Intontita dal colpo ricevuto a tradimento, la Madre dei Predoni venne sollevata per le braccia e trascinata in avanti.
Con la vista annebbiata, vide la strega sorridere in mezzo ai suoi strigoi senza volto.
Qualcosa riluceva sopra i loro elmi aguzzi.

Delle stelle forse, o raggi di luna. No, il cielo era nuvoloso.

Un fracasso tremendo irruppe nella sua mente confusa.

I mercenari la lasciarono cadere a terra, spaventati.

A pochi passi da lei, vide uno strigon con la faccia nel fango. La testa venne affondata nel terreno e percossa fino a diventare poltiglia.

Non erano stelle che rilucevano nel buio. Erano spade.

Uomini grandi come orsi stavano attaccando l'Ordine Bianco alle spalle, rivestiti da pesanti armature. Valka vide elmi adornati da grandi corna, mazze colossali che disorientavano gli strigoi con violenza inaudita. Muggendo in una lingua sconosciuta, con la voce di un muflone, un guerriero incitava il suo esercito, coricato su una portantina. In mezzo a quei colossi cornuti, Valka riconobbe il profilo di un elmo brunito. Riconobbe quella spada: la Cacciatrice di Sangue, appartenuta alla sua famiglia.

«È tornato», mormorò una voce vicino a lei.

Valka si voltò e vide Vesper al suo fianco, sorridente. La aiutò ad alzarsi.

«Il Priore Oscuro è tornato con i Fomori», ripeté, mentre i ranghi degli strigoi erano investiti da una tempesta di ferro.

Valka non aveva mai visto i Fomori. Non credeva nemmeno che esistessero davvero, ma ora sapeva che tutto quello che dicevano di loro era vero.

Qualcosa di freddo le toccò le dita. Valka abbassò lo

sguardo e vide che Vesper le stava mettendo in mano la sua spada.

Sbattendo le palpebre per recuperare lucidità, la afferrò. Alle spalle delle due donne, lo schieramento di uomini era andato in pezzi.

I mercenari frisoni si azzuffavano tra loro, malmenando quegli uomini che avevano tradito Valka e ceduto alle lusinghe del diavolo. Tutti gli altri assistevano alla scena con i volti esausti. Ma non era ancora finita.

Appoggiandosi alla Stridente, la Madre dei Predoni cercò di mettersi dritta.

«La torre», bofonchiò.

Vesper le strinse un braccio con il guanto di metallo e poi si voltò verso gli uomini intenti ad azzuffarsi. Il suo spadone scattò tre volte, preciso e letale.

Tre dei mercenari traditori caddero a terra, trafitti. La zuffa si fermò e i soldati la guardarono, attoniti.

«La battaglia è lì», ringhiò. «Avanti!».

Un sergente colse l'occasione e cominciò a serrare i ranghi, ragliando:

«*In der Schlange, Hunde! Mach deinen Arbeit!*».

Mentre i frisoni si riorganizzavano, Vesper raggiunse uno dei pochi uomini che si prendevano cura dei feriti.

«Ritiratevi oltre il vallo», consigliò. «Portate via i feriti, liberate tutta questa zona».

L'uomo si alzò di buona lena e iniziò a dare istruzioni.

«Chiunque voglia combattere si unisca a noi, chiunque voglia andarsene vada coi feriti! Adesso!», urlò Vesper, mobilitando la malmessa masnada che indugiava ai piedi della torre. Quasi tutti decisero di ritirarsi.

Vesper tornò al fianco di Valka e le puntò addosso quei suoi occhi strani e pungenti.

Valka annuì e strinse i denti. Le due donne sollevarono le spade.

L'esperide schiuse i denti in un ringhio ferino.

«Andiamo a prendere quella troietta».

Fino alla morte
(...*non si sa qual è la sorte*)

I

Tristo appoggiò la canna della pistola contro la fessura nell'elmo e sparò. Poltiglia rossa gli schizzò addosso, un occhio scivolò a terra, ma lo strigon era ancora in piedi.
Il Priore Oscuro liberò la spada dal cadavere che giaceva ai suoi piedi e tagliò la testa di netto al nemico. Stavano vincendo.
Attorno a lui, centinaia di imponenti guerrieri fomori incalzavano il nemico, mentre Grichen Piede Marcio li incitava ridendo, stravaccato sulla sua portantina, tracannando acquavite da un otre.
Era un bel modo di andare in battaglia: ubriaco fradicio. Avevano bevuto assieme; quella brodaglia era davvero in grado di resuscitare i morti, ma anche di fargli vomitare l'anima. E pensare che, la prima volta che si erano visti, Tristo era convinto di perdere la testa.
Come aveva scoperto poi, Grichen lo stava solo mettendo alla prova. Quando la chiave di Averil aveva aperto la porta dell'antro nella roccia, Tristo non aveva creduto ai suoi occhi.

Centinaia di armi forgiate col ferro delle stelle; l'intero arsenale dei Frati Neri. Abbastanza per armare tutti quei guerrieri.
Certi tesori devono restare sepolti, per il bene degli uomini. Vanno riportati alla luce solo in caso di estrema necessità.
Dopo tanto tempo, le parole della veggente avevano un senso.
Tristo afferrò lo sputafuoco e lo sventagliò attorno a sé. I bianchi sudari degli strigoi andarono a fuoco, mentre le loro strida si consumavano nel fetore delle carni arrostite. Menando fendenti, ridusse al silenzio quelle orride torce urlanti, aprendosi un varco. Lei era lì. Sola.
Quando vide un lampo di incertezza negli occhi del diavolo, Tristo sorrise, e le andò incontro a passo deciso. Uno strigon lo attaccò, ma, con una rotazione, evitò il fendente e colpì il nemico alla schiena. I Fomori gli furono addosso e finirono il lavoro con spietata violenza, facendolo a pezzi.
Vedendo Tristo avvicinarsi, Wèn schiuse le braccia e lo accolse.
«Papino», chiamò, ostentando il solito atteggiamento crudele.
Ma era impossibile non sentire quel vago tremito nella sua voce.
«Strega», replicò Tristo, facendo roteare la spada.
Si fermò quando la bambina gli puntò addosso uno strano pugnale. Vesper l'aveva messo in guardia su quell'arma.

Si abbassò appena in tempo, un battito di ciglia prima della detonazione. Una pallottola gli passò di fianco, fischiando. Tristo afferrò lo scudo che portava sulla schiena, rigirando la cinghia che aveva a tracolla e riparandosi dietro il legno di Lauma.

«Ahhh!», strillò Wèn, in preda alla frustrazione.

Tristo cominciò a girarle attorno, mentre la bambina faceva scattare il meccanismo sull'arma.

«Ho un altro colpo», lo minacciò, con la voce distorta dal fuoco che ardeva sotto quelle mentite spoglie. «Ho ucciso molti Priori, con questa. E tu non vali nemmeno la metà di loro. Sei solo un uomo».

Tristo scattò all'attacco, prendendo Wèn di sorpresa.

Menò tre fendenti in sequenza, mulinando la spada.

Con agilità, lei li evitò tutti, spostandosi appena. Fu costretta a scansare la testa per evitare un ultimo affondo e, con stupore, vide una ciocca dei suoi riccioli rossi scivolare sulla lama della spada e disperdersi nel vento.

Da dietro il suo scudo, adombrato dall'elmo nero, Tristo si lasciò sfuggire un sogghigno.

«Ti ucciderò un pezzo alla volta».

«D'accordo», replicò Wèn, in un sorriso a denti snudati.

Un lampo sanguigno balenò nei suoi occhi e la bambina scattò all'attacco, cambiando la presa sul pugnale. Tristo arretrò, sentendo una gragnuola di colpi martellare sullo scudo. Tentò una risposta, ma la sua spada calò nel vuoto. Wèn era rapida e agile come un ragno.

Di taglio, il pugnale colpì prima il braccio poi il polpaccio di Tristo. Il sangue prese a sgorgare da due squarci nella sua armatura.

Di qualsiasi materiale fosse quell'arma, era in grado di fendere la pelle di Ahti come fosse seta.

«Un uomo grande e grosso come te...», lo schernì Wèn scuotendo la testa. «Che si fa battere da una bambina. Che vergogna, Priore Oscuro».

Tristo ringhiò e si lanciò alla carica a testa bassa. Un grosso errore.

Wèn usò il suo scudo come rampa e balzò in aria. Tristo si trovò faccia a faccia con lei. Per un breve istante, la strega parve volare sopra di lui, a testa in giù, riflesso distorto di un mondo sottosopra.

L'unica cosa che sentì fu il sibilo della lama.

Poi, i piedi nudi della bambina lo calciarono alla schiena, spingendolo in avanti. Tristo caracollò, mantenendo l'equilibrio. Wèn atterrò alle sue spalle e, quando lui si voltò per fronteggiarla, lo scudo cadde a terra.

Le cinghie erano recise e un lungo taglio gli aveva squarciato l'avambraccio. L'armatura era viscida di sangue.

La bambina rise di lui, puntandogli il pugnale verso la testa.

Sentendosi nudo, Tristo tentò inutilmente rifugio dietro la spada.

«È stato bello conoscerti, papino», lo congedò Wèn.

«Non avevo fretta di ucciderti, ma non mi hai lasciato scelta».

Tristo strinse i denti, cercando di scansarsi dalla traiettoria dell'arma, ma la strega lo teneva sotto tiro. Il suo dito si spostò sull'elsa dove, con ogni probabilità, c'era un grilletto. Il meccanismo scattò.

Tristo sentì lo sparo.

Qualcosa lo colpì con violenza alla spalla. Non era una pallottola.

Ruzzolò a terra. L'elmo, rincagnato sulla testa, gli impediva di vedere. Lo tolse in fretta e i suoi occhi incontrarono il volto di Vesper.

Lei gli sorrideva. Per un attimo, Tristo credette di essere morto.

«No!». La voce lamentosa di Wèn lo fece tornare alla realtà.

Il sorriso di Vesper si tramutò in una smorfia di dolore.

Un fiotto di sangue le uscì dalle labbra. Tristo si alzò in piedi per sorreggerla, mentre le gambe le cedevano. Un filo di fumo grigio si sollevò dal petto di lei, e allora Tristo vide il buco che le squarciava l'armatura.

L'aveva salvato, spingendolo a terra appena in tempo. Il colpo l'aveva raggiunta allo sterno, troppo vicino al cuore. Gli occhi verdi di Vesper si spalancarono, mentre si abbandonava tra le sue braccia.

«No», gemette lui.

«Non volevo sprecare un colpo per una stupida gatta!», piagnucolò la bambina. «Hai idea di quanto mi sia costato?».

Prima che terminasse la frase, una spada calò dall'alto.

Wèn si scansò appena in tempo, ma il pugnale venne colpito con violenza e scagliato via dalla sua mano.

Impugnando la Stridente con entrambe le mani, Valka le girò attorno, cercando un punto debole per attaccare di nuovo.

«Oh, ecco sei arrivata anche tu. Hai visto, papino? C'è la zia!», scherzò Wèn, arretrando di fronte alla Madre dei Predoni.

Ma Tristo non la sentì. Era immobile, con gli occhi fissi in quelli di Vesper, che tossiva piano, senza fiato.

«Perché?», chiese lui. «Perché l'hai fatto?».

Vesper fece un grande sforzo e si sporse verso Tristo, muovendo le labbra.

«Uccidila», disse, con il suo ultimo respiro. «Uccidila per me».

Un ultimo bacio. Le loro labbra si sfiorarono per un istante. Poi Vesper si abbandonò a peso morto ed esalò l'ultimo respiro.

Le pupille nei suoi occhi si assottigliarono, diventando due fessure verticali.

Erano in pace ora. La donna e la gatta.

Tristo si inginocchiò con lentezza, deponendo il corpo a terra.

Le lacrime presero a rigagli il viso.

«Oh, ma quanto mi dispiace», infierì Wèn, lasciando vagare lo sguardo attorno, senza perdere di vista Valka e la sua spada.

Il fragore della battaglia si era attutito. I suoi strigoi venivano massacrati, le lamie imbiancavano il suolo come macabra neve.

«È finita, Wèn», affermò Valka, spostando l'angolazione della lama, pronta a colpire.

«Lo dico io quand'è finita», sibilò la strega.

All'inizio si udì solo un gorgoglio, sempre più insistente. Poi qualcosa, dentro la bambina, prese a ribollire.

Valka arretrò mentre orride escrescenze gonfiavano la pelle di Wèn. Le ossa presero a scricchiolare e il collo si piegò in modo agghiacciante, ricadendo sulla schiena.

Tristo distolse lo sguardo da Vesper, alzandolo verso il cielo, mentre un'ombra cresceva sopra di lui.

In un viscido concerto di interiora rimescolate, tuoni roboanti e ardenti sibili di lingue di fuoco, il corpo della bambina venne inglobato in un enorme obbrobrio che le crebbe da dentro. La pelle si fuse nella lava, mentre le carni squarciate erano tenute insieme da migliaia di tendini e filamenti di sangue. Lingue di fuoco, come zampe di insetto, si agitavano in quell'ammasso di materia ringhiante. Le urla della bambina erano ancora distinguibili nella polifonia di voci che fuoriusciva dalle tre bocche di quella deformità. Le fauci informi erano coronate da grandi ali nere, fatte di nubi in cui ribollivano saette e lampi.

La strega vestiva i manti dei Priori cui aveva sottratto gli elementi, tramutandosi in un orrido miscuglio di carne viva, fuoco, tempesta e vento.

Tutti restarono a bocca aperta di fronte alla grandiosa blasfemia che si dimenava in mezzo al campo di battaglia. I Fomori cessarono la mattanza di strigoi per alzare gli occhi sull'orrore che aveva preso corpo dalle delicate spoglie di una bambina, traendo forza dalla sostanza stessa del mondo.

Valka arretrò, schiacciata dall'inquietudine di quella divinità distorta che torreggiava su di lei. Se erano occhi, quelle voragini ricolme di fuoco e fulmini, Valka li vide puntarsi su Tristo.

Le tre teste si chinarono, le fauci si schiusero.

Valka rotolò a terra, raggiunse lo scudo di Tristo abbandonato a terra e lo raccolse, rannicchiandosi di fianco a lui e proteggendo entrambi.

«Stai giù!», gridò, mentre il fratello stringeva a sé il corpo inerte di Vesper, come a volerlo preservare dallo scempio che la strega irradiava attorno a sé.

Con gli occhi chiusi e la testa rannicchiata, Valka sentì le saette infrangersi contro lo scudo come frecce. Non aveva idea di quale potere possedesse quell'arma, ma il legno di Lauma neutralizzò la violenza dei fulmini. Le scosse furono seguite da un'ondata di fuoco, che si sollevò come un muro, allargandosi a raggiera tutt'intorno.

Ancora una volta, la barriera priorale li protesse. Valka strinse i denti, sentendo gli stivali diventare roventi e respirando l'odore acre dei suoi stessi capelli bruciati. Quando l'ondata di fuoco li oltrepassò, alzò appena la testa oltre il bordo dello scudo, orripilata dalla visione dei combattenti che venivano arsi vivi. Chiunque fosse raggiunto da quella rovente ventata veniva consumato all'istante. La lettiga di Grichen Piede Marcio si infiammò come una pagliuzza e le sue urla cavernose si mescolarono all'agonia di molte altre voci. Fomori, strigoi e uomini furono consumati in un istante. Il campo di battaglia attorno alla strega, per un miglio e più, fino al letto del fiume, si tramutò in un circolo di terra bruciata in cui giacevano cadaveri fumanti.

«Adesso! Via!», gridò Valka, gettando lo scudo e alzandosi in piedi.

«Lasciala!», urlò, quando vide Tristo ancora inginocchiato con il corpo di Vesper tra le braccia, intatto ma senza vita.

Strattonò il fratello con violenza. Il cadavere della sua amata ruzzolò a terra, sferragliando nell'armatura ammaccata.

Valka raccolse la Cacciatrice di Sangue e la ficcò nelle mani di Tristo, trascinandolo in una corsa a perdifiato. Arrancando, infiacchito dal dolore e dallo smarrimento, il Priore Oscuro tenne il passo.

Come colpi di cannone, i fulmini caddero attorno a loro, scavando buchi nella terra annerita dalla vampa. Un dardo di fuoco colpì la sommità della torre, facendo piovere su Valka e Tristo una frana di mattoni e detriti.

I due spiccarono un salto, atterrando appena in tempo nella loggia ai piedi della fortificazione.

I poderosi massi crollarono subito fuori dal colonnato, facendo collassare l'intera arcata e bloccando l'ingresso. Fratello e sorella si ritrovarono al buio, stesi a terra nella polvere.

Subito, il naso di Valka fu inondato dal pungente odore della miscela incendiaria. Si alzò, ignorando i lampi di dolore che le percorsero tutto il corpo. Rinfoderò la spada, guardandosi attorno.

«Siamo in trappola», osservò Tristo, alzandosi a sedere.

«Sì», concordò Valka. «Ma una trappola per noi può essere una trappola anche per lei».

Qualcosa colpì la torre, che vibrò in modo tremendo, quasi piegandosi. Calcinacci caddero dall'alto, costringendo Valka a rannicchiarsi.

«Leviamoci da qui, prima che tiri giù tutto», suggerì, diradando il pulviscolo con la mano.

«Un attimo». Tristo si alzò e iniziò a frugare nel buio, a tentoni, finché non trovò quello che cercava: il suo sputafuoco.

«Di qua!», indicò, facendo strada.

Mentre l'intera fortificazione era scossa da colpi e vibrazioni spaventose, Tristo e Valka risalirono le scale, balzando da un piano all'altro mentre i gradini e i muri si sgretolavano a poco a poco, frustati da scudisci infiammati e percossi da saette gelide e rombanti.

Salendo di corsa, Valka osservò le pile di barili stipate a

ogni livello. Fuoco Sacro e polvere nera.

L'intera torre sarebbe esplosa come un grosso fuoco d'artificio.

"Un finale col botto", pensò.

Valka sperava solo che fosse abbastanza per disorientare quel demone a tre teste che imperversava lì fuori, pronto a seppellirli sotto cumuli di macerie.

Ansimando, si fermò. Appoggiò le spalle alla parete.

Un'apertura sulla torre si affacciava sul vallo di Numeriano. Un tempo, doveva esserci stata una scala a collegare le due strutture, ma l'altezza non era molta, si poteva ancora saltare sperando di non rompersi una gamba.

«Tu resta qui», disse al fratello.

«No».

«Sì. Io terrò occupata Wèn. Tu aspetta il mio segnale e fai saltare tutto», concluse, abbassando gli occhi sullo sputafuoco.

«Perché?», domandò Tristo.

«Lo sai», tagliò corto Valka. «Sono io. Sono sempre stata io».

«Fai andare me. Sono già...».

«Morto? Sì. Io ti ho ucciso», insistette Valka. «Tutto quello che abbiamo fatto ci doveva portare al qui e ora».

Tristo la guardò negli occhi, senza rispondere.

«Tu dovrai uccidermi», affermò Valka, seria.

«Non sappiamo se funzionerà», tentò Tristo.

«Se non riuscirò a ucciderla, ci sarai tu per finire il lavoro», concluse lei, mettendogli una mano sulla spalla.
Tristo abbozzò un sorriso malinconico.
«Credo che nessuno di noi uscirà vivo da qui».
«Allora moriremo insieme. Non come nemici, ma come fratelli».
Valka abbracciò Tristo, che la strinse a sé per un breve istante, mentre la torre tremava e i vecchi mattoni cedevano, precipitando giù per la tromba delle scale. Come l'ultimo bacio di Vesper, fu un momento fugace.
Non c'era più tempo.
«Ci incontreremo ancora», lo confortò Valka. «Da qualche parte». E poi si lanciò di corsa su per le scale.
«Quale sarà il segnale?», la richiamò Tristo.
«Lo capirai», replicò lei, abbozzando un sorriso. «Ricordati di me».
I due fratelli si separarono.
Tristo cominciò ad armeggiare con il sifone costruito da Bèroul, affinché fosse pronto a sputare fiamme. Poi si voltò verso la porta nella torre, valutando l'altezza che lo separava dal vallo. Sarebbe stato un bel salto. A giudicare dalla quantità di polvere e miscela stipate là dentro, avrebbe avuto pochi secondi per mettersi in salvo. Sollevò lo sguardo verso le scale, sentendo i passi della sorella rimbombare sui gradini pericolanti.
«Buona fortuna», sussurrò a mezze labbra.
Dopo alcune rampe, salite due gradini alla volta, a Valka venne il capogiro. Sembrava che le mura circolari le si

stringessero attorno.

L'ultima scaletta di metallo arrugginito si staccò dai sostegni, quando arrivò in cima. Valka restò appesa all'apertura, con le gambe penzoloni. Facendo forza con le braccia e il bacino, si issò oltre la botola, rotolando sulla sommità della torre, tra i merli acuminati. L'aria era intrisa di elettricità e fumo.

Si alzò e vide il cielo tingersi di rosso all'orizzonte, oltre le vallate che conducevano al mare. La lunga notte era finita. All'alba, il mondo avrebbe salutato un giorno del tutto nuovo. Un giorno di morte e disperazione. Oppure un giorno di vita e speranza. Dipendeva tutto da lei. Doveva solo fare quell'ultima cosa. Un'ultima cosa spaventosa.

Sguainò la Stridente e si voltò, sentendo la torre scuotersi e dondolare. Affacciandosi al parapetto, guardò oltre i merli ricoperti di licheni e vide il diavolo aggrappato alla pietra, come un orrido pipistrello.

E il diavolo vide lei.

Librandosi in volo con le sue grandi ali fumose, il drago raggiunse la sommità della torre, incombendo su Valka con i suoi tre volti da incubo.

La bambina imprigionata in quell'ammasso di carne e fuoco urlò in modo straziante, e il suo strillo riverberò in diversi gorgoglii che scaturirono dalle fauci della bestia, componendo un suono gutturale che parve come una frase, una domanda. Cosa Wèn le stesse chiedendo, Valka non lo poteva capire, ma sapeva che c'era una sola cosa che la strega volesse da lei.

La Madre dei Predoni infilzò la spada nella pietra e aprì le braccia. «Va bene. Hai vinto», dichiarò, chinando la testa. «Farò quello che vuoi».

Un altro strillo angosciante, un'altra polifonia incomprensibile.

Un tripudio di fulmini percorse le ali di tenebra.

«Trasformami», continuò Valka, sollevando lo sguardo sull'oscenità. «Fai di me una delle tue creature. Un nuovo inizio, una nuova generazione, la prima di una dinastia che dominerà il mondo, chiamandoti Madre e Dio».

Negli occhi senza vita della strega, Valka lesse una nota di esitazione.

«In cambio non chiedo nulla», aggiunse. «Solo... risparmia la gente che è sopravvissuta a questo inferno. Ne faremo i tuoi sudditi, il nostro bestiame. Ogni anno ti saranno sacrificati neonati e vergini. Ogni cosa, ogni vita sarà tua. Sarà pur sempre vita. Questo è tutto ciò che ti chiedo».

Alle sue parole seguì un attimo di silenzio, perturbato solo dal brontolio di fulmini e fiamme che si agitavano nelle forme ibride di quell'incubo alato.

Poi, qualcosa si mosse nell'ammasso di carne e tendini. Gli strati di tessuti vivi e pulsanti sembrarono aprirsi. Una protuberanza viscida, simile a un dito verminoso, si protrasse verso Valka, allungandosi a dismisura.

Dovette sopprimere un conato, mentre quella cosa si

avvicinava al suo viso, spillando liquido rosso e denso, come in una distorta versione di latte materno.

Valka afferrò quell'orrore e lo portò alla bocca. Bevve, deglutì il sangue che le inondò la gola.

La creatura di fronte a lei sembrò gioire tra gorgogli e strida, emettendo versi di piacere. Valka si staccò tossendo e si rialzò in piedi.

Le parve di leggere qualcosa di simile a un ghigno nelle fauci del drago. Il sangue prese a ribollirle nello stomaco, facendola sudare, in preda a vampate di calore e brividi di freddo. Presto sarebbe mutata. La sua umanità sarebbe stata inghiottita dall'orrore di quell'elemento di creazione corrotto dalla stregoneria. Sangue marcio, capace solo di generare mostri. Valka afferrò la spada, la estrasse dalla fessura nel pavimento di pietra e, con un gesto rapido, si tagliò la lunga treccia dalla nuca, gettandola alle sue spalle, verso il vallo. Guardò giù, pensando a suo fratello.

Non com'era ora. Ma come lo ricordava da bambino.

Affacciato sulla vecchia porta nella torre, Tristo vide qualcosa fluttuare nel vento freddo dell'aurora. All'inizio parve un uccello. Poi capì.

Era il segnale.

La treccia di capelli castani di Valka precipitò verso il vallo, afflosciandosi sulle vecchie merlature. Tristo la fissò per un istante, abbandonata al suolo come un animale morto, poi chiuse gli occhi.

Quando lo sputafuoco proiettò la sua vampa bluastra, i

barili di Fuoco Sacro si infiammarono all'istante. Tristo prese la sua spada e saltò.

Il volo sembrò infinito, mentre le sue gambe si agitavano nel vuoto.

Qualcosa alle sue spalle esplose, spingendolo in avanti come l'onda violenta di un maremoto. Atterrò malamente, ruzzolando sul camminamento sconnesso. L'armatura, per quanto danneggiata, lo protesse, mandando scintille mentre strideva sulla pietra. Tristo si alzò, grugnendo dolorante. Cominciò a correre, mentre la torre alle sue spalle si gonfiava a dismisura, deformata dalla pressione del fuoco. Una reazione a catena fece esplodere i barili di polvere nera dal basso verso l'alto e la fiammata risalì lungo la torre. Senza smettere di correre, Tristo si voltò verso la sommità della fortificazione. In un istante, di sua sorella non sarebbe rimasto niente.

Valka ebbe appena il tempo di sentire l'esplosione del primo barile di polvere nera. Immediatamente, il calore le raggiunse i piedi, sgretolando la pietra sotto di lei e spingendola a saltare. Spada in pugno, balzò addosso alla strega, puntando l'ammasso di carne e tendini dove ancora si intravedeva il volto della bambina, immerso nella poltiglia pulsante.

La punta della spada si conficcò nella sua piccola bocca spalancata, da cui scaturì un grido orribile. Un grido umano. Valka torse la lama, spingendo, e la carne del mostro si agitò sotto di lei.

Rimase aggrappata alla Stridente, tagliandosi il palmo della mano sulla lama, mentre la torre dietro di lei esplodeva in una vampata accecante.
Fu avvolta dalla luce e dal fuoco. Trattenne il fiato. Poi non fu più.

II

Mentre il cielo schiariva a solivante, un rimbombo crepitante riecheggiò in lontananza, oscurando il canto degli uccelli. L'intero vallo di Numeriano fu scosso da un tremito che si propagò fino al gruppo in fuga, facendo vibrare la roccia sotto i loro piedi.
Dopo ore di marcia sfiancante e senza sosta, Blasco si fermò, voltandosi di scatto. Puntò lo sguardo verso la sagoma dell'ultima torre e la vide collassare su se stessa in una scintilla gialla e brillante, fredda come la stella del mattino. L'eco dell'esplosione indugiò nell'aria e il vento portò odore di zolfo. Blasco Delmar prese un profondo respiro.
Qualcosa si agitò nel suo petto. Un peso. Una sensazione. Una stretta che gli attanagliava le viscere da settimane. Quell'ombra nera che gli rendeva difficile anche solo respirare parve dissolversi in un'istante, come nuvole di un fortunale estivo.
Senza motivo, il balivo si ritrovò a sorridere, con gli occhi inumiditi dalle lacrime. Sulle sue spalle, disturbato dal rimbombo della detonazione, il re addormentato si

agitò, mugugnando.

«Cosa succede?», chiese il bambino, con gli occhi ancora serrati e la voce impastata dal sonno.

«È finita, Vostra Grazia», replicò Blasco, accarezzando i capelli di Raoul. «Adesso è tutto finito».

Terza Parte

Soldirame

Uomo solitario
(...o angelo o demone)

I

Forse, Goffredo aveva ragione.
La nuova stagione era più calda e soleggiata del normale.
A discapito del suo nome, riferito alla luce crepuscolare dei raggi autunnali, quel Soldirame era scandito da giorni dorati.
I raccolti in Volusia erano stati abbondanti, la vendemmia procedeva a pieno ritmo. Dalle ceneri degli incendi, la terra cominciava a rigenerarsi.
Ci sarebbero voluti anni, per tornare a vedere i campi verdi e i boschi floridi, generazioni intere per riemergere da quell'oceano di morte che aveva sommerso il mondo.
Nonostante tutto, a Padre Goffredo bastava vedere un timido pettirosso cantare tra le dita annerite degli alberi per essere invaso da una nuova speranza. Ciò che restava del vecchio mondo era nelle mani di un bambino, che sedeva sul trono di un nuovo Espero unificato. Era da secoli che non accadeva una cosa del

genere.

«Una popolazione che parla sette lingue diverse e professa cinque religioni», ricordò, con soddisfazione.

«Sarà una bella magagna da gestire, Eccellenza», brontolò Blasco Delmar. «Ma siete voi in capo alle questioni di credo, adesso. Io ho già abbastanza da pensare con la Gilda dei Mercanti e le loro stramaledette fiere».

«Non siate sempre così ostile, Cancelliere Delmar», si raccomandò Goffredo. «La gente è tornata a respirare, le città a ripopolarsi. Servono mercati e feste per far ripartire i commerci, far incontrare le persone, lasciare che uomini e donne si riproducano».

«Ne parlate come se fosse una questione... tecnica», lo provocò Blasco.

«Lo è», proruppe Goffredo. «Come il possibile matrimonio tra il nostro beneamato sovrano e Astrid, la regina dei Norreni».

«Non potete sposare un bambino delicato a quella specie di selvaggia. Se lo mangerà vivo!», commentò Blasco, facendosi aria col cappello. «Fa caldo, per il mese Invicto», cambiò argomento poi. Non voleva infilarsi in un'ennesima diatriba matrimoniale con quel prete testardo.

«È la benedizione del nuovo sole», sancì Goffredo, gioviale. «Avete sentito come la gente chiama sua Maestà? Raoul, il Re Pianeta».

«Impegnativo, per un bambino della sua età»,

commentò Blasco.

«Sono sicuro che, con il vostro consiglio, sarà all'altezza del compito che gli spetta».

«Speriamo», replicò Blasco, abbassando lo sguardo ai suoi piedi. «Dobbiamo ripartire da capo, la nobiltà è praticamente estinta, e, nelle province occasiche, quel vigliacco di Corsolto d'Altofiume continua ad arrogarsi diritti che non ha. Fra un po', si nominerà re da solo».

«Non tutti i cambiamenti vengono per nuocere, Cancelliere», commentò Goffredo, ottimista. «Potrebbe essere la vigilia di una nuova era, con nuove classi sociali, nuovi capitani alla guida del popolo».

«Capitani, pirati...», borbottò Blasco, sottovoce, spostando gli occhi verso l'ingresso della fortezza.

Seguendo il suo sguardo, Goffredo incappò nel bianco turbante di Imad Abdel 'Adil, Abdel Salam, che zoppicava verso di loro con in mano una pergamena, appoggiandosi al bastone. La ferita ricevuta durante la Battaglia dell'Ultima Torre non era mai guarita del tutto. Era già abbastanza fortunato a essere sopravvissuto, a differenza di molti altri.

«Uomini migliori di lui non sono qui per dare una mano, oggi», sussurrò Blasco.

«Dobbiamo fare il meglio che possiamo con ciò che abbiamo», lo placò Goffredo, sorridendo al moro.

«Eccellenza». Imad gli porse un piccolo inchino. «Cancelliere», disse poi con freddezza, senza guardare Blasco in volto.

Quel bastardo era riuscito a farsi nominare Governatore delle province australi e capo religioso del suo culto. Blasco sperava solo che il re non avesse malriposto la sua fiducia.
«Giornata radiosa, non è vero?», commentò il moro.
«Ogni giorno più dell'altro», concordò Goffredo.
Il Cancelliere Delmar non riuscì a trattenere un grugnito di impazienza.
«Il re mi manda per quella faccenda...», rivelò Imad, abbassando la voce.
«Ah. Certo. Certo», annuì Goffredo, circospetto.
Il moro gli porse la pergamena che aveva in mano.
«Un lasciapassare con le firme e i sigilli di tutti i governatori delle province», spiegò. «Con questo si è autorizzati a intervenire ovunque, con l'avallo del re».
«Grazie», tagliò corto Blasco, afferrando la pergamena.
Irritato, Imad spostò il peso sul piede sano.
«Se permettete, Governatore...». Goffredo sfoderò il suo tono più conciliante. «...preferirei occuparmene io».
E allungò la mano verso il documento.
«Come volete». Blasco lasciò la pergamena nelle mani del prelato. «Devo tornare dal re», concluse, congedandosi con freddezza e allungando il passo verso la vecchia fortezza di pietra rossa.
A differenza di Olibria o Hispalea, Scuto non possedeva una reggia all'altezza di accogliere un re, ma, al momento, era il luogo più sicuro da cui governare il neonato reame.

«Smetterà mai di odiarmi?», domandò Imad, guardando Blasco allontanarsi.

«Ne sono sicuro», lo rassicurò Goffredo. «Non appena smetterà di odiare se stesso.»

«La vigliaccheria è un demone difficile con cui convivere», mugugnò Imad.

«Senza la sua vigliaccheria, Governatore, oggi non avremmo un re», lo stroncò Goffredo. «Dov'è il nostro... uomo?», chiese poi, sistemandosi addosso l'abito porpora.

«Vi attende al cimitero», riferì Imad. «Dice che sapete presso quale tomba».

«Meglio che vada, allora», si congedò Goffredo, affrettandosi per il viale alberato. «La strada è lunga».

II

Come una rossa foglia d'acero che volteggia su un campo innevato, Padre Goffredo camminò silenzioso nel mare di lapidi candide.

Per oltre trenta leghe, lungo la strada che divideva Scuto dall'ultima torre del vallo, il saliscendi di colline erbose era disseminato di tombe.

Il cimitero più vasto che si fosse mai visto nella storia dell'Espero.

Tutti coloro che avevano trovato la morte nella terribile guerra contro l'Ordine Bianco riposavano ora all'ombra di lastre di pietra candida, ricavate dalle macerie del grande muro di Numeriano.

In quella lucida distesa di lapidi bianche, sotto le fronde piangenti di un salice, un uomo ammantato di nero attendeva al cospetto di una tomba.

Poco distante, rivestito di una gualdrappa color notte, un cavallo morello riposava, brucando l'erba in cui le ossa si dissolvevano a poco a poco.

Erano passati mesi, dall'ultima volta che si erano incontrati nel luogo in cui lei riposava. Ogni volta, la malinconia pervadeva il cuore di Goffredo per giorni. Prese un profondo sospiro e si avvicinò.

Non era difficile riconoscere quel sepolcro, nel mare di lapidi tutte uguali, perché l'ultimo letto della regina era contrassegnato in modo diverso. Dalla roccia candida sporgeva l'elsa di una spada, annerita e consumata dal fuoco. Era tutto ciò che avevano recuperato di lei dall'immane rogo della torre. Era Stridente, la spada che aveva ucciso la strega.

Solo il suo nome era inciso a grandi lettere nella pietra liscia, nient'altro.

VALKA

Goffredo restò in piedi di fianco all'uomo vestito di nero. Aveva il viso adombrato dal cappuccio e la testa china, come fosse assorto in preghiera.

Ma il prete sapeva che non stava pregando, poiché non credeva più in nulla.

Se c'era stata un'era in cui le divinità del mondo antico avevano camminato tra gli uomini, quel lugubre sacerdote di morte era tutto ciò che ne restava.

«Bentrovato, Tristo», si forzò a dire il prete, in tono sommesso.

L'altro non rispose. Goffredo restò in silenzio per un po', rigirandosi la spessa pergamena in mano.

«Ho trascorso solo alcuni mesi in sua compagnia», disse poi, messo a disagio da quel prolungato tacere. «Ma mi manca ogni giorno».

Allora Tristo si voltò verso di lui, scrutandolo con quei suoi occhi spiritati.

«Hai avuto molto più di me», confidò.

«Per qualunque cosa abbiamo oggi, dobbiamo ringraziare lei», tentò Goffredo.

Tristo replicò solo con un mugugno, buttando un'occhiata distratta alla pergamena.

«Quella è per me?», chiese.

«Sì. Un lasciapassare per tutte le province dell'Espero», confermò Goffredo, senza nascondere un certo compiacimento.

L'uomo in nero prese il documento e, senza nemmeno aprirlo, lo infilò dentro il farsetto.

«Non avrò più problemi?», si sincerò.

«Il lavoro che svolgi è di vitale importanza, per il regno», replicò Goffredo. «Il male ancora si annida negli angoli più remoti del mondo».

«Lo so», annuì Tristo. «Ho stanato uno di quei

maledetti in una casa per orfani».
«Che diavolo...».
«Non è che ci si nascondesse», spiegò Tristo. «La gestiva. E i bambini morivano. Non so quanti strigoi ci siano ancora in giro, ma molti sono fuggiti, dopo la battaglia».
«Per questo è vitale che tu vada ovunque ci sia bisogno della tua spada e dei tuoi... talenti», disse Goffredo, toccando il suo medaglione. «Che i Dodici ti proteggano».
«Dodici?», sogghignò Tristo. «I Dodici non ci sono più. Quelli che non sono morti, se ne sono andati».
«E dove?».
Il Priore Oscuro sollevò il viso verso il cielo terso.
«Non lo so. A casa, forse».
«Ovunque siano, i loro spiriti faranno sempre parte di questo mondo, infusi nei loro elementi».
«Come credi», concesse Tristo, andando verso il suo cavallo. «Ma se hai bisogno di pregare qualcuno, sappi che ad ascoltarti ci sono solo io; sono io l'ultimo Priore».
«Lo so». Goffredo si lasciò andare a un sorriso sincero. «Ma mi basta sapere che qualcuno veglia su di noi».
Prima che Tristo replicasse con una delle sue freddure, qualcosa attirò la sua attenzione verso le fronde dell'albero. Si voltò di scatto, seguendo con lo sguardo una creaturina aggrappata con gli artigli alla corteccia del salice. Il gatto balzò nell'erba per correre dietro ai

passeri. Goffredo lesse la delusione negli occhi grigi di Tristo. Era un gatto tigrato. Non nero.
«Nessuna notizia di lei?».
Tristo scosse il capo, senza parlare. Il corpo di Vesper non era mai stato trovato.
Non c'era stato nulla da seppellire e questo alimentava in lui la speranza che fosse ancora viva, da qualche parte, sotto forma di gatto, forse, o di qualcos'altro.
«Se è ancora tra noi, tornerà da te. Stanne certo», concluse Goffredo, in tono consolatorio.
«Già». Tristo afferrò le redini del suo cavallo. «Potrebbe sempre aver contato male le vite», scherzò poi, abbozzando un sorriso, prima di montare in sella.
«Il re ti aspetta, quando vuoi», lo avvisò il prete. «La sua corte è la tua casa».
«La mia casa è la strada», dissentì Tristo, spronando il cavallo con un tocco leggero di speroni. Quando gli zoccoli raggiunsero il selciato, si fermò, voltandosi verso Goffredo.
«Come va il tuo libro?», chiese.
Sorpreso dalla domanda, il prete avanzò di qualche passo, frusciando nel suo abito porpora.
«Il libro? Procede», rispose, stringendosi nelle spalle.
«Stai raccontando la verità?».
«Un po' abbellita, ogni tanto», confessò Goffredo.
Tristo allora voltò il cavallo e si avviò lungo la via.
«Scrivi di Valka, scrivi di Vesper», si raccomandò, senza voltarsi. «Scrivi di Wèn», aggiunse, lugubre. «Sono le

donne a fare la storia, come regine sulla scacchiera».
«E tu?», domandò Goffredo, alzando la voce.
Tristo si voltò sulla sella.
«Io sono solo un cavallo», affermò, facendo scattare il suo corsiero di lato, come a imitare il movimento a L della pedina.
«Mi piacerebbe giocare a scacchi con te, una volta».
«Scordatelo», rispose Tristo, divertito. Dopodiché spronò l'animale e galoppò via, sfilando tra le ombre dei cipressi.
Goffredo restò fermo a guardare la sua figura rimpicciolirsi all'orizzonte, tra la polvere del selciato, finché la sagoma nera e solitaria non scomparve del tutto. Allora si voltò e, dopo aver omaggiato la tomba di Valka, tornò verso la fortezza, beandosi delle striature del cielo che imbruniva.
Quella sera avrebbe scritto qualcosa di nuovo.
Voleva raccontare una storia che ancora nessuno aveva scritto.
La storia di un uomo solitario, che vagava di villaggio in villaggio, di città in città, con una lunga spada al fianco. Ovunque andasse, la gente lo scrutava con diffidenza, intimorita dai suoi abiti scuri e dal volto sfigurato. Molti pensavano che fosse un demone, e forse anche lui lo pensava di se stesso. Altri credevano che fosse un angelo, uno spirito nero che frugava nel buio per scacciare gli incubi. Priore Oscuro, lo chiamavano, sussurrando il suo nome come se fosse la creatura di

una fiaba per spaventare i bambini. Ma Goffredo sapeva la verità su di lui. Né angelo, né demone. Soltanto un uomo, e non dei migliori. Eppure, sapere che quell'uomo oscuro fosse là fuori, a caccia di cose oscure, rendeva il mondo un posto più luminoso.

Printed by Amazon Italia Logistica S.r.l.
Torrazza Piemonte (TO), Italy